*Damals in Afrika*

FRANK COATES

# *Damals in Afrika*

ROMAN

Aus dem Amerikanischen
von Katharina Volk

Weltbild

Die englische Originalausgabe erschien 2006 unter dem Titel
*In Search of Africa* bei Harper Collins, Sydney, Australia.

Besuchen Sie uns im Internet:
*www.weltbild.de*

Genehmigte Lizenzausgabe für Verlagsgruppe Weltbild GmbH,
Steinerne Furt, 86167 Augsburg

Ein Unternehmen der Droemerschen Verlagsanstalt
Th. Knaur Nachf. GmbH & Co.KG, München
Übersetzung: Katharina Volk
Umschlaggestaltung: Atelier Seidel, Teising
Umschlagmotiv: Masterfile Deutschland,
Düsseldorf (Bildnr.: 700-00070089)
Gesamtherstellung: Bagel Roto-Offset GmbH & Co.KG, Schleinitz
Printed in the EU

ISBN 978-3-8289-9054-8

2010 2009 2008 2007
Die letzte Jahreszahl gibt die aktuelle Lizenzausgabe an.

*Für Lars, Florah, Eric und Chantal*

# Prolog

*1944*

»Fünf Minuten zum Ziel, Ernie.«

Die Stimme aus dem Funkgerät klang kühl und emotionslos, doch Flight Lieutenant Ernie Sullivan wusste, dass der Navigator den gleichen Knoten nervöser Anspannung im Bauch spürte wie er selbst. Es wurde nie leichter, auch nicht bei diesem, seinem zwölften, Einsatz über Deutschland; das Flattern im Magen, die feuchten Handflächen – die Reaktion seines Körpers auf den drohenden Tod.

Er fuhr mit dem Finger unter den Kragen seiner Fliegerjacke und spürte, wie ihm der Schweiß über Nacken und Rücken rann. Im Cockpit war es stickig, und die Jacke wurde ihm um die Brust herum auf einmal zu eng. Er wusste, dass das Flakfeuer jeden Augenblick beginnen würde. Er fischte seinen Glücksbringer aus der Hemdtasche und betastete im Halbdunkel das glatte, schwarze Holz. Er spürte die feinen Farbränder unter den Fingerspitzen – die Punkte und Wellenlinien in Rot, Gelb und Weiß.

Die vier Motoren der Stirling dröhnten vor sich hin und ließen ab und zu ein dumpfes Rattern hören, wenn ihre Frequenzen sich überlagerten und wieder gegeneinander verschoben. Der Lärm hallte in Ernies Kopf wider. Das Cockpit der Stirling schien immer kleiner zu werden.

So weit er in der Nacht sehen konnte, flogen links und rechts von ihm weitere Stirling-Bomber, jeder auf seiner maximalen Flughöhe von etwas über drei Meilen. Die restlichen siebenhundert Bomber dieses Angriffs, die Halifaxes und Lancasters, flogen fast eine Meile höher. Ernie wusste, dass sie sich dort oben in der Dunkelheit gerade zu einem dichten, todbringenden Verband formierten, um das feindliche Radar zu täuschen. Bald würden sie ihre Brandbomben auf den Hamburger Rangierbahnhof herabregnen lassen. Ernie wusste auch, dass er ebenso leicht von einer ihrer eigenen Bomben getroffen werden konnte wie von einer feindlichen Flak. Bei solchen Gelegenheiten schätzte er die alte Stirling wirklich nicht besonders.

»Zwei Minuten.« Die Stimme des Navigators klang nun ein wenig eindringlicher.

Der Lichtstrahl eines Scheinwerfers erfasste das Flugzeug. Weitere schwenkten in großen Bögen heran wie weiße Dolche und nagelten den Bomber fest wie eine Motte in einem Schaukasten.

»Scheiße!«, sagte Ernie. Flakgeschosse explodierten um sie herum, während er die Maschine steil absinken, steigen und kurven ließ, um die Lichtkegel abzuschütteln.

»Ernie, wir haben hier unten eine Treibstofflache.« Das war der Funker.

»Scheiße! Scheiße!«, rief Ernie, als die Dämpfe zu ihm ins Cockpit aufstiegen. Ein Stück eines Flakgeschosses hatte vermutlich eine Treibstoffleitung getroffen. Bevor er auch nur darüber nachdenken konnte, wie stark der Treibstoffverlust ihre Reichweite beeinträchtigen könnte, wurde die Stirling von zwei Me-109-Jägern unter Beschuss genommen. Ernies Bordschützen konnten im grellen Licht der Suchscheinwerfer nichts mehr sehen und brauchten eine Weile, bis sie das Feuer erwiderten.

»Heilige Scheiße«, brummte Ernie. »Was denn noch?«

Die Messerschmitts wurden ausgeschaltet, doch vorher bekam der Bomber noch ein paar Treffer ab.

Einer der Steuerbordmotoren ging in Flammen auf. Halb erstickt von den Benzindämpfen, schaltete Ernie das Triebwerk ab und lenkte die Maschine in einen steilen Sturzflug. Doch das Feuer erlosch nicht. Er fing sie wieder ab und befahl der Mannschaft, das Flugzeug aufzugeben.

Über den Funk brach das Chaos aus. Ernie trimmte das Flugzeug aus, so dass die Stirling noch möglichst lange in der Luft blieb, damit die Mannschaft abspringen konnte.

Der Navigator hinter ihm brüllte etwas, doch der Lärm der Motoren übertönte ihn.

»Was?«, schrie Ernie.

»Dein Fallschirm. Wo ist dein Fallschirm?«

»Mein Fallschirm? Ach so. Müsste hinter dir verstaut sein. Danke, Kumpel.«

Der Navigator schob Ernie den Fallschirm zu und deutete auf die Bodenwanne des Bombenschützen unter sich. Sie war von Flammen umzingelt. »Ich spring jetzt ab«, schrie er.

Ernie reckte den Daumen in die Luft. »Wir sehen uns im Ploughman's Arms«, rief er mit zuversichtlichem Grinsen.

Der Navigator winkte und stieg hinab in die Bodenwanne, doch die Ausstiegsluke war geschlossen. Als die Flammen ihn erfassten, geriet er in Panik und wich zurück.

Ernie versuchte, aus dem Cockpit hinauszukommen, blieb aber mit dem Fallschirm im engen Durchgang stecken.

Der Navigator krabbelte aus der Bodenwanne. Seine mit Treibstoff getränkten Stiefel brannten lichterloh, und er rannte kopflos vor Angst in die Kabine.

»Nein!«, brüllte Ernie, doch der Navigator verschwand in

einer Wand aus Hitze und Flammen, als die Kabine hochging. Die Explosion schleuderte Ernie zurück ins Cockpit, wo er mit dem Kopf an das Instrumentenbrett knallte.

Als Ernie wieder zu Bewusstsein kam, war die Kabine ein einziges Inferno. Flammen versperrten ihm den Weg zu sämtlichen tiefer gelegenen Luken. Er kletterte auf den Pilotensitz und versuchte, das Cockpitdach zu öffnen, doch die Ausstiegsluke klemmte. Er schlug mit der Faust dagegen, die Luke flog davon, und die Flammen wurden aus der Kabine zu ihm ins Cockpit gesogen. Er sprang in die Öffnung, und der Fahrtwind schleuderte ihn hinaus in die kalte Nachtluft.

In diesem Moment traf ihn das Seitenleitwerk des Flugzeugs im Rücken.

Als Ernie das Bewusstsein verlor, griff eine Hand automatisch nach der Reißleine des Fallschirms.

# Teil 1

# *Kip*

0
200 km
N
W
O
S
SUDAN
DEM. REP.
KONGO
UGANDA
KENIA
RUANDA
TANSANIA
Albert-Nil
Ora
Panyiketto
Pakwach
Victoria-
Albertsee
Kyogasee
Kazini
Luwero
Nil
Tororo
Jinja
Kampala
Entebbe
Kisumu
Masaka
Edwardsee
Victoriasee
Nanyuki
Mt. Kenia
Nakuru
Masai Mara
Wildreservat
Nairobi

# Kapitel 1

*1952*

Kip flitzte den Dschungelpfad entlang, dass die zu großen Shorts um seine mageren Beine flatterten. Das Moos am Ufer des Nanyuki River schimmerte feucht, und die Nachmittagssonne drängte sich in schräg einfallenden Strahlen durch die schweren Schatten, um grüne Inseln auf den Urwaldboden zu zeichnen.

Der Junge sprang über einen umgestürzten Baumstamm, und beim Aufsetzen durchfuhr ihn heißer Schmerz vom Zeh bis zu den Lenden. Er stürzte, rollte sich auf dem Bett dichter Fettpflanzen zusammen und kullerte weiter, bis er am Fuß eines alten Feigenbaums liegen blieb.

Er nahm sich einen Moment Zeit, um wieder einmal seinen Fuß zu untersuchen. Der Nagel am großen Zeh war rot, sehr rot. Als er ihn vorsichtig berührte, flammte der Schmerz erneut auf. Der Sandfloh bohrte sich tiefer in sein Fleisch. Mutter sagte, das geschehe ihm recht, weil er seine Schuhe nicht anbehalten hatte. Er stellte sich vor, dass der Parasit an ihm fraß, so, wie eine Made sich in einen Leichnam bohrte. Bei dem Gedanken wurde ihm übel.

Der Mann, den er im Wald gefunden hatte, war genauso – ein Leichnam, in den sich die Maden hineinfraßen. Als Kip ihn gefunden hatte – eigentlich hatte er die Fährte einer Hyäne verfolgt –, war nicht mehr viel von ihm übrig gewesen. Die Hyänen, Schakale und Geier hatten ganze Arbeit geleistet.

Und die Maden. Das war jetzt eine Woche her, und seitdem waren Kips Nächte nicht mehr wie früher.

Aber er konnte seiner Mutter nichts davon erzählen und Tante Kathleen auch nicht.

Beim Gedanken an seine Mutter sprang er auf und wischte das zerdrückte Moos von seinem Schulhemd. Es war zum Glück nicht zerrissen, es war noch nicht mal Schlamm drauf.

Kip setzte vorsichtig den Zeh auf den Boden, verlagerte probeweise ein wenig Gewicht darauf, bevor er weiterrannte, und schonte dann den Fuß, als er an der flachen Furt durch den Fluss platschte. Ein Buschbock brach erschrocken aus seinem schattigen Versteck und floh.

Den Sandfloh fand Kip jetzt weniger schlimm, er machte sich eher Sorgen, weil er zu spät kommen würde. Er preschte durch die kratzenden Dornenranken am Rand des Wassers, krabbelte die Uferböschung hinauf und brach aus dem Wald hervor auf Raymond Hooks hintere Koppel. Wie ein Aal schlüpfte er durch die Umzäunung, bog in vollem Lauf auf die unbefestigte Straße ein und rannte *hoppedi-hopp* weiter, um seinen schmerzenden Zeh zu schonen.

Knapp hundert Meter vor ihm lag der Pub, der seiner Mutter gehörte, ein altes Holzhaus. »Equatorial Hotel« stand auf dem Schild, und darunter in kleineren Buchstaben: »Genießen Sie Ihr Bier in beiden Hemisphären.« Es hieß, der Äquator verlaufe genau hier, und der Vorbesitzer des Pubs hatte einen breiten Strich auf die Bar gemalt und mit weißer Farbe »Der Äquator« darüber geschrieben. Die Gäste sollten Bier aus Zapfhähnen auf beiden Seiten des Strichs probieren, um festzustellen, auf welcher Halbkugel es ihnen besser schmeckte.

Während der Öffnungszeiten durfte Kip die Bar nicht betreten, außer, um die Tropfbleche auszuleeren – eine seiner vielen Aufgaben. Seine Mutter schlug ihn, wenn er mit den Gästen sprach, also tat er seine Arbeit mit gesenktem Kopf und abgewandtem Blick. Nach einer Weile nahmen die Stammgäste an, er sei ein bisschen zurückgeblieben oder schwachsinnig, und ignorierten ihn. Aber Kip hörte alles, worüber sie sprachen, auch die Streitereien darüber, ob das nördliche Bier nun besser schmeckte als das Bier, das aus demselben Zapfhahn gezapft, aber auf der Südhalbkugel getrunken wurde, und Diskussionen darum, ob sich das Wasser im Abfluss auf verschiedenen Seiten des Äquators auch verschieden herum drehte.

Kip lief um das Hotel herum und ließ sich auf die Hintertreppe sinken. Sacht drückte er am weichen Fleisch seines Zehs herum, und natürlich flammte der Schmerz wieder auf. Er zog seine Sandalen aus den Hosentaschen, schlüpfte vorsichtig hinein und ärgerte sich über sich selbst, weil er den Zeh wieder zum Schmerzen gebracht hatte. *Drück nicht daran herum – du machst es nur schlimmer,* war ein Satz, den er leider allzu oft hörte. *Dummer Junge! Du wirst es nie lernen,* war auch so ein Satz, und offensichtlich stimmte das – Kip geriet ständig in Schwierigkeiten.

Er ging durch die Hintertür hinein und hielt inne, um seine Gedanken zu sammeln. Wie sollte er es erklären? Er konnte behaupten, dass er zu spät kam, weil ... weil Mrs. Philgrove ihm aufgetragen hatte, den Schulhof zu fegen. Nein, dann würde sie ihn nur ausfragen, was er angestellt hatte, um diese Strafe zu verdienen. Er kam zu spät, weil ... weil: *Mein Zeh tut so weh.* Nein, dann würde er sich den Vortrag darüber anhören müssen, dass er immer seine Sandalen tragen sollte. In seiner Verzweiflung fragte er sich, ob es mit der Wahrheit klappen könnte. *Ich habe mich an ein Perlhuhn herangepirscht, und auf einmal war die Zeit verflogen.* Nein, die Wahrheit half nie. Nichts half, wenn seine Mutter mit der *kiboko* in der Hand vor ihm stand. Nichts brannte so gemein wie eine Peitsche aus Nilpferdhaut.

Er schlich sich in die Küche, die von der späten Nachmittagssonne erfüllt war. Er lauschte. Die Stille summte in der Hitze.

Er lugte durch den Türspalt in die Bar. Die Fensterläden waren geschlossen, umgedrehte Hocker standen auf der Bar, und die Vordertür war zu. Der Pub war geschlossen.

Der Pub war nie geschlossen!

Ein handgeschriebenes Schild war von innen an das große vordere Fenster geklebt. Kip las es spiegelverkehrt.

HOTEL GESCHLOSSEN
14 BIS 17 UHR
22. OKTOBER 1952

Eine Woge der Erleichterung schwappte über ihn hinweg. Er hatte das Gefühl, nach einem Todesurteil begnadigt worden zu sein.

Sein schmerzender Zeh erinnerte ihn an seine andere Notlage. Er musste das widerliche Tierchen entfernen. Er konnte den Gedanken, dass es sich immer tiefer in sein Fleisch bohrte, keinen Augenblick länger ertragen. Kip wusste, dass es eine gebogene Nadel gab, die »Flohnadel«, und dass sie im Verbandskasten seiner Mutter lag. Er suchte die Schränke ab – sogar die ganz oben, mit Reihen langweiliger Behälter voller Mehl und den kleinen Kügelchen Sago, die seine Mutter als »Leckerei« servierte, mit lauwarmer Milch und zu wenig Zucker –, aber den Erste-Hilfe-Kasten fand er nicht.

Er blickte sich um. Die Tür zum großen Schlafzimmer stand einen Spalt breit offen. Seine Mutter und Tante Kathleen waren offenbar in großer Eile aufgebrochen – diese Tür wurde sonst immer abgeschlossen. Es war nur logisch, den Verbandskasten dort aufzubewahren, und zitternd vor Angst schob Kip die Tür auf.

Dahinter klapperte etwas dumpf. Die Schlinge des Henkers, der Strick an einem Haken. Er sprang zurück und fiel ins furchtlose Sonnenlicht der Küche. Auf dem kühlen Linoleum blieb er liegen, bis sein Herz nicht mehr hämmerte. Er wusste, dass das kein Galgenstrick war, er hatte es sofort gewusst, als er das Ding gesehen hatte, aber die *kiboko*-Peitsche machte ihm Angst, brachte ihn dazu, sich seltsam zu verhalten.

Er hob den Blick und sah zum Schlafzimmer hinüber, dessen Tür nun obszön weit offen stand und das reine Licht aus der Küche weit vordringen ließ.

Kip rappelte sich langsam auf und schob sich voran, bis sein Schatten in das abgedunkelte Zimmer fiel. Über dem Bett hing ein Bild der Jungfrau Maria. Ihre erhobenen Hände wirkten einladend. Kip fuhr sich mit der Zunge über die trockenen Lippen und wagte einen weiteren Schritt. Es roch nach dem Puder seiner Mutter, und der Duft umwehte ihn in der dunklen Wärme des Zimmers wie ein Racheengel.

Sein Zeh pochte schmerzhaft. Er ging weiter in das Zimmer hinein. Das große Doppelbett, das sich Mutter und Tante teilten, beherrschte den schattigen Raum. Die Vorhänge vor den Fenstern waren zugezogen, und an der Wand gegenüber hing ein gerahmtes Bild von einem dunklen, holzvertäfelten Büro mit Hunden in Männerkleidung. Es gab eine Bulldogge in einem dreiteiligen Anzug und einen Bluthund, ebenfalls gut gekleidet, mit einem Stock in der Hand. Diverse andere

Hunde saßen an einem großen Tisch, rauchten, lachten und amüsierten sich.

Auf den beiden Nachttischen standen zwei identische Petroleumlampen. Ihre glänzenden Messingständer trugen Glasschirme, von Hand mit Blumen bemalt, die bis zu den schmal zulaufenden Öffnungen emporrankten.

An der Wand in der Nähe des Fensters stand eine Frisierkommode mit zwei Schubladen und einem Stuhl davor, und am Fußende des Bettes eine große, schlichte Holztruhe, die mit einem Zebrafell bedeckt war. Kip hatte schon manchmal einen kurzen Blick auf dieses Fell erhascht, bei den seltenen Gelegenheiten, da die Tür in seiner Anwesenheit geöffnet wurde, und jedes Mal hatte er den beinahe unwiderstehlichen Drang verspürt, in das verbotene Zimmer zu schlüpfen und das Fell zu streicheln. Nun streckte er vorsichtig eine Hand danach aus. Der Teppich aus schwarzen und weißen Härchen ließ seine Hand in eine Richtung leicht und glatt dahingleiten, sträubte sich aber in der Gegenrichtung. Er schmiegte die Wange daran und spürte wieder, wie das Fell ihn in einer Richtung willkommen hieß und sich in der anderen gegen ihn sträubte.

Erneut bemerkte er den Duft seiner Mutter, der diesmal von dem Zebrafell aufstieg. Er wich zurück. Das Fell hatte seine Anziehungskraft verloren. Die Jungfrau Maria runzelte finster die Stirn.

Das einzige weitere Möbelstück im Raum war ein schlanker Schrank mit zwei Türen. Dahinter standen etwa ein Dutzend Bücher auf Regalbrettern. Kip suchte die Bretter nach der unverkennbaren Metallkiste mit den Worten »Capstan Ready Rubbed« in goldenen Buchstaben auf schimmerndem grünem Hintergrund ab – darin wurde das Verbandszeug aufbewahrt.

Er fand Spulen mit Baumwollfaden und Nähsachen, aber der Verbandskasten war nicht in dem Schränkchen. Wieder glitt sein Blick zu der großen Truhe am Fußende des Bettes.

Beinahe ehrfürchtig schlug er das Zebrafell zurück. Ein Schwall muffiger Luft stieg von dem stockfleckigen Holz auf. Als er die Truhe öffnete, war von den Scharnieren ein lautes Knallen zu hören wie ein Gewehrschuss. Kips Herz machte einen Satz, und er ließ den Deckel sinken. Er wartete einen Augenblick, nahm all seinen Mut zusammen und versuchte es erneut. Beim zweiten Mal öffnete sich die Truhe mit einem leisen Quietschen, und der Gestank von Mottenkugeln stieg daraus auf.

Drinnen befanden sich einige zusammengelegte Steppdecken, Kissen und eine alte violette Pralinenschachtel, die an der Seite in die Truhe gestopft war.

Kip wusste, dass das Verbandszeug nicht in dieser Schachtel sein konnte – sie war zu klein –, aber irgendein Dämon trieb ihn dazu, trotzdem hineinzuschauen. Vielleicht war es derselbe Dämon, der ihn einmal dazu gebracht hatte, sich an ein eben von Löwen getötetes Tier heranzuschleichen und sich hinter einem Aloebusch zu verstecken, während sich das Rudel fauchend über sein grausiges Mahl hermachte. Er fragte sich oft, warum er so dumme Sachen tat.

Der Deckel aus Karton saß recht fest und öffnete sich mit einem leisen Zischen, doch die Schachtel war unbeschädigt, außer an den Ecken, wo die Farbe und etwas von der Pappe abgewetzt war. Die Schachtel enthielt zwei zerknitterte Umschläge mit fremdartigen Briefmarken. Auf einer war ein König vor grünem Hintergrund abgebildet, und darunter stand »Australien«. Auf der zweiten blickte der König in die entgegengesetzte Richtung, und es stand »Großbritannien« darunter. Außerdem waren da noch eine halbe Seite aus einer Zeitung mit einer Werbung für Dr. Thar's Ointment und ein kleines Stück glattes, schwarzes Holz, mit seltsamen Mustern in Rot, Gelb und Weiß bemalt. Kip strich mit dem Finger darüber und ertastete die Linien und Punkte. Die Farbe musste einmal ziemlich dick aufgetragen worden sein. Die andere Hälfte des gebogenen Holzstücks war abgebrochen und hatte eine scharfe, gezackte Kante hinterlassen.

Er neigte die Pralinenschachtel, um das Holzstück in seine Hand zu kippen, und ein schmaler goldener Ring fiel klappernd zu Boden, rollte in einem großen Bogen über den Dielenboden und verschwand unter dem Bett.

Panisch kroch Kip hinterher. Er legte sich flach auf den Bauch und tastete mit der Hand im Staub unter dem Bett herum, bis er auf etwas Metallenes stieß. Es war der Verbandskasten. Der Ring war direkt daneben gelandet.

Hastig legte Kip den Ring und die anderen Sachen zurück in die violette Pralinenschachtel und steckte sie wieder neben die Steppdecken. Dann schloss er vorsichtig den Deckel der Truhe und ließ das wunderschöne schwarz-weiße Zebrafell wieder an seinen Platz gleiten. Mit dem Verbandskasten unter dem Arm floh er aus dem Schlafzimmer in die tröstliche Wärme auf der Treppe vor der Hintertür, wo er langsam und unter Schmerzen den Sandfloh unter seinem Zehennagel herauspulte.

Vor der Pioneers' Hall in Nanyuki hatten sich über fünfzig Leute versammelt. Kathleen nickte einigen Nachbarn zu, doch Marie vermied es, irgendjemandem in die Augen zu blicken, während sie sich mit dem Flugblatt, das diese Versammlung angekündigt hatte, Luft zufächelte. Das war wirklich

eine beeindruckende Menschenmenge. Es sah so aus, als hätte sich der ganze Distrikt hier eingefunden – ein Beweis für die allgemeine Besorgnis. Schließlich kam der District Commissioner nicht jeden Tag von Nyeri bis hierher, aber die Mau-Mau waren in aller Munde.
Schlimm genug, dass bewaffnete Banden die abgelegeneren Anwesen überfallen und alles geraubt hatten, was sie essen oder gebrauchen konnten. Aber vor nicht einmal einer Woche war eine Leiche gefunden worden, entsetzlich zugerichtet und bisher noch nicht identifiziert, und das keine fünf Meilen außerhalb der Stadt.

Marie warf verstohlene Blicke auf die Miles-Mädchen, stets die ersten, die sich nach der neuesten Mode kleideten. Wie üblich waren sie viel zu schick zurechtgemacht, geradezu lächerlich, vor allem für kenianische Verhältnisse. Die Jüngere trug ein gelbes, tailliertes Kleid mit geradem Rock, Gürtel und weiten Flügelärmeln mit Manschetten. Aufgesetzte Taschen nahmen die Form der Manschetten an den Ärmeln auf. Das ältere Mädchen trug ein rot-weiß gestreiftes Kleid, ebenfalls mit Flügelärmeln, figurbetont geschnitten, mit einem kontrastierenden Gürtel und langem Rock. Beide Kleider waren anscheinend aus diesem neuen Nylon-Baumwoll-Gewebe gefertigt. Die Frauen trugen alberne Hütchen ohne Krempe, eher wie Baskenmützen. Ziemlich unpraktisch, fand Marie, wenn man bedachte, dass Nanyuki direkt auf dem Äquator lag.

Das jüngere der Miles-Mädchen ertappte Marie dabei, wie sie sie anstarrte, und Marie wandte sich hastig ab. Nervös strich sie über den Stoff ihres Hemdblusenkleides mit Blumenmuster, der unter dem Gürtel oft knäuelte und sie viel fülliger wirken ließ, als sie war.

Kathleen beugte sich vor, um Marie etwas ins Ohr zu flüstern, und die breite Krempe ihres Filzhutes blieb an Maries Strohhut hängen. Kathleen trug eine graue Hose und eine Bluse mit Knopfleiste und zwei Brusttaschen. »Schau dir nur mal den alten Dudley Bastard an, Marie.« Sie verdrehte die Augen. »Hast du so was schon mal gesehen?«

Dudley war für zwei Dinge berühmt: seinen beträchtlichen Leibesumfang und die Anzahl seiner Kinder, die sich auf neun von seiner derzeitigen und sieben von seiner ersten Frau belief. In Nanyuki hieß es, man könne nie die Straße entlanglaufen, ohne dem einen oder anderen Bastard zu begegnen.

»Meinst du, er ist noch fetter geworden?«

Die beiden Frauen sahen zu, wie Dudley sich eher rollend denn gehend von seinem Auto zum Versammlungssaal bewegte. Auf dem Rücksitz hockten seine vier *totos* – die kleinen schwarzen Kinder, die er brauchte, damit sie seinen Wagen starteten.

»Nein, das kann gar nicht sein«, sagte Marie und schüttelte den Kopf.

Dudley war so dick, dass sein Bauch über den Schalthebel seines alten Austin hing, weshalb er nicht einmal den Gang wechseln konnte. Die *totos* schoben den Austin, bis er schnell genug war, dass Dudley den höchsten Gang einlegen konnte, und mussten dann einen Spurt hinlegen, um ins Auto zu springen, bevor der Austin ihnen davonfuhr. Dieser Prozess musste nach jedem Halt wiederholt werden, was jede erzwungene Pause zu einem Ärgernis machte. Alle in der Stadt wussten, wie gefährlich es war, Dudley Bastard nicht die Vorfahrt zu überlassen.

Marie berührte Kathleen am Arm und wies mit einem Nicken in Richtung Tür, wo die Menge sich nun langsam in den stickigen Versammlungssaal schob. Sie suchten sich zwei Plätze nebeneinander, ungefähr in der Mitte.

Nachdem der District Commissioner vorgestellt worden war und ein paar einleitende Bemerkungen gemacht hatte, kam er zur Sache. »Ich bin heute hier, um euch guten Leuten zu versichern, dass es auch angesichts dieser neuen Übergriffe keinen Grund zur Panik gibt.«

»Sie haben gut reden, Mr. Boverie. Ihnen steht ja auch jederzeit die Armee zur Verfügung.«

Die Stimme kam vom Ende der Reihe, in der Marie und Kathleen saßen. Marie lugte an ihrem Nachbarn vorbei und stellte fest, dass der Sprecher Cliff Randall von der Cedarville Farm war. Sie drehte sich wieder zu Kathleen um und flüsterte: »Wenn der alte Cliff mit seiner Truppe erwachsener Söhne sich Sorgen macht, wie viel Hoffnung besteht dann für uns?«

Kathleen nickte. »Seine Mädchen sind diejenigen, die man wirklich fürchten muss«, flüsterte sie.

Marie lächelte.

»Mein Herr«, erwiderte der District Commissioner, »die Armee ist einsatzbereit. Wir haben ein Bataillon der King's African Rifles keine fünf Meilen von hier stationiert.«

»Was nützen die uns, wenn sie die Mau-Mau nicht finden können?«, rief eine andere Stimme dazwischen.

»Ich habe letzte Woche fünf Kühe und mehr als 'n Dutzend Schafe verloren«, fiel eine dritte Stimme in den wachsenden Chor ein.

»Ruhe!«, donnerte der Vorsitzende und schlug kräftig mit seinem Hammer auf den Tisch. »Ruhe, sage ich. Lassen Sie den District Commissioner seine Erklärung beenden.« Er funkelte die Versammlung an, bis wieder Ruhe herrschte. »Bitte, Mr. Boverie.«

»Danke, Herr Vorsitzender.« Boverie zupfte mit Daumen und Zeigefinger an seinem Khaki-Hemd, das an seiner verschwitzten Brust klebte.

»Einigen von Ihnen ist vielleicht noch nicht bekannt, dass die britische Regierung vor zwei Tagen, am zwanzigsten Oktober, den Ausnahmezustand über Kenia verhängt hat.« Er machte eine Pause, damit die Leute diese Neuigkeit aufnehmen konnten. Im Saal herrschte nun absolute Stille. »Das zweite Bataillon der Lancashire Fusiliers wurde gestern aus dem Nahen Osten hierher eingeflogen. Im Lauf der kommenden Wochen wird unsere Reaktionsfähigkeit signifikant ausgeweitet. Signifikant ausgeweitet«, wiederholte er. »Ich spreche hier von Boden-, See- und Luftstreitkräften.«

Der District Commissioner führte daraufhin einige Minuten lang Einzelheiten wie Truppenstärken und Ausrüstung auf. Er beendete seine Rede mit einer leidenschaftlichen Verkündung – »Ein Haufen aufwieglerischer, ungebildeter Eingeborener wird uns nie besiegen!« – und nahm unter höflichem Applaus wieder Platz.

Der Vorsitzende dankte ihm und blickte sich im Saal um. »Gibt es noch Fragen an den District Commissioner?«

Cliff Randall erhob sich.

»Der District Commissioner hat uns ein paar interessante Zahlen genannt«, sagte er. »Aber ich frage mich, ob diese konventionellen Streitkräfte der Situation gewachsen sein werden? Ich habe im letzten Krieg unter Brigadegeneral Wapshore gedient. Wir haben von Lettow kreuz und quer durch Tanganjika gejagt. War verdammt schwer, ihn zu stellen. Urwälder und Sümpfe, genau wie hier.« Er blickte sich im Saal um: Er hatte die volle Aufmerksamkeit der Versammlung. »Diese verfluchten Kikuyu sind Freischärler, Räuberbanden, genau wie von Lettows Leute. Zahlenmäßige Überlegenheit zählt auf diesem Terrain nicht. Man kann sie nicht in einer Schlacht stellen. Sie umgehen einen, greifen nur kleine Ziele an. Wie unsere Farmen.«

Ein besorgtes Murmeln lief durch den Saal, als Randall sich wieder setzte.

Der District Commissioner lächelte herablassend. »Unsere hiesigen Jungs von den King's African Rifles werden gewiss mit lokalen Scharmützeln fertig, da bin ich ganz sicher.«

»Was ist mit dem Soldaten, der vergangene Woche tot im Wald gefunden wurde?«, fragte eine Stimme aus den hinteren Reihen.

Einige Anwesende tauschten bedeutungsvolle Blicke.

»Ein bedauerlicher Einzelfall«, sagte Boverie.

Cliff Randall stand wieder auf. »Und ich werde dafür sorgen, dass es dabei bleibt.« Er blickte sich im Saal um. »Meine Jungs und ich sind bewaffnet, wir werden eine Patrouille aufstellen und unsere Farm und die unserer Nachbarn bewachen. Wer ist dabei?«

Ein Chor von Jubelrufen und Geschrei hob an, und die Versammlung löste sich in großer Unordnung auf.

# Kapitel 2

Zunächst dachte Ernie, er sei gestorben und in den Himmel gekommen. Ganz kurz meinte er, ein grelles Licht zu sehen und zu schweben, bevor er grob auf einer harten Oberfläche deponiert wurde und das Licht wieder verschwand.

Einige Zeit später erwachte er in der Hölle. Sein Bein tat schrecklich weh, aber das war nichts im Vergleich zu den Schmerzen in seinen Händen. Irgendetwas drohte ihn zu ersticken. Er bekam keine Luft. Er versuchte, nach seinem Gesicht zu tasten, doch seine Hände waren riesige Blasen, angefüllt mit Federn.

Er öffnete die Augen und bemühte sich, etwas zu erkennen.

Ein schwarzes Gesicht hing über ihm.

Ernie fiel in Ohnmacht.

Das schwarze Gesicht war immer noch da, als er wieder aufwachte. Er betrachtete es eine Zeitlang. Es war jünger und weniger furchterregend, als er zunächst gedacht hatte. »Wer sind Sie?«, fragte er, sobald er sicher war, dass er nicht träumte.

Auf dem Gesicht breitete sich ein Lächeln aus. »Ich bin Nasonga.« Die Stimme klang volltönend, mit einem samtigen Timbre. Die Stimme wirkte älter als ihr Besitzer.

Diese Antwort war zu wenig. Ernie hob langsam den Blick. Der Raum war kahl. Eine mit Fliegendreck gesprenkelte

Glühbirne hing von der nicht ganz weißen Decke. »Nasonga wer?«, fragte er und wusste selbst nicht recht, warum. Es gab viel wichtigere Fragen, die ihm der schwarze Mann beantworten könnte, etwa *Wo bin ich?*, und *Wie zum Teufel bin ich hierhergekommen?*

»Ich bin Zakayo Nasonga.« Das Lächeln wurde breiter. »Wollen Sie denn nicht wissen, wo Sie sind?«

»Allerdings möchte ich das.« Ernies Hals schmerzte, seine Stimme war kaum mehr als ein Krächzen.

»Sie sind im Lazarett des Kriegsgefangenenlagers Stalag Luft sieben in Bankau.«

Der schwarze Mann saß auf einem Stuhl an Ernies Bett. Er hatte ein breites, freundliches Gesicht und kurzes, dichtes, extrem schwarzes Haar.

Ernie wusste, dass er kein Aborigine sein konnte. Seine Gesichtszüge waren ganz anders, und auch der Akzent, der vielleicht ein wenig britisch klang.

»Warum?«, fragte Ernie.

Die Stirn des Mannes runzelte sich. »Warum was?«

»Warum bin ich hier?«

»Im Lazarett? Weil Sie einen Schädelbruch, Verbrennungen zweiten Grades an den Händen und ein gebrochenes Bein haben, genau wie ich.«

Ernie blickte auf sein rechtes Bein hinab. Eine Blechschiene erstreckte sich von seinem Knöchel bis zum Schritt. Der schwarze Mann hob das linke Bein und legte es auf die Bettkante. Ihm reichte die Blechschiene bis zum Knie.

»Sehen Sie? Wir sind ein tolles Paar.« Seine Zähne waren groß und weiß. »Sie haben Sie gestern reingebracht. Maurice sagt, Sie würden schon wieder auf die Beine kommen.«

»Maurice?«

»Er ist ein belgischer Kriegsgefangener, und Arzt, Gott sei Dank. Ansonsten wüsste ich nicht, was aus uns allen werden sollte.«

»Und was ist mit Ihnen, äh …«

»Nasonga. Aber Sie können mich Zakayo nennen, wenn Sie wollen. Ich? Ich bin Sergeant der zehnten Division, britische Armee. Unser Zug wurde am Monte Cassino von den anderen abgeschnitten. Ich bin dummerweise in ein Loch gefallen. Jetzt bin ich seit fast einem Monat hier.«

Plötzlich kehrte ein großes Stück von Ernies Erinnerung zurück. Er stützte sich auf die Ellbogen und blickte sich verwirrt um. »Wo sind meine Kleider? Wo sind meine Sachen?«

»Keine Sorge, ich habe Ihre Kleider gewaschen. Sie hängen draußen und versuchen, in diesem grässlichen Wetter zu trocknen.«

»Und meine übrigen Sachen?« Er warf einen Blick auf den Nachttisch und suchte dann wieder den Raum ab.

»Ihre Brieftasche und sonstige Wertsachen haben die Wachen Ihnen wahrscheinlich abgenommen. Hatten Sie eine Uhr?«

»Ja, aber was ist mit meinem Bumerang?«

»Verzeihung, wie bitte?«

»Mein Bumerang. Ein halber Bumerang. Das ist ein Stück schwarzes Holz, mit gelben, roten und weißen –«

»Ach, das.« Nasonga griff in seine Hemdtasche und reichte ihm das Holzstück. »Hier, bitte.«

Ernie nahm es und ließ den Kopf zurück aufs Kissen sinken. »Puh«, sagte er, und die Erinnerung an Marie und den Tag, als er den Spielzeugbumerang in zwei Teile zerbrochen hatte, kehrte zurück. Er hatte ihr die andere Hälfte gegeben mit dem Versprechen, wohlbehalten nach Hause zu kommen, sobald der Krieg vorbei war. »Danke. Ich danke Ihnen sehr.« Er zuckte wegwerfend mit den Schultern. »Das ist sozusagen, verstehen Sie, ein Andenken.«

Der schwarze Mann nickte. »Ich verstehe. Ich glaube, so etwas nennt man einen Glücksbringer?«

»Genau.« Ernie lachte. »Diesmal hat er mir allerdings nicht viel Glück gebracht.«

»Es hätte schlimmer kommen können. Aber hier kümmern wir uns umeinander. Na ja, die meisten jedenfalls. Aber machen Sie sich keine Sorgen, ich werde mich um Sie kümmern, Ernie.«

»Das weiß ich zu schätzen, Kumpel. Bis jetzt haben Sie das jedenfalls großartig gemacht, denke ich.«

»Nicht der Rede wert.« Zakayo musterte Ernie mit gerunzelter Stirn. »Aber Sie sehen müde aus. Kann ich Ihnen etwas bringen? Ich habe ein bisschen Essen versteckt.«

Ernie blickte auf die zwei gebrochenen Beine hinab, eines weiß, eines schwarz. »Sieht so aus, als wäre das Laufen für Sie genauso mühsam wie für mich.«

»Ich komme schon zurecht.«

Ernie mochte den Mann. »Zako, du und ich, wir werden uns prächtig verstehen, glaube ich.« Er zeigte auf ihre gebrochenen Beine. »Zunächst mal brauchen wir beide zusammen nur ein Paar Schuhe.«

Wie sich herausstellte, war der junge Zakayo Nasonga auf dem besten Wege, in seinem Heimatdorf Panyiketto ein bedeutender Mann zu werden, als er Uganda verlassen und in den Krieg ziehen musste. Sein Dorf lag am gewaltigen Albert-Nil, nicht weit von Belgisch-Kongo. Deshalb sprach er ganz passabel Französisch, einer der Gründe, weshalb die britische Armee ihn als Freiwilligen angenommen hatte. Aber sie wären keineswegs interessiert gewesen, wenn er ihnen damals, 1941, gesagt hätte, dass er erst sechzehn Jahre alt war. Er war groß für sein Alter, kräftig von der langen, harten Arbeit an den Fischernetzen, und er ging fraglos für achtzehn durch.

Zakayo dachte oft an Panyiketto. Er stellte sich vor, den Flusspfad entlang zu Doreens Dorf zu gehen. Dann war sie dort, am Fluss, wusch ihre Wäsche, und ein strahlendes Lächeln breitete sich über ihr Gesicht, als er sich näherte. Oder sie war in der Hütte ihrer Eltern und drückte die Milch aus Kokosfleisch. Die Hütte stand auf einem Hügel oberhalb des Flusses, gekrönt von üppigen, violetten Bougainvilleen. Palmen nickten an der breiten, blaugrauen Wasserfläche des Nils, wo Kinder im flachen Wasser mit Speeren fischten und zum Spaß die Krokodile mit Steinen bewarfen. In den Gärten wuchsen Mais, Maniok und alle möglichen Blattgemüse. Und überall gab es Bananen: die kleinen, süßen, die im Bündel aussahen wie die Hand eines dicken Kindes; die edlen *kabaka*-Bananen, groß und fest; und die wilden grünen Bananen, die roh ungenießbar waren, aber köstlich schmeckten, wenn man sie kochte und mit Maisbrei aß. Zakayo hatte seit Jahren keine Banane mehr gegessen.

Seit seiner Verlegung vom Kriegshospital in das Gefangenenlager vor sieben Monaten hatte er, ganz im Gegensatz zu früher, zu Hause, so gut wie keine Freunde. Die schwarzen Amerikaner blieben unter sich. Die Belgier schienen sich mit ihm nicht ganz wohl zu fühlen, als solle für ihn eine eigene Klasse Kriegsgefangener eingerichtet werden – der einzige Schwarzafrikaner im Lager. Die Briten gaben sich tolerant, zögerten jedoch, ihn in ihren Kreis aufzunehmen. Die Deutschen behandelten ihn wie ein Gespenst. Was hatte ein primitiver Eingeborener aus Uganda, einem Land, das außerhalb Afrikas praktisch unbekannt war, in diesem Weltkrieg verloren? Er hätte nicht einmal im Stalag Luft 7 sein dürfen – das war ein Luftwaffen-Lager, keines für Angehörige der British Army. Den Deutschen schien das egal zu sein. Er hätte ebenso gut unsichtbar sein können.

Sein einziger Freund war der stämmige kleine Australier, Ernie Sullivan. Ihre Freundschaft wuchs zunächst langsam, doch bald begann Ernie, seinen respektlosen Humor mit Zakayo zu teilen. Das war ein Wendepunkt. Die beiden zogen gemeinsam ein Geschäft auf.

Von den Deutschen ignoriert zu werden hatte seine Vorteile, dachte Zakayo, als er auf seine Baracke zuging. Es verringerte das Risiko, aufgehalten zu werden, wenn er seine Runde machte, um die Einsätze für die Predigtzeit-Wetten einzuholen.

Dabei ging es darum, die Länge der Predigt zu erraten, die der katholische Priester jeden Sonntag im Lager hielt. Die Männer konnten für einen kleinen Betrag Zeitabschnitte von jeweils zehn Sekunden Länge kaufen. Der Mann, dessen Zeitabschnitt der tatsächlichen Länge der Predigt am nächsten kam, gewann die Spielkasse, minus zehn Prozent, die sich Zakayo und Ernie teilten. Langeweile war eine ständige Gefahr im Lager. Selbst die vorgesetzten Offiziere unter den Gefangenen duldeten die wöchentliche Wette ihrer Männer, weil sie die alles betäubende Routine auflockerte.

Wenn die Männer kein Bargeld hatten, konnten sie die Schokolade vom Roten Kreuz eintauschen oder Zigaretten oder was auch immer an Gütern gerade verfügbar war. Ernie legte den Preis der verschiedenen Tauschwaren fest, abhängig von Angebot und Nachfrage. Er und Zakayo zogen durch das Lager, kauften, handelten und verkauften, um Bargeld zu bekommen. Jeden Sonntag fing das Ganze von vorn an.

Ernie saß auf der Stufe vor ihrer Baracke in Sektor F, der den Spitznamen »Fremdenlegion« bekommen hatte, weil hier die Männer aus Ländern untergebracht waren, die nicht genug Landsleute im Lager hatten, um eine eigene Gemeinschaft zu bilden, wie sie etwa die Briten, Belgier oder Amerikaner darstellten. Er trug sein übliches schiefes Grinsen und eine Jacke, die ihm am Oberkörper passte, an den Armen aber um mindestens eine Größe zu lang war.

»Tag, Zako«, sagte er, als der Afrikaner sich zu ihm auf die Stufe setzte. »Alles klar bei den Yankees?«

»Alles bestens, Kumpel«, erwiderte der Afrikaner und ahmte dabei Ernies breiten australischen Akzent nach. In den sieben Monaten seit Ernies Ankunft hatte Zakayo ein beachtliches Vokabular an australischem Slang gelernt. Im Gegenzug hatte Ernie ein paar Worte Kisuaheli aufgeschnappt, darunter Flüche und Schimpfwörter, die er bei jeder sich bietenden Gelegenheit vom Stapel ließ.

Ernie ließ rasch den Blick durchs Lager schweifen und schob dann eine Hand tief in die Tasche. »Hier, das kommt in unseren Topf.« Er reichte Zakayo eine Hand voll Münzen. »Zigarette?«

»Nein, danke. Wir haben inzwischen einen hübschen Notgroschen zusammen, was?«

»Kannst du laut sagen.« Seit der Befreiung von Paris, von der das Lager durch den belgischen Widerstand erfahren hatte, wurde immer lebhafter über das baldige Kriegsende spekuliert. »Was willst du mit deinem Geld anfangen, Zako?«

Zakayo lehnte sich auf der Stufe zurück und streckte die Beine aus. »Ah, da fragst du mich was.« Sein Anteil am Profit ihres Wettbüros reichte aus, um mehrere Kühe zu kaufen – genug für eine Mitgift und den Aufbau einer eigenen Herde. Bei all dem hatte er Doreens Bild vor Augen.

»Ja, ich frage dich.«

»Was würde ein australisches Känguru schon von Afrika verstehen?«

»Vielleicht erlebst du eine Überraschung. Stell mich doch auf die Probe.«

Zakayo wollte sogar über Doreen sprechen; irgendwie würde er sich ihr dann näher fühlen. Aber er wollte nicht zu begierig klingen. Wäre Ernie Afrikaner gewesen, hätte Zakayo genau gewusst, wie er dieses Gespräch angehen musste, aber weiße Männer taten sich sehr schwer mit delikaten Themen. Natürlich hatten er und Ernie schon manchmal über solche Themen gesprochen, unter anderem über ihre sexuellen Eroberungen, aber Ernie hatte kaum je seine Ehefrau und ihr gemeinsames Leben zu Hause erwähnt. Zakayo hatte sich danach gerichtet und Doreen für sich behalten.

»Ich werde meine Freundin bitten, meine Frau zu werden«, sagte er.

»Klasse, Kumpel. So ist's recht. Wer ist denn die Glückliche?«

»Sie heißt Doreen.«

*»Se heißt Doreen … Na, verdammich, sag ich!«* Ernies normalerweise derber Akzent klang jetzt nasal und aufgeblasen. *»Ne halbe Feder hätt mich umgehau'n!«*, fügte er hinzu.

Zakayo starrte ihn an. »Was zum Teufel soll das heißen?«

»He, ich hab dich nur auf den Arm genommen.« Ernie stieß ihn mit dem Ellbogen an.

Der junge Schwarze musterte ihn: Der Australier schien es nicht böse zu meinen. »Was soll dann dieser ganze *takaka* über Doreen? Und das bedeutet ›Blödsinn‹, falls du das Wort nicht schon kennst.«

»Ich kenne *takaka*. Und das ist kein Blödsinn, das ist Poesie.«

Wie Zakayo spürte, hatte Ernie gemerkt, dass er zu weit gegangen war, und versuchte nun, Zakayo mit seinem Humor zu besänftigen. »Was für Poesie soll das denn sein? Ich verstehe kein Wort davon«, sagte er deshalb.

»C.J. Dennis. Der Beste. Er erzählt von seiner neuen Flamme Doreen.« Ernie hob die Hand zu einer theatralischen Geste und deklamierte weiter. Als der Ugander keine Reaktion zeigte, sagte er: »Na schön, lassen wir das.«

»Gut.«

»Jetzt erzähl mir von deiner Doreen. Woher kommt sie? Wie hast du sie kennengelernt?«

Zakayo freute sich, dass sie wieder beim eigentlichen Thema waren. Er konnte seine Doreen vor sich sehen, die ihn anlächelte, mit Blumen im Haar, an dem Tag, als er sie auf dem Freitagsmarkt zum ersten Mal gesehen hatte. Er war gerade fünfzehn, sie dreizehn. »Sie kommt aus einem anderen Dorf. Weißt du noch, was ich dir über unser Dorf in Uganda erzählt habe?«

Ernie nickte.

»Also, ihr Dorf liegt ein paar Kilometer flussaufwärts. Es ist klein, etwa so groß wie unseres. Ich war vorher noch nie dort zu Besuch, weil wir da keine Verwandten haben. Das wird es für meinen Vater ein bisschen schwierig machen, die Hochzeit auszuhandeln, aber daran will ich noch nicht denken.« Seine Gedanken rasten voraus. »Dieses Problem werden wir lösen, wenn es so weit ist, nicht wahr?« Zakayo wäre an diesem Punkt gerne von dem älteren Australier beruhigt worden, aber Ernie nickte nur wieder.

Der Afrikaner geriet ein wenig ins Schwärmen. Diese Erinnerungen mit jemandem zu teilen fühlte sich gut an, und Ernie hatte endlich mit seiner Neckerei aufgehört. »Wir sind uns auf dem Wochenmarkt begegnet«, erzählte Zakayo und lächelte bei der Erinnerung an jenen Tag.

# Kapitel 3

Kip saß auf der Treppe und starrte in die Ferne, wo die bewaldeten Hügel aus dem Grasland der Savanne aufstiegen und sich als graugrüner Schimmer zu den endlosen Höhen des Mount Kenya hinaufzogen. Aber er dachte nicht an den schneebedeckten Berg, nein, er stellte sich vor, dass er zu Pferde saß und im Galopp eine Bongo-Antilope verfolgte, die wilde Haken schlug und versuchte, Kips wirbelndem Lasso auszuweichen. Die große rote Antilope blieb plötzlich stehen, warf die spiralförmigen Hörner hoch und schnaubte zornig. Kip ließ seinen Hengst herumwirbeln und raste zurück, ehe der Bongo entkommen konnte. Das Lasso wirbelte durch die Luft, Kip warf es in einem perfekten Bogen und fing die prächtigen Hörner in einer sicheren Schlinge. Er sprang vom Pferd und rang die Antilope zu Boden – weitere dreißig Pfund für ihn.

Kip kannte den aktuellen Preis sämtlicher Tiere im Gebiet des Mount Kenya: dreißig Pfund für einen Bongo, zwanzig für einen Leoparden, fünfzehn für einen Geparden. Die Preise hatte er bei Mr. Hook aufgeschnappt, dessen Farm in der Nähe des Hotels lag.

Raymond Hook war in der Hauptsache Jäger und eher nebenher auch Farmer. Er verdiente sein Geld damit – dreißig Pfund auf einmal, im Fall des Bongos –, dass er Tiere für mehrere Zoos in Übersee fing. Kip erschien dieses Leben ideal, denn es verband seine Liebe zur Natur mit seinem überwältigenden Wunsch nach Reichtum. Verglichen mit den großen Viehbesitzern war Mr. Hook vermutlich nicht richtig reich, aber für Kip waren dreißig Pfund mehr Geld, als er sich vorstellen konnte. Einen Bongo, einen Geparden oder was auch immer dieser Zoo haben wollte, einzufangen, wäre eine großartige Möglichkeit, den Reichtum zu erwerben, den er brauchte, um zu entkommen.

Es war nicht Nanyuki, dem er entfliehen wollte, sondern seine elende Kindheit. Und während er in den einmalig blauen Himmel starrte, dessen Zauber nur vom Berg und ein paar weißen Wattewölkchen gebrochen wurde, musste er sich eingestehen, dass er auch von seiner Mutter fortwollte.

Kip hatte ein schlechtes Gewissen deswegen. All die anderen Achtjährigen in der Schule schienen ihre Eltern zu mögen, und besonders ihre Mütter. Vielleicht logen sie, aber das würde Kip nie herausfinden, denn er hatte selten eine Chance, selbst zu sehen, wie das Leben bei den anderen zu Hause war. Umgekehrt konnten seine Freunde auch nie sehen, was Kip zu Hause erlebte, weil er niemanden nach Hause einladen durfte.

Er verließ die Hintertreppe und schlenderte zu dem Graben, der vom Nanyuki River gespeist wurde und ihnen ihr Wasser brachte. Der Graben enthielt kaum mehr als ein dünnes Rinnsal. Irgendetwas hatte ihn stromaufwärts blockiert. Das war eine weitere Aufgabe, die er noch vor dem Dunkelwerden erledigen musste. Er blickte nach Westen: In nicht einmal einer Stunde würde die Sonne untergehen. Er trat einen Stein in den Graben, schob die geballten Fäuste in die Hosentaschen und stellte fest, dass da etwas drin war.

Das Knirschen von Hufen auf Kies drang vom Hotel herüber. Frauenstimmen drangen von der Veranda bis zu ihm, der da stand und auf das schwarze Stück Holz in seiner Hand starrte. Er hatte vergessen, es in die Truhe vor dem Bett seiner Mutter zurückzulegen, und jetzt war sie wieder zu Hause.

Kip rannte zur Hintertür, schnappte sich den Verbandskasten – ein weiterer Beweis für sein Eindringen ins Schlafzimmer – und hetzte die Stufen hinauf. Er lief durch die Küche ins dunkle Schlafzimmer und schlitterte den letzten Meter, bis er vor dem Bett zum Stehen kam.

Der Verbandskasten war rasch wieder an seinem Platz, doch das Stück bemaltes Holz lag in seiner Hand wie eine rauchende Pistole. Er warf einen Blick auf das Zebrafell und überlegte, wie lange es dauern würde, das verfluchte Holzstück wieder in die Pralinenschachtel zu legen. Das Zebrafell lag schwer wie ein Grabstein auf der Truhe.

Die Stimme seiner Mutter drang von der Bar herauf. Kip war wie erstarrt vor Angst und Unentschlossenheit. Entweder wurde er dabei erwischt, wie er es zurücklegte, oder er wurde später als der Dieb entlarvt. In jedem Fall würden sie ihn bestrafen. Sein Blick huschte zu der *kiboko*-Peitsche an der Tür. Er rang die Hände und hüpfte von einem Fuß auf den anderen.

Er streckte die Hand nach dem Zebrafell aus und wich entsetzt zurück. Er konnte es nicht tun. Sie würden ihn auf frischer Tat ertappen. Jetzt konnte er seine Mutter auf dem Flur hören, sie kam von der Bar herüber. Eine Woge des Grauens rollte über ihn hinweg, und das Herz hämmerte ihm in der Brust. Er stand da wie angewurzelt.

Schließlich, als er den Türknauf an der Durchgangstür zur Bar klappern hörte, sprang er mit einem Satz durch die Schlafzimmertür und zog sie vorsichtig hinter sich zu. Er floh in die Küche, durch die Hintertür, sprang über alle vier Stufen hinab und rannte. Augenblicke später saß er in seinem Versteck im Baum, zitternd und weinend vor Angst.

Das grässliche hölzerne Ding lag immer noch in seiner Hand. Er strich mit dem Zeigefinger über die farbigen Pünktchen. Die Flucht war ihm gelungen, doch er war das verflixte Ding nicht losgeworden. Wie konnte ein so altes Stückchen Holz ihm solche Qualen bereiten? Vielleicht war es verflucht? Die Pünktchen und Wellenlinien erinnerten ein wenig an die Zeichen der Kikuyu.

»Rupert!« Die Stimme seiner Mutter lenkte seine Gedanken wieder auf seine augenblickliche Notlage. »Rupert!«

Kip verabscheute seinen Namen: Rupert Laikipia Balmain. Nicht ein Teil davon war es wert, an einer Hundehütte zu stehen. Er hatte sich für Kip entschieden, als das geringste Übel, aber seine Mutter und Tante wussten nichts von diesem Spitznamen. Er wusste, dass sie damit nicht einverstanden wären.

Marie kreischte erneut seinen Namen.

Kip schloss die Augen und versuchte, auch seine Ohren zu verschließen. Mit jedem Kreischen rollte er sich enger zusammen. Schließlich hatte er das Gefühl, dass er unsichtbar geworden war.

# Kapitel 4

Die schlappe Hutkrempe rutschte Kip schon wieder über die Augen. Er schob den Hut weit zurück, doch so drohte er, ihm hinten vom Kopf zu fallen. Er nahm ihn in beide Hände, packte fest die Krempe und bog sie energisch zurecht, so dass er jetzt viel besser sehen konnte. Er eilte schnell den Waldpfad entlang, um seinen Freund Maina Githinji nicht zu verlieren, der sich achtlos weiter durchs dichte Unterholz drängte.

Bevor sie aufgebrochen waren, hatte Maina Kip gesagt, dass er unbedingt einen Hut tragen müsse. Kip wusste, dass es ein Fehler wäre, den viel zu großen Schlapphut aufzusetzen, deshalb hatte er behauptet, er hätte keinen. Aber schließlich hatte er ihn doch tragen müssen, so schlecht er auch saß, weil Maina das zur Regel erklärt hatte, und wie alle von Mainas Regeln musste auch diese wortgetreu befolgt werden.

Maina sagte, der Hut sei dazu da, sein »weißes *mzungu*-Haar« zu verbergen. Und die Asche auf seinem Körper sollte seine »weiße *mzungu*-Haut« verstecken, erklärte Maina mit verächtlich geschürzten Lippen. Kip nahm diese Kritik gleichmütig hin. Maina war sein Freund und sein Held. Mit zwölf Jahren war der junge Kikuyu einen Kopf größer als Kip, und an seinem schlanken, schwarzen Körper begannen bereits die Muskeln zu spielen, die Kip bei Mainas Vater und den anderen schwarzen Männern gesehen hatte, die in den Gemüsegärten der Grearsons arbeiteten.

Diese Männer waren die einzigen, die er je mit nacktem Oberkörper gesehen hatte, und er studierte sie heimlich, um hinter ihr Geheimnis zu kommen. Stundenlang stemmte er Steine und warf Baumstämme in den Fluss, um dann, wenn er völlig erschöpft war, vor den Spiegel im Bad zu eilen und seine Muskeln zu betrachten. Sie blieben kleine, rundliche Buckel auf seinen dünnen Oberarmen. Allmählich kam er zu dem Schluss, dass weißes Fleisch von Natur aus schwach sein müsse und er vielleicht nie die starken, schwellenden Muskeln entwickeln würde, die er bei den Kikuyu sah. Insgeheim wünschte er, er wäre auch schwarz, wie Maina.

Kip zog seine schlabberigen Shorts hoch und trottete Maina hinterher, stets mit zehn Schritten Abstand. Würde Kip dichter hinter ihm gehen, würden die von Maina verdrängten Zweige ihn treffen, wenn sie zurückschlugen; mit noch mehr Abstand hätte er riskiert, Maina im Dschungel zu verlieren.

Kip ging gern mit Maina auf die Jagd. Bei den ersten paar Ausflügen hatte er geglaubt, Mainas intensive Konzentration solle das Spiel interessanter machen. Später wurde ihm klar, dass Maina ernsthaft jagte und seine Familie tatsächlich aß, was er nach Hause brachte. Kip war immer hungrig, hatte aber noch nie daran gedacht, Mungo zu essen oder den lärmenden, rattenähnlichen Klippschliefer oder ein Stachelschwein. Erst nachdem er eines Abends zur *boma* der Githinjis zurückgekehrt war, weil er seinen Hut vergessen hatte, wurde ihm das Schicksal ihrer Jagdtrophäen bewusst. Mama Maina, wie Mrs. Githinji nach Art der Kikuyu lieber genannt werden wollte, briet gerade Fleischspieße über dem offenen Feuer. Kip machte große Augen, als er Teile der Meerkatze erkannte, die Maina erst mit einem gut gezielten Stein vom Baum geholt und dann mit dem Speer erlegt hatte.

Nun merkte Kip, dass er Maina aus den Augen verloren hatte, und er hastete in der Richtung durch den Busch, die sein Freund vermutlich genommen hatte. Plötzlich wurde er am Arm gepackt und vom Pfad gezerrt. Er hatte nicht einmal Zeit, erschrocken aufzuschreien, da schlug Maina ihm schon eine Hand vor den Mund und bedeutete ihm mit einem finsteren Blick, still zu sein. Vor ihnen war ein Riedbock, eine kleine Antilope, die Kip aus *Säugetiere Ostafrikas* kannte, einem von mehreren Büchern, die er unter der Bar gefunden hatte, als sie ins Hotel eingezogen waren. Der Riedbock stand einen Augenblick lang starr im gesprenkelten Sonnenlicht und verschwand dann mit einem lautlosen Satz. Maina zeigte auf Kips Füße und bedeutete ihm, leise zu sein, hob Kips übergroßen Hut auf und stülpte ihm das Ding wieder über den Kopf, um sein *mzungu*-Haar zu bedecken. Dann schlich er gebückt dem Riedbock nach.

Kip folgte ihm, so leise er konnte, und achtete darauf, nicht auf herabgefallene Zweige zu treten, doch jedes Mal, wenn er auf seine Füße hinabblickte, rutschte ihm der Hut über die Augen. Er versuchte es mit einer anderen Technik und eilte mit einer Hand auf dem Hut, den Blick auf den Boden geheftet, durch den dichten Wald. Das funktionierte aber auch nicht. Er musste eine Hand vor sich ausstrecken, um sich gegen die Zweige zu schützen, die hinter Maina zurückpeitschten.

Er hatte das Gefühl, abgehängt zu werden, und machte einen entschlossenen Versuch, Maina einzuholen. Er stürmte durch besonders dichtes Unterholz, den Kopf gesenkt und den Hut tief ins Gesicht gezogen, und prallte gegen Maina, als der gerade den Speer auf den Riedbock schleudern wollte.

Bis die beiden Jungen sich aufgerappelt hatten, war ihre Beute geflohen.

Victor Grearson trat aus dem Schatten der Veranda in die sengende Sonne. Mit zusammengekniffenen Augen warf er einen Blick zum wolkenlosen Himmel und ging dann zur Scheune hinüber. »Komm, Jessie!«, rief er dem Kelpie zu, der ihn seit dem Moment, da Victor die Tür geöffnet hatte, aufmerksam beobachtete. Der Ruf war eigentlich überflüssig, weil die Hündin Grearson so gut wie nie aus den Augen ließ. Sie sprang auf und trottete mit hängender Zunge neben ihm her.

Vic hatte den schwarz-lohfarbenen australischen Hütehund als Welpen bekommen. Seitdem war Jessie so gut wie immer an seiner Seite, arbeitete mit ihm am Vieh – eine Aufgabe, die sie glanzvoll meisterte – oder lag mit dem Kopf auf den Pfoten zu seinen Füßen. Als Arbeitshund hatte sie keine Zeit für andere Menschen. Grearsons Sohn John hatte sich unzählige Stunden lang bemüht, Jessies Zuneigung zu gewinnen, doch es war ihm nicht gelungen. Jessie war ein Ein-Mann-Hund.

Grearson schwang ein Bein über den Sattel und ließ sein Pferd gemächlich im Schritt gehen. Er würde bei Githinji vorbeischauen und die Arbeiten auf der Farm überprüfen und dann auf dem Weg zu dem Treffen bei Cliff Randall noch nach dem Vieh sehen.

Er näherte sich der von Dornengestrüpp geschützten Einfriedung, *boma* genannt. Die wenigen kleinen Hütten dort waren ausnahmslos mit Gras oder Blechplatten gedeckt. Gerade kamen Githinjis Sohn und der Junge aus Hooks Hotel aus dem Buschland im Osten. Er dachte an das Equatorial

Hotel immer noch unter dem Namen seines ersten Besitzers. Der alte Logan Hook wusste, wie man einen Pub führte, und hatte zweifellos gut verdient, solange das Armeelager voll besetzt gewesen war. Er war klug genug gewesen, es kurz nach Kriegsende den beiden Frauen zu verkaufen. Balmain's Equatorial Hotel klang irgendwie falsch. Balmain – war das französisch? Er konnte sich vorstellen, dass die Frauen Schwierigkeiten hatten; die damals in den Büchern aufgeführten Profite entsprachen sicher nicht ihrem jetzigen Umsatz. Vielleicht würden die Soldaten, die dem District Commissioner zufolge in dem alten Armeelager postiert werden sollten, das Geschäft ein wenig beleben. Er schüttelte den Kopf und fragte sich, warum sich zwei Frauen ein Hotel an einem Ort wie Nanyuki aufladen sollten. Er hatte gehört, dass sie ursprünglich aus Australien kamen.

Der Balmain-Junge war auch ein seltsames Kerlchen. Wie ein verlorenes Hündchen trottete er hinter dem jungen Kikuyu her.

Victor und Maude Grearson hatten nur ein Kind, und er war sicher, dass seine Frau ihren John niemals so wild im Dschungel herumlaufen lassen würde. Der Junge durfte nicht einmal das Haus verlassen ohne Hut und Stiefel. Zumindest einen Hut trug der Balmain-Junge heute. *Aber, lieber Himmel, was für einen Hut!*, dachte Grearson.

»Du da, *mtoto*«, sagte er zu dem älteren der beiden.

Der Githinji-Junge blieb abrupt stehen, und der kleinere, dessen Hutkrempe ihm die Sicht versperrte, prallte gegen ihn. Ein kurzes Geschubse folgte, während dessen der Balmain-Junge seinen Hut verlor.

Grearson unterdrückte ein Lächeln. »Wo warst du, Junge?«, fragte er den Kikuyu.

Maina blickte auf seinen großen Zeh, der Striche in den Sand malte.

»*Wapi?*«, wiederholte Grearson.

Der schwarze Junge wies mit ausgestrecktem Finger auf den Busch. »Jagen, *bwana*«, sagte er und wagte es nun, Grearson in die Augen zu sehen.

»Hm, dazu taugt ihr offenbar nicht viel«, sagte er, als er ihre leeren Hände bemerkte. »Und du, Junge … Wie heißt du, mein Sohn?«

Der weiße Junge starrte den weißen Mann zu Pferde mit offenem Mund an.

»Na? Hast du nun einen Namen oder nicht?«

Der Junge warf dem Kikuyu einen Blick zu, der schaute zu Boden und bedeutete dem anderen damit, dass es seine Entscheidung war, ob er antworten wollte oder nicht.

»Kip, Mister.«

»Kip, so?« Grearson musterte den Jungen. Er hatte ihn zwar oft auf der Farm und um die *boma* gesehen, sich aber noch nie Zeit genommen, ihm ein paar Fragen zu stellen, weil er davon ausgegangen war, dass der Kleine sich irgendwann passendere Freunde suchen würde. Er war ziemlich schmächtig, und obwohl er sich ganz nach dem älteren Jungen richtete, hatte er einen entschlossenen Zug um den Mund. »Was zum Teufel hast du da im Gesicht?«

Kips Hand fuhr zu seiner Wange. Er betrachtete die Asche an seinen Fingerspitzen, bevor er antwortete: »Schwarzes Zeug.«

»Na, na, junger Kip Balmain, auf meiner Farm läufst du nicht mit schwarzem Zeug im Gesicht herum, verstanden?«

Kip blickte mit zusammengekniffenen Augen zu dem Mann im Sattel auf und nickte.

»Und jetzt zu dir, junger Githinji, komm mit mir.«

Grearson ritt zum Gemüsegarten, wo sechs Kikuyu-Frauen arbeiteten; zwischen den grünen Reihen waren nur ihre gebeugten Rücken zu sehen. Der alte Githinji schärfte gerade eine *panga* und erhob sich, als Grearson näher kam.

»*Habari,* Githinji«, sagte Grearson zum Gruß.

»*Mzuri, bwana*«, erwiderte der Schwarze. »*Habari yako?*«

»*Mzuri.* Wie machen sich die Bohnen?«

»Nicht gut, *bwana.* Wir brauchen bald Regen.« Nur die Schnüre hielten die kümmerlichen Pflanzen aufrecht.

»Und der Mais?« Grearson stand in den Steigbügeln auf, um nach dem fernen Feld zu schauen, doch er wusste, dass der Mais braun und beinahe verdorrt war.

»Auch nicht gut.«

»Wir tun eben, was wir können«, sagte er gelassen, wandte sich dann um und sah die beiden Jungen schweigend in ein paar Schritt Entfernung herumstehen. »Also, was ist mit deinem jungen Wildfang hier?«

»*Bwana?*«

»Warum ist er nicht in der Schule?«

Githinji konnte Grearsons Blick nicht standhalten. »Er ist ein schlechter Schüler, *bwana.* Und er muss sich um unseren Garten kümmern.«

»Was ihr mit eurem eigenen Garten anstellt, ist eure Sache. Aber wenn dieser Junge genug Zeit hat, zum Spaß im Busch herumzurennen, dann sollte er verdammt noch mal auch ein bisschen Zeit für seine Schulbildung haben.«

»Ja, *bwana.*«

»Sorge dafür.«

Grearson nahm die Zügel auf, um weiterzureiten, und bemerkte dann den Balmain-Jungen, der ihn anstarrte. »Und was ist mit dir, junger Mann, weiß deine Mutter, wo du deine Tage verbringst? Dass du dich mit diesem jungen Nichtsnutz herumtreibst?«

»Nein, Sir, ich meine, ja, Sir.«

Grearson hätte nicht übel Lust gehabt, dem Jungen anzudrohen, dass er ein Wörtchen mit seiner Mutter reden würde, überlegte es sich jedoch anders. Es erschien ihm nicht richtig, einer Weißen zu sagen, wie sie ihr Kind erziehen sollte.

»Jessie«, sagte er zu der Hündin, die mit bewunderndem Blick zu ihm aufschaute. »Komm, mein Mädchen.«

Er wendete das Pferd und trabte auf die südliche Umzäunung zu.

Die Männer, die sich auf Cliff Randalls Veranda versammelt hatten, kannte Vic Grearson gut. Die meisten lebten genauso lange in dieser Gegend wie er, manche sogar länger, wie die Hooks, die Bastards, und die Randalls.

Sie wirkten grimmig, diese Randalls. Neben Cliff standen seine vier großen, rotbärtigen Söhne, die mächtigen Arme entschlossen vor der Brust verschränkt. Sogar Randalls fünf Töchter, von denen drei noch zu Hause lebten und sich nun wie sommersprossige Säulen am Rand der Familie aufgebaut hatten, strahlten etwas Streitlustiges aus. Grearson vermutete, dass drei Generationen in dieser Kolonie, die sie sich meterweise erkämpft hatten, solche Menschen hervorbrachten.

Auf der Veranda rieb sich Cliff Randall die Hände und reckte den Hals, um über die Köpfe der Nächststehenden hinwegzublicken. Die Geste wies darauf hin, dass er nun sprechen wollte, und Schweigen legte sich über die Versammlung.

»Männer«, begann er, »ich habe nicht vor, eure Zeit zu verschwenden, also komme ich gleich zur Sache.« Er ließ kurz den Blick über die Gruppe schweifen. »Die meisten von euch waren bei der Versammlung neulich im Ort. Ihr habt gehört, was der District Commissioner über diese Mau-Mau-Aufstände gesagt hat und dass unsere Streitkräfte die schon kleinkriegen werden. Also, ich halte das für einen Haufen Schwachsinn, und ihr erinnert euch vielleicht, dass ich das letzten Mittwoch auch dem District Commissioner gesagt habe.«

Er hielt inne, um diese Worte wirken zu lassen. »Ausgemachter Schwachsinn. Und ich sage euch auch, warum. Ihr wisst genauso gut wie ich, dass die King's Rifles da oben an der Straße mit ihren albernen Marschformationen und ihrem Drill gegen diese Wilden so gut wie unbrauchbar sind. Die schleichen herum und stehlen ein Schaf hier und eine Kuh dort. Das muss aufhören! Ich sage euch, mein Großvater hat bessere Männer als diese Kikuyu vertrieben, als er sich hier niedergelassen hat. Echte Krieger – die Massai. Und das hat er mit einem Gewehr und der guten alten *kiboko* geschafft, pfeif auf die verdammten Queensberry-Regeln. Auge um Auge – das ist die einzige Regel, die der Schwarze versteht. Ist ihnen seit Generationen so eingebleut worden.«

Randall legte eine Pause ein. Seine Söhne nickten. Andere taten es ihnen gleich.

»Der arme Kerl, den sie draußen in der Nähe des Equatorial gefunden haben«, fuhr er fort und wies mit ausgestrecktem Arm in Richtung des Hotels, »dem haben sie den … dem haben sie etwas Grauenhaftes angetan. Ihr wisst, wovon ich spreche. Wollen wir hier herumstehen und hoffen, dass die verdammten King's African Rifles rechtzeitig auf unseren Farmen sind, wenn wir sie brauchen?« Er funkelte die Männer an. »Nein!« brüllte er, und Zornesröte stieg ihm ins Gesicht.

Eine Stimme erhob sich aus der Menge. »Aber was sollen wir denn dagegen tun, Cliffy?«

»Völlig richtig, Ben, was sollen wir dagegen tun? Ich weiß, dass du in dieser Sache hinter mir stehst. Deshalb will ich für euch Übrige jetzt Klartext reden. Es gibt keinen Eingeborenen in diesem Distrikt, der keinen Respekt vor der *kiboko* hätte. Gebt mir einen Unruhestifter – und davon haben wir immer ein paar –, und ich bringe ihn allein mit der Nilpferdpeitsche zur Vernunft. Jeder von denen hat es verdient, auf die eine oder andere Weise, und wenn wir jeden Einzelnen von ihnen ab und zu die *kiboko* spüren ließen, würde es keiner von diesen so genannten Aufständischen wagen, einen Fuß auf unsere Farmen zu setzen. Mit diesem zimperlichen Getue spielt man denen bloß in die Hände.«

Er suchte in der Menge nach ablehnenden Mienen. Auch Grearson ließ den Blick über die Gruppe schweifen. Die Aufmerksamkeit aller anderen war auf den Sprecher gerichtet.

Randall fuhr fort: »Wir greifen zu den Waffen und zahlen es den Bastarden heim.« Er warf seiner Frau einen Verzeihung heischenden Blick zu. »Wir tun ihnen das an, was sie uns gern antun würden, und wir wollen doch mal sehen, wie viele von denen dann noch mutig genug sind, einen einsamen Reisenden im Busch zu überfallen.«

»Aber wir müssen uns um unsere Farmen kümmern. Unsere Familien«, sagte eine Stimme.

»Wie können wir jedem Neger hinterherrennen, der sich an einer Kuh vergriffen hat?«, fragte eine andere.

»Wir bilden eine Bürgerwehr, Bill. Eine Bürgerwehr, wie sie sie drunten in Nairobi haben. Aber wir werden das selber in die Hand nehmen. Wir teilen uns ein, so dass jeder in einer anderen Nacht dran ist. Wir fächern uns auf, patrouillieren um alle unsere Farmen, und« – Randall schlug mit der Faust in die offene Handfläche – »wir lassen sie die Zeche zahlen.«

Grearson trat von einem Fuß auf den anderen. Um ihn herum nickten viele Köpfe zustimmend. Andere hielten sich zurück und waren sich offenbar, wie Grearson selbst, nicht so sicher, was Randalls Vorschlag anging. Das Ganze hatte angefangen, nachdem sie in der Nähe von Grearsons Farm den Leichnam des weißen Mannes im Busch gefunden hatten. Für Grearson sah das ganz nach einem Leopardenangriff aus. Doch in der allgemeinen Vorstellung war daraus ein Mau-Mau-Übergriff geworden, ehe der Leichnam auch nur zur Untersuchung nach Nairobi gebracht worden war.

»Cliff Randall«, rief Grearson über die Menge hinweg.

»Ja, Vic?«

»Willst du damit sagen, wir sollen pauschal sämtliche Eingeborenen in der Gegend angreifen?«

»Nein, Vic, natürlich nicht alle. Ich spreche von den Kikuyu. Auch von anderen, wenn die sich mit uns anlegen wollen, aber vor allem haben wir es auf die Kikuyu abgesehen. Die sind die Unruhestifter.«

»Aber gewiss gehören nicht alle –«

»Jetzt redest du wie der verdammte District Commissioner, Vic. Ein paar Streiche mit der *kiboko* haben noch keinem Schwarzen geschadet. Das lehrt sie, wie sie sich zu benehmen haben.«

Zustimmendes Gemurmel erhob sich.

»Ihr Männer habt vielleicht von ihrem Anführer gehört, der große Reden schwingt – diesem Kenyatta. Ihr wisst genauso gut wie ich, dass er sie aufstachelt. Schwafelt vom Land und der Kultur der Kikuyu, aber wir wissen doch alle, dass er uns von hier vertreiben will.«

Die Männer wurden in ihrem Zorn immer lauter.

»Und ich sage, zum Teufel mit Kenyatta. Ich geb mein Land nicht für seinesgleichen auf. Und ich werde jeden Schwarzen töten, der mich dazu zwingen will.« Randall hob die Arme über den Kopf. »Genug geredet! Es ist Zeit zum Handeln! Alle, die dafür sind, eine bewaffnete Truppe zusammenzustellen und unsere Farmen und Familien zu schützen, heben die Hand und sagen ja!«

»Ja!«, scholl es über die Felder.

»Hiermit erkläre ich die Rekrutierung für die Bürgerwehr von Nanyuki für eröffnet. Alle Freiwilligen treten bitte vor und tragen sich hier ein.«

# Kapitel 5

Ernie gab es auf, den Pfützen ausweichen zu wollen. Bei jedem Schritt quoll Wasser aus seinen Schuhen, und seine Zehen waren taub vor Kälte. Zakayo trottete schweigend neben ihm her. Der Lagerkommandant glaubte, Männer in Gefangenschaft bräuchten strenge Übung auf dem Exerzierplatz, vorzugsweise bei schlechtem Wetter, damit die Disziplin gewahrt blieb.

An diesem besonders scheußlichen Vormittag jedoch half ihnen eine komische Einlage, die langweilige halbe Stunde zu überstehen, während deren sie im Kreis herumlaufen mussten. Einer der Wärter, ein älterer Mann mit großen, blutunterlaufenen Augen und einem nervösen Zucken in der Wange, war durchgedreht und hatte geschrien, geflucht und um sich geschossen, bis es seinen Kameraden gelungen war, ihn zu entwaffnen. Mittlerweile war er völlig übergeschnappt. Man hatte ihn am Morgen auf einer Bahre aus seiner Baracke getragen, verschnürt wie eine Weihnachtsgans und mit Schaum vorm Mund. Die Sanitäter hatten ihn in ein Militärfahrzeug geladen, das jedoch unerklärlicherweise am Rand des Exerzierplatzes stehenblieb, während die Gefangenen ihre Runden drehten.

Die Männer konnten den Irren drinnen unter der Plane brabbeln hören, wenn sie vorbeiliefen. Ernie begann ihn anzustacheln, zuerst mit seinen wenigen Worten Deutsch, und dann, als ihm die ständige Wiederholung langweilig wurde, auf Englisch. Der durchgeknallte Wärter raste inzwischen vor Zorn.

»Tigers vor, noch ein Tor«, sagte Ernie im Vorbeigehen.

»Ahhh!«, kreischte der Mann auf dem Lastwagen.

Bei der nächsten Runde zischte Ernie: »Deutsche Hunde stinken nach Frosch.«

»Ahhh!« drang es von dem Lastwagen.

Beim nächsten Mal: »*Yankee Doodle went to town, riding on a pony.*«

Bis die Männer endlich wieder in Reih und Glied antreten mussten, kreischte der arme, gequälte Mann vor Raserei. Der Kommandant – ein kleiner Mann mit einer spitzen Offiziersmütze – wirkte sehr verärgert, als er das Podium betrat, das er benutzte, um seine Gefangenen zu überragen.

Vier der hochrangigen Aufseher saßen zu beiden Seiten des Podiums. Einer von ihnen bedeutete einem Soldaten, sich um die Störung aus dem Lastwagen zu kümmern, doch bevor der Soldat den Wagen erreicht hatte, warf der Wahnsinnige die Plane zurück. Er hatte Schaum vor dem Mund, seine Lippen waren blutgesprenkelt, weil er darauf gebissen hatte. Das Haar stand ihm wirr vom Kopf ab und war nass von Schweiß und Regen, und als er auf der Suche nach dem Kerl, der ihn so gequält hatte, wild den Kopf hin und her wandte, flogen Tropfen durch die Luft. In der Hand hielt er eine Granate. Mit hervorquellenden Augen schraubte er langsam die Schutzkappe ab und packte die Reißschnur.

Der Kommandant trat auf seinem Podium einen Schritt zurück.

Niemand sonst rührte sich.

Ernie schluckte schwer.

Für einen älteren Mann war der Wurf hervorragend – ein langer, weiter Bogen, rachsüchtig gut gezielt. Die Granate flog genau auf Ernie zu.

Einen Moment lang war Ernie wie gelähmt. Dann, als die Granate nur noch wenige Meter entfernt war, sprintete er hinter den anderen Männern her, die sich in Sicherheit zu bringen versuchten. In seiner Panik stieß er mit Zakayo zusammen, und die beiden stürzten in den Matsch.

Zakayo sah die Granate kommen, konnte aber nichts tun, um sich zu schützen. Sie klatschte in den Schlamm, prallte hoch und landete auf seiner Brust. Ernie rappelte sich hastig auf, rannte davon und blieb erst bei den anderen stehen. Er drehte sich um und starrte kreidebleich mit vierhundert anderen Männern auf die Mitte des Platzes, bis ihm bewusst wurde, dass Zakayo immer noch auf dem Rücken im Matsch lag und die Granate umklammert hielt.

Niemand rührte sich. Nach langen Augenblicken wurde deutlich, dass irgendetwas die Granate am Explodieren gehindert hatte. Vielleicht war der Zündmechanismus fehlerhaft, und die Granate konnte bei der kleinsten Bewegung explodieren.

Ernie trat aus der Menge und ging langsam auf seinen Freund zu. »Gut gefangen, Zako«, sagte er und beugte sich über ihn.

»W-w-was soll ich jetzt damit machen?« Zakayos Augen blickten groß und weiß aus dem schwarzen Gesicht.

»Wir haben in der Ausbildung was über die deutschen Granaten gelernt. Nur für alle Fälle.«

»Was – wo ist der Zündring an dem Ding?«

»Weiß nicht. Den Teil muss ich verpasst haben.«

»*Mungu angu.*«

»Der wird dir nicht helfen. Äh, lass mal sehen … Tu einfach weiter das, was du gerade tust.« Er beugte sich tiefer und betrachtete die Granate. »Kann nichts erkennen. Alles voller Matsch.«

»Und, was meinst du?«

»Hm … weiß nicht.«

»*Ernie!*«

»Okay, okay, Zako, geh nicht gleich in die Luft.«

Einen Augenblick lang bedauerte Ernie seine Impulsivität. Er schob den Gedanken beiseite. Wozu hatte man schließlich Freunde? Es war unwahrscheinlich, dass Zakayo aus dieser Position, flach auf dem Rücken, die Granate weit genug würde werfen können.

»Ich sag dir was – wie wär's, wenn ich sie mir schnappe und werfe?«

Zakayo überlegte einen Moment. »Da müsstest du aber sehr schnell sein, nicht?«

»Ja, ich werde verdammt schnell sein, verlass dich drauf. War ich nicht der beste Kricket-Torwächter in der ganzen Kompanie?« Ernie ging um den liegenden Zakayo herum. »Also, wenn ich von dieser Seite komme und irgendwie so …« Er machte einen Probedurchlauf, ein rasches Aufnehmen und Wegschleudern. »Nein, dann muss ich auf dem falschen Fuß drehen.«

»Ernie? Würdest du dich bitte beeilen?«

»Immer mit der Ruhe, Zako, so was will gut überlegt sein. Also, wenn ich von hier komme …« Er ging auf die andere Seite. »Dann kann ich sie aufnehmen, mich so umdrehen und werfen. Siehst du, so.«

»Ja, das ist besser«, sagte Zakayo begierig. »So machen wir es.«

Ernie probierte den Ablauf noch ein paar Mal, bis er sicher war, die Bewegung zu beherrschen. »Alles klar, Kumpel. Ich bin so weit.« Er blickte auf Zakayo hinab. »Bereit?«

»Ich bin bereit.« Der Afrikaner verzog das Gesicht, als wappne er sich gegen eine Explosion.

»Na, dann …« Ernie streckte vorsichtig die Hand nach der Granate aus und zögerte dann. »Was, wenn die Zeitverzögerung nur noch eine Zehntelsekunde hat?«

Zakayo sah aus, als würde er gleich in Tränen ausbrechen. Er biss sich auf die Lippe. »Dann muss ich mir wegen der zehn Pfund, die ich dir schulde, keine Sorgen mehr machen, Ernie«, sagte er mit zusammengebissenen Zähnen.

Ernie grinste und begann dann leise zu lachen. Er konnte sich nicht beherrschen, und bald lachte er hemmungslos. »Du verrückter Mistkerl!«, sagte er, und Tränen liefen ihm die Wangen hinab.

»Du bist echt ein verrückter Mistkerl, Zako, weißt du das?«

»Ernie!«

»Schon klar, schon klar … bring mich bloß nicht wieder zum Lachen. Das ist eine ernste Sache.«

Er begann wieder zu kichern, beherrschte sich dann, konzentrierte sich und brachte seine Füße in die vorher ausprobierte Stellung. »Los geht's. Eins … zwei … *drei!*«

Er schnappte sich die Granate und wirbelte in einer einzigen, fließenden Bewegung herum, um sie zu werfen. Als er den Sprengkörper von sich schleudern wollte, sah er seine Mitgefangenen, genau in der Flugbahn, dicht gedrängt mit entsetzten Gesichtern zurückweichen. Ernie brach mitten im Wurf ab. Er drehte sich weiter herum. Überall Männer. Der Kreis um sie war geschlossen.

»*Ernie!*«, kreischte Zakayo. »Um Himmels willen! *Wirf sie weg!*«

Ernie wirbelte erneut herum und schleuderte die Granate mit aller Kraft von sich. Sie flog in hohem Bogen durch die Luft, schlug mit einem dumpfen Geräusch auf, schlitterte über den matschigen Boden und landete unter dem Podium des Kommandanten.

Einen Augenblick lang herrschte gespanntes Schweigen, und dann flogen Bretter, Stühle und eine Tonne Matsch mit einem gewaltigen *Wumm!* durch die Luft.

»Bist du wach, Zako?«

»Ja.« Leises Schlurfen war aus Zakayos Zelle zu hören. Seine Stimme klang näher, als er fragte: »Was ist denn?«

»Ach, nichts. Mir ist bloß langweilig.«

»Mir auch. Wie lange sind wir jetzt hier?«

Ernie blickte auf den schmalen hellen Streifen hoch oben an der Wand; in Grau und Schwarz zeigte er an, wie die Zeit verging. »Weiß nicht genau, drei oder vier Tage.«

»Schon die Hälfte vorbei«, sagte Zakayo.

Einige Augenblicke lang herrschte Schweigen. Dann hörte Ernie ein heiseres Kichern aus der Nachbarzelle. Der Laut brachte ihn zum Lächeln. »Was ist denn so komisch?«, fragte er.

»Sieh dir das mal an.« Zakayo schob die Hand um die Wand zwischen ihren Zellen herum.

Ernie nahm das kurze Stück schlammverkrusteter Schnur und begann ebenfalls zu lachen, als er erkannte, was das war. »Das ist die Reißschnur von der Granate.«

»Jetzt wissen wir also, wie diese – wie hast du das genannt? – diese *Kartoffelstampfer* funktionieren, was?«

»Allerdings. Sicherung abdrehen, Schnur ziehen.«

Der wahnsinnige deutschte Wächter hatte die Sicherung abgeschraubt, aber vergessen, die Reißschnur zu ziehen, die den Zündmechanismus auslöste. Zakayo hatte unwissentlich die Schnur festgehalten, als Ernie sich die Granate geschnappt hatte, und so die Zündung aktiviert.

»*Aiya,* wie diese deutschen Offiziere gerannt sind …« Zakayo versuchte, sein Lachen zu unterdrücken, doch es ließ seine Brust erbeben. »Siehst du sie noch vor dir, Ernie?«

»Allerdings, Kumpel. Köpfe unten, Ärsche in der Luft. Sind gerannt wie die Hasen.«

»Und dann der Matsch. Wie er nur so auf sie runtergeklatscht ist. Oh Gott, ich dachte, ich würde sterben.«

»Bist du auch fast, Zako, alter Junge. Fast.«

Das Lachen aus der Nachbarzelle verebbte. »Danke, Ernie«, sagte Zakayo in der Dunkelheit.

Ernie erinnerte sich an seine unwürdigen Gedanken, als er sich über seinen hilflosen Freund gebeugt hatte. An den Bruchteil einer Sekunde, in dem er erkannt hatte, dass er nicht damit würde leben können, ihn dort allein sterben zu lassen. »War mir ein Vergnügen.«

»Das ist mein Ernst, Ernie. Du hast mir das Leben gerettet.«

»Blödsinn. Du hättest schon irgendwas Afrikanisches mit diesem Kartoffelstampfer angestellt.«

»Etwas … Afrikanisches?«

»Ja, wie dieses *jui-jui,* von dem du ständig redest.«

»*Juju*. Ich doch nicht. Ich beherrsche keine solche Magie.«

»Tja, dann …«

Wieder legte sich Schweigen über die Zellen. Ernie machte es sich auf dem harten, kalten Steinboden so bequem wie möglich. Für eine Zigarette wäre er über Leichen gegangen.

»Ich hab ein Kind irgendwo in Sydney«, bemerkte er schließlich. »Einen kleinen Jungen.«

Schweigen aus der Nachbarzelle.

»Hast du mich gehört, Zako?«

»Ja. Das wusste ich nicht, Ernie.«

»Er ist jetzt fast zwei«, fügte Ernie hinzu.

»Vermisst du ihn?«

»Ich hab ihn noch nie gesehen.«

»Musst du ihn denn gesehen haben, damit du ihn vermissen kannst?«

»Nein. Da hast du recht. Ich liebe ihn wahrscheinlich umso mehr, weil ich ihn nicht kenne.«

»Kannst du nicht in Erfahrung bringen, wie es dem Jungen geht oder wo er ist?«

»Nein.«

»Oh.«

»Ja, ich weiß. Scheiße.«

Ernie dachte manchmal an sein Leben zu Hause, bevor er in den Krieg gezogen war, aber er versank nicht in glücklichen Erinnerungen an seine junge Frau, ihre Hochzeit oder die schönen Zeiten, die sie zusammen verlebt hatten. Nein, er grübelte über seine vielen Fehler und Versäumnisse nach, über sein Versagen als Ehemann, und als Mensch.

Ernie war bei den Frauen schon immer erfolgreich gewesen. Nicht, dass er gut aussehend oder charmant gewesen wäre – ganz im Gegenteil: Er hatte eine kleine, runde Kartoffelnase und Ohren wie Irland, aber er brachte die Frauen zum Lachen, und sie konnten ihm nicht widerstehen. Für einen Junggesellen war das ein Segen gewesen. Seine Probleme fingen erst an, als er verheiratet war. Alte Gewohnheiten legt man nicht leicht ab, und er konnte einem weichen Bauch oder wohlgerundeten Oberschenkeln einfach nicht widerstehen.

Er war nur froh, dass seine jüngsten Eskapaden weit weg von zu Hause stattgefunden hatten. Auf heimischem Boden wäre er nicht so leicht damit durchgekommen.

Aus Dankbarkeit für sein Glück, dass seine Frau nichts von seiner letzten Affäre erfahren hatte, beschloss Ernie, einen neuen Anfang zu machen, wenn er nach Sydney zurückkehrte. Keine Weibergeschichten mehr. Er würde vernünftig sein und seiner Familie ein Heim und ein glückliches Leben schaffen.

# KAPITEL 6

Das Baumhaus summte in der Nachmittagssonne. Der Paradiesschnäpper, der sich gelegentlich den Baum mit Kip teilte, schwirrte zwischen den Zweigen herum. Sein überlanger, kastanienbrauner Schwanz zuckte erregt, und sein *twit-twit* schien Kip sagen zu wollen, dass der Vogel ihn gesehen hatte und mit seiner Anwesenheit nicht einverstanden war. Manchmal, wenn Kip hinter den Rindenstücken verborgen war, mit denen er sein Versteck verkleidet hatte, trällerte der Paradiesschnäpper sein Liebeslied, stellte die schwarzsamtene Haube auf und blickte sich um, so schön, wie ein Vogel nur sein konnte. Dann sah Kip ihm manchmal stundenlang zu, wie der Vogel sich putzte und dann durch das benachbarte Gesträuch flatterte, wobei sein langer Schwanz wie ein braunes Band hinter ihm herflog.

Kip kannte sich mit Vögeln aus. Auch mit anderen Tieren, aber Vögel mochte er besonders gern. Nach denen brauchte er sich nicht auf die Suche zu machen. Er musste nur still sitzen, und dann kamen die Vögel.

Er saß sehr oft nur still herum. Meistens in seinem Baumhaus. Da fühlte er sich sicher. Weder seine Mutter noch Tante Kathleen konnten auf seinen Baum klettern. Wenn er in sein Baumhaus ging, konnte er verschwinden. Die Leute auf dem Boden konnten nicht wissen, ob er da drin war oder nicht, weil er vor dem Postamt von Nanyuki die Reste einer großen hölzernen Versandkiste gefunden und die Bretter als Boden in den Baum gebaut hatte. Manchmal befahl seine Mutter ihm, herunterzukommen, weil sie nichts von Müßiggang hielt. Müßiggang sei aller Laster Anfang, sagte sie. Kip wusste nicht recht, was das bedeuten sollte, hatte sich aber nie getraut, seine Mutter zu fragen, was sie damit meinte.

Diese Tageszeit mochte Kip am liebsten. Während die äquatoriale Sonne auf die Laikipia Hills herabsank, durfte er relativ sicher sein, dass er eine Stunde oder länger still dasitzen konnte. Seine Mutter war dann in der Bar damit beschäftigt, auszuschenken, und Tante Kathleen fuhrwerkte den Leuten mit dem Besen zwischen den Füßen herum oder riss den Gästen die Aschenbecher unter den Fingern weg.

Der Paradiesschnäpper schimpfte noch ein bisschen und gab dann seine Versuche auf, den Eindringling beeindrucken und aus der Nachbarschaft verscheuchen zu wollen. Kip hob den Deckel der Keksdose an und kramte in seinen Schätzen herum. In der Blechschachtel lagen ein Nilpferdzahn, ein ausgetrockneter Gecko, mit weit geöffnetem Maul und verzerrtem Gesicht im Tode erstarrt, ein halbes Knäuel beinahe neuer Schnur, mehrere kleine Knochen und Hörner und das bemalte Holzding, das er nun ehrfürchtig herausholte, bevor er den Deckel wieder schloss.

Dass das Holzding aus der Truhe am Fußende des Bettes fehlte, war bisher nicht entdeckt worden. Es erstaunte ihn immer noch, dass er an jenem Nachmittag vor zwei Monaten damit entwischt war. Doch nach so langer Zeit fühlte er sich immer sicherer, dass sein Diebstahl unbemerkt geblieben war, und das bemalte Holzding war eine Art kostbare Trophäe geworden.

Er hatte ein Verbrechen begangen, vermutlich sogar eine

Todsünde, direkt vor der Nase seiner Mutter, und war dennoch ihrem Zorn entronnen – eine bisher unerreichte Leistung.

Gedankenverloren strich er über die farbigen Stellen. Er erkannte instinktiv, dass diese Muster aus einer anderen Zeit stammten. Sie sprachen zu ihm, von Land und Himmel. Obwohl er das Ding ursprünglich für afrikanisch gehalten hatte, fand er keine Übereinstimmung mit der Kunst der Kikuyu oder irgendeines anderen Stammes, die er bisher gesehen hatte. Das war nicht nur ein Relikt aus einer fernen Zeit, es war auch fremd in Afrika. Es gehörte nicht hierhin.

»Nicht ins Haus, bitte, Victor.« Maude Grearson stand an ihrem Arbeitsplatz in der Küche, die Hände tief in einem Berg Mehl vergraben. Karanja, ihr Koch – einige hätten ihn auch als das »Mädchen für alles« dieses Haushalts bezeichnet –, stand tatenlos neben ihr.

»Entschuldige, Liebes.« Grearson drehte sich zu dem Kelpie um, der ihm ins Haus gefolgt war. »Raus mit dir, Jessie.« Die Hündin sah ihn bettelnd an, doch Grearson lächelte und wies mit ausgestrecktem Finger zur Tür. Die Hündin ließ den Schwanz hängen, drehte sich um und zögerte nur einen Moment, bevor sie die Fliegengittertür mit der Schnauze aufschob. »Braves Mädchen«, sagte er, als ihr schwarz-brauner Schwanz draußen verschwand.

Grearson hob das mit Perlen bestickte Deckchen hoch, das den Wasserkrug auf dem Tisch vor Fliegen schützte, und schenkte sich ein Glas ein. »Karanja, hol frisches Wasser, *tafadhali.*«

Der Kikuyu-Koch, der seit Maudes Schwangerschaft bei den Grearsons arbeitete, nickte und ging mit dem Krug hinaus. Grearson beobachtete, wie der schwarze Mann auf der Veranda kurz innehielt und Jessie spielerisch die Ohren kraulte.

»Was hältst du von dem Jungen drüben aus Hooks alter Bar?«, fragte Grearson, bevor er einen tiefen Schluck trank.

»Du meinst den Kleinen, der immer zu Githinjis Sohn zum Spielen kommt?« Maude stäubte das Mehl bis zu den Ellbogen, während sie energisch den Brotteig knetete.

»Ja, genau den.« Vic griff nach der Zeitung von gestern und überflog sie.

»Das ist ein seltsamer Junge, der Kleine. Kommt wohl nach seiner Mutter und seiner Tante, nehme ich an.«

»Wie meinst du das?«

»Na ja, kurz nachdem sie angekommen waren, bin ich rübergegangen, um sie zu begrüßen, aber man hätte meinen können, ich wollte sie aus dem Hotel werfen, so, wie sie mich empfangen haben.« Sie richtete sich auf und strich sich mit dem Handrücken eine Strähne aus dem Gesicht. »Habe ich dir nicht davon erzählt?«

»Doch, hast du«, antwortete er nickend und blätterte eine Seite um. »Die bleiben lieber für sich, das muss man sagen.«

»Allerdings. Warum fragst du eigentlich?«

»Mama …« Ihr Sohn John war an der Küchentür erschienen. »Wann gibt es Abendessen?«

»Sobald ich mit diesem Brot fertig bin. Warum? Hast du Hunger?«

»Ich verhungere gleich.« John schmiegte sich an seinen Vater, der am Tisch saß, und schaute über dessen Schulter auf die ausgebreitete Zeitung.

»Warum hast du dann dein Mittagessen nicht aufgegessen?«, fragte sein Vater und zog ihn auf seinen Schoß.

Der Junge entwand sich ihm. »Da hatte ich keinen Hunger.«

»Sag mal, mein Sohn, gehst du in dieselbe Klasse wie der Junge von Hooks Bar drüben? Kip heißt er, glaube ich.«

»Du meinst diesen dämlichen Balmain? Ja.«

»John, so spricht man nicht über seine Schulfreunde«, sagte Maude.

»Wie meinst du das, dämlich?«, fragte Grearson.

»Der ist doof. Spielt nie mit. Muttersöhnchen, so nennen wir ihn. Rennt nach der Schule immer gleich nach Hause.«

»Warum freundest du dich nicht mit ihm an? Er kommt oft zu uns rüber, weißt du das?«

Sein Sohn zuckte mit den Schultern. »Er will doch bloß mit Maina spielen. Soll er doch. Was geht mich das an? Er ist einfach doof.«

Der Junge rannte davon. »Geh nicht zu weit weg, Johnnie«, rief Maude ihm nach.

»Warum machst du dir solche Gedanken um den Balmain-Jungen, Vic?«, fragte sie und schob das Brot in den Ofen.

Grearson stand auf und küsste die mehlige Stirn seiner Frau. »Ach, ich weiß nicht. Er ist ein seltsames kleines Kerlchen.« Er schlang die Arme um sie. »Bei all dem Gerede über die Kikuyu – dass man ihnen nicht trauen soll, weil sie samt und sonders Mau-Mau-Terroristen sind – ist es doch merkwürdig, dass ein einsamer weißer Junge ein schwarzes Kind als Freund vorzieht.«

Später an diesem Abend reihten sich Grearson und fünf weitere Nachbarn zu Pferde hinter Cliff Randall und seinen vier Söhnen ein. Dies war ihr zweiter Aufmarsch seit Gründung der Bürgerwehr von Nanyuki. Die Randalls trugen Laternen, und nur das *schwisch-schwisch* der Pferde im hohen, knochentrockenen Gras des verdorrten Landstrichs und das leise Stampfen ihrer Hufe störte die Stille.

Grearson war verstört über die Neuigkeiten, die Randall verkündet hatte, bevor sie aus Nanyuki aufgebrochen waren. Er hatte den Männern erzählt, dass Tom McDougall tausend Ballen Gerste bei einem Feuer verloren hatte, angeblich von den Mau-Mau gelegt. Unten in Nyeri war jemand mit einer Machete ermordet worden. Cliff erklärte, es sei Zeit, dass die weißen Siedler es denen mit gleicher Münze heimzahlten.

Grearson hatte Verständnis dafür, dass man sein Heim und seine Farm verteidigte, aber Randall hatte ihnen gesagt, sie würden einem nahe gelegenen Kikuyu-Dorf »zur Strafe einen Besuch abstatten«. Soweit Grearson wusste, hatte noch niemand aus diesem Dorf irgendwem Ärger gemacht.

Sie ritten schneller, als sie sich ihrem Ziel näherten. Einige der Dorfbewohner kamen von ihren Feuern, um nachzusehen, was der Lärm zu bedeuten hatte.

Die Bürgerwehr brach wie ein Sturm über sie herein, die Reiter mähten jeden nieder, der ihnen über den Weg lief. Männer, Frauen und Kinder wurden mit Schlagstöcken oder *kiboko*-Peitschengriffen niedergestreckt. Grearson hielt sich aus diesen Gewalttätigkeiten heraus und sah, wie einer der Randall-Jungen eine Frau an den Haaren hinter sich her schleifte, so dass ihre Füße kaum mehr den Boden berührten, und gegen einen Baum schleuderte. Binnen weniger Minuten gab es nicht einen Kikuyu mehr, der nicht blutete oder stöhnend am Boden lag.

Grearson kannte diese Männer, seine Nachbarn. Sie waren anständige, gesetzestreue Bürger. Familienväter. Aber das hier war ein kaltblütiger, brutaler und völlig ungerechtfertigter Angriff auf ein friedliches Dorf. Was er sah, bereitete ihm Übelkeit, doch er behielt seine Gedanken für sich und beobachtete schweigend, wie die Bürgerwehr Amok lief.

Als er spät in der Nacht nach Hause ritt, entschied er, dass er mit Randalls Bürgerwehr nichts mehr zu tun haben wollte.

# Kapitel 7

Den ganzen Vormittag lang hatten Busse der Regierung Kikuyu in die Stadt gekarrt. Vic Grearson war eigentlich geschäftlich in Nyeri, doch nun war seine Neugier geweckt. Er stand recht weit vorn in der Menge und wollte erfahren, was die Regierung im Sinn hatte. Die Presse aus Nairobi war angerückt. Irgendetwas Großes war für heute geplant, und er beschloss, in der Stadt zu bleiben und herauszufinden, was es war.

Die ersten Ansprachen machten deutlich, dass die Kikuyu hiermit ihre Solidarität gegen die Mau-Mau demonstrieren wollten. Ein Redner nach dem anderen wiederholte dasselbe Lied: Die Mau-Mau sind böse, die Mau-Mau sind schlecht für die Kikuyu und für Kenia. Grearson kannte nicht alle Namen, aber zu den Rednern gehörten Harry Thuku und Eliud Mathu, Männer, die als Mau-Mau-Sympathisanten galten. Nach einer Stunde hatte er genug gehört und wollte gerade gehen, als der District Commissioner Jomo Kenyatta als nächsten Redner ankündigte.

Grearson hatte ein paar Mal in der Zeitung etwas über den Mann gelesen, der in Großbritannien Ökonomie studiert hatte, und beschloss, noch zu bleiben und sich anzuhören, was Kenyatta zu sagen hatte.

Die Menge teilte sich, und Kenyatta erschien. Er war kein großer Mann, zog jedoch alle Aufmerksamkeit auf sich. Als er auf das Podium stieg, hielt er den löwenartigen Kopf stolz erhoben. Sein Blick, beinahe raubtierhaft in seiner Intensität, schweifte über das applaudierende Publikum. Er trat hervorragend auf – perfekt kostümiert und selbstsicher. Ein so genannter *kinyata*, ein mit Perlen bestickter Gürtel, schmückte seinen dicken Bauch, und den gewaltigen Kopf zierte eine bunte Mütze. Er begrüßte die Menge, ließ sie jubeln, brachte sie aber zum Schweigen, ehe das Ego seiner Vorredner Schaden nehmen konnte.

Kenyatta schwenkte theatralisch seinen Fliegenwedel aus weißem Affenhaar und prangerte die Mau-Mau an. Er sagte, die Mau-Mau-Bewegung habe das Land ruiniert, und ihre Mitglieder sollten aufgespürt und getötet werden. Grearson fand, dass Kenyattas Worte wenig überzeugend klangen, und beschloss, die Versammlung noch vor dem Ende der Ansprache zu verlassen.

Als er sich bis an den Rand der Menge durchgedrängt hatte, stand bereits der nächste Redner, der als Häuptling Koinange vorgestellt wurde, auf der Bühne. Er war ein gebrechlicher alter Mann mit einem unglaublichen Gesicht. Das Alter hatte seine Haut zu einer lederartigen Maske vertrocknen lassen. Nur in seinen Augen, die Grearson zu packen und festzuhalten schienen, regte sich Leben.

»Ich kann mich an damals erinnern, als die ersten Europäer nach Kenia kamen«, begann der Häuptling beinahe wehmütig und fesselte Grearson mit seinem Blick, als spräche er ihn persönlich an. »Ich habe neben euren Vätern gearbeitet, und ihr seid meine Söhne. Im Ersten Weltkrieg habt ihr unsere jungen Männer gebeten, mit den Briten gegen die Deutschen in den Kampf zu ziehen, und viele wurden getötet. Im Zweiten Weltkrieg kamt ihr wieder und batet uns, gegen die Deutschen und die Italiener zu kämpfen, und wieder waren unsere jungen Männer bereit, in den Krieg zu ziehen. Jetzt sind Italiener und Deutsche in Kenia, und sie dürfen hier leben und Land besitzen, im Hochland, aus dem wir verbannt sind, weil sie weiß sind und wir schwarz. Was sollen wir davon halten? Ich kenne dieses Land seit vierundachtzig Jahren. Ich habe darauf gearbeitet. Ich habe hier nirgendwo ein Stück weißes Land finden können.«

Grearson hätte am liebsten laut protestiert. Ja, es waren Fehler gemacht worden, aber er war keiner von diesen Leuten. Er tolerierte die Kikuyu-Siedler auf seinem Land. Er zahlte einen fairen Lohn für einen Tag fairer Arbeit. Er erlaubte ihnen, wie Pächter selbst auf seinem Land zu wirtschaften. Er brandmarkte nicht alle pauschal als Verschwörer und Mörder.

Wäre Koinange ein junger Heißsporn oder ein professioneller Politiker wie Kenyatta gewesen, hätte Grearson diese Vorwürfe als bloßes Posieren abgetan. Aber dieser alte Mann, der so leidenschaftlich von einem erlittenen Verrat sprach, hatte ihn mit seinen Worten getroffen. Grearson wollte seine Unschuld beteuern, konnte es jedoch nicht. Traurig fuhr er nach Hause. Das Land, in dem er geboren war, raste auf den Abgrund zu.

Cliff Randall war ein Fass von einem Mann. Sein kräftiger Brustkorb und seine ebenso kräftigen Hüften waren in etwa gleich breit. Sein schwerer Bauch verzog seine Hose und drohte, den Gürtel zu sprengen. Zu Pferde sah er wesentlich athletischer aus als zu Fuß. Beim Gehen schlingerte er von einer Seite zur anderen, als stake er in einem Holzbottich über einen Teich.

Grearson empfing ihn am Torpfosten, führte ihn die Stufen

zur Veranda hinauf und bot ihm Tee an. Randall lehnte höflich ab.

»Setz dich, Cliff«, sagte Grearson und wies mit einem Nicken auf einen Stuhl am Tisch, wo er und Maude nachmittags ihren Tee tranken. »Möchtest du wirklich keinen Tee?«

»Nein, danke, Vic.«

Grearson setzte sich und trommelte mit den Fingern auf einem Knie herum. Er wusste, warum Randall gekommen war. »Der Regen kommt spät.«

»Ja. Ziemlich trocken, das kann man sagen.«

»Könnten wirklich ein paar Tropfen gebrauchen.«

»Ja.«

Grearson ertrug das Schweigen, das sich minutenlang hinzuziehen schien. Er war fest entschlossen, das Thema nicht als Erster anzuschneiden. Er hatte seine Entscheidung getroffen. Und sie war endgültig.

»Hast du von dem Massaker in Lari gehört, Vic?«

»Ja. Grauenhaft.«

»Männer, Frauen und Kinder, lebendig in ihren Hütten verbrannt. Mit *pangas* zerstückelt.«

»Unter den Kikuyu da unten gibt es große Unruhe. Die Mau-Mau spielen eine Seite gegen die andere aus.«

»In der Zeitung stand, dass eine Frau gesehen hat, wie die Mau-Mau ihrem Sohn die Kehle aufgeschlitzt und sein Blut getrunken haben.« Randall schüttelte angewidert den Kopf. »Tiere. Fast hundert Leute im Schlaf ermordet. Arme Teufel.«

Vic hatte Gerüchte gehört, die Bürgerwehr, die erst spät, dafür umso begieriger den Ort des Geschehens erreicht hatte, habe unterschiedslos auf jeden Kikuyu geschossen, der auch nur den Kopf hob. Für die meisten Angehörigen der Bürgerwehr waren die Kikuyu, nicht die Mau-Mau, der eigentliche

Feind. Doch er sagte nur: »War anscheinend mit dem Angriff vorher, in Naivasha, koordiniert.«

»Der Überfall auf die Polizeistation von Naivasha? Verdammt unwahrscheinlich. Das waren nicht die Mau-Mau.«

Grearson konnte kaum glauben, dass Randall nicht auch aus diesem Übergriff Kapital schlagen wollte. Die Polizei hatte geschlafen, und zwar buchstäblich. Ein Polizist war erschossen worden, und die etwa achtzig Angreifer hatten sich mit Maschinenpistolen, Gewehren und einer Wagenladung Munition davongemacht.

Außerdem hatten sie fast zweihundert Gefangene befreit, von denen die meisten als mutmaßliche Mau-Mau-Guerillas galten.

»Aber der Kommandant der Mau-Mau – wie heißt er noch? Kaniu, Generalmajor Kaniu – hat selbst verkündet, das wären seine Männer gewesen.«

»Generalmajor Kaniu!«, schnaubte Randall. »Die legen sich tolle Titel zu, was? Ein Haufen Wilder. Nein, das war eine militärische Operation, jawohl. Diesen Überfall haben keine kraushaarigen Kaffern geleitet. Denk an meine Worte. Kommunisten, sage ich dir. Haben's darauf abgesehen, die Infrastruktur zu destabilisieren.«

»Die Infrastruktur zu destabilisieren« gehörte nicht zu Cliff Randals gewöhnlichem Wortschatz. Grearson vermutete, dass er das in einer Hetzschrift in irgendeiner Zeitung gelesen hatte.

»Genau, was ich immer sage. Die benutzen die Mau-Mau nur als Fußsoldaten, diese Kommunisten«, fuhr Randall fort. »Höchste Zeit, dass wir denen den Krieg erklären.«

»Anscheinend haben wir bereits Krieg. Ich habe gelesen, dass neun Lincoln-Bomber bereitgestellt wurden, jeder mit einer halben Tonne Bombenlast. Das wäre genug, um die Aberdares dem Erdboden gleichzumachen.«

»Sollen sie die doch zu Staub zerbomben«, sagte Randall mit verächtlichem Schnauben.

»Aber wen sollen sie denn bombardieren, Cliff?«

»Hör mal, Vic, du weißt genauso gut wie ich, dass diese Bürohengste in Nairobi keine Ahnung haben, was wir Siedler hier durchmachen. Haben die noch nie verstanden. Dürre oder Feuerbrand, die alle Pflanzen ruinieren – was wissen die schon davon? Deshalb sollten wir das übernehmen.«

»Übernehmen? Was denn übernehmen?«

»Die verdammte Regierung, natürlich.«

Grearson starrte ihn mit offenem Mund an. »Willst du damit sagen ... willst du damit sagen, dass du ernsthaft an einen Staatsstreich denkst?«

»Das ist jetzt nicht so wichtig, deshalb bin ich nicht hergekommen. Es geht darum, dass du einfach verschwunden bist.«

»Du meinst meinen Austritt aus deiner Bürgerwehr, Cliff?«

»Wir brauchen jeden verfügbaren Mann, Victor. Hast du gesehen, was das verdammte Militär genützt hat? Bis die bei der Polizeistation von Naivasha ankamen – nur ein Stück die Straße runter, Herrgott noch mal –, waren die Mau-Mau längst verschwunden. Mit herkömmlichen militärischen Truppen kann man diese Tiere nicht aufhalten.«

»Und du glaubst, willkürliche Übergriffe von Schlägerbanden würden helfen?«

»Kapierst du's denn nicht, Grearson? Die haben es auf unser Land abgesehen. *Dein* Land! Und es gibt nur einen Weg, sie aufzuhalten. Wir müssen stark sein. Wir müssen hart sein. Die verstehen eben nur die *kiboko* und die Kugel.«

»Aber ebenso viele Kikuyu sind gegen die Mau-Mau wie für sie. Damit würden wir sie doch nur ins andere Lager treiben.«

Randall erhob sich, und der Stuhl polterte hintenüber auf die Verandabretter. »Leute wie dich verstehe ich einfach nicht, Vic. Es ist so klar und eindeutig wie der helle Tag. Wir befinden uns im Krieg. Wir müssen sie auslöschen, sonst massakrieren sie uns alle.«

Er stürmte die Treppe hinunter und schwang sich aufs Pferd. Dann ritt er los, ließ das Pferd aber noch einmal anhalten. »Gott behüte, Vic«, warf er ihm über die Schulter zu, »aber wenn sie mit *pangas* auf dich losgehen, denkst du hoffentlich an meine Worte.«

# Kapitel 8

»Was hast du gehört?« Ernie Sullivan reichte seinem Freund Zakayo Nasonga eine fertig gedrehte Zigarette.

Der Schwarze nahm die Zigarette und holte ein Briefchen Streichhölzer aus seiner Brusttasche. »Es heißt, Hitler sei auf der Flucht.«

»Meine kleine Freundin vom Roten Kreuz sagt, wir hätten Köln eingenommen.« Ernie hielt die Selbstgedrehte in die Flamme und zog kräftig. »Ich würde meinen, dieser Tabak ist auch ein gutes Zeichen. Dass er nach so langer Zeit endlich durchkommt.«

Zakayo lehnte sich auf den Stufen vor ihrer Baracke zurück und ließ den Blick über das Lager schweifen. Den Deutschen war offenbar die Begeisterung für strukturierten Drill abhanden gekommen. Männer standen oder saßen in Gruppen herum. »Die Deutschen wissen auch, dass es vorbei ist«, sagte er.

»Ja. Wir kommen wohl bald hier raus, würd ich meinen.«

»Hm … ja … Was wirst du als Allererstes tun, Ernie?«

Das war bei ihnen ein regelmäßiges Gesprächsthema. Die Antworten variierten je nach ihrer Stimmung, doch die meisten waren frivol; mal wollten sie sich ein schickes Hotel in Piccadilly suchen und es leersaufen, ein andermal sämtliche Tänzerinnen des Moulin Rouge für ein ausschweifendes Wochenende in Paris buchen. In den zwölf Monaten, die sie hier zusammen eingeschlossen waren, hatten sie noch keine Geschichte wiederholt, und das Spiel wurde ihnen nie langweilig.

Ernie zog an der Zigarette und blies ein Rauchfähnchen auf die glimmende Spitze. »Werd wohl erst mal meine Frau wissen lassen, dass ich noch lebe, denke ich.«

»Meinst du nicht, dass die australische Luftwaffe ihr das mitgeteilt hat?«

»Weiß nicht. Vielleicht konnten die gar nicht, weil's die Leute, die ihnen berichten könnten, dass ich noch lebe, selber erwischt hat. Nach allem, was meine Frau weiß, gelte ich wohl immer noch als vermisst.«

»Und dann wirst du deinen Sohn sehen.«

»Ja.«

»Es muss wunderbar sein, einen Sohn zu haben.«

»'scheinlich.«

Zakayo dachte an Doreen und träumte davon, dass sie beide einmal Kinder haben würden, viele Kinder. Seine Söhne würden neben ihm in den langen Reihen der Bananenstauden arbeiten. Seine Töchter würden märchenhaft schön sein. Er und Doreen würden den Göttern täglich für ihre Segnungen danken.

Der schwächliche Sonnenschein des deutschen Frühlings machte es ihm schwer, sich seine Heimat in Afrika vorzustellen. Er vermisste die Sonne von Uganda, die einen mittags in den Nacken traf wie eine gut gezielte Keule. Er vermisste die schnellen braunen Wasser des Albert-Nils, wo lange, schlanke Krokodile lauerten und wilde Nilpferdbullen um ihre Reviergrenzen kämpften. Jeder in Stalag Luft 7 wusste, dass er ein Infanterist war und damit fehl am Platz in einem Lager für Air-Force-Kriegsgefangene. Aber niemand, nicht einmal

Ernie, konnte begreifen, wie sehr sein Herz sich nach der Heimat sehnte.

Seit vier Jahren hatte er sich nicht mit seinen Freunden im Dorf versammelt, mit der Trommel in der Hand, um den *bwola* zu tanzen. Er hatte vier Trockenzeiten im Nordwesten verpasst – dem Land seiner Vorfahren vom Nil – und das anschließende *dwar arum*, bei dem die Männer gemeinsam auf die Jagd gingen. Ebenfalls seit vier Jahren hatte er weder Sorghum noch Sesam oder Straucherbsen geschmeckt. Er hatte nicht einmal mehr an einer Banane gerochen, seit er Uganda verlassen hatte. Und seit über einem Jahr hatte er mit keinem anderen Afrikaner mehr gesprochen.

Da das Ende des Krieges nun unmittelbar bevorstand, erfasste ihn die abergläubische Furcht, er, Zakayo Nasonga vom Stamm der Acholi, am Quellfluss des Nils geboren und gerade einmal zwanzig Jahre alt, könnte doch noch in diesem kalten, fremden Land sterben, ohne seine geliebte Heimat je wiederzusehen.

Die erste Aufregung, die mit dem lieblichen Duft der baldigen Freiheit wie ein Wirbelwind durch das Kriegsgefangenenlager gefegt war, hatte sich im Lauf der vergangenen Wochen abgeschwächt und lag nun träge über ihnen wie ein fauler Hund in der Sonne.

Die Lagerwachen, bedrückt von der Erkenntnis, dass aus dem guten Leben, das ihr Führer ihnen versprochen hatte, nun doch nichts werden würde, ließen den Gefangenen viele Stunden Freizeit, die sie damit verbrachten, sich auf das Wiedersehen mit ihren Liebsten, ihren Freunden und Angehörigen zu freuen. Doch auch diese Vorfreude war ein wenig verflogen, und nun litten alle unter höllischer Langeweile.

Ernie lungerte auf den Stufen vor der Baracke der Fremdenlegion herum und rauchte. Zakayo gesellte sich zu ihm und lehnte sich schweigend an den Pfosten des Vordachs. Es gab nichts zu sagen, was nicht schon ein Dutzend Mal gesagt worden wäre.

Ernie stöhnte.

»Was ist denn?«, fragte Zakayo.

»Schau nicht hin, aber der gute Pater ist auf der Pirsch.«

Pater Michael Kissane kam entschlossen und schnurstracks auf sie zu – mit gesenktem Kopf und schwingenden Armen. Der Kaplan schien der Einzige zu sein, der irgendein Ziel verfolgte.

Ernie hatte gehört, der Priester wolle unbedingt noch alle seine Schäfchen aufsuchen, bevor die Kriegsgefangenen aus dem Lager evakuiert wurden.

»Guten Morgen, Mr. Zakario«, sagte er und strahlte Zakayo an.

»Zakayo. Guten Morgen, Pater.«

Der Priester neigte den Kopf, um sich für seine falsche Aussprache zu entschuldigen. »Entschuldigen Sie. Guten Morgen, Mr. Zakayo.«

»Nasonga.«

»Wie bitte?«

»Mr. Nasonga. Oder einfach Zakayo.«

»Ich verstehe. Bitte vielmals um Verzeihung.«

»Aber Sie können mich auch nur Nasonga nennen – in Afrika ist es üblich, nur den Familiennamen zu gebrauchen. Oder Zakayo. Was Ihnen lieber ist.«

Pater Kissanes Lächeln wackelte ein wenig, doch er wandte sich unbeirrt an Ernie. »Und Ernest! Auch Ihnen einen guten Morgen.«

Ernie lächelte gezwungen. »Guten Morgen, Pater. Wie geht es Ihnen heute?«

»Sehr gut. Sehr gut, ja. Ich würde gern –«

»Bereiten sich wohl drauf vor, bald zu packen und auszuziehen, was?«

»Ja, durchaus. Aber ich bemühe mich, noch nach einigen meiner … als was soll ich Sie bezeichnen? Meine verlorenen Schäfchen! Ja, nach meinen verlorenen Schäfchen zu sehen.«

»Schäfchen?« Zakayo blickte verwirrt drein.

Es war ein ruhiger Tag, und Ernie beschloss, dem Kaplan die Erklärung hübsch selbst zu überlassen.

»Das ist eine Redewendung, Mr. Zakayo … Na, jedenfalls, wie geht es Ihnen heute?«

»Sehr gut. Und Ihnen, Pater?«

»Mir geht es auch gut.« Der Priester lächelte, setzte dann jedoch eine ernste Miene auf. »Heute Morgen möchte ich mit Ihnen, Ihnen beiden, über Jesus sprechen, wenn ich darf.«

Zakayo nickte. »Okay.« Er machte es sich neben Ernie auf der Treppe bequem und lehnte sich an den anderen Pfosten.

»Doch vorher sollten wir uns einen Moment Zeit nehmen, über den Schöpfer nachzudenken.«

»Okay.« Zakayo nickte. »Sie meinen Jok.«

»Jok? Nein, ich meine Gott, den Vater.«

»Genau. Seine Frau war die Erde, und Luo sein Sohn.«

Pater Michael sah Ernie hilfesuchend an, doch der behielt seine starre Miene bei und schwieg.

»Ich fürchte, das haben Sie mit Adam verwechselt.« Der Priester lächelte herablassend. »Lassen Sie mich von vorn beginnen. Gott ist eine heilige Dreifaltigkeit. In ihm vereinigen sich Gott der Vater, sein einziger Sohn Jesus und der Heilige Geist.«

»Ein Geist? In Afrika haben wir auch Geister. Unsere sind zwar nicht heilig, aber dafür magisch. Einer heißt Labongo. Er wurde mit Glöckchen an Hand- und Fußgelenken geboren, und Federn in den Haaren.«

»Nein, nein. Wir wollen nicht vom Thema abschweifen, ich spreche –«

»Er hat gern getanzt. Wir Acholi tanzen auch gern.« An Ernie gewandt, sagte er: »Weißt du noch, was ich dir über unsere Tänze erzählt habe, Ernie?«

»Ja, das weiß ich noch«, antwortete Ernie. Er drehte sich zu dem Priester um und sagte: »Sie sollten sich unbedingt etwas über diese Tänze erzählen lassen, Pater. Sie sind *sehr* interessant.« Er hoffte, dass er es mit der Ironie nicht übertrieben hatte.

»Ganz reizend … aber was ich sagen wollte –«

»Wenn er tanzte, klingelten die Glöckchen.«

»Ja, das ist anzunehmen.« Der Kaplan hob den Zeigefinger, um weiteren Ablenkungen Einhalt zu gebieten. »Wie gesagt, es gibt Jesus, Gott, den Vater und … den anderen. Also, Gott sandte seinen einzigen Sohn Jesus hinab auf die Erde – *unsere* Erde, nicht –«

»Nicht Luos Mutter.«

»So ist es. Und –«

»Das ist merkwürdig«, sagte Zakayo und rieb sich nachdenklich das Kinn. »Luo hatte auch nur einen einzigen Sohn.«

»Hm … was für ein Zufall. Und als Jesus auf die Erde kam –«

»Er hieß Jipiti.«

» – da ernannte er einen Mann, den ich schon einmal erwähnte – den heiligen Petrus – zu seinem Vertreter auf –«

»Und Jipiti hatte eine Tochter namens Kilak.«

Pater Michael lächelte geduldig. »Zakayo, mein Sohn, ich versuche Ihnen zu erklären, dass wir in der katholischen Kirche die Kette der Nachfolger ohne Unterbrechung bis zum heiligen Petrus zurückverfolgen können, dem ersten Papst, während die einfachen Geschichten, die Sie mir erzählen wollen, nirgendwo hinführen.«

Zakayo sog nachdenklich an seiner Unterlippe, während er diese Einschätzung des Priesters überdachte. »Nein … das stimmt so nicht, Pater Michael, denn nach Jipiti und Kilak kam die Linie der *rwots* – der Stammesoberhäupter. Diese Nachfolge reicht über Hunderte von Jahren bis zum heutigen Tag. Genau das, was Sie gerade von der katholischen Kirche gesagt haben.«

»Hunderte von Jahren? Das kann kaum stimmen, Mr. Zakayo.«

»Doch, Pater. Möchten Sie mehr über sie hören?«

Der Priester wollte sich herausreden, doch Zakayo erklärte: »Es dauert nicht lang. Ich habe schon von Kilak gesprochen, nun, sie hatte keine Kinder, bis sie in den Busch zog, wo der Teufel sie in Versuchung führte – er hieß Lubanga und wurde der Vater von Labongo, von dem ich schon sagte, er habe magische Kräfte. Jedenfalls …«

Nun hatte Ernie doch Mitleid mit dem Priester. »Zako, alter Kumpel, ich glaube, Pater Michael ist im Moment zu beschäftigt für lange Geschichten. Sie müssen sicher noch eine Menge Leute besuchen, was, Reverend?«

Der Kaplan blinzelte, als müsse er sich erst von Zakayos Litanei losreißen. »Wie war das bitte? Oh ja, allerdings.

Danke, dass Sie mich daran erinnert haben. Aber bevor ich gehe«, sagte Pater Michael, »möchte ich auch kurz mit Ihnen sprechen, Ernest.«

Ernie unterdrückte ein Stöhnen. »Mit mir?« Er wollte Pater Michaels Gefühle nicht verletzen. Ernie fühlte sich ihm sogar zu Dank verpflichtet – er und Zakayo hatten an den unvorhersehbar langen Predigten des Priesters viel Geld verdient. Natürlich wusste Pater Kissane nichts davon.

»Bei unserer letzten Unterhaltung sagten Sie, es sei schon viele Jahre her, dass Sie zuletzt die heilige Kommunion empfangen haben, Ernest.«

»Wissen Sie, Pater, ich glaube, man sollte nur das tun, wozu man sich auch geeignet und berufen fühlt.«

»Nicht doch, Ernest, Sie sind das nur nicht mehr gewohnt. Sie werden überrascht sein, wie bereitwillig Gott, der Herr, Sie aufnehmen wird, wenn Sie ihm Ihr Herz öffnen.«

»Na ja … also, ich weiß nicht, Pater …«

»Wissen Sie, Ernest, ich selbst musste eine Glaubenskrise durchstehen, und Gott, unser Herr, hat sich meiner erbarmt.«

»Tatsächlich?«

»Oh ja. Als ich nicht mehr weiterwusste, wurden meine Gebete erhört«, sagte der Priester lächelnd. »Das ist heute vielleicht kaum zu glauben, da meine Predigten allgemein so beliebt sind, aber es gab eine Zeit, da hatte ich starke Zweifel an meinen Fähigkeiten auf der Kanzel. Können Sie sich das vorstellen? Ich glaubte nicht an mich selbst und meinte, die Leute wollten meine Predigten einfach nicht hören.«

Ernie öffnete den Mund, um etwas zu sagen, überlegte es sich dann aber anders.

»Und sehen Sie mich jetzt an! Die Männer kommen in

Scharen in die Kapelle, um meinen Predigten zu lauschen. Meine Gebete wurden erhört.«

»Ich weiß, was Sie meinen, Pater.« Ernie warf Zakayo einen Blick zu. »Auch unsere Gebete wurden durch Ihre Predigten erhört.«

Der Konvoi russischer Lastwagen rumpelte langsam durch das Lagertor hinaus. Zakayo stand mit Ernie neben einem Lastwagen, der den Australier zu einem russischen Lager ein paar Kilometer nördlich von Berlin bringen würde. Von dort aus sollte er nach London repatriiert werden. Zakayo wartete immer noch auf seinen Marschbefehl.

»Sicher landen wir irgendwann am selben Ort«, sagte Ernie. »So ein Unsinn, die ganze Fremdenlegion in ein Lager zu verlegen und dich irgendwo anders hin.«

»Da hast du recht«, sagte Zakayo. »Das ist wirklich seltsam.«

»Ich meine, schön, du hättest eigentlich gar nicht hier bei uns sein sollen, aber du warst nun mal da, also …« Ernie wusste, dass sich das nicht besonders überzeugend anhörte.

»Irgendjemand wird den Fehler schon bemerken und das in Ordnung bringen. Mach dir keine Sorgen.« Zakayo klopfte Ernie auf die Schulter.

»Ich wette um einen Fünfer, dass du spätestens in zwei Tagen nachkommst.«

»Worauf du dich verlassen kannst, Kumpel.« Zakayo war inzwischen recht gut darin, Ernies australischen Akzent nachzuahmen, doch Ernie war mit den Gedanken woanders.

Nachdem sie monatelang falsche Berichte und allzu optimistische Vorhersagen gehört hatten, war die Nachricht vom Sieg ganz unerwartet gekommen. Auf einmal wurden die

Deutschen sehr emsig, organisierten die Baracken neu und bereiteten den Papierkram für die russischen Truppen vor, die zum Lager geschickt wurden, um die Gefangenen in ihre Obhut zu nehmen.

Zakayo war aus der Baracke der Fremdenlegion herausgerissen und einer anderen auf der gegenüberliegenden Seite des Lagers zugeteilt worden.

Einer der Russen schlug mit der Faust gegen die Seite des Lastwagens und bedeutete der Gruppe, einzusteigen.

»Ich sag dir was«, flüsterte Ernie in dem Tonfall, den er stets anschlug, wenn er etwas ausheckte, »spring einfach mit uns rein. Die können doch gar nicht wissen, wer du bist.«

Zakayo warf einen Blick auf den russischen Soldaten, der die Papiere der Männer prüfte. Über seiner Schulter hing ein Maschinengewehr. »Ich glaube kaum, dass der da mich durchlassen wird«, sagte er.

»Ach, scheiß auf ihn. Also, ich sorge für eine kleine Ablenkung, und du springst einfach seitlich rein.«

»Was ist mit denen?«

Ernie hatte die anderen Russen nicht bemerkt, die sich am Straßenrand formierten. *Oh Scheiße,* dachte er. Er ärgerte sich über sich selbst, weil er sich nicht früher einen Plan zurechtgelegt hatte.

Zakayo spürte seine Besorgnis. »Ernie, mach dir keine Sorgen um mich. Das kommt sicher bald in Ordnung. Sie können mich schließlich nicht hierlassen, *si ndio?*«

»Ich sag dir was, wir treffen uns im Ploughman's Arms, wenn wir wieder zu Hause sind.« Ernie lächelte. »Du gibst die erste Runde aus.«

»Runde?«, fragte Zakayo schulterzuckend.

»Deine Runde, du bezahlst das Bier. Herrgott, jetzt sag bloß, ich habe bei deiner Australien-Erziehung die wichtigste Lektion vergessen.«

Zakayo lächelte, doch Ernie wusste, dass sein Freund sich zwang, humorvoll zu erscheinen und einen Augenblick zu überspielen, der ihn emotional zu überwältigen drohte.

Der Russe winkte Ernie heran und wurde allmählich ungeduldig. »Okay, okay, Ivan. Kein Grund, sich gleich so aufzuregen.« Er drehte sich zu Zakayo um und packte seine Hand. »Pass bloß auf dich auf, du Wollkopf«, sagte er und versuchte, Zakayos krauses Haar zu zerstrubbeln.

Der Afrikaner klopfte ihm auf die Schulter. »Mach ich. Du auch.«

Ernie hatte schon einen Fuß auf die erste Sprosse der Leiter gestellt, kehrte dann aber rasch um und drückte Zakayo etwas in die Hand. Der Russe brüllte.

»Nimm ihn mit, als Glücksbringer«, sagte Ernie.

»Aber …«

»Gib ihn mir im Ploughman's zurück, sonst mach ich Hackfleisch aus dir.«

Zakayo winkte, bis der Armeelaster zum Tor hinausgerollt und nicht mehr zu sehen war. Dann blickte er auf die Hälfte des kleinen Bumerangs hinab und lächelte.

# Kapitel 9

Kip konnte die Magie spüren, die ihn umgab. Es sah aus wie Nebel, aber es war mehr. Die feinen hellen Härchen an seinen Armen richteten sich auf, und seine Haut sah aus wie die eines gerupften Huhns. Seine Finger waren taub. In den stillen Hügeln am Fuße des Mount Kenya war an diesem Morgen ganz gewiss mehr als nur Nebel.

Während Kip in den tiefen Schatten am Nanyuki River saß, hatte er das Gefühl, jeder Atemzug könnte den Zauber brechen. Auf dem flotten Marsch hier heraus, vorbei an Blocks Mawingo-Hotel, hatten beide Jungen zu keuchen begonnen, bis die Dampfwolken ihres Atems in der Morgenluft schimmerten.

Sie hatten sich am Fluss auf die Felsen setzen und verschnaufen müssen, bis ihnen das Blut nicht mehr in den Ohren rauschte. Mainas Augen leuchteten. Kip schniefte und wischte sich mit dem Ärmel die Nase. Über ihnen hingen Nebel und Geheimnis wie schmückende Bänder in der Luft. Als Maina nickte und sie ihren Weg über den Fluss fortsetzten, hatte Kip das Gefühl, als beträten sie einen heiligen Ort.

Anscheinend spürte selbst Maina die Magie dieses Morgens, denn er hatte Kip noch gar nicht für seine üblichen Fehler verhöhnt, wie seine weiße Haut oder sein lautes Getrampel. Kip kam auf den Gedanken, es könnte etwas mit seinem Hut zu tun haben. Er hatte den Rand mit Papier ausgestopft, und obwohl der Hut jetzt wie ein straff gespanntes Zelt auf seinem Kopf saß, blieb er immerhin dort sitzen.

In den düsteren, höher gelegenen Wäldern bewegten sich die beiden Jäger vorsichtig. Maina blieb ab und zu stehen, um die Fährte zu prüfen und zu lauschen, wobei er ein Ohr zur Seite neigte. Kip lauschte ebenfalls. Was er für Stille gehalten hatte, bestand in Wirklichkeit aus einer Vielzahl leiser Geräusche.

Insekten, Grillen und Käfer, das *wot-wot* eines Nashornvogels, ein leiser, klagender Ruf, der auf eine weidende Antilope hinwies, und, ganz schwach, das rumpelnde Magenknurren eines Elefanten irgendwo im dichten Unterholz.

Die Magie fühlte sich recht kühl an. Nun, da sie nicht mehr flott vorangingen, wurden Kips Füße in der weichen, nassen Erde der Berghänge oberhalb des Flusstals taub vor Kälte. Jedes Mal, wenn Maina stehenblieb, wackelte Kip mit den Zehen, um sie zu wärmen. Als er gerade vorschlagen wollte, im großen Dschungel würden sie wohl doch nichts Essbares vor ihre Speere bekommen, erstarrte Maina, streckte einen Arm nach hinten und legte Kip warnend die Hand auf die Brust. Kips Herz machte einen Satz, und er bemühte sich zu sehen, was Maina im Dschungel entdeckt oder gespürt haben mochte. Ein leises Rascheln ertönte unmittelbar vor ihnen. Maina kroch voran, und Kip hielt sich dicht auf seinen Fersen.

Ein brauner Streifen flog zehn Schritte vor ihnen aus seiner Deckung. Mainas Arm mit dem Speer schoss vor, und sie hörten ein dumpfes Geräusch, als die Eisenspitze durch Haut und Fleisch drang. Das Tier kreischte schrill, doch schon war Maina über ihm, die glitzernde *panga* in der Hand. Mit einem Geräusch wie ein Messer, das Segeltuch zerschnitt, schlitzte er mit einer raschen, sägenden Bewegung den Hals des Tieres auf. Blut gurgelte in dessen Kehle, und es trat zweimal aus, bevor es in einem Kreis zarter Farne tot liegen blieb.

Maina trat einen Schritt zurück, starrte das Tier einen Moment lang an und wandte sich dann grinsend und mit einem wilden Ausdruck der Erregung im Gesicht zu Kip um. »*Iii-yu!*«, jaulte er, tanzte um den Kadaver herum und schrie und sang etwas auf Kikuyu.

Kip war wie vor den Kopf gestoßen. Die Antilope war bei weitem das größte und beste Beutetier, das sie je erlegt hatten. Als Kip sich von seiner Überraschung erholt hatte, schloss er sich Mainas Freudentanz an. Sie sangen und hüpften und umkreisten die Antilope mit triumphierend erhobenen Speeren. Nach einer Weile ließen sie sich lachend zu Boden fallen. Maina rollte sich vor unbändiger Freude hin und her. Schließlich hockte er sich neben das Tier auf die Knie und betrachtete es genauer.

»Ein *kipoke*«, sagte er, streckte die Hand nach dem Blut aus und tauchte den Zeigefinger hinein. »Wie nennt ihr das?«, fragte er Kip.

»Ducker«, antwortete Kip und kniete sich neben ihn. »Ein Weißbauch-Ducker, glaube ich. Das ist eine Antilopenart – wie ein Riedbock.« Kip bedauerte sofort, den Vorfall mit dem Riedbock angesprochen zu haben. »Oder ein Gnu oder ein Topi.«

»Hm«, sagte Maina, »nicht so groß wie ein Topi.«

»Nein, aber es schmeckt gut.«

»Die *wazungu* essen dieses … das …«

»Den Ducker.«

»Ducker. Die *wazungu* essen Ducker?«

»Ja. Mutter macht manchmal Ducker zu Hause.«

Maina warf seinem Jagdgefährten einen argwöhnischen Blick zu.

»Oh, aber von diesem will ich nichts abhaben.«

Mainas Lächeln kehrte zurück. Er klopfte Kip auf die Schulter. »Gut. Das ist mein Ducker. Wenn wir wieder einen Ducker finden, gibt es was für dich.«

Kip konnte sowieso nichts von ihrem Fang nach Hause bringen, weil er damit zugegeben hätte, dass er auf der Jagd gewesen war – ein verbotenes Vergnügen. Er war nur froh, dass er seine Karriere als Mainas Jagdgefährte in letzter Minute gerettet hatte. Mainas Lächeln war für Kip Belohnung genug.

Tränen liefen Kip über die Wangen. Sosehr er sich auch bemühte, er konnte es nicht verhindern. Aber er würde nicht betteln. Er war jetzt ein Jäger, ein großer Junge. Fast achteinhalb Jahre alt.

Kip wurde oft geschlagen, ohne zu wissen, was er angestellt hatte. Dieses Mal wusste er, was er getan hatte, aber er verstand nicht, was so schlimm daran sein sollte. Und es musste sehr schlimm sein, denn sowohl seine Mutter als auch Tante Kathleen waren furchtbar wütend. Seine Mutter hatte ihn angeschrien: »Rupert Balmain! Du bist ein böser, böser Junge.« Das bedeutete eine Tracht Prügel, und deshalb hatte er angefangen zu weinen. Er schluchzte und heulte nicht, es waren nur stumme Tränen, die sacht über sein Gesicht rannen, die Tränen eines großen Jungen, der doch noch nicht alt genug ist, um gar nicht zu weinen. Aber er würde nicht um Verzeihung betteln, wie er es normalerweise tat. Er hoffte, dass er jetzt groß genug war, um zumindest das nicht zu tun. Aber als er im Licht von Tante Kathleens Laterne die bösartige *kiboko* in den Händen seiner Mutter sah, wusste er, dass es ihm schwerfallen würde. Er stolperte durch die Dunkelheit zum Hackklotz, kämpfte gegen den Drang an, die Finger in den Schritt zu krallen, damit er sich nicht nass machte, und versuchte zu verstehen, was für eine Sünde er begangen haben sollte.

Er war mitten in der Nacht mit drückender Blase aufgewacht. Auf dem Weg nach draußen zum Abtritt hatte er ein langes, tiefes Stöhnen aus dem Schlafzimmer seiner Mutter gehört. Es klang, als habe sie schlimme Bauchschmerzen. Er glaubte vielleicht, ihr irgendwie helfen zu können, denn er schlich zur Tür, die einen Spalt breit offen stand. Im flackernden Kerzenschein konnte er seine Mutter unter der Heiligen Jungfrau im Bett auf dem Rücken liegen sehen, und zwischen ihren Beinen schien ein großer Buckel aufzuragen. Sie keuchte, als wäre sie eine Meile weit gerannt. Und ihr Stöhnen machte ihm Angst.

Er war erleichtert, als sich der Buckel als Tante Kathleen entpuppte, aber seine Mutter schäumte vor Wut, als sie ihn an der Tür stehen sah. Sie begann zu kreischen und schrie ihn an, wie böse er sei.

Nun ließ seine Mutter die *kiboko* drohend durch die Luft zischen. Kip warf Tante Kathleen einen verstohlenen Blick zu, denn wenn er bestraft wurde, war sie oft die Stimme der Vernunft und beruhigte seine Mutter, die ihren ganzen Zorn an ihm ausließ. Doch heute fand er dort keinen Trost. Tante Kathleen stapfte durch die Dunkelheit, brummte wütend vor sich hin und zerschnitt die Nacht mit der Petroleumlampe.

Kips Schlafanzughose war nass vom hohen Gras, als er den Hackklotz erreichte. Er blickte über die Schulter zu seiner Mutter zurück und hoffte auf Erlösung in letzter Minute, doch in ihrem starren Gesicht mit den zusammengekniffenen Lippen fand er keinerlei Mitgefühl. Im Licht der Laterne wirkte das Gesicht seiner Tante rot vor Zorn. Er kniete sich hin und hielt sich am Hackklotz fest.

Dies war seine letzte Chance, um Gnade zu betteln, aber das würde er nicht tun. Um sich von der Versuchung abzulenken und sich gegen die *kiboko* zu wappnen, probierte er Mainas Trick aus. Der Kikuyu-Junge hatte ihm beigebracht, wie er seinen Geist verschließen konnte, wenn er unerträgliche Schmerzen litt. Kip hatte das noch nicht unter realen Bedingungen ausprobiert, fand aber, er könnte es ebenso gut jetzt versuchen. Maina hatte ihm erklärt, dass er eine ganz besondere Vision heraufbeschwören müsse; etwas Schönes, das er im Geiste festhalten konnte, solange die Schmerzen andauerten. Kip dachte an das Fahrrad in Patils Gemischtwarenladen, doch das erschien ihm den Umständen nicht angemessen und, um die Wahrheit zu sagen, auch nicht schön genug.

Hinter ihm rollte seine Mutter die Ärmel ihres Morgenmantels auf. Kip biss die Zähne zusammen. *Etwas Schönes … etwas Schönes …* Er merkte, dass er eigentlich gar nicht wusste, was er schön fand.

»Also, Rupert«, sagte seine Mutter und holte tief Luft. »Das ist für deine Sünden.«

*Klatsch!*

Der erste Schlag traf den Hosenboden seines Schlafanzugs. Er jaulte auf und packte den Holzklotz noch fester. Der Schmerz brannte sich in seine Pobacken. Neue Tränen traten ihm in die Augen. *Schön …*

*Klatsch!*

Der zweite traf ihn ein Stückchen höher – ins Kreuz. Er hielt sich mit aller Kraft am Hackklotz fest und rief sich seine kostbarste Erinnerung ins Gedächtnis.

*Klatsch!*

Damals hätte er es nicht als schön bezeichnet, aber er hatte gewusst, dass er sich für immer an diesen perfekten Augenblick erinnern würde. Vielleicht war das genug. Er beschloss, es damit zu probieren.

Er war allein auf der Lichtung und saß neben dem Teich am Fuß des Nanyuki-Wasserfalls. Der feine Sprühnebel wirbelte hoch, fing sich in den Farnen und bildete dann kleine, in der Sonne glitzernde Diamanten an den Spitzen der Farnwedel. Einer nach dem anderen kehrten die Tropfen in den Teich zurück, ließen makellos runde Wellen entstehen und vollendeten den Kreislauf.

*Klatsch!*

Auf der anderen Seite des Teichs erschien ein Bongo aus dem grünen Dschungel. Aus dieser Nähe sah er riesig aus – so gewaltig wie ein Bulle. Aber seine Augen waren groß, rund und sanft.

Der Bongo schüttelte seine riesigen, gewundenen Hörner. Ein Schauer lief über seine rotbraunen Flanken, so dass die weißen Streifen zitterten. Er gab ein leises, helles Blöken von sich, als wolle er Kip begrüßen, wandte ihm den Blick zu und fesselte Kip mit seinen schwarzen Augen, die so friedfertig wirkten wie die eines Kätzchens. Kip konnte sich nicht entscheiden, ob er einen Freudensprung machen oder einfach weinen sollte. In seinem Buch über Tiere stand, dass man die scheuen Waldbewohner nur sehr selten zu Gesicht bekam.

Augenblicke verstrichen, und die Antilope und der Junge blickten einander friedlich in die Augen. Der Bongo rührte sich als Erster, er trat mutig einen Schritt vor und senkte das samtige Maul zum Teich. Er trank schlurfend, hob dann den Kopf und hustete. Wieder sah er Kip an und stieß sein sanftes, klägliches Blöken aus. Und so lautlos, wie er gekommen war, war er plötzlich auch wieder fort.

»Rupert!« Die strenge Stimme seiner Mutter drängte sich dazwischen. Sie stand über ihm, und die *kiboko* hing nun an ihrer Seite herab. »Steh jetzt auf und geh wieder ins Bett.«

Vic Grearson tätschelte seiner Frau die Schulter. »Schon gut«, sagte er zwischen ihren Schluchzern. »Schon gut.«

Er wusste nicht, was er sonst sagen sollte. Er konnte seine eigenen Gefühle kaum zügeln. Von einer wahren Pechsträhne in einem schlimmen Jahr erschien ihm dieser jüngste Schicksalsschlag am sinnlosesten. Er konnte sich keinen Reim darauf machen.

»Ein Schlag nach dem anderen«, stöhnte Maude. »Wann wird das endlich aufhören?«

Genau das hatte er auch gedacht. Es war ein schreckliches Jahr gewesen. Schlechte Jahre hatte er während seines Lebens auf und mit dem Land schon viele erlebt – so viele, dass er manchmal daran zweifelte, ob es auch genug gute Jahre gab, die das wieder ausglichen.

Ausgleich war ein wichtiger Faktor in Victor Grearsons Leben. Ausgleich und Mäßigung. Und Fairness. Deshalb war er so traurig darüber, dass er seinen Mais, geschwächt von der Dürre, an einen Sturm verloren hatte, nur zwei Jahre nachdem der Nanyuki River über die Ufer getreten war und die Ernte des Jahres 1951 in einem Meer roten Schlamms davongeschwemmt hatte. Der platt gedrückte Mais sah aus wie ein Blatt stacheliges braunes Pergament, das sich über seine neunzig Morgen Land breitete.

Dieser Sturm vor zwei Monaten hatte nichts als roten Staub und Pech über die Laikipia gebracht. Da hatte der ganze Ärger erst richtig angefangen. Einer von Dudley Bastards älteren Söhnen war außerhalb von Nanyuki erschossen worden, in einer Schlacht gegen über hundert Mau-Mau-Banditen, und kurz darauf wurde der alte Eric Bowker in Njoro ermordet. Der alte Mann war bekannt dafür, dass er seine Eingeborenen gut behandelte. Er hatte sich so sicher gefühlt in der Überzeugung, von ihnen nichts befürchten zu müssen, dass er nicht einmal ein Gewehr besessen hatte. Er wurde in seiner Badewanne mit der Machete ermordet. Am nächsten Tag verhaftete die Polizei seinen Koch und seinen Diener.

Ein wirklich schlimmes Jahr.

Und jetzt hatte jemand die beiden besten Milchkühe der Grearsons vergiftet. Dass jemand völlig sinnlos sein Vieh umbrachte, war eine sehr direkte Bedrohung. Die Kühe waren zwei Tage lang in ihrem Pferch herumgetorkelt, bevor Victor ihre Qualen auf humane Art mit zwei Kugeln beendet hatte.

»Warum?«, fragte Maude und wischte sich Tränen aus den Augen. »Warum sollte jemand unsere Kühe vergiften? Womit haben sie das verdient?« Sie blickte zu ihrem Mann auf. »Oder vielmehr, womit haben *wir* das verdient, Victor?«

Er zweifelte nicht daran, dass der Täter die Farm sehr gut kannte, deshalb musste es einer ihrer Kikuyu sein. Aus einer Herde von vierzig Milchkühen hatte er sich ausgerechnet die beiden einzigen Dreißig-Liter-Kühe ausgesucht, die sie besaßen. Grearson musste der Möglichkeit ins Auge sehen, dass das als Warnung gedacht war. Aber weshalb? Er hatte sich aus Randalls brutalen Übergriffen herausgehalten, und alle wussten, dass er seine Kikuyu gut behandelte.

Victor ging zum Herd und goss Tee in zwei Tassen. Er tätschelte Maude die Schulter und reichte ihr eine Tasse. »Hier,

Schatz, nach einer schönen Tasse Tee fühlst du dich gleich besser.«

Maude schnupperte daran und trank einen Schluck. »Wir haben Krieg, nicht wahr, Victor?«

»Na ja … einen Guerilla-Krieg vielleicht.«

Sie trank einen Schluck Tee und überlegte noch einen Moment, bevor sie das Thema ansprach, dem sie beide bisher ausgewichen waren. »Wie denkst du jetzt über unsere Pächter?«

So bezeichnete sie die Kikuyu, die auf ihrem Land lebten und einen Teil davon selbst bestellen durften, als Lohn für ihre Arbeit auf der Farm. Viele Nachbarn der Grearsons hatten mit ansehen müssen, wie ihre Arbeiter zum Verhör abgeholt worden waren, und viele dieser Kikuyu waren nicht zurückgekehrt, sondern in eines der neuen Internierungslager gesperrt worden.

»Darüber habe ich auch schon nachgedacht – vor allem über die Schwarzen im Haushalt. Es heißt, wir sollten sie nach dem Dunkelwerden aussperren.«

»Sie aussperren! Na … das kommt nicht in Frage! Und was ist mit den Dingen, die nach dem Dunkelwerden erledigt werden müssen? Wer soll kochen und servieren? Und abwaschen und aufräumen?«

»Wir sollen uns auch bewaffnen, wenn wir uns zu Hause aufhalten.«

Maude starrte ihn an. »Uns bewaffnen? Waffen tragen? In unserem eigenen Haus? Das ist lächerlich.«

»Das hat der alte Boverie uns geraten.« Der District Commissioner hatte nach der Verhängung des Notstands überall lokale Sicherheitskommissionen eingerichtet. Grearson saß in der Kommission von Nanyuki, die regelmäßig Versammlungen abhielt, um solche Empfehlungen zu diskutieren und bekannt zu machen. »Er sagt, die Haushaltshilfen wären am gefährlichsten.«

»Ich kann mir nicht vorstellen, dass der alte Karanja für irgendjemanden eine Gefahr darstellen könnte. Er ist so dick und faul, dass er sich manchmal höchstens selbst im Weg steht.«

»Aber alle sagen das.«

»Habe ich dir erzählt, dass ich ihn, Kariuki und Mbugwa neulich zu einem Film mitgenommen habe? Das war diesmal ihr jährlicher Ausflug«, bemerkte Maude. »Wir haben uns den Film über Elizabeths Heimkehr angesehen.« Sie lächelte bei der Erinnerung daran. »Sie saßen da wie verzaubert, mit offenen Mündern, und haben sich die ganze Zeit über nicht bewegt. Nach dem Film habe ich Karanja gefragt, wie es ihm gefallen habe. Er sagte, die Prinzessin hätte die schönsten und am besten dressierten Maultiere, die er je gesehen hat. Er hat von den Windsor Greys gesprochen, um Himmels willen.«

Grearson lächelte ebenfalls, doch dann wurde seine Miene wieder ernst. »Liebes, ich denke, ich sollte dir trotzdem eine Pistole besorgen.«

Maude sah ihn an. »Steht es wirklich so schlimm, Victor?«

Grearson liebte seine Frau sehr, und er hätte so gut wie alles für sie getan, doch er konnte sie nicht belügen, nicht einmal, um sie zu beruhigen. »Ich fürchte ja, Liebes.« Er nickte ernst. »Ich fürchte, so ist es.«

# Kapitel 10

Der Rauch brannte ihm in den Augen, und der Gestank von versengtem Haar und Fell drang in seinen Mund. Maina konzentrierte sich auf den unablässigen, schrillen Singsang der alten Männer, obwohl er die Worte schon gar nicht mehr wahrnahm – *Tötet die Weißen. Holt uns unser Land zurück.* Er ließ ihre eintönigen Stimmen, das Geräusch der Rasseln und das Zischen der Leute, die außerhalb des Kreises aus Feuer standen, seinen Kopf füllen und versuchte, seinen Geist vom Körper zu trennen, wie sein Vater es ihn gelehrt hatte.

Maina stand im Feuerkreis und erwartete gemeinsam mit sechs anderen seine Initiation. Er erkannte Karanja, den Koch aus dem Haushalt der Grearsons, der versuchte, seine Genitalien mit den großen, dicken Händen zu bedecken. Wie Maina waren auch die sechs erwachsenen Männer nackt. Er wusste, dass sie seine Angst teilten. Alle sieben – eine mystische Zahl bei den Kikuyu – standen schweigend da. Sie warteten. Warteten auf den Schmerz, die Demütigung, und schließlich den Eid, der sie an die Bewegung binden würde – an die Organisation, welche die *wazungu* Mau-Mau nannten.

Sein Vater, der jetzt irgendwo in der Menge jenseits der Feuer stand, hatte Maina gezeigt, wie er seinen Geist an einen anderen Ort versetzen konnte, als Vorbereitung auf seine Beschneidung. Hätte Maina während dieses bedeutenden Ereignisses auch nur das Gesicht verzogen, hätte er Schande über sich und seine Familie gebracht. Heute Nacht brauchte er die Trance für die Initiation, aber es war nicht der Gedanke an die bevorstehenden Schmerzen, die ihn ständig wieder in die Gegenwart zurückholten. Es war das Grauen dieser Zeremonie.

Er hatte zugesehen, wie ein Mann mit einer toten Ziege kopuliert hatte, bevor das Tier geschlachtet wurde und man seine Sexualorgane und Eingeweide entnahm. Die Sexualorgane wurden für weitere abstoßende Rituale gebraucht, und mit dem Blut wurden Gesicht und Körper der Initianden bemalt. Die sieben trugen außerdem das Fell der Ziege, zu einem langen Streifen geschnitten, der sie wie eine lose Girlande verband.

Der Eidnehmer rief die sieben zu sich nach vorn. Maina versuchte erneut, in seinen Zauber zu flüchten, doch die Worte drängten sich ihm auf.

»Wenn du jemals den Interessen deines Volkes zuwiderhandelst oder es verkaufst, so sollst du an diesem Eid sterben.

Wenn jemals ein Mitglied dieses Bundes nachts an deine Tür klopft und du dich weigerst, sie ihm zu öffnen, so sollst du an diesem Eid sterben.«

Eine Kalebasse voll Ziegenblut wurde von einem Initianden zum nächsten weitergereicht. Maina würgte beinahe – ein unverzeihliches Verbrechen –, beherrschte sich jedoch, und nur ein wenig Blut rann aus seinem Mund und über seine Brust.

»Wenn du jemals eine Kikuyu-Frau an einen Ausländer verkaufst, so sollst du an diesem Eid sterben.«

Bevor die Zeremonie begonnen hatte, hatte einer der alten Männer ihn beiseitegenommen, ihn fest am Arm gepackt und ihm flüsternd von den Greueltaten der Weißen erzählt, etwa, dass die ersten Siedler Kikuyu-Babys gejagt, getötet und gegessen hatten. Er hatte gesagt, die Götter der Kikuyu erwarteten noch immer Rache dafür.

»Wenn du je einem Mitglied dieses Bundes in der Not nicht zu Hilfe kommst, so sollst du an diesem Eid sterben.«

Der Mann hatte behauptet, jedes Mitglied der Bewegung müsse einen Ausländer töten, um die Götter zu besänftigen. Wenn Maina das nicht täte, würden er und seine Familie eines grauenvollen Todes sterben.

»Wenn du jemals ein Mitglied dieses Bundes an die Regierung verrätst, so sollst du an diesem Eid sterben.«

Maina dachte, dass der einzige Weiße, den zu töten er je eine Chance haben würde, dieser weiße Junge war, der oft zum Spielen in seine Hütte kam.

Er fragte sich, ob der Tod eines einzigen weißen Kindes ausreichen würde, um die Götter zu besänftigen.

Es waren viele Wochen vergangen, seit Maina und Kip zuletzt gemeinsam auf der Jagd gewesen waren. Kip hatte eine Veränderung an seinem Freund gespürt, als sei der plötzlich der Gesellschaft eines achtjährigen weißen Jungen überdrüssig und wende sich nun Dingen zu, die für einen Kikuyu, der bald das Mannesalter erreichen würde, angemessener waren.

Kip hatte Maina selten zu Hause angetroffen, und wenn, dann war er recht abweisend gewesen und hatte gereizt auf Kips Spielvorschläge reagiert. Und wenn Kip ihn doch zum Spielen ermuntern konnte, war er sehr aggressiv und nahm keine Rücksicht mehr darauf, dass Kip kleiner und schwächer war als er. Folglich endeten ihre Spiele mit einer vernichtenden Niederlage für Kip, der dabei mehr als einmal verletzt wurde. Außerdem lachte der Kikuyu-Junge und machte gemeine Bemerkungen über seinen schwächlichen *mzungu*-Körper. Kip war es gewöhnt, von Maina gescholten zu werden, aber in letzter Zeit wurde er ziemlich wüst. Dann fühlte Kip sich verloren. Er erkannte seinen Freund kaum wieder.

Als Maina einen weiteren Jagdausflug in die Hügel vorschlug, freute Kip sich deswegen besonders. »Du meinst in der Nähe des Mount Kenya? Wo wir unseren Ducker erlegt haben?«

»Ja, aber diesmal jagen wir nach richtigem Fleisch. Keine Tiere für Kinder. Wir jagen *nguruwe*.«

»Ja, wir jagen *nguruwe*«, sagte Kip und bemühte sich, so viel Begeisterung in seine Stimme zu legen, wie er aufbringen konnte. Er hatte noch nie ein Buschschwein gesehen. Seine Tierbücher rieten zur Vorsicht, aber er hatte nicht die Absicht, ihre neu erwachte Freundschaft durch eine unüberlegte Bemerkung zu gefährden. Dann fiel ihm ein, dass das Kisuaheli-Wort *nguruwe* zwei verschiedene Tiere bezeichnete: das Busch- oder Pinselohrschwein und das wesentlich größere Riesenwaldschwein.

»*Nguruwe ndogo*?«, fragte er in der Hoffnung auf das Buschschwein.

Maina schüttelte den Kopf. »*Nguruwe kubwa*«, erwiderte er mit einem boshaften Grinsen.

Zu Hause kletterte Kip in sein Baumhaus und schlug es in seinen Tierbüchern nach. *Ausgewachsene Riesenwaldschweine*, stand in einem, *wiegen an die zweihundert Kilogramm. Sie können sehr aggressiv werden, wenn man sie reizt.* Er betrachtete die Abbildung. Die Bestie trug einen dünnen Kamm aus groben schwarzen Borsten, die sich über seinen Rücken bis zu seinem stoppeligen Hals zogen, wo sie wie ein zerlumpter Mantel herabhingen. Es hatte verschlagene Schweinsäuglein, schien die Schultern hochzuziehen und erinnerte Kip an das halb menschliche, halb tierische Ungeheuer auf dem Werbeplakat für einen Horrorfilm, der bald im Gemeindesaal von Nanyuki gezeigt werden sollte. Dem Wesen auf dem Plakat tropfte Blut von den Lippen. Die nach außen gebogenen Hauer des Riesenwaldschweins erweckten den Eindruck, als trage das Tier ein fieses Grinsen im Gesicht. Kip kaute auf einem Fingernagel und las weiter.

*Sie wälzen sich gern im Schlamm, leben in gut versteckten Erdhöhlen und fressen so gut wie alles, etwa Wurzeln, Früchte, Insekten und Aas.* Kip hätte lieber nicht gewusst, dass sie auch Fleisch fraßen. *Eine Wunde vom Hauer eines Riesenwaldschweins birgt die Gefahr einer schweren Infektion.* Wieder betrachtete er die Abbildung und machte sich über den nächsten Fingernagel her. *Riesenwaldschweine trifft man selten allein an. Sie leben in Familienverbänden von sechs bis zehn Tieren und greifen auch gemeinsam an, wenn sie sich bedroht fühlen.*

Im Lauf der folgenden Tage verging kaum eine Stunde, in der Kip nicht an das Riesenwaldschwein dachte.

Das emsige Feuer eines Sten-Maschinengewehrs durchbrach die Stille eines weiteren heißen Nachmittags. Kip rannte in die Richtung, aus der das Geräusch kam, denn er kannte es, obwohl er nicht wusste, woher.

Auf dem Pausenhof war der Krieg, der zwischen den Mau-Mau und den weißen Siedlern tobte, das Thema der vergangenen Wochen gewesen. Kip hatte vom Rand aus zugehört und gebannt jedes Wort aufgesogen, während die älteren

Kinder wilde Geschichten ausschmückten, nachdem sie geflüsterte Gespräche der Erwachsenen belauscht hatten. Geschichten von Kühen, denen die Augen ausgestochen worden waren und die blind und blutend auf der Weide standen, und ein Bericht über den makaberen Mord an einem regierungstreuen Kikuyu. Man hatte den Mann an einen Pflock gefesselt, der in einem Nest von Wanderameisen steckte, und ihm die Hoden – der Junge in der Schule nannte sie seine »Eier« – mit Honig eingeschmiert. Er war bei lebendigem Leibe aufgefressen worden.

Das Feuer der Sten Gun, nun vermischt mit dem scharfen *pack-pack* einer Enfield, kam näher. Kip kannte das Geräusch, Kaliber 56 – Mr. Hook hatte mit seiner Enfield einen Leoparden geschossen, der sich an seinen Ziegen vergriffen hatte. Die Schüsse kamen von da, wo auch der Leopard aufgespürt worden war – von den Hängen, die sich zum verschneiten Mount Kenya hinaufzogen. Als Kip dort ankam, keuchend und schwitzend, fand er am Rand der unbefestigten Straße einen Armeelaster. Die Soldaten waren in den Busch ausgeschwärmt, und nur der Funker war noch da, aber der war zu sehr damit beschäftigt, in sein Funkgerät zu schreien, als dass er bemerkt hätte, wie Kip auf die Plane des Lastwagens kletterte.

Von seinem Aussichtspunkt aus hörte Kip, auch wenn er es nicht sehen konnte, wie der Kampf voranschritt. Rasches Gewehrfeuer oberhalb des Dschungels wurde von Schüssen beantwortet, die noch weiter oben aus den dicht bewachsenen Hügeln kamen. Oft geschah lange Zeit gar nichts, dann steigerten sich die Schüsse zu einem Crescendo, bevor wieder Stille einkehrte.

Nach einer besonders langen Phase der Stille kam ein weiterer Lastwagen die Straße entlang gerumpelt, und eine Truppe Dorobo – die mutigen Krieger aus dem Urwald – sprang heraus. Sie drangen sofort in den Busch vor, angeführt von einem weißen Mann mit Streifen auf dem Ärmel, um sich ihren weißen Kameraden anzuschließen, doch offenbar fanden auch sie nichts, denn die Gewehre schwiegen weiter.

»He, du!«

Beim Klang der zornigen Stimme wäre Kip beinahe von der Plane gefallen. Ein Offizier stand unter ihm, die Hände in die Hüften gestemmt, neben seinem Geländewagen.

»Komm sofort da runter!«, befahl er. »Oder willst du erschossen werden? Hast du nicht gehört? Dummer Junge. Komm da herunter, sage ich!«

Kip krabbelte vom Lastwagen, wartete gar nicht erst auf weitere Anweisungen, sondern nahm die Beine in die Hand und rannte nach Hause. Bevor er das Hotel erreichte, donnerte der Konvoi aus zwei Lastwagen und dem Jeep an ihm vorbei. Der Offizier in seinem Geländewagen funkelte Kip böse an, als er an ihm vorüberraste. Kip war sofort fluchtbereit, aber der Konvoi fuhr weiter nach Nanyuki.

Als Kip die Hintertür erreichte, hörte er eine ferne, aber schwere Explosion, machte kehrt und suchte sich einen Punkt, von dem aus er den Berg sehen konnte. Eine Rauchwolke stieg von seiner Flanke auf. Während Kip noch dorthin starrte, rollte eine Salve von zehn oder zwölf weiteren Explosionen über die Ebene hinweg und ließ die Fensterscheiben des Hotels erzittern.

Er sah zwei Lancaster-Bomber, die sich in die Kurve legten und zum zweiten Angriff auf den Berg ansetzten.

Die nächste Serie von Explosionen rollte wenig später über die Hügel. Der Himmel füllte sich mit Scharen kreischender, keifender Vögel. Vor seinem geistigen Auge sah Kip das Drama, das sich in diesem Augenblick tief im Dschungel abspielte. Die Riesenwaldschweine rotteten sich zu großen Gruppen zusammen, knirschten vor Wut über diesen Angriff auf ihre Heimat mit den Zähnen und planten grausame Rache an den ersten Menschen, die so dumm waren, einen Fuß in ihren Urwald zu setzen.

# Kapitel 11

»Du! Maina! Psst! Komm her.«

Karanja war draußen vor der *boma,* er kniete hinter einem kleinen Busch. Maina hätte über den vergeblichen Versuch des riesigen Mannes, sich zu verstecken, beinahe gelacht, aber der Koch der Grearsons hatte in der Bewegung eine wichtige Position inne, und er durfte ihn nicht beleidigen. Maina eilte durch das dornige Gestrüpp und hockte sich neben dem älteren Mann auf die Fersen. Er begrüßte ihn respektvoll und wartete höflich ab, wie es sich gehörte, bis Karanja das Wort ergriff.

»Du wirst heute Abend zum Fluss kommen. Die Bewegung trifft sich an der Stelle, wo die umgefallene Akazie eine Brücke bildet. Bring kein Licht mit, der Mond wird uns reichen.«

Als er Mainas Gesichtsausdruck sah, fügte er hinzu: »Der Bund will mehr von uns. Sie sagen, bis jetzt hätten wir nur herumgespielt. Sie verlangen mehr von mir, von uns allen.« Er blickte Maina tief in die Augen. »Deine Zeit ist gekommen. Du bist auserwählt worden, um für die Bewegung zu kämpfen.«

Vic Grearson zügelte sein Pferd und zögerte kurz, bevor er es im Galopp zum Tor drängte. Das schwarze Fell mit den braunen Abzeichen war unverkennbar, und dennoch sprang er vom Pferd und rannte zum Torpfosten, in der Hoffnung, er könnte sich getäuscht haben.

Der Kadaver hing mit dem Kopf nach unten vom Torpfosten. Er hob das Gesicht des Hundes an und blickte in Jessies leblose braune Augen. Der Strick, mit dem man sie stranguliert hatte, hing noch um ihren Hals. Schluchzend zog er den schlaffen Körper von dem Holzschaft, mit dem sie an den Pfosten genagelt war, und legte ihn sacht auf den trockenen roten Erdboden. Eine dicke Schmeißfliege schwirrte um Jessies blinde Augen. Grearson verscheuchte sie.

Er blickte zu seinem Pferd zurück, das an dem trockenen Gras vor seinen Hufen knabberte. Es war nichts in den Satteltaschen, worin er die Hündin hätte einwickeln können, also zog er sein Hemd aus, schlug sie darin ein wie in ein Leichentuch, trug den Kadaver des alten Hundes zu seinem Pferd und legte ihn quer vor den Sattel.

Als er zu dem Torpfosten zurückkehrte, verschleierte die Wut seinen Blick. Er packte den Schaft, an dem Jessies Blut trocknete, und zerrte mit aller Kraft daran. Mit dem gebrochenen Kikuyu-Speer in der Hand wandte er sich seinem Anwesen zu. Diese zweite Warnung war unmissverständlich.

Angst schnürte ihm die Kehle zu. Maude und sein Junge waren allein zu Hause.

Maina stürmte den Bergpfad entlang, und Kip, der hinter ihm her trottete, konnte kaum mithalten. Er wagte es nicht, sich zu beklagen. Maina hatte kein Wort mehr gesprochen, seit er Kip mit einem Brummen begrüßt hatte, als der vor dem Morgengrauen an seiner *boma* erschienen war. Falls Kip gehofft hatte, die Kameradschaft, die sie auf ihrem letzten Jagdausflug verbunden hatte, könne wieder erwachen, so hatte Mainas finstere Stimmung ihm das bald ausgetrieben. Kip fragte sich allmählich, warum Maina ihn überhaupt dabeihaben wollte.

Als sie am Mawingo-Hotel vorbeikamen, keuchte Kip, doch Maina stürmte weiter. Erst als sie den Fluss erreichten, der noch in tiefem Dämmerlicht lag, blieb er stehen.

Kip fiel zwischen den rund gewaschenen Steinen am Ufer auf die Knie und schöpfte Hände voll Wasser, um zu trinken. Als er seinen Durst gestillt hatte, spritzte er sich das eisige Flusswasser ins Gesicht, bis sein Hemd tropfnass war.

Maina starrte ihn an, als er sich wieder aufrichtete. Kip erwartete, für seinen übermäßigen Durst verhöhnt zu werden, und wartete auf das typische, abfällige Schnauben, mit dem Maina stets seine Tiraden begann. Aber Maina hatte einen seltsamen Ausdruck in den Augen. Er starrte Kip an, schien ihn aber gar nicht richtig zu sehen.

»Warum bist du hier, kleiner *mzungu?*«, fragte Maina. Das waren die ersten Worte, die er an diesem Morgen sprach.

Kip blinzelte ihn an. »Weil wir ein Riesenwaldschwein jagen wollen, oder …« Doch dann erkannte er, dass Maina die Frage anders gemeint hatte. Er verstummte.

»Warum seid ihr alle hier, ihr *wazungu?*«

Kip nahm seinen Hut ab und fuhr sich mit der Hand durchs Haar. Dann setzte er ihn hastig wieder auf, weil ihm einfiel, dass sein blondes Haar ihn nur noch mehr zum *mzungu* machte. Er war nicht sicher, weshalb er sich schuldig fühlen sollte, nur weil er ein *mzungu* war, weil er hier war, aber Maina hatte sich angehört, als sei das ein Verbrechen. Er wusste nicht, was er antworten sollte, und trat von einem Fuß auf den anderen. Das war nicht Mainas übliche Art, ihn zu verspotten. Kein Lächeln blitzte in seinen Augen. Nicht mal ein verächtliches.

Als Kip immer noch nichts sagte, packte Maina seinen Speer. »Komm«, sagte er und war schon über den Fluss und im Wald verschwunden, ehe Kip seinen eigenen Speer am Ufer aufgehoben hatte.

Die Suhlen, die sie auf ihren früheren Ausflügen entdeckt hatten, befanden sich in einem schmalen Streifen Sumpfland unterhalb der Stromschnellen. Die Riesenwald- und Buschschweine – *kubwa* und *ndogo* – würden sie, wenn überhaupt, hier finden. Maina hatte deshalb darauf bestanden, dass sie die großen Waldschweine jagten, weil er sich an Kips Angst weiden wollte – das war Kip klar, so war Maina eben. Aber er verstand nicht, warum Maina jetzt doch die Richtung änderte und ihn von den Suhlen wegführte. Er kam jedoch nicht dazu, länger darüber nachzudenken, denn Maina pflügte vor ihm durch den Busch, dass die Zweige nur so gegen Kips Gesicht und Brust klatschten. Kip wurde wütend. Das war doch kein Anpirschen. Bei der Jagd musste man leise und vorsichtig sein. Aber sie galoppierten geradezu durch den Dschungel. Reine Zeitverschwendung. Kip fand das überhaupt nicht lustig. Selbst die Erregung der Jagd war verflogen.

Sie kletterten eine Hügelflanke hoch, die mit geborstenem Schiefer übersät war. Kip rutschte mehr als einmal aus und schlug sich die Knie blutig. Auf der Anhöhe, nicht viel mehr als ein Sims von etwa zwanzig Metern Breite, hinter dem eine schroffe Felswand aufragte, hielt Maina inne. Er ließ den Blick über den kahlen Felsvorsprung über ihm schweifen, fand, was er suchte, und marschierte los, ehe Kip wieder zu Atem gekommen war.

Als sie schließlich stehenblieben, fand Kip sich vor dem Eingang zu einer niedrigen Höhle wieder.

Vor Anstrengung tat ihm alles weh, aber er war inzwischen

so wütend, dass er seinen Speerschaft in den Boden rammte und fordernd fragte, was zum Teufel sie hier täten.

Kip erwartete einen Streit, er *wünschte* sich einen Streit, aber zu seiner Überraschung ignorierte Maina seinen Wutausbruch. Stattdessen lehnte er seinen Speer sorgfältig an die Felswand und zog Hemd und Shorts aus. Maina war nun nackt, bis auf einen kurzen Lendenschurz aus weichem Leder. Seine Brust war mit weißen Streifen bemalt, und er befeuchtete einen Finger, fuhr über einen Streifen und nahm gerade genug Farbe auf, um sich einen weißen Strich auf beide Wangen zu malen. Dann wiederholte er das Ganze und fügte zwei Striche auf der Stirn hinzu. Schließlich umrandete er beide Augen mit Farbe. Er sah jetzt aus wie eine menschliche Eule.

Kip fühlte sich betrogen. Er hatte sich auf eine Jagd gefreut, und nun spielten sie ein völlig anderes Spiel.

»Was tun wir hier, Maina? Du hast doch gesagt, wir würden Schweine jagen! Wir sollten unten im Flusstal sein. Im Sumpf. Hier gibt es doch keine Buschschweine.«

»Nein.«

»Warum sind wir dann hier?«

Mainas unverwandter Blick aus diesen großen, eulenhaften Augen hielt Kip wie gefesselt.

»Also, warum?«

Maina antwortete immer noch nicht.

»Maina? Fehlt dir was? Du siehst … du siehst aus, als wäre dir schlecht.«

»Du hättest nicht hierherkommen dürfen, weißer Junge.«

# Kapitel 12

Cliff Randall nahm seine Brille ab und legte sie auf die gestrige Ausgabe des *Nanyuki Chronicle*. Er rieb sich kräftig die Augen und erhob sich mit einem schweren Seufzen von seinem Stuhl.

Am Ende der Veranda lehnte er sich an einen Pfosten und versuchte, seine verspannten Schultern zu lockern. Der Tag war typisch für diese Jahreszeit: ein leuchtend blauer Himmel, die Luft so klar, dass er meinte, den Mount Kenya mit beiden Händen greifen und schütteln zu können. Auf der anderen Seite, gen Westen, erstreckte sich die Laikipia-Ebene und sein Land. 1912 hatte sein Großvater mitgeholfen, die Massai vom Laikipia-Plateau zu vertreiben, und nun sprenkelte sein Vieh die gelben Weiden, so weit das Auge reichte. Die Laikipia-Ebene war ein Teil der White Highlands – dieses Gebiet hatte das große Mutterland England zum alleinigen Gebrauch für die Europäer bestimmt. Cliffs Großvater hatte es von Massai gesäubert und für seinen Einsatz dieses Stück davon bekommen, zwanzigtausend Morgen. Das war Randall-Land in der dritten Generation. Seine Söhne würden es eines Tages erben.

Über der Straße im Süden erhob sich ein Streifen roten Staubs, der in der stillen Luft der Savanne schwebte wie ein zorniger Gott. Randall sah zu, wie die Staubfahne näher kam, und erkannte bald seinen Landrover. Seine Söhne kehrten zurück. Sie hatten ihre Mutter nach Nyeri gebracht, wo sie bei ihrem Bruder und dessen Familie abwarten würde, bis die Gefahr vorüber war. Der jüngste ihrer Söhne würde bei ihr bleiben, bis sie sich etwas beruhigt hatte.

Agnes hatte nicht fortgehen wollen, vor allem deshalb, weil ihre Töchter sich bereits nach Nairobi in Sicherheit gebracht hatten, wo sie bei einer ihrer verheirateten Schwestern untergekommen waren.

Sie sagte, sie hätte ein schlechtes Gewissen dabei, wenn die Männer sich ganz allein versorgen müssten, doch Cliff hatte darauf bestanden. Er hatte die Sache heruntergespielt und behauptet, sie könnte mal Urlaub gebrauchen, aber er machte sich Sorgen, die jüngste Greueltat könnte der Auslöser für ernsthafte Unruhen sein.

Der Landrover hielt vor dem Haus, die drei jungen Männer stiegen aus und kamen schwerfällig auf ihn zu.

»Geht's eurer Mutter gut?«, fragte er.

Sie nickten.

»Bob und seiner Familie?«

»Allen geht es gut«, sagte Tom, der Älteste. »Onkel Bob hat uns den *East African Standard* für dich mitgegeben. Da steht noch mehr über die Grearsons drin.«

Randall las die Schlagzeile: »Familie in Stücke gehackt.« Die Überschrift zu dem Artikel darunter lautete: »Mau-Mau schlagen wieder zu.« Er ging hinein und setzte sich an den Tisch. Seine Jungs folgten ihm ins Haus. Er begann zu lesen und blickte dann zu seinen Söhnen auf. »Habt ihr drei das schon gelesen?«

»Nur Tom«, sagte Bryan.

»Also, das solltet ihr alle hören. Setzt euch.«

Sie zogen sich Stühle heran, und Randall las laut vor:

»Nanyuki. Dienstag, 18. August 1953. Die grausam verstümmelten Leichen eines Farmers, seiner Frau und seines kleinen Sohnes wurden gestern in ihrem Haus zwölf Kilometer außerhalb von Nanyuki entdeckt.

Der Chef der Ortspolizei, Sergeant Maxwell Corning, erklärte, es handle sich bei den Toten um Victor Michael Grearson, etwa zweiundvierzig Jahre alt, seine Frau Maude, etwa im selben Alter, und ihren neunjährigen Sohn John. Die Leichen wurden am Sonntagmorgen gegen acht Uhr von einem Bediensteten der Familie, einem Kikuyu, gefunden.

Mitglieder der Bürgerwehr nahmen die Hausdiener und Farmarbeiter der Grearsons fest und übergaben sie der Polizei in Nanyuki zum Verhör.

Wie Nachbarn berichten, hatte Mr. Grearson keine Probleme mit seinen Kikuyu. ›Er war sehr gut zu seinen Eingeborenen‹, erklärte einer von ihnen. ›Er hat sie nie geschlagen, selbst dann nicht, wenn sie es verdient hatten.‹

Ein Mitglied der Bürgerwehr, das seinen Namen nicht nennen wollte, sagte, die ganze Gegend sei mit Mau-Mau-Kämpfern und -Sympathisanten durchsetzt. Der Mann versicherte, dass die Bürgerwehr Rache üben werde, falls die Regierung weiterhin nichts unternehme.«

Randall warf seinen Söhnen einen Blick zu, ehe er fortfuhr.

»Mit dieser jüngsten Greueltat der Mau-Mau außerhalb des Kikuyu-Reservats ist die Anzahl der Weißen, die von Mau-Mau-Terroristen getötet wurden, auf zehn angestiegen. Der Fall erinnert an den Mord an Mr. Ian ›Jock‹ Meiklejohn in Thompson's Falls am 22. November letzten Jahres. Er und seine Frau, eine Ärztin im Ruhestand, wurden mit *pangas* attackiert und ihrem Schicksal überlassen. Dr. Meiklejohn, bekannt für die große Güte, mit der sie jeden Eingeborenen, ob Mann, Frau oder Kind, der an ihre Tür klopfte, medizinisch behandelte, hat den Anschlag glücklicherweise überlebt.«

Randall knallte die Zeitung auf den Tisch. »Beweist das nicht genau das, was ich immer sage? Da seht ihr, was passiert, wenn man ihnen vertraut – irgendeinem von denen. Wenn man ihnen die geringste Freundlichkeit zeigt, legen sie es einem als Schwäche aus, was es ja auch ist, und greifen an. Die Grearsons waren vom gleichen Schlag wie die Meiklejohns – viel zu weichherzig. Und schaut euch an, was es ihnen gebracht hat.«

»In Nyeri gibt es Gerede«, sagte Charlie.

»Was für Gerede?«, fragte Randall.

»Über den Mord. Es heißt, sie hätten Vic Grearson die Eier abgeschnitten und ihm in den Mund gestopft.«

Randall blickte auf seine Hände herab. Sie zitterten. Er ballte sie zu Fäusten.

»Und das Kind haben sie aufgeschlitzt vom Arsch bis zu den Ohren und … Was denn?«, fragte Charlie, als sein älterer Bruder ihm den Ellbogen in die Rippen stieß.

»Tom hat ganz recht, Charlie«, sagte Randall. »Ein bisschen mehr Respekt vor den Toten, mein Sohn.« Er runzelte die Stirn und nickte ihm dann zu, er solle fortfahren.

Charlie rieb sich die Seite und warf seinem Bruder einen finsteren Blick zu, bevor er sagte: »Er wurde aufgeschlitzt. Der Leiche fehlte das Herz.«

Randall stand auf und trat an die offene Tür. Seine Söhne sahen ihn schweigend an, dann sagte Tom: »Hätte ich nur am Montag Wache gehabt. Will verdammt sein, wenn diese schwarzen Bastarde es dann bis in den Knast von Nanyuki überlebt hätten.«

»Aufhängen sollten wir sie«, brummte Charlie.

Sein Vater warf ihm einen unheilverkündenden Blick zu.

»In der Stadt aufknüpfen«, fügte Bryan hinzu. »Damit jeder Kikuyu von Nanyuki bis Nairobi weiß, was mit solchen Tieren passiert.«

Randall warf jedem Einzelnen einen finsteren Blick zu. »Ich habe es euch doch schon mal gesagt«, brummte er. »Wir werden nichts tun, wozu es nachher Zeugen und Berichte gibt. Wir werden es ihnen heimzahlen, verlasst euch drauf. Aber auf unsere Weise und wann es uns passt.«

Der Lärm galoppierender Hufe schreckte Maina aus seinen Träumen auf. Augenblicke später waren aus den Hütten um sie herum Schreie zu hören. Dann war sein Vater an der Tür, und jemand mit einer sehr barschen *mzungu*-Stimme befahl ihm, herauszukommen.

Maina folgte seinem Vater zur Tür und lugte hinaus, als sein Vater vortrat, um mit dem *mzungu* zu sprechen. Seine Mutter und seine vier jüngeren Geschwister drängten sich hinter ihm.

Die Hütte eines Nachbarn ging in Flammen auf, die Familie rannte kreischend heraus. Ein weißer Mann trieb sein Pferd auf Papa Githau zu, der zu Boden stürzte. Der *mzungu* zügelte sein Pferd und ließ es über den gestürzten Mann hinwegtrampeln, bis dieser sich wieder hochrappeln konnte. Das Pferd bäumte sich auf, und der weiße Mann schlug Githau mit einem Schwert auf den Kopf. Er stürzte erneut und rührte sich nicht mehr.

Mainas Mutter schrie. Das lenkte Mainas Aufmerksamkeit wieder auf die Szene vor ihrer eigenen Hütte, wo sein Vater auf dem Boden kauerte, während ein Mann auf einem schwarzen Pferd mit einer schweren Holzkeule auf seinen Kopf und seine erhobenen Arme einschlug.

Seine Mutter lief aus der Hütte und versuchte, seinen Vater fortzuziehen, doch der *mzungu* griff auch sie an und schleuderte sie mit einem gewaltigen Keulenschlag zu Boden.

Nun war es Maina, der schrie und schrie.

Sein Vater warf sich auf Mainas Mutter, die bewusstlos dalag, und versuchte, das Pferd zurückzudrängen, doch die grausamen Schläge ließen nicht nach.

Maina schob seine jüngeren Brüder und Schwestern in die Hütte und verriegelte fest die Tür. Er stürmte auf das Pferd los, nun ebenso ein Feind wie der weiße Mann im Sattel. Er gab dem Pferd einen kräftigen Schlag auf die Nase, duckte sich dann seitlich weg und zwischen den Beinen des Tieres hindurch. Der Reiter fluchte und schwang seine Keule, doch Maina war zu flink für ihn.

Er hörte die Schreie, doch sie gingen im chaotischen Lärm der Nacht unter: Männer brüllten, Frauen weinten, ab und zu knallte ein Gewehr. Dann erst erkannte er, dass sein Vater reglos neben seiner Mutter auf dem Boden lag und dass die grässlichen Schreie aus seiner Hütte drangen. Sie brannte lichterloh, und seine Geschwister waren noch drinnen. Er starrte sie nur an, wie gelähmt vom obszönen Anblick der Flammen, die aus dem Strohdach schlugen. Dann rannte er auf die verschlossene Tür zu, doch der Reiter und seine Keule fanden ihr Ziel.

Später erinnerte Maina sich daran, dass er darum gekämpft hatte, bei Bewusstsein zu bleiben, bevor er in einem schwarzen Nichts verschwand.

Als er aufwachte, fand er die verkohlten und noch qualmenden Leichen seiner vier Geschwister in einer Ecke der

Hütte, die einst ihr Zuhause gewesen war. Ihre Münder waren wie zu einem endlosen, qualvollen Schrei aufgerissen.

Seine Eltern lagen, wo sie gefallen waren, in einer Lache vermischten Blutes, das sich allmählich schwarz färbte.

Er konnte nicht weinen. Die Tränen wollten nicht kommen. Anstelle von Traurigkeit erfüllte Grauen sein Herz.

Er wandte sich dem zerklüfteten Berg zu, dem Kere-Nyaga, und rannte, so schnell er konnte, nur weg von diesem Albtraum.

Maina lief und lief.

Er floh vor dem Anblick brennender Hütten und berittener *wazungu*, die durch sein Dorf stürmten und seine Nachbarn schlugen. Er floh vor der Erinnerung an seine Eltern, von brutalen Schlägen niedergestreckt und dann unter den wirbelnden Hufen von Pferden zertrampelt, den Pferden der Bürgerwehr.

Geräusche, schreckliche Laute, verfolgten ihn in den Dschungel. Vom Schlag des Reiters dröhnten ihm noch die Ohren, und dennoch hörte er die Schreie seiner vier Brüder und Schwestern, gefangen in ihrer brennenden Hütte.

Durch diesen Höllenlärm drang das Tosen von Wasser zu ihm – das war der schäumende Fluss nahe bei den Stromschnellen. Maina rannte darauf zu und stürzte sich ins Wasser, das donnernd und sprudelnd von den reinen Höhen des heiligen Kere-Nyaga herabfloss. Doch selbst unter Wasser hörten die Geräusche nicht auf.

Er entzog sich dem eisigen Griff des Nanyuki River, hustete und spuckte. Das Summen in seinen Ohren wurde zu einem schrillen, klagenden Ruf – der Laut eines Fischadlers, der seine Gefährtin rief.

Als er nicht mehr rennen konnte, gab er irgendwo im Wald dem Schmerz nach. Er rollte sich wie ein Baby zusammen und wartete auf den Frieden, den der Schlaf ihm bringen würde.

Er erwachte unter einem alten Armeemantel, trotzdem zitterte er so erbärmlich, dass seine Zähne klapperten. Die grobe Fürsorge der Mau-Mau hatte ihn vor dem Erfrieren gerettet.

Ganz langsam kam er wieder zu Kräften und verdrängte energisch die Erinnerung an seine verlorene Familie und an einen weißen Jungen, der es gewagt hatte, mit ihm befreundet sein zu wollen, aus seinem Gedächtnis.

Doch er konnte diese Nacht des Grauens nicht vergessen – die Gewalt der Männer, den Schrecken der Flammen.

Und den klagenden Ruf des Adlers.

# Teil 2

# Zakayo

# Kapitel 13

1962

Zakayo schlenderte über den Markt, und sein neugeborener Sohn ruhte bequem in seinem Arm. Verkäufer hinter Bergen von Bananen, Süßkartoffeln und Mais oder zwischen Haufen von Straucherbsen, Maniok und Bohnen riefen ihm einen Gruß zu. Freunde hielten ihn an, bewunderten das Kind, seufzten, spuckten, was Glück brachte, erkundigten sich nach Doreen, fragten, ob es eine lange Geburt gewesen sei, und versprachen, sie bald zu besuchen und sie persönlich zu beglückwünschen.

Fast jeder Marktstand war mit Palmwedeln und Blumen geschmückt, und die neue Flagge von Uganda in kräftigem Rot, Schwarz und Gelb flatterte an einem provisorischen Fahnenmast über der Hütte der Marktverwaltung. All dieser Schmuck hatte zwar nichts mit der Geburt seines Kindes zu tun, doch Zakayo freute sich darüber, dass diese beiden wichtigen Anlässe zeitlich zusammenfielen. Der heutige Tag, der 9. Oktober 1962, war nicht nur der Geburtstag des unabhängigen Staates Uganda, sondern auch der seines siebten Kindes.

Das Baby weinte, ballte die weichen braunen Händchen zu Fäusten und wedelte ziellos damit herum, bis es sich selbst versehentlich auf die Nase schlug und empört aufheulte.

»Du bist also ein gieriger kleiner Bursche, mein Freund, was?«, flüsterte Zakayo. »Deine erste Portion Muttermilch ist schon verbraucht. Daran werde ich denken, wenn die Zeit kommt, dir einen Namen zu geben.«

Er hatte bereits einen Namen im Kopf, wagte aber nicht, ihn auszusprechen, nicht einmal, sich ihn leise selbst vorzusagen. Wie so viele Menschen in Afrika glaubten auch die Acholi, dass man das Schicksal herausforderte, wenn man einem Kind gleich nach der Geburt einen Namen gab. Besser, es überlebte die ersten Wochen namenlos, als dass es mit einem Namen begraben wurde.

»Na, dann komm«, sagte er. »Ich bringe dich nach Hause zu deiner Mutter.«

Alle anderen Kinder bis auf die zweijährige Rose hatten sie zu Verwandten geschickt, um Doreen in der letzten Phase der Schwangerschaft zu entlasten. Als es so weit war, kam Rose ständig der Hebamme in die Quere und wurde umstandslos in dem großen Korb deponiert, in dem sonst die Hirserispen trockneten. Von dort aus hatte sie mit großen Augen zugeschaut und war schließlich auf ihrem Bett aus orangefarbenen und roten Körnern eingeschlafen. Als sie wieder aufwachte, hatte ihre Mutter die Geburt hinter sich und stillte ihren neuen kleinen Bruder.

Die staubige rote Straße wand sich von Panyiketto aus zwischen den *shambas* von Zakayos Nachbarn hindurch und stattete auch dem Ufer des Ora hier und da einen Besuch ab, bevor sie ihn zu seiner eigenen Farm führte. Dort gedieh das Gemüse in ordentlichen Reihen, und der Mais war von den nackten Stengeln bereits abgeerntet. Die lange Regenzeit war gut zu ihm gewesen – zu ihnen allen. Die Ernte hatte die Bauern von Panyiketto reichlich entschädigt, nachdem die Erträge der vergangenen zwei Jahre so karg ausgefallen waren. In Zakayos Fall war dies sogar eines der seltenen Jahre, in dem er noch ein wenig Geld übrig behielt, nachdem er seine Schulden beglichen hatte.

Sein Zuhause war schon in Sicht – ein Stück Land, das er von seinem Vater geerbt hatte. Zakayo hatte eine große, strohgedeckte Hütte darauf errichtet und noch einige weitere, während die Anzahl seines Viehs und seiner Kinder ständig gewachsen war. Als er das Tor im Viehgatter am Eingang zu ihrer *shamba* öffnete, konnte er sich das Lächeln nicht verkneifen. Er hatte alles, was ein Mann sich nur wünschen konnte: eine fürsorgliche Frau, sieben prächtige Kinder, und nun sogar Geld, das er in ihre Zukunft investieren konnte. Der 9. Oktober 1962 war ein großer Tag für Uganda, und ein großer Tag für die Familie Nasonga.

Zakayo erkannte den stockenden Gang des *rwot*, sobald er vom Fluss aus um die Kurve kam. Er ging die Straße entlang, um das alte Oberhaupt des Dorfes zu begrüßen. Thomas war ein Freund und Waffenbruder seines Großvaters gewesen, im Kampf der Acholi gegen die Briten und ihre Verbündeten aus dem Süden, die Baganda vom Victoriasee. Zakayo hatte ihn seit der Geburt seines Sohnes, der nun sechs Wochen alt war, nicht mehr gesehen.

Trotz seines hohen Alters und seiner Pflicht, die alten Traditionen zu hüten, hatte der alte Häuptling Zakayo gegenüber nie auf Förmlichkeiten bestanden, sondern ihn wie einen Sohn behandelt. Er schien ihre offenen Diskussionen über Politik und das Leben im Allgemeinen stets zu genießen.

Zakayo trat ihm lächelnd entgegen. »Thomas, alter Freund. Ich dachte schon, du wärst tot.«

»Oho! Dachtest du das. Und du könntest sogar recht haben, aber ich werde mich nicht hinlegen, ehe ich dein neues Kind gesehen habe.« Sie umarmten einander. »Ist es wahr? Du hast einen Sohn bekommen?«

Zakayo nahm ihn beim Arm und geleitete ihn zum Haus. »Es ist wahr, mein Freund.«

»Jok sei gepriesen«, kicherte Thomas. »Oder folgt ihr Ausländer lieber dem Gott des weißen Mannes?« Der *rwot* zog ihn gern mit Anspielungen auf seine Jahre in Europa auf.

»Von mir aus seien sie alle gepriesen, Alter.« Zakayo lächelte mit dem Häuptling, der doch tatsächlich jetzt schon begonnen hatte, ihn sanft zu tadeln.

»Und du hast diesem Jungen auch einen Namen gegeben, nehme ich an?«

»Das habe ich.« Er warf dem alten Mann einen Seitenblick zu, bevor er sagte: »Akello Ernest Nasonga.«

»Ah, da sagst du ja etwas. Bitte.« Thomas deutete auf einen Baumstamm, der im Schatten eines Baumes am Straßenrand lag. »Lass mich kurz ausruhen, bevor ich diesen Akello Ernest zu sehen bekomme. Ich möchte ein so kleines Kind nicht gleich mit meinem staubigen Atem anhusten.« Sie setzten sich. »Und jetzt erklär mir diese Namen.«

Zakayo nickte. »Ich dachte mir schon, dass sie dich interessieren würden.«

»Zunächst einmal, was hast du gekauft?« Der *rwot* bezog sich auf *akello,* was bedeutete, »Ich habe gekauft«.

»Nichts. Noch nicht.«

Der alte Mann nickte. »Aber …?«

»Aber ich suche gerade etwas in Kampala. Etwas, wo ich einen Teil des Überschusses von der Ernte verkaufen kann – meiner eigenen und der jedes anderen Acholi, der einen fairen Händler braucht.«

»Oho, eine Geschichte in einer Geschichte.« Die besten

Geschichten der Acholi enthielten stets ein Rätsel. »Aber lass uns gleich darauf zurückkommen. Erst wollen wir über Ernest sprechen. Kommt deine *mzungu*-Seite nach all den Jahren wieder zum Vorschein?«

»Vielleicht ist nicht nur dein Atem staubig, sondern auch dein Verstand. Erinnerst du dich denn nicht daran, dass ich dir von meinem *mzungu*-Freund im deutschen Kriegsgefangenenlager erzählt habe? Dem Freund, der mir das Leben gerettet hat?«

Die uralte Stirn runzelte sich. »Ein *mzungu*-Freund ... ja, natürlich, der kanadische Pilot.«

»Er war Australier. Ernie Sullivan.«

»Ja ... ja, ich erinnere mich an die Geschichte. *Aiya,* mein alter Kopf. Daher also Ernest.«

»So ist es.«

Die Augen des alten Mannes glitzerten. »Akello Ernest Nasonga.« Er nickte. »Dein Vater und Großvater hätten sich über diesen Namen gefreut. Er enthält die Vergangenheit mit dem Namen deines alten Freundes, und ein Versprechen auf die Zukunft. Das ist ein guter Name, mein Sohn.« Er tätschelte Zakayos Knie.

»Ich danke dir, mein Vater.«

»Und jetzt, wie ist das mit *akello* ...?«

»Wir haben die Preise satt, dir wir von Kampala bekommen. Diese Asiaten lassen uns bluten. Ich werde ein Lager in der Stadt eröffnen und als Händler für uns auftreten.«

»Hat das nicht vor vielen Jahren schon einmal jemand versucht? Ja, nachdem der Gouverneur die Preiskontrolle aufgehoben und uns erlaubt hat, Baumwolle selbst zu entkörnen. Aber es hat nicht funktioniert.«

»Das war unter den Briten. Jetzt sind wir unabhängig. Unsere Regierung hat gesagt, sie wolle afrikanische Unternehmer fördern.«

»Ja, das habe ich auch gehört. Dieser neue Premierminister, wie heißt er noch gleich?«

»Milton Obote.«

»Ja, Milton Obote, er hat viel versprochen. Ich frage mich, was für ein Mann er ist.«

»Er ist natürlich einer unserer Vettern, ein Lango. Hast du mich nicht das Sprichwort gelehrt: *Wat osiko?*«

Der alte Mann gackerte. »Schön, dass zumindest etwas in deinem Holzkopf hängen geblieben ist. Die Familie währt ewig, das stimmt. Aber Milton Obote ist jetzt das Oberhaupt von ganz Uganda. Wie viele Münder werden nun in seine Ohren flüstern?«

»Ich weiß es nicht, alter Vater, aber er hat es versprochen.«

»Hm … Erinnerst du dich auch an: *Wacho ok e timo?*«

»Sagen ist nicht dasselbe wie Tun – ja, das kenne ich auch noch. Taten sagen mehr als Worte.«

»Genau. Den Acholi ist schon viel versprochen worden. Versprechungen von den Briten beim Friedensschluss, Versprechungen von unzähligen Gouverneuren im Lauf der Jahre. Und jetzt von diesem Lango, Milton Obote. Wir sind mit unserer Geduld beinahe am Ende, wir Acholi. Viele *rwot* sprechen von einer Sezession, aber die würde einen weiteren Krieg bedeuten, also werden wir wieder warten, und warten. Ich hoffe, ich werde den Tag noch erleben, da unser Volk volle Bäuche und glückliche Kinder in den Hütten hat.«

»Das hoffen wir alle. Und wir hatten noch nie eine so gute Chance wie jetzt. Deshalb will ich ja diese Kooperative organisieren. Einen fairen Preis für unsere Ernte zu bekommen ist ein guter Anfang.«

Der alte Mann nickte, und er nickte weiter, während der *rwot* Zakayo tief in die Augen blickte. Er schien sich in einer Art Traum verloren zu haben. »Du bist ein guter Mann, Zakayo Nasonga«, sagte er nach einer Weile. »Ein guter Mann. Ich hoffe, deine Träume werden Früchte tragen.« Dann holte er tief Luft und machte ein fröhlicheres Gesicht. Er tätschelte Zakayos Hand. »Und jetzt hilf mir auf. Ich will mir deinen Sohn ansehen.«

Thomas ließ sich von dem schwankenden Ochsenkarren in einen Halbschlaf schaukeln. Zakayo hatte ihm angeboten, sein ältester Sohn Adam könne ihn nach Hause fahren. Thomas war dankbar dafür. Sein Besuch bei Zakayo hatte ihn große Anstrengung gekostet, aber er hatte kommen müssen. Ja, er hatte das neugeborene Kind sehen wollen, aber das war nur eine Ausrede gewesen. Es hatte ihn danach gedrängt, Zakayo zu besuchen, seit er jenen Traum gehabt hatte.

Zakayo war wie ein Sohn für ihn, bedeutete ihm beinahe mehr als seine eigenen Söhne. Er hatte Zakayos Großvater, als dieser sterbend auf dem Schlachtfeld lag, versprochen, sich um die Familie Nasonga zu kümmern. Also hatte er sich um Zakayos Vater gekümmert, der leider sehr jung bei einem Jagdunfall ums Leben gekommen war, und er würde sich um Zakayo und alle seine Kinder kümmern.

Als Zakayo 1941 von zu Hause fortgegangen war, als Junge von sechzehn Jahren, der die Armee über sein Alter hatte belügen müssen, damit er in die British Army aufgenommen wurde, hatte Thomas geglaubt, er werde ihn nie wiedersehen. Und er hatte recht behalten. Der Zakayo, der damals aufgebrochen war, kehrte nie zurück. Die meisten in Panyiketto glaubten, er sei zurückgekommen, doch Thomas wusste, dass er sich grundlegend verändert hatte. Denn die meisten konnten etwas nicht sehen, das Thomas sah: Das Feuer in Zakayos Augen war erloschen. Fort war der Acholi-Krieger, der ausgezogen war, um die Deutschen in die Schranken zu weisen. Der neue Zakayo hatte keinen Kampfgeist mehr. Thomas war selbst Krieger gewesen und wusste, welchen Preis dieses endlose Töten verlangen konnte. Offenbar hatte Zakayo genug davon gesehen.

Das machte dem alten Häuptling Sorgen, denn er wusste auch, dass ein Mann kämpfen musste, um in diesem harten Land zu überleben. Um mit seinem neuen Vorhaben erfolgreich zu sein, würde Zakayo viele Kämpfe ausfechten müssen. Thomas hatte Regierungen kommen und gehen sehen. Aus jahrelanger Erfahrung wusste er, dass die Mühlen der Regierungen und der Verwaltung langsam mahlten. Er konnte sich nicht vorstellen, dass es Obote oder sonst irgendjemandem gelingen würde, die lebenslangen Gewohnheiten der kleinen Bürokraten zu ändern, auf die das System angewiesen war. Zakayo ahnte ja nicht, wie Ministerien und Ämter funktionierten.

Die asiatischen Unternehmer – die meisten waren Inder, obwohl viele von ihnen einen britischen Pass hatten – würden seine Gegner sein. Das war ein weiteres Problem. Es war unwahrscheinlich, dass sie ihre Türen einem Konkurrenten öffnen würden, und schon gar nicht einem Mitbewerber anderer Hautfarbe. Ugandas Handel war fest in asiatischer Hand. Das war schon seit Thomas' Jugend so. Anfangs hatten die Briten den Asiaten ein Monopol auf die Verarbeitung von Baumwolle und einige andere Güter gegeben mit der Begründung, die Afrikaner könnten damit nicht umgehen. 1949 brannten Aufständische die Häuser von Stammesoberhäuptern nieder, die für die Regierung waren. Die Briten gaben schließlich nach, und der Handel mit landwirtschaftlichen Erzeugnissen wurde für alle geöffnet. Doch inzwischen war es zu spät gewesen. Die Asiaten hatten sämtliche Teile des Marktes, vom Erzeuger bis zum Käufer, fest im Griff. In vielen Fällen, etwa beim Zuckerrohr, gehörten ihnen sogar die Farmen. Der *rwot* hoffte, diese Erfahrung würde Zakayo nicht das Herz brechen. Er war ein guter Mann, seine Absichten ehrenhaft.

Thomas seufzte. Er wünschte, er wäre draußen bei Zakayos *shamba* stark gewesen, doch dies war nicht der richtige Tag, um Unheil zu verkünden. Sein Traum und dessen Bedeutung würden auf einen anderen Tag warten müssen. Als er Zakayo mit dem Säugling auf dem Arm gesehen hatte, und das stolze Lächeln seiner Frau Doreen neben ihm, da hatte Thomas ihnen nicht sagen können, dass er Zakayo und seine Familie über das ganze Land verstreut gesehen hatte – und das Land rot von Blut.

# Kapitel 14

1965

Doreen richtete sich zwischen den Sorghum-Reihen auf, drückte die Hände ins Kreuz und dehnte ihren schmerzenden Rücken. Sie nahm ihr Halstuch ab und wischte sich den Schweiß von Hals und Brust. Über die leise nickenden Hirsekolben hinweg konnte sie ihre vier ältesten Kinder sehen, die sich über das Feld verteilt hatten.

Grace harkte die Reihe neben ihrer Mutter. Ihr Hinterteil war nun für ein Mädchen von achtzehn Jahren wohlgerundet, und in der Baumwollbluse waren ihre üppigen Brüste zu erahnen. Bald würde es Zeit sein, mit der Familie des jungen Mannes zu sprechen, der jede Gelegenheit nutzte, um Grace zu sehen. Zum Glück schien Grace sich über seine Aufmerksamkeit zu freuen.

Adam trödelte schon wieder. Er lehnte an seiner Hacke, auf die er sich mit einem Oberarm stützte. Doreen vermutete, diese Pose sei anstrengender als das Hacken. Er war nur zwei Jahre jünger als Grace, im Hinblick auf seine geistige Reife waren es jedoch mindestens fünf.

Er musste ihren Blick gespürt haben, denn er schaute auf und begann sofort energisch auf die Erde zu seinen Füßen einzuhacken. Sie seufzte. Zakayo hoffte, dass Adam bald die Farm würde leiten können, während sein Vater in Kampala war, doch Doreen bezweifelte das. Adam interessierte sich nicht für die Farm, er zog lieber mit seinen Freunden durch die Gegend, und er hatte schon einige Tage die Schule geschwänzt – soweit sie wusste.

Dembe arbeitete am anderen Ende des Feldes. Ihr Vater musste ihren Charakter gekannt haben, als er ihr diesen Namen gab. Sie studierte irgendein kleines Tier, das sie in ihrer Furche gefunden hatte. Sie war vierzehn Jahre alt, verträumt und vollkommen in Frieden mit der Welt, wie ihr Name versprach.

Der elfjährige Macmillan arbeitete wie besessen. Im Gegensatz zu seinem älteren Bruder war er ganz begierig darauf, der Farmer der Familie zu werden. Er vergötterte Zakayo und fragte ihm Löcher in den Bauch nach verschiedenen Feldfrüchten und wie sie geerntet wurden, oder danach, wie lange man ein Kalb am Euter der Mutter trinken lassen sollte. Doreen zweifelte nicht daran, dass Macmillan eines Tages ein sehr guter Farmer sein würde.

Die Kleinen, Rose, sechs, und Akello, vier Jahre alt, waren zu Hause. George passte auf sie auf, der mit seinen acht Jahren sehr ernst war. Doreen glaubte, dass er wie Macmillan bei allem, was er tat, erfolgreich sein würde. Selbst heute, am Samstag, war er vor allen anderen aufgestanden, um an seinen Hausaufgaben zu arbeiten. Sie zweifelte nicht daran, dass er auch jetzt noch daran saß, sofern die Kleinen es ihm erlaubten. Die Farmarbeit war nichts für ihn, obwohl er sich nicht scheute, seinen Teil zu leisten, wenn er gebraucht wurde, aber eine Bank oder ein Büro würden ihn eines Tages mehr anziehen, und er würde sich dort gut machen.

Zakayo war diesmal vier Wochen lang fort gewesen. Jeder Besuch in Kampala schien länger zu dauern. Selbst wenn er zu Hause war, sauste er kreuz und quer durch den ganzen Distrikt, arrangierte den Gütertransport oder traf sich mit anderen Mitgliedern der Kooperative. In letzter Zeit drehte sich für ihn alles nur noch um die Kooperative. Doreen und die Kinder bewirtschafteten die *shamba*.

»Mama! Mama!« Das war George, der durch die Sorghum-Reihen auf sie zugerannt kam.

»Was ist, George? Was ist denn los?«

»Mama, Rose ist schon wieder weggelaufen.«

»George, steh still und sprich ruhig. Du zertrampelst das Sorghum.« Es war nicht ungewöhnlich, dass Rose einfach davonspazierte. Das tat sie schon, seit sie laufen konnte. »Und warum hast du nicht auf sie aufgepasst? Du kennst sie doch.« Doreen bahnte sich vorsichtig einen Weg zu ihm.

»Ich *habe* ja auf sie aufgepasst, ehrlich, aber sie hat sich heimlich davongeschlichen.«

»Sie hat sich davongeschlichen. Wie hätte sie das heimlich tun können, wenn du aufgepasst hättest?« Sie packte ihn grob am Arm und zerrte ihn aus dem Feld. »Komm, zeig mir, wo du sie zuletzt gesehen hast.« Sie hatte Rose ein paar Stoffreste dagelassen, mit denen sie Verkleiden spielen konnte. Damit war sie für gewöhnlich stundenlang beschäftigt.

»Sie war … Ich weiß es nicht. Ich habe hier gesessen und mein Papier für die Schule zugeschnitten.« George zeigte auf den nackten Boden vor der Haupthütte, wo Akello saß, Wasser aus einer Schüssel löffelte und in die wachsende Pfütze um sich herum kippte. »Und sie war … auf einmal war sie weg.«

Doreen ließ den Blick über den Hof schweifen. Das Tor stand offen. Sie eilte dorthin und suchte die staubige Straße in beide Richtungen ab. Gen Westen verlief die Straße anderthalb Kilometer weit schnurgerade, und ihre Ziegen hatten das Gras auf beiden Seiten abgeweidet. In dieser Richtung hätte Rose sich nirgends verstecken können. Nach Osten hin war der Straßenrand ähnlich kahl, aber die Straße verschwand nach ein paar hundert Metern in einer Kurve hinter Bäumen. Rose war nirgends zu sehen. Doreens Herz machte einen Satz. Hinter dieser Kurve floss der Ora still und tief dem Nil entgegen.

»Grace! Adam! Kommt schnell. Dembe, Macmillan!«

Die Kinder starrten sie an und begriffen nicht, was sie wollte, doch dann rannte Grace ihrer Mutter hinterher, die in Richtung Fluss die Straße entlanglief. Rasch folgten die anderen, obwohl sie nicht recht wussten, warum.

George sah zu, wie einer nach dem anderen an ihm vorbeirannte. Er biss sich auf die Unterlippe. Irgendetwas Schreckliches geschah hier – seine Familie war in Aufruhr, und er allein war schuld daran. Er wollte ihnen nachlaufen, warf dann aber einen Blick zurück auf Akello, der nun weinte. George wusste nicht ein noch aus. Er sprang von einem Fuß auf den anderen, unschlüssig, was er tun sollte. Tränen traten ihm in die Augen, als die gesamte Familie hinter den Bäumen verschwand.

Grace mit ihren langen Beinen hatte Doreen auf halbem Weg zum Fluss überholt. Dann rannte Adam an ihr vorbei. Doreens Atem ging scharf und keuchend, und sie malte sich die schrecklichsten Bilder aus.

Zusammen mit Macmillan erreichte sie den Fluss. Die beiden Älteren suchten schon das Ufer und das trübe Wasser ab. Doreen folgte ihren Blicken. »Was? Was habt ihr entdeckt?« Sie sah keinen Hinweis auf Rose.

»Hier ist sie nicht«, sagte Grace. »Vielleicht ist sie weitergelaufen.«

Doreen glaubte das nicht. »Grace, du und Macmillan, ihr

geht stromaufwärts.« Sie zeigte in Richtung Dorf. »Adam, Dembe, ihr kommt mit mir.« Sie rannte zurück, die Straße entlang bis zum ersten der schmalen Pfade, die durch dichtes Unterholz zum Fluss führten. »Ihr beide nehmt den nächsten Pfad. Los!«

Doreen schluchzte vor Erschöpfung, während sie durch das Dickicht rannte. Sie konnte immer nur die nächsten paar Schritte des Weges erkennen, und die Büsche zerkratzten ihr Gesicht und zerrten an ihrem Kleid.

Plötzlich war das dichte Unterholz zu Ende und enthüllte das Flussufer, das nach den Überschwemmungen der letzten Regenzeit kahl gespült war. Rose hockte direkt am Wasser auf den Fersen.

»Rose«, keuchte sie erleichtert. Ihre Kleine, die sich mit Stoffresten dekoriert hatte, war in Sicherheit. Doreen lief langsamer, und ihre Beine waren schwer wie Blei vor Anstrengung.

In diesem Augenblick sah Doreen zwei Nasenlöcher und zwei Augen, die rasch auf Rose zuschossen. Einen Moment lang war sie wie gebannt von den klaren Linien der Bugwelle und konnte gar nicht glauben, dass dort ein Krokodil auf ihre Tochter zuhielt. Dann kreischte sie: »Rose!«

Das Kind stand erschrocken auf und drehte sich zu seiner Mutter um.

Das Krokodil stürzte sich aus dem Wasser.

Doreen sprang ins Wasser, als das Krokodil sich in Rose' Bein verbiss. Sie packte den großen Kopf und versuchte, die gewaltigen Kiefer zu spreizen. Doch sie waren so fest geschlossen wie eine eiserne Falle. Mit wild peitschendem Schwanz versuchte das Krokodil, sie beide ins tiefe Wasser zu ziehen. In schierer Verzweiflung holte Doreen weit aus und schlug dem Biest die Faust ins Auge. Plötzlich hatte sie Rose im Arm, die panisch kreischte. Doreen zerrte sie durch das schlammige Wasser zurück ans Ufer, kniete sich mit ihr hin, hielt sie fest, wiegte sie im Arm und weinte hysterisch, bis Grace sie erreichte, die kühle, elegante Grace, und sie auf die Füße zog, während Doreen ihr blutendes Kind mit eisernem Griff an ihre Brust gedrückt hielt.

Zakayo reichte den Tabaksbeutel Thomas, der sich mit zwei Fingern etwas davon nahm und in seine Pfeife stopfte. Der alte Häuptling zündete sie an und paffte ein paar Mal zufrieden, bevor er die Unterhaltung fortsetzte. »Ich habe sie am nächsten Tag besucht. Die kleine Rose hat immer noch vor Angst gezittert, das arme Kind, aber der Arzt hatte ihnen beiden etwas gegeben, das den Schlaf bringt.«

»Beruhigungsmittel.«

»Ja, Beruhigungsmittel«, stimmte Thomas zu. Die beiden Männer saßen unter dem Vordach neben der Hütte des *rwot*. Seine dritte Frau, die viel jünger war als der alte Häuptling, hatte den beiden Männern Tee serviert und sich dann zurückgezogen.

»Bis ich von Kampala aus hier ankam, war die Entzündung schon zurückgegangen«, sagte Zakayo. »Rose' Bein heilt gut, aber Doreens Hände werden vielleicht nie wieder ganz gesund. Der Arzt sagt, als sie versucht hat, die Kiefer des Krokodils zu öffnen, hätten die Zähne irgendetwas in ihren Fingern zerschnitten. Wir werden erst wissen, wie schlimm es ist, wenn die Wunden richtig verheilt sind.«

»Das ist nicht gut. Aber durch Joks Liebe haben sie überlebt. Nicht viele kehren aus dem Fluss zurück, wenn das Krokodil zu Besuch kommt.« Thomas blies zufrieden eine Rauchwolke in die frische Brise. »Bedeutet das, wir werden dich jetzt für eine Weile in Panyiketto sehen?«

»Nein, das geht nicht. Als ich das Telegramm bekommen habe, musste ich überstürzt aufbrechen und meinen Antrag auf dem Amt einfach liegen lassen.«

»Einen Antrag?«

»Für eine Exportgenehmigung. Ich glaube, in Kisumu könnten wir bessere Preise bekommen.«

»Kisumu? So weit weg. Wie willst du das schaffen?«

»So schwer ist das nicht. Wir bringen die Ware mit dem Lastwagen nach Port Bell, etwa eine halbe Stunde von Kampala entfernt, und dann fährt sie mit dem Zug, der Lake Victoria Line, nach Kenia.«

»Und dafür brauchst du eine Genehmigung?« Der alte Mann schüttelte den Kopf.

»Für alles braucht man irgendein Papier. Und wenn man nicht da ist und immer wieder nachfragt, geht nichts voran. Nicht einmal Schmiergeld hilft heutzutage sonderlich viel. Die Baganda sind immer noch zornig, weil sie ihren König verloren haben.«

»*Aiya*. Das ist zu viel für diesen alten Kopf. Politik, die Armee, Papiere. Sprechen wir über schönere Dinge. Wie geht es deiner Familie?«

»Meiner Familie?« Zakayo griff nach Papier und Tabak, um sich eine weitere Zigarette zu drehen. »Dieser Adam«, seufzte er. »Doreen sagt, er schwänzt die Schule. Ich danke Gott für den jungen Macmillan – er arbeitet zweimal so viel wie Adam. Und mit einem bereitwilligen Lächeln. In dem steckt ein guter Farmer.«

»Und Grace?«

»Grace hat ein Auge auf einen Jungen in Panyiketto

geworfen. Doreen hat schon ein Treffen mit der Familie arrangiert.«

»Davon habe ich gehört. Ein junger Luo. Die Familie kommt aus Kisumu.«

Zakayo nickte, denn er wusste, worauf sein Freund hinauswollte. »Ich weiß. Sie wird vielleicht wegziehen, wenn sie ihn heiratet.« Er hatte diese Möglichkeit bis jetzt absichtlich verdrängt. Das Herz wurde ihm schwer.

»Irgendwann verlassen sie alle das Nest, mein Junge. Darauf musst du vorbereitet sein.«

Zakayo nickte erneut. Ihm kam es so vor, als habe Grace, seine Erstgeborene, erst gestern an der Brust ihrer Mutter gelegen.

»Und Dembe wächst von Tag zu Tag«, sagte das alte Stammesoberhaupt. »Da hast du noch eine prächtige junge Frau.«

Zakayo lächelte. »Und sie ist ein Segen für ihre Mutter. Scheint sich für die Verlockungen und jungen Männer im Ort nicht zu interessieren.« Er zuckte mit den Schultern. »Aber auch das wird sich vermutlich ändern.«

»Wie ich höre, ist der junge Macmillan ein ausgezeichneter Schüler.«

Zakayo merkte, dass sein alter Freund ihn daran hindern wollte, über Grace' möglichen Wegzug nachzugrübeln. Doch seine sorgenvollen Gedanken kehrten zu seinem ältesten Sohn zurück. »Er treibt sich mit ein paar üblen Leuten herum, von irgendwo oben am Nil, weißt du?«

»Macmillan?«

»Nein, ich meine Adam. Er macht mir Sorgen.«

Der *rwot* nickte. »Ich habe sie gesehen. Sie kommen von Pakwach her, mit schnellen Motorbooten. Fahren flussabwärts in den Wald, heißt es.«

Zakayo zog die Brauen in die Höhe. »Wilderer?«

»Ich bin nicht sicher. Er ist ein guter Junge, dein Adam, aber es wäre klug von dir, ihn im Auge zu behalten.«

Zakayo wusste, dass sein ältester Sohn eine feste Hand brauchte. Doreen sagte ihm das schon seit Monaten, aber er hatte ja nicht gewusst, dass es schon so schlimm stand. »Doreen hat es nicht leicht. Der Junge übernimmt keine Verantwortung auf der *shamba*. Er hat keine Zeit für seine Familie.«

»Er braucht dich, mein Freund.«

Zakayo sah dem Alten in die Augen. Er wusste, dass Thomas recht hatte, aber für die Kooperative stand gerade so viel auf dem Spiel, dass er unbedingt in Kampala sein musste. Er sagte nichts.

# Kapitel 15

1971

»Was hat das zu bedeuten, Zakayo?«, fragte Doreen flüsternd. »Wird es auch hier in Panyiketto Ärger geben?«

»Nein, natürlich nicht, Doreen. Kampala ist weit weg. Es war ja nicht einmal in Kampala. Es ist in Mbarara passiert, in der Armeekaserne dort.« Er bereute schon, dass er seiner Frau die Neuigkeit erzählt hatte. Er hatte nicht erwartet, dass sie sich deswegen solche Sorgen machen würde.

»Aber das waren Acholi-Soldaten, hast du gesagt.«

»Ja, Acholi und Lango.« Er fand es immer noch schockierend. Jeder zivilisierte Mensch in Uganda war schockiert darüber. Aber niemand würde es wagen, Colonel Idi Amin oder seine Kakwa-Stammesbrüder zu beschuldigen, sie hätten Hunderte ihrer eigenen Soldaten abgeschlachtet.

»Aber warum nur Acholi und Lango?«

»Amin fürchtet sich vor ihnen. Obote hat sie rekrutiert, nach dem Attentat auf ihn. Amin traut ihnen nicht.«

»Warum? Sie sind doch auch ugandische Soldaten?«

»Natürlich sind sie das, Doreen, aber –«

»Und ich habe gehört, dass Leute einfach verschwinden. Wie kann so etwas in unserem Land passieren, Zakayo?«

»Doreen …«, begann er, doch ihre Fragen beunruhigten ihn. Einige Dinge blieben besser ungesagt.

»Ich habe Angst«, flüsterte Doreen.

Zakayo fürchtete sich ebenfalls. Der Übergriff auf ihre Acholi-Stammesbrüder hatte den ganzen Norden alarmiert und aufgeschreckt. In Panyiketto, wie in allen Acholi- und Lango-Dörfern, knisterte die Luft vor Furcht.

Aber Zakayos Furcht hatte einen anderen Ursprung. Sie holte ihn kreischend von den Schlachtfeldern Europas her ein, wo das Grauen und die Barbarei des Krieges seinen jungen Geist fast gebrochen hätten. Jener Krieg war ihm umso entsetzlicher erschienen, weil er gelernt hatte, die Länder, die ihn führten, als die zivilisiertesten Nationen der Welt zu betrachten. Diese zivilisierten weißen Männer benutzten diabolische Maschinen, die mit brutaler Effizienz töteten. Ihr Vorgehen war frei von Leidenschaft – nicht wie bei den Stammeskriegen, die sein eigenes Volk vor langer Zeit geführt hatte, in denen Männer kämpften und starben für das Land, das sie brauchten, um ihre Kinder satt zu bekommen. Beim Krieg des weißen Mannes ging es um vage Vorstellungen, Politik und imaginäre Grenzen auf einer Landkarte. Doch die Verstümmelung, die abgerissenen Gliedmaßen, die zerfetzten Gesichter ohne Augen, die schwärenden offenen Wunden, all das war grässliche Wirklichkeit. Genau wie die Leichen, die in einem Graben auf einem blutigen, schlammigen Feld gestapelt wurden. Er hatte sich nie von der grauenhaften Angst erholt, sein erst sechzehn Jahre währendes Leben werde so weit entfernt von seiner friedvollen Heimat ein gewaltsames Ende finden. Seit damals schüchterte ihn der Anblick einer Uniform dermaßen ein, dass er praktisch handlungsunfähig wurde.

»Was ist denn, Rose?«, fragte Zakayo, als seine Tochter den Raum betrat, den sie als Wohnzimmer benutzten. Er hatte nicht gemerkt, dass sie hinter dem Vorhang in ihrem Schlafraum gewesen war. Erneut staunte er darüber, wie sehr sie sich seit seinem letzten Besuch vor drei Monaten verändert hatte. Sie war gewachsen, hatte Beine wie eine junge Gazelle und zwei kleine Brüste bekommen, die ihre Schulbluse nicht mehr verbergen konnte.

»Warum passiert das alles, Papa?«

Zakayo holte tief Luft. Selbst wenn er die Antwort kannte, wie sollte er die komplizierten Zusammenhänge von Macht und Politik einem elfjährigen Mädchen erklären? Oder war sie schon zwölf? Das war wie mit Deutschland und dem Zweiten Weltkrieg – alle wollten eine einfache Antwort, aber es gab nun einmal keine. Er konnte ihr nur einige seiner Theorien erklären. Zunächst einmal, dass der britische Plan für ein demokratisches Uganda von vornherein einen Fehler gehabt hatte – das Volk der Baganda bekam von den Briten eine privilegierte Position, wogegen die anderen Distrikte natürlich scharf protestierten. Und dass Obote zwar die Wahlen klar gewonnen hatte, 1966 aber seine drohende Amtsenthebung nicht hinnehmen wollte und die Armee und Idi Amin dazu benutzte, sich an der Macht zu halten.

Ein Attentatsversuch vor zwei Jahren hatte Obotes Entschlossenheit nur gestärkt, und er hatte dem Militär wiederum mehr Macht und Stärke verschafft. Wie konnte Rose, ein Kind, das weit fort von alledem in dieser ländlichen Abgeschiedenheit lebte, so etwas verstehen, wenn selbst die Bevölkerung von Kampala, die alles selbst mit ansehen konnte, es nicht verstand?

Er rief seine Tochter zu sich, nahm ihre Hand und sagte: »Du brauchst dir keine Sorgen zu machen, Rose. Solche Dinge passieren nur in den großen Städten. In Panyiketto gibt es keine Soldaten. Warum sollten sie sich mit uns abgeben?«

»Papa, kannst du nicht nach Hause kommen und wieder bei uns leben?«

Zakayo warf Doreen einen Blick zu, doch die schaute zu Boden. »Aber ich lebe doch hier. So oft ich kann. Du weißt doch, dass ich das Geschäft in Kampala führen muss. Alle hier in Panyiketto brauchen mich dort, damit ich ihre Ernte verkaufe.«

»Ja, aber …«

»Aber was? Sieh mal, jetzt bleibe ich bis nach Weihnachten hier. Nein, widersprich deinem Vater nicht. Und jetzt raus mit dir – ich muss mit deiner Mutter sprechen.«

Rose senkte den Kopf und blickte mit kummervoll gerunzelter Stirn zu ihm auf. Dieser Blick erweichte ihn sonst immer, doch diesmal zeigte Zakayo mit zusammengezogenen Brauen zur Tür. Sie schlurfte hinaus.

»Du hättest mich gerade eben unterstützen müssen, Doreen«, sagte er, sobald Rose weg war.

»Wie kann ich dich unterstützen? Du weißt sehr wohl, dass ich dasselbe denke wie sie.«

»Sei nicht so kindisch, Weib.«

»Kindisch, ach ja? Es ist kindisch, dass ich meinen Mann öfter als zwei, drei Mal im Jahr zu Hause bei seiner Familie haben möchte?«

»Du übertreibst.«

»Nein. Ich übertreibe nicht. Ist es etwa übertrieben, wenn ich dir sage, dass Adam wild geworden ist und Rose unglücklich in der Schule und Akello ein schlechter Schüler. Und …« Sie unterbrach sich, als ihr Tränen über die Wangen liefen. »Zakayo, wir brauchen dich hier auch.«

Zakayo stand auf und trat zu seiner Frau, die das Gesicht in den Händen barg. »Doreen, meine Liebste, ich vermisse dich und die Kinder. Natürlich vermisse ich euch. Aber die Reise von Kampala hierher dauert drei Tage, wenn ich Glück habe. Bis ich hier angekommen bin, ist es fast schon wieder Zeit, dass ich mich auf den Rückweg mache.«

»Dann nimm uns mit nach Kampala.«

»Was ist mit der *shamba?* Wer soll sich um das Vieh kümmern? Die Gärten?«

»Dann lass uns wenigstens eine Weile zu Besuch kommen. Nur ich und die Kleinen, in den nächsten Schulferien.«

»Doreen, habe ich dir nicht gerade erzählt, wie es dieser Tage in Kampala zugeht? Es herrscht rohe Gewalt. Niemand ist mehr sicher.«

»Dann komm nach Hause … bitte.« Sie blickte ihm in die Augen, und er konnte das Mädchen sehen, das sie einmal gewesen war. Dies war derselbe sehnsüchtige, flehende Blick, den sie damals eingesetzt hatte, um ihren Willen zu bekommen. Beinahe hätte er alle seine Verpflichtungen in Kampala vergessen und ja gesagt. Aber das konnte er nicht. Er hatte sich in einem Netz verstrickt und war nun zwischen zwei Leben gefangen.

»Bald«, sagte er, doch er konnte sehen, dass Doreen seine Lüge durchschaute.

# Kapitel 16

1973

*Panyiketto ändert sich nie,* dachte Zakayo, als der Bus durch die Schlaglöcher am Rand des Ortes holperte: Ziegen auf der Straße, ein paar staubige Kinder rollten abgefahrene Autoreifen einen Pfad entlang, Hühner scharrten im Dreck. Es war immer dasselbe.

Er fühlte sich mit Panyiketto verbunden, weil seine Kinder hier lebten. Na ja, fünf von ihnen – Grace wohnte jetzt in Kisumu und hatte ein eigenes Kind, und Gott allein wusste, wo Adam stecken mochte. Zakayo kam nach Hause, weil seine zweitälteste Tochter Dembe heiraten sollte.

Höchste Zeit. Sie war kein hässliches Mädchen, aber sie war immer damit zufrieden gewesen, auf der Farm zu bleiben. Der Junge, den sie heiraten würde, war ein Verwandter von Freunden der Familie, und Doreen freute sich, dass Dembe nach der Hochzeit in drei Wochen in Panyiketto bleiben würde.

So einfach Panyiketto auch blieb, Kampala hatte sich sehr verändert.

Als er zum ersten Mal nach Kampala gekommen war, hatte er sich sehr über das lockere gesellschaftliche Leben dort gefreut. Es gab viele Zerstreuungen und viele Frauen, die es zu genießen schienen, der Enge des traditionellen dörflichen Lebens entkommen zu sein.

Amelia war anders, und er mochte ihre ruhige Art sehr. Als

sie schwanger wurde, verpflichtete er sich, ihr und dem Kind zu helfen.

Im Lauf der Zeit war ihm das Leben in Kampala mit Amelia wichtiger geworden als das eingeengte Dasein, das er in Panyiketto hinter sich gelassen hatte. Dort waren seine Kinder schon erwachsen und gingen allmählich ihrem eigenen Leben nach, und Doreen war immer distanzierter geworden. Er war nie ganz sicher, ob das an ihr lag oder ob sie nur auf sein eigenes Gefühl der Entfremdung reagierte.

Das Leben in Kampala war aber nicht mehr so unbekümmert. Viel hatte sich verändert, und man konnte nie sicher sein, was als Nächstes geschehen würde.

Präsident Amin hatte kürzlich den Ausweisungsbefehl für große Teile der asiatischen Bevölkerung unterschrieben. Zakayo hatte mit vielen Asiaten zu tun gehabt, als er sein Geschäft für die Kooperative aufgebaut hatte. Er fand sie sehr schwierig, sie verhandelten ohne Ausnahme sehr hart. Es stimmte schon, dass die meisten von ihnen ganz vernünftige und ehrliche Leute waren, aber wie die meisten seiner schwarzen Landsleute hatte auch Zakayo wenig Mitgefühl für sie übrig. Die meisten Ugander glaubten, dass sie ihr Leben lang von den Asiaten ausgebeutet worden waren, und so war niemand sonderlich bekümmert darüber, dass sie nun gehen mussten.

Der Exodus der Asiaten bedeutete, dass Zakayo rasch neue Kontakte für sein Geschäft knüpfen musste. Das Unternehmen, das seine Waren transportiert hatte, sein Manager bei der Bank, sein Vermieter und viele seiner Kunden, alles hatte sich über Nacht geändert.

Zakayo war schon seit vielen Wochen nicht mehr in Panyiketto gewesen, aber er musste in Kampala bleiben, bis sein

Junge einen Namen bekommen hatte. Amelia war Banyoro, und ihrer Tradition zufolge war es Zakayos Aufgabe, die Vorschläge ihrer gesamten großen Familie anzuhören und nicht weniger als drei Monate später eine Entscheidung zu treffen. Die Banyoro nannten ihre Kinder nach der größten Sorge, die sie zur Zeit der Geburt bedrückte. Damit hatte Zakayo die deprimierende Auswahl unter Namen, die mit Tod, Kummer oder Armut zu tun hatten – die drei Hauptsorgen im Leben der Banyoro. Er entschied sich für Itema, das geringste Übel. Amelia hatte ihn auch darum gebeten. »Itema« bedeutete Misstrauen zwischen Nachbarn.

Zakayo war ziemlich stolz darauf, dass er mit der Namensgebung so pragmatisch umgehen konnte. Die meisten afrikanischen Männer hätten darauf bestanden, in einer so wichtigen Angelegenheit wie dem Namen ihres Kindes ihrer eigenen Tradition zu folgen.

Er glaubte, das lag daran, dass er nun schon drei verschiedenen kulturellen Gruppen angehört hatte. Manchmal fragte er sich, was jemand wie Ernie Sullivan von Zakayos Doppelleben halten würde. Hätte Ernie ihn dafür verurteilt? Zakayo zuckte mit den Schultern. Dies hier war Afrika, und ein Mann hatte nun mal Bedürfnisse.

Der Bus hielt klappernd an der Abzweigung der unbefestigten Straße, die zum Dorf führte. Zakayo fing seine Tasche auf, die der junge Gehilfe des Fahrers vom Dach warf, und wartete, bis der Bus weitergefahren war, bevor er in einer Wolke von Staub und Dieselabgasen die Straße überquerte.

Ein Stück weiter vorn hatte sich eine Menschenmenge vor einem der kleinen Läden an der Hauptstraße versammelt. Zakayo hörte laute Stimmen, und die Leute verspotteten jemanden in dem Laden. Als er näher kam, sah er den alten

Thomas in der Tür stehen. Es war Patels Kurzwarenladen, und Patel selbst stand aufrecht hinter dem alten *rwot* und starrte der Menge trotzig entgegen.

Zakayo schob sich nach vorn durch. »Ich sehe dich, alter Vater«, sagte er.

»Zakayo! Willkommen«, erwiderte der Häuptling, ergriff seine Hand und drückte sie begeistert, ehe er sich wieder den Kontrahenten zuwandte.

Es ging recht hitzig zu, und Zakayo schaute auf der Suche nach einer Erklärung von Thomas zu Patel auf. Patel blickte grimmig drein. Zakayo bemerkte, dass er ein Stück Holz in der Hand hielt, das er drohend in die andere Handfläche klatschen ließ.

»Was ist denn hier los, Thomas?«

»Ach, diese dummen Leute. Warte.« Er wandte sich an Patel. »Patel, geh in deinen Laden. Schließe die Tür.« Patel zögerte. »Geh schon, Mann. Du machst es doch nur schlimmer.«

Die Tür schloss sich, und die Menge johlte.

»Ab mit euch! Los, nach Hause. Alle, los, geht.« Die Stimme des alten Mannes brach kreischend, doch die Leute hatten keine Zielscheibe mehr. Ein paar stießen noch laute Beleidigungen gegen Patel aus, dann zerstreute sich die Menge.

Thomas wischte sich mit dem Zipfel seines Kopftuchs die Stirn. »*Aiya*, diese Leute …«

»Was geht hier vor, Thomas?«, fragte Zakayo.

»Ach, mein Junge … was geht heutzutage im ganzen Land vor? Komm.« Er führte Zakayo zu dem Baum mitten auf der Straße, der als Treffpunkt des Dorfes diente. Er sank auf die Bank und klopfte auf den Platz neben sich. »Setzen wir uns hierher, mein Freund.«

Zakayo wartete, bis der alte Mann wieder zu Atem gekommen war.

»Dieser Idi Amin Dada«, begann Thomas. »Dieser verrückte Kakwa –«

»Psst, alter Mann«, sagte Zakayo. So etwas sagte man in Kampala nicht. Er blickte sich nervös um. »Es ist nicht sicher, so offen zu sprechen. Was, wenn die Soldaten hier wären?«

»Die Soldaten *sind* hier, mein Junge«, erwiderte der *rwot*. »Das ist ja das Problem. Sie waren bei Patel und haben ihm befohlen, sein Geschäft aufzugeben. Patel! Er ist Ugander. Ist schon sein Leben lang hier, wie sein Vater vor ihm.«

»Die Soldaten sind hier? In Panyiketto?«

»Ja. Gestern sind sie gekommen. Mit ihren großen Lastwagen und schicken Uniformen.«

»In Panyiketto?« Zakayo konnte es nicht fassen. Als er Kampala verlassen hatte, war es am Busbahnhof zu chaotischen Zuständen gekommen, weil Tausende Asiaten um einen Platz in den Bussen gekämpft hatten, zum Flughafen, nach Kenia – irgendwohin, nur raus aus Uganda. Aber warum sollte Kampala sich in diesem verschlafenen Nest einmischen wollen, so weit weg vom Zentrum des politischen Geschehens? Idi Amin hatte mit Milton Obotes gewaltsamem Versuch, von Tansania aus wieder ins Land zu gelangen, doch sicher genug zu tun? »Wie viele Lastwagen, Thomas?«

»Zehn, vielleicht fünfzehn. Nur zwei sind hiergeblieben, die übrigen sind nach Norden weitergefahren.«

Als hätten die Worte des *rwot* ihn heraufbeschworen, rumpelte ein Armeelastwagen mit etwa einem Dutzend uniformierter Männer die Hauptstraße entlang. Der khakifarben bemalte Lastwagen sah aus, als stammte er noch aus dem Zweiten Weltkrieg. Vor Patels Laden kam er ruckelnd zum

Stehen. Die Soldaten sprangen von der offenen Ladefläche und stürmten zur Tür. Ohne zu zögern, traten sie sie ein. Gleich darauf schleiften zwei Soldaten Patel aus dem Haus. Seine Frau und die drei Kinder folgten ihm weinend.

Thomas sprang auf, bevor Zakayo ihn zurückhalten konnte. »Oho! Ihr Männer! Was glaubt ihr, was ihr da tut, hm?«

Die Uniformierten ignorierten ihn und stießen Patel und seine Familie grob auf den Lastwagen. Ein Sergeant schlenderte lässig auf Thomas zu und warf Zakayo einen drohenden Blick zu, bevor er sich an den Häuptling wandte. »Was geht dich das an, alter Mann?«

»Was mich das angeht?«, erwiderte Thomas empört. »Ich bin das Oberhaupt dieses Dorfes. Jetzt weißt du, was mich das angeht.«

»Das ist eine militärische Angelegenheit, alter Mann. Pack dich.« Er kehrte Thomas den Rücken und ging zum Lastwagen.

Zakayo nahm den *rwot* am Arm und wollte ihn wegführen, doch Thomas schüttelte ihn ab und lief dem Sergeanten nach. »Ich verlange, dass Sie diese Familie freilassen«, sagte er und packte den Soldaten am Arm, um ihm zu zeigen, dass er ein gewähltes Dorfoberhaupt nicht so unverschämt behandeln konnte.

Der Sergeant schlug Thomas mit dem Handrücken auf die Nase, und der alte Mann kippte rückwärts gegen Zakayo, der nun starr vor Angst war.

Die Soldaten packten den Häuptling und warfen ihn auf den Lastwagen.

Der Sergeant starrte Zakayo an und wartete, hoffte vielleicht sogar, auf eine Reaktion. Zakayo wich zurück. Der Soldat grinste hämisch und bellte seine Befehle.

Ein Paar Schuhe – Thomas' alte braune Sandalen – wurde an den Straßenrand geworfen, als der Lastwagen anfuhr. Er rumpelte die Hauptstraße entlang. Patel stand auf der Ladefläche zwischen seinen Wächtern und starrte in die Menge; einige verhöhnten ihn, als er an ihnen vorbeigekarrt wurde. Zakayo konnte Thomas nicht sehen.

Er starrte auf die Schuhe. Dieses Symbol war in Kampala nur zu gut bekannt. Es hatte mit dem Verschwinden eines Richters des Obersten Gerichtshofs, Ben Kiwanuka, begonnen. Bevor er in den Kofferraum eines Wagens gestopft wurde, zwangen seine Entführer den Richter, sich die Schuhe auszuziehen, die auf der Straße vor seinem Büro liegen blieben. Er wurde nie wieder lebend gesehen, und ein verlassenes Paar Schuhe am Straßenrand war zu einer bizarren, aber wirkungsvollen Form von Staatsterrorismus geworden.

Der Armeelaster verschwand in einer Staubwolke.

Zakayo hob die Schuhe auf und machte sich auf den Heimweg.

Der Weg von Panyiketto zu seinem Haus kam ihm heute länger vor als sonst. Thomas' Schuhe lagen schwer in seiner Armbeuge. Plötzlich war es in Panyiketto auch nicht anders als in Kampala, oder an sonst irgendeinem Ort in Uganda, soweit er das beurteilen konnte.

Er verstand nicht, warum die Soldaten über Panyiketto hergefallen waren. Es sei denn, Amin wollte die Acholi- und Lango-Truppen dafür bestrafen, dass sie Obotes katastrophalen Einmarschversuch von Tansania aus unterstützt hatten.

In Kampala war die Gewalt überall, aber es wurde niemals persönlich. Die Greueltaten wurden diskret bei einer Tasse Tee diskutiert. In Panyiketto – seiner Heimat – war alles persönlich. Sogar Patels Ausweisung war ein obszöner Vorgang. Den Gedanken an Thomas konnte er nicht ertragen.

Er näherte sich der letzten Kurve, wo die Straße kurz das Ufer des Ora berührte, bevor sie schnurgerade bis zu seiner *shamba* verlief. Er würde Doreen wieder einmal erklären müssen, warum er so lange nicht mehr hier gewesen war. Er wäre vermutlich auch jetzt nicht hier, wenn es nicht um die Hochzeit seiner Tochter gegangen wäre. Er hatte Verpflichtungen in Kampala. Er musste Amelia und das Baby beschützen.

Der achtzehnjährige Macmillan war sehr tüchtig und mehr als geeignet, die *shamba* in seiner Abwesenheit zu führen. Obwohl George jetzt unten in Pakwach Buchhaltung studierte, sollte Macmillan mit Hilfe von Rose und Akello gut zurechtkommen. Rose war – er musste überlegen – Rose war jetzt dreizehn, Akello elf. Sie waren alt genug, um einen ordentlichen Tag Arbeit zu leisten. Weitere Hilfe brauchte Macmillan nur zur Erntezeit, und da konnte er ein paar Leute aus dem Dorf anheuern.

Zu seiner Linken strömte der tiefe Ora dem Nil entgegen. Die *shamba* und das Haus kamen in Sicht. Er sah auf die Uhr – es war kurz nach zwei. Seltsam, dass Macmillan nicht auf den Feldern arbeitete oder sich um das Vieh kümmerte.

Als er das Tor öffnete, spürte er, dass etwas nicht stimmte. Er konnte es nicht benennen, doch er machte sich auf schlechte Neuigkeiten gefasst. Auf halbem Weg zur Tür hörte er das Schluchzen.

Es dauerte einen Moment, bis sich seine Augen an das Dämmerlicht drinnen gewöhnt hatten. Macmillan stand vor ihm; Blut trocknete in seinem Haar und dem Hemd. Akello hockte in einer Ecke, die Arme um die Knie geschlungen.

Doreens Kopftuch hatte sich gelöst, das Haar hing ihr wild ins Gesicht. Sie wiegte Dembe in ihrem Schoß wie ein Kleinkind. Rose betupfte das Gesicht ihrer Schwester mit einem feuchten Tuch.

Dembes Kleid war zerrissen und ein Auge zugeschwollen. Sie hatte Schnittwunden an den Schultern und im Gesicht.

Rose blickte zu ihm auf, und Tränen strömten ihr über die Wangen. »Papa«, sagte sie schluchzend. »Die Soldaten waren hier.«

# Kapitel 17

Zakayo trottete schon wieder die Straße nach Panyiketto entlang. Es kam ihm so vor, als hätte er seit seiner Ankunft vor vier Tagen nichts anderes getan. All diese Wege waren schwierig gewesen, doch diesmal war es gefährlich.

Beim ersten Mal war er nach Panyiketto gelaufen, um den Arzt für Dembe zu holen. Er hatte diesen Weg nicht gehen wollen. In seiner Wut hatte er sein Haus niederreißen und alles, was er in die Finger bekam, zerschmettern und zerstören wollen. Er wollte gegen diese Ungerechtigkeit anschreien. Er wollte von der Armee verlangen, die Männer ausfindig zu machen, die seine Tochter vergewaltigt hatten, und sie schwer zu bestrafen. Er wollte selbst das Erschießungskommando sein. Aber vor allem wollte er seine Tochter wieder so haben, wie sie gewesen war, eine Stunde bevor er nach Hause gekommen war. Nur eine Stunde.

Aber er hätte ja schon vor Wochen zu Hause sein sollen. Wenn er hier gewesen wäre, hätte er die Katastrophe vielleicht verhindern können. Stattdessen erstickte er nun beinahe am bitteren Geschmack der Hilflosigkeit.

Es war Doreen, die ihn aus seinem finsteren Brüten aufschüttelte und ihn zwang, den Arzt holen zu gehen. Aber der Arzt war nicht zu Hause, und er suchte ganz Panyiketto nach ihm ab.

Als er ihn endlich fand, versorgte der Arzt gerade einen

Mann, dem sie mit Gewehrkolben beide Beine gebrochen hatten. Der Arzt erklärte Zakayo, er habe zu viele schwer verletzte Patienten, um die er sich kümmern müsse, und was seiner Tochter denn fehle, das so dringend sein könnte. Zakayo hatte versucht, die körperlichen Verletzungen seiner Tochter in Worte zu fassen, doch sie waren nichts im Vergleich zu dem Schmerz, den er in ihren Augen gesehen hatte. Der Arzt hörte geduldig zu, während Zakayo stammelnd versuchte, es ihm zu erklären, doch Zakayo fand keine Worte dafür. In seiner Verzweiflung sagte er schließlich: »Sie wurde von den Soldaten vergewaltigt.« Und er vergoss neue Tränen über diese Ungeheuerlichkeit.

Der Arzt war mitfühlend, konnte die Zeit für einen Besuch aber nicht erübrigen. Er schickte Zakayo mit einem Beruhigungsmittel nach Hause.

Dembe hatte noch nicht von ihrem Verlobten gesprochen. Zakayo nahm an, dass sie sich denken konnte, was er bereits wusste – es würde keine Hochzeit geben. Das wurde auf einem seiner nächsten Wege deutlich, der ihn diesmal ins Dorf ihres Verlobten führte. Er hatte gehofft, der junge Mann werde sofort an Dembes Seite eilen, um sie zu trösten, doch so war es nicht. Seine Familie zeigte sich schockiert und ebenso mitfühlend wie der Arzt, doch sie meinten, es sei besser, wenn Dembe eine Weile für sich allein blieb. Sie erklärten, sie würden sie besuchen kommen, sobald Dembe sich erholt hatte, aber sie konnten Zakayo dabei nicht in die Augen sehen.

Und jetzt war er unterwegs in den Ort zu Thomas, um nachzusehen, ob er von dort zurückgekehrt war, wohin die Soldaten ihn gebracht hatten. Von Thomas' Frau war nichts zu sehen – sicher war sie zu einem ihrer Kinder geflohen. Das

Haus der nächsten Nachbarn stand ein Stück entfernt, und die hatten nichts gesehen.

Es war merkwürdig still im Ort. Der Grund war offensichtlich, sobald er den Armeelaster vor Patels Laden entdeckte.

Zakayo überquerte die Straße und beobachtete alles aus einiger Entfernung. Die Soldaten luden lachend Patels Warenbestand auf ihren Laster. Stoffballen, ja sogar die Vitrinen aus dem Verkaufsraum, Tische und andere Möbelstücke verschwanden unter der Segeltuchplane. Er sah zu, bis sie fertig und davongefahren waren.

Zakayo eilte zum Haus des Stammesoberhaupts, aber sobald er es sah, wusste er, dass Thomas nicht hier war. Er rief einen Gruß, bevor er die offene Tür ganz aufschob. Der Raum war unberührt. Thomas' Schuhe lagen noch da, wo er sie bei seinem ersten Besuch hingelegt hatte. Mitten auf dem kahlen Boden wirkten sie deplaziert.

Zakayo war zutiefst bekümmert. Er hatte sich geschworen, dass er etwas unternehmen würde, wenn Thomas diesmal immer noch nicht zu Hause sein sollte. Die zwei Tragödien, Dembes Vergewaltigung und Thomas' Entführung, standen irgendwie miteinander in Verbindung. Er hatte das Gefühl, wenn er eine davon in Ordnung bringen könnte, würde er damit die andere mildern. Für Dembe hatte er bereits alles getan, was in seiner Macht stand, und das war kaum mehr, als seiner Tochter seine Unterstützung und sein Mitgefühl zu zeigen. Thomas' Freilassung zu erreichen war also seine beste Chance, ein Stück Seelenfrieden zurückzubekommen.

Er hatte bereits ein schlechtes Gewissen, weil er so lange gewartet hatte, aber die Soldaten gehörten zum Stamm der Kakwa, dem traditionellen Erzfeind. Schlimmer noch, sie waren das Militär.

Zakayo hatte den Krieg körperlich unverletzt überstanden, doch manchmal wachte er nachts auf, in kalten Angstschweiß gebadet, und irgendetwas, eine halb vergessene Szene aus der Hölle des Krieges, drängte sich in seinen Verstand. Meist hatte er es dann sehr eilig, zur Latrine zu kommen, denn sein Darm wie sein Magen wollten sich entleeren.

Er konnte sich nicht erinnern, derart intensiv empfunden zu haben, als das alles passiert war. Vielleicht war es ein Trick des Verstandes, solche Gefühle in Zeiten unvorstellbaren Grauens einfach auszuschalten.

Sobald er wieder zu Hause in Uganda war, hatte er beschlossen, dass er nie wieder etwas mit dem Militär zu tun haben wollte. Frieden bedeutete ihm alles. Er hatte gehofft, dass es nach diesem Krieg Frieden für sein Land geben würde, für sein Dorf und seine Familie. Eine nach der anderen waren diese Hoffnungen gefallen – Opfer des Krieges geworden.

Er schnappte sich die Schuhe, ging zurück zu Patels Laden und bog dann in die Seitenstraße ab, in die Richtung, die der Armeelaster genommen hatte.

Wie er erwartet hatte, lagerten die Soldaten am Fluss. Ein Lastwagen rumpelte auf ihn zu. Ein weiterer folgte. Zakayo hechtete sich ins Gebüsch am Straßenrand. Als sie an ihm vorbeirollten, hörte er die Stimmen der Soldaten unter den Planen über den Ladeflächen. Sie scherzten miteinander, wie Soldaten das eben machten.

Das Lager befand sich auf einer Lichtung, die Zelte waren in einem unregelmäßigen Kreis um einen großen Baum herum errichtet worden. Zakayo konnte kein Anzeichen von Leben erkennen. Die Stille ließ ihm einen Schauer über den Rücken laufen. Irgendwie hatte er das Gefühl, es wäre leichter, wenn im Lager Betrieb herrschte, wenn Soldaten ihren Pflichten nachgingen, zu beschäftigt, um sich um einen Dorfbewohner zu kümmern, der ihren Kommandanten sprechen wollte.

Er ging auf die Lichtung zu, doch dann verließ ihn der Mut und er beschloss, es lieber außen herum am Fluss zu versuchen, wo er Deckung hinter den Büschen am Ufer finden würde.

Zakayo hörte seinen eigenen Atem, lauter als das Zirpen und Summen der Grillen. Vorsichtig schlich er am Ufer entlang und behielt das Zelt im Auge, das er für das Offizierszelt hielt – es war groß, und die Flagge von Uganda hing schlaff an einem improvisierten Fahnenmast.

Jetzt war er sich seiner Strategie nicht mehr so sicher. Was, wenn der Kommandant herauskam und einen Mann sah, der um sein unbewachtes Lager herumschlich? Was würde er dann tun? Zakayo konnte in einige der Zelte hineinschauen. Auf der anderen Seite des großen Baumes war einzig das Zelt mit der Fahnenstange geschlossen.

Nun, da er fast am Rand des Kreises aus Zelten angekommen war, erkannte er, dass ein Mann an dem Baum festgebunden war. Er hing schlaff in seinen Fesseln, der Kopf baumelte seitlich herab.

Zakayo zog es zu dem Baum hin. Er wusste, dass diese klägliche Gestalt Thomas war, hoffte aber, dass er sich geirrt hatte. Er hob den alten Kopf an, aber das Gesicht war nicht zu erkennen und so zerschunden, dass beide Augen zugeschwollen waren. Geronnenes Blut zog sich von seinen Lippen bis auf seine nackte Brust, und es sah so aus, als hätte er auch aus den Ohren geblutet. Nur der leicht pfeifende Atem wies darauf hin, dass er sich noch an einen Rest von Leben klammerte.

Zakayo öffnete den Mund, um etwas zu sagen, brachte aber kein Wort heraus. »Thomas …«, sagte er schließlich, doch seine Stimme war so heiser, dass er sie selbst nicht hörte. »Thomas«, wiederholte er.

Der Kopf des alten Mannes zuckte leicht, doch das war nur ein Reflex, er kam nicht zu Bewusstsein. Zakayo ließ den Kopf wieder auf die blutige Brust sinken.

»Du da!« Ein Mann stand am Fahnenmast und zeigte anklagend mit dem Finger auf ihn.

Zakayo erstarrte und gaffte den Mann an, der nur Unterwäsche trug.

»Wer bist du?« Die Stimme des Soldaten klang sehr bedrohlich. »Bleib, wo du bist«, befahl er und tauchte in sein Zelt ab.

Einen Augenblick lang tat Zakayo, was ihm befohlen worden war; Jahre im Kriegsgefangenenlager hatten ihn darauf konditioniert, Befehlen ohne den geringsten Widerspruch zu gehorchen. Die Zeltklappe flog auf, und der Offizier kam mit einem Gewehr wieder zum Vorschein.

Zakayo rannte zum Fluss.

Die 56mm-Geschosse zischten an seinen Ohren vorbei. Er duckte sich, schlug Haken und kam dem Fluss immer näher. Fünfzig Meter. Vierzig. Er spürte einen Schlag gegen die Schulter, der ihn seitlich herumwirbelte. Er stolperte über die eigenen Beine, schlug auf den Boden, rollte sich herum und rappelte sich wieder auf. Dabei erhaschte er einen Blick auf den Offizier, der immer näher kam und gerade nachlud. Er umklammerte den verletzten Arm, so gut es ging, und rannte weiter, obwohl der brennende Schmerz in seiner Schulter ihn zu lähmen drohte.

Eine weitere Kugel traf ihn, diesmal an der Seite, doch es war nur ein Streifschuss, und er rannte weiter. Zwanzig Meter. Er schlug wieder Haken und spürte die Erschöpfung. Zehn Meter. Eine Kugel verfehlte sein Ohr nur um Zentimeter.

Er erreichte das Ufer und warf sich so weit in den Fluss, wie er springen konnte. Seine Lunge brannte, doch er blieb unter der Oberfläche des schlammigen Ora, bis er glaubte, sie werde platzen. Mit einem gewaltigen Platschen tauchte er auf und schnappte nach Luft.

Der Soldat hatte die Jagd aufgegeben und war wohl damit zufrieden, dass die Krokodile das Blut schmecken und den Rest erledigen würden.

Doreens Verhalten ihm gegenüber hatte sich kaum verändert, seit die Soldaten ihr Haus überfallen hatten. Schweigend wusch sie Zakayos Wunden und antwortete nur kurz auf seine Versuche, ein Gespräch zu beginnen. Als er sagte, er müsse noch einmal nach Panyiketto, verfiel sie in düsteres Grübeln.

Seit seiner Flucht durch den Fluss waren zwei Tage vergangen; acht Tage, seit Dembes Vergewaltiger die Hoffnung seiner Tochter auf ein Leben als glückliche Ehefrau zerstört hatten.

Es erschien ihm wie ein Wunder, dass die Familie nicht mehr Schaden erlitten hatte. Zum Glück waren Rose und Akello gerade am anderen Ende der Farm gewesen und hatten sich im Sorghum-Feld versteckt, bis die Soldaten wieder fort waren.

Doreen ging ihrer Arbeit nach, ganz wie immer, sie teilte die Kinder für die Aufgaben in der Hütte und auf der Farm ein, doch das Lächeln in ihren Augen war erloschen. Wenn die Kinder spielten oder sich neckten, fuhr sie sie an, sie sollten ein wenig Respekt vor Dembe zeigen. Wenn sich zufällig ein flüchtiger Augenblick des Glücks zwischen ihnen einstellte, konnte Zakayo ihr ansehen, dass sie sich schuldig fühlte, weil sie kurzzeitig ihre Trauer vergessen hatte, als wäre es eine Sünde, zu lächeln.

Die Gewehrkugel hatte Zakayos Schulter nicht gebrochen, doch irgendetwas tief im Gewebe beschädigt, denn die leiseste Berührung tat entsetzlich weh. Die Wunde selbst war sauber, dank des Ora und Doreens Fürsorge. Die Verletzung an seiner Seite bereitete ihm nur Schwierigkeiten, wenn er sich im Bett herumdrehte.

»Warum musst du wieder nach Panyiketto?«, fragte Doreen nach langem Schweigen.

»Doreen. Es muss sein. Ich kann nicht schlafen, solange ich nicht weiß, was aus Thomas geworden ist.«

»Aber du kannst nichts für ihn tun. Du hast es versucht, und sie hätten dich beinahe umgebracht.«

Da konnte er ihr nicht widersprechen. Nach allem, was er in Kampala gesehen und gelesen hatte, konnte anscheinend nichts, was das neue Regime tat, einen Ausbruch öffentlicher Empörung hervorrufen. Amins neue Sicherheitskräfte verbreiteten Angst und Unsicherheit in der Stadt. Tag für Tag verschwanden Dutzende Menschen auf rätselhafte Weise. Manche hörten sogar im Radio, dass sie demnächst verschwinden würden. Hier in Panyiketto – einem abgelegenen Acholi-Dorf, viel zu weit im Norden, als dass es jemanden interessieren würde –, achtete die Armee noch viel weniger auf Diskretion.

»Ich werde trotzdem gehen. Ich muss es wissen.«

Sie widersprach nicht mehr, was ihm eine Menge über ihre veränderte Einstellung sagte. Normalerweise hätte sie nie so leicht nachgegeben.

Zakayo machte sich entschlossen auf den Weg, doch als er Panyiketto erreichte, zögerte er. Im Dorf war für diese Tageszeit ungewöhnlich viel los. Ein Armeelaster stand mitten auf dem Platz und jagte ihm ein hohles Gefühl der Angst ein. Doch die Menschenmenge darum herum beruhigte ihn und überzeugte ihn davon, dass es sicher war, weiterzugehen.

Erst, als er die Soldaten bemerkte, die in der Menge herumgingen und Leute befragten, erkannte er seinen schweren Irrtum, doch da war es bereits zu spät: Ein Soldat hatte ihn ins Auge gefasst.

Zakayo wich seinem Blick aus, doch der Soldat, der zwar kleiner war als er, aber die freche Selbstsicherheit eines Unterdrückers ausstrahlte, trat ihm in den Weg. Zakayo bemühte sich, gelassen zu wirken, und blickte sich beiläufig um, während der Soldat ihn von allen Seiten musterte.

Vor ihm stand ein weiteres solches Paar, Soldat und Dorfbewohner, in einer ähnlichen Situation. Ohne Vorwarnung schlug der Soldat dem Dorfbewohner mit der Faust gegen die rechte Schulter. Einen Augenblick, bevor Zakayos Gegenüber zuschlug, erkannte er den Grund dafür. Der Schlag gegen seine Schulter war nicht besonders kräftig, doch der Schmerz explodierte in seinem Kopf. Der Soldat stand dicht vor ihm und beobachtete seine Reaktion genau. Der Schmerz brannte wie ein glühender Schürhaken, doch Zakayo rührte sich nicht. Er wandte den Kopf ab, als wolle er die anderen um sich herum beobachten, blinzelte die Tränen fort, die ihm in die Augen gestiegen waren, und wandte den Blick wieder dem Soldaten zu.

Der wirkte enttäuscht. Er schnaubte und brummte, Zakayo könne gehen. Zakayo lief langsam weiter und bemühte sich, die Schulter, die ihn bei jeder Bewegung folterte, nicht allzu offensichtlich zu schonen.

Jetzt wollte er nur noch eine Möglichkeit finden, aus dem Dorf herauszukommen. Seine Schulter würde sicher wieder zu bluten beginnen, und die Konfrontation mit dem Soldaten hatte ihm allen Mut geraubt. Er drängte sich durch die Menge, die sich um den Baum versammelt hatte.

Das Schweigen dieser Menge lenkte ihn von seinem Fluchtgedanken ab. Er versuchte, in den Gesichtern der Leute eine Erklärung zu finden, und folgte schließlich ihren Blicken zur Mitte des Kreises. Er schob sich noch ein Stück weiter vor und sah dort einen nackten, kopflosen Leichnam im Schmutz liegen. Es war Thomas. Der Kopf, der einen knappen Meter entfernt lag, war bis zur Unkenntlichkeit entstellt, doch das graue Haar und dieser Bart konnten zu niemand anderem gehören.

Zakayo hätte sich beinahe übergeben. Er schlug die Hände vor den Mund, um das Würgen zu ersticken, und der flammende Schmerz ließ ihn aufschreien. Blut sickerte durch sein Hemd.

Stumme Gesichter in der Menge, einige recht vertraut, wandten sich ihm zu, doch niemand schien ihn erkennen zu wollen. Zwischen diesen Menschen und Zakayo gab es nichts als Angst, sie wollten diesen Mann nicht kennen. Die Nächststehenden wichen vor ihm zurück, als könnten sie allein durch diese zufällige Nähe mit hineingezogen werden in das, was er angestellt hatte.

Er legte eine Hand über den Blutfleck auf seinem Hemd und schlich sich davon, so schnell er konnte, ohne weitere Aufmerksamkeit zu erregen. Als er dem Gedränge entkommen war, ging er langsam zum anderen Ende des Dorfes. Hinter Patels Kurzwarenhandlung übergab er sich.

# Teil 3

# *Diana*

# Kapitel 18

1964

Du musst rauf zur Milimani Road, Junge«, sagte der Oberste Wildhüter und warf Kip die Schlüssel des Landrover zu. »Da hat jemand in der Nähe der T-Kreuzung einen Löwen gesehen.«

Kip fing die Schlüssel auf, blieb jedoch stehen und starrte seinen Chef an.

Willie Hale musterte ihn mit gerunzelter Stirn. »Tja, Söhnchen, solche Sachen passieren nun mal. Du wirst es früher oder später allein mit einem aufnehmen müssen. Du bist jetzt Wildhüter.«

»Das ist mir klar, Willie, aber ... wo ist die Milimani Road?«

»Ach, Herrgott noch mal! Die zweigt von der Delamere ab, rechts den Hügel hoch.« Er betrachtete seinen neuen Mann. »Du weißt doch, wo die Delamere ist, oder?«

»Ja, Sir«, antwortete Kip.

»Na, dann los. Ich schicke so bald wie möglich jemanden rauf, der dir hilft.«

Zehn Minuten später stand Kip vor dem Kreisverkehr an der Delamere Avenue im Stau, klopfte mit den schwitzenden Handflächen aufs Lenkrad und hätte nur zu gern auf die Hupe gedrückt, damit es endlich weiterging. Er hatte diese neue Stelle erst seit einem Monat und war den vielen Verkehr in Nairobi noch nicht gewöhnt.

Er reckte den Hals, um nachzusehen, ob er sich vielleicht auf dem Fußweg vorbeischleichen könnte, aber eine Reihe geparkter Wagen versperrte den Weg.

Als er endlich eine Chance bekam, bog er scharf nach links in die Delamere Avenue ein und trat das Gaspedal durch. Der schwere Diesel gehorchte unter Protest.

Die Milimani Road führte aufwärts ein schmales Tal entlang, flankiert von zwei Reihen alter Häuser im Kolonialstil, einem kleinen Hotel und der Milimani-Grundschule. Nach einem guten halben Kilometer erreichte Kip die Kreuzung, die Willie ihm beschrieben hatte. Auf seiner Seite, an der Milimani Road, standen einige Häuser in eingewachsenen Gärten, doch jenseits der Querstraße zog sich ein steiler Abhang ein paar hundert Meter weit zu einem leicht bewaldeten kleinen Tal hinab.

Kip hatte schon gemerkt, dass es in Nairobi viele Straßen wie die Milimani Road gab. Sie begannen voller Überzeugung, hielten einen oder anderthalb Kilometer lang durch und gaben dann auf, weil das Terrain zu schwierig wurde. Wenn die Vorstädte weiter wuchsen, würde die Milimani Road diesen Abhang hinunter und weiter führen, wie geplant, doch im Moment war dort nur Niemandsland, nach der Regenzeit dicht mit Gras und niedrigem Buschwerk bewachsen. Kip wusste, dass ein Löwe unter jedem dieser Büsche vor seiner Nase sitzen und durch die gute Tarnung völlig unsichtbar sein konnte.

Er zog das Gewehr aus dem Futteral, überprüfte die Patronen und ließ die Läufe einrasten. Er wollte schon den Abstieg in das kleine Tal beginnen, als ihm einfiel, dass er sein Fernglas mitnehmen sollte.

Eine Frau hielt ihr Auto neben ihm an, stieg aus und eilte

mit zwei kleinen Kindern im Schlepptau auf ihn zu. »Haben Sie ihn gesehen?«, fragte sie.

»Wen gesehen, Madam?«, fragte Kip zurückhaltend.

»Na, den Löwen natürlich. Ich war gerade mit ein paar Nachbarn drüben auf der anderen Seite, aber von da aus ist nichts zu sehen.« Kip folgte ihrem ausgestreckten Zeigefinger und hörte ferne, gedämpfte Stimmen vom anderen Ende des kleinen Tals. »Ich habe es gerade im Radio gehört«, fügte sie hinzu.

Kip stöhnte innerlich. »Hören Sie, hier ist es gefährlich, für Sie und Ihre Kinder. Steigen Sie bitte wieder in den Wagen, fahren Sie nach Hause und schalten Sie das Radio an.«

Die Frau musterte ihn, als wolle sie diesen Zwanzigjährigen einschätzen. Kip war groß für sein Alter und wuchs immer noch ein wenig, aber sein jungenhaft gutes Aussehen und sein wuscheliger blonder Schopf verliehen ihm nicht gerade eine Aura der Autorität. Sie zögerte.

»Sofort!«, sagte er und versuchte, bedrohlich zu wirken.

Sie runzelte die Stirn, machte dann empört auf dem Absatz kehrt und zerrte ihre Kinder hinter sich her.

Kip klemmte sich das Gewehr unter den Arm und beschloss, einen kurzen Vorstoß zu wagen und dann auf Verstärkung zu warten. Vorsichtig schob er sich durch das hohe Gras. Hier und da ragte dichtes Gebüsch daraus auf. Wenn der Löwe hier war, war er jedenfalls im Vorteil. Kips Handflächen begannen zu schwitzen, wie immer in solchen Situationen. Als kleiner Junge in Nanyuki hatte er oft genug gesehen, wie Raymond Hook einen Löwen erlegte, aber Hook wäre nie zu Fuß in solches Buschland vorgedrungen, nur zu Pferd und mit ein paar guten Hunden. Kip hatte allmählich das Gefühl, sich auf ein Himmelfahrtskommando eingelassen zu haben, und fragte sich, ob er nicht lieber sofort umkehren und auf die Unterstützung warten sollte, die Willie ihm versprochen hatte.

Eine einsame Fliege schwirrte und summte beharrlich um sein Gesicht. Kip schlug nach ihr, während er den umgebenden Busch im Auge behielt. An einer Stelle im hohen Gras schimmerten plötzlich die dünnen Ähren. Kips Blick glitt zu einem hohen Busch dicht daneben. Kein Anzeichen von Wind. Das leise Schwanken im Gras bewegte sich auf ihn zu.

Kip entsicherte das doppelläufige Gewehr. Ein kleines Rinnsal Schweiß juckte in seinem Augenwinkel. Die Fliege kehrte zurück, und ihr Summen klang in der intensiven Stille ohrenbetäubend laut. Kip hob das Gewehr auf Brusthöhe. Es gab nichts, worauf er zielen konnte, doch er wusste, wenn der Angriff kam, würde ihm nur ein Sekundenbruchteil bleiben, um zu reagieren.

Aus dem wild raschelnden Gras stürzte etwas hervor und fiel ein paar Meter vor Kip zu Boden.

»Scheiße!«, sagte es.

»Himmel!«, keuchte Kip, der beinahe abgedrückt hätte.

»Oh Gott!«, flüsterte der Mann vom Boden aus. »Ich dachte, Sie wären der verdammte Löwe. Sie haben mich zu Tode erschreckt, Mann.«

»Wer zum Teufel sind Sie?«, flüsterte Kip zurück und ließ das Gewehr sinken. »Und warum schleichen Sie hier herum? Ich hätte Ihnen fast den verdammten Kopf weggeblasen.«

Der Mann rappelte sich auf und überprüfte eine große, kompliziert aussehende Kamera, die von seinem Hals baumelte. Er war klein und gedrungen, und die dunklen Stoppeln auf seinen unrasierten Wangen gingen in wirres, ungekämmtes schwarzes Haar über. »Puh«, sagte er und wischte den Schmutz von der Kamera. »Nichts passiert.« Seine beigefarbene Safarijacke starrte vor Taschen. Er hob einen Film vom Boden auf und stopfte ihn in eine bereits überquellende Jackentasche.

»Wissen Sie denn nicht, dass sich hier womöglich ein Löwe herumtreibt?«, flüsterte Kip mit immer noch pochendem Herzen.

»Das will ich doch hoffen!« Der Mann streckte die Hand aus. »Harry Forsythe. Vom *East African Standard*. Haben Sie ihn schon entdeckt?«

Kip reichte ihm trotz seines Ärgers die Hand. »Kip Balmain. Nein.«

»Sind ein bisschen jung hierfür, was?« Harry musterte ihn von oben bis unten. »Herrgott, Sie können kaum älter sein als ich. Also, wie alt bist du – zweiundzwanzig? Dreiundzwanzig?«

»Alt genug«, erwiderte Kip und klemmte sich das Gewehr wieder unter den Arm.

»Ich hoffe nur, du weißt, was du tust.« Harry wies mit einem Nicken auf Kips Waffe. »Für so was braucht man ein dickes Kaliber. Hat man mir jedenfalls gesagt.«

Kip beschloss, diesen Kommentar keiner Antwort zu würdigen. »Kommen Sie mit«, sagte er und ging auf die Stimmen am anderen Ende des Tals zu. Er würde den Fotografen außer Gefahr bringen und sich auch gleich die Nachbarn vornehmen, wenn er schon mal dabei war.

Harry protestierte nicht und hielt sich dicht hinter Kip. »Was ich gemeint habe – wegen dem dicken Kaliber – es heißt, man könnte einen Löwen mit einem Gewehr erlegen, aber …«

Kip legte den Zeigefinger an die Lippen. »Psst«, sagte er.

»Entschuldigung, Mann, du hast recht«, fuhr der Fotograf mit leiserer Stimme fort. »Harry ist manchmal ein bisschen laut.« Gleich darauf flüsterte er: »Du musst auch ziemlich schnell sein, weißt du? Ich meine, wenn er auf uns losgeht. Ich habe gehört, dass –«

»Harry …«

»Was, mein Bester?«

»Halten Sie die Klappe.«

»Wie recht du doch hast. Nein, du hast völlig recht. Hab's kapiert. Bei so was muss man leise schleichen. Bin nicht ganz unwissend in solchen Dingen, verstehst du, aber –« Kips finsterer Blick ließ Harry mitten im Satz verstummen.

Kip schob das Gras ein wenig auseinander, bevor er jeden Fuß vorsichtig und lautlos aufsetzte. Immerhin folgte Harry ihm nun genauso leise. Sie schlichen sich in eine schmale Rinne zwischen zwei felsigen Hängen.

Beim Krachen eines Schusses warfen sie sich in den Staub. Die Kugel spaltete einen Felsbrocken und ließ ein schrilles Heulen durch das Tal hallen. Harry fluchte wimmernd.

Kip formte die Hände zu einem Trichter, bemühte sich um seine amtlichste Stimme und brüllte zum anderen Ende des Tales hinauf: »Feuer einstellen! Ich bin Wildhüter des Staates Kenia und habe die Situation unter Kontrolle.«

Schweigen von dem Hang.

»Verdammte Amateure«, brummte er und bedeutete Harry, ihm zu folgen.

Auf dem Kamm des Hügels fanden sie eine kleine Versammlung vor. Einige der Männer trugen Waffen bei sich. Kip funkelte sie an. Niemand sprach oder gestand, den unverantwortlichen Schuss abgegeben zu haben.

Drüben auf der Seite des Tals, wo die Milimani Road endete, standen die Autos inzwischen Stoßstange an Stoßstange. Ein paar besonders waghalsige Neugierige krochen sogar am Rand des Tals entlang und spähten ins hohe Gras, um vielleicht einen Blick zu erhaschen. Kip kam zu dem Schluss, dass die Situation außer Kontrolle geriet und sehr wahrscheinlich jemand Schaden nehmen würde, wenn Willies Unterstützung nicht bald kam.

Er suchte das Tal mit dem Fernglas ab. Von einem Löwen war nichts zu sehen, aber ein dichtes Gebüsch in einem breiten Entwässerungsgraben stach ihm ins Auge. Das war ein ideales Versteck. Er beobachtete es eine Zeitlang. Schließlich bestätigte ihm das Zucken eines Ohrs, dass der Löwe sich tatsächlich dort versteckte. Er warnte die Männer und befahl ihnen, ihre Waffen zu entladen und sich nicht von der Stelle zu rühren.

Kip ging wieder ins Tal hinunter, und Harry folgte ihm den Abhang hinab.

»Was glauben Sie, wo Sie hingehen, Harry?«, fragte Kip.

»Ich geh mit dir, mein Teuerster.«

»Oh nein, das tun Sie nicht. Lassen Sie es bei der Arbeit im Studio, Harry, das hier ist keine Fotosafari.«

»Hör mal, Kumpel, mein Redakteur gibt mir einen Tritt, dass ich bis zum Mond fliege, wenn ich ihm nicht bald was liefere. Ich brauche dieses Foto. Hab Erbarmen.« Er neigte den Kopf zur Seite wie ein Cockerspaniel, der um einen Keks bettelt.

Kip überlegte einen Moment. Er wusste, wie es war, der Neue zu sein, der sich beweisen muss. »Ach, verdammt. Also schön, kommen Sie mit. Aber versperren Sie mir nicht die Sicht.«

»Bestimmt nicht. Auf keinen Fall. Ich weiß das zu schätzen, ehrlich, Mann. Wenn du meinen Redakteur nur mal sehen könntest, wüsstest du, was –«

»Harry …«

»Ganz recht. Du hast ja so recht.« Er legte den Zeigefinger an die Lippen. »Ich werd einfach, du weißt schon, die Klappe halten.«

Kip und Harry schlichen den Abhang hinunter und kamen wieder ins hohe Gras. Der Wind stand günstig, und Kip hatte in der Nähe des Löwen ein paar dicke Kakteen bemerkt, die ihm gute Deckung für den Schuss bieten würden.

Ein paar Meter von den Kakteen entfernt bedeutete Kip Harry, er solle sitzen bleiben, und kroch allein weiter, bis er direkt hinter dem Kaktus stand, zwanzig Schritt von dem Löwen entfernt. Nach einer kurzen Pause schob er sich seitlich vorbei. Das Hinterteil des Löwen erschien in seinem Blickfeld. Er brauchte nur einen Schritt hinter dem Kaktus hervorzutreten und würde klare Sicht auf sein Ziel haben. Der Schuss war perfekt. Kip würde leicht abwärts in den Graben hinein schießen, so dass die Kugel, falls er den Löwen verfehlte, keines der nahen Häuser treffen konnte.

Er trat wieder in seine Deckung, atmete ein paar Mal tief durch, um seine Nerven zu beruhigen, und spähte dann erneut hinter dem Kaktus hervor. Langsam nahm er das Gewehr in Anschlag und erstarrte dann. Die Flanke des Löwen hatte gezuckt. Er würde gleich fliehen, oder angreifen. Kip sah nun auch, warum: Ein großer blonder Labrador trottete schnurstracks auf den Löwen zu, sabbernd und mit hängender Zunge und gänzlich ahnungslos, dass ein Löwe vor ihm lag.

Kip beschloss zu handeln, bevor der Hund ihm den Schuss verdarb. Er trat zur Seite, um die Flanke des Löwen in Sicht zu bekommen, und stolperte über Harry, der ihm nachgekrochen war. In diesem Augenblick witterte der Labrador den Löwen und gab ein lautes *Wuff* von sich.

Der Löwe stürmte aus seinem Versteck und sprang direkt auf Kip zu, der gerade erst wieder auf die Beine gekommen war. Das große Männchen mit schwarzer Mähne wich erst zurück, fühlte sich dann aber in die Enge gedrängt und griff den Mann an, der ihm den Fluchtweg versperrte.

Kip feuerte.

Harrys Kamera klickte.

»Was ich machen will, was ich *wirklich* machen will, sind Fotos von nackten Frauen.«

Kip trank einen Schluck Bier. Dann lächelte er Harry an. »Wenigstens bist du ehrlich.«

»Wenn schon nicht nackt, dann zumindest spärlich bekleidet. Dessous. Bikinis. Hast du Brigitte Bardot in *… und ewig lockt das Weib* gesehen? Herrgott, was für ein Körper. Willst du noch eines?«

Kip hatte noch einen Schluck im Glas. »Ich sollte jetzt gehen«, sagte er mit einem Blick auf die Uhr an der Holzvertäfelung der Sportsman Bar. Sie saßen schon seit über einer Stunde hier, und Harry war auf dem Barhocker vor und zurück geschaukelt und hatte Kip von seinen zahlreichen Zukunftsplänen erzählt.

»Einen Löwen schießt man nicht alle Tage, Kumpel. Trink noch eins, dann gehen wir. Kann's kaum erwarten, bis ich sehe, was ich auf diesem Film habe. Muss ein Hammer sein.«

»Also … na gut. Noch ein schnelles Bier, dann muss ich aber wirklich los.«

»So ist's recht. Du bist dran.«

Kip gab dem großen Schwarzen hinter der Bar einen Wink. »Noch zwei, *tafadhali*«, sagte er und wandte sich dann wieder Harry zu. »Aber wenn du Fotos von nackten Frauen machen willst, warum bist du dann nach Afrika gekommen? Das ist nicht gerade das, wofür Kenia berühmt ist.«

»Weiß ich doch, Mann. Aber Harry hat zu Hause in England alles versucht. Nichts als langweiliger Zeitungskram. Da dachte ich mir, wenn ich schon langweiligen Zeitungskram machen muss, warum nicht wenigstens an einem interessanteren Ort? Tja, und da bin ich.«

Kip nickte und legte für die Bierchen einen Zehner auf den Tresen.

»Cheers!«, sagte Harry und trank mit einem Zug ein Drittel des Glases aus. »Und du? Was hast du noch mal gesagt, wo du ursprünglich herkommst?«

»Australien, ursprünglich.«

»Ja, aber wie heißt der Ort, aus dem du kommst, oben am Mount Kenya?«

»Nanyuki.«

»Genau, Nanyuki. Noch Familie dort?«

Kip zögerte. »Ja.«

»Den Mount Kenya würd ich gern mal sehen. Sag mir Bescheid, wenn du auf Besuch nach Hause fährst.«

»Da würde ich an deiner Stelle nicht drauf warten, Harry.«

»Nein? Du fährst wohl nicht oft nach Hause?«

»Nein.« Kip erzählte ihm nicht, dass er nicht mehr zu Hause gewesen war, seit er mit vierzehn von dort weggelaufen war.

»Wie bist du ins Wildhüter-Geschäft gekommen?«

»Ich wollte nie etwas anderes machen. Anfangs hab ich als Aushilfe die Büros im Hauptquartier des Nationalparks geputzt.« Er erwähnte nicht, dass er damals tief im Gebüsch an der Langata Road geschlafen hatte, bis er regelmäßig Lohn bekam. »Dann bin ich aufgestiegen und durfte die Gehege in der Aufzuchtstation ausmisten.«

Harry lächelte und trank noch einen Schluck Bier. »Welch nobler Anfang.«

»Dann hatte ich Glück. Einer der Wildhüter hat dafür gesorgt, dass ich die Ausbildung machen konnte.«

»Wir brauchen alle ein bisschen Glück, um einen Anfang machen zu können. Harry hatte das Glück, den Job beim *Standard* zu bekommen.«

»Wie lange arbeitest du schon dort?«

»Seit sechs Monaten. Willst du noch eins?«

»Nein, danke, Harry, ich muss wirklich los.«

»Musst dich wieder an die Arbeit machen, was?«

»Ich muss eine Expedition in die Aberdares vorbereiten. Ein paar Kikuyu-Bauern in der Nähe von Mweiga haben berichtet, dass sie Vieh verloren haben. Aber seit sie das Vieh auf andere Weiden gebracht haben, sind drei Menschen verschwunden.«

»Wow. Ein Menschenfresser. Wie genau passiert das eigentlich? Ich meine, warum werden manche zu Menschenfressern und andere nicht?«

»Mein Chef glaubt, dass die Leute aus Hollywood, die vor ein paar Monaten da oben waren, ihren Löwen ausgesetzt haben. Er hat gesagt, das war ein altes, krankes Vieh, und sie hätten ihn einfach dagelassen, um sich die Transportkosten zu sparen.«

»Aber ein Löwe, den sie für Filmaufnahmen verwenden – wäre der nicht, du weißt schon, zahm?«

»Das war er vermutlich, und genau das ist das Problem. Er wäre kaum in der Lage, richtig zu jagen, und da er keine

Angst vor Menschen hat, wäre ein Kikuyu-Bauer leichte Beute für ihn.«

»Mweiga. Das ist doch nicht weit vom Country Club, oder?«

»Genau. Und vom Treetops. Auch deshalb will mein Chef, dass ich so schnell wie möglich da hinauffahre. Wir wollen doch nicht, dass irgendwelche reichen, berühmten Touristen gefressen werden.«

»Auf keinen Fall. Übernachtest du im Country Club?«

»Machst du Witze? Hast du eine Ahnung, wie teuer der Laden ist?«

»Nein.«

»Ich auch nicht, aber ein Zimmer da kostet sicher mehr, als die Nationalpark-Verwaltung zahlt.«

»Wo hast du so viel über Tiere gelernt, über den Busch und das alles?«

»Ich habe darin gelebt, wann immer ich konnte, schon als kleiner Junge. Wenn ich nicht gerade, na ja, im Haus beschäftigt war.« Kip erinnerte sich nicht gern an diese Schufterei – die endlosen Stunden, in denen er das Haus und das Hotel saubermachen, Gemüse putzen und das Abendessen kochen musste – während seine Mutter und Tante die Bar führten. »Und dann in der Ausbildung zum Wildhüter.«

»Die muss ja Monate gedauert haben. Harry wär's bestimmt zu langweilig geworden.«

»Wenn du nie etwas anderes wolltest, als von zu Hause fortlaufen, dann tust du eben, was nötig ist.«

»Von zu Hause fortlaufen? Warum sollte ein netter junger Mann wie du fortlaufen wollen?«

Kip stand auf und rückte seinen Hocker an die Bar. »Ist eine lange Geschichte, Harry. Ein andermal. *Kwaheri, bwana.*«

# Kapitel 19

Diana Hartigan stieg aus dem Wagen, knallte die Tür zu und marschierte um den Bentley herum nach vorn. »Mist!«, rief sie und fummelte erfolglos am Verschluss der Motorhaube herum. Sie hatte schon ein Dutzend Mal gesehen, wie sie geöffnet wurde, aber offenbar gab es da irgendeinen Trick. Die Motorhaube rührte sich keinen Zentimeter. Sie schlug mit der Faust auf den silbergrauen Lack und versuchte es noch einmal. Die Motorhaube sprang auf und glitt wie von selbst höher, bis sie schließlich schräg in der Luft stehen blieb. Diana überprüfte, ob ihre Fingernägel Schaden genommen hatten, und musterte dann das schimmernde schwarze Metall im Inneren.

Sie hatte schon oft gesehen, wie Männer Motoren anstarrten. Warum sie sie anstarrten und was sie dort zu sehen erwarteten, war ihr ein Rätsel.

Soweit sie sehen konnte, war der Motor noch in einem Stück. Er stank nach heißem Metall und dem leicht süßlichen Geruch von versengtem Filz. Warum er plötzlich mitten im Nirgendwo den Geist aufgeben sollte, war ihr unbegreiflich.

Sie blickte zurück nach Nakuru, dann in die andere Richtung, wo die Aberdare Ranges wie ein purpurroter und grüner Vorhang aus dem leuchtend blauen Himmel fielen. Die Gebirgskette erstreckte sich grob von Nord nach Süd, und die

Sonne warf tiefe Schatten an den Stellen, wo die Berge stark zerklüftet waren.

Sie konnte sich nicht erinnern, wann sie zuletzt ein anderes Fahrzeug gesehen hatte. Sie nahm den Seidenschal ab, den sie trug, falls es ihr im Zug der Lüftung zu kühl werden sollte, und öffnete den obersten Knopf ihrer Seidenbluse. Sie war nicht gerade passend gekleidet für eine Straße im Busch – offene weiße Sandalen taugten nicht viel für einen langen Fußmarsch. Aber als sie heute Morgen von ihrem Anwesen aufgebrochen war, hatte sie ja nicht geplant, auszusteigen, bis ihr jemand im Aberdares Country Club einen Gin-Tonic einschenkte.

Abgesehen vom Rauschen des warmen Windes, der vom Großen Grabenbruch heraufzog, wurde die Stille nur vom Ticken des abkühlenden Metalls gestört. Dann schwirrte eine Fliege um ihr Ohr, und Diana verscheuchte sie ungeduldig. »Mist«, fluchte sie erneut, schnappte sich den Sonnenhut vom Rücksitz, drehte ihr langes Haar auf dem Hinterkopf zusammen und stülpte den Hut darüber. Dann schloss sie die Tür, öffnete sie erneut, warf die Autoschlüssel hinein und knallte sie wieder zu.

Sie hatte ihren Fußmarsch zurück nach Nakuru kaum begonnen, als das schwache Geräusch eines Wagens, der sich die Steigung heraufquälte, mit dem Wind zu ihr herübertrieb. Es dauerte nicht lange, und ein alter Landrover der Nationalpark-Behörde hielt neben ihr. »Alles in Ordnung, Lady?«

Er war jung und blond und absolut köstlich. In seiner grünen Uniform mit den Schulterklappen und zugeknöpften Taschen sah er aus wie ein Pfadfinder.

»Wenn Sie so fragen, nein. Ich fürchte, ich habe Schwierigkeiten mit meinem Wagen. Das ist mein Bentley da oben. Er ist einfach stehengeblieben.«

Er nickte. »Soll ich ihn mir mal ansehen?«

»Würden Sie das tun? Das wäre sehr nett von Ihnen.«

Er öffnete ihr die Tür, und sie glitt auf den Beifahrersitz.

»Kein Problem«, sagte er lächelnd.

*Schöne Zähne hat er auch,* dachte sie. Der Landrover erschauerte, als er den Fuß von der Kupplung nahm. Eine Staubwolke stieg vom Boden auf.

Der Bentley gab dasselbe klickende Geräusch von sich, als er ihn zu starten versuchte. Dann steckte er den Kopf unter die Motorhaube. »Da scheint alles in Ordnung zu sein«, sagte er und zog an ein paar Drähten.

Die feinen Härchen an seinen Unterarmen leuchteten blond vor seiner gebräunten Haut. Diana öffnete den nächsten Knopf an ihrer Bluse.

»Was genau ist denn passiert, bevor er stehengeblieben ist?«, fragte er und wischte sich die Hände an einem Taschentuch ab, das er aus seinen Shorts zog.

»Nichts. Na ja, er hat sich bei den Hügeln ein bisschen schwergetan. Und da war so ein verbrannter Geruch. Dann ist er stehengeblieben.«

»Ölstandsanzeiger okay?«

Sie legte einen roten Fingernagel an ihre Unterlippe. »Ölstandsanzeiger? Sie meinen diese kleinen Skalen und so weiter? Ich weiß nicht ... kann sein.«

Er zog eine Augenbraue hoch und lächelte. »Kann sein?«

»Einer von diesen Zeigern könnte ein kleines bisschen in den roten Bereich gerutscht sein. Aber das ist ein Bentley, du meine Güte.« Sie hätte beinahe *Herrgott noch mal* gesagt, hielt sich aber zurück. »Brandneu – Baujahr vierundsechzig.«

»Na ja, sogar Bentleys brauchen Öl, nehme ich an.« Er schloss die Motorhaube. »Da lassen Sie lieber jemanden von der Werkstatt nachschauen. Ich kann Sie nach Nakuru bringen, wenn Sie möchten.«

»Das ist sehr nett von Ihnen. Aber das wäre ja ein gewaltiger Umweg. Wo fahren Sie eigentlich hin?«

»In die Aberdares.«

»Tatsächlich? Welch ein Zufall, ich bin auch auf dem Weg zum Country Club.«

Er lachte. »Ich will nicht zum Country Club. Nein, ich werde dort irgendwo mein Lager aufschlagen.«

»Oh, wie schade. Ich hatte ein Zimmer reserviert, das wird wohl verfallen.« Sie zog einen dezenten Schmollmund.

»Aber ich kann Sie dort absetzen, wenn Sie wollen. Ich fahre direkt daran vorbei.«

Sie neigte den Kopf zur Seite und schenkte ihm ihr strahlendstes Lächeln. »Nein, so etwas, vielen Dank, werter Herr. Ich bin übrigens Diana. Diana Hartigan.«

»Kip Balmain«, entgegnete er. Der Nachname ihres Mannes schien ihm nichts zu sagen. »Freut mich, Sie kennenzu lernen.« Sein Händedruck war fest. »Brauchen Sie noch etwas aus dem Wagen?«, fragte er und wies mit einem Nicken auf den Bentley.

Sie öffnete den Kofferraum, und er lud ihre Koffer in seinen Landrover. »Was werden Sie mit dem Bentley machen?«, fragte er.

»Soll er doch hier verrotten«, sagte sie. Als sie seinen Gesichtsausdruck bemerkte, fügte sie hinzu: »Ich werde vom Country Club aus meinen Mann anrufen. Er wird jemanden herschicken, der ihn abholt.«

Ihre Koffer polterten auf der Ladefläche herum, während er

sich bemühte, den Landrover um die Schlaglöcher herumzumanövrieren.

Diana tat so, als blicke sie an ihm vorbei und beobachte die Herde Gazellen, die von der Straße flüchteten, als sich der Wagen näherte, studierte in Wahrheit jedoch sein Profil. Er hätte ein Teenager sein können, war aber offensichtlich älter. »Wie lange arbeiten Sie schon als Wildhüter?«, fragte sie fröhlich.

»Gut vier Jahre.«

»Gefällt es Ihnen?«

»Ja.«

»Was ist denn so komisch?«

»Nichts. Nur, dass mir jeder diese Frage stellt. Als würde es sie überraschen, dass es einem Menschen tatsächlich Spaß machen könnte, mit Tieren zu arbeiten.«

»Mich nicht. Man muss schon ein echter Mann sein, um diesem ganzen Unsinn vom großen weißen Jäger widerstehen zu können. Ich bewundere Sie dafür.«

»Äh, danke, Mrs. Hartigan, ich weiß es zu schätzen.«

»Nennen Sie mich Diana, bitte.«

»Diana.« Er lenkte den schweren Wagen um die engen Kurven und wechselte schnell die Gänge, wenn der Diesel sich eine weitere Steigung hinaufquälte. Er hatte einen Schweißfleck unter der Achsel, und auch seine Brust wurde feucht.

Er musste ihre Gedanken erraten haben. »Tut mir leid, dass es hier drin so heiß ist. Der Landrover ist noch nicht auf der Höhe der Zeit, was die Klimatisierung angeht.«

»Das macht doch nichts«, log sie.

Er ertappte sie dabei, wie sie ihn musterte, und ihr unverhohlenes Interesse schien ihm peinlich zu sein. »Und, äh, wie lange wollen Sie im Country Club bleiben?«, fragte er.

»Drei oder vier Tage. Bis mir langweilig wird.«

»Kommt Ihr Mann nicht nach?«

»Nein, er kann sich nie von seinem verdammten Vieh losreißen.«

»Verstehe.«

»Was ist mit Ihnen? Was führt Sie in die Aberdares?«

»Die Arbeit. Uns wurde von einem Löwen berichtet.«

»Einem Löwen? Aber in den Aberdares gibt es doch sicher jede Menge Löwen?«

»Natürlich«, stammelte er. »Aber dieser ist ein Menschenfresser.«

»Ich dachte, die gäbe es nur in Romanen.«

»Das stimmt auch. Meistens.«

Sie beschloss, das Thema zu wechseln. Er sprach anscheinend ungern über sich selbst, aber sie wollte unbedingt mehr über diesen schüchternen jungen Mann erfahren, bevor er wieder verschwand.

Und das gelang ihr auch. Als sie am ersten Fairway des Country Club entlangfuhren, wusste sie immerhin schon, dass er sich eine Junggesellenwohnung in Nairobi mit einem Freund teilte, der besessen davon war, Modefotograf zu werden, dass seine Mutter ganz in der Nähe in Nanyuki wohnte, er aber nicht vorhatte, sie auf dem Weg zu besuchen, und dass er hoffte, eines Tages ein eigenes Safari-Unternehmen aufzubauen.

Kip hielt auf dem Besucherparkplatz und trug ihr die Koffer zur Rezeption.

»Ah, Mrs. Hartigan«, begrüßte der Manager sie strahlend. »Schön, dass Sie uns wieder besuchen.«

»Danke«, sagte sie nickend.

»Ich habe Ihren üblichen Bungalow für Sie reserviert, Madam. Oder hätten Sie lieber einen etwas näher an der Lodge? Es sieht so aus, als könnte es Regen geben.«

»Nein, danke. So passt es mir gut.« Sie deutete auf Kip, der hinter ihr stand. »Und einen Bungalow für Mr. Balmain, bitte.«

»Gewiss.« Der Manager drehte das Buch herum und studierte seine Liste.

Kip wirkte verblüfft. »Nein, kein Zimmer für mich, Diana. Wie gesagt, ich …«

»Unsinn, Kip, Sie haben mich vor einem Schicksal bewahrt, das schlimmer als der Tod gewesen wäre – ich meine, ich hätte in diesen Schuhen bis Nakuru laufen müssen. Außerdem ist es jetzt zu spät, sich Ihren Zeltplatz oder wo auch immer Sie schlafen, zu suchen, und das ist meine Schuld.«

»Das ist kein Problem, ehrlich, ich habe schon oft im …«

»Ich bestehe darauf.« Sie wandte sich an den Manager. »Ist das zu fassen? Dieser junge Mann hat mich mitten in der Wildnis gerettet, und jetzt will er nicht einmal einen schlichten Dank annehmen?«

Der Manager schüttelte mitfühlend den Kopf.

»Ich könnte jetzt immer noch da draußen sein und mutterseelenallein durch den Dschungel stolpern, eine leichte Beute für irgendeinen grässlichen Menschenfresser.« Sie zwinkerte Kip zu. »Bitte setzen Sie Mr. Balmains Zimmer auf meine Rechnung.« Sie stemmte die Hände in die Hüften und warf in gespieltem Trotz den Kopf zurück. »Und ich will keinen Widerspruch mehr hören.«

Kip stand in Unterwäsche da und bügelte seine Hose. Er war froh, dass er seine schwarze Hose eingepackt hatte. Normalerweise beschränkte er sich auf Shorts und eine lange

Regenhose, wenn er im Hochland in der Wildnis arbeitete. Die Regenhose hielt auch die Kälte ab.

Er hob seine Hose hoch, musterte sie, schüttelte sie aus und zog sie an.

Das Hemd war ein Problem. Er hatte noch nie im Aberdares Country Club diniert, nahm aber an, dass man hier Jackett und Krawatte erwartete. Pech gehabt, das langärmelige Hemd mit dem offenen Kragen war das Beste, was er dabeihatte. Zumindest war es sauber.

Er hatte das Hemd für kalte Nächte in den Bergen eingepackt, aber es war unwahrscheinlich, dass er in diesem Bungalow frieren würde. Die Hausdame war kurz nach Sonnenuntergang mit einer Obstschale und einer Vase voll frischer Blumen erschienen und hatte im offenen Kamin ein bullerndes Feuer entfacht. Die Bungalows waren solide aus Stein gebaut, der aus der Umgebung stammte. Seine drei Zimmer – Schlafzimmer, Ankleidezimmer und Bad – waren bereits gemütlich warm.

Er schlüpfte in die Schuhe, stopfte sich das Hemd in die Hose und kämmte sich das Haar, noch nass von der heißen Dusche. Im Spiegel sah er ganz präsentabel aus.

Diana Hartigan. Er verstand nicht ganz, was hier draußen auf der Straße von Nakuru nach Thompson's Falls vor sich ging.

Sie war eine verheiratete Frau, eine attraktive noch dazu, vielleicht zehn Jahre älter als er, und sie schien sich sehr für ihn zu interessieren. Vielleicht hatte er da etwas falsch verstanden – es wäre nicht das erste Mal. Vielleicht wollte sie nur freundlich sein und ihm zeigen, wie sehr sie seine Hilfe zu schätzen wusste.

Er überprüfte noch einmal sein Spiegelbild, bevor er zur

Bar ging. Diana hatte vorgeschlagen, dass sie sich dort um sieben Uhr trafen, um dann um acht zu Abend zu essen.

Kip war immer noch nervös, als er die Bar erreichte, und hatte schon zwei Whisky getrunken, als Diana um halb acht erschien. Sie trug ein grünes, eng anliegendes Kleid. Ihr rotes Haar schwang lebhaft hin und her und schimmerte im Feuerschein.

»Du meine Güte«, sagte sie, »Sie sehen aber gut aus.« Sie hob die Hand, als wollte sie ihm ein Staubkorn von der Schulter wischen, tätschelte aber stattdessen die zugeknöpfte Brusttasche seines Hemdes.

Er hob die Hand, um sich zu vergewissern, ob der Knopf wirklich geschlossen war, und sie lächelte. »Entschuldigung, Macht der Gewohnheit. Mein Mann ist ja so unordentlich. Sie sehen großartig aus. Was trinken Sie da?«

»Whisky, aber ich denke, ich halte mich ab jetzt an Bier.« Der Whisky begann ihm zu Kopf zu steigen. »Sie … sehen auch schön aus«, fügte er hinzu und kam sich auf der Stelle vor wie ein tölpelhafter Schuljunge, der die Mädchen beeindrucken wollte.

Sie schien es nicht zu bemerken. »Danke, Kip.« Sie lächelte und blickte sich in der Bar um. Am Feuer war ein großes Ledersofa frei. »Wollen wir uns nicht an den Kamin setzen?«

»Ja, das wäre … toll.« Beinahe hätte er schon wieder *schön* gesagt. »Kann ich Ihnen etwas zu trinken bringen?«

»Ja, bitte, einen Gin-Tonic.«

Er setzte sich zu ihr, sie stießen an, und Diana bestand darauf, dass sie ab sofort per Du seien. »Und jetzt erzähl mir, Kip, warum du deine liebende Mutter nicht besuchst, obwohl du ganz in der Nähe bist?«

»*Liebende* Mutter würde ich nicht sagen«, platzte er heraus und bereute es sogleich. Er hatte wohl schon zu viel getrunken. »Das hätte ich nicht sagen sollen.«

Diana nippte an ihrem Gin-Tonic, und ihre lächelnden Augen blickten ihn über den Rand des Glases hinweg an. »Ich liebe deine Offenheit, Kip«, sagte sie. »Sie ist sehr … anziehend.«

»Ich meine … was ich sagen wollte … Wir sehen uns inzwischen nicht mehr so oft.«

»Das braucht dir nicht peinlich zu sein. Ich konnte *meine* Mutter nicht ausstehen. Sie war ja so langweilig. Hat mich nie tun lassen, was ich wollte. Vielleicht ist das der Grund, warum ich heute alles tue, was ich will.« Ihr Lachen klang kehlig und sexy. »Jetzt habe ich dich schockiert.«

»Ganz und gar nicht.« Er hatte tatsächlich die Fassung verloren, überspielte es aber mit einem großen Schluck Bier.

»Wenn wir also nicht über Mütter sprechen können, dann erzähl mir doch von deinen beruflichen Plänen.«

»Mrs. Hartigan, und Sir, Ihr Tisch ist für Sie bereit. Wenn es Ihnen beliebt.« Kip hatte den Ober nicht näher kommen hören.

»Danke«, sagte Diana. »Ich sterbe vor Hunger. Wollen wir unser Gespräch bei Tisch fortsetzen?«

Er hielt sich einen Schritt hinter ihr, versuchte, nonchalant zu wirken, fühlte sich aber in seiner legeren Garderobe unwohl und verlegen. Kellner lächelten und nickten wenig überzeugend, als er an ihnen vorbeiging. Eins war sicher – wäre er nicht mit Mrs. Diana Hartigan hier gewesen, hätte man ihm die Tür gewiesen.

Kip wusste, dass ihr Mann Hugh Hartigan war, gab sich jedoch Mühe, nicht allzu beeindruckt zu erscheinen, als Diana ihm erklärte, mit wem sie verheiratet war. Hartigan war der größte Grundbesitzer in ganz Kenia – das größte seiner Anwesen waren die so genannten White Highlands in der Nähe von Eldoret –, und er war einer der umtriebigsten Menschen Kenias. Es verging kaum ein Tag, da der Name Hartigan nicht im Zusammenhang mit irgendeinem bedeutenden wirtschaftlichen oder politischen Thema in der Zeitung stand.

Der Speisesaal war schummrig beleuchtet und angenehm. Auf jedem der mit weißem Leinen gedeckten Tische, die zur Hälfte unbesetzt waren, flackerte eine Kerze. Der Ober führte sie zu einem Tisch am Fenster mit Blick auf den Garten. In den Bäumen oder an Ständern auf dem Rasen hingen Laternen. Kip hatte am späten Nachmittag das Gelände erkundet und wusste, dass hinter diesem Garten üppige Bougainvilleen den grasbewachsenen Abhang schmückten, der zu den Tennisplätzen und dem Swimmingpool führte. Pfauen stellten sich auf den weiten Rasenflächen zur Schau, und in der Dämmerung waren an den Rändern des Golfplatzes Paviane und Impalas erschienen.

Der Ober rückte Dianas Stuhl unter sie, als sie Platz nahm. Kip setzte sich, bevor der Mann Gelegenheit hatte, dasselbe bei ihm zu tun.

Er blickte sich um. Von der Decke hingen drei Kristallleuchter mit flackernden gelblichen Glühbirnen in Kerzenform. Das Pult des Oberkellners war aus demselben dunklen Holz gefertigt wie die Wandtäfelung und die Balustrade, die den Raum unterteilte.

Diana lächelte. Er lächelte ebenfalls und schluckte.

»Also …«, begann sie. »Du wolltest mir gerade erzählen, was du wirklich willst.«

»Ach ja?«

»Ja, für deine Zukunft. Deine geschäftlichen Pläne.«

»Oh! Ja, meine Pläne.« Er machte es sich gemütlich, schüttelte die gestärkte weiße Serviette aus und breitete sie über seine Oberschenkel. »Na ja, Pläne sind vielleicht eine etwas übertriebene Bezeichnung. Ich würde sagen, ich habe ... den Wunsch, ein eigenes Touristikunternehmen aufzubauen.«

»Wünsche sind wichtig. Es sollte immer etwas geben, das wir begehren.«

»Na ja, das ist eigentlich schon alles. Safaris. Aber für so etwas braucht man Kapital. Ich brauche einen Lastwagen, Campingausrüstung und einen Jeep mit Vierradantrieb. Einen Assistenten.«

»Du hättest reichlich Konkurrenz hier draußen. Sieht so aus, als würde heutzutage jeder ehemalige Großwildjäger seine eigenen Safaris veranstalten. Was würde dein Angebot von einem beliebigen anderen unterscheiden?«

»Die ökologische Erfahrung.«

»Ökologisch?«

»Ökologie. Das ist eine neue Wissenschaft: Die Lehre von der Natur, und warum lebende Organismen so sind, wie sie sind. Zumindest glaube ich, dass sie neu ist. Der Begriff ist erst in letzter Zeit in den naturwissenschaftlichen Zeitschriften aufgetaucht.«

»Ich verstehe, aber wo ist die Verbindung zu deinen Safaris?«

»Meine Safaris sollen eine ökologische Erfahrung sein, abseits des Massentourismus.«

»Du meinst außerhalb der Nationalparks und Wildreservate?«

»Genau.« Es überraschte ihn, dass sie sich anscheinend aufrichtig für seine Idee interessierte. »Weg von den vielen Touristen und hin zu einer unmittelbaren Begegnung mit der Natur.« Er erwärmte sich allmählich für sein Lieblingsthema. »Du hast recht, was die Konkurrenz angeht – es gibt da draußen jede Menge Leute, die Safaris anbieten. Bei meiner Arbeit sehe ich sie ja tagtäglich. Große Gruppen, schlechte Ausrüstung. Sie rasen in Landrovers herum, während ihre Kunden die ›Großen Fünf‹ abhaken. Ein Haufen Amateure, die nur auf das schnelle Geld aus sind.«

»Verzeihen Sie, wenn ich störe, Madam?« Der Kellner trat zögernd näher. »Die Speisekarte.« Er legte zwei große Mappen auf den Tisch. »Darf ich Ihnen die Spezialitäten für heute Abend empfehlen?«

Diana warf einen Blick zu Kip hinüber, der auf der Innenseite einer Backe kaute. »Nein, im Moment nicht, danke.«

Kip sah ihm nach.

»Du magst ihn nicht, habe ich recht?« Sie lächelte ihn an.

Kip erwiderte das Lächeln. »Merkt man das?«

»Ja. Und ich gebe dir recht. Ein aufgeblasener Arsch, entschuldige bitte die Ausdrucksweise.«

Kip zuckte mit den Schultern.

»Aber denken wir nicht mehr an ihn. Sprich weiter.«

»In meinem Unternehmen würde ich nur mit kleinen Gruppen auf Safari gehen. Nicht mehr als zwei oder drei Paare. Und weil wir nicht in Nationalparks oder Wildreservate reisen würden, könnten wir alles zu Fuß machen.«

»Zu Fuß?«

»Natürlich. Das ist die einzige Möglichkeit, Tiere wirklich beobachten zu können.«

»Aber das würde bedeuten, dass du Land in Privatbesitz nutzen müsstest, oder? Was gibt es denn, abgesehen von ein paar Gazellen, auf einer Farm schon für Tiere zu sehen?«

»Ich würde die Farmer einbeziehen – Leute, die dem Naturschutz offen gegenüberstehen. Ja, Naturschutz. Das ist im Moment noch eine kleine Bewegung, eine Randgruppe, vor allem in Europa und Amerika, aber das Ding der Zukunft. Wenn die Farmer erkennen, dass sie, wenn sie es richtig anstellen, eine Farm bewirtschaften und Geld mit dem Tourismus verdienen können, wird das sicher ihr Interesse wecken.«

»Farmer und Naturschutz? So, wie ich zum Beispiel meinen Mann kenne, glaube ich, da hast du eine Menge Arbeit vor dir. Aber zurück zu deinen Kunden ... Wo willst du sie denn unterbringen?«

»In Zelten.«

»In Zelten!«

»Hinter Holzwänden und Glasfenstern kann man den Busch nicht erleben. Es muss schon eine Zeltplane sein.«

»Hm«, sagte Diana und tippte sich mit dem Zeigefinger an die Unterlippe. »Zwei oder drei Pärchen, hast du gesagt?«

»Höchstens.«

»Dann würdest du wohl ein hübsches Sümmchen verlangen müssen, wenn du auch noch Gewinn herausschlagen willst ...«

»Ja, das müsste ich wohl. Aber ich habe noch keine genaueren Kalkulationen gemacht.«

»Und diese wohlhabenden Kunden sollen in Zelten schlafen?«

»Ja.«

»Dann müssten das aber echte Luxuszelte sein.«

Er überlegte einen Moment lang. »Ich glaube, da hast du recht. Luxuszelte. Nennen wir sie doch Fünf-Sterne-Zelte.«

Sie kicherte. »Jetzt wird es interessant. Ich könnte mir

schon vorstellen, dass ich eine deiner Safaris in einem Fünf-Sterne-Zelt durchaus genießen würde.«

Der Kellner trat mit einer Serviette über dem Unterarm und einer Flasche Wein, die er wie ein Neugeborenes im Arm hielt, an ihren Tisch. »Der neunzehnhundertachtundfünfziger St. Emilion, Madam.«

Diana entschuldigte sich mit einem Schulterzucken bei Kip. »Danke«, sagte sie zu dem Kellner, der einen Korkenzieher aus der Tasche holte, ihn mit geübten Bewegungen auseinanderklappte und dann mit unendlicher Sorgfalt die Serviette um die Flasche arrangierte.

Diana zuckte erneut mit den Schultern.

»Ich helfe Ihnen«, sagte Kip und nahm dem erschrockenen Kellner die Flasche ab. »Wir haben nicht den ganzen verdammten Abend Zeit.« Er lächelte Diana an. »Entschuldige die Ausdrucksweise.« Und an den Kellner gewandt, der immer noch unsicher am Tisch stand, fügte er hinzu: »Na los, Sie können gehen.«

Diana lachte. »Gut gemacht«, sagte sie, als der Kellner den ungeordneten Rückzug antrat.

Gleich darauf hatte Kip die Flasche geöffnet und zwei Gläser Wein eingeschenkt.

»Cheers«, sagte sie.

Ihr Lächeln gefiel ihm. »Cheers«, entgegnete er.

»Nein, warte.« Sie griff nach seiner Hand, bevor die das Glas erreicht hatte, und hielt sie fest. Ihre Berührung war zart und warm. »Einen Toast«, sagte sie. »Trinken wir auf die Zelte.«

Er stieß mit ihr an und ließ sein Glas leise klirren, wie er es im Film gesehen hatte. »Auf die Fünf-Sterne-Zelte«, sagte er und erwiderte ihr Lächeln.

»Komm doch vor dem Schlafengehen noch auf eine heiße Schokolade rüber«, hatte sie gesagt. Kip wusste, dass die heiße Schokolade nur ein Vorwand war, und es war ihm gleich. Er saß auf dem Rattansofa, während Diana sich »frisch machte«, rutschte unbehaglich hin und her und versuchte, seine beginnende Erektion zu unterdrücken.

Dies war ein Abend der ersten Male. Er war zum ersten Mal in einer so exklusiven Ferienanlage. Der Aberdares Country Club war ein Ort für reiche Landbesitzer, wie Dianas Ehemann. Und obwohl ihm die altmodische Einrichtung nicht sonderlich gefiel und er liebend gern ein oder zwei der frisch gestärkten Kellner erwürgt hätte, kam er sich vor wie bei einem Besuch im Wunderland.

Außerdem hatte er sein erstes Glas Wein getrunken. Es hatte ein wenig gedauert, bis er sich an den schalen, leicht säuerlichen Geschmack gewöhnt hatte, aber als die zweite Flasche kam, schmeckte ihm das Zeug schon ganz gut.

Diana war außerdem die erste richtige Frau, die je Interesse an ihm gezeigt hatte. Die Tatsache, dass sie älter und verheiratet war, machte es besonders aufregend.

Sie kam aus dem Bad, in einem seidenen Morgenrock mit einem Gürtel um die Taille. Sie bemerkte, das Licht sei etwas grell, und schaltete es aus. Ihr Morgenmantel wurde im Gegenlicht, das aus dem Badezimmer fiel, beinahe durchsichtig. Sie kam auf ihn zu, und der Feuerschein tanzte auf ihrem Haar.

»Du bist so ein lieber Junge, Kip«, sagte sie, als sie vor ihm stehen blieb, und strich ihm übers Haar. Ihr Morgenmantel öffnete sich ein wenig, er hob die Hand zu der Lücke, zögerte aber dann.

Sie nahm seine Hand und legte sie auf ihre Brust. Seine

Finger umfingen das glatte, warme Fleisch, und er drückte sacht. Er konnte jetzt ihren Atem hören.

Unter seinen Fingerspitzen wurde ihre Brustwarze hart, und er reckte den Kopf und küsste beide abwechselnd.

»Oh Gott«, murmelte sie, nahm sein Gesicht in beide Hände und drückte ihn an sich.

Ihre Hände glitten von seinen Wangen zu seinen Schultern und bedeuteten ihm mit leichtem Druck, er solle aufstehen. Seine Lippen suchten ihre, als er sich aufrichtete, und sein hartes Glied drückte sich an ihren Morgenmantel. Sie rieb leicht die Hüften an ihm, und er glaubte, vor Wonne zu sterben.

Während er sich im Gefühl ihrer Lippen verlor und im sanften Kreisen ihrer Hüfte, zog sie an seinem Hemd. Dann riss er seinen Gürtel auf und öffnete die Hose, die zu Boden fiel.

Zusammen taumelten sie zum Bett, er suchte weiterhin ihre Lippen, während sie an seiner Unterwäsche zerrte.

Als sie aufs Bett fielen, war ihr Morgenrock verschwunden, und als sich ihre Finger um ihn schlossen, so dass er nach Luft schnappte, lag er über ihr, dann in ihr, und der Raum um ihn verschwand.

Danach lag er auf dem Rücken und starrte an die Decke; Diana hatte sich in seinen Arm gekuschelt. Das Feuer erlosch allmählich, doch die letzten Flammen malten flackernde Bilder an die Decke.

Kip Balmain war zwanzig Jahre alt, nun keine Jungfrau mehr, und zum ersten Mal in seinem Leben bis über beide Ohren verliebt.

# Kapitel 20

1973

Kip saß auf einem Felsen am Rand des Esoit Oloololo Escarpment, die Arme um einen Unterschenkel geschlungen, und stützte das Kinn aufs Knie. Unter ihm erstreckte sich die Massai Mara bis zum Horizont, wo die Sonne gerade ihren Aufstieg begann. Der Regen war gekommen und die geschwärzte Erde der Mara mit einem Meer von Grün bedeckt. Nur hier und da, wo die Feuer zufällig ein paar Inseln aus Gras verschont hatten, unterbrachen gelbe Flecken den grünen Teppich. Feuer und Regen – die Grundlagen des Lebens in der afrikanischen Savanne.

Verstreute schwarze Punkte versammelten sich zu einem dicken Streifen, der auf das gewundene Band aus saftigem Grün, den Mara River, zustrebte. Die Gnus schlossen sich der wohl eine Million Tiere zählenden Herde an, die in die Serengeti zurückkehrte, wo die Kühe zur Regenzeit kalben würden, in der relativen Sicherheit der kürzeren Gräser.

Seine Safari-Gruppe hatte in den vier Tagen, seit er sie im Camp hatte, den besten Teil dieser Wanderung gesehen. Die Gnus waren dieses Jahr wieder zahlreicher. Die Zebras und anderen Antilopen ebenso. Alle sechs Kunden hatten großartige Aufnahmen von den angreifenden Krokodilen gemacht, als die Herde den Fluss überquert hatte. Außerdem hatte er das stolze Versprechen von Kipana Tours auch diesmal gehalten. Sie hatten Elefanten und Büffelherden gesehen, einige

Löwen – sogar beim Schlagen ihrer Beute –, zwei Leoparden und ein einsames Nashorn. Die obligatorischen Großen Fünf – eine Leistung, die nur wenige andere Anbieter tatsächlich bringen konnten.

Nach dem Frühstück würde er die Gruppe auf eine letzte Safari mitnehmen, bevor Abu sie zurück nach Nairobi in ihre Fünf-Sterne-Hotels brachte. Dann würde Kip Zeit haben, Kevin Grainger zu besuchen und seine Erlaubnis einzuholen, um endlich mit dem Bau einer Blockhütte für die Küche und die Waschräume zu beginnen. Kip liefen immer wieder die guten Köche davon, wenn sie die Küche in einem Zelt sahen. Das Holzhaus war ein kleines Zugeständnis an jene, die seine Philosophie des reinen Zeltlagers nicht teilten.

Die Graingers hatten Kipana Tours vor sechs Jahren einen Streifen Land verpachtet, gleich nachdem er und Diana Hartigan als Partner das Safari-Unternehmen gegründet hatten. Kevin Grainger war anfangs nur teilweise von dem Konzept überzeugt gewesen, doch inzwischen unterstützte er Kips ökologische Safaris mit Begeisterung.

Er würde auch Dianas Unterschrift auf dem Pachtvertrag brauchen. Sie hatte einen Großteil des Startkapitals gestellt, sich aber darüber hinaus nicht weiter für die praktische Seite des Geschäfts interessiert, was Kip nur recht war. Aber wenn er ihre Mithilfe in geschäftlichen Angelegenheiten brauchte, so wie jetzt, war sie manchmal schwer zu erreichen. Die Leitungen zur Ranch in Eldoret waren oft außer Betrieb. Zum Glück war sie häufig in Nairobi, und mit einem Anruf im Mathaiga Club, dem Hilton oder dem Norfolk konnte man sie meist ausfindig machen.

Der Gedanke an Diana brachte die Erinnerung an ihre Zeit als Liebespaar zurück. Kip konnte sich noch lebhaft an die wilden Zeiten erinnern, die sie miteinander verbracht hatten. Er war ein unerfahrener, aber enthusiastischer Schüler, und sie eine geduldige Lehrerin gewesen. Im Laufe von neun erotischen Monaten hatten sie sich in Autos geliebt, in Hotels, stehend im Regen. Sogar unter den Blicken einer Herde Elefanten am Ufer des Ewaso Ngiro. Er hatte großen Spaß daran, verschiedene Wege zu finden, wie er sie zum Orgasmus bringen konnte, indem er alle möglichen Kombinationen ausprobierte – Streicheln, Liebkosungen, Saugen und, wenn es für beide kein Zurück mehr gab, Eindringen. Danach schliefen sie, zumindest er schlief, bis sie ihn mit verführerischen Küssen weckte, und dann spielte er den Schlafenden, bis seine Erregung dem ein Ende setzte. Beim zweiten Mal gingen sie für gewöhnlich etwas härter zur Sache, bis er mit einem Stöhnen der Erleichterung und des Bedauerns kam.

Während all der Zeit konnte er nie ganz glauben, dass diese schöne, kultivierte Frau sich wirklich für den dämlichen Jungen interessierte, der er damals, 1964, gewesen war. Schließlich wurde sein Verdacht bestätigt, als Diana urplötzlich verkündete, es sei aus zwischen ihnen. Er war zutiefst erschüttert. Damals hatte er angenommen, sie habe einen anderen gefunden. Zum Glück hatten sie da bereits beschlossen, gemeinsam die Firma aufzubauen. Es war seltsam, wie ihre wilde Sexaffäre sich in eine freundschaftliche Geschäftsbeziehung verwandelte. Monatelang konnte er die lebhaften Bilder verflossener, leidenschaftlicher Nächte nicht verdrängen. Als sie sich endlich zu fernen, angenehmen Erinnerungen abgeschwächt hatten, erkannte er, dass er sich nicht nur körperlich zu dem lebhaften Rotschopf hingezogen gefühlt hatte. Er hatte sie geliebt.

Diana beobachtete, wie Kip über den Parkplatz des Mathaiga Club zum Haupteingang marschierte. Er hatte sich seit jenem ersten Tag, als sie sich auf der Straße zu den Aberdares getroffen hatten, sehr verändert. Nicht unbedingt körperlich – obwohl er etwas kräftiger geworden und nicht mehr der schlaksige Zwanzigjährige war, unbeholfen wie ein Welpe. Jetzt besaß er mehr Selbstsicherheit, die sich in seiner Haltung zeigte: groß, aufrecht und fähig, jedem Mann, oder jeder Frau, in die Augen zu sehen.

Gleich darauf erschien er in der Tür der Lounge.

Er blickte sich um und lächelte, als er sie am Fenster entdeckte.

Sie stand auf, und er nahm ihre Hand, hielt sie einen Moment lang fest und küsste sie dann auf die Wange. »Diana, du siehst fantastisch aus.«

Sie lächelte. »Lügner«, sagte sie und setzte sich wieder. »Aber trotzdem danke für das Kompliment. Du siehst auch nicht übel aus.«

Obwohl sie ihre Affäre vor über sechs Jahren beendet hatte, und ganz gleich, wie viele Wochen zwischen ihren sporadischen Treffen vergingen, wenn Kip erschien, hatte er immer dieselbe Wirkung auf sie – sie fühlte eine Art elektrischer Spannung, wie vor einem Gewitter.

»Ehrlich«, fuhr er fort. »Du siehst aus wie eine Frau, die jeden Augenblick ihren Liebhaber erwartet.«

Sie winkte einen Kellner herbei, um Zeit zu gewinnen und sich zu fassen. »Wie hast du das erraten?«

»Ich wusste es. Du bist hier, weil du wieder eine deiner kleinen Liebschaften hast.«

Nach der Trennung hatte Diana Kip glauben lassen, sie hätte ständig neue Affären, damit er keinen Verdacht schöpfte;

er durfte den wahren Grund dafür, dass sie das Verhältnis hatte beenden müssen, nicht einmal erahnen.

»Ist es jemand, den ich kenne?«, fragte er lächelnd.

»Eine Dame genießt und schweigt«, erwiderte sie mit kokettem Lächeln. »Also benimm dich.«

Der Kellner kam mit der Cocktail-Karte. Er war groß, mit dichtem, drahtigem Haar, das an den Schläfen grau wurde. In seine Ohren waren riesige Löcher gestochen.

Sie reichte Kip die Cocktail-Karte, ohne einen Blick darauf zu werfen. »Einen Harvey Wallbanger, bitte. Mit *frischem* Orangensaft.«

Der Kellner nickte. »Jawohl, Madam. Und für Sie, Sir?«

Sie sah zu, wie Kip mit dem Finger über die Liste der Getränke strich, und war sicher, dass er trotzdem nur ein Bier bestellen würde.

Das war ja das Problem – sie kannte ihn zu gut. Kannte zu viele kleine Gewohnheiten. Wenn er zum Beispiel mit jemandem geschlafen hatte, seufzte er tief, drehte sich auf den Rücken und schlief sofort ein. Sie hatte versucht, diese Erinnerungen hinter sich zu lassen, aber ihre gemeinsame Zeit mit Kip blieb die leidenschaftlichste und erfüllendste ihres Lebens. Das war der Grund dafür, dass sie ihn hatte gehen lassen müssen: Sie hatte sich in ihn verliebt, und das durfte nicht sein.

»Hm, ich glaube, ich nehme nur ein Tusker«, sagte er.

Der Kellner nickte und ging zurück zur Bar.

»Ich weiß, ich weiß«, sagte er lächelnd. »Diese ganzen Cocktails hören sich nur zu gut an. Zu süß, jedenfalls für mich. Da wird mir schlecht.« Er lächelte sie immer noch an. »Du siehst wirklich gut aus, Diana«, sagte er, als sich die Pause länger hinzog. »Wie geht es Hugh?«

»Ihm geht's gut. Er lässt dich schön grüßen und will wissen, wann du mal wieder nach Hause kommst.«

»Himmel, ja. Ich war bestimmt seit drei Monaten nicht mehr bei euch! Das letzte Mal hat er mir geholfen, die Laikipia-Pläne für die Genehmigung vorzubereiten.«

»Böser Junge.« Sie schüttelte eine Zigarette aus der Packung. »Aber zurzeit ist er in London. Familienangelegenheiten.«

Er gab ihr Feuer.

»Und, kannst du mit dem Bau der neuen Gebäude anfangen?«, fragte sie und zog an ihrer Zigarette.

»Ja. Wie ich dir schon am Telefon gesagt habe, ist Grainger mit der Änderung des Pachtvertrags einverstanden – ach ja, die Papiere liegen im Auto, du musst sie noch unterschreiben. Dann schicke ich die Pläne zu ein paar Baufirmen in Kisumu, damit sie mir ein Angebot machen.«

Sie nickte. »Gut.«

Ihre Getränke wurden gebracht. Kip nahm dem Kellner das Bier ab, bevor der eine Chance hatte, es ihm einzuschenken. Diana lächelte. *Manche Dinge ändern sich nie,* dachte sie, aber sie hatte ihn damit schon oft genug aufgezogen.

»Wie läuft es mit dem Land oben im Norden?«, erkundigte sie sich. »Wie heißt dieser Rancher noch mal?« Diana hatte den Kontakt zu dem Großgrundbesitzer über Hugh hergestellt. Sie hatte das nördlich von Thompson's Falls gelegene Anwesen noch nicht selbst gesehen.

»Nolan.« Kip trank einen Schluck Bier und stellte das Glas wieder auf den Tisch. »Da läuft alles gut. Wir können wohl etwas für Juni arrangieren. Nach der Regenzeit.«

»Das ist genau das, worauf du gewartet hast, nicht wahr? Das ist der Vertrag, der dir erlaubt, dein eigenes Ding zu machen, ohne dass die Wildhüter überall ihre Nase reinstecken?«

»So ist es.« Er lächelte. »*Echte* Öko-Safaris.«

»Du hast dich kein bisschen verändert, Kip. Immer noch der Idealist.«

»Ach ja? Ich würde sagen, ich erfülle mir einen Traum.«

»Darauf trinke ich.« Sie nippte an ihrem Harry Wallbanger. »Bäh! Das ist kein frischer Orangensaft. Also wirklich, dieser Laden geht allmählich vor die Hunde.«

Kip sah sich nach dem Kellner um. Er war nirgends zu sehen. »Ich bringe ihn zurück«, sagte er und griff nach dem Glas.

»Nein, Kip, ist schon gut.« Einem Kellner im Mathaiga Club nachzulaufen, das tat man einfach nicht. »Wirklich. Das macht nichts.« Sie wusste, wie sehr Kip vornehmes Getue verabscheute, und falls der Kellner versuchte, sich vor ihm wichtig zu machen, würde Kip ihm vermutlich eine Standpauke halten. Die Kellner des Mathaiga Club waren berüchtigte Snobs. »Erzähl mir von dem Land. Ich war noch nie dort.«

»Du solltest es dir mal ansehen, Diana«, sagte er, und sein Gesicht leuchtete vor Begeisterung. »Das Gebiet ist riesig – über fünfzigtausend Morgen. Da oben auf dem Laikipia-Plateau hat man einen unendlich weiten Ausblick. Der Ewaso Narok fließt durch das Land. Da gibt es alle möglichen Tiere der Savanne, Geparden, sogar Löwen.«

»Und Nolan ist damit einverstanden, dass du mit Wagenladungen verschwitzter Touristen darin herumläufst?«

»Nolan …« Er lächelte. »Das ist ein komischer Kauz. Einer von der alten Garde, aber er hatte … wie sagt man noch? Eine späte Erkenntnis. Er ist froh, dass er mit uns zusammenarbeiten kann. Will wohl Wiedergutmachung leisten für die vielen Jahre der Großwildjagd. Genau wie Hugh vor ein paar Jahren. Damit es wieder so wird wie früher – wilde Tiere überall.«

»Und dabei vielleicht noch ein bisschen Geld verdienen?« Sie hatte das scherzhaft gemeint, wollte ihn nur mit seinem Idealismus aufziehen, aber dann sah sie, dass er ihre Worte ernst genommen hatte.

»Ja, das wohl auch.« Er wirkte ernüchtert.

Sie hätte sich in den Hintern treten mögen – er hatte es falsch aufgefasst, und sie hatte ihm seine Vision verdorben. »Ich wollte damit nicht …«

»Nein, du hast ja recht, Diana. Ich muss dafür sorgen, dass bei alledem auch Profit herausspringt. Naturschutz ist ja gut und schön, aber das Geschäft muss sich auch lohnen. Die Straßen da oben in der Laikipia sind beschissen, und wer weiß, wie viele sich mit einem Zelt zufrieden–«

»Kip.« Sie legte ihm eine Hand auf den Arm. »Du hast bisher dafür gesorgt, dass Kipana Tours sich für uns alle lohnt. Du wirst es wieder schaffen. Wenn nicht« – sie zuckte mit den Schultern – »dann ist es kein großes finanzielles Risiko. Wie du schon sagtest, ist Nolan bereit, uns das Land für einen Anteil am Gewinn zu überlassen. Was haben wir also zu verlieren?«

Er nickte. Sie sah ihm an, dass er besänftigt war. Sie freute sich, dass es ihr gelungen war, das Thema Geld zu klären, und versuchte, die Unterhaltung wieder in leichtere Bahnen zu lenken. »Klingt, als wäre es wunderschön, Kip. Wann warst du zuletzt dort oben?«

»Da war es trocken. Muss also vor drei Monaten gewesen sein. Kurz vor der Regenzeit. Inzwischen ist alles grün.«

»Deine alte Heimat Nanyuki liegt nicht weit entfernt, oder?«

»Nein.« Er griff nach seinem Glas und trank einen Schluck Bier. »Aber ich fahre über Thompson's Falls hoch. Das ist kürzer.«

»Warst du überhaupt mal wieder zu Hause, seit du nach Nairobi gezogen bist?«

Ein weiterer Schluck Bier. »Nein.«

»Warum nicht? Deine Familie vermisst dich doch sicher.«

»Ich besuche sie schon irgendwann, ich war nur … ziemlich beschäftigt.«

Dies war nicht das erste Mal, dass sie versuchte, etwas über seine Kindheit in Erfahrung zu bringen, und wieder war es ihr nicht gelungen. Er sprach offenbar sehr ungern über dieses Thema, und sie wollte ihn nicht bedrängen.

»Komm schon«, sagte sie, »trink dein Bier aus. Wenn du die gestärkten Servietten ertragen kannst, lade ich dich zum Essen ein.«

Sie wusste, dass man einem anderen Menschen nur in begrenztem Maße helfen konnte. Irgendwann würde er sich dem stellen müssen, was er mit sich herumtrug. Sonst würde es ihn eines Tages ersticken.

# Kapitel 21

Im Hause Nasonga herrschte erwartungsvolles Schweigen. George war aus dem Internat nach Hause gerufen worden, daher wussten alle, dass es um etwas Wichtiges ging. Rose konnte sich kaum an ihre letzte Familienkonferenz erinnern. Die hatte stattgefunden, nachdem die Polizei hier gewesen war und nach Adam gesucht hatte, weil er auf der anderen Seite des Nils im Reservat gewildert hatte. Doch ihr großer Bruder war schon weggelaufen, und niemand hatte ihn seither gesehen.

Bevor ihre Mutter sie ins Haus gerufen hatte, hatten die Geschwister wild spekuliert, was der Grund für die Konferenz sein könnte.

Macmillan sagte, sie würden erfahren, dass Papa in die Armee eintreten werde.

George meinte, Papa wolle ihnen mitteilen, dass Adam tot war – irgendwo in der Wildnis von Zaire ermordet.

Rose glaubte, es müsse um ihren *rwot* gehen, dem die Soldaten den Kopf abgeschlagen hatten, aber Akello wandte ein, das könne es nicht sein; er sei tot, da sei nichts mehr zu machen.

Rose setzte sich neben Akello auf den Fellteppich. Dembe und George, immer noch in seiner schicken Schuluniform, ließen sich hinter ihnen nieder, während Macmillan, nun das älteste männliche Kind im Haushalt, den einzigen anderen Stuhl neben Papas besetzte.

Mama stand an Papas Seite und sah zu, wie er seinen Tee umrührte.

Soweit Rose wusste, war ihre Familie die einzige, die Familienkonferenzen abhielt. Eines Tages hatte sie ihren Vater gefragt, warum. Er hatte ihr erklärt, dass er an Demokratie und Frieden glaube und dass diese Prinzipien in seinem Haushalt herrschen sollten.

Rose verstand ihn nicht. Sie wusste nur, dass keine andere Familie solche Konferenzen abhielt, und deshalb würde sie in der Schule nie davon erzählen. Mit dreizehn Jahren war sie sich ihrer Schwächen und Makel schmerzlich bewusst. Die anderen brauchten nicht auch noch zu erfahren, dass sogar ihr Vater anders war.

Alle Blicke waren auf Zakayo gerichtet, der lange in seinem Tee herumrührte. Schließlich rückte er seinen Stuhl zurecht, so dass er alle sehen konnte – das Signal, dass er jetzt sprechen würde.

»Kinder«, sagte er, »wir haben Neuigkeiten, eure Mutter und ich. Ihr wisst ja, dass es Ärger gibt im Ort, mit den Soldaten … Also«, er warf Doreen einen Blick zu, »haben wir beschlossen, Panyiketto zu verlassen.«

Rose sah Akello an, der große Augen machte, wie eine Eule.

»Wir werden nach Kenia gehen«, sagte er und blickte in die Runde, um ihre Reaktion einzuschätzen.

Rose war fassungslos. Panyiketto war ihre Heimat.

»Nach Kisumu«, fügte er hinzu. »Vorerst.« Dann nickte er, das Signal dafür, dass er fertig war und nun die anderen sprechen durften.

George war der Erste. »Aber was ist mit der Schule? Wie soll ich dann die Schule fertig machen?« George bekam allmählich eine tiefere Stimme, aber diesmal versagte sie mitten im Satz, und er endete mit einem kindlichen Quieken.

»Du wirst die Schule in Kisumu beenden. Aber erst einmal brauche ich dich hier zu Hause, du musst deiner Mutter mit der *shamba* helfen.«

»Aber –«

»George.« Zakayo brachte seinen Sohn mit einem Blick zum Schweigen. Das Ausmaß an Demokratie, das er zuließ, hatte Grenzen. »Rose und Akello werden nicht hier sein.«

Die beiden jüngeren Kinder wechselten einen Blick.

»Ich bringe sie zu eurer Schwester in Kisumu«, fuhr er fort. »Dort werde ich dann Vorkehrungen für den Rest von euch treffen. Bis dahin wirst du Macmillan bei der Arbeit in den Gärten helfen.«

Dembe hatte während dieser Diskussion wie üblich schweigend dagesessen. Rose war überrascht, als sie das Wort ergriff.

»Papa, ich will mit euch kommen.«

»Natürlich kommst du mit, Dembe, sobald ich die Kleinen weggebracht habe, komme ich zurück und hole euch.«

»Nein.«

Die anderen starrten ihre Schwester an. Sie hatte noch nie in einem solchen Tonfall mit ihren Eltern gesprochen.

»Nein«, wiederholte sie. »Ich werde jetzt mitkommen. Ich werde nicht im Dorf bleiben und mir das Geflüster anhören.« Trotzig hob sie den Blick und sah ihren Vater an. »Ja, ich höre es. *Arme Dembe*. Und ihre mitleidigen Blicke. Was für ein Leben habe ich hier noch? Wer wird mich auch nur ansehen wollen, wenn alle wissen, was ich getan habe?«

»Du hast nichts getan«, begann Zakayo, doch Doreen legte ihm eine Hand auf den Arm, und er verstummte. Sie wechselten einen Blick, und Zakayo sagte, er werde es sich überlegen. Da wusste Rose, dass Dembe sie begleiten würde. Nun folgten eine Menge Einzelheiten, was sie mitnehmen sollten, wann sie aufbrechen und wohin sie fahren würden. Aber davon bekam Rose kaum etwas mit.

Kisumu war eine Stadt, die sie sich bisher nur in ihren Träumen vorgestellt hatte. Die Briefe ihrer Schwester beschrieben eine Stadt, die sogar noch größer war als Pakwach, im fernen, reichen Kenia. Sie freute sich darauf, ihre kleine Schule zu verlassen, an der sie sich ohnehin nicht wohl fühlte. Beim Gedanken an die bevorstehende Reise schwirrte ihr der Kopf vor Aufregung.

Rose konnte nicht traurig darüber sein, dass sie Panyiketto verließen. Aber dann, am Fluss, als Papas Freund sein kleines Boot ans Ufer brachte und sie einsteigen sollten, begann sie zu weinen.

Der elfjährige Akello sah es und weinte gleich mit.

Rose klammerte sich an ihre Mutter, bis ihr Vater sanft erklärte, sie müssten sich beeilen. Sie wollte ihrer Mutter noch irgendetwas sagen, aber Akello forderte Doreens Aufmerksamkeit, und Macmillan drückte Rose so fest an sich, als wollte er sie ersticken. George war ein wenig zurückhaltender und verabschiedete sich mit einer Umarmung und einem verlegenen Lächeln.

Ihr Vater hielt das Boot fest, während die drei Kinder an Bord kletterten und sich einen Platz zwischen Angelgeräten und Tauen suchten. Sie winkten und riefen, bis ihre Familie hinter der Biegung des Flusses verschwand.

Der Bootsführer flüsterte ihrem Vater etwas zu, und Papa befahl ihnen dreien, sich hinzulegen und die Köpfe einzuziehen.

»Aber Papa«, wandte Akello ein, »dann können wir das Dorf gar nicht sehen, wenn wir dran vorbeifahren.«

Ihr Vater zögerte einen Moment lang, bevor er antwortete. »Genau, Akello. Ich will nicht, dass jemand von der Kooperative mich sieht. Sonst fragen sie mir wegen allem Möglichen noch Löcher in den Bauch. Und ich habe jetzt keine Zeit dafür.«

»Aber –«

»Still. Wir sind schon ganz nahe. Duckt euch, bis ich euch sage, dass ihr wieder hochkommen könnt.«

Aber Rose lugte trotzdem über den Rand des Bootes, als ihr Vater gerade nicht hinsah. Sie konnte einen Fahnenmast sehen, und einen Kreis aus Zelten. Einer der großen Lastwagen war gerade angekommen, und Soldaten drängten sich darum. Leute kletterten unsicher von der Ladefläche und starrten in die Gewehrläufe, die auf sie gerichtet waren. Ein Soldat am Ufer schaute in ihre Richtung, aber sie duckte sich rasch.

Sie waren schon weit draußen auf dem Albert-Nil, als ihr Vater sagte, sie könnten sich jetzt wieder hinsetzen. Der Fluss war hier über einen Kilometer breit.

»Da drüben, am linken Ufer«, erzählte ihr Vater über das Summen des Motors hinweg, »erstreckt sich der Busch viele Kilometer weit. Als eure Mutter und ich geheiratet haben, kamen weiße Jäger hierher, um Tiere zu schießen. Elefanten, Löwen, alles.« Er überlegte einen Moment und verbesserte sich dann. »Nein, das war sogar noch später. Nach Adams Geburt. Jetzt ist das verboten; das Gebiet ist ein Wildreservat.«

»Jetzt können nur noch Wilderer wie Adam da drinnen Tiere schießen«, sagte Akello fröhlich, und ihr Vater verstummte.

Sie hielten sich dicht am linken Ufer, denn weiter draußen

peitschte der Wind kleine Wellen auf, die gegen das Boot klatschten. Rose beobachtete aufmerksam den breiten Streifen Morast am Ufer und hoffte, vielleicht wilde Tiere zu entdecken. Akello sagte, er hätte einen Elefanten gesehen, aber sie glaubte ihm nicht.

Als der Albert-Nil schmaler wurde, kam Pakwach in Sicht. Rose und ihr kleiner Bruder waren schon einmal mit dem Bus nach Pakwach gefahren, zusammen mit ihrem Vater; da war sie neun gewesen.

Er hatte sie mit zum Bahnhof genommen, damit sie zuschauen konnten, wie der Zug ankam, aber sie hatten über eine Stunde gewartet, und er war nicht gekommen. Akello hatte geweint, und Papa hatte ihnen bei dem indischen Süßigkeiten-Verkäufer auf dem Bahnsteig etwas zum Naschen gekauft.

Diesmal würden sie sogar in den Zug steigen, und, so hatte ihr Vater erklärt, sie würden in dem Zug bleiben, den ganzen Weg bis zur kenianischen Grenze bei Tororo, fünfhundert Kilometer weit weg.

Die meisten Leute in Panyiketto waren nie weiter als dreißig Kilometer aus ihrem Dorf herausgekommen – und hier war sie nun, erst dreizehn Jahre alt und im Begriff, ihre erste Zugreise zu unternehmen. Sie kam sich sehr bedeutend vor.

Rose hatte ein gutes Gefühl bei dieser Reise, denn sie glaubte, die Reise würde ihr helfen, schneller erwachsen zu werden.

Es war Mitternacht. Zakayo war froh zu sehen, dass Rose und Akello endlich schliefen, auf den Sitzen unbequem zusammengekauert. Dembe war schon eingeschlafen, kurz nachdem sie den Zug bestiegen hatten. Weder das Rumpeln des

Zuges noch die ständigen Unterbrechungen der Fahrt schienen sie zu stören.

Der Schienenverkehr in Uganda kam allmählich zum Erliegen. Das lag an der jahrelangen Vernachlässigung und an Amins Regierung, die in letzter Zeit in allen Ämtern für Störungen sorgte. Ihr Waggon gehörte zur zweiten Klasse, zumindest der abblätternden goldenen Aufschrift nach, die dicht unter dem Dach angebracht war. Zu Zeiten, da die Holzvertäfelung glänzend lackiert und das Messing poliert worden war, wäre das vielleicht angemessen gewesen. Jetzt jedoch blätterte der Lack, und die Gepäckablagen aus Messing waren – sofern sie noch nicht aus der Wand gerissen waren – schwarz angelaufen. Die Bahn hatte es schon vor vielen Jahren aufgegeben, aufgeschlitzte oder verschlissene Sitzpolster zu ersetzen. Die nackten Holzbänke, auf denen man nun saß, waren für eine Reise von fünfzehn Stunden nicht geschaffen.

Der Zug hatte bei der Abfahrt in Pakwach Verspätung gehabt. Damit hatte Zakayo gerechnet, doch auch als sie endlich unterwegs waren, bewegte sich der Zug nur zögerlich voran und blieb oft lange irgendwo zwischen zwei Bahnhöfen stehen. Einmal fuhr er sogar unerklärlicherweise ein paar hundert Meter weit rückwärts.

Die Aufregung der Kinder war eine angenehme Ablenkung gewesen. Jetzt war er als Einziger in ihrem Abteil noch wach, und Zakayos Gedanken wandten sich wieder seinen Plänen zu, seine Familie zu retten.

Amin hasste die Acholi und Lango, weil sie an Obotes Versuch, Uganda zurückzuerobern, beteiligt gewesen waren. Zakayo glaubte, es sei nur eine Frage der Zeit, bis dieser Wahnsinnige ein allgemeines Gemetzel begann. Über tausend

Acholi-Soldaten waren bereits in ihren Kasernen ermordet worden.

Und dann war da noch Amelia in Kampala, mit dem kleinen Itema. Sie erwartete jetzt ein zweites Kind. Amelia war zwar keine Acholi, hatte aber keine Familie, die sie beschützen könnte. Er musste so bald wie möglich zurück nach Kampala und sie irgendwo in Sicherheit bringen.

Doch seine dringendste Sorge war, mit den drei Kindern nach Kenia zu gelangen. Seit Obotes fehlgeschlagenem Putschversuch wurde die Grenze zu Kenia streng überwacht, weil Kenyatta im Verdacht stand, Obote heimlich zu unterstützen. Zakayo wusste, dass alle Züge in Richtung Kenia jetzt Endstation hinter Tororo machten, in der Nähe der Grenze. Aber er hoffte, dass sie nach Kenia einreisen und die Fahrt nach Kisumu dann mit einem kenianischen Zug oder Bus würden fortsetzen können.

# KAPITEL 22

Zakayo erwachte, als der Zug rüttelnd stehenblieb. Die Morgensonne stach schmerzhaft in seine müden Augen. Er rieb sich das Gesicht und schaute dann blinzelnd aus dem schmutzigen Zugfenster, das aber nur gelbliches Licht durchscheinen ließ.

Rose und Akello lagen schlafend auf dem Sitz. Die anderen Fahrgäste kamen in Bewegung, viele stiegen aus, um sich etwas zu trinken oder zu essen zu kaufen. Er konnte Dembe nirgends sehen und geriet beinahe in Panik, bis er sie durch den Wagen auf sich zukommen sah. Sie wischte sich die Hände an dem Tuch ab, das sie nun stets zwischen den Fingern knetete.

»Wo sind wir?«, fragte er, als sie sich wieder hinsetzte.

Sie zuckte mit den Schultern. »Ich weiß es nicht.«

Zakayo hob das Fenster ein Stückchen an und lugte hinaus. Auf einem brüchigen Holzschild stand »Tororo«, und in kleinerer Schrift darunter: »1216 m über dem Meeresspiegel«.

Er beugte sich zu den beiden Kindern vor und schüttelte sie. »Kommt, ihr zwei. Es ist Zeit, aufzustehen.«

Rose und Akello waren sofort wach, räkelten sich und spähten mit verschlafenen Augen durch den Fensterspalt.

»Wo sind wir?«, fragte Rose und rieb sich die Augen.

»In Tororo. Wir haben es fast geschafft. Also, wollen wir mal sehen, ob wir auf dem Bahnsteig etwas zum Frühstück bekommen können?«

Sie schlossen sich der Menschenmenge draußen auf dem Bahnsteig an.

»Was riecht hier so komisch?«, fragte Akello und rümpfte die Nase.

Zakayo erkannte den Geruch augenblicklich. Um die Kinder nicht zu erschrecken, wollte er sich eine plausible Lüge ausdenken, aber das Donnern ferner Artillerie und gedämpfter Explosionen machte sie überflüssig. »Das ist die Armee«, sagte er, und jetzt erst fielen ihm die schwarzen Rauchwolken auf, die über Tororo aufstiegen. Dahinter ragte der Mount Elgon auf, der erloschene Vulkan, der die Grenze nach Kenia markierte.

»Was machen die denn da, Papa?«, fragte Rose.

Zakayo vermutete, dass Amin in der Nähe der kenianischen Grenze militärische Operationen durchführen ließ, um Kenyatta eine lehrreiche Nachricht zu schicken.

»Ich weiß es nicht, Rose«, sagte er. »Das ist sicher nur eine Übung. Keine Sorge, es ist weit weg.« Er betrachtete die Ansammlung schäbiger Gebäude, die den Bahnhof darstellten. Seltsamerweise waren nirgends Verkäufer zu sehen, die Essbares anboten. »Wir essen lieber nicht hier. Bald sind wir an der Grenze. Da gibt es viel besseres Essen.« Sie stiegen wieder ein.

Vierzig Minuten später, als der Zug in den kleinen Grenzort Malaba einfuhr, waren die Gleise auf einmal von Soldaten gesäumt.

Dembe knüllte ihr Tuch zu einem festen Ball zusammen. Zakayo wusste nicht, wie er sie hätte beruhigen können, doch ihre Angst machte ihn nervös. Er war davon ausgegangen, dass sie mit seinem Reisepass und einem kleinen Bestechungsgeld durchkommen würden. Die Kinder hatten keine

Ausweise, nur je einen Brief, unterschrieben von einem Häuptling in Pakwach – einem Freund von Thomas. Zakayo hatte nicht daran gedacht, dass das Militär die Grenze bewachen würde, und fragte sich nun, ob diese einfachen Reisepapiere genügen würden.

Der Zug rollte langsam in den Bahnhof, kam beinahe zum Stehen, ruckelte noch einmal und hielt schließlich abrupt an. Der Lokführer und der Stationsvorsteher riefen laut, alle Passagiere sollten jetzt aussteigen. Die Nasongas sammelten ihre Taschen und Pakete ein und traten auf den Bahnhof. Überall waren Soldaten. Dembe gab ein leises Wimmern von sich, ein Laut wie von einem in eine Falle geratenen Tier.

Am Ende des Bahnsteigs teilten sich die Passagiere in zwei Ströme. Die Mehrheit folgte der Bahnlinie. In einiger Entfernung erhob sich eine Reihe hässlicher Gebäude – der Grenzposten.

Eine kleinere Gruppe hielt auf den Ort zu.

Zakayo versammelte seine Familie um sich, warf einen letzten Blick auf die Soldaten am Grenzübergang und führte die Kinder nach Malaba.

Rose hatte noch nie so viele Bananen gesehen. Im Führerhaus des Lastwagens, beim Fahrer, saßen ihr Vater und Dembe, während sie und Akello die Spinnen, die Unbequemlichkeit und die Erniedrigung ertragen mussten, auf einem schwankenden Haufen Bananen aus Busia zu reisen.

Akello schien das nichts auszumachen. Er lächelte ununterbrochen, seit der Lastwagenfahrer ihnen vor einer Stunde angeboten hatte, sie mitzunehmen. Sie waren den ganzen Vormittag lang gelaufen.

Weil Rose und Akello ständig geklagt hatten, hatte ihr

Vater sich endlich bereit erklärt, eine Pause zu machen und an einem Stand am Straßenrand etwas zu essen zu kaufen; dort war er mit dem Fahrer ins Gespräch gekommen. Während sie ihr Fladenbrot gegessen und ihren Tee getrunken hatten, hatte ihr Vater in Erfahrung gebracht, dass der Fahrer aus Busia kam, einem Ort an der Grenze zu Kenia, und dass es dort genauso von Soldaten wimmelte.

Rose war froh, nicht mehr laufen zu müssen, kam sich aber nicht mehr so schön bedeutend vor wie im Zug. Das Artilleriefeuer und die Soldaten in der Umgebung von Tororo machten sie nervös, aber Dembes Zittern und Weinen war der Grund gewesen, weshalb ihr Vater schließlich entschieden hatte, dass sie nicht auf dem Landweg nach Kenia einreisen würden, sondern versuchen sollten, mit der Fähre von Jinja aus überzusetzen.

Dembe verhielt sich sehr sonderbar, seit die Soldaten sie angegriffen hatten. Ihre Wunden waren verheilt, aber weil sie sich ein Schlafzimmer teilten, hörte Rose ihre große Schwester oft im Dunkeln weinen. Rose liebte Dembe, und es tat ihr leid, was ihrer Schwester zugestoßen war, aber seit diesem Vorfall galt die ganze Aufmerksamkeit ihres Vaters nur noch seiner Ältesten, seine anderen Kinder beachtete er gar nicht. Als Rose gehört hatte, dass ihr Vater nur sie und Akello nach Kisumu bringen wollte, hatte sie sich auf das Abenteuer gefreut, aber auch auf die Aussicht, ihren Vater einmal wieder fast für sich zu haben. Jetzt war Dembe doch dabei, und es war wie zu Hause – ihr Vater kümmerte sich liebevoll und ausschließlich um sie, als sei er daran schuld, dass die Soldaten sie angegriffen hatten.

»Sieh mal, Rose!« Aufgeregt zeigte Akello von seinem Aussichtspunkt am Ende der Ladefläche zur Seite. Hinter langen Papyrusstauden erstreckte sich eine endlose Wasserfläche. Sie zog sich bis zum Horizont, flach wie eine Metallplatte, am Ufer von einer leichten Brise graviert, aber glänzend wie poliertes Silber in der verschwommenen Ferne. Selbst der gewaltige Albert-Nil südlich von Pakwach, den sie auf ihrer bisher weitesten Reise einmal gesehen hatte, war nie so unendlich weit wie der Victoriasee.

# Kapitel 23

Die MS *Victoria Nyanzu* pflügte durch die sachten Wellen des Victoriasees. Ihr gemächliches Tempo reizte Zakayo, der es ohnehin kaum erwarten konnte, die Kinder endlich nach Kenia zu bringen. Er hatte es zwar geschafft, rechtzeitig zur Abfahrt der Elf-Uhr-Fähre gestern die Karten zu kaufen und die ugandischen Ausreiseformalitäten zu erledigen, aber mittags wurde immer noch Fracht geladen, und erst um vier Uhr nachmittags durften die Passagiere endlich an Bord gehen.

Er stand an der Reling und blickte ins dahinströmende Kielwasser. Seine Gedanken kehrten zu seiner letzten Schiffsreise zurück, nach dem Ende des Krieges, als er voller Hoffnungen und Pläne für sein Leben in Uganda aufgebrochen war.

Lange bevor er das Schiff in die Heimat besteigen konnte, waren seine Pläne durchkreuzt worden. Die Russen hatten Schwierigkeiten, sein Regiment ausfindig zu machen, und hielten ihn deshalb mehrere Wochen länger in Deutschland fest als die übrigen Insassen des Kriegsgefangenenlagers. Als er endlich in London eintraf, ging er zum Ploughman's Arms, um dort seinen australischen Freund zu treffen. Eine Woche lang kehrte er Tag für Tag dorthin zurück. Schließlich kam sein Marschbefehl, und er musste London verlassen, ohne ihn wiedergefunden zu haben.

Unwillkürlich griff er nach dem Stückchen bemaltem Holz, das er an einer Schnur um den Hals trug, fast schon seit dem

Moment, als Ernie es ihm bei seinem Aufbruch in die Hand gedrückt hatte. Später hatte er an Ernies Einheit geschrieben, aber keine Antwort bekommen. Entweder sein Brief an Ernie oder Ernies Antwort – so er denn geschrieben hatte – waren im Chaos der Nachkriegszeit irgendwie verloren gegangen.

Damals war es Zakayo ungeheuer wichtig erschienen, Kontakt zu seinem Freund herzustellen. Es war eine Frage der Ehre. Doch die Jahre vergingen, und seine Erinnerung an ihre intensive Freundschaft im Lager verblasste. Er kam zu dem Schluss, dass außergewöhnliche Zeiten eben außergewöhnliche Freundschaften hervorbrachten. Obwohl er die Erinnerung an Ernie weiter in Ehren hielt, hatten die verflossenen Jahre ihre Beziehung in eine andere Perspektive gerückt. Vielleicht waren sie beide nur Außenseiter gewesen, die zufällig zusammenfanden, unter Umständen, in denen beiden die Andersartigkeit des Freundes ein Trost war.

Als er endlich in Panyiketto ankam, wartete dort Doreen auf ihn. Sie hatten beinahe sofort geheiratet. In den ersten Jahren war er mit dem Leben auf der Farm zufrieden gewesen. Dann kamen die Kinder, ein weiterer Segen.

Erst als er nach Kampala ging, wurde sein seelisches Gleichgewicht erschüttert. Die Stadt bot so viel Aufregendes, so viele Möglichkeiten. Der Luxus und die Extravaganz lockten ihn – wie das verbotene Feuer ein Kind anzog. Er war erst sechzehn gewesen, als er in die britische Armee eingetreten war, und obwohl er bereitwillig in den Krieg gezogen war, hatte er nun das Gefühl, seiner Jugend beraubt worden zu sein. Als er nach dem Krieg nach Hause kam, war er mit einundzwanzig Jahren immer noch recht jung, aber er hatte seine jungen Jahre an den Traum verschwendet, ein Mann zu sein, der etwas von der Welt gesehen hatte – dieser Traum war zu einem Albtraum geworden. Kampala öffnete ihm die Augen, und er erkannte, was er verpasst hatte, weil er in den Krieg gezogen war und sofort danach geheiratet hatte. Also wollte er seine Jugend nachholen und sich amüsieren.

Akello zupfte an seinem Hemd.

»Was ist denn?«, fragte Zakayo ein wenig barscher, als er beabsichtigt hatte.

»Sind wir bald da, Papa?«

Zakayo konnte das Ufer der Landzunge erkennen, die Kisumu vor den weiten Wassern des Victoriasees schützte. »Es dauert nicht mehr lange. Hol deine Schwestern.«

Eine weitere Stunde verging, bis Kisumu in Sicht kam. Zakayo sah auf die Uhr. Es war fast vier. Er hatte gehofft, vor Anbruch der Dunkelheit zu seiner Tochter Grace zu finden, aber das erschien ihm nun zweifelhaft.

Die Mehrheit der Passagiere waren Leute indischer Abstammung wie Patel, die man zusammengetrieben hatte, um sie nun endgültig alle auszuweisen, sogar jene Asiaten, für die Uganda ihre einzige Heimat war. Wie Zakayo und seine Familie, so hofften auch sie, dass Kenia sie aufnehmen würde.

»Kisumu ist ja noch größer als Jinja«, sagte Rose.

»Nein, ist es nicht«, erwiderte Akello. »Jinja ist die größte Stadt in Afrika.«

»So ein Unsinn, Akello«, sagte sie mit der Autorität überlegenen Wissens. »Kampala ist noch größer als Jinja oder Kisumu.«

»Woher willst du das wissen? Nur weil du –«

»Seid jetzt still«, sagte Zakayo. »Sammelt eure Sachen ein.« Er schob sich mit seinen drei Schützlingen in eine gute Position in der Nähe der Gangway. Das verfrühte Gedränge dort bestätigte nur, wie begierig alle darauf waren, nach einer drückenden Nacht und einem langen Tag an Bord das Schiff endlich verlassen zu können.

Das Gebäude der Einwanderungsbehörde war mit Stacheldraht umgeben. Die kenianischen Beamten trugen Uniformen und Waffen. Dembe spielte wieder zwanghaft mit ihrem Tuch. Zakayo legte ihr eine Hand auf die Schulter, doch sie schien es gar nicht zu merken.

Am Eingang zu der großen Holzhütte, wo man offenbar ihre Papiere kontrollieren würde, mussten sie warten. Etwa hundert Passagiere der *Victoria Nyanza* standen in der einsetzenden Dämmerung, während die Beamten jene herauspickten, die als Nächste kontrolliert werden sollten. Nach einer Weile gewann Zakayo den Eindruck, dass sie diejenigen Leute auswählten, die viel Gepäck dabeihatten oder deren Frauen die teureren Saris trugen.

Während die Menge der Wartenden immer kleiner wurde, ging die Sonne unter, und Zakayos Besorgnis wuchs.

Die Bar des Grand Hotel in Kisumu bot nur einen besonderen Reiz, und das war die herrliche Aussicht. Der Lack auf den holzvertäfelten Wänden glänzte schon lange nicht mehr, die Ledersitze der letzten überlebenden Barhocker waren rissig oder wiesen Löcher auf. Die Hocker, die nicht mehr zu retten gewesen waren, hatte man durch andere, mit PVC bezogen und in einem anderen Braunton, ersetzt. Aber aus den mit Stahlrahmen versehenen Fenstern schaute man auf einen Garten hinaus, der sich hundert Meter weit bis zum Ufer des Victoriasees hinabzog. Gewaltige alte Bougainvilleen erklommen die Granitfelsen, die sich wie Wälle erhoben, um den Garten vor dem starken Wind zu schützen.

Kip und Harry balancierten auf Hockern am Ende der Bar

an einem offenen Fenster. Die Brise kühlte wesentlich besser als der träge Ventilator.

Die Kellnerin stellte zwei weitere Gläser Bier vor sie hin und wartete, während Harry die Münzen in seiner Handfläche sortierte.

»Hast du noch zwei Shilling, Kip?«

»Gib ihr doch einfach den Zehner, Harry.«

»Nee, dann schleppe ich eine Hosentasche voll Kleingeld mit mir rum.«

Kip kramte in seiner Tasche und legte die zwei Schilling auf die Bar.

»Danke, Süße«, sagte Harry, als die Kellnerin die Münzen in ihre Hand wischte und zur Kasse ging. Er sah ihr nickend hinterher und fügte leise hinzu: »Die steht auf mich, sag ich dir. Findet mich scharf.«

»Na klar, Harry.« Nach acht Jahren mit Harrys Fantasien machte Kip sich nicht mehr die Mühe, ihm seine Illusionen rauben zu wollen. »Aber jetzt erzähl weiter.«

»Erzählen? Was hab ich dir denn erzählt, mein Bester?«

Kip schüttelte den Kopf, nur halbherzig genervt. »Herrgott noch mal, Harry, denk doch mal oberhalb der Gürtellinie. Du hast mir gerade von dem Auftrag erzählt, den du letzte Woche ergattert hast.«

»Ach ja!« Er trank einen Schluck Bier. »Harry ist bei dieser Hochzeit, ja, macht die üblichen netten Schnappschüsse von der Braut, dem Bräutigam, den stolzen Eltern und so weiter, als er diese absolut umwerfende Brautjungfer entdeckt.« Er rückte den Barhocker ein Stück näher zu Kip hinüber. »Und ich sage zu ihr: ›Ein Mädchen wie Sie sollte Model werden.‹«

Kip fuhr sich mit der Hand über die Augen. »Du hast bitte was gesagt?«

»Ja, ich weiß, ich weiß. Aber dann sagt sie: ›Finden Sie wirklich?‹ Und dann erzählt sie mir, dass ihr das schon viele Leute gesagt hätten. Also sage ich: ›Was Sie brauchen, sind Set-Karten‹, und sie sagt –«

»Komm zur Sache, Harry – hast du, oder hast du nicht?«

»Ja.«

»Im Ernst?« Kip blieb der Mund offen stehen.

»Na ja, ich habe, du weißt schon, einen Termin in meinem Studio arrangiert.«

»Oh.«

»Wir sind also in meinem Studio, und –«

»Studio? Du meinst die Dunkelkammer in deinem Büro?«

»Das ist nicht die Dunkelkammer, Kip. Ich hab's dir schon so oft gesagt, das ist das Technik-Lager.«

»Klar. Hast du keine Angst, dass einer deiner Partner mal dahinterkommt, was du dort nebenbei alles treibst?«

»Ich sage also zu ihr: ›Süße, warum machst du es dir nicht etwas bequemer?‹ Und dann, stell dir vor, haut sie einfach ab.«

»Tatsächlich! Selbst wenn man deine besondere Art berücksichtigt, erscheint mir ihre Reaktion ein bisschen übertrieben.« Kip dachte darüber nach. Er kannte Harry ziemlich gut. *Warum machst du es dir nicht etwas bequemer* klang nicht nach Harry. »Bist du sicher, dass du genau das gesagt hast?«

Harry hatte gerade den Mund voll Bier. »Ja. Na ja … Harry war wohl ein bisschen direkter. Ich meine, das sollten Modeaufnahmen sein, Herrgott.«

»Du hast also gesagt: ›Süße, warum ziehst du nicht erst mal deine Sachen aus?‹«

Harry seufzte. »So was in der Art.«

Kip lächelte und schüttelte den Kopf. Er hatte längst begriffen, dass es sinnlos war, Harry belehren zu wollen, also sparte er sich die Mühe.

»Aber du hast recht, Kip. Was Harry braucht, ist ein richtiges Studio.«

»Was Harry braucht, sind bessere Sprüche.« Kip sah auf die Uhr. »Hugh müsste jeden Moment kommen«, sagte er.

»Hugh? Hugh Hartigan?«

»Ja. Er hat gesagt, er würde auf einen Drink vorbeischauen.«

Harry zündete sich eine Zigarette an. »Das mit euch beiden kapier ich nie«, sagte er und schüttelte das Streichholz, bis es erlosch.

»Hugh und ich?«

»Ja. Ich meine, erst treibst du's mit seiner Frau, und bevor man sich's versieht, seid ihr wie Vater und Sohn.«

Kip hatte sich zwar bemüht, aber er hatte die Affäre mit Diana nicht vor Harry verbergen können, mit dem er sich damals eine Wohnung geteilt hatte. Harry gehörte zu jenen Menschen, denen ein Geheimnis einfach keine Ruhe lässt. Er hatte nachgeforscht und nachgebohrt, bis er alle Puzzleteile zusammengetragen und seine Antwort gefunden hatte: Kip Balmain hatte eine Affäre mit der Ehefrau des mächtigsten weißen Mannes in Kenia.

»Wie oft muss ich dir das noch erklären, Harry: Ich habe die Affäre beendet, oder vielmehr Diana hat sie beendet, lange bevor ich Hugh zum ersten Mal begegnet bin. Sie hat kaum ein Jahr gedauert, und wir hatten danach nie wieder etwas miteinander.«

»War schon verdammt mutig von dir, überhaupt was mit ihr anzufangen.«

»Ich war jung und dumm.« Kip nippte an seinem Bier. »Und es war mir eine Lehre. Keine ernsten Sachen mehr mit verheirateten Frauen – ich kann die Zurückweisung so schlecht verkraften.«

»Nicht, dass du allzu viel Zurückweisung erfährst, alter Junge. Und jetzt, nach – wie lange ist das her? Sechs, sieben Jahre? – jetzt bist du mit dem Mann befreundet. Ist das nicht, du weißt schon, ein komisches Gefühl?«

»Du meinst, ob ich ein schlechtes Gewissen habe? Manchmal schon. Wenn Hugh nicht der Mann wäre, der er ist, würde es mir nicht so zu schaffen machen.«

Kip dachte darüber nach und wusste nicht recht, wie er die Mischung aus Schuldgefühlen und Erleichterung erklären sollte: Er fühlte sich schuldig, weil er eine Ehe gestört hatte, die trotz Dianas Affären viele Jahre überdauert hatte. Seine Freundschaft mit Hugh war inzwischen sehr herzlich, und er war erleichtert, dass er und Diana diese Freundschaft nicht gefährdet hatten.

Harry legte seine Zigarette in den Aschenbecher und hob sein Bierglas. »Harry hat kein schlechtes Gewissen, weil er Sex hatte. Nie«, erklärte er.

»Nein? Was empfindest du denn dann?«

»Dankbarkeit.« Er trank einen großen Schluck Tusker. »Schiere Dankbarkeit.«

Kip lachte. »Ah, da kommt Hugh.«

Ein großer Mann mit leicht ergrautem Haar stand am Eingang zur Bar und kniff gegen die helle Nachmittagssonne, die hinter ihnen durchs Fenster hereinschien, die Augen zusammen. Kip winkte ihm. Hartigans steifes Knie zwang ihn, aufrechter zu gehen als die meisten Männer seines Alters, und obwohl er nur gut 1,75 m groß war, wirkte er dadurch größer.

Kip stand auf und reichte ihm die Hand. »Hugh, schön, dich zu sehen.«

Hartigan zog Kip an sich und erdrückte ihn beinahe mit einer Umarmung. »Ich freue mich auch, dich zu sehen. Wo hast du dich denn rumgetrieben? Ich habe dich seit Monaten nicht gesehen.«

»Ach, du weißt ja, wie das ist … Erinnerst du dich an Harry Forsythe?« Er legte Harry eine Hand auf die Schulter.

»Ja, sicher«, sagte Hartigan. »Der Mann von der Zeitung.«

»Fotograf. Arbeite inzwischen freischaffend. Freut mich, Sie wiederzusehen.« Sie gaben sich die Hand. Harry fragte Hartigan, was er trinken wolle, und ging dann an die Bar, um zu bestellen, während Kip und Hartigan zu einem der Tische gingen.

Hartigan musterte Kip von oben bis unten und strahlte vor Freude. »Gut siehst du aus, Kip«, sagte er und schob sein steifes Bein unter den Tisch.

»Du auch, Hugh. Es freut mich, dass wir uns hier treffen konnten.«

»Allerdings. Ich glaube, du warst seit Dianas Geburtstag nicht mehr draußen auf der Ranch.«

»So ist es, und übrigens, herzlichen Glückwunsch zum Geburtstag.«

»Ach, was. Heutzutage würde ich die lieber vergessen. Du hast wohl kürzlich mit Diana gesprochen?«

»Ja, aber ich weiß selbst, wann du Geburtstag hast.«

»Also, das ist ja nett. Weißt du, wir sollten uns wirklich öfter sehen. Es ist schon fast wie bei meiner Familie – wir kommen nur noch bei Geburtstagen, Beerdigungen und Hochzeiten zusammen.«

Harry kehrte mit den Drinks zurück.

»Wer heiratet?«, fragte er.

»Niemand«, erwiderte Kip. »Aber Hugh hat heute Geburtstag.«

»Geburtstag?«, sagte Harry. »Das ist ja toll! Dann einen schönen Tag, Hugh.«

»Ja, noch viele schöne Tage, Hugh«, sagte Kip, hob das Glas, und sie stießen an. »Und, was hast du heute vor?«

»Eigentlich nichts Besonderes. Ich hatte gehofft, dass wir beide zusammen irgendwo zu Mittag essen könnten. Und danach etwas trinken. Und Sie, Harry, falls Sie Zeit haben.«

Harry nahm sofort an.

»Das wäre schön, Hugh«, sagte Kip, »aber können wir uns lieber heute Abend treffen? Ich muss heute Nachmittag zu dem Bauunternehmer.«

»Ah, für die neue Lodge am Mara Escarpment? Wird also endlich was daraus, ja?«

»Ja. *Hakuna haraka*«, sagte Kip.

»Ich weiß, was du meinst. ›Nur keine Eile‹ scheint die beliebteste Ausrede für alles Mögliche zu sein. Ich höre mich nur ungern wie ein alter Kolonialherr an, aber in diesem Land geht bald gar nichts mehr vorwärts. Heutzutage kann man nur mit zwei Dingen sicher rechnen: Bestechungsgeld und endlosen Verzögerungen.«

»Hugh, du hast recht, du *bist* ein alter Kolonialherr.« Kip lächelte und klopfte seinem Freund auf die Schulter. »Du weißt bloß nicht, wie man mit modernen kenianischen Geschäftsleuten umgeht. *Bwana* dies und *bwana* das darfst du heute nicht mehr erwarten. Wenn du mit ihnen umgehst wie mit jedem anderen Geschäftspartner – vernünftig, professionell –, wirst du sehen, dass du viel weniger Probleme hast.«

»Was soll das heißen, Sie haben das Holz nicht?«, fuhr Kip auf. »Sie haben doch vor drei Wochen behauptet, es sei schon unterwegs!«

Der Vorarbeiter zuckte mit den Schultern. »Das liegt an der Reederei … diese Ugander, hm?« Er zuckte mit den Schultern, als sei die Angelegenheit damit erledigt.

Kip musterte den Vorarbeiter. Er war ein schlaksiger älterer Luo, der, wie Kisumu selbst, schon bessere Zeiten gesehen hatte.

»Sagen Sie mal, mein Freund«, begann er und bemühte sich, seinen Ärger im Zaum zu halten, »warum sollte heutzutage irgendjemand überhaupt Holz aus Uganda bestellen?«

»Aber … wir bekommen unser Holz immer aus Uganda«, erwiderte der Luo mit hochgezogenen Augenbrauen.

»In dem Land herrscht ein verdammter Bürgerkrieg! Warum kaufen Sie es nicht hier in Kenia? Haben wir denn kein Holz? Warum macht überhaupt noch jemand Geschäfte mit Uganda? Die waren noch nie zuverlässig, und jetzt werden sie von einem Haufen Irrer regiert.«

Der Luo studierte das Bestellformular auf dem Schreibtisch, als sei darin die Lösung zu finden. »*Siuji*«, sagte er schließlich.

Kip hatte genug. Er sprach mit dem falschen Mann. »*Wapi bwana?*«, fragte er. Der Geschäftsführer musste hiervon erfahren.

Der Luo zuckte erneut mit den Schultern. »In Nairobi.«

Kip rieb sich die Stirn und zwang sich, sich zu beherrschen. »Lassen Sie mich mal die Bestellung sehen«, sagte er und nahm sie dem Vorarbeiter aus der Hand.

Die Bestellung war vor sechs Wochen aufgegeben worden. Er notierte sich die Ordernummer und den Namen der Reederei. Sein Bauholz sollte laut Formular mit der MS *Victoria Nyanza* transportiert werden.

»*Kwaheri*«, sagte er und stürmte zur Tür hinaus. Es war schon nach fünf, aber mit etwas Glück würde der Schiffsagent noch in seinem Büro sein.

Als die Sonne im See versank, reckten sich die Schatten der Familie Nasonga über den rotgoldenen Vorplatz, durch den Stacheldrahtzaun, und erklommen schließlich die Mauer eines Lagerhauses knapp hundert Meter entfernt.

Sie waren als Letzte übrig geblieben und warteten schon eine halbe Stunde, seit die Passagiere vor ihnen durch das Tor hinausgeschickt worden waren. Der Inder hatte zu Zakayo zurückgeblickt, als wollte er etwas sagen. Vielleicht hätte er das unter anderen Umständen auch getan, doch er hatte seine Familie wortlos weggeführt. Aus der Baracke der Grenzkontrolle war nun Lachen zu hören. Zakayo nahm an, dass die Beamten inzwischen einen hübschen Vorrat feinen alten Cognaces von den Asiaten konfisziert hatten.

Ein Beamter kam lachend aus dem Büro und warf eine leere Flasche in den See. Er war groß und trug keinen Hut. Sein Haar war sehr kurz geschnitten, so dass eine zornig rote Narbe in seiner Kopfhaut zu erkennen war. Er ließ den Blick über die wartende Familie schweifen, musterte Dembe genauer und brummte dann Zakayo zu, sie sollten eintreten. Zakayo bedeutete den Kindern, hier draußen auf ihn zu warten.

Der uniformierte Mann am Schreibtisch hatte rot geränderte Augen, und sein Hals quoll über den Hemdkragen. Die anderen vier Beamten begutachteten eine Sammlung von Gegenständen auf einem langen Tisch hinter ihm. Er blickte auf, sah Zakayo an und dann die Papiere, die dieser ihm hinhielt. Statt die Dokumente zu nehmen, packte er Zakayos Handgelenk, drehte seine Hand herum und betrachtete seine Armbanduhr, die schon sehr alt war, aber seit dem Kriegsende zahlreiche Missgeschicke überstanden hatte.

Dann blätterte der Beamte seinen Pass durch und überflog die Briefe, die den Status und die Identität seiner Kinder verifizierten. »Ein Acholi«, sagte er lächelnd. »Aus dem Norden, nicht wahr?« Er blickte zu Zakayo auf. Zakayo nickte.

»Sag mir, Acholi, wie kommt ein dummer Bauer wie du zu einer so schönen Uhr?«

Einer der Männer hinter ihm lachte.

»Ich habe sie vor vielen Jahren gekauft, Sir. Sie ist alt und schon fast kaputt. Wie Sie sehen.«

»Und wo hast du diese Uhr gekauft?« Der Mann, der gelacht hatte, stellte diese Frage. Es war derselbe Beamte, der ihn hereingerufen hatte. Zakayo bemerkte, dass die Narbe an seinem Schädel sich unter dem Ohr durch bis zu seiner Wange fortsetzte.

»Ich habe die Uhr in London gekauft«, antwortete er.

»Verlogener Hund!«, sagte der Mann mit der Narbe, trat zu ihm und schlug ihm mit dem Handrücken ins Gesicht.

Zakayo taumelte zurück. Sein Kopf dröhnte.

»Wo hast du die Uhr her?«, wiederholte der Beamte. Sein Atem roch stark nach Whisky.

»Ich bitte um Entschuldigung, Sir. Ich habe diese alte Uhr in einem Secondhandladen in Kampala gekauft.«

»Hah«, sagte der Mann und nickte seinem Kollegen am Schreibtisch zu.

Dieser inspizierte weiterhin die Ausweispapiere, gab dabei aber mit dem Zeigefinger einen Wink, Zakayo solle die Uhr auf den Schreibtisch legen.

Zakayo zögerte einen Augenblick, doch der dicke Mann blickte von seinem Reisepass auf, diesmal ohne zu lächeln. Zakayo löste das Armband und legte die Uhr vorsichtig auf den Tisch. Der Beamte warf sie achtlos auf den langen Tisch hinter sich.

»Ugandisches Geld?«, verlangte er.

Zakayo hatte damit gerechnet und zog ein Bündel kleiner Geldnoten und eine Hand voll Münzen aus der Tasche.

Wieder musterten ihn die rot geränderten Augen des Beamten abschätzend. Einen Moment lang überkam Zakayo Panik – er fürchtete, der Mann würde ihn durchsuchen lassen. Das andere Geld war in seinem Schuh versteckt.

Der Beamte schnappte sich das Geld vom Tisch und entließ ihn mit einer kaum wahrnehmbaren Geste. Zakayo zögerte, denn er war nicht sicher, ob er tatsächlich gehen durfte.

Der große Mann am Tisch sagte: »Stichprobe.«

Der Dicke zog fragend eine Braue hoch.

»Stichprobenartige Überprüfung, Chef. Die anderen haben keine Reisepässe. Vielleicht sollten wir sicherheitshalber eine Stichprobe machen.«

Sein Kollege nickte und sagte: »Ja. Du hast recht.« Er wandte sich Zakayo zu und befahl: »Schick deine Tochter rein, Acholi.«

Zakayo blickte von dem sitzenden Beamten zu dem Mann auf, der hinter dessen Schreibtisch stand und dreckig grinste. »Aber, Sir –«

Schiere Wut spiegelte sich im Gesicht des großen Mannes, doch sein Vorgesetzter sagte: »Keine Sorge, Acholi. Das ist reine Routine. Niemand wird deiner kostbaren Tochter etwas tun.«

Er zögerte immer noch, doch dann sah er Zorn in den Augen des Beamten aufflackern. Er wich zurück, und der Narbengesichtige folgte ihm zur Tür und blieb dort stehen, während Zakayo die Stufen hinab zu seiner Familie ging.

Dembe war starr vor Angst, als hätte jemand ein schreckliches Urteil über sie gesprochen. Sie rieb das Tuch zwischen den Händen, und ihre Unterlippe war weiß, weil sie darauf biss, um nicht laut zu schluchzen. Zakayo wusste, dass sie beim Anblick einer Uniform hysterisch wurde. Er konnte sie nicht bitten, zu dieser Überprüfung hineinzugehen, ganz gleich, wie harmlos diese sein mochte.

Der Beamte wollte stichprobenartig seine Tochter näher kontrollieren. Er hatte nicht gesagt, welche, und Rose würde mit seinen Fragen besser fertig werden. Er nahm sie an der Hand und führte seine jüngere Tochter die Stufen hinauf, dorthin, wo der große Mann und ein weiterer sie schon erwarteten.

Der mit der Narbe packte Rose am Handgelenk und stieß Zakayo zurück. »Stichprobe«, sagte er. Dann schlug er Zakayo die Tür vor der Nase zu.

Er blieb minutenlang dort stehen, qualvoll unentschlossen. Er wollte die Beamten nicht verärgern; immerhin hatten sie ja gesagt, das sei reine Routine.

Von drinnen war Möbelrücken zu hören und ein gedämpfter Schrei. Zakayo rannte fast die Tür ein.

Rose lag bäuchlings auf dem Tisch zwischen Bargeld, Uhren und Schmuck. Ein Beamter hielt ihre Hände fest, der Rock ihres Kleides war über ihren Kopf geschoben. Der große Mann stand mit heruntergelassener Hose hinter ihr.

»Nein!«, schrie Zakayo.

Der kenianische Grenzsoldat an der Tür schlug ihn mit dem Gewehrkolben nieder.

# Kapitel 24

Die Besprechung hatte ganz vernünftig begonnen. Kip erkundigte sich nach seiner Ladung Bauholz aus Uganda. Er blieb sogar geduldig, als Samuel Njui, der Agent der Schifffahrtslinie, offensichtlich verärgert, weil er über seine gewöhnliche Arbeitszeit hinaus aufgehalten wurde, in seinen Unterlagen herumkramte und nach zehn Minuten verkündete, er könne den Frachtbrief nicht finden.

»Nein«, sagte Kip, als der Mann vorschlug, er solle morgen Vormittag wiederkommen. »Ich fahre gleich morgen früh nach Nairobi. Ich will nur eine Bestätigung dafür, dass das Holz an Bord ist. Weiter nichts.«

»Tja«, erwiderte Njui, »wie ich Ihnen bereits erklärt habe, kann ich die Unterlagen nicht finden, also kann ich Ihnen auch nichts über die Ladung sagen.«

Kip verlor allmählich die Geduld. »Sie sind Schiffsagent, nicht wahr? Ich weiß nicht viel über Ihren Beruf, Mr. Njui, aber ich nehme an, dass Sie sehr viel mit Unterlagen zu tun haben – Unterlagen, die Ihnen sagen, wo alle möglichen Dinge sind, oder sein sollten.«

Njui funkelte Kip verschlossen an.

»Wie zum Teufel halten Sie sich in diesem Geschäft, wenn Sie mir nicht mal sagen können, ob meine Fracht auf einem Schiff ist oder nicht, das direkt vor ihrem verdammten Fenster liegt?«

Bis zu diesem Moment war Kip nur verärgert. Samuel Njui war pampig, desinteressiert und furchtbar bürokratisch. Doch dann warf Njui ihm vor, ein alter Kolonialherr zu sein, der sich wohl für besonders wichtig hielt, und auf einmal war Kip rasend vor Wut – auf Njui, und auf sich selbst, weil ihm keine passende Erwiderung einfiel.

Schließlich machte er eine Bemerkung über Inkompetenz im Mäntelchen des Rassismus, stieß ein paar Flüche aus und stürmte hinaus.

Als er an der Autotür stand, den Schlüssel schon in der Hand, rang er um Fassung. Die Sonne war im silbergrauen Wasser des Sees versunken. Der Abend war still – es herrschte eine Phase drückender Hitze, bevor die Brise vom See her die restliche Hitze des Tages vertreiben würde.

Er rieb das kleine Stück Holz, das er stets an seinem Schlüsselring bei sich trug, zwischen Daumen und Zeigefinger. Die Punkte und Wellenlinien aus Farbe darauf zu spüren beruhigte ihn irgendwie.

Der See ließ kleine Wellen sacht an die Hafenmauer klatschen. Über ihm setzte ein Pelikan im Flutlicht der Werft zur Landung an. Er ließ sich auf dem Dach eines Lagerhauses nieder, faltete säuberlich seine Flügel zusammen und machte es sich für die Nacht bequem.

Kip wollte gerade ins Auto steigen, als ein klägliches Grüppchen aus der Dunkelheit in das Licht vor der Schiffsagentur trat. Sie waren ganz normale Reisende mit einer bunten Mischung aus Taschen und verschnürten Paketen. Doch der Mann hatte frische Blutflecken auf dem Hemd, und seine drei Begleiter, ein Junge, ein Mädchen und eine junge Frau, drängten sich um ihn, als hätten sie Angst davor, auch nur um einen halben Meter von ihm getrennt zu sein.

Das junge Mädchen warf Kip einen Blick zu, oder schaute vielmehr durch ihn hindurch, als sie vorbeihuschten.

Irgendetwas an ihr, an der ganzen Familie, wirkte sehr verzweifelt. Normalerweise hätte er sie einfach ziehen lassen, nicht, weil er kein Mitgefühl empfand, sondern weil er sich der Realität beugte. Jedes Mal, wenn er sich unter ähnlichen Umständen dazu getrieben gefühlt hatte, seine Hilfe anzubieten, hatte sich die Lage unweigerlich als so kompliziert oder aussichtslos herausgestellt, dass er doch nichts als sein Mitgefühl anbieten konnte. Nach solchen Erlebnissen fühlte er sich nur traurig und unzulänglich.

»*Ngoja*«, sagte er und bat sie zu warten, bis er sie am Rand des erleuchteten Platzes einholte.

Der Mann hob das Gesicht. Sein Blick war glasig, und Blut sickerte aus einer Wunde am Kopf. Kip setzte schon zur üblichen Begrüßung an, *habari*, was in etwa bedeutete: »Was gibt es Neues bei dir?« – doch unter diesen Umständen erschien ihm das unpassend. Stattdessen erkundigte er sich, ob es Zakayo gut gehe. »*Umzima?*« Die Antwort war offensichtlich, aber Kip fiel nichts anderes ein.

Der Mann war halb bewusstlos. Kip sah die anderen an, vermutlich seine Kinder, doch alle wichen seinem Blick aus.

»Ich sollte euch wohl besser ins Krankenhaus fahren«, sagte er zu sich selbst.

»Ja.« Das jüngere Mädchen antwortete ihm. Sie war groß für ihr Alter, aber Kip schätzte sie auf höchstens dreizehn oder vierzehn. Es war ungewöhnlich, dass ein so junges Mädchen einen erwachsenen weißen Mann offen ansprach.

»Mein Vater braucht einen Arzt«, fuhr sie fort.

»Ja, natürlich. Setzen wir ihn in mein Auto.«

Kip führte den Mann zu seinem Landrover und half ihm

auf den Rücksitz. Die anderen beiden Kinder setzten sich zu ihm, so dass das junge Mädchen vorn bei Kip sitzen musste. Sie schien gar nicht richtig da zu sein, als beobachte sie das Drama nur aus der Ferne, anstatt mittendrin zu stecken. Kip kam es so vor, als säße er neben einer Schlafwandlerin. Er traute sich kaum zu sprechen aus Angst, seine Stimme könnte sie aufschrecken.

In der Notaufnahme des Krankenhauses herrschte Chaos. Sie mussten stundenlang auf einen Arzt warten. Währenddessen schlief der Junge auf dem Boden neben seiner älteren Schwester ein, die auf ihrem Stuhl döste. Das andere Mädchen, mit dem entrückten Ausdruck in den Augen, saß neben seinem Vater, der hin und wieder stöhnte und das Gesicht in den Händen verbarg. Für Kip klang das laute Stöhnen mehr nach Kummer als nach Schmerz. Abgesehen von einem Brummen, mit dem er die meisten Fragen beantwortet hatte, blieb er stumm und verschlossen.

Kip beschloss, einen Versuch zu wagen, ob er nicht durch die Barriere aus Schweigen zu dem Mädchen vordringen könnte. »Wart ihr auf dem Schiff aus Uganda?«

Sie antwortete nicht, und er wollte die Frage gerade wiederholten, als sie vorsichtig nickte.

»Wie hat sich dein Vater verletzt?«

Diesmal blieb das Mädchen stumm und ausdruckslos.

»Ist er gestürzt?«

Wieder nichts.

Er versuchte es mit einer anderen Taktik. »Wie heißt du?«

Sie wandte ihm das Gesicht zu. Sie war recht hübsch, mit großen, intelligenten Augen, die aber zugleich sehr traurig wirkten. Sie schien die Frage nicht verstanden zu haben.

»Wie heißt du?«, wiederholte er.

»Rose«, sagte sie leise.

»Rose. Das ist ein hübscher Name.«

Sie sah ihm in die Augen, schien ihn aber nicht zu hören oder zu verstehen.

»Was uns Rose heißt, wie es auch hieße, würde lieblich duften«, fügte er lahm hinzu, nur, um das unbehagliche Schweigen zu brechen.

Ihr Gesichtsausdruck änderte sich nicht. Kip dachte schon, sie sei in einer Art Trance versunken, und dann, ohne dass sie einen Laut von sich gab, liefen ihr Tränen über die Wangen.

Zakayo schob langsam den Stuhl vom Tisch zurück und erhob sich. Er berührte mit den Fingerspitzen den Verband an seinem Kopf, der sich ein wenig gelockert hatte, weil die Schwellung zurückgegangen war. Noch einen Tag, dann durfte er ihn abnehmen.

»Was ist denn, Papa?«, fragte Grace. »Es gibt noch mehr zu essen. Setz dich, ich hole den Nachtisch.«

»Nein, Grace. Ich bin satt.« Er versuchte, sich um ihretwillen ein Lächeln abzuringen. »*Asante sana*. Ich gehe nur ein Stück spazieren.«

Er musste der Atmosphäre in Grace' Haus entkommen. Seine älteste Tochter war höflich, ihr Ehemann sehr gastfreundlich, aber Zakayo erstickte beinahe.

Er spürte den erbarmungslosen Angriff der Sonne, sobald er aus dem Haus trat, doch er zwang sich, zum See zu gehen, wo er ein wenig Ruhe finden würde, und Zeit zum Nachdenken.

Rose hatte zu ihm kein Wort über die Vergewaltigung am Hafen gesagt, doch er spürte, wie ihre Blicke ihm folgten, sobald er den Raum betrat. Er hatte das Thema ansprechen wollen, er wollte versuchen, ihr zu erklären, was er sich dabei gedacht hatte, sie zu den Grenzsoldaten hineinzuschicken, doch er fand keine Worte dafür.

Er überquerte den Sportplatz. Dürre Grasbüschel klammerten sich beharrlich im steinharten Boden fest. Eine Staubwolke wirbelte um ihn herum, als er durch das nackte Tor ging.

Vor ihm ragte eine Baumreihe auf, die den Rand des Spielfelds und das Seeufer voneinander trennte.

Er fand den Felsen, zu dem es ihn jedes Mal hingezogen hatte, wann immer er in den letzten vier Tagen diesen Weg zum See eingeschlagen hatte. Ein großer Eukalyptus tauchte den Felsbrocken in Schatten, und kleine Wellen plätscherten sacht und beruhigend gleichmäßig an seinem Fuß. Zakayo ließ sich auf der rund gewaschenen Oberfläche nieder und versuchte, wie bei jedem seiner Besuche hier, einen ersten Halt in der hohen Wand aus Reue und Schuldgefühlen zu finden, die nun vor ihm aufragte und ihn von seinen besten Absichten für das Glück und die Sicherheit seiner Familie in Panyiketto abschnitt.

Vielleicht hatte er zu jung geheiratet, war zu unreif gewesen, um die Verantwortung der Vaterschaft zu übernehmen.

Doreen hatte ihm oft gesagt, er solle mehr Zeit mit den Kindern verbringen, vor allem mit Adam; sie hatte ihn oft gewarnt, dass der Junge in Schwierigkeiten geraten würde und einen Vater in seinem Leben brauche. Zakayo hatte nicht auf sie gehört. Aber heute erwachte er manchmal aus einem traumlosen Schlaf und dachte an seinen verlorenen Sohn, fragte sich, wo er sein mochte.

Er gab sich selbst die Schuld an Dembes Vergewaltigung. Er hätte dort sein müssen, bei ihr – bei ihnen allen, denn die ganze Familie war in Gefahr gewesen, und nur ein glücklicher

Zufall hatte weiteres Unheil verhindert. Aber er war nicht da gewesen.

Und Rose. Welcher Irrsinn hatte ihn auf den Gedanken gebracht, er könnte die eine Tochter opfern, um die andere zu retten? Seine eigene Feigheit widerte ihn an. Angst war keine Entschuldigung, und selbst wenn, dann konnte er sie vor Rose nicht eingestehen.

In seinem anderen Leben mit Amelia gab es nichts zu bereuen. Er betete, dass er ihr ein besserer Mann sein würde und Itema ein besserer Vater.

Sein Leben war wie zerrissen zwischen zwei Welten, die um seine Zeit wetteiferten. Er konnte nicht beide zufriedenstellen und keine von beiden ganz verlassen, aber bei Amelia und Itema würde er zumindest eine zweite Chance bekommen, es diesmal richtig zu machen.

# Teil 4

# *Maina*

# Kapitel 25

*1982*

Im Ministerium für Kommunalverwaltung und Innere Sicherheit lehnte sich Staatssekretär Maina Githinji auf seinem Stuhl zurück, legte einen Unterschenkel auf das Knie des anderen Beins und verschränkte die Hände hinter dem Kopf. Ihm gegenüber saß Barry Costello, der Vizekonsul der amerikanischen Botschaft.

»Bitte verstehen Sie mich nicht falsch, Mr. Costello, die kenianische Regierung hat prinzipiell nichts dagegen einzuwenden, dass die Vereinigten Staaten Beobachter in die nördliche Grenzregion entsenden. Wie Sie wissen, arbeiten unsere Länder in Sicherheitsfragen seit vielen Jahren zusammen.«

»Und meine Regierung weiß das sehr zu schätzen, Herr Staatssekretär.«

»Aber unsere Übungen in der nördlichen Grenzregion sollen nicht zuletzt den Somali demonstrieren, dass wir sehr wohl in der Lage sind, unser Land zu verteidigen.« Githinji lehnte sich vor, um einen Fleck auf seinem Hosenbein zu betrachten, und wischte ein Staubkorn weg. Zufrieden mit dem Ergebnis, lehnte er sich zurück und nahm wieder die bequeme Haltung mit den Händen hinter dem Kopf ein, wobei sein Jackett viel weißes Hemd über seinem runden Bauch freigab. »Und dass wir zwar mächtige Freunde haben, wie etwa die Vereinigten Staaten«, er machte eine großzügige Geste in

Costellos Richtung, »uns aber auch ohne deren Hilfe verteidigen können, falls es nötig ist.«

»Ja, Sir, wie gesagt, eine hervorragende Idee.«

»Unter diesen Umständen läge es also nicht in unserem Interesse, wenn dort eine Menge US-Militär zu sehen wäre, nicht wahr?«

»Ganz recht, Mr. Githinji, die USA sollten dort möglichst gar nicht gesehen werden. Deshalb dachte ich ja, diese kleine, sagen wir, inoffizielle, Unterhaltung könnte nützlich sein.«

»Inoffiziell? Mr. Costello, Ihnen ist vermutlich bekannt, dass ich meine Aufgaben im Ministerium für Innere Sicherheit erst kürzlich übernommen habe, aber wenn ausländische Streitkräfte zum Einsatz kommen sollen, ist es meines Wissens üblich, die Vereinbarungen zwischen diesen Regierungen so offiziell wie nur möglich zu machen.«

»Ja, Sir, aber ich schlage nicht vor, dass die USA reguläre Truppen in die Sicherheitszone entsenden sollten.«

»Nicht?« Githinji zog die Brauen in die Höhe.

»Nein. Zu einem so, äh, delikaten Zeitpunkt dachte ich, das heißt, dachten *wir*, es wäre besser, möglichst diskret vorzugehen.«

Jeder, der etwas mit Geheimdiensten zu tun hatte, wusste, dass Costello in Wahrheit der Chef der CIA in Ostafrika war, aber Githinji wollte sein Spielchen mitspielen. Es war besser, sich ahnungslos zu stellen und sich von der CIA überreden zu lassen, als sich von Anfang an kooperativ zu zeigen. »Hm, das wäre aber höchst ungewöhnlich, Mr. Costello.«

»Mr. Githinji, darf ich ganz offen sprechen?«

Githinji nickte. »Selbstverständlich.«

»Unser Geheimdienst ist sehr an einer bestimmten Gruppierung interessiert, die von Äthiopien unterstützt wird.

Diese Leute kämpfen gegen das Regime in Mogadischu, und wir versuchen, Kontakt zu ihnen aufzunehmen.«

»Hm, ich verstehe.« Githinji untersuchte seinen Schuh, zog sein Taschentuch hervor und polierte die ohnehin schon glänzende Oberfläche. »Bitte, fahren Sie fort.«

»Wir, das heißt, unser Nachrichtendienst in Washington, möchten einen Mitarbeiter in den Norden schicken, der diesen Kontakt herstellen soll.«

»Ich weiß Ihre Offenheit zu schätzen, Mr. Costello, aber ich wüsste nicht, weshalb die Regierung von Kenia sich mit den Reiseplänen einzelner amerikanischer Staatsbürger befassen sollte. Warum auch, wir haben tagtäglich Hunderte amerikanischer Touristen hier in Nairobi, und Tausende sind jetzt gerade auf Safari irgendwo in unserem Land unterwegs.«

»So ist es, Herr Staatssekretär. Ich wollte nur sichergehen, dass es nicht zu Missverständnissen kommt, falls unser Mitarbeiter auf dem Weg zum Nationalpark etwa durchsucht werden sollte. Soweit ich weiß, können die Beamten in Isiolo sehr, äh, enthusiastisch bei ihren Kontrollen sein.«

»Und aus gutem Grund, Mr. Costello. Wir müssen wissen, wie viele Touristen die Region betreten. Und wer sie sind. Die Somali-*shifta* sind sehr gefährlich. Bei Gott, sie sind erbarmungslos! Wir warnen die Touristen vor dieser Gefahr, aber was können wir dagegen tun? Schließlich wollen wir nicht, dass irgendeine westliche Botschaft uns die Hölle heiß macht, weil einer ihrer Staatsbürger im Norden verschwunden ist, nicht wahr?«

»Nein, Sir. Es ist nur –«

»Sie brauchen nicht länger darum herumzureden, Mr. Costello, ich verstehe vollkommen. Sie möchten, dass ich Ihnen einen Gefallen tue. Nein, nein! Das ist doch völlig in

Ordnung. Sie bitten einen Freund, in diesem Fall die kenianische Regierung, um ein wenig Entgegenkommen. Das ist doch kein Problem für uns. Wir sind ein sehr entgegenkommendes Land, wie Sie sicher bereits bemerkt haben.«

»Das ist sehr freundlich von Ihnen, Herr Staatssekretär. Sehr freundlich.«

»Also, wenn Sie meinem Assistenten den Namen Ihres – wie haben Sie ihn bezeichnet? Ihres Mitarbeiters – geben, dann werde ich dafür sorgen, dass unsere Leute in Isiolo sein Reisegepäck nicht allzu gründlich untersuchen.«

»Vielen Dank, Herr Staatssekretär. Wir stehen in Ihrer Schuld.«

Bevor er in Githinjis Vorzimmer ging, bemerkte Costello: »Haben Sie unser neues VIP-Gästehaus in Mombasa schon gesehen, Mr. Githinji?«

»Nein, ich glaube nicht.«

»Oh, Sie sollten es sich einmal anschauen. Die Anlage liegt direkt am Nyali Beach. Ich glaube, es würde Ihnen dort sehr gefallen. Wir haben eine Siebzehn-Meter-Yacht, und die Mannschaft ist das Beste, was die Navy zu bieten hat.«

»Das klingt sehr interessant.«

»Dürfen wir Sie und Mrs. Githinji vielleicht bald als unsere Gäste begrüßen?«

»Eine Inspektionsreise. Ja, ich glaube, das würde mir gefallen.«

»Ich werde alle notwendigen Vorbereitungen mit Ihrem Assistenten besprechen, wenn Sie wünschen.«

»Danke sehr.«

»Guten Tag, Mr. Githinji.«

»Ja, guten Tag.«

»Ich dachte, wir fahren in den Mathaiga Club, Diana«, sagte Kip, als das Taxi vor dem Norfolk Hotel in der Harry Thuku Road hielt. »Diese Seite der Stadt würde ich zurzeit lieber meiden.«

»Kip, sei nicht albern. Die Unruhen sind schon Wochen her, und außerdem ist die Universität geschlossen.«

Kip kramte in seiner Tasche nach Geld für das Taxi, aber Diana war schneller.

»Guten Tag, Mrs. Hartigan«, sagte der Portier des Norfolk, als er die Wagentür öffnete.

»Tag, George«, entgegnete sie.

»Ich wünschte, du würdest das lassen, Diana«, flüsterte Kip, als sie seinen Arm nahm, um die paar Stufen zu erklimmen.

»Was denn?«, fragte sie mit gespielter Unschuld.

»Das weißt du verdammt genau.«

»Ach, sei doch nicht so altmodisch«, sagte sie. »Komm schon, du darfst die Drinks bezahlen, wenn du dich dann besser fühlst.«

Sie setzten sich an einen Tisch mit Blick auf die Straße. Kip war es immer noch unangenehm, dass sie das Taxi bezahlt hatte. »Und ich halte mich wirklich nicht gern in diesem Teil der Stadt auf.«

»Kip Balmain! Du alter Furz. Wie alt bist du jetzt? Achtunddreißig? Ich kann mich noch erinnern, wie du dich einem angreifenden Nashorn gestellt hast, ohne mit der Wimper zu zucken.«

»Diana, übertreib nicht so – es war ein Büffel, und ich habe mit der Wimper gezuckt. Aber man muss die Schwierigkeiten ja nicht geradezu herausfordern.«

»Schwierigkeiten! Was für Schwierigkeiten? Ein paar randalierende Studenten können uns doch nichts anhaben.«

»Wegen der Studenten mache ich mir keine Sorgen; ich habe Angst vor den Spinnern vom General Services Unit. Denen ist es offenbar egal, auf wen sie ihre halbautomatischen Waffen richten.«

»Was soll die ganze Aufregung überhaupt? Ich meine, um die Studenten.«

»Es geht um das neue Gesetz, das uns wieder zu einem Ein-Parteien-Staat macht.«

»Na und? Die KAAB regiert doch sowieso schon ewig allein.« Die Kenyan Association of African Brethren war seit der Unabhängigkeit stets die regierende Partei gewesen.

»Ich weiß, aber jetzt ist es offiziell. Ich kann es den Studenten nicht verdenken, dass sie sich darüber aufregen.«

Der Kellner kam, und Kip bestellte ihre Drinks. »Der Service hier taugt nichts mehr«, sagte er, als der Kellner wieder gegangen war. »Ich verstehe nicht, warum wir uns nicht im Mathaiga Club getroffen haben, wie immer.«

»Der ist langweilig und spießig, und außerdem treffen wir nachher noch ein paar Leute hier.«

»Ach ja?« Kip seufzte. »Ich hatte gehofft, dass ich es heute noch zum Nationalpark-Hauptquartier raus schaffe.«

»Mach dir deswegen keine Gedanken. Entspann dich. Du kannst morgen nach Langata fahren.«

»Jawohl, Ma'am.«

Ihr Lachen war genauso tief und kehlig wie vor achtzehn Jahren, als sie sich auf der Straße zum Aberdares Country Club zum ersten Mal begegnet waren. »Das hier ist wichtiger. Hugh bringt ein paar Leute mit, die er über die amerikanische Botschaft kennengelernt hat. Es geht um irgendwelche Vermessungen in der Nähe von Marsabit. Sie wollen uns als Führer haben.«

»Kein Problem. Unser Büro kann alles für sie arrangieren.«

»Nein, sie wollen uns – dich, um genau zu sein. Und sie sind bereit, dafür zu bezahlen.«

»Diana, ich kann nicht einfach so nach Marsabit verschwinden. Ich habe ein Büro zu leiten.«

Das Geschäft war in den letzten Jahren stark gewachsen. Kipana Tours bot jetzt ökologisch nachhaltige und qualitativ hochwertige Erlebnis-Reisen in die Wildnis an, und dieses Konzept erwies sich als so beliebt, wie Kip und Diana sich nie hätten vorstellen können.

Es war Kips Idee gewesen, dass kluge, kritische Touristen bald von der Art Massentourismus enttäuscht sein würden, den Kenia so bewarb. Während seiner Ausbildung zum Wildhüter in Tansania hatte er die wahre Wildnis erlebt und dabei erfahren, wie schön es war, wilde Tiere in ihrer natürlichen Umgebung zu beobachten, ohne dass ein halbes Dutzend mit Touristen überladener Minibusse sich um den besten Aussichtspunkt für Schnappschüsse drängten. Im Gegensatz zu Tansania, dessen staatlicher Tourismusbetrieb unter der allzu lockeren Einstellung des Sozialismus litt, bot Kipana Tours außerdem Fünf-Sterne-Unterkünfte und erstklassigen Service.

Um diese Art von Reisen anbieten zu können, musste Kipana die Anzahl der Kunden streng begrenzen. Das größte Risiko für Kip und Diana war, dass die Leute vielleicht nicht bereit sein würden, so viel zu bezahlen, wie sie verlangen mussten, um einen so exklusiven Service zu bieten. Doch Kip machte die Erfahrung, dass es Leute gab, die nicht nur eine authentische Begegnung mit der Wildnis suchten, sondern diese am liebsten allein oder, wenn es denn sein musste, mit einer minimalen Anzahl Gleichgesinnter teilen wollten. Kip erkannte, dass die Reichen schon immer eine einfache Regel nutzten, um dafür zu sorgen, dass diese Bedingung erfüllt wurde: Sie nahmen das teuerste Angebot, das der Markt zu bieten hatte. Diana nutzte ihren und Hughs Bekanntenkreis voll Millionäre, um an Kunden zu kommen.

»Harry kann sich ein paar Tage lang ums Geschäft kümmern«, entgegnete sie nun.

Kip musste sich eingestehen, dass sie recht hatte. Harry hatte zunächst für Kipana Tours Werbeaufnahmen gemacht, auf Vertragsbasis. Dann hatte er sich um die Werbung gekümmert und hin und wieder in Teilzeit das gesamte Marketing übernommen. Je besser er sich in dem Geschäft auskannte, desto unentbehrlicher wurde er für das rasch wachsende Unternehmen. Inzwischen füllte er einige Rollen aus und führte gelegentlich selbst Touren oder fuhr den Lastwagen.

»Okay, das stimmt, Harry könnte mich vertreten, aber warum wollen sie unbedingt mich?«

»Weiß ich nicht. Wir werden sicher mehr erfahren, wenn wir sie nachher persönlich kennenlernen.«

Eine halbe Stunde später, als Diana sich gerade kurz entschuldigt hatte, fuhr Hugh Hartigans Jaguar vor. Hugh saß vorn neben seinem Fahrer.

Kip bewunderte Hartigan. Er war nach dem Krieg zu einer Jagdsafari nach Kenia gekommen und hatte beschlossen, sich hier niederzulassen. Seitdem hatte er mehr als ein Vermögen bei diversen ehrgeizigen Projekten verdient und auch wieder verloren, und neuerdings galt seine Aufmerksamkeit Diana zufolge Mineralien. Er besaß einen endlosen Vorrat an Energie und Charme, und seine Großzügigkeit war legendär. Es war weithin bekannt, dass er viele lokale Hilfsprojekte finanziell unterstützte, aber Kip fand besonders seine großzügige Geisteshaltung anziehend. Mit derselben Energie, mit der er seine geschäftlichen Projekte verfolgte, war Hugh auch stets für seine Freunde da.

Deshalb wunderte sich Kip oft, warum Diana weiterhin Affären mit anderen Männern hatte. Nicht, dass Kip eifersüchtig gewesen wäre, obwohl er sie im tiefsten Herzen immer noch liebte. Er wunderte sich nur, weil diese Affären Hugh sehr verletzen könnten. Kip musste sich immer wieder ermahnen, wie scheinheilig dieser Gedanke war, und er lebte in ständiger Sorge, Hugh könnte von seiner vergangenen Affäre mit Diana erfahren, oder er selbst könnte versehentlich seine wahren Gefühle für Diana zu erkennen geben. Kip war sicher, das würde Hugh das Herz brechen.

Hartigan zog sich aus dem Beifahrersitz und ignorierte die hilfreiche Hand des Portiers. Drei weitere Personen stiegen aus dem Jaguar. Der Erste war Amerikaner, Kip erkannte die Nationalität an der Kombination von kariertem Hemd mit gestreifter Krawatte. Der Zweite, in Safari-Hemd und Baumwollhose, sah aus wie ein Tourist, war aber vermutlich ein Geschäftsmann, der vernünftig genug war, in den Tropen bequeme Kleidung zu tragen. Der letzte Passagier war eine schwarze Frau. Ihr schicker, dunkler Nadelstreifenrock und die pinkfarbene Bluse verrieten ihm, dass auch sie von auswärts kam. Zielstrebig ging sie neben den Männern her und stieg die Treppe zur Veranda hinauf.

»Hallo, Kip«, sagte Hartigan und trat vor, um ihm die Hand zu drücken.

»Wie geht's, Hugh? Lange nicht gesehen.«

Hartigan zog ihn zu sich heran, legte ihm den anderen Arm

um die Schulter und drückte ihn an sich. »So ist es, mein Junge. Viel zu lange.« Er ließ den Arm auf Kips Schulter ruhen und fügte hinzu: »Du siehst gut aus.«

»Danke, Hugh. Und du bist fit wie ein Turnschuh. Wie immer.«

»Ha!« Der ältere Mann klatschte sich mit beiden Händen auf den Bauch. »Sieh dir das an! Speck. Zu viele Stunden am Schreibtisch und zu wenig im Sattel. Wo ist denn Diana? Ich würde euch gern meine Freunde vorstellen.«

»Sie wollte nur –«

»Ah, da kommt sie ja.«

Diana schwebte herbei und küsste Hartigan auf die Wange. »Hallo, Liebling«, sagte sie.

Ihr Mann gab ihr einen Handkuss. »Liebling, und Kip, ich würde euch gern Miss Eva Deloite, John Demitrio« – er wies auf den mit der gestreiften Krawatte – »und Kevin Armstrong vorstellen.«

Kip und die beiden Männer begrüßten sich mit einem Händedruck und einem Nicken. Bei Eva zögerte er kurz. Seit die Gleichberechtigung zum wichtigsten gesellschaftlichen Thema avanciert war, war er immer unsicher, wie er sich westlichen Frauen gegenüber verhalten sollte, doch sie streckte ihm die Hand entgegen, und ihr Händedruck war angenehm fest.

Beim Mittagessen erfuhr Kip, dass die beiden Männer für einen großen amerikanischen Bergbaukonzern arbeiteten, und Eva für das US-Wirtschaftsministerium. Ein Vorkommen von etwas, das sie »Seltene Erden« nannten, war nördlich des Marsabit-Nationalparks gefunden worden, und sie wollten bei diesem Besuch feststellen, was nötig wäre, um sie abzubauen.

Als sie auf die Infrastruktur zu sprechen kamen, erklärte

Kip, dass sie alles würden mitnehmen müssen, was sie brauchten. »Dort gibt es nicht viel. Wasser, Nahrung – alles ist knapp. Marsabit ist ein kleiner Ort am Rand einer gewaltigen Wildnis. Daneben sähe Ihr ehemaliger Wilder Westen aus wie ein Kindergarten. Die Straße war schlecht, als ich 1979 zuletzt dort war. Furchtbar schlecht. Inzwischen ist sie wahrscheinlich kaum mehr vorhanden.«

»Warum fliegen wir nicht hin?«, fragte Diana.

»Nein. Geht nicht«, sagte Eva. »Es gehört zu unserer Studie, das Straßennetz zu evaluieren.«

»Dann müssen wir fahren. Sie wissen, dass wir bestimmte Papiere brauchen, um Archer's Post passieren zu dürfen?«

»Ja«, antwortete Demitrio. »Unsere Leute in der Botschaft arbeiten mit jemandem von der Regierung zusammen.« Er war ein dunkler, stämmiger Mann, dessen gerecktes Kinn leicht aggressiv wirkte.

»Von der Seite her geht alles klar«, sagte Hartigan.

»Fährst du auch mit, Hugh?« Kip hatte gedacht, Hugh hätte solche Feldarbeit aufgegeben.

»Ja. Vielleicht können wir vor Ort Unterstützung liefern, wenn das Projekt durchgeht.«

»Ich auch«, erklärte Diana grinsend.

»Du? Warum willst du mitkommen?«

»Weil ich dahin will, Dummkopf. Ich wollte schon immer mal den wilden Norden sehen, aber Hugh hat sich immer geweigert, mit mir hinzufahren.«

»Aus gutem Grund«, sagte Kip und wandte sich Hartigan zu. »Also, warum jetzt doch, Hugh?«

Hartigan zuckte mit den Schultern und verdrehte die Augen.

»Ich verstehe«, sagte Kip. »Also, wir können die erste Nacht in unserer Lodge in der Laikipia verbringen, aber danach geht es mit dem Komfort steil bergab. Nicht der übliche Kipana-Standard; wir werden auf die altmodische Tour im Busch zelten.«

»Wir schaffen das schon«, sagte Eva und schlug ein langes Bein über das andere. Kip fiel ihr direkter Blick auf, sie sah ihm länger in die Augen, als üblich war.

»Ich denke, Sie werden etwa fünf Tage brauchen, um das Areal zu erkunden, für das Sie sich interessieren. Wäre es allen recht, wenn wir am Dienstag aufbrechen?« Er blickte sich am Tisch um. Alle nickten.

Der Mann im Safari-Hemd, Kevin Armstrong, sagte: »Was sollen wir mitnehmen?« Er war kantig und drahtig, und mit seinem kurzem Bürstenschnitt sah er aus wie ein überalterter Schuljunge. Bisher hatte er kein Wort gesprochen.

»Nur Ihre persönlichen Sachen. Vernünftige Kleidung. Was Sie tragen, ist in Ordnung. Ich werde für die gesamte Campingausrüstung, Verpflegung und Wasser sorgen.« Kip wandte sich an Diana. »Ich wünschte wirklich, du würdest es dir noch einmal überlegen.«

»Tja, Pech gehabt. Ich komme mit.«

»Das ist nicht einfach irgendeine Safari. Da oben gibt es eine Menge *shifta*-Banditen. Die Armee konnte da auch nichts ausrichten – die überfallen jeden, von dem sie meinen, bei dem könnte es sich lohnen, und verziehen sich dann wieder über die Grenze. Erst vor zwei Monaten wurde ein Tourist verletzt.«

»Aber die kenianische Armee hat nicht das, was wir haben?«

»Und das wäre?«, fragte er.

»Kip Balmain«, erklärte sie mit einem frechen Grinsen. »Den großen weißen Jäger.«

# Kapitel 26

Das Westlands Inn war stets schummrig erleuchtet und spärlich besucht. Das war einer der Gründe dafür, dass die Karuri Group diese Kneipe für ihre Treffen benutzte. Ein weiterer Grund war die Küche, die für die beste *nyama chosa* westlich von Nairobi bekannt war.

Um im Herzen des *mzungu*-Landes gegrillte Ziege auf die Speisekarte zu setzen, musste man entweder sehr mutig oder sehr naiv sein. Das Restaurant hatte überhaupt nur dank der *wazungu* aus den benachbarten Weißen-Vierteln, die ihre Freunde und Besucher aus Übersee mit ihrer Kenntnis der echten afrikanischen Küche beeindrucken wollten, so lange überlebt. Diese Gäste hätten es nicht ungewöhnlich gefunden, ein halbes Dutzend schwarzer Geschäftsleute hier anzutreffen, die sich nach Feierabend die *nyama chosa* schmecken ließen. Aber die Mitglieder der Karuri Group waren nicht einfach irgendwelche Geschäftsleute. Sie alle waren aufgehende Sterne auf ihrem jeweiligen Gebiet, und alle waren Kikuyu.

Die Gruppe leitete ihren Namen von Karuri wa Gakore her, dem letzten großen Häuptling der Kikuyu, der bei seinem Tod 1916 fünfzig Ehefrauen hatte. Die Karuri hatten sich nach dem Tod von Jomo Kenyatta, Kenias erstem Präsidenten und ebenfalls Kikuyu, gegründet. Viele aus dem Stamm stiegen unter dem *Mzee* in einflussreiche Positionen auf. Nach seinem Tod 1978 fürchteten viele Kikuyu – vor allem die jungen Hitzköpfe –, dass der neue Präsident, ein Luo, sie ihrer Chance berauben würde, in die Fußstapfen ihrer erfolgreichen Vorfahren zu treten.

Die jüngsten Mitglieder stammten aus der Luftkavallerie – Männer mit Bürstenschnitten, die auch nachts Sonnenbrillen trugen. Sie waren gut ausgebildet, darauf trainiert, die Sache in die Hand zu nehmen, wenn es brenzlig wurde, und sie flogen die F-5-Abfangjäger, den Stolz der Luftwaffe. Sie waren begierig, dem modernen Kenia ihren Stempel aufzudrücken, und ihr besonders ausgeprägtes Ego machte sie zu den besten Kandidaten, wenn es darum ging, zu tun, was getan werden musste, sobald der richtige Zeitpunkt gekommen war.

Mit zweiundvierzig war Githinji eines der ältesten Mitglieder der Gruppe, aber ein bedeutendes, wegen seines Postens im Ministerium. Da er Zugang zu geheimen Informationen hatte, hatte er die Gruppe heute Abend zusammengerufen, um die besorgniserregende Neuigkeit zu besprechen, dass das Parlament das Gesetz erlassen und damit Kenia zum Einparteienstaat gemacht hatte.

»Die Armee wird bald im Norden die Muskeln spielen lassen«, sagte Githinji leise auf Kikuyu, was eine zusätzliche Vorsichtsmaßnahme war. »Die meisten Einheiten werden nach und nach im Lauf der nächsten Wochen dorthin verlegt, um nicht zu viel Aufmerksamkeit zu erregen. Wenn alle dort versammelt sind, werden in Nairobi praktisch nur noch Telefonisten und Putzkolonnen Dienst schieben.«

»Wie lange werden sie dort bleiben?«, fragte jemand.

»Wahrscheinlich gerade lange genug, um den Somali zu demonstrieren, dass wir auf uns selbst aufpassen können, und den Amerikanern zu beweisen, dass wir unseren Teil an Kämpfen übernehmen können, wenn es so weit ist.«

»Dann ist jetzt also die Zeit gekommen?«, fragte ein anderer Mann. Das war die Frage, die allen durch den Kopf ging.

Githinji blickte in die Runde. »Das zu beurteilen ist nicht meine Sache. Aber jene von euch, die daran denken, das Feuer zu entzünden«, er sah die jungen Männer von der Luftwaffe an, »könnten das in dem Wissen tun, dass die Armee mindestens zwei Tagesreisen von Nairobi entfernt ist.«

Maina Githinji saß in seinem dunklen Wohnzimmer und empfand eine Mischung aus Erregung und Furcht. Der Felsbrocken, den er vor Monaten ins Rollen gebracht hatte, bekam allmählich richtig Schwung. Anfangs war er noch an Kieselsteinchen hängen geblieben, die ihm von den vielen Zweiflern in den Weg gelegt wurden, doch jetzt hatte er seine Bahn gefunden.

An diesem Abend hatte er ihm einen gewagten Stoß versetzt, doch er wollte nicht als treibende Kraft dahinter gesehen werden. Andere sollten dem Brocken nachstürmen. Er musste in sicherer Entfernung abwarten, bis man ihn in die Führung berief – wahre Führung, nicht die Häppchen, die die Partei ihm zugeworfen hatte, nachdem Präsident Odhiambo an Einfluss gewonnen hatte.

Unter Kenyatta war es mit Mainas Karriere steil bergauf gegangen. Obwohl der Präsident jede Beteiligung an Mau-Mau-Aktivitäten leugnete, brachte er den ehemaligen Freiheitskämpfern große Sympathie entgegen. Männer wie Githinji, die sich in den schlimmen Zeiten in die Wälder geflüchtet hatten und eine gewisse Begabung zeigten, vergaß der *mzee* nicht.

Jetzt gab es einige Kikuyu-Politiker, die ihre Felle hatten davonschwimmen sehen, als ein Luo Präsident wurde. Wenn man ihn entfernen könnte, würden sie das Vakuum mit tatkräftigen jungen Kikuyu wie Githinji füllen wollen. Wenn der Felsbrocken seine zerstörerische Lawine ausgelöst hatte, würde Maina Githinji, der Junge, der viele Jahre zuvor voll Trauer und Wut in den Busch geflohen war, seinen Platz unter den Mächtigen einnehmen.

Er hatte um diesen Platz gekämpft und einen schrecklichen Preis dafür bezahlt. Blut klebte an seinen Händen – böses Blut. Er hatte versucht, Rachsucht und Hass hinter sich zu lassen, doch obwohl seither dreißig Jahre vergangen waren, wollte eine bestimmte Erinnerung nicht verblassen, sosehr er sich auch bemühte, sie aus seinem Gedächtnis zu löschen.

In jener Nacht hatte der Regen ihnen zu schaffen gemacht, doch als das Überfallkommando sich seinem Ziel näherte, klarte es endlich auf.

Tautropfen klebten wie Perlen an den herabhängenden, fächerförmigen Blättern der jungen Borassuspalme. Maina saß darunter und ignorierte die Kälte, die in seinen Körper drang. Er war groß für sein Alter und kein Junge mehr. Das Massaker an seiner Familie und seinen Nachbarn hatte sein Herz hart werden lassen, und sechs Monate im Dschungel hatten seinen Körper gestählt.

Feldmarschall Kimathi bedeutete ihnen, weiter vorzurücken. Sie waren die ganze Nacht lang marschiert, um vor dem Morgengrauen hier zu sein, und als die Vögel erwachten und mit ihrem Lied die Sonne begrüßten, waren sie schon beinahe in Position für den Angriff. Unter ihnen lag ein kleines Dorf verhüllt im Nebel. Wie eine reife Melone wartete es nur darauf, mit einem Hieb zerteilt zu werden.

In der kühlen Morgenluft lag der unverfälschte Geruch

von vermoderter Vegetation und Holzrauch – ein Duft, den Maina nur zu gut kannte. Er wünschte, der Ort, den sie gleich überfallen würden, wäre eine Siedlung der Weißen und kein Dorf ihrer Kikuyu-Brüder, aber Dedan Kimathi war kein weichherziger Mann, wenn es um den Kampf um Landrechte und Unabhängigkeit ging. Ein Hindernis, gleich welcher Art, musste vernichtet werden. Die Leute dort unten hatten ihre fehlgeleitete Loyalität bewiesen, indem sie einigen Mitgliedern der verhassten Bürgerwehr Unterschlupf geboten hatten – schwarzen Verrätern, angeführt von *wazungu*-Schlägern aus Meru. Sie mussten dafür bestraft werden.

Die Bewegung musste ihre fehlgeleiteten Brüder so rasch wie möglich wieder auf ihre Seite bringen, denn sonst würden Hunger oder Bomben die Freiheitskämpfer bald besiegen.

Der Geist des Waisenjungen war fruchtbarer Boden für Kimathis kompromisslose Doktrin: Tod den Invasoren. Der Feldmarschall hatte Gefallen an dem wilden Jungen gefunden, der eines Tages aus dem Dschungel gestolpert kam, heulend wie ein verwundetes Tier. Statt ihn zu trösten und ihm über die schmerzlichen Erinnerungen an den Tod seiner Familie hinwegzuhelfen, schürte Kimathi das Feuer, bis Maina von alles verzehrendem Hass erfüllt war.

Maina lernte Kimathi etwas besser kennen und stellte bald fest, dass hinter dem Idealismus seines Anführers ein Mann steckte, der durch den Zusammenprall zweier Kulturen zerrissen war. Einerseits verurteilte Kimathi die Weißen dafür, dass sie sein Heimatland ausbeuteten und ihre Macht missbrauchten, dass die weiße Regierung jede Möglichkeit nutzte, um diese Ungerechtigkeiten fortzusetzen. Andererseits war Feldmarschall Kimathi niemals ohne seine Bibel und Napoleons *Altägyptisches Orakel* anzutreffen, das er dazu benutzte, vor jedem Kampf die beste Strategie vorherzusehen.

Insgeheim hatte Maina Angst vor Kimathi. Er bot einen furchterregenden Anblick. Mit langen, verfilzten Dreadlocks sah er aus wie ein wildes Geschöpf des Dschungels. Doch Maina fürchtete ihn nicht nur wegen seines Aussehens, sondern vor allem, weil er unberechenbar und gewalttätig war. Kimathi war ein charismatischer Anführer, der andere durch seine Persönlichkeit auf seine Seite brachte, doch wenn das nicht gelang, rächte er jede Untreue mit äußerster Brutalität.

Etwa einen Monat nachdem Maina sich dem Lager angeschlossen hatte, saß er da und lauschte wie gebannt einer Ansprache von Kimathi über die glorreiche Sache der Mau-Mau. Der Feldmarschall ging zwischen seinen Zuhörern hin und her, die ihm an den Lippen hingen, als er in seiner Rede plötzlich in eine Tirade gegen verräterische Kikuyu umschwenkte – Männer, die es wagten, den heiligen Eid zu brechen, den sie den Mau-Mau geschworen hatten. Er ging weiter auf und ab und umkreiste dabei eine bestimmte Gruppe Zuhörer. Ohne jede Vorwarnung packte Kimathi plötzlich eine *panga* und schlug einem Mann, der zwei Plätze von Maina entfernt saß, den Kopf ab, so dass der Junge über und über mit Blut bespritzt wurde. Kimathi schleuderte den Kopf und die *panga* ins Gebüsch und erklärte den toten Mann zu einem Exempel der Untreue.

Die Brutalität dieses Mordes warf Maina zurück in die von Gewalt geprägte Welt, die seine Familie ausgelöscht hatte. Er wollte fliehen, doch er hatte eben mit angesehen, welche Konsequenzen das haben würde. Sein Selbsterhaltungstrieb sagte ihm, dass er sich für eine Seite entscheiden musste, und die kindliche Logik befand, dass es keinen Mittelweg geben konnte. Während er zuvor in erster Linie auf Rache aus gewesen war, glaubte der Junge nun, dass er Kimathis Befehle nicht nur ohne Zögern befolgen musste, nein, er durfte auch keinen Zweifel daran aufkommen lassen, dass er der enthusiastischste Anhänger des Feldmarschalls war. Er würde der wildeste von Kimathis Wilden sein, der grausamste der Grausamen. Von da an hatte Maina praktisch Schaum vor dem Mund, wenn Kimathi sein rhetorisches Geschick nutzte, um seinen Mob zu blutdurstiger Raserei aufzustacheln. Er sah die Gesichter der unter Kapuzen verborgenen Männer, die seine Familie ermordet hatten, in jedem seiner Feinde, ob schwarz oder weiß, und verwandelte sich von einem zwölfjährigen Kind in einen blutgierigen Killer.

Jetzt, als Maina die nächsten Opfer von Kimathis Zermürbungskrieg von oben belauerte, redete er sich ein, dass es die kalte Nachtluft war, die ihm einen Schauer über den Rücken jagte. Er zog seine *panga* und betastete die scharfe Klinge, um sich zu beruhigen.

Kimathi gab das Signal, erneut ein Stück vorwärts zu schleichen.

Als sie den Waldrand erreichten, zerriss ein Alarmschrei die morgendliche Stille. Eine Frau, die sich in der Latrinengrube erleichtern wollte, hatte sie entdeckt. Kimathi stieß seinen Schlachtruf aus und feuerte in die nächststehende Hütte – das Signal zum Angriff. Bald herrschte im Dorf das reinste Chaos. Die Guerilla-Krieger setzten die Hütten in Brand und erschlugen oder erschossen jeden, der vor dem Feuer floh.

Maina raste wie ein kreischender Dämon durch das Dorf. Ein Junge in seinem Alter rannte aus einer Hütte auf den sicheren Wald zu. Maina traf ihn mit der *panga* an den Beinen, der Junge ging zu Boden, und Maina stürzte sich auf ihn und hackte mit der *panga* auf Kopf und Körper ein.

Eine Frau mit einem Baby im Arm rannte an ihm vorbei. Maina sah sie aus dem Augenwinkel und schlug nach ihr, so hart er konnte. Sie kreischte, und ihr Arm hing nur noch an einem Fetzen Haut und Sehne. Blut schoss aus der Wunde und spritzte auf das Baby, das zu Boden gefallen war. Maina jubelte hämisch und schlug erneut zu; diesmal schlitzte er ihr die Kehle auf. Die Frau brach zusammen und verstummte.

Er hob die *panga* über dem Baby, das weinte und mit Armen und Beinen strampelte. Dann stieß er ihm die Klinge in die Brust.

In seinem dunklen Wohnzimmer versuchte Maina, das Zittern in seinen Händen abzustellen. Der Junge aus dieser Erinnerung war ihm vollkommen fremd. Er konnte nicht begreifen, wie er je zu einem so entfesselten Tier hatte werden können.

Im Lauf der Jahre hatte er die Rachsucht und den Hass aus seinem Herzen vertrieben. Aber er hatte mitgeholfen, sein Land von den Kolonialherren zu befreien, und seinen Ehrgeiz, den ihm zustehenden Platz in der Führungsriege dieses Landes einzunehmen, hatte er bis heute nicht bezwungen.

# Kapitel 27

Harry wusste, dass er den Waiyaki Way hätte nehmen sollen. Jedes Mal, wenn er eine neue clevere Abkürzung zu Kips Wohnung probieren wollte, verfuhr er sich. Eigentlich kein Wunder: Das Gebäude war so neu, dass die Straße noch auf keiner Karte von Nairobi verzeichnet war. Er folgte einer vielversprechenden, wenn auch unbefestigten Straße und fluchte, als sie abrupt endete. Er wendete den Wagen, und Schotter spritzte auf, als er denselben Weg zurückfuhr.

Fünf Minuten später rollte er durch das offene Tor der Wohnanlage.

»Wo ist euer verdammter Wachmann, Kip?«, fragte er an der Wohnungstür.

»Hallo, Harry«, entgegnete Kip. Er trug ein Baumwollhemd mit offenem Kragen und Shorts. Sogar seine nackten Füße waren braun. Harry kam sich neben ihm immer sehr bleich vor.

»Hallo, Kumpel«, sagte Harry, ein wenig verlegen über seine unhöfliche Begrüßung. »Ich mein ja nur, euer Tor steht sperrangelweit offen, eure Sprechanlage funktioniert immer noch nicht … Weißt du denn nicht, dass wir in dieser Stadt ein Problem mit der Verbrechensrate haben?«

»Mach dir keine Sorgen. Das wird alles in Ordnung gebracht – behauptet zumindest der Makler.« Kip winkte Harry ins Wohnzimmer durch und ging selbst in die Küche. »Außerdem wissen die Verbrecher noch gar nicht, dass wir da sind.«

Harry trat auf den Balkon. »Da hast du wohl recht«, rief er über die Schulter zurück. »Harry hatte seine liebe Mühe, dich wiederzufinden.« Kips Wohnung lag in der obersten Etage des dreistöckigen Gebäudes. Unterhalb des Hauses führte ein leichter Abhang durch dichte Ranken zu einem verborgenen Wasserlauf. »Sieh dir das nur an – kein anderes Haus weit und breit. Man könnte meinen, du wohnst im verdammten Dschungel!«

»Das gefällt mir ja so daran.« Kip stellte zwei gekühlte Flaschen Tusker auf die Glasplatte des Couchtischs.

»Aber warum so weit außerhalb von Nairobi? Reich, wie du bist, könntest du dir einen ganzen Häuserblock in Mathaiga leisten.«

»Mathaiga! Du machst wohl Witze? Langweilig. Außerdem, wie kommst du auf die Idee, ich wäre reich? Alle Einnahmen fließen in Kipana Tours zurück.« Er setzte sich auf das Sofa. »Setz dich, Harry, du bist viel zu aufgeregt. Entspann dich. Trink ein Bier.«

Harry setzte sich zu ihm. »Cheers«, sagte er und trank. »Ah, zumindest hast du schon Strom für gekühltes Bier.«

»Also, was ist das für eine ›Marketing-Idee‹, die du mir vorschlagen willst?«, fragte Kip.

Harry zog eine Zigarette aus der Packung und zündete sie an. »Ich will die Mara Lodge für eine Peugeot-Werbekampagne nutzen.«

»Ach ja? Warum?«

Harry blies eine Rauchwolke hinaus auf den Balkon. Kip tolerierte Zigarettenraucher, solange sie nicht seine unmittelbare Umgebung verpesteten. Harry fand ihn in dieser Hinsicht ein bisschen nervig. Kip war der einzige seiner Freunde, der nicht rauchte, und der einzige Mensch in seinem

Bekanntenkreis, der solche Regeln aufstellte. »Ich habe mit meiner alten Agentur gesprochen. Die haben gerade die Marshals Motors Group als Kunden gewonnen, und Barbara will sie aus den Socken hauen.«

»Ah, die liebliche Barbara … Ist das nicht die, die dir immer das Leben schwer gemacht hat?«

»Ja, die Barbara, die Männer zum Frühstück frisst.« Harry schüttelte bei der Erinnerung den Kopf. »Blöde Lesbe«, brummte er. »Also, sie will, du weißt schon, Peugeot mit ihrem innovativen Ansatz beeindrucken.«

»Was hat das mit uns zu tun? Und wie kommt es, dass du und Barbara auf einmal die besten Freunde seid?«

»Eigentlich würde ich ihr lieber den Hals umdrehen, aber du siehst ja, dass ich zum Wohl der Firma einfach alles auf mich nehme, nicht?«

»Aber ja, Harry. Und du sollst wissen, dass du in der Firma immer noch auf der Liste für die Weihnachtskarten stehst.«

»Danke, Mann. Und nur zu deiner Information, ich habe mit Barbara eine Vereinbarung getroffen, die mir einen Anteil an dem Marshals-Ding sichert. Zeitungen, Hochglanzzeitschriften, das volle Programm.«

»Hm, klingt interessant.«

»Dachte mir, dass dir das gefallen würde. Also, ich stelle mir das so vor: Wir machen das an dem Steilhang auf eurem Gelände in der Nähe der Massai Mara.« Er breitete die Arme aus, um das gewaltige Panorama vor dem Massai-Mara-Nationalpark zu demonstrieren. »Unendlich weiter Himmel. Die Savanne erstreckt sich in die Ferne. Der 504 – netter kleiner Wagen übrigens – von seiner schönsten Seite, und ein Sahnetörtchen, eine ganz süße Maus, hinter dem Lenkrad.«

»Und das ist alles?«

»Nein. Himmel, nein. Werbung ist nie so einfach.« Er breitete erneut die Hände aus. »Dann gehen wir runter an den Fluss, vielleicht finden wir einen Schirmbaum – das echte Afrika, du weißt schon –, und da ist wieder unser Peugeot, diesmal mit der jungen Dame auf der Motorhaube oder auf dem Dach, so was in der Art. Ich lasse mir was einfallen, wenn wir so weit sind.«

»Und wozu brauchst du dann mich? Klingt ganz so, als wärst du in ein, zwei Stunden damit fertig.«

»Eine Stunde! Machst du Witze? Das ist ein Tag, anderthalb Tage, locker.«

»Okay, etwa ein Tag, aber trotzdem, wozu brauchst du mich? Diana hat mich eingespannt, ich soll irgendwann nächste Woche ein Grüppchen Amis in den Norden bringen.«

»Keine Sorge, bis dahin wären wir fertig. Die Aufnahmen am Lager sind kein Problem, aber ich brauche dich in der Massai Mara, sonst setzen uns die Wildhüter zu, weil wir für die Aufnahmen am Fluss und so weiter aus dem Auto steigen müssen. Du weißt doch, wie die sind. Erwarten ein kleines Trinkgeld hier und da.«

Kip runzelte die Stirn, und Harry hielt den Atem an. Kip konnte bockig werden, wenn es auch nur andeutungsweise um Bestechung ging. Er achtete stets penibel darauf, dass alles korrekt ablief.

Er seufzte. »Okay, Harry. Wann soll das sein?«

»So ist es recht, Kip. Ich wusste doch, dass ich auf dich zählen kann.« Harry klopfte ihm auf die Schulter. »Gegen Ende der Woche. Vielleicht Freitag, Samstag? Ich hab schon eine Süße als Model gefunden. Echt umwerfend.«

»Eine deiner zahlreichen Eroberungen, Harry?«, fragte Kip lächelnd und hob die Bierflasche zum Mund.

»Nein, aber ich wäre nicht abgeneigt.«

Das Mädchen, das er im Auge hatte, war jung, erst einundzwanzig oder zweiundzwanzig, hatte ihr Agent gesagt, also genau das, was für die Aufnahmen verlangt wurde. Harry hatte sie im Büro des Agenten kurz gesehen. Die Aussicht auf eine Übernachtung mit ihr in der Wildnis war das Beste an dem ganzen Auftrag.

»Sie ist noch ziemlich neu im Model-Geschäft.« Er zog sein Notizbuch aus der Tasche. »Hast du was dagegen, wenn ich ihren Agenten von hier aus anrufe? Dann können wir das gleich ausmachen.«

Kip wies auf das Telefon im Wohnzimmer. »Bitte, nur zu.«

Harry wählte die Nummer. Die Stimme des Inders meldete sich.

»Hallo, Gupta. Hier ist Harry Forsythe von Kipana Tours.«

Der Agent erinnerte sich an ihn. Das gefiel Harry.

»Hören Sie, wir hatten doch über Ihr neues Mädchen gesprochen, für die Peugeot-Sache oben in der Mara? Also, ich habe mich entschieden, wir nehmen sie.« Er wiegte sich auf den Fersen vor und zurück und lächelte Kip zu, während Gupta quasselte. »Genau. Den Standardsatz, eine Übernachtung. Ja, ja. Spesen inklusive.« Er klemmte sich den Bleistift zwischen die Zähne und kramte erneut in der Tasche nach seinem Notizbuch. »Ja, ja. Das Übliche. Ich hole sie in Ihrem Büro ab, sagen wir um neun Uhr am Freitag?«

Er sah Kip mit fragend hochgezogenen Brauen an. Der zuckte mit den Schultern und nickte.

»Okay. Bestätigt. In Ihrem Büro, neun Uhr, Freitagmorgen. Abgemacht.«

Er wollte schon den Hörer auflegen, als ihm noch eine Frage einfiel. »Gupta? Gupta? Ah, Sie sind noch dran. Sagen Sie mir bitte noch mal ihren Namen. Ich hab ihn irgendwo notiert, aber ich finde ihn nicht mehr.«

Er kritzelte in seinem Notizbuch. »Nasonga. Rose Nasonga. Ja, danke.«

Harry hatte recht. Das Model war wunderschön. Groß. Schlank. Endlos lange Beine unter einem kurzen Mini-Kleid. Kip dachte, eine Modezeitschrift würde sie wohl als *gertenschlank* bezeichnen. Sie hatte ausdrucksvolle dunkle Augen, und ihr schulterlanges Haar, offensichtlich geglättet, umschmeichelte ihren wohlgeformten Kopf in weichen Wellen statt des derzeit modischen Afro-Looks.

»Rose, das ist mein Freund Kip. Kip, Rose.« Harry sah aus wie eine Katze, die auf einen Kanarienvogel aufpassen sollte.

»Freut mich, Sie kennenzulernen, Rose«, sagte Kip und gab ihr die Hand.

»Gleichfalls.« Aber sie sah gar nicht erfreut aus. Sie sah ihm nur flüchtig in die Augen und wandte sich dann sofort ab, um in das Tal des Großen Grabenbruchs hinabzuschauen. Kip nahm an, das sei eben die Art eines schönen Fotomodells, mit den lüsternen Blicken der Öffentlichkeit umzugehen. Vielleicht übte sie aber auch an der distanzierten Ausstrahlung, die Models auf dem Laufsteg zu brauchen schienen.

Der Wind fuhr den Steilhang hinauf und drohte ihren sehr kurzen Rock hochfliegen zu lassen. Sie hielt ihn mit beiden Händen fest.

»Ups! Sei vorsichtig, Süße«, sagte Harry. »Zeig dich erst von deiner besten Seite, wenn Harry so weit ist.«

Harry kicherte, wie immer, wenn er einen Witz überspielen wollte, mit dem er nicht angekommen war. Doch sie ignorierte ihn und warf Kip einen missbilligenden Blick zu, als wollte sie ihn für den Windstoß verantwortlich machen. Einen Moment lang spürte Kip den absurden Drang, sich zu rechtfertigen.

»Und was machen diese beiden?«, fragte er und zeigte auf zwei junge Männer. Es interessierte ihn nicht sonderlich, aber er musste sich von dieser seltsamen Verlegenheit ablenken.

»Also«, sagte Harry, »das sind Gakiha, mein Beleuchter, und Michael, mein Assistent. Und das« – er deutete mit theatralischer Geste auf das Auto – »ist unser Star. Der Peugeot 504 – der kleine Franzose für Afrika.«

»Sag mir nur eines, Harry«, bat Kip und kratzte sich am Kinn. »Warum versuchst du, ein Stadtauto im Busch zu verkaufen?«

»Das ist Marshals' Vorgabe«, sagte Harry. »Peugeot – das Auto für Afrika.«

»Okay, wozu dann das Mädchen?«

»Sex sells.«

»Hm«, brummte Kip und warf einen Blick hinüber zu Rose, die gerade ihr Make-up auffrischte.

»Bis bald«, sagte Harry und wirbelte herum. »Also los, Leute, auf geht's. Wir haben ein paar tolle Fotos zu machen.«

Kip stieg in seinen Landrover. Das Model faszinierte ihn. Hinter diesen Augen ging eine Menge vor, und er hatte das scheußliche Gefühl, dass er sie von irgendwoher kennen sollte.

Kip hatte sie zu einer Stelle am Fluss gebracht, die er gut kannte. Er setzte sich auf den Kotflügel des Landrover und beobachtete Harry, der mit der Kamera in der Hand um das Model herumhüpfte wie eine durchgedrehte Gazelle.

»Ein bisschen höher, mein Schatz«, sagte Harry. »Genau!«

*Klick!* »Jetzt leg den Kopf ein bisschen zurück. So bleiben.« *Klick!* »Großartig. Du machst das toll.« *Klick! Klick!* »Jetzt den Träger noch ein Stück tiefer über die Schulter, Süße. Wunderbar.« *Klick!*

Kip hatte wenig Ahnung von Fotografie, und noch weniger von der Welt der Mode, aber nach allem, was er hier sah, arbeiteten Rose und Harry in vollkommener Harmonie zusammen, wie ein Tanzpaar auf einem Ball; er führte sie durch eine Reihe komplizierter Schritte, und sie folgte ihm fehlerfrei.

Was ihn an dem Mädchen am meisten interessierte, war ihre Fähigkeit, jeglichen Ausdruck aus ihrem Gesicht zu verbannen, wenn Harry sie um etwas bat, das er eine »ganz ernste« Aufnahme nannte. In diesen Augenblicken, manchmal ganzen Minuten, war ihr Gesicht vollkommen leer, solange Harry um sie herumschwirrte. Ihre Augen waren offen, sie bewegte sich und posierte, wie er es verlangte, aber ihre Seele war abwesend.

»Nur noch ein paar Fotos, mein Engel«, sagte Harry und legte einen neuen Film ein.

Sie fotografierten schon seit zwei Stunden, mit kurzen Pausen, damit Rose sich umziehen konnte. Für diese Serie von Aufnahmen trug sie eine hautenge Jeans.

»Also, mal sehen … Wie wäre es, wenn du dich quer über der Motorhaube räkelst?« Harry zeigte ihr, wo. »Und ein bisschen auf das Peugeot-Logo da vorn zeigst. Genau so. Nein, warte.« Er schob ihr Bein ein Stückchen zur Seite und ließ die Hand länger darauf liegen, als Kip für erforderlich hielt. Harry war eben Harry.

»So, ja! Jetzt bleib so, noch einen Moment.« *Klick!* »Ja, genau.« *Klick!* »Eines noch.« *Klick!* »Ein kleines Lächeln für Harry? So ist es recht. Bleib so.« *Klick!*

Harry ließ die Kamera sinken und musterte den Himmel im Westen mit zusammengekniffenen Augen. »Hm, okay, das war's. Wir können einpacken, Michael. Das Licht ist weg. Schluss für heute.«

Er wandte sich Rose zu, schob eine Hand unter ihren Arm und zog sie zu sich heran. Das Model drehte sich um, und Kip konnte ihr nicht mehr ansehen, was Harry zu ihr gesagt haben mochte.

»Sie ist scharf auf mich«, sagte Harry, als er zu Kip an den Landrover kam.

»Ach ja?«, entgegnete Kip. »Wie hast du das herausgefunden?«

»Oho, Harry erkennt so was an ihrer Körpersprache. Was sie nicht sagt, ist viel wichtiger als das, was sie sagt.«

Kip beschloss, nichts dazu zu sagen. Die Erfahrung hatte ihn gelehrt, dass es unter solchen Umständen sinnlos war, Harry Vernunft beibringen zu wollen. Aber dann dachte er, vielleicht hat er recht. Vielleicht hat er tatsächlich einen Draht zu dem Mädchen. Ihre Zusammenarbeit hatte sehr gut ausgesehen.

»Wo will sie hin?«, fragte er und wies mit einem Nicken auf Rose, die offenbar zum Fluss hinunterging.

»Sie hat gesagt, in der Jeans wäre ihr zu warm, sie will sich eine andere Hose anziehen.«

»Hm, sie sollte vorsichtig sein.« Kip blickte den Pfad entlang, den das Mädchen genommen hatte, und entschied, ihr lieber nicht zu folgen. »Und jetzt?«

»Zurück ins Camp. Ein, zwei Drinks.« Harry rieb sich die Hände. »Und dann wollen wir mal sehen, was die Nacht so bringt.«

Ein Schrei drang vom Fluss herüber. Kip sprang vom Kotflügel und rannte durch den Busch in die Richtung, aus der der Schrei gekommen war. Als er am Ufer ankam, sah er gerade noch ein Krokodil im schlammigen Wasser verschwinden. Harry kam einen Moment später an. Rose duckte sich an einen Baum und drückte die Jeans schützend an ihre Brust. Sie schluchzte.

Harry stieß einen leisen Pfiff aus. »Heilige …!«, sagte er. Das Mädchen war fast nackt in einem sehr knappen Unterhöschen und passendem BH.

Rose riss den Blick vom aufgewühlten Wasser los, rannte zu Kip hinüber und klammerte sich an seinen Arm. Sie wandte den Kopf vom Wasser ab und begrub das Gesicht an seinem Oberarm. Das schien sie aber noch nicht zu beruhigen, also schlang sie die Arme um seinen Hals und umklammerte ihn wie eine Pythonschlange.

»Es … es ist weg«, sagte Kip. »Harry, hol das große Handtuch, liegt hinten auf dem Landrover.« Er tätschelte Rose den Kopf. »Na, na«, sagte er lahm. »Harry?«

Harry stand da wie angewurzelt. »Ja. Ja, natürlich«, sagte er und stürzte davon.

Als er zurückkam, wickelte Kip Rose in das Handtuch und führte sie zum Auto.

Rose lag in der Dunkelheit und starrte zur Decke des Zeltes hinauf. Die Brise aus dem Tal des Grabenbruchs hob die Zeltplane sacht an und ließ sie wieder sinken, als läge sie im Brustkorb eines gewaltigen Untiers, das sie im Ganzen verschlungen hatte. Neben ihr schnarchte Harry, schmatzte leise und drehte sich im Bett herum.

Sie lag schon seit Stunden wach und wusste, dass es vermutlich weitere Stunden dauern würde, bis sie endlich einschlief. Es war nicht der Zwischenfall mit dem Krokodil, der sie verstört hatte, obwohl ihr in diesem Moment der Krokodilangriff aus ihrer Kindheit lebhaft vor Augen gestanden hatte. Sie war so durcheinander, weil Kip Balmain nach all diesen Jahren wieder aufgetaucht war. Er hatte sich kein bisschen verändert, seit er sie als junger Mann 1973 in Kisumu gerettet hatte.

Es war nicht überraschend, dass er sie nicht wiedererkannte. Der Vorfall in Kisumu vor zehn Jahren war ihm sicher nicht wichtig erschienen, wahrscheinlich erinnerte er sich gar nicht daran. Er hatte nicht gewusst, dass sie damals gerade vergewaltigt worden war, und natürlich hatte es ihm niemand aus ihrer Familie gesagt.

Im Lauf der Zeit war Rose mit dem Trauma der Vergewaltigung fertig geworden, aber nicht mit der Art, wie ihre Familie darauf reagiert hatte. Einzig Akello traf keine Schuld, weil er wirklich keine Ahnung hatte, was vorgefallen war. Ihre Schwestern und ihr Vater waren auf ihre Weise damit umgegangen. Dembe vermutete, was in der Baracke passiert war, konnte sich aber nicht überwinden, Rose danach zu fragen. Grace – die ewig gelassene Grace – nahm wohl an, dass die anderen bereits alles getan hatten, was nur möglich war, um das seelische Gleichgewicht ihrer Schwester wiederherzustellen, und wollte nicht riskieren, Rose aufzuwühlen, indem sie den Vorfall erwähnte. Ihr Vater war so schockiert darüber, dass er schlicht nicht glauben wollte, was passiert war. Er verhielt sich wie ein Mann, dem großes Unrecht widerfahren war.

Kip wusste nicht, dass er sie in dieser Nacht gerettet hatte; wusste nicht, dass er mit seiner simplen Menschenfreundlichkeit ihrer Familie in einer schweren Krise geholfen hatte.

Seine Güte hatte großen Eindruck bei Rose hinterlassen. Er hatte wohl angenommen, dass die kenianischen Grenzbeamten sie einfach ausgeraubt hatten. Wie sie während ihrer Jahre in Kisumu von vielen anderen erfahren sollte, war das nicht ungewöhnlich. Und natürlich erkannte er sie jetzt nicht wieder, weil sie keine Dreizehnjährige mit einem unschuldigen Kindergesicht mehr war. Manchmal glaubte sie, in dieser Nacht im Hafen von Kisumu habe sich ihr ganzes Aussehen grundlegend verändert. Auf ihre Sicht des Lebens traf das jedenfalls zu.

Zehn Jahre später, und was war aus ihr geworden? Ihr Vater war nie zurückgekehrt, wie er vorgehabt hatte. Die Briefe, die sie aus Uganda erreichten, erzählten vom albtraumhaften Leben in einem Land, das sich in den Klauen eines Wahnsinnigen befand. Es war nicht sicher, den Norden zu verlassen. Die Acholi blieben in ihren Dörfern, während Amins Schlägertrupps aus dem West-Nil-Distrikt einen Krieg gegen sie und ihre Cousins, die Lango, führten, der beinahe einem Genozid gleichkam.

Nur wenige Briefe von ihren Eltern erreichten sie überhaupt, von Hand zu Hand weitergereicht über ein Netzwerk von Fremden. Viele gingen verloren, oder die Überbringer starben, irgendwo auf der siebenhundertfünfzig Kilometer langen Reise. Lange Zeit hörten sie gar nichts, dann erhielten sie endlich eine Nachricht, und die vier Geschwister versuchten, sich die Teile der Geschichte zusammenzureimen, die unterwegs verloren gegangen waren. Die Briefe waren wie lose Seiten, aus einem Buch gefallen und vom Wind in ihre Hände geweht. Die Geschichte war zusammenhanglos, und manchmal erkannte man nicht einmal die Hauptpersonen wieder.

Rose und Akello schrieben ebenfalls, aber als klar wurde, dass keiner ihrer Briefe Panyiketto erreichte, ließ Rose es schließlich sein.

Dembe heiratete endlich doch, aber der alte Luo, der sie auf seine Farm bei Karasuk mitnahm, hundertfünfzig Kilometer entfernt, hätte sie ebenso gut auf den Mond entführen können. Sie sahen sie nur alle paar Jahre, doch sie schrieb ab und zu nach Kisumu. Ihre Briefe lasen sich nicht gerade fröhlich.

Von ihren Eltern verlassen, unbeeindruckt von Grace' Versuchen, sie zu erziehen, tat Rose, was sie wollte.

Mit sechzehn lernte sie einen Inder mit einer Kamera kennen, der sich selbst als Fotograf bezeichnete. Er bezahlte sie dafür, dass er »Modeaufnahmen« von ihr machen durfte. Bald zierte sie nicht nur sein Studio, wo sie für Klamottenfirmen, Modeaccessoires und sogar die Sonderangebote im Supermarkt Modell stand, sondern auch sein Bett. Ihr indischer Fotograf behauptete, sie sei ein Naturtalent. Sie hatte einen Schalter gefunden, mit dem sie ihre Emotionen einfach abstellen konnte, so dass es ihr sehr leichtfiel, eine Pose und einen ganz bestimmten Gesichtsausdruck zu halten. Das war ein Trick, den sie gelernt hatte, kurz nachdem ihre Vergewaltiger sie in Kisumu aus dem Einwanderungsbüro hinausgeworfen hatten. Leute wie Harry nannten das »den Look«. Für Rose war es schlicht Überleben.

Sie hatte ihr Geld gespart, und sobald sie achtzehn wurde, verkündete sie Grace, dass sie Kisumu verlassen und als Model in Nairobi arbeiten würde. Ihre Schwester protestierte, wie immer, aber beide wussten, dass Rose ihren Kopf durchsetzen würde.

Die Aufträge kamen anfangs zögerlich, doch bald konnte sie sich eine eigene Wohnung leisten, statt die strengen Regeln der Unterkunft im YWCA ertragen zu müssen. Rose hatte Geld, war frei und konnte tun, was ihr beliebte. Die Bars und Nachtclubs von Nairobi waren eine völlig andere Welt als alles, was sie aus ihrem früheren Leben kannte. Sie lernte zu rauchen und zu trinken. Auf Partys versuchte sie auch *bhang*, und obwohl ihr von dem Gras auf leeren Magen ein bisschen schlecht wurde, genoss sie die Erleichterung des Rauschs.

Es machte ihr Spaß, potenzielle Kunden und Auftraggeber anzumachen und sie im Glauben zu lassen, sie würden Rose manipulieren. In der Zwischenzeit verfolgte sie ihren eigenen Plan. Sie sah sehr wohl, was für Konkurrenz sie als Model in Nairobi hatte. Bald würde sie auf diesem Baum bis ganz nach oben geklettert sein und sich dann umsehen, wo es im großen Wald noch höhere Bäume zu erklimmen gab.

Sie schlüpfte unter der Bettdecke hervor, die sie sich mit Harry teilte, und zog ihren Morgenmantel über. Harry schnarchte immer noch, als sie durch die Zeltklappe trat.

Auf der Holzstufe vor dem Zelt setzte sie sich hin und zündete sich eine Zigarette an.

In Kips *banda* brannte noch Licht, und genau wie ihre Unterkunft bestand auch diese aus einem Holzboden, vier Holzpfosten und einer Abdeckung aus schwerem Segeltuch über dem eigentlichen, leichteren Zelt. So hatten die Touristen das aufregende Gefühl, in der Wildnis zu campen, ohne dass sie dabei auf heißes Wasser und eine Toilettenspülung verzichten mussten. Das Licht schimmerte grünlich durch das Moskitonetz vor der aufgerollten Fensterklappe.

Rose kannte die Männer gut genug, um zu erkennen, wenn sich einer von ihnen für sie interessierte. Das war in ihrer Situation eine wichtige Fähigkeit, denn wenn sie sich für sie interessierten, was normalerweise der Fall war, dann verlieh ihr das eine gewisse Macht über die Männer. Bei Kip war sie sich nicht sicher. Das machte ihr Sorgen; nicht, weil sie keine Kontrolle über ihn hatte, sondern weil sie wollte, dass er sie mochte. Das hatte wohl etwas damit zu tun, dass sie ihn immer noch als ihren Helden betrachtete. Was auch immer der Grund dafür sein mochte, diese Ungewissheit beunruhigte sie.

Morgen würde sie eine letzte Chance haben, ihn besser einzuschätzen, denn sie hatte nicht die Absicht, Harry nach diesem Auftrag öfter zu sehen. Sie hatte ihm erzählt, sie hätte in Nairobi einen Freund. Trotzdem würde sie sich den Fotografen warmhalten, damit er sie weiterhin für solche Aufnahmen buchte, die immer gut bezahlt wurden.

Morgen, so dachte sie, könnte sie Harry bitten, sie nach Kisumu zu fahren. Die Aussicht auf eine weitere Nacht mit ihr, diesmal in einem klimatisierten Hotelzimmer, dürfte ausreichen, um ihn zu überzeugen. Dann könnte sie ihre Schwester endlich wieder einmal besuchen.

# Kapitel 28

Grace' Haus war weder prächtig noch besonders groß, selbst für die Verhältnisse in Kisumu, aber verglichen mit ihrer vorherigen Wohnsituation – dem Haus der Familie in Uganda – war es eine enorme Verbesserung, denn Elektrizität und Leitungswasser wären den meisten Leuten in Panyiketto als Luxus erschienen.

Als das Taxi vor dem Gartentor hielt, bemerkte Rose, dass die Jalousiefenster mit neuen Fliegengittern ausgestattet worden waren. Ihr Schwager arbeitete für die Bahn, meistens im Landesinneren, und wenn er zu Hause war, war er zu beschäftigt, als dass er sich um solche Dinge kümmern konnte. Rose nahm an, dass ihre Schwester jemanden für den Einbau bezahlt hatte von dem Geld, das sie für die Eier ihrer Hühner bekam.

Sie bezahlte den Fahrer und erklärte, er brauche nicht zu warten. Harry würde später vorbeikommen und sie abholen, wenn es Zeit war, nach Nairobi zurückzufahren.

Die kleine Doreen saß im Vorgarten und spielte mit einem alten Gartenwerkzeug im Schmutz. Rose hob sie hoch und drückte die Nase in die rundliche Wange ihrer Nichte.

Grace schob sich durch die offene Haustür wie ein Schiff unter vollen Segeln, und die beiden umarmten sich zur Begrüßung. Rose trat zurück und musterte ihre Schwester. »Schon wieder schwanger, Grace?«

»Wie üblich.«

»Du solltest deinem Mann sagen, dass er sich länger von dir fernhalten muss.« Sie schüttelte den Kopf. »Ehrlich, Grace, du hast schon fünf.«

»Ich weiß, aber was soll ich tun? Komm doch herein. Ich freue mich so, dass du da bist. Ich habe eine Überraschung für dich.«

Grace strahlte immer noch, als sie Rose ins Wohnzimmer bat. Sie setzte sich ihr gegenüber, konnte die gute Neuigkeit aber nicht lange für sich behalten. Sie stand auf, um sie zu verkünden.

»Was ist denn?«, fragte Rose.

»Papa.«

»Papa?«

»Er ist da!«, rief Grace und klatschte in die Hände wie ein Kind. »Ich konnte dich nicht erreichen, um dir Bescheid zu sagen. Akello weiß es schon. Er ist auf dem Weg hierher.«

Rose hatte so lange darum gebetet, dass dieser Tag endlich kommen möge, dass sie ihre Schwester nur stumm anstarren konnte, während sie versuchte, diese Nachricht zu verdauen. Sie war noch ein Kind gewesen, als er sie hier zurückgelassen hatte. »Wo … wo ist er?«

»Er wartet am Bahnhof auf Akello. Vor einer Stunde ist er losgegangen, er kommt bestimmt bald zurück.«

»Und Mama?«

»Noch in Panyiketto. Papa konnte Kampala die letzten drei Jahre lang nicht verlassen, wegen des Krieges. Ach, Rose, welch ein Glück, dass du gerade heute gekommen bist. Er kann nur bis morgen bleiben, dann muss er wieder zurück.«

»Nach Panyiketto?«

»Nach Kampala. Er weiß nicht, wann er Mama und George

und Macmillan erreichen kann. Aber er hofft, dass er bald von ihnen hören wird.«

Rose wusste nicht recht, wie sie diese Neuigkeit aufnehmen sollte. Ihr Herz sagte ihr, sie solle sich freuen – sie liebte ihren Vater und wollte ihn wiederhaben. Sie wünschte, ihre ganze Familie könnte wieder zusammen sein, aber ihre Modelkarriere war so vielversprechend. Instinktiv ahnte sie, dass ihr Vater ihr neues Leben in Nairobi missbilligen würde. Auf einmal bekam sie Angst.

»Was hast du ihm von mir erzählt?«

Grace' Lächeln erlosch, und sie setzte sich Rose gegenüber, die nun fürchtete, dass ihr Instinkt sie nicht trog.

»Er war … überrascht.«

»Überrascht? Weswegen?«

»Dass du nicht hier warst.« Grace hob die Hand, bevor Rose ihre nächste Frage stellen konnte. »Ich habe ihm gesagt, du hättest eine gute Stellung und eine nette Wohnung in Nairobi gefunden.«

»Und …?«

»Und das war alles.«

»Er hat danach nichts mehr gesagt?«

»Nein.«

Rose rang die Hände im Schoß. Sie hatte Jahre gebraucht, um sich ihr Leben neu aufzubauen, nachdem ihr Vater sie in Kisumu verlassen hatte. Die Entscheidung, nach Nairobi zu gehen, hatte sie ganz allein getroffen.

Grace hatte ihr ständig Vorwürfe gemacht in jenen Jahren, als Rose immer wilder geworden war, und sie hatte nur widerstrebend die Entscheidung ihrer kleinen Schwester akzeptiert, fortan ihr eigenes Leben zu führen. Dembe, die anscheinend nie eine eigene Meinung hatte, hatte nichts dazu gesagt, während Akello Rose nach wie vor in allem unterstützte, was sie tat.

Falls ihr Vater wütend auf sie sein sollte, weil sie nicht in Kisumu geblieben war, wie er es befohlen hatte, dann war er selbst schuld daran, weil er nicht zurückgekehrt war, wie er es versprochen hatte. Wie viele Jahre hätte sie denn noch warten sollen, bis sie endlich mit ihrem Leben etwas anfing?

Sie konnte unmöglich nach Kisumu zurückkehren. Sie war kein Kind mehr.

Sie tastete nach ihren Zigaretten, hielt sich aber dann zurück. Sie sah auf die Uhr. Vielleicht würde Harry hier sein, bevor ihr Vater kam.

Zakayo stand in der Tür. Er wirkte grau vor Erschöpfung und sah viel älter aus, als Rose ihn von damals, bei ihrem Abschied vor zehn Jahren, in Erinnerung hatte.

Akello zog sie in seine starken Arme, wie er es immer tat, und erstickte sie beinahe. »*Sista*«, sagte er. »Sieh nur! Papa ist gekommen!«

Als sie über Akellos Schulter lugte, sah sie ihren Vater breit lächeln, doch dann sah er ihr in die Augen, und sein Lächeln erlosch abrupt. Er fühlte sich offensichtlich unbehaglich, wandte den Blick ab und starrte die Wand an.

Sie ging zu ihm. »Papa«, sagte sie und streckte die Arme nach ihm aus. Er zögerte und umarmte sie dann. Rose war überrascht, dass er nicht mehr viel größer war als sie. Er schien geschrumpft zu sein.

Er hielt sie länger in den Armen, als sie seinem Gesichtsausdruck nach erwartet hätte, doch als sie zu ihm aufblickte, sah er sie mit strenger Miene an. »Da bist du also.«

Diesen Satz konnte man auf zweierlei Weise auffassen. Es

konnte die gewöhnliche Feststellung sein, die Leute bei einer Begrüßung trafen, doch sie entschied sich, ihn so zu beantworten, wie sie ihn empfand: als Anschuldigung.

»Ja, Papa, ich … ich bin aus Nairobi zu Besuch … Ich hatte beruflich hier zu tun.« Es hatte keinen Zweck, darum herumzureden.

»Aus Nairobi, so?« Er runzelte die Stirn, und sein müdes Gesicht wirkte noch abgespannter. Wohin waren seine Lachfältchen verschwunden?

»Ja, ich –«

»Und warum warst du nicht hier, um deinen Vater zu begrüßen, wenn er nach so langer Zeit endlich zurückkommt?«

»Papa, ich –«

»Hatte ich dir nicht befohlen, bei deiner Schwester zu bleiben?«

Das sah ihrem Vater gar nicht ähnlich. Sie hatte ihn als strengen Vater in Erinnerung, aber er hatte sich stets angehört, was eines seiner Kinder zu sagen hatte, bevor er ein Urteil fällte oder sie bestrafte. Hatte er seine eigene Regel vergessen, dass in seinem Haushalt nur Demokratie und Frieden herrschen sollten?

»Und wie dein Gesicht aussieht. Ist das meine Tochter? Ist das wirklich meine zweiundzwanzigjährige Tochter? Was ist das für ein Zeug?« Er wischte mit einer Hand über ihr Gesicht. Make-up war über seine Handfläche verschmiert. »Eine geschminkte Hure!«

»Hallo-o-o?«

Harry war da. Rose wünschte, der Erdboden möge sich auftun und sie verschlucken.

»Ist jemand zu Hause?« Harry erschien in der offenen Tür.

»Ah, da bist du ja, meine Süße. Dachte schon, der alte Harry hätte sich im Haus geirrt.«

Zakayo starrte ihn an. Er öffnete den Mund, um mit ihm zu sprechen, wandte sich dann aber an Rose und fragte, wer das sei. Bisher hatten sie Englisch miteinander gesprochen. Jetzt sprach er Luo, die Sprache der Acholi aus ihrer Heimat.

»Er ist mein Fotograf«, sagte sie, weil sie es möglichst einfach ausdrücken wollte, doch für das Wort »Fotograf« gab es keine direkte Übersetzung, und der Begriff, den sie stattdessen verwendete, hatte zweierlei Bedeutung. In dem Moment, als sie das Wort aussprach, fiel ihr auf, dass es auch bedeuten konnte, Harry sei ihr Kuppler.

Zakayos Zorn wuchs. Rose wusste, dass ihr Vater sie sehr wohl verstanden hatte, aber er verstand sie absichtlich falsch, um sie niederzumachen. »Dein Zuhälter, was?«, sagte er. Das Luo-Wort schockierte sie. Es klang wie die übelsten Beschimpfungen, die sie auf dem Schulhof je gehört hatte.

Sie warf Harry, der sich über die offensichtliche Spannung im Raum zu wundern schien, einen Blick zu. »Harry, bitte entschuldige, könnte ich noch einen Moment allein mit meiner Familie sprechen?«, bat sie.

»Kein Problem, meine Süße. Ich geh dann einfach, du weißt schon, äh, mir den Garten ansehen.«

Sie nutzte die wenigen Augenblicke, bis Harry das Haus verlassen hatte, um ihre Fassung wiederzugewinnen.

»Papa, ich bin jetzt eine erwachsene Frau. Wie lange hätte ich denn noch auf dich warten sollen, bevor ich mir ein eigenes Leben aufbaue?«

»Es steht dir nicht zu, meine Entscheidungen in Frage zu stellen. Dein Platz ist bei deiner Familie.«

»Und was ist mit dir? Wo ist dein Platz, Papa?«

Es war ihr Tonfall, der ihn völlig verblüffte, oder vielleicht die Tatsache, dass sie es wagte, zurückzuschlagen. »Was? Was hast du gerade zu mir gesagt?«

Aus dem Augenwinkel sah sie Akello unruhig herumzappeln, der nicht wusste, wie er seine Hände halten sollte. Ihr war klar, dass sie sich auf gefährliches Terrain begab, indem sie die Handlungsweise ihres Vaters in Frage stellte.

»Ich habe dich gefragt: Wo ist dein Platz? Warum hast du Mama so lange allein gelassen? Drei Jahre. Wo ist dein Platz, dass du deine Frau und deine Familie sich selbst überlässt, ohne sie auch nur zu besuchen?«

Die Augen ihres Vaters weiteten sich vor Zorn. Er atmete schwer. Einen Moment lang glaubte Rose, er würde sie schlagen, doch sie hielt seinem Blick stand, obwohl ihr Herz hämmerte, als wolle es zerspringen.

»Ich habe genug gehört. Du wirst diesen … diesen Mann fortschicken, und du wirst bei deiner Schwester bleiben. Wie ich es dir befohlen habe.«

Die Miene ihres Vaters war finster wie eine Gewitterwolke. Sie hatte ihn noch nie so wütend gesehen, und so irrational. Sie sah ihn lange an, und Tränen stiegen ihr in die Augen. Sie kannte diesen Mann nicht. Es war sinnlos, ihm irgendetwas erklären zu wollen.

Sie kehrte ihm den Rücken und stürmte zur Tür hinaus.

Harry stand draußen auf der Straße und zupfte am abblätternden Lack des Gartenzauns herum.

»Harry«, sagte sie gebieterisch.

»Ja, mein Täubchen?«

»Bring mich hier weg.«

# Kapitel 29

Kip fand Diana auf einem Regiestuhl, ein Bein unter sich gezogen, ein Glas Weißwein in der Hand. Sie waren auf dem Weg nach Marsabit in der feinsten Anlage von Kipana Tours, der Laikipia Lodge, eingekehrt.

»Woran denkst du?«, fragte Kip und trat zu ihr auf die Lichtung unter dem Sternenhimmel. Die übrige Reisegesellschaft saß im offenen Essbereich dreißig Meter hinter ihnen.

»Wie es der Zufall will, habe ich gerade an dich gedacht.«

»An mich?« Er zog sich einen weiteren Segeltuch-Stuhl heran und setzte sich.

»Ja, ich habe mich gefragt, wie Eva und du euch so verstanden habt, nachdem ihr uns gestern nach dem Mittagessen verlassen hattet.«

»Dir entgeht nichts, wie?«, entgegnete er lächelnd.

»Na ja, nach so vielen Jahren kenne ich eben die Anzeichen. Sie hat dich mit ihren Blicken förmlich verschlungen.«

Kip lächelte. Er hatte schon andere attraktive schwarze Frauen kennengelernt und viele von ihnen erotisch anziehend gefunden, aber Eva war die erste, mit der er geschlafen hatte. »Wir sind einfach schon viel zu lange befreundet, Diana.«

»Allerdings. Und lenk nicht vom Thema ab. Wie war sie?« Diana war Kip gegenüber immer sehr direkt. Das war eine ihrer anziehendsten Eigenschaften.

»Hm … nicht übel für eine staatliche Angestellte.«

Diana kicherte.

Kip beobachtete, wie ihre grünen Augen im Mondlicht funkelten. »Aber das sind wir wirklich, nicht?«

»Was sind wir wirklich?«, fragte sie, immer noch lächelnd.

»Freunde. Schon ewig.«

Sie sah ihm in die Augen und wandte dann das Gesicht ab. »Ja«, sagte sie und blickte zu den Sternen auf.

Schweigen hing in der stillen, warmen Luft.

»Du hast doch früher irgendwo da drüben gewohnt, nicht?« Sie wies mit einem Nicken auf die Savanne, die sich wie ein goldenes Meer unter dem Vollmond ausbreitete.

Er folgte ihrem Blick gen Osten. »Als kleiner Junge kannte ich die Familie, die am anderen Ende dieser Ebene gewohnt hat. Sie besaßen etwa zwanzigtausend Morgen.«

»Außerhalb von Nanyuki.«

»Ja.«

»Du erzählst nie von deiner Kindheit, während ich dich schon unzählige Stunden mit den Dramen meiner frühen Jahre gelangweilt habe.«

»So langweilig waren die gar nicht.«

Er spürte ihren Blick.

»Du warst seitdem nie wieder zu Hause, oder?«

Er trank einen Schluck Wein und stellte das Glas zu seinen Füßen auf den Boden. »Nein.«

»Darf ich fragen, warum?«

»Fragen darfst du schon, ich weiß nur nicht, ob ich deine Frage beantworten kann.«

»Weil du sie nicht beantworten willst?«

Er zögerte. »Weil ich nicht kann. Ich weiß auch nicht, warum.«

»Du bist bei deiner Mutter aufgewachsen, richtig?«

»Ja, und einer Tante.«

»Ich dachte, deine Mutter sei allein gewesen. Ich wusste gar nicht, dass du auch eine Tante hattest.«

»Na ja, ich glaube, sie war keine richtige Tante. Sie war … wie soll ich das erklären? Sie und meine Mutter waren … ein Liebespaar.«

»Oh, ach so. Es war sicher schwer für dich, das zu verstehen.«

»Das war die geringste meiner Sorgen, glaub mir.«

»Und dein Vater? Was ist mit dem?«

Er rutschte auf seinem Stuhl herum und griff wieder nach seinem Glas, bevor er antwortete. »Ich weiß nichts über meinen Vater.«

»Lebt er denn noch irgendwo?«

»Ich weiß es nicht.«

»Aber deine Mutter muss dir doch irgendetwas über ihn erzählt haben, und wenn es nur eine Lüge war?«

»Nichts«, sagte er.

Eine seiner frühesten Erinnerungen drehte sich darum, dass er seine Mutter gefragt hatte, warum er keinen Vater hatte. Marie hatte ihn am Arm gepackt und ihm zischend befohlen, diese Frage nie wieder zu stellen. Jahre später, als er etwa sieben war, hatte er es gewagt, sie noch einmal zu fragen. Ihre Reaktion darauf hatte ihn gelehrt, das Thema nie mehr anzusprechen.

»An meinem vierzehnten Geburtstag habe ich mich stark genug gefühlt, sie nach ihm zu fragen. Da hat sie nur gesagt: ›Du hast keinen Vater.‹ Kurz darauf bin ich von zu Hause weggelaufen.«

Diana legte ihm eine Hand aufs Knie. »Es muss schmerzlich sein, nicht zu wissen, ob du irgendwo da draußen einen Vater hast oder nicht.«

»Das ist es. Deswegen weiß ich nicht, wie ich deine Frage beantworten soll: Will ich nach Hause? Einerseits verspüre ich nicht den Wunsch, mich an meinen Albtraum von Kindheit mit diesen beiden Frauen zu erinnern. Andererseits habe ich das Gefühl, dass ein riesiges Fragezeichen über meinem Leben hängt. *Wer bin ich?*«

Er stand auf und ging ein paar Schritte in die Dunkelheit. »Machst du dir überhaupt eine Vorstellung davon, wie verwirrend das sein kann, Diana? Ich meine, ich habe mir ein Dutzend möglicher Szenarien ausgedacht – dass mein Vater uns verlassen hat, weil er uns nicht liebte, dass er sich in eine andere Frau verliebt hat. Ich habe mir sogar vorgestellt, er könnte gestorben sein oder Selbstmord begangen haben. Jede dieser Möglichkeiten wäre eine Antwort. Vielleicht nicht die beste, aber sie würden diese Lücke füllen. Dann würde nicht immer diese Frage offen bleiben: *Wer ist Kip Balmain?*«

»Ich glaube, es ist immer das Beste, sich seinen Dämonen zu stellen. Wäre es denn so schwer, zu ihr zu gehen und sie noch einmal mit diesen Fragen zu konfrontieren?«

Kip kehrte um und setzte sich wieder neben sie. Nach kurzem Schweigen sagte er: »Ja.«

# Kapitel 30

Kip fuhr langsam durch das Chaos von Isiolo und musste ständig Eselskarren und halbwilden Ziegen ausweichen, die die staubige Straße als Koppel beanspruchten. Abgesehen von einer eindrucksvollen Moschee mit filigranen, holzgeschnitzten Fenstern und einem steinernen Minarett war Wellblech hier offenbar das bevorzugte Baumaterial. Es gab zahlreiche kleine Wellblech-Kneipen mit Namen wie Miami Beach oder Nice Hotel, eine beachtliche Wellblech-Gemischtwarenhandlung, an der eine zerschrammte Reklametafel verkündete: »Weetabix – mit extra Riboflavin«, und so genannte Schönheitssalons, unter deren Wellblech-Veranden Frauen in kurzen Röcken den Vorbeifahrenden anzügliche Blicke zuwarfen.

Er blickte über die Schulter zu Armstrong und Demitrio zurück, die auf den unbequemen hinteren Klappsitzen des Landrovers kauerten. »Bei euch da hinten alles in Ordnung?« Inzwischen waren alle per Du.

Sie erklärten, bei ihnen sei alles klar.

»Wir halten gleich am Kontrollpunkt auf der anderen Seite der Stadt. Dann könnt ihr euch die Beine vertreten.«

Der Isiolo-Checkpoint – ein Zink-Schlagbaum neben einer Wellblech-Hütte – blockierte die unbefestigte Straße am nördlichen Ende der Stadt. Zwei Nagelbänder mit zehn Zentimeter hohen Stahlspitzen, die quer über der Straße lagen, sorgten dafür, dass alle Fahrzeuge am Kontrollpunkt anhielten. Ein verschlafener Polizist kam aus dem Wellblech-Büro, ein Klemmbrett unter dem Arm.

»*Habari*«, begrüßte ihn Kip.

»*Mzuri sana*« erwiderte der Polizist gähnend.

Kip nahm das Klemmbrett entgegen und schrieb ihre Namen nieder. Unter »Zweck des Besuchs« trug er »Touristen« ein.

Der Wärter spähte inzwischen hinten in den Landrover, offensichtlich in der Erwartung eines Trinkgelds. Kip ignorierte ihn. Er verabscheute diese kleinliche Gier, das »Teegeld«, das praktisch jeder Beamte dafür erwartete, dass er nichts als seine Pflicht tat. Einige Leute benutzten das Argument, Beamte würden schlecht bezahlt, als Entschuldigung, ja sogar als Rechtfertigung für diese Praxis, aber Kip ließ sich das nicht bieten. Er hatte nun das Formular fertig ausgefüllt und lehnte sich an den Kotflügel.

Der Polizist umkreiste den Wagen. Hugh Hartigan trat zu Kip und flüsterte: »Nun gib ihm schon einen Zehner, Herrgott.«

»Vergiss es«, erwiderte Kip. »Er kann sich sein Geld ehrlich verdienen, so wie ich auch.«

»*Bwana*«, sagte der Polizist und deutete auf das Gepäck auf dem Dachträger. »*Asante sana.*« Seine Stimme klang leicht sarkastisch.

»Oh nein«, brummte Hugh. »Jetzt haben wir den Salat.«

Kip stellte einen Fuß auf die hintere Einstiegsleiste, zerrte die erstbeste Reisetasche herunter und warf sie dem Polizisten vor die Füße.

Dessen Lächeln erlosch, als er sich hinkniete und den Reißverschluss der Tasche öffnete. Er tastete mit beiden Händen unter den Kleidungsstücken herum, blickte dann mit erstauntem Gesicht zu Kip auf und zog einen Revolver aus der Tasche.

Kip blieb der Mund offen stehen. Er suchte die Gesichter seiner Passagiere nach irgendeinem Hinweis, einer Erklärung ab. Er hatte angenommen, sie wüssten alle, dass der Besitz einer Feuerwaffe ein ernstes Vergehen war. Die kenianischen Behörden waren besonders nervös, was Handfeuerwaffen anging. In den Städten wurde das Verbrechen allmählich zu einem ernsten Problem, und sie wollten verhindern, dass Handfeuerwaffen von Touristen an irgendwelchen Tatorten auftauchten.

Kevin Armstrong wirkte sehr ruhig. Auf der Fahrt gen Norden hatte er bewiesen, dass er einiges über Afrika wusste, und Kip hatte den Eindruck gewonnen, dass er nicht zum ersten Mal hier war. Er wäre gewiss nicht so dumm, eine Waffe mitzuführen.

John Demitrio hingegen ließ seine Fingerknöchel knacken und spielte mit seinem protzigen goldenen Ring herum. Er neigte überhaupt zur Nervosität – vielleicht hatte er deshalb eine versteckte Waffe dabeihaben wollen.

Der Polizist hielt den kurzen Colt zwischen Daumen und Zeigefinger, als hätte er eine Bombe in der Hand.

»Lieutenant!«, rief er. »*Kuja upesi!*« Dann zog er seine eigene Waffe und richtete sie mit zitternder Hand auf die sechs Ausländer.

Der Offizier, ein fetter Mann mit Schweißflecken an den Achseln seines khakifarbenen Hemdes, kam aus der Hütte geschlendert und kratzte sich am Hintern. »*Shauri gani?*«, fragte er und entdeckte dann die Waffen in den Händen seines Kollegen. »*Hakia mungu!*«

Die beiden Polizisten drängten sich zusammen und warfen

hektische Blicke auf die Reisenden. Der erste zielte weiterhin in ihre Richtung.

Kip flüsterte aus dem Mundwinkel: »Wem gehört die Waffe?«

Niemand antwortete.

Der dicke Polizist ging zum Landrover und nahm das Klemmbrett von der Motorhaube. Er fuhr mit einem Finger die Liste der Namen entlang und verschwand dann eilig in seinem Büro. Als er zurückkam, fragte er: »Wem gehört diese Tasche?«

Wieder sagte niemand etwas.

Kip war furchtbar wütend. Er konnte sich nicht erinnern, wem diese schwarze Ledertasche gehörte, aber wenn er denjenigen ausfindig gemacht hatte, würde er ihm bei lebendigem Leib die Haut abziehen.

»Es wäre besser, wenn Sie es jetzt zugeben. Ich frage also noch einmal, wem gehört diese Tasche?«

»Mir.«

»Und Ihr Name ist …?«

»Eva Deloite.«

Der Offizier kehrte der Gruppe den Rücken zu, flüsterte seinem jungen Gehilfen etwas zu und verzog sich wieder in sein Büro.

Kip warf erst Eva einen Blick zu, die von der ganzen Sache völlig unbeeindruckt zu sein schien, und dann dem Polizisten, der den Colt wieder unter die Kleidungsstücke legte und den Reißverschluss der Reisetasche zuzog. »Fahren Sie«, sagte er abgehackt. »Fahren Sie, los.«

Kip beeilte sich, diesem Befehl Folge zu leisten. Nachdem er fünfzehn Minuten lang wütend die Straße entlang gebrettert war, so dass der Landrover in und über sämtliche Schlaglöcher hüpfte, stieg er auf die Bremse und brachte den Wagen unter einem großen Affenbrotbaum zum Stehen.

Er drehte sich zu Eva um, die auf dem Rücksitz saß. »Also?«, fragte er.

»Also was?«, entgegnete sie und sah ihn, ganz verletzte Unschuld, mit großen Augen an. »Ein Mädchen muss doch auf sich aufpassen können, draußen in der Wildnis, oder nicht?«

»Wie …? Was …?«, stammelte Kip zornig.

»Ich habe dir doch neulich gesagt, dass es mich etwas nervös macht, hier oben unterwegs zu sein. Weißt du nicht mehr? Als du mich am Hilton abgesetzt hast?«

»Das weiß ich. Aber was hat das damit zu tun, dass du eine Waffe bei dir hast? Wie bist du damit überhaupt ins Land gekommen?«

Sie zuckte mit den Schultern. »Sie war einfach in meinem Koffer. Was soll die ganze Aufregung überhaupt? Er hat uns doch durchgelassen, oder?«

»Das wäre meine nächste Frage gewesen. Eigentlich hätte er dich ins Gefängnis werfen müssen. Und uns alle mit dir.« Er warf Hugh einen Blick zu, und dieser schüttelte ungläubig den Kopf.

»Na ja … das muss daran liegen, dass er ein Bruder ist.« Eva schenkte ihm ein breites Lächeln. »Ihr Weißen könntet das nie verstehen.«

Hinter den Edelstahltüren bebte die New Miami Disco vor Lärm. Maina Githinji zupfte den offenen Kragen seines Hawaii-Hemds zurecht, so dass er ordentlich über dem Revers seines schwarzen Jacketts lag. Der Türsteher musterte ihn kurz, doch Maina ignorierte ihn. Er schob die Doppeltüren weit auf, und ein Schwall gekühlter Luft entwischte in die nächtliche Schwüle von Mombasa. Seine schwarze Begleiterin folgte ihm.

Maina hatte Costellos Angebot angenommen und gleichzeitig deutlich gemacht, dass er sich einen oder zwei Tage lang von seinen Amtsgeschäften erholen wolle. Das war eine subtile Andeutung, dass Costello nicht versuchen sollte, diese Gelegenheit zu nutzen, um mehr Zugeständnisse für die Einmischung seines CIA-Mannes in die Truppenbewegungen in der nördlichen Sicherheitszone erreichen zu wollen.

Er teilte den Vorhang hinter dem Eingang und schlenderte durch das flackernde Licht auf die Bar zu. Auf der Tanzfläche pulsierten die Körper der Tanzenden.

Hierher kamen Touristen aus allen möglichen Ländern, und an der Bar hockte eine Gruppe von vier Kenia-Cowboys, die jeder vorübergehenden Frau vermeintlich lustige Bemerkungen zuriefen. ›Kenia-Cowboy‹ war ein verächtlicher Ausdruck für kenianische weiße Männer, die sich aus Unreife und Unsicherheit laut und ekelhaft aufführten, was meistens zu einer Schlägerei führte, vor allem, wenn sie in der Minderheit waren.

Maina fing den Blick des Nachtclubbesitzers auf, der auf der anderen Seite der Tanzfläche stand. Als der Mann näher kam, winkte Maina seine Freundin zu sich heran. Er hob die Stimme, um die Musik zu übertönen, und sagte: »Hier, Kleines, hol dir einen Drink, ja? Und ein Bier für mich.« Er drückte ihr eine Fünfhundert-Shilling-Note in die Hand, und sie ging in Richtung Bar.

Die Kenia-Cowboys stießen einander mit den Ellbogen an, als sie sich näherte. Einer sagte etwas zu ihr, doch die große schwarze Frau ignorierte ihn. Maina lächelte. Als sie vorbeiging, steckten die vier die Köpfe zusammen und brachen dann in brüllendes Gelächter aus.

»*Jambo,* Maina«, sagte der Besitzer und umklammerte seine Hand zum typisch afrikanischen Händedruck. »*Karibu, bwana.*«

»*Asante*«, sagte Maina. »Wie geht es dir, Charles?«

»Mir geht es gut. Und dir? Du siehst großartig aus!«

»Na ja, ich könnte ein paar Pfund abnehmen«, sagte Maina und tätschelte die Wampe unter seinem Hawaiihemd, »aber ansonsten geht es mir gut.« Er blickte sich in der gut besuchten Disco um und nickte anerkennend. »Eine Menge Gäste, mein Bruder. Die Geschäfte laufen wohl gut.«

»Nicht schlecht. Nicht schlecht, wenn ich das sagen darf.«

»Sogar japanische Touristen. Sehr trendig, *bwana.*«

»Ha, ha, Maina. Heutzutage gilt man nichts mehr, wenn man keine japanischen Touristen in seinem Nachtclub hat, *si ndio?*«

»Ja, und du hast so viele davon. Gut gemacht.«

»Oh, ich danke dir, mein Freund. Aber was führt dich nach Mombasa? Du hättest vorher anrufen sollen, dann hätte ich ein Mädchen für dich arrangiert.«

»Diesmal habe ich eines mitgebracht.« Maina wies mit einem Nicken auf das Mädchen an der Bar.

»Wow, wo hast du die denn aufgetrieben, Mann?«

»Sie ist nicht übel«, sagte Maina wegwerfend, freute sich jedoch über Charles' Reaktion. Es hätte ihn auch gewundert, wenn sie anders ausgefallen wäre. Das Mädchen sah in dem hautengen Kleid und mit dem langen, geflochtenen Haar sensationell aus.

»Übernachtest du in unserem Hotel, mein Bruder?«

»Nein, ich habe die Yacht der amerikanischen Botschaft ein

paar Tage für mich. Komm doch morgen auf ein paar Drinks vorbei. Wir sollten uns mal unterhalten.«

»Sehr gern.« Charles zog die Wange zwischen die Zähne. »Hör mal, Bruder, was diese alberne Sache mit den Provisionen angeht ... Du sollst wissen, dass ich nichts damit zu tun hatte, was diese Kerle getan haben. Ich habe das Geld gern geschickt.«

»Das verstehe ich, Charles, aber wir müssen trotzdem darüber reden, ja? Deshalb wäre es wirklich gut, wenn du morgen auf das Schiff kommen könntest, damit wir uns unterhalten können. Nur eine freundliche kleine Unterhaltung.«

»Natürlich. Natürlich. Ich komme sehr gern. Also, *bwana*, ich werde da sein. Schließlich will ich, dass wir Freunde bleiben. Ich wollte nur, dass du meine Situation richtig einschätzt.«

»Situation? Charles, ich weiß nicht, wovon du sprichst. Die Sache ist sonnenklar. Wir hatten eine geschäftliche Vereinbarung – ich spreche mit meinen Freunden, und wir arrangieren die Nutzung des Meeresnationalparks. Eine geschäftliche Vereinbarung. Das ist die einzige Situation, die ich kenne.«

Der Nachtclubbesitzer verstummte.

»Ah, da kommen die Drinks«, sagte Maina, als seine Freundin von der Bar zurückkehrte. »Danke, Kleines. Ach, Charles, möchtest du dich nicht zu uns setzen?« Er lächelte und versuchte, sich seine Schadenfreude und Selbstzufriedenheit nicht anmerken zu lassen. Ihm fiel auf, dass Charles ein wenig grau um die Nase wirkte. »Ja, setz dich zu uns.« Erneut schob er die Hand in die Tasche. »Hier, Rose, hol Charles einen starken Scotch.«

Rose liebte laute Discos – je lauter, desto besser. Wenn sie die Musik mit etwas *bhang* und vielleicht noch einer halben Flasche Whisky mischte, konnte sie sich richtig entspannen und sich gehen lassen.

Maina Githinji war ein guter Tänzer, allerdings furchtbar eitel. Er tanzte im Grunde allein und versuchte vor allem, die Leute zu beeindrucken. Seine Partnerin – in diesem Fall Rose – war nur Beiwerk. Sie hatte ihn erst vor einem Monat kennengelernt, während sie noch regelmäßig mit Harry ausgegangen war, doch sie kannte bereits seine Gewohnheiten, wusste, was er mochte und was nicht. Das war eine Fähigkeit, die sie entwickelt hatte, um zu überleben.

Sie wusste, dass Maina gern mit ihr tanzte, weil sie zusammen sehr gut aussahen, er benutzte sie wie ein modisches Accessoire. Sie überließ ihm den Platz im Rampenlicht und spielte ihm zu, als sei sie völlig fasziniert von ihm. Das machte ihr nichts aus. Es war ja nur Show, wie bei einem Modelauftrag. Sie konnte ihre Rolle spielen oder ihre Pose halten, solange es nötig war, um zu erreichen, was sie wollte. Im Moment wollte sie sich nur amüsieren und sich das Vergessen leisten, das Marihuana und Alkohol versprachen.

Als Maina sie eingeladen hatte, ihn nach Mombasa zu begleiten, hatte sie kurz gezögert und dann zugesagt. Zwar musste sie zwei Nächte und drei Tage mit Maina verbringen, aber dafür versprach sie sich Ablenkung von der deprimierenden Erinnerung an das Wiedersehen mit ihrem Vater. Im Gegensatz zu Harry fürchtete Maina sich nicht davor, mit seinem Geld um sich zu werfen, und er amüsierte sich gern. Genau das brauchte Rose im Augenblick.

Rose amüsierte sich ebenfalls gern, denn die schlimmen Erinnerungen würden bald genug zurückkehren und sie verfolgen. Sie ließ sich von den blitzenden Lichtern und der Musik von Michael Jackson davontragen.

Sie liebte Michael Jackson, und offenbar war der DJ des New Miami ebenfalls ein Fan, denn er spielte die Songs des neuen Albums den ganzen Abend über rauf und runter. Am liebsten hätte sie zu jedem einzelnen Michael-Jackson-Song getanzt, aber der Scotch ließ Mainas Laune kippen. Als er sich weigerte, mit ihr auf die Tanzfläche zu kommen, tanzte sie allein, drehte und wand sich völlig ungehemmt zum mitreißenden Beat von »Billie Jean« oder »Thriller«. Das machte Maina wütend und neidisch, aber es war ihr egal. Je mehr sie tanzte, desto besser fühlte sie sich.

Während der Taxifahrt zurück zum Hafen schwieg er, doch an Bord wurde er grob, stieß sie aufs Bett und hüllte sie in seine Whisky-Fahne ein.

Später wand sie sich unter seinem schweren Oberschenkel hervor, den er quer über ihrem Bauch liegen gelassen hatte, nachdem er fertig war. Die Wirkung der Drogen ließ nach. In der Dunkelheit lauschte sie stundenlang – so kam es ihr jedenfalls vor – Mainas Schnarchen und dem Plätschern der Wellen am Rumpf des Schiffes, bis sie endlich einschlief.

Die Hitze und das sanfte Holpern des Landrovers auf der löchrigen, unbefestigten Straße lullte alle ein. Sogar Kip hinter dem Lenkrad hatte Schwierigkeiten, wach zu bleiben. Neben ihm war Hugh Hartigan im Sitz zusammengesunken, und sein hängender Kopf schaukelte sacht hin und her.

Die Unterhaltung war zum Erliegen gekommen, seit sie den kantigen Gipfel des Ololokwe in der Nähe von Archer's Post hinter sich gelassen hatten. Dort hatten sie auch zuletzt ein anderes Fahrzeug gesehen – einen Abercrombie & Kent-

Minivan mit Vierradantrieb, der schnell in Richtung Süden unterwegs war, vermutlich auf der Rückfahrt von einer der schicken Ferienanlagen am Samburu-Nationalpark.

Sie passierten den seichten, schlammigen Ewaso Ngiro, und die Straße stieg sacht zum Sagererua-Plateau hin an – eine Landschaft geprägt von Sandstürmen, niedrigen grauen Hügeln mit Termitennestern, die in der Hitze flimmerten, und wenig Vegetation, abgesehen von Myrrhe und Bogenhanf.

Kip hatte sechs Monate in Marsabit verbracht, während er für den National Parks and Wildlife Service als Wildhüter gearbeitet hatte, und er kannte die Straße und die umgebende Landschaft gut. Die Tierwelt der Wüste faszinierte ihn. Sie war anders als im fruchtbareren Süden, aber jetzt, in der stärksten Hitze des Tages, war nicht viel davon zu sehen.

Er warf einen Blick über die Schulter. Seine Passagiere litten unter der Hitze und ruhten oder schliefen, so gut es eben ging. Er fuhr nicht schneller als 40 Kilometer pro Stunde, was die Gefahr einer Reifenpanne auf dem zerfurchten, felsigen Boden verringerte.

Oberhalb der Stelle, wo die Straße am Horizont verschwand, hing eine Staubwolke am eisblauen Himmel. Kip beobachtete eine ganze Weile, wie sie näher kam, bevor sie schließlich verschwand. Das Fahrzeug musste aus irgendeinem Grund angehalten haben, denn auf diesem Straßenabschnitt gab es keine Abzweigungen. Er beschloss, auf dem nächsten Hügelkamm anzuhalten, damit seine Passagiere Pause machen konnten, doch als er die Stelle erreichte, kam das Fahrzeug, von dem die Staubwolke stammte, in Sicht – ein großer, khakifarbener Lastwagen.

Kip fand es merkwürdig, dass der Wagen nun mit der Schnauze nach Norden stand, so dass die mit einer Plane bedeckte Ladefläche in ihre Richtung wies, denn er war sicher gewesen, dass das Fahrzeug in südlicher Richtung gefahren war, als er die Staubwolke beobachtet hatte.

Er ging vom Gas.

Unheil verkündend erschien ihm auch die Tatsache, dass der Fahrer ausgerechnet an dieser Stelle geparkt hatte, wo die Straße über eine Felsplatte führte, die von den Sturzbächen vieler, vieler Regenzeiten unterspült war – links und rechts erstreckte sich ein felsiges Bachbett. Das war der einzige unpassierbare Streckenabschnitt kilometerweit, in beide Richtungen.

Kip ließ den Wagen vom Hügelkamm aus den Abhang hinabrollen und hielt knapp hundert Meter vor dem Lastwagen an.

»Was ist los?«, fragte Hugh und richtete sich nach seinem Schläfchen im Beifahrersitz auf.

»Ich weiß nicht genau.« Kip nahm seine Schirmmütze ab und kratzte sich am Kopf. »Der Kerl da vorn hat sich eine seltsame Stelle ausgesucht, um an seinem Wagen rumzubasteln.«

»Wo ist der Fahrer?«, fragte Diana vom Rücksitz.

»Das weiß ich auch nicht.« Kip suchte die Umgebung ab. Die Landschaft war felsig und mit den knorrigen Büschen bedeckt, die typisch für den trockenen Norden waren.

»Schaut!«

Die Lkw-Plane flog beiseite. Männer mit Gewehren waren auf der Ladefläche zu sehen. Kip trat das Gaspedal durch und lenkte den Landrover von der Straße weg und nach rechts in den Busch. Eine Kugel prallte mit einem *Tsching!* irgendwo in der Nähe auf.

»Festhalten!«, rief er, und der schwere Geländewagen schlingerte und hüpfte über den felsigen Boden. Sie rasten durchs Gebüsch. Der Dieselmotor brüllte protestierend ob der vollen Beladung. Kip suchte den Hügelkamm zu ihrer Rechten nach einer Lücke ab, durch die sie nach Süden entkommen könnten, doch der Felsenkamm ragte wie eine zehn Meter hohe Wand neben ihnen auf. Der einzige Durchlass nach Süden schien die Straße zu sein, von der sie gekommen waren.

Im Rückspiegel konnte er nichts erkennen, außer den kurz geschorenen Hinterkopf von Armstrong, der durch die Heckscheibe spähte. »Siehst du sie?«, brüllte er über den Lärm des Motors hinweg.

»Nein. Ich glaube, wir haben sie abgehängt«, sagte Armstrong.

Das Terrain wurde immer rauher. Kip hielt den Landrover an, um zu lauschen. In das Schweigen hinein flüsterte Eva: »Was sind das für Leute?«

Niemand wollte es aussprechen, doch schließlich sagte Diana: »Die *shifta*.«

Kip konnte in den Rückspiegeln nichts erkennen. »Und?«, fragte er Armstrong.

Das hügelige Gelände verbarg die Straße vor ihren Blicken.

»Nichts. Noch nicht.«

Wenn die *shifta*-Banditen sie hören konnten, würden sie sie finden. Kip stellte den Motor ab, und im Wagen herrschte Stille, während alle angestrengt nach einem nahenden Lastwagen lauschten. Kip nutzte die Zeit, um sich das felsige Bachbett unterhalb näher anzusehen. Das wäre eine letzte, riskante Möglichkeit, falls die *shifta* sie immer noch verfolgten.

Armstrong rief: »Da kommen sie!« Die Lkw-Plane ragte kurz über dem Gebüsch auf, knapp fünfhundert Meter hinter ihnen.

Der Landrover erwachte dröhnend zum Leben und machte einen Satz nach vorn, durch das dichte Gebüsch hindurch. Am steilen Bachufer stürzte er sich, ohne zu zögern, abwärts. »Festhalten!«, rief Kip verspätet.

Das Bachbett war so tief, dass der Wagen darin nicht gesehen werden konnte, aber es wand sich in engen Kurven, und die vielen Felsbrocken waren selbst für den Vierradantrieb fast zuviel. Einige Male blieb der Wagen bebend stehen, und Kip musste den Rückwärtsgang einlegen und sich einen anderen Weg suchen. Aus der Tiefe des Bachbetts hatten sie keine Möglichkeit festzustellen, ob das Ablenkungsmanöver funktioniert hatte. Kip fuhr weiter, in der Hoffnung, den Lastwagen abzuschütteln, die Straße zu erreichen und ihre Verfolger auf dem besseren Untergrund mit dem schnelleren Wagen abzuhängen.

Plötzlich war eine Explosion zu hören, gefolgt von einem Schmerzensschrei. Kip sah nichts mehr, denn die Windschutzscheibe zersprang in tausend Stücke, hielt aber noch. Eine weitere Kugel gab ihr den Rest, und Glassplitter flogen ihm ins Gesicht.

Von vorn und von oben richteten die *shifta* eine lange Reihe Gewehrläufe auf den Landrover. Kip winkte aus dem Seitenfenster und rief: »Nicht schießen! *Hapana!*« Sein Kisuaheli ließ ihn beinahe im Stich. »Stopp!«

»Hugh! Hugh!« Diana beugte sich nach vorn über den Sitz, einen Arm um ihren Mann geschlungen, der zur Seite gesunken war. Hartigan öffnete die Augen, doch sein Blick war glasig vor Schock. Unter Dianas schützend um ihn gelegten Arm sickerte Blut durch sein Hemd.

Die *shifta*-Rebellen starrten an ihren Gewehrläufen entlang auf sie herab.

# Kapitel 31

Maina tauchte mit schmerzendem Kopf und erbarmungslosem Lärm in den Ohren aus dem Schlaf auf. »Sir«, sagte der Lärm, »Sie müssen aufwachen!« Eine Hand schüttelte ihn leicht an der Schulter.

Wenn er sich besser gefühlt hätte, hätte er dem Mann gern ein paar hinter die Ohren gegeben, aber sein Kopf dröhnte. Er wollte schlafen.

»Sir«, beharrte die Stimme, »wachen Sie auf, es ist dringend, ich habe eine Nachricht von Vizekonsul Costello aus Nairobi.«

Costello. Der Name kam ihm vage bekannt vor. Githinji ignorierte die Stimme trotzdem.

Die Hand schüttelte ihn grob. Das ging zu weit. Maina warf die Bettdecke zurück, drehte sich herum und starrte den weißen Mann an, der in einer Marineuniform vor seinem Bett stand. »Wer sind Sie?«

Der Mann trat zurück und nahm Haltung an. »Fähnrich zur See Ferguson von der USS *Tarsal*, Sir. Die junge Dame an Deck sagte, ich könne Sie hier finden. Ich bedaure die Störung, Sir, aber ich habe Befehl von unserer Botschaft in Nairobi, Sie auf der Stelle zu kontaktieren.«

»Warum?« Maina versuchte, sich aufzurichten, und sein Kopf schien bersten zu wollen.

»Mr. Costello lässt Ihnen ausrichten, Ihr Präsident brauche Sie dringend in Nairobi. Man hat uns gebeten, Sie ausfindig zu machen, Sir.«

Der neue Präsident nahm Maina kaum zur Kenntnis, außer, wenn etwas schiefging.

»Wie spät ist es?«, fragte er und rieb sich die Augen.

»Elf Uhr, Sir.«

Maina stöhnte.

»Sir?«

Maina hob den verschlafenen Blick zu dem Soldaten und bemerkte erst jetzt den Umschlag in dessen Hand.

»Ja, bitte?«

»Ich habe Befehl, Ihnen diese Telex-Nachricht auszuhändigen und Ihnen unseren Hubschrauber zur Verfügung zu stellen, Sir.«

Githinji öffnete den Umschlag. Das Telex lautete: *Drei Amerikaner nahe Marsabit von* shifta *angegriffen, darunter besagter Freund. Nehmen Sie vor evtl. öffentl. Bekanntgabe unbedingt Kontakt zu mir auf. Drei kenianische Zivilisten ebenfalls als Geiseln genommen.* Sechs Namen waren darunter aufgelistet. Die Botschaft war mit »Costello« unterschrieben.

Jetzt fiel ihm wieder ein, woher er den Namen kannte. Barry Costello war der CIA-Mann in der amerikanischen Botschaft – der Mann, der ihm so großzügig diese Yacht der Navy für das Wochenende angeboten hatte.

»Sie können gehen.« Er entließ den Soldaten mit einer Handbewegung.

»Danke, Sir.«

Das Mädchen saß an Deck und starrte aufs Meer hinaus. Sie trug leuchtend weiße Shorts und eine rot-weiß-gepunktete Bluse mit Nackenband. »Rose – zieh dich an«, sagte Maina. »Wir gehen.«

Sie protestierte nicht, sondern hob stumm ihr Badetuch auf und ging unter Deck.

Der amerikanische Soldat stand auf der Pier neben einem Jeep, ein Ausbund an jugendlicher Gesundheit und stiller Effizienz.

Der durch seinen Kater verusachte Nebel in seinem Kopf lichtete sich ein wenig. Maina zog die Botschaft aus der Tasche und sah sich noch einmal die sechs Namen an. Hugh Hartigans Name hatte ihm natürlich sofort etwas gesagt. Diana, nahm er an, war wohl dessen Frau. Er tippte mit dem Finger auf den dritten Namen: *Rupert Balmain*. Er kam ihm irgendwie bekannt vor, aber Maina konnte sich nicht erinnern, woher. Es würde ihm schon wieder einfallen.

Der Hubschrauberflug nach Nairobi munterte Rose wieder auf. Sie sah zu, wie die Landschaft unter ihnen vom dunkelgrünen Band an der Küste in die viele Kilometer breite, gelbe Savanne überging, hier und da mit dem staubigen Grün von Gestrüpp durchsetzte, das in dieser Trockenzone leben konnte. Als sie sich Nairobi näherten, breiteten sich die Athi Plains unter ihnen aus wie ein blassgrünes Tischtuch voll blutroter Flecken – der vulkanischen Erde frisch gepflügter Gemüsegärten.

Maina erklärte, er könne kaum in Strandkleidung zur Besprechung mit dem Präsidenten gehen, also landeten sie am Wilson Airport, und er schob sie in ein Taxi, während er mit einem weiteren ins Büro fuhr.

Rose fühlte sich ein wenig verloren und überlegte, ob sie nach Hause gehen und ein Nickerchen machen sollte, bevor sie entschied, was sie heute Abend unternehmen wollte. Doch dann nannte sie dem Taxifahrer spontan die Adresse ihres Bruders.

Akello öffnete die Tür, nur mit einer Unterhose bekleidet, und winkte sie mit einem müden Lächeln herein. Er war von einem mageren Jungen zu einem gut gebauten, über einen Meter achtzig großen jungen Mann herangewachsen. Sein Job im Casino war schlecht bezahlt, aber durch seinen Charme bekam er reichlich Trinkgeld. Das sah man seiner Wohnung an, die mit einer schicken Sitzgruppe in schwarzem Leder, Esstisch und Stühlen aus Teakholz und modernen Drucke an den Wänden ausgestattet war.

»Du siehst müde aus«, sagte sie.

»Du auch.« Er trat hinter den Tresen der offenen Küche. »Kaffee?«

»Gern.« Sie setzte sich auf eine Sofalehne und sah zu, wie er nach einer Tasse für sie suchte.

»Wo warst du gestern Nacht?«, fragte er. »Ich dachte, du wolltest auf einen Drink im Casino vorbeischauen?«

»Ich war ein paar Tage unten in Mombasa.«

»*Kweli*? Mit wem?«

»Ach, niemand Besonderes.«

»Wie war's?«

»Ich bin im Hubschrauber nach Hause geflogen!«, sagte sie und bemühte sich, ihre kindische Aufregung zu verbergen.

»Wow! Wie hast du das denn geschafft?«

Eine junge Blondine kam aus dem Schlafzimmer und zog sich die Riemchen eines langen schwarzen Abendkleids über die Schultern. Sie legte Akello einen Arm um die Taille und küsste ihn auf die Wange. »Wiedersehen, Süßer«, sagte sie und lächelte Rose auf dem Weg zur Tür beiläufig zu. »Wir sehen uns, ja?«

»Okay, bis dann«, erwiderte er. »In einem Hubschrauber, was?«

»Wer war das?«, fragte Rose.

»Nur eine Bekannte. Hatte gestern Nacht Glück.«

»Offensichtlich.«

»Ich meine am Spieltisch, du grässliches Weib«, entgegnete er lächelnd.

Sie schüttelte resigniert den Kopf. »Also wirklich, Akello. Jede Nacht eine andere. Warum suchst du dir nicht mal was Festes?«

»Warum tust du das nicht?«

Sie ließ die Frage unbeantwortet. Sie sprach nie mit Akello über ihre Freunde und hatte es auch nicht gern, wenn er ihre Männer kennenlernte.

Da ihre Affären selten länger als ein, zwei Monate dauern, war es der Mühe einfach nicht wert.

»Wer war der *mzungu*, mit dem ich dich letzte Woche im Bubbles gesehen habe?«

»Ich weiß nicht. Irgendjemand.« Sie musterte ihre Fingernägel. »Hat Papa eigentlich noch etwas gesagt, nachdem ich gegangen bin?«

»Äh, na ja, ich soll dir sagen, dass er dich immer noch sehr lieb hat.«

»Toll.«

Akello war noch nie ein guter Lügner gewesen. Sie wusste, dass ihr Vater ihr nie so etwas ausrichten lassen würde, oder sonst irgendeine Botschaft. Er war viel zu stolz dazu.

»Und er hat gesagt, dass er vielleicht versuchen würde, es nach Panyiketto zu schaffen.«

Rose betrachtete das Gesicht ihres Bruders im Profil. Er wich ihrem Blick aus und schüttelte seine schwarze Hose aus.

Sie stand auf und trat mit ihrem Kaffee ans Fenster. Draußen auf der Chiromo Road strömte der Verkehr vorüber.

»Warum schreibst du ihm nicht einen Brief?«, schlug Akello vor. »Er sagt, die Post wäre inzwischen viel zuverlässiger.«

»Nein.«

»Rose … *hakia mungu* … es kann nicht schaden. Versuch doch zumindest, ihm alles zu erklären.«

»Akello, du hast gehört, wie er mich genannt hat. Du weißt, wie er ist. Ich habe dir gesagt, dass er so reagieren würde, falls er je erfährt, dass ich Kisumu verlassen habe. Und so ist es. Du kennst ihn nicht so, wie ich ihn kenne.« Sie stellte ihre Tasse ab und kehrte ihm am Fenster den Rücken zu. »Ganz egal, wie oft ich mich entschuldige, ihm wird es nie genügen.«

»Versuch es doch nur ein letztes Mal. Ich schreibe auch etwas dazu, damit er –«

»Du hörst mir nicht zu, kleiner Bruder. Papa wird mir nie verzeihen. Ich muss lernen, damit zu leben.« Sie wandte sich ihm wieder zu. »Und du auch.«

Die Wachleute salutierten, als Mainas Wagen durch die hohen Stahltore des State House einfuhr. Ein Uniformierter öffnete ihm die Autotür, ein weiterer geleitete ihn in den gemütlichen Salon, der als Warteraum vor dem Amtszimmer des Präsidenten diente.

Maina setzte sich kurz, stand aber gleich wieder auf. Über ihm hing ein großes Porträt des lächelnden Präsidenten, doch aus diesem Blickwinkel sah es so aus, als hätte der Künstler, möglicherweise unbewusst, die berechnende Kälte in den Augen eingefangen.

Auf den Präsidenten zu warten machte Maina jedes Mal furchtbar nervös. Er war der letzte Kikuyu mit einer gehobenen Position in der Regierung; seine Kikuyu-Kollegen waren einer nach dem anderen aus ihren Ämtern aussortiert worden. Üblicherweise erfuhren sie bei einer Besprechung wie dieser von ihrem Schicksal – sie wurden in irgendeiner

Routineangelegenheit ins State House bestellt, um dann gesagt zu bekommen, dass man sie eines Verbrechens beschuldigt und überführt hatte, das sie dazu zwang, ihren Rücktritt einzureichen, wenn sie nicht ins Gefängnis gehen wollten.

Einige behaupteten, der rätselhafte Präsident Odhiambo – der zum Stamm der Luo gehörte – wolle damit nur sein Versprechen halten, die Regierungsposten gerecht unter allen Stämmen zu verteilen. Aber Maina und die meisten Kikuyu glaubten an eine Verschwörung, durch welche die Kikuyu, der zahlenmäßig stärkste Stamm, politisch entmachtet werden sollten.

Die Tür zum Amtszimmer des Präsidenten öffnete sich, und der Staatssekretär des Präsidialamts kam heraus, um Maina zu begrüßen. »Guten Morgen, Herr Staatssekretär«, sagte er mit einem schwachen Lächeln und einem schlaffen Händedruck.

»Morgen, Gerishon«, erwiderte Maina und nickte.

»Der Präsident wird Sie jetzt empfangen.«

Maina folgte ihm in das Amtszimmer, wo er Barry Costello entdeckte, der dem Präsidenten an seinem Schreibtisch gegenübersaß. Seine Nervosität wuchs.

»Guten Morgen, Euer Exzellenz«, sagte er.

»Ah, Maina! Kommen Sie herein, mein Freund. Mr. Costello von der amerikanischen Botschaft kennen Sie bereits, soweit ich weiß?«

»Ja, Exzellenz.« Er reichte Costello die Hand. »Mr. Costello. Es freut mich, Sie wiederzusehen.«

»Ganz meinerseits, Mr. Githinji.«

»Setzen Sie sich doch, meine Herren. Bitte.« Der Präsident wies auf einen Stuhl für Maina. »Mr. Costello hat mich gerade über die Geiselnahme in Marsabit informiert.«

»Geiselnahme?« Der Wort war Maina entschlüpft, bevor er sich zusammennehmen konnte. Costello hatte in seinem Telex keine Geiselnahme erwähnt. Das hätte er ruhig tun können. Er warf Costello einen Blick zu, der unschuldig lächelte. »Ich meine, ich bin eben erst von einem Termin in Mombasa hierhergeflogen, Exzellenz. Ich hatte noch keine Zeit, mich von meinen Mitarbeitern informieren zu lassen.«

»Gut«, sagte Präsident Odhiambo. »Die wissen nichts, und ich will, dass das für den Moment auch so bleibt.«

Githinji bemühte sich, seine Überraschung zu überspielen.

»Am besten überlasse ich es Mr. Costello, Ihnen von den Amerikanern zu berichten. Mr. Costello?«

»Danke sehr, Herr Präsident.« Costello beugte sich zu Maina hinüber, und sein Lächeln verschwand augenblicklich. »Zwei der Geiseln gehören zum mittleren Management eines mittelgroßen Bergbauunternehmens aus Nevada. Das Unternehmen ist auf den Abbau kleinerer Vorkommen seltener Erden an schwer zugänglichen Fundorten spezialisiert.« Er warf dem Präsidenten einen Blick zu, bevor er hinzufügte: »Sie sind im Rahmen dieser Operation nicht von Bedeutung.«

Der Präsident saß in seinem Stuhl mit der hohen Lehne, die Ellbogen auf die Armlehnen gestützt. Gedankenverloren trommelte er mit den Fingern unter seiner Nase herum.

»Der dritte amerikanische Staatsbürger ist die Person, über die wir am vierzehnten dieses Monats in Ihrem Büro gesprochen haben. Sie ist Agentin unseres Informationsdienstes und wurde hierhergeschickt, um Kontakt zur Free Somalia Movement zu knüpfen, deren Hauptquartier sich jetzt in Addis Abeba befindet. Wir glauben, dass sie tatsächlich den Kontakt zur FSM herstellen konnte, bevor die Reisegruppe gefangen genommen wurde. Wir rechnen damit, dass der *shifta* ihre Identität bekannt ist. Sie verlangen, dass wir – äh, vielmehr, dass die kenianische Regierung einen ihrer inhaftierten Anführer freilässt, und weitere Personen, die Sie während der vergangenen zwölf Monate festgehalten haben, im Austausch gegen die drei Amerikaner und drei Kenianer.« Abrupt verstummte er, wandte sich dem Präsidenten zu und gab mit einem Nicken zu erkennen, dass er fertig war.

Der Präsident schwieg einen Moment lang und sagte dann: »Die kenianischen Geiseln sind weiß, Hugh und Diana Hartigan sind zwei davon. Der dritte ist ein Mann namens Rupert Balmain, auch als Kip bekannt.« Der Präsident beugte sich vor. »Er kommt aus der Nähe des Mount Kenya, aus Nanyuki. Soweit ich weiß, ist das auch Ihre Heimat, Maina.«

Diese Tatsache hatte Githinji nie irgendeinem Mitglied der Partei gegenüber erwähnt. Er fragte sich, weshalb der Präsident von Kenia sich die Mühe machen sollte, sich seinen Geburtsort zu merken.

Doch bei der Erwähnung von Nanyuki im Zusammenhang mit dem Namen Kip Balmain stand ihm plötzlich eine Erinnerung vor Augen. Er sah einen blonden Jungen mit großen grünen Augen – oder waren sie blau? Und einem schlecht sitzenden Hut.

Der Junge stand vor ihm, die Hände in die Taschen seiner zu großen Shorts geschoben, den Kopf fragend zur Seite geneigt, während Maina sich quälte, weil er den Befehl bekommen hatte, den *mzungu*-Jungen zum Wohl der Bewegung zu opfern. Es konnte niemand anders sein. Dieser ungeheure Zufall machte ihn einen Moment lang sprachlos.

Man musste ihm die Überraschung angesehen haben. Präsident Odhiambo fragte: »Geht es Ihnen nicht gut, Githinji? Sie sind ja ganz blass.«

»Ich bin etwas ausgetrocknet von dem Flug, Euer Exzellenz. Wenn ich vielleicht ein Glas Wasser …?«

»Selbstverständlich.« Der Präsident drückte einen Knopf an der Sprechanlage und verlangte nach kalten Getränken.

»*Sasa,* ich erwarte Folgendes von Ihnen, Maina. Sie müssen diese Frau aus Marsabit herausholen. Tun Sie, was immer dazu nötig sein sollte. Aber auf keinen Fall dürfen Sie zusagen, irgendwelche Gefangenen freizulassen. Kenia wird Somalia gegenüber keinerlei Schwäche zeigen. Wir beteiligen uns in keinster Weise an deren hässlichen Spielchen. Das wird nie ein Ende nehmen. Die Hartigans sind selbst schuld an ihrer Situation. Sie machen sich zur Zielscheibe für Erpresser. Außerdem haben er und seine Frau uns nichts als Scherereien gemacht – hetzen im ganzen Land die Leute auf, alles für den Umweltschutz. Man könnte meinen, das Land gehört ihnen. Machen Sie sich also um die beiden keine Gedanken. Und dieser … dieser Balmain … der ist auch selbst schuld, und außerdem, wer ist er schon? Ein Niemand. Wir warnen alle Touristikunternehmen, sich von der Sicherheitszone im Norden fernzuhalten. Seine Situation hat er sich selber zuzuschreiben.«

Das Gespräch ruhte, während eine Assistentin hereinkam und ihre Getränke brachte.

»Mr. Costello hat uns die volle Unterstützung der amerikanischen Botschaft angeboten, aber die Amerikaner dürfen nicht allzu offensichtlich in die Sache verwickelt sein.« Der Präsident erhob sich und deutete damit das Ende der Besprechung an. »Maina – ich verlasse mich auf Sie.«

# Kapitel 32

Wo sind wir, Kip?« Evas Stimme erklang neben ihm im Dunkel der mondlosen Nacht.

»Nördlich von Marsabit, würde ich sagen. Ungefähr hundertfünfzig Kilometer.« Er war sich der Entfernung nicht sicher, aber während sie gefesselt und bewacht unter der Plane auf der Ladefläche gesessen hatten, hatte er gespürt, wie der Wagen den Mount Marsabit erklomm und auf der anderen Seite wieder abwärtsfuhr. Er vermutete, dass sie inzwischen den schwarzen Basalt der Dida Galgalu – der Schwarzen Ebene – erreicht hatten, die etwa auf halbem Wege zwischen Marsabit und Moyale lag, dem Grenzübergang nach Äthiopien.

Er versuchte, sich an den Loquat-Baum gelehnt ein wenig bequemer hinzusetzen. Der Baum, keine einheimische Art, bildete das Zentrum eines kleinen Areals, das mit Dornbüschen eingefriedet war. Eva saß neben ihm, auch sie lehnte sich mit dem Rücken an den Baum. Hugh war der Einzige, dem die *shifta* eine Decke gegeben hatten. Er lag auf der anderen Seite des Baums, neben Diana. Gelegentlich gab er ein Stöhnen von sich, und sie spendete ihm flüsternd Trost. Hartigan hatte viel Blut verloren. Kip hatte die Rebellen angefleht, die Frauen freizulassen, damit sie Hugh nach Isiolo zurückbringen konnten. Sie hatten ihn ignoriert.

Es machte ihm Sorgen, dass die *shifta* sie nicht, wie üblich, einfach ausgeraubt und wieder freigelassen, sondern sie nach

Norden verschleppt hatten. Nun fügten sich allmählich viele Dinge, die vorher keinen Sinn ergeben hatten, zu einem neuen Bild zusammen.

Zunächst einmal war da die Entdeckung gewesen, dass Eva eine Waffe bei sich trug. Auch die *shifta* hatten das Gepäck durchsucht und die Waffe gefunden, und Kip hatte sich gewundert, dass die Rebellen offensichtlich nicht überrascht gewesen waren. Dann, kurz nachdem sie hier angekommen waren, hatte Kip das unverkennbare Quaken eines Funkgeräts gehört, und eine hastige Unterhaltung auf Somali. Ihre Entführer waren keine gewöhnlichen Straßenräuber.

»Was ist hier los, Eva?«, fragte er leise.

»Wie meinst du das?« Ihr Tonfall klang beherrscht, vorsichtig.

»Erst war da die Waffe, und wie die Wärter dich an der Grenze einfach damit durchgelassen haben. Das kam mir schon mehr als merkwürdig vor. Dann ist mir eingefallen, dass du von der Laikipia-Lodge aus per Funk mit jemandem gesprochen hast.«

»Belauschst du alle deine Gäste auf diese Art?« Sie klang ein wenig verärgert.

»Nein. Unser Funker hat mir nur erzählt, dass du darauf bestanden hast, die Verbindung selbst herzustellen. Er fand es ungewöhnlich, dass eine Touristen einen UKW-Sender selbst einstellen kann.«

»Tja, ich bin keine Touristin.«

»Und auch keine Angestellte des amerikanischen Wirtschaftsministeriums.«

Auf ihrer Seite des Baums herrschte Schweigen. Er konnte sie atmen hören. Als sie sich ein wenig bequemer zurechtsetzte, erhaschte er einen verlockenden Hauch ihres Parfüms.

»Sie haben vor, uns als Geiseln festzuhalten und gegen einige ihrer Leute auszutauschen.«

»Woher weißt du das?«

»Ich habe gehört, wie sie vorhin per Funk ihre Befehle bekommen haben.«

»Jetzt sprichst du auch noch Somali. Nicht schlecht. Schön *und* sehr klug.«

»Ich gebe mir Mühe.«

»Und warum sollte die kenianische Regierung sich darauf einlassen?«

Wieder zögerte sie, bevor sie antwortete: »Okay.« Sie holte tief Luft. »Ich werde ohnehin deine Hilfe brauchen. Also, die Sache ist so.« Sie beugte sich dichter zu ihm herüber; sein Herz pochte, als ihre Brust seinen Arm streifte. »Ich arbeite für die amerikanische Regierung.«

»Warum sagst du nicht gleich CIA?«

»Ich benutze diesen Ausdruck nicht gern. Damit verbinden die Leute eine vorgefasste Meinung. Sagen wir doch einfach, ich bin Agentin, okay?«

»Wenn du darauf bestehst.« Er zuckte mit den Schultern.

»Ich bin hier, um Kontakt zu einer Gruppe in Addis Abeba herzustellen, die ein gemeinsames Interesse mit den USA hat.«

»Warum?«

»Sie haben Informationen, die wir brauchen.«

»Nein, ich meine, warum du? Eine Frau. Nicht, dass ich was gegen Frauen hätte, aber das scheint mir eine ziemlich schwierige Aufgabe für eine weibliche Agentin zu sein. Ich glaube nicht, dass diese Somalis allzu viel von Gleichberechtigung halten.«

»Wir haben es mit Somalis und Äthiopiern zu tun. Ich

spreche Amharisch, ein bisschen Oromo und Tigrinya, ein paar ostkuschitische Tiefland-Dialekte, außerdem Standard-Somali und einige regionale Dialekte.«

»Ich verstehe.«

»Und natürlich Arabisch, Französisch und Italienisch.«

»Natürlich. Äh … ich hab's begriffen. Also weiter.«

Sie zögerte kurz, um ihre Gedanken zu sammeln. »Meine Aufgabe ist es also, Kontakt herzustellen. Meine Regierung glaubt, dass die Informationen dieser Gruppe von überragender Bedeutung für die zukünftige Interaktion mit Somalia und, in gewissem Maße, auch mit Äthiopien sein wird.«

»Deshalb werden die USA sehr daran interessiert sein, deine Freilassung zu erwirken.«

»Ja.«

»Und, hast du diese Informationen schon?«

»Nein.«

»Dann sagen wir das den *shifta* und sehen zu, dass wir hier wegkommen.«

»Wenn sie glauben, dass ich keine nützlichen Informationen habe, bin ich für sie wertlos, und sie werden uns umbringen.«

Er versuchte, im Licht der Sterne den Ausdruck in ihren Augen zu sehen, aber es war unmöglich. Sie schien sich dessen, was sie sagte, sehr sicher zu sein, und er sah keinen Grund, warum er ihr nicht glauben sollte. »Du hast gesagt, du bräuchtest meine Hilfe?«

»Ja. Die Kenianer haben an der Grenze zu Somalia ein großes Manöver angesetzt. Die USA haben eine Reihe von Beobachtern bei diesen Truppen. Wenn du recht hast, was unsere Position angeht, dann sind diese Truppen nur etwa hundertfünfzig bis zweihundert Kilometer östlich von hier.«

»Und? Das ist ein ziemlich weiter Marsch.«

»Ich habe ein Funksignal aktiviert, das der Kommandant des amerikanischen Kontingents auf diese Entfernung empfangen müsste. Er hat Befehl, das Signal zum Empfänger zu verfolgen und die Informationen von mir entgegenzunehmen.«

»Was soll das heißen, du hast ein Funksignal aktiviert?«

»Ein Mini-Sender, der ein speziell verschlüsseltes Signal sendet.«

»Aber wie denn? Die *shifta* haben uns doch alles abgenommen?«

»Er ist in meiner Haarklammer versteckt.«

Die kleine Schmuckklammer steckte in den Zöpfen über ihren Ohren.

»Wir müssen also bereit für einen Ausbruch sein, wenn sie hier ankommen.«

»Das sagst du so einfach. Wie sollen wir Hugh hier rausbringen?«

»Gar nicht.«

»Ich kann ihn nicht –«

»Entweder lassen wir ihn hier zurück, oder wir sterben alle. Manchmal muss man eine Entscheidung treffen. Nicht jeder kann in dieser Welt überleben. Ausgerechnet du solltest das wissen.«

Er schwieg und rang mit dieser grausamen Logik.

»Der Stärkere überlebt, Kip. Das ist Afrika, nicht wahr?«

Maina saß an seinem Schreibtisch und ließ sich die Möglichkeiten durch den Kopf gehen. Er fühlte sich gedrängt, die Polizei-Spezialkräfte GSU einzusetzen und nicht die Armee. Wenn er die Armee haben wollte, würde er mit dem Staatssekretär des Verteidigungsministeriums zusammenarbeiten müssen – und dieser intrigante Luo würde ihm ständig über die Schulter blicken und hoffen, dass Maina einen Fehler machte.

Die General Services Unit war ein Instrument der Inneren Sicherheit und unterstand normalerweise Maina, doch der Kommandant, Oberst Gabriel Opiyo, war ein erfahrener, ehemaliger Soldat mit einflussreichen Freunden in der Partei. Er war praktisch unlenkbar. Maina hegte den Verdacht, dass der Oberst das Ziel verfolgte, ihn eines Tages im Ministerium für Innere Sicherheit abzulösen, und deshalb heimliche Pläne gegen ihn schmiedete.

Außerdem war Maina der Gedanke gekommen, dass Präsident Odhiambo ihm die Verantwortung für diese Aktion übertragen haben könnte in der Hoffnung, Maina würde versagen und dem Präsidenten damit einen Grund liefern, ihn zu feuern. Außerdem war es merkwürdig, dass der Präsident ihm befohlen hatte, die Aktion vor anderen Regierungsstellen und sogar in seinem eigenen Ministerium geheim zu halten. Das war ein Bruch in der vorgeschriebenen Verfahrensweise – ein Vergehen, für das er entlassen werden konnte. Andererseits konnte er der Forderung des Präsidenten, die Sache geheim zu halten, kaum zuwiderhandeln. Wenn er das tat, konnte man ihm Untreue vorwerfen – der am häufigsten gebrauchte Vorwurf gegen jene, die aus ihren Ämtern entlassen worden waren.

Maina knallte den Stift auf den Schreibtisch. Er hatte sich nicht so weit in der Partei hochgekämpft, um sich jetzt seinen Posten stehlen zu lassen – schon gar nicht in diesen politisch turbulenten Zeiten, da größere Veränderungen bevorstanden. Er würde die CIA-Geisel aus den Händen der *shifta* retten, wie ihm befohlen worden war, und er würde das ohne die so genannte Unterstützung der Amerikaner bewerkstelligen. Er würde nichts und niemandem erlauben, ihm seinen Sieg streitig zu machen.

Er griff zum Telefon. »Verbinden Sie mich mit Oberst Opiyo«, befahl er.

Kip zog sein T-Shirt aus und faltete es klein zusammen. Die Sonne hing golden am östlichen Horizont, doch er spürte bereits ihre erwachende Kraft auf dem nackten Rücken. Er kippte den Eimer, goss etwas Wasser auf den Stoff und trug sein tropfendes T-Shirt hinüber zum Loquat-Baum, wo Diana neben Hugh saß.

»Hier«, sagte er und reichte Diana die nasse Kompresse.

Sie blickte auf und lächelte ihm dankbar zu.

»Warum machst du nicht mal eine Pause? Ich bleibe eine Weile bei Hugh.« Er ließ sich neben ihr auf dem Boden nieder.

»Es geht schon. Aber trotzdem danke.« Diana drückte etwas Wasser aus dem T-Shirt und betupfte den Kopf ihres Mannes damit.

»Wie geht es ihm?«

»Er blutet nicht mehr so stark, aber ich glaube, seine Lunge ist angegriffen. Er hatte ein paar schreckliche Hustenanfälle, die neue Blutungen ausgelöst haben.«

»Ja. Ich habe ihn heute Nacht gehört.«

Binnen vierundzwanzig Stunden sah der achtundsechzigjährige Hartigan plötzlich so alt aus, wie er war. Kip war entsetzt über diese Veränderung. Hugh war immer ein kräftiger, von der Sonne gebräunter Mann gewesen, doch nun war seine Haut blass, wirkte so dünn wie Pergament, und er atmete flach.

»Ich weiß nicht, wie wir ihn transportieren sollen«, sagte Kip, der eigentlich nur laut dachte.

»Ihn transportieren? Wie meinst du das?«

Er erzählte ihr von Evas Plan. »Ich muss mir etwas überlegen. Wir können ihn nicht bewegen, wenn er dadurch noch mehr Blut verliert.«

»In Hörweite des Patienten spricht man nicht über dessen Zustand«, krächzte Hugh.

»Du bist wach?«

»Jetzt schon«, sagte er und schluckte schwer.

»Wie fühlst du dich, Hugh?«, fragte Kip und rückte näher an ihn heran.

»Nicht übel für einen alten Knacker.«

Kips Schlüsselbund pikte ihn in den Oberschenkel, und er steckte ihn in die andere Hosentasche, bevor er Diana das feuchte T-Shirt abnahm und Hugh damit die Stirn kühlte. »Freut mich, das zu hören.«

»Kip, was ist eigentlich dieses verdammte Ding an deinem Schlüsselbund? Das wollte ich dich schon immer mal fragen.«

»Nur ein Stückchen Holz.«

»Du schleppst das verdammte Ding immer mit dir herum, solange ich dich kenne.«

»Es hat etwas mit meiner Familie zu tun. Irgendwann finde ich schon noch heraus, was es eigentlich ist.«

»Weißt du, wonach das für mich aussieht?«

»Wonach denn?«

»Es sieht aus wie …«

Hughs Stimme versagte, er räusperte sich und bekam einen Hustenanfall. Er bekam den Husten nicht in den Griff, und Blut legte sich wie ein dünner Film auf seine Lippen. Kip nahm einen Becher und eilte zu dem Eimer mit Trinkwasser hinüber.

Als er zurückkam, war der Verband um Hughs Brust hellrot gefärbt, und er lag mit geschlossenen Augen da, erschöpft von dem krampfhaften Husten.

Diana warf Kip einen Blick zu. Panik lag in ihren Augen, und Kip reckte den Arm und tätschelte ihre Hand. In diesem Moment öffnete Hugh die Augen.

»Ah, Kip. Genau das wollte ich gerade sagen«, krächzte er mit einem kläglichen Lächeln. »Ich wollte dich bitten, für mich auf diese wunderbare Frau aufzupassen.«

»So leicht kommst du aus dem Vertrag nicht raus, mein Liebling«, sagte Diana und rang sich ein Lächeln ab.

Hugh seufzte in gespielter Verzweiflung. »Geht das schon wieder los. Ständig untergräbt sie meine Autorität.«

Kip fühlte sich wie gefangen in diesem privaten Augenblick. »Ich hole noch etwas Wasser«, sagte er. Er konnte nicht damit umgehen, dass Hugh im Sterben lag, und fürchtete, seine Gefühle würden ihn bald überwältigen.

»Kip. Bleib hier.« Hugh legte eine Hand auf seine. Die Finger waren eiskalt. »Vielleicht habe ich später keine Chance mehr, dir das zu sagen, und ich will nicht in der Befürchtung sterben, du könntest dich weiterhin so quälen.«

Kip warf Diana einen Blick zu, doch die schien sich damit abgefunden zu haben, dass Hugh sagen würde, was er sagen wollte.

»Diana und ich hatten ein … ein Arrangement für unser gemeinsames Leben. Diese Granate hat mehr zerstört als nur mein Bein. Als es passierte, waren wir verlobt, und ich weiß, ich hätte die Hochzeit absagen müssen. Aber damals habe ich Diana mehr gebraucht als je zuvor. Das war selbstsüchtig von mir, ich weiß, aber Diana war bereit, mich trotzdem zu heiraten. Und ich hätte mir nie mehr wünschen können als das, was sie für mich war.«

Er atmete mühsam, flach und keuchend.

»Aber ich habe unsere Hochzeit an eine Bedingung geknüpft. Wir haben nur unter der strengen Voraussetzung geheiratet, dass Diana sich um unser beider willen diskret irgendwo mit irgendjemandem traf, der ihre körperlichen Bedürfnisse befriedigen konnte.

Ich zweifle nicht an ihren Worten, wenn sie mir sagt, dass die Männer, die sie gelegentlich in ihr Leben holte, ihr nichts bedeutet haben. Bis sie dir begegnet ist. Dann musste sie dich gehen lassen. Mein armer Liebling hatte sich verliebt. Und das durfte nicht sein.« Er machte eine kurze Pause, schluckte und zuckte dabei vor Schmerz zusammen. »Sie hat die Affäre beendet, nicht, weil ich darauf gedrängt hätte – ich wusste damals gar nichts davon –, sondern weil sie selbst ... entschlossen war, sich an unsere Vereinbarung zu halten ... Und so, verstehst du, war sie uns beiden treu.«

Kip schluckte den Kloß in seiner Kehle hinunter und legte eine Hand auf Hughs. »Hugh, ich würde niemals etwas tun, das dich verletzen könnte.«

»Das hast du auch nicht«, erwiderte er.

»Ich kannte dich damals nicht und konnte ja nicht wissen, wie sich das alles entwickeln würde, mit Diana und –«

»Du hörst mir nicht zu, mein lieber Junge. Du brauchst kein schlechtes Gewissen zu haben ... Ich bin nur froh, so froh, dass ... Kip, du warst für mich wie der Sohn, den ich nie hatte. Oh Gott ...« Er begann zu kichern, doch es wurde rasch ein Husten daraus. Er holte tief Luft und versuchte es noch einmal. »Ich höre mich an wie jemand in einem Fünfziger-

Jahre-Film.« Er schluckte schwer und kämpfte sichtlich gegen den Drang, zu husten.

»Hugh –«

»Psst, Kip, das ist meine Szene … Ich brauche euch nicht meinen …« Er brach ab, um schmerzhaft nach Atem zu ringen. »… Segen zu geben. Über eure Zukunft müsst ihr selbst entscheiden, aber ich … na ja, eigentlich wollte ich nur sagen … Lass dich von deinem Gewissen nicht … nicht abhalten, falls … falls zwischen euch beiden etwas entstehen sollte. Okay?«

»Hugh … ich –«

»Okay, Kip?«

»Okay, Hugh.«

Der ältere Mann schloss die Augen, und einen Moment lang dachte Kip, er sei eingenickt, doch seine Brust hob und senkte sich nicht mehr im Kampf um jeden Atemzug. »Hugh?« Kip berührte seine Wange.

»Hugh?« Diana tastete nach dem Puls an seinem Hals und schlug dann die Hand vor die Augen.

Kip entzog seine Finger Hughs kaltem Griff und legte Hughs Hand auf dessen blutgetränktes Hemd. Dann nahm er Diana in den Arm und hielt sie fest, während sie schluchzte.

# Kapitel 33

Sie begruben Hugh im steinigen Boden oberhalb des Lagers, während die *shifta* sie aus dunklen, ausdruckslosen Augen beobachteten.

Es war Samstag. Diana erinnerte sich, dass Hugh samstags immer mit Freunden ausgeritten war. Diese Freunde waren eine bunt gemischte Truppe aus Landbesitzern, Anwälten und anderen, die auf die eine oder andere Weise mit dem Land verbunden waren. Zu Beginn ihrer Ehe war Diana ein- oder zweimal mit ausgeritten, doch bald hatte sie erkannt, dass diese Männer einer anderen Welt angehörten. Das war Hughs Generation, die Erinnerungen an das frühere Leben hier teilten. Sie schienen eine andere Sprache zu sprechen. Es brauchte einer nur ein, zwei Worte zu sagen, und die anderen verstanden sofort, weil sie die dazugehörige Geschichte assoziierten. Hughs erste Ehefrau kam in einigen dieser Erinnerungen vor, was jedes Mal zu verlegenem Schweigen führte. Diana bekümmerte das nicht – Hughs erste Frau hatte sich von ihm scheiden lassen, fünf Jahre bevor Diana ihn kennengelernt hatte –, doch das war ein weiterer Grund dafür, dass sie sich samstags lieber anderweitig beschäftigte.

So lief das oft in ihrer alltäglichen Routine. Sie und Hugh gingen verschiedenen Interessen nach, kamen wieder zusammen, nachdem sie sich einen Tag oder eine Woche lang nicht gesehen hatten, und freuten sich über die Gesellschaft des jeweils anderen. Ihrer beider Leben verlief wie auf parallelen Wegen, die sich nur selten kreuzten. Vielleicht war gerade dieses Arrangement der Grund dafür, dass sie jetzt nicht nur trauerte, sondern sich auch eigenartig leer fühlte – als hätte sie einen sehr guten Freund verloren.

Kip hatte in den zwei Tagen seit Hughs Tod regelmäßig nach ihr gesehen, sie gefragt, ob sie etwas brauche, und ständig versucht, es ihr bequemer zu machen. Er vermied es jedoch, mit ihr über Hugh zu sprechen, und sie hatte keine Ahnung, wie er dazu stand, was ihr Mann ihm auf dem Sterbebett offenbart hatte – dass sie insgeheim in Kip verliebt war, solange sie ihn kannte.

Maina verfluchte sich dafür, dass er auf Gabriel Opiyos Bitte eingegangen war, ihre Besprechung im Hauptquartier der GSU abzuhalten; das war Opiyos Revier, wo sämtliche Einzelheiten seine Macht zum Ausdruck bringen würden. Aber Opiyo spielte auf Zeit, da er wusste, dass der Staatssekretär unter dem Druck stand, die Situation so schnell wie möglich zu bereinigen. Maina hatte dem Treffen in Opiyos Büro zugestimmt, weil er es eilig hatte, nach Marsabit zu kommen.

Maina beschloss, das Treffen möglichst kurz und sachlich zu halten und Opiyo keine Gelegenheit zu irgendwelchen Machtspielchen zu geben. Er betrat Opiyos Büro, das mit Amtsinsignien, Flaggen und diversen an der Wand zur Schau gestellten Waffen prächtig geschmückt war. Maina begrüßte den Oberst mit einem knappen Händedruck und fing sofort damit an, seinen Plan darzulegen.

»Oberst Opiyo«, begann er und setzte sich Opiyo an dessen riesigem Schreibtisch gegenüber, »wir haben nicht viel Zeit, deshalb will ich gleich zur Sache kommen. Wir haben es, wie

Sie wissen, mit einer schwierigen Situation zu tun. Die Verwicklung ausländischer Staatsbürger kompliziert die Angelegenheit zusätzlich, daher bin ich als Staatssekretär für Innere Sicherheit gezwungen, Ihrer GSU-Operation in diesem Fall gewisse Einschränkungen aufzuerlegen.«

Opiyos Lächeln war eisig. »Selbstverständlich, Herr Staatssekretär. Die GSU steht ganz zu Ihren Diensten. Wie immer.«

»Sehr schön. Also, wir werden Folgendes tun. Soweit ich informiert bin, haben Sie bereits eine starke Truppe nach Norden gesandt. Ihre Männer sollen Befehl erhalten, die *shifta* zu finden und zu umzingeln und an Ort und Stelle festzuhalten, bis ich dort eintreffe. Ich habe gewisse Möglichkeiten, zu verhindern, dass die Sache außer Kontrolle gerät.« Das war eine Lüge, aber er hielt es für unwahrscheinlich, dass Opiyo über die Anweisung des Präsidenten, nicht mit den Somalis zu verhandeln, informiert war.

Er hoffte, den Rebellen ihre eigene Freiheit im Austausch für die Geiseln anbieten zu können. »Ich fliege in einer Stunde nach Marsabit.«

»Ich versichere Ihnen, Herr Staatssekretär, dass mein Kommandant in der Lage ist, mit dieser Situation fertig zu werden. Unter meinem Befehl, versteht sich.«

»Ja, ich bin sicher, das kann er, aber ich erteile Ihnen gerade die Anweisung, ihm zu sagen, dass er die *shifta* aufspüren, umzingeln und festhalten soll. Es wird kein einziger Schuss abgefeuert, außer, es erweist sich als unbedingt notwendig.«

»Wie Sie wünschen, Mr. Githinji.«

»In Marsabit steht ein Hubschrauber für mich bereit. Sie erreichen mich in der Hauptverwaltung dort, und Sie werden mich informieren, sobald Ihre GSU-Einheit in Stellung geht. Verstanden?«

»Absolut, Herr Staatssekretär.« Opiyos Lächeln verriet keine Regung.

Maina traute ihm nicht, doch ihm waren die Hände gebunden.

Kip hatte dem Anführer der *shifta* einen Besuch abgestattet, aber nichts Neues erfahren, außer, dass die Vorbereitungen zur Befreiung ihrer Kameraden vorankamen. Der Anführer sagte nichts über das Schicksal seiner fünf Geiseln, falls diese Verhandlungen fehlschlagen sollten – das war auch gar nicht nötig.

Eva glaubte weiterhin daran, dass die Amerikaner ihnen zu Hilfe kommen würden, aber sie war zu einem Kompromiss bereit: Wenn sie innerhalb der nächsten vierundzwanzig Stunden nichts von ihnen sahen, würde sie davon ausgehen müssen, dass ihr Funksignal sie nicht erreicht hatte. Sie hatte keinen anderen Vorschlag, wie sie hier herauskommen könnten, abgesehen davon, auf ein Eingreifen der kenianischen Regierung zu warten. Kip war nicht wohl bei der Vorstellung, zwischen die Fronten einer schwer bewaffneten, aber undisziplinierten Armee-Einheit und der verzweifelten Rebellen zu geraten.

Die Geiseln waren nun seit drei Tagen in der von Dornen begrenzten *boma*, ständig bewacht von den *shifta*-Schützen auf den Felsen oberhalb. Sie durften sich zwar innerhalb der dornigen Einfriedung frei bewegen; trotzdem fühlte Kip sich gefangen. Wenn er nicht wie ein Löwe im Käfig den Rand der *boma* abschritt, hockte er da und brütete über den Tod von Hugh Hartigan nach.

Er bemühte sich, für Diana zu sorgen, wich ihr aber ansonsten aus und wusste selbst nicht recht, warum.

Er hasste dieses Gefühl der Hilflosigkeit, in das ihre Trauer ihn stürzte. Er hatte keine Erfahrung damit, Freunde oder Verwandte nach dem Tod eines geliebten Menschen zu trösten, deshalb strich er ständig um sie herum und wollte unbedingt etwas tun, um ihren Schmerz zu lindern, doch er vermochte es nicht.

Vielleicht versuchte er auch nur der neuen Erkenntnis auszuweichen, die ihn so aufgewühlt hatte – dass Diana ihre Affäre nur deshalb beendet hatte, weil sie in ihn verliebt gewesen war.

Kip hatte versucht, sich die Atmosphäre jener Tage in Erinnerung zu rufen und im Rückblick irgendwelche Hinweise zu finden, die ihm vor achtzehn Jahren vielleicht entgangen waren. Er konnte sich nicht an irgendein Anzeichen dafür erinnern, dass seine Liebe erwidert wurde; Diana hatte ihre Gefühle sehr geschickt verborgen. Er fragte sich, ob nach all dieser Zeit noch etwas von dieser Liebe übrig war.

»Wie fühlst du dich, Diana?«, fragte er nun, als er vom Zelt des *shifta*-Anführers zurückkam.

Sie saß am Fuß des Loquat-Baums und blickte zu ihm auf. »Setzt du dich ein bisschen zu mir, Kip? Bitte?«

»Natürlich.« Er setzte sich, und sie starrten über die Dornenhecke auf die felsige Halbwüste der Dida Galgalu. Kip wartete darauf, dass sie das Wort ergriff.

»Ich hatte mir immer vorgestellt, wie ich mich um Hugh kümmern würde, wenn er alt wird«, sagte sie schließlich. »Das hat mir immer Angst gemacht. Ich bin kein sehr fürsorglicher Mensch. Aber jetzt, da er fort ist, fühle ich mich um diese Chance betrogen.«

Nachdem sie wiederum ein paar Minuten geschwiegen hatte, konnte sich Kip nicht mehr zurückhalten. »Warum hast du mir damals nicht gesagt, was du für mich empfindest?«

»Ich konnte es nicht.«

»Warum musste ich das von Hugh erfahren? Warum konntest du es *mir* nicht sagen?«

»Weil es unmöglich war, dich zu lieben. Das konnte ich Hugh nicht antun. Niemals.«

»Das verstehe ich, aber warum hast du mir nie erklärt, *warum* du das mit uns beendet hast?« Er erinnerte sich an die qualvollen Wochen, in denen seine Stimmung wild zwischen Wut und Verzweiflung geschwankt hatte. »Das hat mich wahnsinnig gemacht. Ich dachte, du hättest mich wegen eines anderen Mannes abserviert. Ich hielt mich allmählich für einen liebeskranken Jugendlichen, der überhaupt nichts kapiert hat. Ich kam mir ziemlich dumm vor.«

Sie legte eine Hand auf seine. »Kip, ach, Kip, das tut mir leid. Glaubst du, mir wäre das leichtgefallen? Ich musste mein Herz gegen dich verschließen. Ich musste mich zwingen, dich zu vergessen, damit ich weiterleben konnte. Ich durfte es dir doch nicht sagen. Wie hättest du weiterhin mit mir befreundet sein können, wenn du gewusst hättest, dass ich dich liebe?«

»*Du* hast das geschafft.«

»Ja … und das war das Schwerste, was ich je getan habe.«

»Jetzt weiß ich, wie das für dich und Hugh war, aber ich kann das Gefühl nicht abschütteln, dass wir beide die besten Jahre unseres Lebens vergeudet haben – du hast mit deinem Ehemann wie Bruder und Schwester zusammengelebt, und ich … was habe ich während dieser Zeit getan? Ich habe mich durch unzählige Betten gevögelt und nach etwas gesucht, das mir fehlte, in der Hoffnung, ich würde es erkennen, wenn ich es gefunden hätte.«

»Ich kann nicht behaupten, dass ich mein Leben verschwendet hätte. Schön, Hugh und ich hatten keine sexuelle Beziehung, aber wir hatten etwas, das die meisten Ehepaare nie erreichen. Vertrautheit. Manchmal glaube ich, Sex und Vertrautheit schließen sich praktisch gegenseitig aus. Mit Hugh konnte ich über alles reden. Ich meine wirklich alles – sogar meine Affären. Er hat mir vertraut. Vollkommen. Das war einer der Gründe, weshalb ich ihn nie hätte verlassen können. Er hat mir die Freiheit gegeben, ich selbst zu sein.«

»Fühlst du noch etwas für mich, Diana?«

»Du meinst, nachdem ich meine Gefühle für dich all die Jahre geleugnet und so getan habe, als seiest du nur einer von vielen unbedeutenden jungen Männern?«

»Ja.«

»Kip, ich bin zu alt für dich.«

»Das stimmt nicht.«

»Ich habe ein paar von den hübschen jungen Dingern gesehen, mit denen du ins Bett gehst.«

»Hast du nicht, verdammt noch mal.«

»Na ja, ich habe sie mir jedenfalls vorgestellt.« Sie drückte seine Hand, sah ihn jedoch nicht an.

»Du hast meine Frage nicht beantwortet«, beharrte er. »Liebst du mich noch?«

Er legte seine Hand auf ihre.

»Diana?«

Sie wandte sich ihm zu, und Tränen traten ihr in die Augen. »Von ganzem Herzen.«

Eva setzte sich zu Kip in den Schatten des Loquat-Baums, wo er gerade die Rinde von einem Zweig abschälte. »Wir müssen reden«, sagte sie.

»Hallo, Eva«, entgegnete er.

»Die kenianische Regierung wird diesen Kerlen niemals geben, was sie fordern«, sagte sie.

»Ganz deiner Meinung.«

»Ich habe sie beobachtet. Sie ziehen sich mehrmals täglich zum Gebet zurück.«

»Das ist mir auch aufgefallen. Und als wir Hugh beerdigt haben, ist mir außerdem aufgefallen, dass draußen hinter diesem *kopje* ziemlich dichtes Gebüsch wächst.« Er wies mit einem Nicken auf den Granithügel, der etwa zehn bis zwölf Meter jenseits der Dornenhecke aufragte.

»Was ist mit der Dornenhecke?«

Die Dornbüsche waren rundherum zu einer zwei Meter hohen Barrikade aufgetürmt; früher hatte der etwa fünfzig Meter breite Platz, den sie umfriedeten, als Koppel gedient.

»Ich habe von dem Feuerholz, das sie uns geben, ein paar größere Stücke beiseitegelegt, auf denen wir jetzt am Feuer sitzen können. Wenn wir noch ein paar mehr kriegen, könnten wir sie auf die Dornbüsche werfen und sie damit vielleicht so weit niederdrücken, dass wir drüberklettern können.« Er blickte mit zusammengekniffenen Augen zu ihr auf. »Hast du deine Kumpels von der CIA aufgegeben?«

Sie hob einen Kieselstein auf und spielte damit. »Sie hätten inzwischen hier sein müssen.«

»Dann ist es wohl Zeit für Plan B.«

»Wann?«

»Je schneller, desto besser. Die Vorstellung, dass die kenianische Armee in voller Pracht hier einfällt, macht mich nervös.«

Er ließ den Blick über die Felsbrocken schweifen, die das Lager umgaben. »Heute Nachmittag, beim Abendgebet.«

»Ich werde zusehen, dass die Wachen uns noch mehr Holz bringen.«

Er nickte zustimmend. »Ich erzähle Diana von unseren Plänen.

Eva schlenderte beiläufig zum Tor, wo sie um Feuerholz bitten wollte.

Kip lehnte sich an den Baum und schloss die Augen. Er sollte erschöpft sein – die vergangenen zweiundsiebzig Stunden waren sehr anstrengend gewesen, und er fürchtete sich vor ihrem geplanten Ausbruchsversuch. Aber stattdessen fühlte er sich erfrischt, verjüngt, als wäre er um sechzehn Jahre in die Vergangenheit versetzt worden, in eine Zeit, als er und Diana so in ihrer Liebe aufgegangen waren, dass das Universum für sie kaum existierte. Das war die Zeit, bevor seine farbenfrohe Welt ihren Glanz verloren hatte, vor dem Tag, an dem Diana ihm gesagt hatte: *Kip, es war schön mit dir, aber es tut mir leid, wir sollten uns nicht mehr so häufig sehen.*

Er schob die Hände hinter den Kopf und seufzte. Achtzehn Jahre lang hatte sie ihn verleugnet, und achtzehn Jahre lang hatte er gelitten – erst, weil er Diana verloren hatte, und dann, weil die Affäre für ihn einen Schatten auf seine Freundschaft mit Hugh warf. Aber es war an der Zeit, die ewigen Schuldgefühle Hugh gegenüber abzustellen und gemeinsam mit Diana ihre alten Gefühle neu zu erforschen. Wenn sie den verlorenen Funken Liebe wiederfinden und neu entfachen konnten, dann konnten sie gemeinsam ein neues Leben anfangen. Vielleicht würden sie sogar Kenia und die vielen Erinnerungen hinter sich lassen.

Er stellte sich vor, wie das Leben mit Diana aussehen könnte, das sie vielleicht bald beginnen würden, und trieb schließlich davon, in einen traumlosen Schlaf.

Er öffnete die Augen und atmete tief die heiße, trockene Wüstenluft ein. Er hatte wohl kaum eine Stunde geschlafen, fühlte sich aber dennoch besser. Flecken des leuchtend blauen Himmels schimmerten durch die dunkelgrünen, länglichen Blätter des Loquat-Baums. Die Sonne war schon zu den tieferen Zweigen herabgesunken, und einzelne Strahlen kitzelten sein Gesicht.

Trotz ihrer gefährlichen Lage machte ihm die Aussicht Mut, dass er und Diana ihre Liebe wieder aufleben lassen könnten. Der schattige Loquat-Baum und die tanzenden Sonnenflecken lockten ihn, noch ein wenig liegen zu bleiben, doch er richtete sich auf und rieb sich die Augen.

Erneut nahm er aus dem Augenwinkel einen Lichtstrahl wahr, doch nun merkte er, dass dieser nicht aus dem nachmittäglichen Himmel kam, sondern von Osten, aus Richtung des *kopje*. Er suchte den Granithügel ab und wartete darauf, die Lichtreflexion erneut zu sehen. Gleich darauf blitzte es wieder. Irgendein Idiot schlich sich mit einer verspiegelten Sonnenbrille an sie heran. Er befand sich auf dem Felsbrocken unterhalb der Hügelkuppe. Kip beobachtete, wie der Mann die Brille auf seine Kappe in Tarnfarben schob und dann ein Gewehr in Anschlag hob.

Kip folgte der Zielrichtung des Soldaten zu den *shifta*-Wächtern. Hinter ihnen war Diana, die gerade in der ehemaligen Viehtränke ein paar Kleidungsstücke wusch.

»Diana«, rief er und versuchte, seine Stimme nicht allzu drängend klingen zu lassen. »Diana!« Diesmal war sein Ruf lauter.

Sie drehte sich zu ihm um, und er bedeutete ihr mit verzweifeltem Winken, zu ihm herüberzukommen. Sie winkte zurück.

Einer der Wächter stand auf, um nachzusehen, warum er so brüllte. Kip wusste, dass der Rebell dem Scharfschützen auf dem *kopje* damit das perfekte Ziel bot. Er hatte keine Zeit mehr zu verlieren. Kip sprang auf und rannte auf Diana zu. Ein zweiter Wächter begann sich nun ebenfalls für ihn zu interessieren; er griff nach seiner Waffe, als Kip direkt auf ihn zustürmte.

Kip blickte in den Lauf des Rebellengewehrs und versuchte, den Mann mit Gesten zu beschwichtigen, damit er nicht schoss. Er hatte keine Zeit, zu verhandeln – er musste zu Diana.

Der *shifta*-Rebell hob die Waffe an die Schulter.

Diana schrie: »Kip! Um Himmels willen, bleib stehen!«

Ein Schuss krachte in der stillen Luft. Der *shifta*-Wächter wurde von den Füßen gerissen und stürzte zu Boden. Im nächsten Moment hallte der Nachmittag wider vom Stottern automatischer Waffen und dem Krachen von Gewehrschüssen.

Diana rannte auf Kip zu, und ihr Körper zuckte plötzlich im Kreuzfeuer. Sie fiel zehn Schritte vor ihm in den Staub.

Kip hechtete zu Boden, zog sie an sich, hob ihren Kopf an und drehte ihr Gesicht zu sich herum.

Er blieb bei ihr liegen, hielt sie im Arm, flehte sie an, nicht zu sterben, doch er wusste, dass sie schon tot gewesen war, bevor er sie erreicht hatte.

Das Telefon im Verwaltungsbüro in Marsabit klingelte einmal.

Der stellvertretende Provinzkommissar schnappte sich den Hörer. »Ja?«, bellte er. Gleich darauf sagte er: »Es ist für Sie, Herr Staatssekretär.«

Maina nahm den Hörer entgegen. Es war Opiyo. »Ja, Oberst. Wie ist die Lage?«

Er lauschte der seidig glatten Stimme des GSU-Kommandanten. Alles klang ganz plausibel. Bedauerlich, aber plausibel.

Die GSU war unerwartet und grundlos von der *shifta* angegriffen worden und hatte sich vehement verteidigen müssen.

Eine weiße Zivilistin war tot.

Ein weißer Zivilist war bereits vor der Aktion verstorben.

Alle *shifta*-Terroristen waren eliminiert.

Keine Verluste auf Seiten der GSU.

# Kapitel 34

Harry liebte das Florida 2000. Er liebte es, zur Bar im ersten Stock hinaufzusteigen, wo die Mädchen auf der Treppe herumhingen und ihn anmachten – die besonders abenteuerlustigen ließen sogar ihre seidenweichen Finger über seinen Schritt gleiten.

Er mochte auch die Musik. Der DJ spielte Isaac Hayes und die Bee Gees, Sister Sledge und die Village People. Im Florida 2000 konnte man ein ruhiges Eckchen finden, um ein Bier zu genießen oder sich mit einer bestimmten jungen Dame zu unterhalten, oder man drängte sich mit den vielen anderen Leibern auf der Tanzfläche oder an der Bar, umgeben von den Trendsettern von Nairobi, Leuten, die es im Geschäftsleben oder in der Politik zu etwas gebracht hatten – den Reichen und Mächtigen.

Heute Abend war er sowohl geschäftlich als auch zum Vergnügen hier. Nach vielen Wochen hatte er Kip endlich dazu überredet, mit ihm einen trinken zu gehen. Nach dem Begräbnis der Hartigans hatte Harry Kip zu Hause besucht, sooft er konnte, aber Kip hatte ihm zu verstehen gegeben, dass er kein Kindermädchen brauche, und Harry gebeten, ihn eine Weile in Ruhe zu lassen. Dann war Kip ihm wochenlang aus dem Weg gegangen und hatte ihn nicht einmal zurückgerufen.

Harry hatte es aufgegeben, ihn telefonisch erreichen zu wollen; eines Abends hatte er einfach vor der Tür gestanden und sich geweigert, wieder zu gehen, bis Kip einwilligte, mit ihm ein Bier trinken zu gehen.

Harry hatte ihn dazu gezwungen, und Kip wusste, dass es ein Fehler gewesen war, sobald er den Nachtclub betrat. Aber als Harry sagte, er könne ihm den Staatssekretär vorstellen, der für die Katastrophe verantwortlich war, durch die Diana ihr Leben verloren hatte, war Kip plötzlich doch froh, dass er mitgekommen war. Er folgte Harry durch das Gedränge am Rand der Tanzfläche.

In ihren hochhackigen Schuhen überragte Rose die anderen Frauen um einen halben Kopf. Das weiße Seidenkleid mit dem hohen Kragen reichte bis kurz über ihre Knie. Sie beobachtete, wie er näher kam, mit demselben gequälten, aber intelligenten Ausdruck in den Augen, der ihm von ihrer ersten Begegnung in der Mara in Erinnerung war. Sie war ein wenig von den beiden Männern abgerückt, die neben ihr die Köpfe zusammensteckten.

Harry begrüßte sie. »Hallo, Rose«, sagte er und ergriff ihre Hand.

Die beiden afrikanischen Männer unterbrachen ihre Unterhaltung und wandten sich Harry zu.

»Hallo, Maina«, sagte er und nickte dem ersten Mann zu, dann begrüßte er den zweiten, Bethwel Muraya. Er schüttelte beiden die Hand. »Das ist Kip Balmain«, sagte Harry dann, trat zurück und schob Kip vor.

Kip zögerte damit, die Hand auszustrecken, und fragte sich, welcher der beiden Männer für das rücksichtslose Vorgehen der GSU beim Einsatz gegen die *shifta* verantwortlich sein mochte. Doch dann entschied er, den richtigen Zeitpunkt abzuwarten, und gab beiden die Hand.

»Kip, erinnerst du dich an Rose?«

»Ja. Hallo, Rose.«

Sie hatte einen seltsamen, traurigen Ausdruck in den Augen, wie ein verlorenes Hündchen im Regen. »Kip«, sagte sie und bewegte dabei kaum die Lippen.

»Kip Balmain?«, sagte der Mann namens Maina. Es hörte sich belustigt an. Als der Mann weiter nichts sagte, sondern nur grinsend vor ihnen stehen blieb, brach Harry hastig das Schweigen. »Na-a-a, ganz schön was los heute Abend – sogar für Samstag, was?«

Bethwel, ein Mann mit Brille, weißem Hemd und schwarzem Anzug, ließ den Blick über die Menge schweifen und nickte geistesabwesend. Kip vermutete, er sei der Staatssekretär. Der andere, dieser Maina, ziemlich stämmig und vermutlich um die vierzig, erschien ihm zu jung.

»Kip Balmain«, wiederholte Maina, der immer noch grinste. »Habe ich diesen Namen nicht kürzlich irgendwo gelesen?«

Harry beantwortete die Frage. »Ja, Kip gehörte zu den Geiseln oben in Marsabit.«

»Richtig!« Maina nickte. »Stand groß in sämtlichen Zeitungen, nicht?«

»So ist es«, sagte Harry und lächelte breit.

Kip wandte seine Aufmerksamkeit wieder Bethwel zu, der sich auffallend wenig an dieser Unterhaltung beteiligte, obwohl er doch mit dieser großen Sache zu tun gehabt hatte. Kip wollte ihn aus der Reserve locken, ihm ein Geständnis abluchsen. Es war ungewöhnlich, dass ein Politiker sich eine Gelegenheit entgehen ließ, im Rampenlicht zu stehen. Außer natürlich, er hatte ein schlechtes Gewissen.

»Zwei Menschen sind dabei ums Leben gekommen«, sagte Rose, als spräche sie mit sich selbst.

Kip hörte sie und sagte: »Ja … so ist es.«

»Zwei Freunde von Ihnen«, fügte sie hinzu.

Etwas in ihrer Stimme sagte ihm, dass sie verstand, wie er sich fühlte.

»Ja«, sagte er leise, und es überraschte ihn selbst, dass es noch immer so wehtat.

»Ich habe gelesen, Sie seien eine Art Held, Mr. Balmain«, mischte Maina sich lautstark ein.

Kip ignorierte ihn und versuchte, diese leise Verbindung zu Rose zu halten. Mit ihren wenigen Worten hatte sie etwas in ihm berührt, dem er Ausdruck verleihen musste. Er suchte danach und spürte, dass er es jeden Moment verlieren würde.

»Aber klar doch!«, rief Harry. »Kip hat zwei von diesen *shiftas* mit ihren eigenen Gewehren erledigt.«

»Prächtig«, sagte Maina. »Und wo haben Sie diese Fähigkeiten erworben, Mr. Balmain? Ich meine, arbeiten Sie für einen Sicherheitsdienst? Oder sind Sie einer dieser Söldner, die angeblich zurzeit in ganz Afrika herumlaufen?« Sein Lachen wirkte auf Harry offenbar ansteckend.

»Nein«, erwiderte Kip und bemühte sich, höflich zu bleiben. Der Mann ging ihm auf die Nerven. Er wirkte zwar nüchtern, verhielt sich aber ziemlich merkwürdig, wie jemand, der zu viel getrunken hatte und selbst nicht mehr bemerkte, wie unhöflich er sich benahm.

»Dann haben Sie vielleicht eine gewisse Erfahrung auf dem Gebiet der Jagd? Wo sind Sie aufgewachsen, Mr. Balmain? Tief im Busch?«

Kip lächelte knapp. Allmählich verlor er die Geduld mit diesem Menschen, der das Gespräch offenbar in eine Richtung zwingen wollte, die Kip unangenehm war.

Harry musste seine Stimmung gespürt haben, denn er versuchte, Kips Feindseligkeit zu beschwichtigen. »Das stimmt, Maina. Kip ist oben in Nanyuki aufgewachsen. Am Rand des Dschungels.«

»Am Mount Kenya. Das ist Mau-Mau-Land, nicht wahr?«

Kip hatte genug. »Nicht, dass ich wüsste, Mr. …?«

»Githinji. Maina Githinji.« Da war wieder dieses Lächeln.

Die Erinnerung an einen Freund aus Kindertagen – einen Kikuyu-Spielkameraden – stand Kip sofort vor Augen. Nein, der Junge war nicht unbedingt sein Freund gewesen, aber eine machtvolle Figur in seinem Leben. Er war von der Bürgerwehr getötet worden, in einer schrecklichen Nacht der Rache an den Mau-Mau, nach dem Mord an einer weißen Familie. Der Zufall, der diese Kindheitserinnerungen und den ebenso gewaltsamen Tod seiner Freunde erst vor kurzer Zeit in einen Zusammenhang brachte, wühlte ihn auf.

»Ich hole mir etwas zu trinken«, sagte er und ging zur Bar, ohne ein weiteres Wort zu riskieren.

Maina hatte das Spielchen genossen. Er fand es besonders erfreulich, dass Kip immer noch nicht wusste, wer er war, obwohl Maina gezwungen gewesen war, seinen Namen zu nennen.

Sein Spielchen mit Kip bot ein wenig Belustigung an einem Abend, der wahrhaft dramatisch zu werden versprach. Vorhin hatte Bethwel Muraya ihm erzählt, was er von seinem Kontakt bei der Luftkavallerie erfahren hatte. Da die kenianische Armee mit Manövern an der somalischen Grenze beschäftigt war, würden die jungen Hitzköpfe sehr bald in Aktion treten, vielleicht sogar schon heute Nacht. Sie würden zuerst die Kasernen in ihre Gewalt bringen, dann den Radiosender, von wo aus sie später ihre Machtübernahme und eine neue Regierung verkünden würden. Sie würden zunächst Bob-Marley-Songs im Radio spielen lassen, als Signal dafür, dass der Coup begonnen hatte und alles nach Plan verlief.

Maina hatte Bethwel vorgeschlagen, dass sie sich an einem öffentlichen Ort aufhalten sollten, wo viele Leute sie sehen konnten, damit niemand sie mit der Aktion in Verbindung brachte, falls sie scheitern sollte. Er ließ den Blick über die Menge der ahnungslosen Discogäste gleiten – ein Haufen tanzender, unwissender Narren. Rose hatte ihn gedrängt, mit ihr zu tanzen, aber er war in Gedanken ganz bei den bevorstehenden Ereignissen und wollte sich nicht mit ihr abgeben. Normalerweise würde sie längst allein tanzen – und ihn damit verärgern –, doch sie wirkte merkwürdig still.

Sein Insiderwissen über den möglichen Staatsstreich verlieh ihm ein Gefühl der Macht. Er kribbelte vor Erwartung auf den nächsten Morgen. Vielleicht würde man ihn dann einladen, eine Führungsrolle in der neuen Kikuyu-Regierung zu übernehmen – einer Regierung, die bereit war, jene Freiheitskämpfer zu belohnen, die den Traum vom Ende der Kolonialherrschaft wahr gemacht hatte.

Er hätte sein Spielchen mit Kip gern fortgesetzt, aber der war verschwunden. Maina hoffte auf eine weitere Gelegenheit, seine Macht über ihn zu benutzen. Es amüsierte ihn, seinen alten Spielkameraden zu piesacken, genau wie damals, als sie noch Kinder gewesen waren – ihn hinzuhalten, ihn psychologisch zu zwicken und zu zwacken und seine eigene Identität geheim zu halten, solange es ihm passte, bis zu einem Moment, da die Enthüllung Kip nur noch mehr ärgern würde.

Rose wollte Kip an die Bar folgen. Sie sah ihm an, dass er Hilfe brauchte. Aber sie tat es nicht, weil sie wusste, dass sie damit Maina verärgern würde. Und sie hatte die unschöne Erfahrung gemacht, dass Maina, wenn man ihn verärgerte, ziemlich unangenehm werden konnte. Wenn er sah, wie sie einem anderen Mann nachlief, vor allem einem weißen Mann, würde das sein Blut garantiert zum Kochen bringen.

Aber es war nicht allein Mainas Wut, die sie davon abhielt, Kip zu folgen – mit Maina war sie ohnehin so gut wie fertig; er hatte sie einmal zu oft verhöhnt und missachtet. Sie folgte Kip deshalb nicht, weil sie seine intensiven Gefühle fürchtete. Sie hatte Angst davor, in seinen Strudel aus Wut und Frustration hineingezogen zu werden, und war nicht sicher, ob sie damit umgehen könnte.

Harry schlenderte auf der Suche nach Kip davon, und Maina und Bethwel steckten wieder die Köpfe zusammen. Rose war es vollkommen gleichgültig, dass die beiden sie nicht in ihr Gespräch einbezogen – meistens redeten sie über Regierungsangelegenheiten und darüber, wessen Ansehen beim Präsidenten gerade wie hoch stieg –, aber es ärgerte sie, dass sie sie wie Luft behandelten.

»Rose, hol uns ein paar Drinks«, sagte Maina, der plötzlich aus seiner privaten Unterhaltung auftauchte. »Was willst du, Bethwel? Noch einen Scotch?« Er schob die Hand in die Tasche und drückte ihr einen Fünfhunderter in die Hand. »Zwei Scotch.«

Sie ignorierte ihn.

»Rose, zwei Scotch«, wiederholte er.

»Hol sie dir selber«, sagte sie.

Maina öffnete den Mund und schloss ihn wieder, ohne ein Wort zu sagen. Sie sah, wie sich sein Kiefer spannte und die

Adern an seinen Schläfen hervorstanden. Sie hatte sogar sich selbst mit ihrer impulsiven Geste überrascht, aber nun war es geschehen. Sie verschränkte die Arme und reckte das Kinn. *Soll er doch eine Szene machen, wenn er es wagt.* Die Tatsache, dass sie hier auf neutralem Boden waren, verlieh ihr Mut.

Als sie schon fürchtete, er würde sie schlagen, stieß Harry wieder zu ihnen.

»Ich weiß nicht, wo zum Teufel Kip abgeblieben ist. Hab überall gesucht. Habt ihr ihn gesehen?« Er blickte von einem zum anderen. Niemand antwortete ihm.

Maina hatte Rose nicht aus den Augen gelassen, die beschloss, ihn niederzustarren, nur dieses eine Mal, bevor sie ihn endgültig loswurde.

»Nicht? Ach, na ja …« Harry nippte an seinem Bier »Übrigens, Maina, ich hatte gehofft, Sie würden Kip erzählen, dass Sie es waren, der ihn da oben in Marsabit gerettet hat. Er hätte sich bestimmt sehr gefreut, Sie kennenzulernen. Wahrscheinlich hätte er erst mal eine Flasche Champagner ausgegeben, um mit seinem Lebensretter anzustoßen … Maina?«

Maina riss den Blick von Rose los und sah Harry an. Rose hatte sich gefühlt, als würde sie von der Flamme einer Lötlampe versengt, und sie hatte es beinahe aufgegeben, Mainas Blick standhalten zu wollen, als Harry dazwischenkam.

»Wenn das Leben Ihres Freundes einen Drink wert ist, schuldet er mir jetzt schon zwei, Harry.«

Harrys Lächeln erlosch, und er fragte sich offenbar, ob Maina Witze machte.

»Ich hätte ihn vor Jahren töten können, aber ich hatte Mitleid mit ihm. Letzten Monat wäre es sogar noch einfacher gewesen. Ich hätte nur eines tun müssen – nichts tun.« Er schnippte unter Harrys Nase mit den Fingern. »Einfach so wäre er weg gewesen.«

Maina ruckte mit dem Kopf und bedeutete Bethwel damit, dass sie jetzt gehen würden. Ohne ein Wort zu Rose rauschte er davon. *Endlich bin ich dich los*, dachte sie.

Harry stand immer noch der Mund offen. »Was …? Was zum Teufel sollte das denn jetzt?« Er wandte sich Rose zu. »Rose? Was sollte das?«

Rose schüttelte den Kopf, keineswegs traurig darüber, dass sie Maina wohl nicht wiedersehen würde. »Ich weiß es nicht, Harry. Und es ist mir auch egal.«

# Kapitel 35

Maina lehnte Bethwels Angebot, ihn nach Hause zu fahren, ab und wankte zu seinem Volvo. Er kochte innerlich wegen Rose' Unverschämtheit, und als er vom Parkplatz raste, ließ er einen Kiesschauer über den Wachmann niedergehen.

Erst machte er sich die Moi Avenue entlang auf den Heimweg, doch dann beschloss er, es in einer der kleinen Kneipen draußen an der Ngong Road zu versuchen. Es drängte ihn danach, sich ein Mädchen für die Nacht zu suchen, und die illegalen Bars zogen die Sorte Frauen an, die schon mit einer Fahrt in einem Volvo zu beeindrucken waren.

Er bog in die Biashara Street ab, um die Abkürzung quer durch die Stadt zu nehmen, und bemerkte erst jetzt eine Bande von etwa einem Dutzend offensichtlich betrunkener junger Männer, die ihm den Weg versperrten. Sie versuchten gerade, das stählerne Sicherheitsgitter vor einem Hi-Fi-Geschäft aufzubrechen.

Maina hielt und legte den Rückwärtsgang ein, doch eine weitere Gruppe von etwa zwanzig Mann näherte sich nun von hinten. Auf den ersten Blick dachte er, sie hätten Laternen bei sich, aber dann flog ein Flammenschweif durch die Dunkelheit, eine Flasche zerbarst an der Wand eines Ladens, und ein Feuerball explodierte. Maina spürte die Hitze auf der Wange, und Panik im Herzen.

Er hatte nie die Nacht vergessen, in der seine Geschwister in der Hütte seiner Familie bei Nanyuki bei lebendigem Leib verbrannt waren. Große Feuer, sogar Lagerfeuer, machten ihm Angst. Die Atmosphäre der Gewalt, dieser Mob da draußen – all das erinnerte ihn mit kalter Furcht an die Nacht, als seine Familie ermordet worden war.

Ein weiterer Molotow-Cocktail flog auf ihn zu. Er explodierte auf der Kofferraumklappe.

In Panik trat er aufs Gas. Der Volvo gehorchte augenblicklich und machte mit quietschenden Reifen einen Satz nach vorn. Er donnerte die Biashara Street entlang auf die Männer zu, die in den Laden einbrechen wollte; einige von ihnen waren auf die Straße abgedrängt worden. Seine Scheinwerfer erfassten das Entsetzen in schreckgeweiteten Augen, bevor der junge Mann gegen die Windschutzscheibe prallte und sie zerbersten ließ. Maina sah nichts, spürte nur einen zweiten Zusammenstoß, aber um nichts in der Welt hätte er jetzt angehalten. Er raste die schmale Straße hinab, und eine Spur aus Flammen folgte seinem schwarzen Volvo.

Er musste entkommen. Bei hoher Geschwindigkeit würden die Flammen erlöschen.

Auf zwei quietschenden Reifen schleuderte er um die Ecke in die Kenyatta Avenue und raste davon, während die Flammen ihn durch die Nacht jagten.

»He, Kip, mein Bester. Da bist du ja! Ich habe dich überall gesucht. Wo hast du gesteckt?«

»Komm, Harry, gehen wir.« Kip hatte Harry bei zwei stark geschminkten jungen Frauen an einem Tisch in einer schummrigen Nische gefunden.

»Gehen? Moment mal, mein Teuerster, es ist doch erst …

wie spät ist es?« Harry zog einen Arm hinter einer der Frauen hervor und starrte mit zusammengekniffenen Augen auf die Leuchtziffern seiner Armbanduhr. »Es ist erst … Scheiße, erst halb vier.«

»Wir müssen los, Harry. Es ist ein Notfall. Wenn die Damen uns bitte entschuldigen würden.« Kip packte Harry am Ellbogen und zog ihn aus der Nische.

»Was ist denn?«

»Erkläre ich dir unterwegs.«

Draußen an der frischen Luft konnte Harry offenbar klarer denken. Auf dem Weg zu seinem Auto fragte er Kip, was das für ein Notfall sei …

»Ich bin vor ungefähr einer Stunde nach Hause gegangen«, begann Kip.

»Du bist gegangen? Zu Fuß? Hast du denn völlig den Verstand verloren? Da draußen herrscht das Gesetz des Dschungels.«

»Ich musste aus diesem Nachtclub raus – hat mich verrückt gemacht. Also bin ich losgegangen. Oben in der Nähe vom Parklands Club bin ich auf einen wahren Mob gestoßen – ein Haufen Leute haben Autos in Brand gesteckt und sind in Häuser eingebrochen.«

»War die Polizei schon da?«

»Nichts von ihnen zu sehen. Also bin ich in Richtung Chiromo Road abgebogen. Eine Straße weiter war es sogar noch schlimmer. Ich habe gesehen, wie eine Bande Schläger einen alten Inder mit *pangas* attackiert hat.«

»Himmel!«, sagte Harry. Er gab dem Wachmann auf dem Parkplatz ein Trinkgeld und schloss den Wagen auf. »Du hattest Glück, dass du lebend da rausgekommen bist. Wenn diese Kerle auf die Asiaten losgehen, wird es wirklich ernst.«

»Es war wie im Krieg, Harry. Vielleicht bringen sie im Radio etwas darüber.«

Harry schaltete es an. Es lief »I Shot the Sheriff«.

Der Motor kam hustend in die Gänge, und Harry steuerte seinen alten Peugeot vorsichtig durch den überfüllten Parkplatz.

»Fällt dir auf, dass nicht ein einziges Taxi unterwegs ist?«, bemerkte Kip.

»Hm, seltsam. Wir hätten Maina fragen sollen, ob er weiß, was los ist.«

»Maina?«

»Ja, der ist doch Staatssekretär im Ministerium für Innere Sicherheit.«

»Maina ist das? Ich dachte, es wäre der andere. Verdammt! Ich wusste doch, dass es irgendeinen Grund gibt, warum ich ihn nicht leiden kann.«

»Warum denn?«

»Es war seine verdammte GSU, die uns da oben in Marsabit fast in Stücke geschossen hat.«

»Oh Gott, Kip, mein Bester, sei bloß vorsichtig bei Maina Githinji.«

»Scheiß auf ihn. Am liebsten würde ich ihm den Hals umdrehen.«

»Wenn der irgendwas gegen dich in die Hände kriegt –«

»Nimm lieber die Valley Road, Harry«, sagte Kip.

Harry bog in die Kenyatta Avenue ab. Die Straße war menschenleer bis auf ein *matatu*, das vor ihnen quer über eine Kreuzung jagte. Wie es für die Sammeltaxis, meist Minibusse, typisch war, dröhnte Musik aus den leistungsstarken Lautsprechern.

Der Fahrer hatte denselben Radiosender eingestellt wie

Harry. »Buffalo Soldier« zerriss die stille Nacht. Das *matatu* raste über die Koinange Street davon, und die Kenyatta Avenue lag erneut verlassen vor ihnen.

»Was ist heute Nacht bloß mit Radio Kenya los?«, wunderte sich Harry. »Seit wann sind die denn solche Bob-Marley-Fans?«

»Rechts abbiegen, Harry.«

»Oh, Scheiße! Du solltest fahren, Kip. Ich verfahre mich jedes Mal, wenn ich –«

»Was ist das? Harry, schau – da liegt ein Auto im Straßengraben.«

Harry hielt am Straßenrand. Das Auto, ein neuer Volvo, war schlimm verbrannt und hatte offensichtlich noch die Leitplanke touchiert, bevor er im Graben gelandet war. Dampf stieg aus dem geborstenen Kühler auf.

Kip rollte sein Beifahrerfenster herunter. »Sind Sie verletzt?«, rief er dem Mann zu, der im Graben saß und sich den Kopf hielt.

Der Mann blickte auf. Es war Maina Githinji.

»Sie!«

»Ganz ruhig, Kip«, mahnte Harry leise. »Denk daran, was ich dir über diesen Kerl gesagt habe.«

»Das ist mir scheiß…«

»Moment, Maina!«, rief Harry laut. »Wir sind gleich bei Ihnen.«

Githinji murmelte wirres Zeug vor sich hin. Er war entweder betrunken, oder er hatte eine Gehirnerschütterung. Das war sein Glück, dachte Kip – sonst hätte er vielleicht nicht widerstehen können, die Sache mit der GSU an Ort und Stelle mit ihm auszudiskutieren.

Harry half Maina auf den Rücksitz des Peugeot und gab

sich betont Mühe, es ihm bequem zu machen. »Er will nicht nach Hause«, sagte er, als er sich wieder ans Steuer setzte.

»Warum nicht?«

»Keine Ahnung. Hat gemurmelt, dass er lieber ein, zwei Tage untertauchen würde. Ich nehme ihn mit zu mir nach Hause, wenn ich dich abgesetzt habe.«

»Weiß er, wo das Mädchen abgeblieben ist?«

»Rose? Ich weiß nicht.«

Kip drehte sich auf dem Sitz herum und schüttelte Githinji grob an der Schulter. Der stöhnte.

»Wo ist das Mädchen?«, fragte Kip laut. »Wo ist Rose?«

»Da«, murmelte Maina.

»Da? Wo?«, fragte Kip und rüttelte ihn erneut.

»Oh«, stöhnte Maina. »Florida 2000.«

»Sie verfluchter –«

»Kip!« Harry packte ihn am Arm. »Vorsicht.« Er schüttelte den Kopf und fügte hinzu: »Mir zuliebe, wenn schon nicht um deinetwillen.«

Kip knurrte, doch Harry brachte ihn zum Schweigen, indem er auf das Autoradio deutete. Der Moderator verlas offenbar gerade eine Bekanntgabe: »*… seines Amtes enthoben worden. Die Verfassung ist vorübergehend außer Kraft gesetzt, und alle Regierungsinstrumente sind derzeit in der Hand der Übergangsregierung. Ein Sprecher der Übergangsregierung hat die Bevölkerung aufgefordert, Ruhe zu bewahren. Weitere Nachrichten hören Sie in einer Stunde.*« Nach kurzer Stille begann Bob Marleys »One Love«.

»Das ist es also«, sagte Kip. »Ein Staatsstreich. Irgendjemand hat die Geduld mit unserem Luo-Präsidenten verloren.«

»Klingt ganz so, als sollten wir seinen Kopf ein paar Tage in

Deckung halten.« Harry wies mit einem Nicken auf den Rücksitz.

Kip blickte über die Schulter. Githinji war auf dem Sitz zusammengesunken. »Würde mich nicht überraschen, wenn dein Freund hier etwas damit zu tun hat.«

Während der restlichen Fahrt zu seiner Wohnung schwieg Kip eisern vor sich hin, während es in ihm brodelte.

»Danke, Harry«, sagte er, sprang aus dem Wagen und eilte zur Garage.

»Wo willst du denn hin, Kip?«, rief Harry durch das offene Fenster.

Kip sprang in den Fahrersitz des Landrover und ließ den Dieselmotor an.

»Kip?«, brüllte Harry, doch der Geländewagen raste schon zum Tor hinaus.

Die Zerstörungswut hatte am Abend in der asiatischen Enklave Parklands begonnen und sich auf die ganze Stadt ausgebreitet, bis Kip dorthin zurückkehrte. Nairobi sah allmählich aus wie Beirut in den siebziger Jahren. Verstreute Banden demolierten Autos, schlugen Fenster ein und versuchten, die Sicherheitsgitter davor aufzubrechen. Unter den Plünderern sah Kip uniformierte Wachleute. In der ganzen Stadt heulten Sirenen und Alarmanlagen, ohne dass irgendjemand ihren Ruf beachtete.

Als Kip auf den City Hall Way einbog, fuhr er beinahe in einen Mob hinein, der diese große Durchgangsstraße blockierte. Ein Stein knallte auf das Dach des Landrovers und kullerte auf die Straße. Die Menge stürmte auf ihn los.

Kip legte den Rückwärtsgang ein und jagte mit kreischenden Reifen etwa hundert Meter rückwärts davon, bevor er das Lenkrad herumriss und zur Kenyatta Avenue zurückraste.

Er umfuhr das Stadtzentrum und versuchte, eine sichere Route zum Nachtclub Florida 2000 an der Government Road zu finden. Banden, die sich in den Schatten des Uhuru Park versteckt hielten, schleuderten Steine gegen seinen Wagen. Eine Flasche zerbarst knapp oberhalb der Scheibe. Am Kreisverkehr an der Haile Selassie Avenue hielt er den Landrover an und versuchte, sich ein Bild von dem zu machen, was vor ihm lag.

Im unheimlich wirkenden Licht des Morgengrauens leuchteten die obersten Wedel der Palmen und die Fassaden der Geschäfte am prächtigen Boulevard, der Government Road, in einem seltsamen Goldton. Das Licht reichte schon bis vor den Eingang des Nachtclubs, drang aber nicht unter die Markisen vor den Geschäften vor. Soweit er im Dämmerlicht erkennen konnte, drängte sich eine Menschenmenge um den Eingang. Das konnten Gäste sein, die dort nach Schließung des Clubs auf ein Taxi warteten, aber auch weitere Plünderer. Er beschloss, sich die Sache näher anzusehen.

Kip schaltete die Scheinwerfer aus und ließ den Wagen langsam in der Mitte des breiten Boulevards vorankriechen. Die sechsspurige Straße bot reichlich Platz für ein Wendemanöver, falls er in Schwierigkeiten geraten sollte. Er näherte sich der Fassade des Nachtclubs und spähte angestrengt in die Schatten.

Ein Ruf erscholl, ein Hagelschauer aller möglichen Geschosse prasselte auf seinen Wagen herab und zertrümmerte die Fensterscheibe auf der Beifahrerseite. Flaschen und Glas explodierten um ihn herum in tausend Scherben. Er trat das Gaspedal durch, jagte davon und hielt ein paar Querstraßen weiter an einer ruhigen Stelle, um seine Strategie zu überdenken.

Im Vorbeifahren hatte er einen kurzen Blick auf den Club erhascht. Offenbar hatten die Angestellten die übrigen Gäste auf die Straße hinausbugsiert und versuchten nun, die Türen gegen den gefürchteten Ansturm der Plünderer zu sichern. Die Gäste, darunter anscheinend nicht wenige Frauen, wurden von den betrunkenen Randalierern bedrängt.

Kip beschloss, es noch ein letztes Mal zu versuchen, und fuhr die Government Road wieder hinunter. Er schaffte es, den Wagen an der Kreuzung vor dem Club unbemerkt auf den Bürgersteig zu lenken. Vor sich erkannte er nur eine Masse schattenhafter Gestalten, und er hörte lautes Stimmengewirr, Kreischen und Schreien.

Er griff unter den Sitz und holte den Wagenheber hervor. Er wog ihn in der Hand und legte ihn dann auf den Beifahrersitz. Der starke Dieselmotor heulte auf, und der Landrover donnerte den Bürgersteig entlang, Fernlicht und zwei zusätzliche Suchscheinwerfer auf dem Dach eingeschaltet und das Radio mit Bob Marleys »Concrete Jungle« voll aufgedreht. Das Scheinwerferlicht enthüllte ihm Angreifer und Opfer. Alle hechteten ihm aus dem Weg. Um die Tür des Nachtclubs drängte sich ein Meer von menschlichen Leibern. Kip drückte auf die Hupe. Gesichter leuchteten in der Dunkelheit auf, mit angstvoll geweiteten Augen. Leute rannten in Panik davon.

Kip wusste, dass ihm nur wenige Augenblicke blieben, um Rose zu finden, falls sie noch hier war. Ein Aufblitzen von weißer Seide stach ihm ins Auge. Sie kämpfte in der immer noch offenen Tür hinter dem Sicherheitstor des Nachtclubs mit einem Mann. Kip stieß die Autotür auf und rannte zu ihr.

Er zerrte den Kerl von ihr herunter und versetzte ihm einen saftigen rechten Haken. »Kommen Sie!«, brüllte er.

Rose stand wie erstarrt im Lichtkegel der Scheinwerfer. »Rose! In den Wagen!«

Sie konnte sich immer noch nicht rühren. Kip packte sie grob am Arm, sie kreischte, schlug und trat nach ihm.

»Scheiße!«, rief er. »Rose, ich bin es. Kip!«

Sie hörte auf, ihn zu schlagen, aber Kip wollte nichts riskieren. Er duckte sich unter ihren Armen durch und packte sie um die Taille.

Er riss die Tür auf und schleuderte sie auf den Vordersitz, wurde aber von hinten angegriffen, bevor er ins Auto springen konnte. Rose schrie auf. Kip versetzte seinem Angreifer einen Schlag mit dem Handrücken, als ein weiterer mit einer zerbrochenen Flasche auf ihn losging. Kip stemmte sich in die Türöffnung, trat mit beiden Füßen gegen die Brust des Mannes und schleuderte ihn zurück auf den Bürgersteig.

Rose kreischte, als eine Hand sie durch die zerbrochene Beifahrerscheibe packte. Bevor Kip reagieren konnte, packte sie den Wagenheber und stieß ihn dem Angreifer mitten ins Gesicht, der fluchte und hintenüberstürzte.

Kip ließ den Motor aufheulen, und die Leute flohen vor dem Wagen. Er fuhr ein paar Mülltonnen um, krachte durch den Unterstand einer Bushaltestelle und erreichte endlich die Straße.

Der Landrover nahm den Kreisverkehr an der Haile Selassie Avenue auf zwei Rädern.

# Kapitel 36

Kip kam mit zwei dampfenden Bechern heißer Schokolade leise aus seiner Küche. Er wartete neben dem Sofa, wo Rose saß, den Kopf in die Hände gestützt.

»Hier ist Ihre Schokolade«, sagte er, als sie ihn immer noch nicht bemerkte.

»Oh! Danke. Vielen Dank.« Als sie den Becher nahm, sah er, dass ihre Hände zitterten.

Kip setzte sich ihr am Couchtisch gegenüber und beobachtete sie. Sie hatte ihr zerrissenes Kleid gegen seinen Bademantel vertauscht, an dem sie nun ständig herumzupfte, den Gürtel zurechtrückte und den Stoff tiefer über ihre Beine schob.

Das Schweigen schien sich minutenlang hinzuziehen, während beide nervös an ihrer kochend heißen Schokolade nippten.

»Sie können gern über Nacht hierbleiben.«

»Ich komme schon zurecht. Ich rufe mir einfach ein Taxi. Es ist nicht weit.«

»Na ja, ich fürchte, Sie werden kein Taxi bekommen. Ich habe die ganze Nacht lang keines gesehen. Ich kann Sie nach Hause fahren, wenn Sie möchten.«

»Nein, ich … ich …« Sie verstummte.

»Ich fahre Sie gern. Das ist kein Problem. Wo wohnen Sie denn?«

»Beim Aga Khan Hospital.«

»Parklands? Oh … In Parklands sollte man sich im Moment lieber nicht aufhalten.«

Sie blickte fragend zu ihm auf.

»Ich war vorhin dort. Überall streifen Banden herum. Sie plündern die Häuser und Läden der Asiaten.« Er stellte den Becher auf den Couchtisch und hielt den Blick auf seine Hände gerichtet, als er hinzufügte: »Sie können hierbleiben. Das geht schon in Ordnung. Ich meine, Sie können mein Bett haben. Ich schlafe hier draußen.« Er warf ihr einen Blick zu und sah, dass sie ihn musterte. Hastig fuhr er fort: »Sie brauchen sich keine Gedanken zu machen, dass ich, Sie wissen schon, Sie …«

»Ich weiß. Darum mache ich mir keine Gedanken. Sie … Sie scheinen sehr … Wenn es nicht zu viele Umstände macht.«

»Gar keine Umstände. Wirklich nicht.« Er lehnte sich zurück, froh über das Ergebnis dieser Unterhaltung, aber ein wenig verwundert darüber, wie er sie bestritten hatte.

Wieder machte sich Schweigen breit.

»Ich muss mich für meinen Freund entschuldigen«, sagte sie und zog wieder einmal den Bademantel enger um sich.

»Ihren Freund?«

»Maina.« Sie blickte zu ihm auf. »Maina Githinji. Er war so grob zu Ihnen, obwohl er wusste, dass Sie nicht über das sprechen wollten, was dort oben in Marsabit geschehen ist.«

»Ich wusste nicht, dass er Ihr Freund ist.«

Sie fuhr sich mit der Hand über den Kopf, als wolle sie ein widerspenstiges Haar zurückstreichen. »Ist er nicht. Jetzt nicht mehr.«

Kip brummte anerkennend.

»Jedenfalls«, fuhr sie fort, »war es sehr unhöflich von ihm, Sie so aufzuziehen. Er ist wirklich schamlos.«

»Das Seltsame ist, dass ich das Gefühl hatte, darüber sprechen zu wollen. Natürlich nicht mit ihm, aber Sie kamen mir so …« Eines seiner letzten Gespräche mit Diana fiel ihm ein. »Eine sehr liebe Freundin hat mir einmal gesagt, es sei gesünder, über Dinge zu sprechen, die einem wehtun. Ich glaube, damals konnte ich ihr nicht zustimmen, aber jetzt bin ich nicht mehr so sicher. Was meinen Sie?«

Sie zögerte. »Manchmal.«

Er hatte das Gefühl, dass er die ganze Sache sehr ungeschickt anpackte, indem er ihr die Ereignisse dieser Nacht ganz unnötig wieder in Erinnerung rief.

»Na ja, ich wollte nur sagen, dass ich es sehr zu schätzen weiß, was Sie vorhin im Club zu mir gesagt haben«, erklärte er. »Das war eine harte Zeit, die ersten paar Wochen nach der Beerdigung. Ich wusste nicht, was ich tun sollte. Ich konnte mit niemandem darüber reden.« Er rieb seine rauhen Handflächen kräftig aneinander und betrachtete sie dann. »Wenn ich jetzt daran zurückdenke, glaube ich, diese einfache Kleinigkeit – mit jemandem zu sprechen – hätte mir sehr helfen können.« Er wandte sich ihr wieder zu. »Wissen Sie, was ich meine?«

Sie dachte einen Moment lang darüber nach und nickte dann. »Ja«, sagte sie. »Ja, das weiß ich.«

Rose lag allein in seinem Bett, umhüllt von seinem Geruch – es roch nach seiner Seife, seinem Aftershave, seinem Körper. Das war nicht unangenehm, aber dennoch war sie verstört, nicht nur durch die Intimität, die sein Duft in ihrer Vorstellung heraufbeschwor, sondern vor allem von den Gedanken, die er in ihr angestoßen hatte.

Als Kip gesagt hatte, er wäre besser mit seinem Schmerz

fertig geworden, wenn er mit jemandem hätte reden können, hatte er in ihr eine Saite zum Schwingen gebracht. Das hatte sie instinktiv im Alter von dreizehn Jahren erkannt. Sie hatte das Gefühl, wenn sie damals mit ihrem Vater oder irgendjemandem sonst über die Vergewaltigung in Kisumu hätte sprechen können, dann wären die Folgen für sie nicht ganz so dramatisch gewesen.

Als sie endlich Grace' Haus erreicht hatten, hatte sie vergeblich auf eine Gelegenheit gewartet, sich alles von der Seele reden zu können, doch die kam nie. Ein oder zwei Tage danach war es schon so, als wäre es nie geschehen. Dieser Vorfall wurde zu etwas, das niemand je erwähnen durfte. Soweit sie wusste, hatte ihr Vater niemandem explizit verboten, darüber zu sprechen, aber sein starker Wille setzte das bei der gesamten Familie durch. Sie gehorchten der stillschweigenden Regel, ohne Diskussion oder Widerspruch. Es war nun mal nicht die afrikanische Art, den eigenen Vater zu kritisieren.

Rose' stummer Groll war gewachsen. Sie hatte sich dabei ertappt, wie sie ihren Vater für alles Mögliche verurteilte. Sie vermisste ihren großen Bruder Adam und war sicher, dass es die Gleichgültigkeit ihres Vaters gewesen war, die ihn von zu Hause vertrieben hatte. Er hatte Adam nie unterstützt und nur selten ein wenig Zeit mit ihm verbracht. Sie redete sich ein, dass ihr Vater Adam – ihnen allen – seine Liebe nie genug gezeigt hatte.

Ihr Vater hätte sie in Kisumu retten müssen, doch Kip war damals zu ihrem wahren Helden geworden, obwohl er nicht ahnen konnte, wie viel seine Güte ihr bedeutete. Es war eine Ironie des Schicksals, dass er in ihr nicht das Mädchen erkannte, dem er in jener Nacht geholfen hatte, während sie ihn nie vergessen hatte – den gütigen Fremden, der Mitgefühl und Besorgnis gezeigt hatte.

Die Erinnerung an jene Nacht war ein einziges Knäuel aus Schuldgefühlen und Schmerz. Irgendwie gab sie ihrem Vater die Schuld – nicht nur für jene Nacht, sondern auch dafür, wie ziellos sie seither durchs Leben trieb.

Sie fragte sich, ob ihr tiefer Groll gegen ihren Vater daher rührte könnte, dass er die Vergewaltigung schlicht ignoriert hatte. Dieser Groll schien sich angestaut zu haben, ohne dass sie es gemerkt hatte. Jahre später hatte er sich Sorgen gemacht, weil seine Tochter sich mit einem weißen Mann eingelassen hatte, einem weißen Mann, der über zwanzig Jahre älter war als sie. Das hatte all ihre aufgestauten Emotionen aus ihr hervorbrechen lassen. Obwohl die Sorge ihres Vaters verständlich war, hatte sie ihn dafür angegriffen. War das ihre Reaktion auf seine Missbilligung gewesen, oder Rache für das jahrelange, erzwungene Schweigen über ihre Vergewaltigung?

Vorhin hatte es einen Moment gegeben, da sie und Kip sich einander vorsichtig angenähert hatten, da sie versucht gewesen war, ihm zu offenbaren, wer sie war; ihm von der Vergewaltigung zu erzählen, und wie schrecklich es damals war, aber wie viel schlimmer es hätte sein können, wenn er sich nicht die Zeit genommen hätte, der afrikanischen Familie zu helfen, von der er geglaubt hatte, sie sei nur ausgeraubt worden. Aber sie hatte diesen Augenblick verstreichen lassen.

Rose hatte das Gefühl, eine seltene Gelegenheit verpasst zu haben, sich vieles von der Seele zu reden, aber diese Nacht, so dramatisch und schrecklich sie auch gewesen war, hatte auch etwas Positives gebracht: Endlich verstand sie ihre Beziehung zu ihrem Vater besser. Sie fasste einen Entschluss: Falls sich je die Gelegenheit ergab, würde sie die Fehler der Vergangenheit korrigieren, selbst wenn das eine weitere Konfrontation mit ihm bedeutete.

Kip erwachte aus einem Traum, in dem er in einem *matatu* vor einem mordlüsternen Mob floh. Anstelle des üblichen plärrenden Radios rappelte in dem Minibus unablässig eine nervtötende Klingel.

Er öffnete ein Auge halb und sah sich im Wohnzimmer um. Das Telefon klingelte, und grelles Tageslicht fiel durch das Fenster herein. Er richtete sich auf und fuhr sich mit den Fingern durchs Haar, bevor er den Hörer abnahm.

Es war Harry. »Alles in Ordnung bei dir?«

»Ja, mir geht's gut.«

»Na ja, ich hab mir Sorgen gemacht.«

»Wie spät ist es?«

»Kurz nach Mittag. Fehlt dir auch wirklich nichts?«

»Nein, alles bestens.« Er blickte sich nach einem Anzeichen dafür um, ob Rose schon aufgestanden war. Aus dem Badezimmer drang das Rauschen von laufendem Wasser. »Warum?«

»Hast du die BBC-Nachrichten schon gehört?«

»Nein, was ist denn?«

»Ein Teil des kenianischen Kabinetts auf ein britisches Marineschiff vor der Küste von Mombasa evakuiert.«

Kip fragte sich, woher die Briten immer so gut über alles Bescheid wussten, was in Kenia vor sich ging.

»Parklands ist ein Kriegsgebiet«, fuhr Harry fort.

»Warst du da?«

»Nein, ich bin gerade erst aufgestanden. Es kam in den Nachrichten. Banden randalieren, vergewaltigen, morden. Es heißt, es gäbe schon Hunderte von Toten.«

# Kapitel 37

Am nächsten Abend saß Rose auf Kips Sofa; die Beine hatte sie gemütlich unter sich gezogen. Draußen fiel die schwarze Leere des ungerodeten Buschlands zum Bach hin ab.

Der Strom war inzwischen ausgefallen. Kip machte ihnen Rühreier auf einem Gaskocher, den er fürs Camping benutzte. Sie aßen bei Kerzenschein.

»Hier ist dein Kaffee«, sagte er und setzte sich ihr gegenüber.

»Was passiert nur mit diesem Land, Kip?«, fragte sie.

Er seufzte. »Ich weiß es nicht. Zu Zeiten wie diesen glaube ich, dass wir noch nicht weit über das Leben im Dschungel hinausgewachsen sind.«

Sie musterte ihn hinter ihrer Kaffeetasse hervor. Das Kerzenlicht ließ die Falten auf seiner Stirn tiefer erscheinen. »Betrachtest du Kenia als deine Heimat?«

Er wirkte ein wenig überrascht. »Ja, natürlich.«

»Nicht England?«

»England ganz sicher nicht. Wenn überhaupt, dann vielleicht noch Australien. Dort bin ich zur Welt gekommen.«

Rose konnte sich zu Australien nicht viel vorstellen. In der Schule hatten sie in Geschichte und Erdkunde viel über die Britischen Inseln gelernt, aber wenig anderes.

»Was ist mit dir?«, fragte er.

»Mit mir?«

»Ja, wo ist deine Heimat?«

Über diese Frage musste sie nachdenken. Panyiketto war unvorstellbar weit weg, sowohl räumlich als auch zeitlich, und doch war Kenia für sie immer nur ein Provisorium gewesen – ein Ort, wo sie lebte, bis der Rest ihrer eigentlichen Welt dort zu ihr stoßen würde. Sie hatte ihre Mutter seit fast zehn Jahren nicht mehr gesehen. Ihr Vater war ihr fremd geworden und ignorierte sie. Eine Versöhnung kam ihr immer unwahrscheinlicher vor. Sie fühlte sich wie eine Waise; als wäre Akello ihr einziger noch lebender Verwandter. Wo war sie zu Hause?

»Äh«, stammelte sie, »Kenia, nein, ich meine Uganda.«

Kip sah sie belustigt an. »Was denn nun?«

»Kenia«, sagte sie mit verlegenem Lächeln. »Manchmal.«

»Schön, dass wir das geklärt haben«, sagte er neckend.

Sie fühlte sich gedrängt, es ihm zu erklären. Sonst würde er sie noch für dämlich halten. »Das ist so lange her. Ich wurde in einem kleinen Dorf in der Nähe des Albertsees geboren. Das war meine Heimat. Dann hat Idi Amin uns das Leben schwer gemacht … uns allen …«

Plötzlich weinte sie. Nicht mit lautem Schluchzen, sondern eine stumme Flut von Tränen, die einfach nicht versiegen wollten. Im schummrigen Licht dauerte es eine Weile, bis Kip es bemerkte. Er stammelte: »He … Rose … tut mir leid. Ich wollte dich nicht aufregen … Ich bin ein gedankenloser Trottel.«

Ihre Tränen flossen weiter, doch nun musste sie auch lachen.

Der arme Kip war völlig verwirrt. Seine gerunzelte Stirn glättete sich, und er lächelte, angesteckt von ihrem Lachen. Dann unterdrückte er das Lächeln wieder, vielleicht, weil er fürchtete, sie irgendwie missverstanden zu haben.

Darüber musste sie noch mehr weinen und lachen. Wie konnte sie ihm erklären, dass er alles andere als ein gedankenloser Trottel war, sondern von allen Menschen, die sie kannte, der Einzige, der ihr jemals Mitgefühl gezeigt hatte?

Harry nahm beim zweiten Klingeln ab. »Ja?«, fragte er atemlos.

»Ich bin's, Kip.«

»Oh. Was gibt's?«

»Das wollte ich dich gerade fragen. Hast du etwas gehört?«

»Heute Morgen hat die BBC berichtet, dass es draußen bei Karen Kämpfe gegeben hat, zwischen den neuen Jungs und den anderen – ›Kräften, die Präsident Odhiambo gegenüber loyal sind‹, so haben sie sie genannt.«

»Was ist mit der Innenstadt, und Parklands?«

»Über Parklands weiß ich nichts, aber in der Stadt war es gestern richtig unheimlich. Kein Mensch auf den Straßen.«

»Ich habe dich gestern angerufen, und als du nicht da warst, dachte ich, es wäre sicher, sich rauszuwagen.«

»Das war wegen Maina. Er hat mich den ganzen Tag lang verrückt gemacht, ständig herumtelefoniert, bis ich mich bereit erklärt habe, ihn in die Stadt zu fahren. Ich war froh, dass ich ihn losgeworden bin. Ist Rose noch bei dir?«

»Ja. Sie möchte, dass ich mit ihr noch einmal nach Parklands fahre.«

»Noch einmal?«

»Wir haben es gestern versucht, aber es wimmelte nur so von Randalierern. Wir sind nicht mal bis zu ihrer Wohnung gekommen. Ich habe keine Ahnung, was los ist – wir haben hier draußen keinen Strom mehr. Und du?«

»Eine ganze Weile nicht, aber … Moment mal. Da kommt gerade was auf BBC. Hör zu.«

Das Durcheinander von Hintergrundgeräuschen schwand, als Harry den Telefonhörer offenbar dicht ans Radio hielt. Kip hörte statisches Rascheln, dann die gepflegte Stimme eines Radiosprechers: »… *Situation sich über Nacht verschärft, bis die General Services Unit, die paramilitärische Polizeieinheit Kenias unter dem Kommando des Armeeveteranen Oberst Gabriel Opiyo, die Aufständischen vertreiben und die Straßen unter ihre Kontrolle bringen konnte. Beobachter halten dies für einen Hinweis darauf, dass die Regierung mit der Unterstützung der einzigen bedeutenden Streitmacht, die derzeit in Nairobi präsent ist, rechnen kann. Wenn die GSU die Situation unter Kontrolle bekommt, heißt es weiter, könnten die Streitkräfte, die sich bisher zu keiner Seite bekannt haben und im Norden des Landes Manöver durchführen, der GSU den Rücken stärken, sobald sie die Stadt erreichen.*

*Währenddessen ziehen unbestätigten Berichten zufolge Aufständische durch die indischen Wohn- und Geschäftsviertel der Stadt und die umgebenden Vorstädte, es soll zu Vergewaltigungen und Plünderungen gekommen sein. Unser Reporter vor Ort hat Hinweise auf Dutzende, vielleicht Hunderte von Toten und …*«

Harry sprach wieder in den Hörer. »Die GSU, das sind Mainas Jungs. Deswegen war er wohl gestern so hektisch. Er musste sie mobilisieren.«

»Oder versuchen, auf den fahrenden Zug aufzuspringen«, fügte Kip hinzu.

»Also, was willst du jetzt tun?«

Kip warf einen Blick hinüber zu Rose, die versuchte, dem

Gespräch zu folgen. Sie trug Shorts und ein T-Shirt von ihm. »Rose ist schon fein herausgeputzt, also werden wir wohl noch einmal versuchen, nach Parklands durchzukommen.«

Der GSU-Offizier bedeutete ihnen, an der Straßensperre anzuhalten. Er spähte durch das Fenster der Fahrertür zu Kip hinein, dann zu Rose, deren viel zu große Shorts nicht so auffielen, wenn sie saß. Er hängte sich das Gewehr über die Schulter und umkreiste den Wagen.

Kip beobachtete im Rückspiegel, wie er auf die leere Rücksitzbank starrte. Bevor sie die gesicherte Wohnanlage verlassen hatten, hatte Kip sorgfältig alles aus dem Auto geräumt, was einem schlecht bezahlten Soldaten attraktiv erscheinen könnte.

Der Offizier und seine Truppe waren an der Forest-Road-Kreuzung in der Nähe des City Park postiert – dem einst so schönen Landschaftspark, der dem Vorort seinen Namen gegeben hatte; jetzt war er nur noch ein Stück Ödland, bevölkert von Straßenräubern und Obdachlosen.

Der Offizier kehrte zu Kips Fenster zurück und knurrte: »Papiere!«

Kip griff ins Handschuhfach und reichte ihm die Fahrzeugpapiere. Der GSU-Offizier schaute hinein und sah dann Kip stirnrunzelnd an. Kip wich seinem Blick aus und beobachtete, wie auf der anderen Seite der Kreuzung ein Lastwagen durchsucht wurde.

Der Offizier drückte Kip die Papiere wieder in die Hand, der sie zusammenfaltete und ruhig an ihren Platz räumte.

Doch der Soldat war noch nicht zufrieden. Er starrte Rose an und fragte sie dann auf Kisuaheli: »Schwester, warum bist du mit so einem hässlichen *mzungu* zusammen, hm? Warum nicht ein Mann aus deinem eigenen Volk? Sind wir vielleicht nicht gut genug für dich?« Er lächelte humorlos.

»So ist das nicht, Sergeant«, antwortete Kip an ihrer Stelle, ebenfalls auf Kisuaheli. »Die junge Dame arbeitet für mich, und ich bringe sie sicher nach Hause zu ihrem Mann.«

Der GSU-Mann zog die Augenbrauen hoch, als müsse er Kips Sprachkenntnis widerstrebend anerkennen.

»Sie arbeitet für Sie, so?«, sagte er gedehnt. »Und was für Arbeit geben sie dieser Hübschen, wenn ihr Mann nicht dabei ist, mein Freund?«

Kip ignorierte die Unterstellung. »Ich bin im Großhandel tätig, Sir«, sagte er mit ausdrucksloser Miene. »Wir importieren Haushaltswaren aus Indonesien.«

Der Offizier brummte. Es sah aus, als wolle er noch etwas sagen, doch dann winkte er sie abrupt und ohne ein weiteres Wort durch die Absperrung.

Kip biss die Zähne zusammen, legte den ersten Gang ein und fuhr an. »Verdammte GSU«, brummte er. »Glauben wohl, der Laden gehört ihnen.«

»Zumindest scheinen sich die Banden verzogen zu haben«, sagte Rose.

»Sieht so aus. Ist das deine Straße?«

»Ja.«

Er hielt vor der alten Villa, die sie ihm zeigte, und er und Rose traten vorsichtig über das herabgerissene schmiedeeiserne Gartentor.

»Warte«, sagte sie und zeigte mit dem Finger auf die Tür zu ihrer kleinen Wohnung, die offen stand.

»Wer hat einen Schlüssel?«, flüsterte Kip.

»Nur ich. Der Vermieter will aber, dass ich ihn über dem Fensterrahmen deponiere, wenn ich nicht da bin.«

»Könnte dann dein Vermieter aufgeschlossen haben?«, fragte er hoffnungsvoll.

»Nein.«

Kip stöhnte. »Warte hier. Ich gehe zuerst rein.«

Rose wartete im Vorgarten.

An der Tür blieb Kip stehen und schob sie ein Stückchen weiter auf. Ein kurzer Flur, auf halber Höhe zwei Türen und eine geschlossene Tür am Ende. Er wagte sich vorsichtig ein paar Schritte hinein und drehte sich dann zu Rose um, die ihn mit den Fingerknöcheln im Mund beobachtete.

Als er eintrat, fiel die Haustür hinter ihm zu. Er lugte in das erste Zimmer. Es war ein Schlafzimmer, hell erleuchtet durch das Fenster zur Straße hin. Die andere Tür führte offenbar ins Gästezimmer.

Er ging auf die Tür am Ende des Flurs zu und packte den Türknauf. Es klapperte, als er ihn herumdrehte. Er lugte durch einen schmalen Türspalt in ein Wohnzimmer. Auf einer Seite standen ein Sofa und zwei Sessel. Auf der anderen sah er einen Esstisch.

»Oh, Scheiße!«, entfuhr es Kip, als er einen Schwarzen von etwa sechzig Jahren an dem Tisch sitzen sah, der ihn interessiert beobachtete. Ein aufgeschlagenes Buch lag vor ihm.

»Sind Sie der Vermieter?«, fragte der Mann.

»Nein, verdammt noch mal, das bin ich nicht. Wer sind Sie?« Kips Herz hämmerte.

»Papa?«, fragte Rose plötzlich hinter ihm. »Papa!«, wiederholte sie.

»Rose«, sagte der Mann mit erstickter Stimme. »Rose. Mein Baby, dir ist nichts passiert.«

Sie zögerte, bis er aufstand und die Arme ausbreitete.

Sie rannte zu ihm und warf den Stuhl um, als sie sich in

seine Arme stürzte. Nachdem der Mann gegen die Tränen in seinen Augen angeblinzelt hatte, hielt er Rose auf Armeslänge von sich weg und sagte: »Dein Bruder hat mir erzählt, du wärst jetzt ein Model.« Sein Blick glitt von ihrem übergroßen T-Shirt zu Kips Shorts, die sich um ihre Oberschenkel blähten. »Ist das die neueste Mode in Nairobi?«

Kip lachte mit den beiden, und seine Angst wich der Erleichterung. Er hätte sofort erkennen müssen, dass dieser Mann kein Dieb war – er hatte noch nie einen so blasierten Dieb gesehen.

Erst nach weiteren Umarmungen und aufgeregten Worten in einer Sprache, die Kip nicht verstand, setzten sich alle an den Tisch, und Rose kochte Tee. Es stellte sich heraus, dass sie ihren Vater, Zakayo, gar nicht erwartet hatte. Er erklärte ihnen, er sei nach Nairobi gekommen, um Rose abzuholen und nach Kisumu zu bringen, damit sie ihre Mutter besuchen konnte, die wie die meisten übrigen Familienangehörigen Uganda endlich hatte verlassen können.

Diese Neuigkeit löste bei Rose weiteres aufgeregtes Geplapper aus. Sie entschuldigte sich schließlich bei Kip dafür, dass sie sich in ihrer Muttersprache unterhielten. »Ich verfalle immer noch in Luo, wenn ich aufgeregt bin. Papa spricht sehr gut Englisch, also gibt es dafür eigentlich keine Entschuldigung.«

Kip konnte der restlichen Geschichte einigermaßen folgen. Zakayo hatte von ihrem Bruder erfahren, wo Rose wohnte, aber als er auf der Suche nach seiner Tochter hier angekommen war, waren die Unruhen ausgebrochen. Er hatte den Schlüssel gefunden, und einige Plünderer waren zwar in das kleine Haus eingedrungen, hatten ihn aber in Ruhe gelassen.

Rose schien sich über den Besuch ihres Vaters zu freuen, und über die Nachricht, dass ihre Familie sie in Kisumu erwartete, doch Kip spürte, dass irgendetwas zwischen ihr und Zakayo stand. Er beschloss, die beiden lieber allein zu lassen, damit sie das klären konnten.

»Ich gehe jetzt besser, Rose«, sagte er und kramte in seiner Tasche nach dem Autoschlüssel.

»Bitte, bleib doch. Ich koche uns etwas.«

»Du bist ja jetzt in guten Händen.«

Sie stand auf, als er sich erhob. »Na ja … dann vielen Dank«, sagte sie.

Verlegen spielte er mit seinem Schlüsselbund.

»Vielen Dank für alles«, sagte sie, nahm seine Hand, stellte sich dann aber auf die Zehenspitzen und küsste ihn auf die Wange.

Kip nickte, lächelte und sagte: »War mir ein Vergnügen.« Dann fügte er hinzu: »Kein Problem. *Hakuna matata.*«

»*Hakuna matata*«, wiederholte sie lächelnd.

Kip wandte sich ihrem Vater zu und streckte die Hand aus. »Hat mich gefreut –« Er verstummte abrupt, als er sah, wie Zakayo seinen Schlüsselbund anstarrte.

»Papa, was ist denn?«, fragte Rose.

Zakayo sagte nichts, stand aber langsam auf und zog ein Lederband unter seinem Hemd hervor, an dem ein Stück bemaltes Holz hing. Er nahm Kips Holzstück, das an seinem Schlüsselbund hing, und hielt es an sein eigenes. Die beiden abgebrochenen Enden fügten sich zusammen. Die Farben stimmten genau. Die Muster auf den beiden Stücken passten, sogar die kleinen Wellenlinien fanden an der Bruchstelle zueinander.

Kip war es stets ein Rätsel geblieben, was das kleine Stück

Holz, das er unabsichtlich aus der Truhe im Schlafzimmer seiner Mutter gestohlen hatte, eigentlich darstellen sollte. Für ihn war es nur ein Stück bemaltes Holz. Nun, da der gebogene Teil daran angefügt war, erkannte er die Form sofort. »Ein kleiner Bumerang!«, flüsterte er.

»Ja«, stimmte Zakayo zu. »Ein australischer Bumerang.«

Kip starrte den Mann an – einen Mann aus Zentralafrika –, der ein Symbol des Landes bei sich trug, in dem Kip zur Welt gekommen war. Das war ein bizarres Zusammentreffen. Welche Verbindung konnte Zakayo zu seiner Mutter haben? Zu seiner Kindheit? Oder zu seinem Vater?

Bei zwei Menschen, die unmöglich irgendeine Verbindung zu seiner Vergangenheit haben konnten, hatte Kip den wichtigsten Hinweis zu seiner eigenen Existenz gefunden.

# Teil 5

# *Rose*

# Kapitel 38

Zakayo spazierte am Ufer des Victoriasees entlang und quälte sich mit Erinnerungen an seine idealistische Jugend. Die Rekonstruktion eines kleinen Bumerangs – eines fremdartigen Objektes, dessen Bezeichnung, so glaubte Zakayo, wahrscheinlich in ganz Afrika außer ihm niemand kannte – hatte sie ihm wieder zu Bewusstsein gebracht.

Als Ernie und er im Kriegsgefangenenlager einander von ihren Träumen erzählt hatten, war Zakayos einziger, unerschütterlicher Wunsch ein friedvolles Leben gewesen. Er hatte geglaubt, Uganda sei eine Art Paradies, und zur vollkommenen Zufriedenheit fehlten nur noch Frieden und Wohlstand, die ihnen für die Zukunft versprochen worden waren, wenn der Krieg in Europa erst gewonnen war. Aber das britische Empire zerfiel, und ein von den Briten ausgebildeter Wahnsinniger namens Amin zettelte neue Kriege in Uganda an, zerstörte Zakayos Frieden und zerstreute seine Familie zwischen ihrer Heimat Panyiketto und Kenia.

Als ein weiterer Soldat – diesmal einer ihrer Lango-Brüder aus dem Norden, Milton Obote – wieder an die Macht gelangte, indem er Amin besiegte, hatte Zakayo kaum Zeit, den berauschenden Geschmack des Friedens zu genießen, bevor die National Resistance Army und Yoweri Museveni die Landbevölkerung in einem weiteren blutigen Bürgerkrieg dezimierten und Zakayo deshalb in Panyiketto festsaß. Museveni war ein starker Gegner, und Obotes Regime wurde bei den ständigen Versuchen, ihn zu besiegen, noch grausamer als das Amins.

Bevor das jüngste Blutvergießen begonnen hatte, war es Zakayo gelungen, Amelia und ihre beiden Kinder zurück zu ihrem Stamm, den Banyoro, zu schicken, dessen Gebiet nordwestlich von Kampala lag. Aber er hatte sich ihnen dort nicht anschließen können, und soweit er wusste, lebten sie noch bei Amelias Vater.

Eine Familie wieder vereint; eine andere zerrissen.

Da der Großteil seiner Familie aus Panyiketto jetzt zusammen war, hätte Zakayo zumindest teilweise zufrieden sein müssen. Nur Macmillan, der geborene Farmer, war in Uganda zurückgeblieben.

Zakayo fragte sich, was mit dem Afrika geschehen war, das er als junger Mann gekannt hatte.

Er seufzte in dem Wissen, dass er die melancholischen Erinnerungen dorthin zurückschicken sollte, wo sie im Verborgenen geruht hatten, ehe der Bumerang sie wieder hervorgezerrt hatte. Stattdessen kehrten seine Gedanken zu dem Bumerang selbst zurück.

In jeder freien Minute hatte er versucht, das Rätsel zu lösen, seit er die andere Hälfte von seinem, oder vielmehr Ernies, Bumerang in Kips Händen entdeckt hatte. Nicht zum ersten Mal vollzog er die Umstände nach, die dazu geführt hatten, dass er das Stück jetzt besaß.

Ernie hatte ihm erzählt, dass er den Bumerang zerbrochen und die andere Hälfte seiner Frau gegeben hatte. Diese Hälfte gehörte jetzt Kip – einem jungen Mann, der Ernie nicht zu kennen schien. Er hatte gesagt, er hätte ihn von seiner Mutter – einer unverheirateten Frau, die in Nanyuki lebte, warum auch immer. Warum war Kip nicht in Sydney aufgewachsen oder sonst irgendwo in Australien? Das wäre ihm logischer erschienen.

Kip war ungefähr im richtigen Alter, um Ernies Sohn zu sein, aber er befand sich auf dem falschen Erdteil. Und wenn Kip Ernies Sohn war, musste die Frau, die sich Kips Mutter nannte, Ernies Ehefrau sein. Aber wo war Ernie, und warum kannte Kip nicht einmal seinen Namen?

Rose freute sich darüber, dass sie ihre Familie wieder um sich hatte, aber sie hatte gehofft, es würde so sein wie früher in Panyiketto, wo die Familie sich versammelt und diese Geselligkeit genossen hatte. So war es aber nicht. Alle hatten sich verändert.

Ihre Mutter Doreen war schon immer zurückhaltend gewesen, was Lob und Anerkennung für ihr nahestehende Menschen anging. In gewissem Maße traf das auch darauf zu, wie sie ihre Liebe zeigte. Manchmal war es schwer, sie zufrieden zustellen, wie die Kinder bald merkten, wenn sie ihre Arbeit im Garten nicht ganz richtig gemacht hatten. Rose vermutete, dass ihre Mutter es nicht leicht gehabt hatte – sie hatte eine Familie großgezogen und die Farm bewirtschaftet, während ihr Mann oft lange nicht aus Kampala zurückkehrte. Es war nicht immer so gewesen. Rose erinnerte sich an glückliche Tage aus ihrer frühen Kindheit, als ihre Eltern viel gelacht hatten. Im Lauf der Jahre war ihre Mutter immer reservierter geworden, und nun schien es, als gingen die meisten Dinge, die Zakayo sagte oder tat, ihr auf die Nerven.

Dembe, die arme Dembe, die sich nie vom Übergriff der Soldaten in Panyiketto erholt hatte, war in ständiger Sorge um ihre fünf Kinder. Sie ließ sie kaum aus den Augen. Ihr

Mann, immer schweigsam, oft grüblerisch, hatte sich diesmal nicht die Mühe gemacht, sie nach Kisumu zu begleiten.

Im Gegensatz zu Dembe unternahm Grace nichts, um ihre wilde Meute zu bändigen. Als Rose noch bei ihrer Schwester gewohnt hatte, hatte sie ihre Nichten und Neffen stets mit einem Rudel junger Schakale verglichen, die ständig wüst herumtobten. Anscheinend hatte Grace es endgültig aufgegeben, hier Disziplin halten zu wollen. Ihr Mann hatte es gar nicht erst versucht.

George hatte sich von allen am wenigsten verändert. Er war immer noch der lerneifrige, zielstrebige junge Mann wie damals in Uganda. Er wollte sein unterbrochenes Studium so bald wie möglich wieder aufnehmen. Für Romantik gab es in seinem Leben keinen Platz. Er würde sicher noch jahrelang Junggeselle bleiben.

Zwei ihrer Brüder fehlten allerdings. Macmillan lebte noch auf der Farm der Familie in Panyiketto und hatte jetzt eine Frau und zwei Kinder. Adam, den seit 1972 niemand mehr gesehen hatte, war der allgemeine Liebling gewesen, als sie noch klein gewesen war, aber heutzutage wurde sein Name kaum je erwähnt. Sie kannte keine einzige ugandische Familie, die von Amins blutiger Herrschaft und den Bürgerkriegen nach seiner Absetzung nicht betroffen war. Viele hatten mehr als ein Familienmitglied verloren; manche waren ganz ausgelöscht worden. Ursprünglich war Adam wohl verschwunden, weil man ihn beim Wildern erwischt hatte und er weggelaufen war, um den Folgen zu entkommen. Aber Rose zweifelte nicht daran, dass es letztlich die gewaltigen Umwälzungen gewesen waren, die das Land in ein Chaos aus Gewalt gestürzt und ihnen den Bruder genommen hatten. Das Vermächtnis dieser Jahre war eine quälende Ungewissheit. Die Umstände seines Todes nicht zu kennen war schmerzhafter, als die Gewissheit gewesen wäre.

Ihr jüngster Bruder Akello hatte sich von seinem Job als Croupier im Casino nicht freinehmen können, aber versprochen, am Wochenende zu kommen.

Er und Rose wollten dann gemeinsam nach Nairobi zurückkehren.

Grace verkündete, das Essen sei fertig, und begann, riesige Mengen auf ihre Teller zu häufen. Die Unterhaltung erstarb, als sich alle der Mahlzeit widmeten. In das Schweigen hinein fragte Grace Rose nach ihren neuesten Model-Aufträgen.

»Ich habe gerade mit einer Kampagne für die Zeitschriftenwerbung von Athi Tours angefangen. Die ersten Fotos erscheinen nächsten Monat im *Bwana*.«

»*Bwana?* Das ist ein Männermagazin, nicht?«, fragte ihr Vater.

»Eigentlich nicht, Papa. Das ist ein Magazin für Leute, die sich für Fotografie, Reisen und so weiter interessieren.«

»Ja – ein Männermagazin«, wiederholte er wegwerfend.

»Wie lange hast du da zu tun?«, fragte Grace, die Rose wohl absichtlich ablenken wollte, damit sie nicht auf die Spitze ihres Vaters einging.

»Jeweils ein paar Tage … allerdings glaube ich nicht, dass ich die Kampagne fertig machen kann.«

»Oh, warum denn?«, fragte ihre Schwester.

Rose zögerte. »Ich gehe nach London.«

»London?«, fragte ihre Mutter.

Rose hatte nicht vorgehabt, ihre Neuigkeit zu verkünden. In Wahrheit hatte sie sich noch nicht einmal entschieden, ob sie das Angebot annehmen wollte oder nicht.

»Ja«, sagte sie, »London.« Während sie sprach, bemerkte sie

den überraschten und bestürzten Gesichtsausdruck ihres Vaters.

Am Tisch brachen ihre Geschwister in lebhafte Unterstützung aus. Grace quasselte über die Londoner Mode; George schwärmte von den Museen und Bibliotheken, die sie dort besuchen konnte. Ihre Eltern blieben stumm.

Zakayo unterbrach die Unterhaltung: »Ich dachte, du würdest zu uns nach Kisumu kommen, da die ganze Familie jetzt wieder vereint ist.«

»W-wie kommst du darauf, Papa?«

»Weil ... als ich dich in Nairobi gefunden habe ...« Er runzelte die Stirn, als versuche er sich an ihr Wiedersehen während der Unruhen zu erinnern. »Weil ... wir eine Familie sind.« Für Zakayo war das anscheinend die einzig nötige Erklärung.

»Wir können auch eine Familie sein, wenn ich in Nairobi bin. Akello ist auch dort.«

Ihr Vater packte mit beiden Händen die Tischkante, und sein Kiefer spannte sich. »Und wer bezahlt für diesen Urlaub?«

»Das ist kein Urlaub, Papa, das ist eine Chance, beruflich voranzukommen.«

»Eine Chance, voranzukommen?«, schnaubte er. »Das ist eine gute Bezeichnung dafür. Wer bietet dir diese ... diese *Chance?*«

»Ein Fotograf ... nein, ein Fotografieunternehmen. Ich habe einen Wettbewerb gewonnen, den *Bwana* ausgerichtet hat. Der Hauptpreis ist ein Flug für zwei Personen nach London.«

»Aha! Und wer soll die zweite Person sein?«

»Akello«, sagte sie trotzig. »Wenn er mitkommen will.«

»Ist das nicht wunderbar? Mein Playboy von einem Sohn und meine Herumtreiberin von einer Tochter. Ganz allein in London.«

»Was soll das heißen?«, fuhr Rose auf.

Ihr Vater verschränkte die Arme und funkelte sie an.

»Du bist nach England gegangen, als du sechzehn warst!«, fauchte sie ihn an.

»Da herrschte Krieg!«

»Und warst du so begeistert von den Briten, dass du für sie in ihren Krieg ziehen wolltest? Du hast dich sogar freiwillig gemeldet.« Sie schob ihren Teller von sich. »Du bist gegangen, weil du etwas aus deinem Leben machen wolltest. Tja, genau das will ich auch.«

Zakayo legte die Handflächen auf den Tisch. Er beugte sich vor und sagte: »Ich bin mit deiner Herumtreiberei nicht einverstanden, Rose.«

»Du bist damit nicht einverstanden?«, wiederholte sie, und ihre Stimme troff vor Sarkasmus. »Wann hast du je etwas gutgeheißen, was ich getan habe, Papa? Wann hast du dich je für mich stark gemacht?«

»Red keinen Unsinn.«

»Unsinn? Und wie nennst du das, wenn es um eine Vergewaltigung geht, Papa?«

»Was?«

»Sieh dir Dembe an!« Sie zeigte auf ihre Schwester, die sich gerade um eines ihrer Kinder kümmerte. Dann blickte sie sich am Tisch um wie ein Tier, das in der Nacht plötzlich in einem Lichtkegel gefangen war. »Und sieh mich an. Wo war denn dein Einverständnis, als wir vergewaltigt wurden? Wo war deine Unterstützung, Papa?«

»Darüber wird an diesem Tisch nicht gesprochen!«

Rose kämpfte mit den Tränen. »Wo denn dann?«

»Das Thema ist unpassend, wenn wir zu Tisch sitzen.«

»Das Problem ist, Papa, dass es nie einen passenden Zeitpunkt gegeben hat, um darüber zu sprechen, nicht wahr? Du hast einfach gehofft, das wäre uns nie passiert. Aber es ist passiert, Papa. Dembe und ich sind vergewaltigt worden, und als wir dich gebraucht hätten ...« – sie fuhr sich mit der Hand über die Augen – »... da hieltest du das Thema für nicht angemessen. Nie.«

»Rose.« Ihre Mutter ergriff zum ersten Mal das Wort. »So spricht man nicht mit seinem Vater!«

Rose starrte sie fassungslos an. Sie blickte von einem zum anderen, einmal um den Tisch herum. Offensichtlich hielt niemand das Thema für »passend«. Nicht einmal Dembe, nein, schon gar nicht Dembe, die den Kopf abgewandt hatte und sich intensiv mit ihrem Kind beschäftigte.

Rose stieß ihren Stuhl zurück. Er kippte um, und sie rannte weinend aus dem Haus.

Im Bus stützte Rose den Ellbogen ans Fenster und den Kopf in die Hand. Die Teeplantagen von Kisii flogen an ihr vorbei. Sie hatte eine Stunde lang auf den Bus gewartet, und währenddessen war ihr Zorn verflogen, und eine tiefe Traurigkeit hatte sich ihrer bemächtigt. Sie hatte ihre Familie wieder verloren.

Halb hatte sie gehofft, eines ihrer Geschwister, vielleicht der vernünftige George, würde sie am Busbahnhof suchen und freundlich mit ihr sprechen. Würde ihr ausrichten, dass es ihrem Vater leidtat und er seine Tochter wieder zu Hause haben wollte; dass er nur aus Liebe zu ihr so unbesonnen gesprochen hatte.

Aber niemand kam, und sie bestieg den Bus, ohne noch einmal zurückzublicken.

Dieser Vorfall hatte die Sache für sie entschieden. Die Vorstellung, alles hinter sich zu lassen und nach London zu fliegen, war sehr verlockend, zugleich aber auch sehr beängstigend. Jetzt würde sie Akello bearbeiten. Sie hatte das Gefühl, wenn sie ihren kleinen Bruder dabeihatte, würde alles gut gehen.

Der Model-Wettbewerb, im Grunde nicht mehr als ein Schönheitswettbewerb im Bikini, war für *Bwana* nur ein Werbegag gewesen. Aber sie redete sich ein, dass das Angebot der Model-Agentur in London für sie eine richtige Chance sein konnte, die Londoner Modeszene mit all ihrem Glamour und ihren aufregenden Möglichkeiten zu erobern. Wenn nicht, konnte sie jederzeit nach Kenia zurückkehren und hätte nichts verloren. Zumindest wären sie und Akello dann in den Genuss eines kostenlosen Hin- und Rückflugs nach England gekommen.

Bis sie in Nairobi wieder aus dem Bus stieg, hatte sie sich selbst davon überzeugt, dass es eine großartige Idee war, nach London zu gehen.

# Kapitel 39

Die weite, goldene Savanne des Laikipia-Plateaus erstreckte sich unter einem unendlichen blauen Himmel bis zum nördlichen Horizont. Eine Linie feiner weißer Wölkchen über dem fernen Sudan markierte die Stelle, wo Land und Himmel sich begegneten. Staubwolken folgten den Spuren einer Zebraherde zwei oder drei Kilometer südwestlich. Im Südosten erhoben sich blaugrün und verschwommen die Aberdare Ranges.

Das kuppelförmige *makuti*-Dach der Laikipia Lodge ragte unmittelbar vor ihm auf. Das traditionelle Dach aus Palmblättern auf dem Hauptgebäude war von Anfang an das Logo ihres Unternehmens gewesen, schon als Kipana Tours – Kip und Diana Tours – noch nicht viel mehr hatte bieten können als Begeisterung und große Pläne.

Kip lenkte den Landrover auf den Parkplatz der Anlage. Die Paviane, die Laikipia Lodge als ihre Privatresidenz auserkoren hatten, flohen vor ihm, eilten durch die öffentlichen Bereiche der Anlage und verloren sich in den umgebenden Gärten.

Sie waren ein ständiges Ärgernis, und Kip musste eigens Leute anstellen, die nur dafür zu sorgen hatten, dass die Affen kein Essen und andere interessante Dinge wie Kameras oder Handtaschen stahlen.

Für seinen Besuch hier hatte Kip dem gesamten Personal ein paar Tage frei gegeben. Abgesehen von den Wachleuten, die rund um die Uhr um die gesamte Anlage patrouillierten, war er allein.

Kip ging zur Bar, ging mit einer Dose Bier nach draußen und stellte fest, dass die Paviane nun den Poolbereich besetzt hatten. Er klatschte in die Hände und versuchte, sie zu verscheuchen. Einige der Jungtiere trotteten ein paar Schritte von ihm weg und ließen sich dann erneut nieder, um nach kleinen Köstlichkeiten im Gras zu suchen, aber das riesige Alpha-Männchen blieb störrisch auf einem Tisch hocken, von dem aus es den Pool überblickte. Das Spiel seiner Muskeln unter der gesträubten, braunen Mähne ließ das Tier in der Sonne schimmern.

Kip setzte sich unter den Sonnenschirm eines Tisches am Pool, nippte an seinem Bier und musterte das Alpha-Männchen. Der Pavian starrte zurück und zog herausfordernd die Augenbrauen hoch.

Kip dachte an all die Fragen, die er Zakayo hätte stellen sollen, aber als die Bumerangstücke sich unerwartet zusammengefügt hatten, war er so fassungslos vor Staunen gewesen, dass er sie schlicht vergessen hatte. Natürlich hatten sie die offensichtlichen Fragen erkundet – die Herkunft ihrer jeweiligen Hälfte.

Kip hatte nicht eingestanden, dass er sein Stück gestohlen hatte, sondern nur gesagt, es habe seiner Mutter gehört, Marie Balmain aus Nanyuki. Zakayo hatte ihn gefragt, ob Kip oder seine Mutter den früheren Besitzer seiner Hälfte kannten – einen australischen Piloten namens Ernie Sullivan. Kip hatte nicht offen zugeben wollen, dass er nichts über sein frühes Leben in Australien wusste, weil ihm verboten gewesen war, seiner Mutter solche Fragen zu stellen, deshalb hatte er einfach nein gesagt – was der Wahrheit entsprach.

Er hätte Zakayo fragen können – fragen müssen –, in welcher Stadt sein Freund Ernie Sullivan gewohnt hatte. Irgendwo in dieser Geschichte mussten die Hinweise versteckt sein, die Kip helfen würden, seine frühe Kindheit zu enträtseln. Konnte es sein, dass Ernie Sullivan sein Vater war? Oder vielleicht ein Freund seines Vaters.

Unter den Umständen, in denen sie sich begegnet waren, mussten Zakayo und dieser Ernie einander viel aus ihrem Leben erzählt haben. Aber Kip hatte nicht daran gedacht, danach zu fragen.

Seine Mutter würde sicher von Sullivan wissen. Er sollte einfach in seinen Landrover springen und auf der Stelle nach Nanyuki fahren. Er hatte Zeit dazu, und das Haus seiner Mutter lag nur eine Stunde von hier entfernt. Aber schon beim Gedanken daran wand er sich auf seinem Stuhl.

Das Beste wäre, noch einmal mit Zakayo zu sprechen und sich diesmal jede kleine Einzelheit der Geschichte erzählen zu lassen. Dann konnte er seine Mutter damit konfrontieren.

Doch tief im Herzen wusste er, dass er nur den Besuch in Nanyuki hinauszögern wollte, vor dem ihm so graute.

Rose sah Akello erst eine Woche später wieder. Ohne es zu wissen, waren sie auf dem Weg von Kisumu nach Nairobi aneinander vorbeigefahren, er unterwegs zu Grace, um die Familie wiederzusehen, und sie auf der Flucht vor ihnen.

Rose wusste, dass er von allen anderen deren Version ihres Streits mit ihrem Vater gehört haben musste. Sie war immer noch traurig und bekümmert über diesen Tag, vor allem, weil sie erst kurz zuvor die Beziehung zu ihrem Vater wieder aufgenommen hatte.

Sie musste unbedingt mit Akello darüber sprechen. Aber in

der Woche seit ihrer Rückkehr verpasste sie ihn entweder im Casino, oder er war gerade nicht zu Hause, wenn sie bei ihm vorbeischaute.

Als Rose ihren Bruder endlich zu Hause antraf, wollte sie gar nicht mehr über ihren Vater sprechen, sondern über ihre Reise nach England.

Akello hatte es eilig, zur Arbeit zu gehen, aber er ließ sie ein und machte sich dann weiterhin für das Casino fertig.

»Du kommst doch mit, Akello?«, bettelte sie. »Ich habe zwei Rückflugtickets nach London.«

»Und was, wenn wir da sind?«

Sie beugte sich vor und war vor Begeisterung kaum zu halten. »Dann kommt das Beste! Ich habe einen Vertrag bei einer Modelagentur gewonnen. Weißt du, was das bedeutet? Mein Gesicht in Europa. Europa! Stell dir das mal vor, Akello. Wie viele Models aus Afrika kennst du, die es in Europa zu etwas gebracht haben?«

»In Europa? Ich weiß nicht … Ist Iman Afrikanerin?«

»Ob Iman Afrikanerin ist! Weißt du denn gar nichts? Natürlich ist sie das.«

Sie sah ihn lächeln, während er sich eine Socke anzog. Er konnte nie widerstehen, sie zu necken, das tat er schon, seit sie klein gewesen waren.

»Ich frage mich, ob sie ihr Debüt auch im *Bwana* gegeben hat«, sagte er.

Sie schnitt ihm eine Grimasse.

Er ignorierte es. »Also … kein First-Class-Ticket? Kein Fünf-Sterne-Hotel in, wie heißt das? Piccadilly?«

Er band sich die Schuhe zu und stand auf, um sich im Spiegel zu betrachten.

»Nein, aber wir werden zurechtkommen. Wir suchen uns

eine billige Unterkunft, bis ich mein erstes Honorar bekomme.«

»Hm«, sagte er und drehte sich um, um nachzusehen, wie das Hemd hinten in der Hose steckte. »Hängt das Hemd zu weit heraus?«

»Nein. Und wenn ich dann Geld verdiene, können wir uns etwas Besseres suchen.«

»Habe ich dir eigentlich schon erzählt, dass ich letzte Woche im Casino eine sehr interessante Dame kennengelernt habe?«

»Mit interessant meinst du wohl, dass sie dich in ihr Bett gelassen hat.«

»Cynthia. Eine Engländerin. Du hättest mal ihre Suite im Hilton sehen sollen.«

»Was hat das mit London zu tun?«

»Nichts, außer, dass sie mich eingeladen hat, sie zu besuchen. Sie sagt, sie hätte eine zauberhafte Wohnung in London, und wenn ich mal dort bin, soll ich sie anrufen.«

Rose blieb der Mund offen stehen. »Du meinst, du kommst mit?«

»Bist du sicher, dass dieses Hemd richtig sitzt?«

»Akello, ich schwöre dir … ich bringe dich um, wenn du mich weiter so aufziehst. Kommst du jetzt mit oder nicht?«

»Okay«, sagte er schließlich.

»Okay? Im Ernst?« Ihre Stimme war schrill vor Aufregung.

»Ich habe doch okay gesagt, oder? Da wäre nur eine Sache …« Er streckte den Zeigefinger in die Höhe, um zu verhindern, dass sie aufsprang und sich auf ihn stürzte.

»Was denn?«

»Du zeigst nicht deine Titten. Nach denen habe ich schon

geschielt, seit ich zehn war, und um ehrlich zu sein, werden sie mir allmählich langweilig.«

Sie warf eine Zeitschrift nach ihm und umarmte ihn dann stürmisch.

Auf dem Heimweg konnte Rose sich das Lächeln nicht verkneifen. London. Das war die Rettung, die Befreiung, die sie brauchte, um in ihrem Leben einen neuen Anfang zu machen. Das Wiedersehen mit ihrer Familie hatte nicht das gebracht, was sie sich davon versprochen hatte. Abgesehen von dem schrecklichen Streit mit ihrem Vater waren auch ihre Geschwister erwachsen geworden und hatten sich dabei auseinandergelebt. Sie würden ihr immer am Herzen liegen, aber außer bei Akello hatte sich das Band, das sie in ihrer Kindheit vereint hatte, stark gelockert.

Papa war ein ganz anderes Problem. Es würde ihr wohl nie gelingen, ihn ins zwanzigste Jahrhundert voranzulocken. Soviel er auch über die Welt wusste, weil er täglich Zeitungen las und während des Krieges in Europa gewesen war – im Grunde war er ein altmodischer afrikanischer Mann geblieben.

Sie erinnerte sich daran, dass er in ihrem früheren Leben in Panyiketto so stolz auf seine moderne Idee gewesen war, alle Angelegenheiten in der Familie zu diskutieren. Im Gegensatz dazu beharrte er jetzt auf die alten Sitten, denen zufolge er das Familienoberhaupt war und kein Widerspruch geduldet wurde.

Heute traf er einfach sämtliche Entscheidungen für Mama und die ganze Familie. Anscheinend war der Brauch, sich irgendwo eine heimliche Geliebte zu halten, so ziemlich die einzige Sitte afrikanischer Männer, die er sich nicht zu eigen gemacht hatte.

Abgesehen von diesen familiären Angelegenheiten freute sie sich darauf, auch in ihrem Privatleben einen neuen Anfang machen zu können. Irgendwie hatte sie es zu einer unangenehm langen Liste zweifelhafter Exfreunde gebracht.

Sie merkte, dass sie beim Gehen vor sich hin lächelte, aber die neugierigen Blicke, die sie damit auf sich zog, waren ihr gleichgültig. Sie war glücklich. In London würde sie einen strahlenden neuen Anfang machen.

# Kapitel 40

Rose stieg die schlecht beleuchtete Treppe hinauf und suchte die Namensschilder im Flur nach dem Büro der Modelagentur ab. Allmählich hatte sie das Gefühl, dass man ihr eine falsche Adresse gegeben hatte. Die Gegend und das Gebäude passten nicht zu ihrer Vorstellung von der Londoner Modewelt.

Die U-Bahn-Fahrt von der anderen Seite der Stadt, wo sie sich mit Akello eine Wohnung teilte, hatte länger gedauert, als sie gedacht hatte, und sie war zu spät dran. Shivraj Patil – »Nenn mich Shiver« – hatte ihr den Weg am Telefon beschrieben, aber sie war an der falschen Station ausgestiegen. Sie fand sich im U-Bahnnetz noch nicht zurecht, und das Gewirr bunter Linien auf der Karte, die den Leuten helfen sollten, ihren Weg zu finden, verstand sie nicht. Es war schwierig genug, eine Fahrkarte zu kaufen, mit Münzschlitzen und Wechselautomaten, und dann kam eine weitere Reihe Schlitze, in denen die Karte einfach verschwand, wenn man nicht aufpasste.

Sie klopfte sacht an die Tür unter dem angelaufenen Messingschild mit der Aufschrift: »Xanadu Modelagentur«. Gleich darauf klopfte sie noch einmal, bevor sie vorsichtig die Tür öffnete.

Im Büro war es heller als im Flur, aber das schmutzige Fenster ließ kaum etwas von dem Licht durch, das zwischen die hohen Gebäude drang.

»Mr. Patil?«, fragte sie einen Hinterkopf. Der Mann saß an einem Schreibtisch, mit den Füßen auf dem Fensterbrett.

»Hä?«, machte er und drehte sich zu ihr herum. Er hatte rot geränderte Augen, die er nun energisch rieb. Der oberste Knopf seines zerknitterten grauen Hemdes war offen, und die blassblaue Krawatte, die den Kragen am Hals locker hielt, wies einen Saucenfleck auf. »Oh! Morgen … äh, Tag«, sagte er, setzte sich aufrecht hin und schob den Krawattenknoten hoch. »Shivraj Patil.« Er streckte die Hand über den Schreibtisch und hielt ihr mit der anderen eine Visitenkarte entgegen.

»Guten Tag. Ich bin Rose Nasonga.«

»Freut mich, Sie kennenzulernen, Rose. Was kann ich für Sie tun?«

»Erinnern Sie sich denn nicht an mich? Wir haben am Mittwoch telefoniert. Sie haben mir den Weg hierher beschrieben.«

»Oh! Ja, natürlich. Was kann ich für Sie tun?«

»Ich bin hier, weil ich den Preis gewonnen habe.«

»Preis? Was für einen Preis?«

»Den Model-Wettbewerb im *Bwana*-Magazin …«

»*Bwana?*«

»Ist das hier die Xanadu Modelagentur?« Sie blickte sich in dem Büro um, als suche sie nach einem Hinweis. An den Wänden hingen Fotos attraktiver Frauen. »Der Sponsor war Mr. Sivalingam Sritharan.«

»Oh! *Bwana* … Sritharan … Und Sie sind …?«

»Rose Nasonga.«

»Rose Nasonga. Ah … ja. Und wie geht es dem alten Sri?«

»Gut, soweit ich weiß, aber ich bin ihm eigentlich –«

»Du bist also Model? Jetzt fällt es mir wieder ein.« Nickend musterte er sie von oben bis unten. Sein Grinsen enthüllte eine goldene Krone auf einem Eckzahn.

Rose zog die Füße unter ihren Stuhl und strich ihren Rock glatt. Sie fühlte sich in diesem Schweigen nicht wohl, aber sie wusste nicht, was sie noch sagen sollte. Sie hatte angenommen, dass alles vorbereitet sein würde und sie sofort mit der Arbeit beginnen konnte. »Mr. Patil –«

»Shiver«, korrigierte er sie, während er sie immer noch betrachtete und nachdenklich an seinen Goldzahn tippte.

»Shiver … Ich hatte gehofft, Sie hätten schon etwas für mich –«

»Steh auf, Süße«, sagte er, erhob sich und reckte die Arme. »Auf, auf!« Er kam hinter seinem Schreibtisch hervor und wedelte mit den Händen in der Luft. »Also, dann wollen wir dich mal ansehen.«

Rose tat, was er verlangte.

Patil machte eine Drehbewegung mit der Hand. Sie drehte sich und versuchte, dabei möglichst professionell auszusehen.

»Groß«, sagte er. »Schön groß.« Er lutschte an seinem Daumennagel. »Okay, setz dich.« Er nahm wieder ihr gegenüber Platz. »Stoke Newington.«

»Verzeihung, wie bitte?«

»Rooters Fußballverein. Stoke Newington. Spendensammlung.«

Sie blinzelte verständnislos.

»Fünf pro Stunde, und was du nebenbei machst, ist deine Sache. Ich stelle keine Fragen.« Er kritzelte etwas auf ein Stück Papier und schob es über den Schreibtisch. »Samstagabend. Mach dich schön, und ruf mich nächste Woche an.«

»Mm, Liebling … das war wunderbar.« Cynthia räkelte sich auf dem Bett und seufzte. »Genau wie in Nairobi.« Sie rollte sich zu Akello herum und strich mit der Hand seinen Arm empor zu seiner Schulter und dann wieder abwärts, um die dichten schwarzen Löckchen auf seiner Brust zu kraulen. Die Bettdecke lag zerwühlt zu ihren Füßen.

Akello lächelte. Er war seit gut einer Woche in London. Nachdem er sich ein paar Sehenswürdigkeiten angesehen hatte, hatte er in Cynthias Büro angerufen. Ihre Sekretärin notierte eine Nachricht von »Mr. Akello, Kenya Safaris«, und eine Stunde später lagen sie zusammen im Bett. Das war vor drei Tagen gewesen. Seitdem hatten sie sich mehr als ein Dutzend Mal geliebt.

Selbst wenn sie nicht miteinander schliefen, amüsierte er sich prächtig. Das Essen und der Zimmerservice des Hotels, in dem sie sich trafen, waren hervorragend. Und gestern hatte Cynthia ihn einkaufen geschickt, er solle sich eine ganze Garderobe besorgen, die dem Klima angemessener sei. Er hatte einen Maßanzug in der Jermyn Street gekauft, und auf dem Markt in Camden genug legere Sachen, um einen ganzen Koffer zu füllen. Akello kam zu dem Schluss, dass es ihm in London sehr gefallen würde.

»Lass mich noch mal diese wunderbare Waffe sehen«, schnurrte sie und beugte sich vor, um einen Kuss auf seinen Penis zu hauchen. »Oh, sieh nur, er hebt schon wieder das Köpfchen. Was für ein prachtvoller kleiner Mann … Entschuldigung, großer Mann, aber trinken wir erst einmal den Champagner aus. Ich brauche eine Pause.«

Akello stieg ohne jede Scham aus dem Bett, trat mit der Männlichkeit auf Halbmast an den Tisch und schenkte ihnen nach.

Cynthia kicherte. »Es wäre schändlich, dich ganz für mich zu behalten. Du bist zu gut, um wahr zu sein, und meine Freundinnen verdienen auch mal etwas Schönes, die armen Schätzchen.«

Akello fiel in ihr Lachen ein und kehrte mit den Gläsern zum Bett zurück. Er ließ den Blick über ihren Körper schweifen, während sie sich wie ein Löwenjunges in der Sonne räkelte. Er hatte schon schönere Körper gesehen, aber mit seinen zwanzig Jahren wusste er bereits, dass man wichtige Dinge nach dem Ergebnis und nicht nach den Aussichten beurteilen sollte. Obwohl Cynthia zugab, doppelt so alt zu sein wie er, und vermutlich noch ein bisschen älter war, kümmerte ihn das nicht. Er genoss besonders ihren Enthusiasmus, der für ihr Alter recht beachtlich war. Aber vor allem wusste sie zu schätzen, was er für sie tat. Er konnte sie mehrere Male in einer Stunde zum Orgasmus bringen, bis sie vor Befriedigung keuchte. Er sonnte sich in ihren Komplimenten.

»Auf London«, sagte er und stieß mit ihr an.

Rose verlief sich wieder einmal, aber als sie Stoke Newington erreichte, war es nicht schwer, den Rooters Football Club zu finden, wenn auch mit fünfzehn Minuten Verspätung. Das Vereinsheim war riesig und stach zwischen den benachbarten Ladenfassaden hervor wie ein grellbunt dekorierter Palast in einer Reihe Schaufenster.

Die Mannschaftsfarben waren nicht zu übersehen. Rote und gelbe Stufen führten zu einer Tür im ersten Stock hinauf, die mit roten und gelben Girlanden geschmückt war. Ein stämmiger Türsteher ließ sie in einen großen Raum mit niedriger Decke und Spielautomaten an den Wänden. Ein paar Männer standen in schummrig beleuchteten Ecken herum, offensichtlich frühe Gäste der heutigen Feier. Am Ende des Saals befand sich ein niedriges Podium mit einem Stehpult und einem Mikrofon. Darüber verkündete ein rot-gelbes Banner stolz: »Rooters – Immer Voran!«. Am Rednerpult hing ein bescheideneres Plakat: »Rooters Spendenaktion 1982«.

Der Teppich mochte einmal rot-gelb kariert gewesen sein, war aber jetzt so fleckig, dass nur noch ein blasses Orange-Braun erkennbar war. Rose' Schuhe blieben hier und da kleben, als sie auf das Büro des Managers zuging, das der Türsteher ihr gezeigt hatte. Die Tür stand einen Spalt breit offen, und sie schob sie auf und lugte hindurch. Ein Mann in einer roten, uniformähnlichen Jacke, einer schwarzen Hose, über der sein Bauch hervorquoll, und einem gelben Einstecktuch sprach gerade mit zwei jungen Frauen in Badeanzügen.

»... damit will ich sagen, ihr Mädchen sollt so viele Lose verkaufen, wie geht. Und Drinks. Seid nett, wenn ihr wisst, was ich mein. So, wie ihr ausseht, kennt ihr das Geschäft, also –« Er unterbrach sich, als er Rose in der Tür stehen sah. »Und wer bist du?«, fragte er und zog kräftig an seiner Zigarette.

»Rosa Nasonga, die Agentur schickt mich.«

Der Manager spähte mit zusammengekniffenen Augen durch den Zigarettenqualm. »Agentur? Du meinst Kana-du, den Kanaken, äh ... wie heißt der gleich?«

»Ja, Mr. Patil. Xanadu.«

»Den mein ich.« Er blies eine Rauchwolke in ihre Richtung. »Hab dich hier noch nie gesehen, oder?«

Sie hätte sich am liebsten irgendwo versteckt, als er sie mit schmalen Augen von Kopf bis Fuß musterte.

»Du bist gar nich übel für einen wie den.«

Sie merkte jetzt, dass die ständig zusammengekniffenen

Augen nicht vom Zigarettenrauch kamen, sondern ein fester Bestandteil seiner Gesichtszüge waren. Dadurch sah er aus, als misstraue er allem, was sie sagte. Um das Schweigen zu beenden, sagte sie: »Entschuldigen Sie, dass ich zu spät komme.«

»Allerdings. Ich hab gerade gesagt, ihr Mädels sollt da draußen hübsch ausseh'n und das Geld für die Lose und so einsammeln, aber hurtig. Also – he, wo ist dein Anzug?«

Rose starrte ihn an. »Anzug?«

»Ja, Anzug. Badeanzug mein ich. Was willst'n anziehen?«

»W… Mr. Patil hat mir nichts von einem –«

»Ist mir egal, was der gesagt hat, du musst doch 'n Badeanzug oder so haben, nicht?«

Die beiden anderen Mädchen trugen Badeanzüge. Die eine war blond, und ihre großen Brüste quollen aus einem einteiligen Badeanzug, der mindestens eine Nummer zu klein zu sein schien. Die andere – eine farbige Frau mit dunkelbraunem Haar – trug einen Bikini, der eine ganze Straßenkarte von Schwangerschaftsstreifen enthüllte. Rose schämte sich immer entsetzlich wegen der Narben, die der Krokodilangriff hinterlassen hatte, als sie noch klein gewesen war. Sie posierte nur dann mit nackten Beinen, wenn sie irgendwie ihr linkes Bein verbergen konnte.

»Auch egal«, sagte der Manager. »Ich leih dir einen für heut Abend. Also, wo war ich gerade?« Er tippte mit einem schmutzigen Fingernagel an seine Unterlippe. »Ach, scheiß drauf, die anderen Mädchen erklären dir den Rest. Und jetzt raus mit euch.«

Akello überprüfte die große Messing-Hausnummer an der Haustür anhand des Zettels, den Cynthia ihm mitgegeben hatte, und trat dann noch einmal zurück, um die beeindruckende Fassade zu bewundern. Zwei grimmende Stucklöwen posierten auf dem Säulenvorbau, und der Türklopfer, den er im Licht der Straßenlaternen gerade noch erkennen konnte, war ein Löwenkopf aus Messing.

Im Hausflur brannte Licht, ebenso im ersten Stock, doch er hatte die Anweisung, der Auffahrt bis zum Ende der Hecke zu folgen und dann am Zaun entlang zu einer Hintertür zu gehen. Seine Schuhe knirschten auf dem Quarzkies, der genug Mondlicht reflektierte, so dass er den Weg erkennen konnte. An einer Lücke in der Hecke fand er ein Tor im Gartenzaun und hob den Riegel an.

Ein Hund bellte irgendwo hinter der hohen Gartenmauer des Nachbarhauses. Er kam sich vor wie ein Verbrecher, wie er hier in der Nacht herumschlich. Alles war völlig still. Ein Schauer der Erwartung lief ihm über den Rücken.

Die hohen Bäume im hinteren Garten verdunkelten den Mond, doch schwaches Licht drang durch eine Bleiglasscheibe in der Hintertür und wies ihm den Weg. Er strich mit den Händen das schmiedeeiserne Gitter entlang, das den Hintereingang sicherte, und fand einen Knopf. Aus den Tiefen des Hauses war ein klangvoller Gong zu hören.

Er wartete eine scheinbare Ewigkeit lang und wollte gerade ein zweites Mal auf die Klingel drücken, als sich eine schattenhafte Gestalt dem Bleiglasfenster näherte. Es klickte, dann hörte er, wie ein Riegel zurückglitt und einrastete. Die Tür ging auf.

Die Frau war im Gegenlicht nicht zu erkennen. Akello schluckte und lächelte. Er sah nur blonde Haarspitzen über schmalen Schultern. Ihre Taille war ein wenig dick, aber nicht übermäßig.

Als sie sprach, war aus ihrer Stimme ein leichtes Beben herauszuhören, das Nervosität bedeuten konnte. »Mm, Akello. Komm doch herein.«

Rose umklammerte das Waschbecken mit beiden Händen, damit sie endlich zu zittern aufhörten. Sie hörte die Küchentür hinter sich aufgehen und fuhr herum, bereit zum Kampf.

»Ignorier sie einfach, Süße«, sagte die schwarze Frau mit dem dunkelbraunen Haar und zündete sich mit einem Feuerzeug, das sie unten in ihrem Badeanzug versteckt hatte, eine Zigarette an. »Du heizt sie nur noch mehr an, wenn du dich so aufführst.« Ihr Akzent war so breit, dass Rose Mühe hatte, sie zu verstehen.

»Es war grässlich.«

»Ja, ist schon hart, was? Sei froh, dass du was hast, was die wollen. Ich weiß gar nicht mehr, wann *mir* zuletzt einer an die Titten gelangt hat!«

Eine Gruppe betrunkener Gäste hatte in Rose' Hörweite anzügliche Bemerkungen gemacht. Sie hatte die Männer ignoriert, die daraufhin über die Narbe an ihrem Bein hergezogen waren. Als einer von ihnen sie begrapscht hatte, war sie unter Tränen geflohen.

Die andere Frau zog kräftig an ihrer Zigarette, stieß den Rauch aus und musterte Rose. »Himmel, zu schlotterst ja am ganzen Leib, was? Die ham dich doch bloß angemacht. Vergiss es.«

»Ich kann nicht … Ich will nicht wieder da rausgehen.« Sie kämpfte mit neuen Tränen.

»Du bist neu, was, Süße? Ich heiß übrigens Gloria.«

Rose war nicht sicher, worin sie neu sein sollte, aber einen

Modelauftrag wie diesen hier hatte sie jedenfalls noch nie erlebt. »Ja«, sagte sie und putzte sich mit einem Taschentuch die Nase.

»Bist nicht mal von hier, oder? Wo kommste denn her, Süße?«

»U-Uganda, äh ... Kenia.«

»Hm, aus Afrika?«

Rose nickte.

»Dacht ich's mir doch. Patil hat ein paar Neue von da drüben. Wie lang biste denn schon hier?«

»Drei ... drei Wochen.« Ihr Herzschlag beruhigte sich allmählich, und sie gewann ein wenig Fassung zurück.

Die Blonde platzte zur Küchentür herein. »Herrgott, was sind die 'n munterer Haufen!« Sie bemerkte Rose. »He – was nicht in Ordnung?«

»Das ist ... wie heißt du gleich wieder, Schätzchen?«

»Ich heiße Rose.«

»Wie war das?«

»Rose. Mein Name ist Rose.«

»Richtig. Das is' Rose. Rose, Wilma. Ist eines von Shivers neuen Mädchen.«

Wilma holte ein Backblech mit Würstchen im Schlafrock aus dem Ofen und verteilte sie auf drei Platten. »Wir schwingen unseren Hintern lieber wieder da raus. Kommt, ihr zwei.«

»So isses. Sind gleich da«, sagte Gloria.

Rose biss sich auf die Lippe. Sie steckte in einer furchtbaren Zwickmühle. Sie konnte nicht mitten in ihrem ersten Auftrag davonstürmen – sie würde nie wieder einen bekommen –, aber die Hölle in dem Festsaal draußen war mehr, als sie ertragen konnte.

Gloria legte ihr eine Hand auf die Schulter. »Na, komm, Mädchen. Hier, zieh dir was davon rein.« Sie zog etwas, das wie ein Lippenstift aussah, unter dem Gummibund ihres Badeanzugs hervor und streute eine Linie weißes Pulver auf die Küchenplatte. »Das beruhigt die Nerven.«

Rose machte im Lauf der Nacht noch mehrmals von dem Lippenstift-Behälter Gebrauch – sie konnte nicht genau sagen, wie oft –, aber Gloria erklärte, nächstes Mal ginge es eben auf sie.

Rose nahm an, das bedeutete, dass sie nächstes Mal das weiße Pulver zur Verfügung stellen sollte. Sie hatte nichts dagegen. So wurde der Abend erträglicher, und wenn die Männer sie angrapschten, lachte sie sie einfach aus und konzentrierte sich auf die rot-gelben Banner.

Akello machte die Erfahrung, dass samstagnachts um zwei Uhr in London nur schwer ein Taxi zu finden war. Und er lernte etwas über Frauen.

Vielleicht galt das nur für englische Frauen, aber in Zukunft würde er vorsichtiger sein, wie er direkte Fragen beantwortete. Seine ehrliche Meinung über den Wein war die erste von mehreren Antworten gewesen, die seiner Gastgeberin anscheinend nicht recht gefallen hatten.

Liz war in den zwei Stunden, die sie zusammen verbracht hatten, zweimal zum Höhepunkt gekommen, doch er verließ sie unbefriedigt. Er genoss nichts so sehr, wie einer Frau Lust zu verschaffen. Er war ein Liebhaber, der ständig auf die Bedürfnisse seiner Partnerin achtete. Oft konnte er einer Frau dabei helfen, Sinnenfreuden zu erleben, die sie noch nie zuvor erfahren hatte. Sein Talent war zum Großteil gottgegeben, doch trotzdem kostete es ihn Konzentration und selbstlose Aufmerksamkeit, stets zu wissen, wie weit seine Partnerin sich dem Höhepunkt schon näherte. Das war nicht immer einfach. Wenn es ihm gelang, wollte er dafür nichts weiter als ein bisschen Anerkennung für seine gute Arbeit.

Cynthia hatte ihm erzählt, dass Liz zurzeit über eine hässliche Scheidung hinwegzukommen versuche. Vielleicht hatte sie sich deshalb nicht bei ihm bedankt.

Er verließ das noble Haus in Knightsbridge mit hundert Pfund in der Tasche, aber einem leeren Gefühl im Herzen.

# Kapitel 41

Das Gesicht der alten Massai wirkte wie eine Ledermaske. Sie wiegte sich mit geschlossenen Augen neben dem kleinen Feuer in ihrer Hütte. Als sie die Augen öffnete und entdeckte, dass Kip ihr im rauchigen Halbdunkel gegenübersaß, zeigte sie keine Überraschung. Stattdessen lächelte sie, als hätte sie ihn erwartet.

Naisua war *laibon*, die spirituelle Führerin und das Oberhaupt des Dorfes in der Nähe der Loita Hills am nordwestlichen Rand der Massai Mara. Ihre Position war einmalig, denn keine andere Frau war je zum *laibon* gewählt worden. Aber Naisua war auch eine einmalige Persönlichkeit.

Intelligenz blitzte aus ihren durchdringenden schwarzen Augen, und ihr winziger Körper schien vor Energie zu pulsieren. Kip hatte von Männern, die nicht zu Übertreibungen neigten, Berichte gehört, sie besitze die Gabe der Magie, vererbt vom Großen Laibon Batian. Die Alte und er kannten sich, seit er ein junger Wildhüter in der Massai Mara gewesen war.

Kip streckte ihr über das Feuer hinweg die Hand entgegen. »*Sopa*«, begrüßte er sie auf Maa, der Sprache der Massai.

Die alte Frau spuckte sacht auf seine Hände und Arme – ein Zeichen der Zuneigung und ein Segen – bevor sie seine Hände ergriff. »Du bist willkommen, junger Kip«, sagte sie auf Englisch. »Du bist gekommen.«

»Wie geht es dir, Naisua?«

»Ich bin alt, zu alt«, sagte sie und seufzte. Das war ihre vertraute Klage. Ihr Alter war ihr peinlich, sie hatte das Gefühl, ihrem Stamm zur Last zu fallen, aber sie war bei allen Massai hoch angesehen, und die Menschen in ihrem *enkang* liebten sie sehr.

»Aber das Alter bringt Weisheit, alte Frau.«

»*Zu Anfang sind wir Narren, und die Erfahrung macht uns weise*. Ich habe schon zu viele Jahre für die Weisheit angesammelt. Kip, weißt du, dass ich ein junges Mädchen war, als die *mzungu*-Eisenbahn unser Land durchschnitt?«

»Ich habe davon gehört.« Kip bezweifelte, dass die Frau, so uralt und gebrechlich sie auch wirkte, tatsächlich über neunzig Jahre alt sein könnte. Aber manche Leute erzählten, sie hätte Englisch von ihrem Liebhaber gelernt, einem Ingenieur, der an der Bahnstrecke mitgebaut hatte.

Kip wusste, dass es bei den Massai als unhöflich galt, nach dem Grund für einen Besuch zu fragen, und er wollte die alte Frau nicht länger auf die Folter spannen. »Du fragst dich sicher, was mich heute in dein *enkang* führt, alte Mutter.«

Naisua lächelte. »Ich kenne dich, seit du ein *olaiyoni* bei den Wildhütern warst. Ich kann es erraten, werde dich aber trotzdem sprechen lassen.«

Dass sie ihn scherzhaft als »großen Jungen« des National Wildlife Service bezeichnete, war ziemlich treffend. Er war sehr jung gewesen, als er Naisua zum ersten Mal begegnet war. Die Pflicht hatte ihn gezwungen, ihr zu drohen, weil ihre *morani* Löwen aus dem Reservat für ihre Initiationsriten getötet hatten. Und aus demselben Grund war er heute hier.

»Ich habe die Wildhüter reden gehört, alte Mutter. Sie sagen, dass eure Krieger wieder Löwen töten, und darüber sind sie gar nicht glücklich.«

Sie kicherte über ihn. »Die Löwen gehören also immer noch zu deiner Familie?«

»Nein, jetzt nicht mehr, aber ich komme als Freund, um dich zu warnen. Die Wildhüter sehen das heutzutage nicht mehr so locker. Einen Löwen zu töten ist ein ernsthaftes Vergehen.«

»Ich weiß.« Sie nickte. »Du meinst es gut, und ich werde mit ihnen sprechen.«

»Das ist gut, Naisua. Also ... das war es, was ich dir sagen wollte, und jetzt muss ich dich verlassen. Ich fahre heute Nachmittag nach Laikipia.« Es hatte lange genug gedauert, bis er endlich beschlossen hatte, seine Mutter mit dem Bumerang zu konfrontieren. Er wollte nicht den Mut verlieren, indem er den Besuch noch länger hinauszögerte.

Sie stand mühsam auf, wobei sie seine hilfsbereit ausgestreckte Hand ignorierte, und folgte ihm hinaus ins Morgenlicht. »Sag mir, junger Kip, was weißt du über diese dünne Krankheit, die aus Nairobi kommt?«

»Dünne Krankheit? Davon habe ich noch nie gehört.«

»Unsere jungen Leute kommen krank nach Hause. Die Frauen geben ihnen gut zu essen, aber sie setzen kein Fleisch an. Sie spucken und werden immer dünner.«

»Was sagen die Leute in der Klinik?«

»Klinik? Die gibt es nicht mehr.«

»Was soll das heißen, es gibt sie nicht mehr?«

»Der Doktor war alt. Er hat uns verlassen und ist nach Mombasa zurückgekehrt. Niemand ist gekommen, um seinen Platz einzunehmen.«

»Was sagt euer großer Mann dazu?« Mit »großer Mann« bezeichneten die Massai ihren Abgeordneten im Parlament.

»Ha! Was kümmern den die Massai? Er ist ein Kikuyu. Aus Nairobi! Pah!«

»Trotzdem ist er für euch verantwortlich. Wie heißt er?«

»Wie er heißt … wie heißt er? Ach, mein alter Kopf … Der Name will mir nicht einfallen. Vielleicht kenne ich ihn auch gar nicht. Der Mann war noch nie in unserem *enkang*. Oder sonst einer von den Großen, soweit ich weiß.«

»Warum sprecht ihr nicht mit Mr. Macmahon von der Mission in Narok? Es scheint, dass er bei den Behörden oft Gehör findet. Wenn das nichts nützt, lass es mich wissen.«

Er streckte die Hände nach ihr aus. Sie ergriff sie und drückte sie mit einer Kraft, die ihrer scheinbaren Gebrechlichkeit widersprach. »Die Laikipia ist ein kummervoller Ort«, sagte sie.

Kip war nicht sicher, warum sie so von der Laikipia sprach, aber er wusste genau, dass er ihr den Grund für seinen Besuch in Nanyuki nicht genannt hatte. Er sah sein Spiegelbild in ihren abgrundtiefen schwarzen Augen.

»Die Laikipia war unsere Heimat, bis die Briten uns vertrieben, um Platz für *wazungu*-Farmen und die Eisenbahn zu machen. Ich war noch ein junges Mädchen, aber ich trug mein Erstgeborenes von der Laikipia-Ebene davon.« Ihre Augen glänzten feucht. »Meine Familie wäre beinahe gestorben. Tausende andere sind gestorben. Die Laikipia ist ein Ort großen Kummers für die Massai.«

Kips Wissen über die Zwangsumsiedelung der nördlichen Massai in die Loita Hills und die Savanne des Afrikanischen Grabenbruchs war vage, aber er glaubte, dass sie mindestens achtzig Jahre zurücklag. Er war ziemlich sicher, dass Naisuas Fantasie mit ihr durchging, aber sie blickte mit tiefernster Miene zu ihm auf.

»Wenn du die Laikipia erreichst, musst du dein Herz verschließen, mein Sohn.«

Kip konnte nur nicken.

»Geh mit *Ngaj,* junger Kip«, fuhr sie fort und drückte seine Hände.

»Du auch, alte Mutter.«

Nanyuki hatte fast alle Gelben Flammenbäume und Jacarandas an der Hauptstraße verloren. Die wenigen verbliebenen Bäume waren von tiefen Furchen umgeben, wo die Lastwagen während der Regenzeit im Matsch stecken geblieben waren.

Die staatlichen Elektrizitätswerke hatten eine Verteileranlage errichtet, genau an der Stelle, wo früher die Werbetafel des Equatorial Hotel – »Genießen Sie Ihr Bier in beiden Hemisphären« – gestanden hatte.

Der Weg erschien Kip viel kürzer, als er ihn in Erinnerung hatte, und schon war er da.

Die Bar war geschlossen. Das Schild über der Veranda mit seiner Schatteneffekt-Schrift in zwei verschiedenen Blautönen war gesprungen und verblasst, und eine zerrissene, halb heruntergezogene Jalousie wehte im Luftzug eines zerbrochenen Fensters.

Ein kleines Rauchfähnchen stieg aus dem Schornstein über der Küche im hinteren Teil des Gebäudes auf. Kip parkte den Wagen neben dem Hotel, das ihm viel kleiner vorkam, als er es in Erinnerung hatte, und ging außen herum zur Hintertür.

Als sie die Tür öffnete und er in ihre strenge Miene blickte, machte sein Herz einen Satz, und dieselbe Furcht packte ihn, die seine Kindheit vergiftet hatte. Doch sie war gealtert, und in den Falten auf ihren Wangen und ihrer Stirn, in dem dürren Hals und den trüben Augen sah er eine Frau, deren Kraft offensichtlich schon vor langer Zeit ausgebrannt war.

Sie kniff die Augen zusammen, kurz geblendet von dem Tageslicht hinter ihm. Als sie ihn erkannte, wandelte sich ihr Gesichtsausdruck von Schock zu etwas, das Freude ähnelte, bevor er wieder in resignierter Traurigkeit erstarrte. »Bist du also endlich gekommen«, sagte sie mit heiserer Stimme.

»Hallo, Mutter«, sagte er.

Sie blickte wieder zu ihm auf, wandte sich dann von der Tür ab und ließ sie offen, damit er hinter ihr eintreten konnte. Sie ging gebeugt, zögerte kurz, um zurückzublicken und sich zu vergewissern, dass er ihr folgte, und ließ sich dann mit einem Seufzen schwerfällig auf ihren Stuhl sinken. »Bist du endlich gekommen«, wiederholte sie und nickte. Ihr Haar war dünn und mit grauen Strähnen durchsetzt.

»Ja. Es ist lange her.«

»Lange her.« Sie nickte und starrte zu Boden.

Im nun folgenden Schweigen sah er sich in dem Zimmer um. Es hatte sich kaum verändert, nur die Tür zu ihrem Schlafzimmer stand jetzt leicht offen. Das große Bett mit dem Bild der Jungfrau Maria über dem Kopfende ragte wie ein Denkmal in dem kühlen, dunklen Raum auf.

»Wie geht es dir, Mutter?«, fragte er.

Sie beäugte ihn, bevor sie zurückhaltend antwortete: »Was glaubst du wohl, wie es mir geht? Wie jeder anderen alten Frau auch. Ich habe gute und schlechte Tage.«

Er hatte ihren australischen Akzent vergessen. Erinnerungen wurden wach, an ein Schiff, das unter der Sydney Harbour Bridge hindurchglitt, und schattenhafte Bilder von Straßenbahnwaggons mit offenen Seiten und Doppeldeckerbussen.

»Und Tante Kathleen?« Er sah sich um, als könnte sie sich irgendwo in der Küche versteckt halten.

»Gestorben. Vor vierzehn Jahren.« Sie spuckte die Worte förmlich aus, als wolle sie ihn mit dieser Neuigkeit verletzen.

Aus irgendeinem Grund fühlte er sich schuldig, weil er nichts davon gewusst hatte. »Das tut mir leid«, sagte er und fügte dann hinzu: »Was ... wie ist es passiert?« Kathleen war, wie er sich erinnerte, immer die Stärkere von den beiden gewesen.

»Wollte den blockierten Kanal frei räumen, kurz vor der Abzweigung vom Fluss oben.« Sie warf ihm einen vorwurfsvollen Blick zu. »Deine Aufgabe – wenn du hier gewesen wärst. Dumme Gans hat ein Leopardenjunges gefunden. Hätte wissen müssen, dass die Mutter nicht weit sein konnte. Sie ist verblutet, kurz nachdem ich sie gefunden hatte.« Sie wirkte eher zornig als traurig, als wolle sie Kathleen Vorwürfe machen, weil sie sie vierzehn Jahre lang allein gelassen hatte. »Ich nehme an, du willst Tee?«

»Nein. Ich möchte nichts, danke.«

»Ich mach trotzdem welchen.«

Sie stemmte die Hände fest auf die Armlehnen und erhob sich von ihrem Stuhl. Er konnte den Schmerz ihrer arthritischen Gelenke, den ihre Grimasse ausdrückte, beinahe spüren. Er fragte sich, wie sie die alltäglichen Arbeiten wie Holzsammeln und Wasserpumpen bewältigte, und überlegte dann, wovon sie eigentlich lebte.

»Das Hotel ist geschlossen«, stellte er fest. »Wie kommst du so zurecht?«

Sie hob den Deckel vom Herd und schob den schweren Wasserkessel über die Flamme. »Ein paar Strickarbeiten, nehme auch Sachen zum Flicken an.« Sie knallte die Teekanne auf den Tisch. »Nicht, dass es dich gekümmert hätte«, fügte sie gehässig hinzu.

Sie hatte ihm leid getan, als er sah, wie sie mit dem Deckel der Teedose kämpfte, aber die Bösartigkeit, mit der sie eine Welt verurteilte, die nicht genau nach ihren Wünschen geschaffen war, erinnerte ihn an die viel jüngere Frau, die in einer Sekunde ruhig und in der nächsten furchtbar böse sein konnte. Das war einer ihrer furchterregendsten Charakterzüge, denn es bedeutete, dass Kip sich in ihrer Gegenwart nie sicher fühlen konnte.

»Wer ist Ernie Sullivan?«, fragte er unvermittelt.

Ihre Hand erstarrte für einen Augenblick vor den Tassen, die hinter den gläsernen Schiebetüren der Anrichte hingen. Dann nahm sie zwei Tassen mit Blumenmuster von ihren Haken und stellte sie vorsichtig auf den Tisch, bevor sie antwortete: »Den Namen habe ich noch nie gehört.« Sie wandte ihm den Rücken zu und öffnete eine Schublade. Nachdem sie klirrend im Besteck herumgesucht hatte, kam sie mit zwei Kaffeelöffeln zum Tisch zurück.

Kip holte den Schlüsselbund aus seiner Tasche und zeigte ihr den halben Bumerang. »Ich habe die andere Hälfte gefunden.«

»Der Bumerang!« Sie schlug die Hand vor den Mund und sank auf ihren Stuhl nieder. »Den Bumerang hatte ich ganz vergessen. Das also ist daraus geworden – du hast ihn genommen.« Das sagte sie ganz ohne Groll. »Er hat ihn auf dem Kai zerbrochen und mir diese Hälfte gegeben, als er nach England abreisen musste. Er sagte, jetzt müsse er auf jeden Fall wieder nach Hause kommen, weil ein Bumerang immer wieder zurückkommt.« In ihren Augen leuchtete ein Anflug von Belustigung. »Er hat immer solchen Unsinn geredet.« Sie versank in einem privaten Tagtraum.

»Wer ist er?«, fragte Kip fordernd.

Ihre säuerliche Miene kehrte zurück. »Er ist dein Vater!«,

zischte sie giftig. »Dein Vater, der behauptet hat, dass er mich liebt, und es hinter meinem Rücken mit irgendeinem Flittchen getrieben hat!« Sie schlug mit der Hand auf den Tisch. Die Tassen klapperten auf ihren Untertassen. »Du wurdest in irgendein Waisenhaus abgeschoben, weil die Frau, die dich geboren hat, schon verheiratet war.«

»Du … du bist also nicht meine Mutter?«

»Nein. Ich bin *nicht* deine Mutter. Und du … du hast keinen Vater, weil dein Vater in den Krieg gezogen ist, nachdem er seinen … seinen *Schwanz* in dieses verfluchte Miststück gesteckt und sie geschwängert hat.«

Der ordinäre Ausdruck schockierte ihn beinahe so sehr wie die Enthüllung, dass sie nicht seine leibliche Mutter war. Kip hatte sie in seinem ganzen Leben noch nie fluchen oder solche Kraftausdrücke gebrauchen hören. Ihre Heftigkeit machte es umso obszöner.

Fragen schwirrten ihm durch den Kopf. Er konnte sich kaum mehr beherrschen. »Wo ist er? Wer ist meine Mutter?«

»Irgendein Flittchen auf dem Schiff, mit dem dein Vater von der Pilotenausbildung in Kanada zurückkam.« Sie kräuselte verächtlich die Oberlippe. »Ein amerikanisches Flittchen, das einen Ehemann bei der US-Marine hatte.«

»Woher weißt du das alles?«

»Aus ihren Briefen. Die Air Force hat sie mir geschickt, alle, säuberlich verschnürt, als sie dachten, er wäre beim Einsatz über Deutschland ums Leben gekommen.«

»Aber das ist er nicht? Er ist nicht tot?«

»Ich weiß es nicht, ich habe ihn nie wiedergesehen. Aber er ist nicht im Krieg gestorben – so viel weiß ich jedenfalls.«

Kip drehte sich der Kopf, und er versuchte, das alles zu verdauen. Seine leiblichen Eltern waren urplötzlich zum Leben erwacht wie Filmfiguren, oder wie Leute in einem Buch über sein Leben – Leute, die es bisher gar nicht gegeben hatte. Er versuchte, ihre Gesichter zu sehen, aber nichts erschien. Sie waren reglose Figuren. Die einzige Handlung, die er dem Darsteller zuschreiben konnte, der seinen Vater spielte, war, dass er den Bumerang zerbrochen hatte.

Marie goss das kochende Wasser in den Teekessel, wobei sie immer noch leise vor sich hin schimpfte.

»Wenn Ernie Sullivan dein Ehemann ist, mein Vater, warum heißen wir dann Balmain?«, fragte Kip.

»St.-Patrick-Waisenhaus in Balmain – da hat deine Mutter dich untergebracht, bis dein Vater aus dem Krieg zurückkommen würde.«

Sie stützte sich auf die Fingerknöchel und beugte sich über den Tisch, der Tee war vergessen. »Dort sollte er dich finden und dich vermutlich zu sich nehmen. Ich nehme an, er hatte vor, mir alles zu beichten – seiner ach so geduldigen, ach so verständnisvollen Ehefrau.«

»Willst du damit sagen, dass er keine Chance hatte, mich auch nur zu sehen?«

»Ich habe dir einen neuen Namen gegeben, als wir hier ankamen – Kathleen und ich. Rupert, so hieß mein Großvater, und Laikipia Balmain – die wichtigen Orte in deinem Leben.«

»Antworte mir!«, sagte er und erhob zum ersten Mal die Stimme. »Hat mein Vater mich je zu sehen bekommen?«

»Nein! Er hat dich nie zu sehen bekommen. Ich hätte nie, *niemals* zugelassen, dass er irgendeine Freude aus seiner schmutzigen Tat zieht! Ich hätte nie zugelassen, dass er das Ergebnis seines widerlichen Ehebruchs mit eigenen Augen sieht.« Selbst nach so vielen Jahren noch glitzerte kalte Schadenfreude in ihren Augen.

»Aber das ist unmöglich. Die Behörden, das Waisenhaus, die würden doch nie zulassen, dass jemand ein Kind einfach mitnimmt, ohne –«

»Kathleen leitete das Waisenhaus. Als ich dorthin ging, um dich anzusehen, um die Saat seiner Lust zu sehen, da hat sie gemerkt, wie elend es mir ging, und sie hatte Mitleid mit mir. Sie hat mich getröstet.« Tränen traten ihr in die Augen. »Sie hat mir geholfen, dich aus dem Waisenhaus herauszuholen, bevor er zurückkommen und dich einfordern konnte.«

Kip beobachtete diese Frau – so viele Jahre lang hatte er versucht, sie als seine Mutter zu lieben – und war angewidert, entsetzt über ihre rachsüchtige Tat. Wie konnte jemand ein Kind als Waffe benutzen, um einem anderen Menschen Schmerz zuzufügen, wie sie es getan hatte? Er dachte an seine kläglichen Versuche, in diesem Herzen Liebe zu finden, in einem Herzen, das so von Hass verkrustet war, dass es nur hart und fest verschlossen sein konnte; voller Grauen wich er vor dieser Erinnerung zurück.

Marie hob das Kinn und sagte: »Kathleen war die Liebe meines Lebens. Die Einzige, der ich vertrauen konnte, nach allem, was dein Vater mir angetan hat.« Dann ließ sie den Kopf sinken, verbarg das Gesicht in den Händen und weinte.

Kip streckte unwillkürlich die Hand nach ihr aus, wich aber sofort zurück. Selbst nach all dieser Zeit war eine liebevolle Berührung unmöglich.

Er war voller Furcht nach Nanyuki gefahren, um endlich die Wahrheit über seinen Vater einzufordern. Er war voller Angst und Zorn hier angekommen. Er hatte beides überwunden und sogar einen Moment lang Mitleid empfunden. Aber jetzt, da er die Wahrheit kannte, fühlte er nichts als Abscheu.

# Kapitel 42

Akello öffnete ein Auge und kniff es gegen das helle Licht im Raum halb zu. Das war sein Zimmer – das Wohnzimmer der Zwei-Zimmer-Wohnung, die er sich mit Rose teilte.

Rose war noch nicht auf, und er hatte sie gestern Nacht nicht nach Hause kommen hören, obwohl er sich erst nach drei Uhr auf der Couch schlafen gelegt hatte. Er schwang die Füße vom Sofa. Er hatte einen abscheulichen Geschmack im Mund. Die Frau, mit der er den gestrigen Abend verbracht hatte, hatte darauf bestanden, dass er *bhang* probierte, oder »Marihuana«, wie sie es nannte. Er hatte sich davon beinahe übergeben müssen.

Er ging ins Bad, um sich die Zähne zu putzen, und schob dann mit der Zahnbürste im Mund den Kopf durch den Türspalt in Rose' Schlafzimmer. »Musst du heute Nachmittag arbeiten?«, fragte er mit dem Mund voll Zahnpastaschaum.

Der Hügel unter der zerwühlten Bettdecke regte sich und stöhnte leise.

Rose arbeitete nebenbei in einem Supermarkt, während sie auf Aufträge von der Agentur wartete. Akello wusste nicht viel über das Modelgeschäft, aber es reichte ihm, um zu erkennen, dass Rose' lange Nächte mehr mit Partys zu tun hatten als mit Arbeit. Er hatte die Miete der letzten drei Wochen von den Geschenken seiner dankbaren Gönnerinnen bezahlt.

Als er das Badezimmer verließ, ging Rose hinein und schloss die Tür hinter sich. Er hörte die Dusche rauschen, als er den Wasserkocher einschaltete.

»Tee?«, fragte er, als sie eine Weile später wieder herauskam, in ein Handtuch gewickelt.

Sie starrte ihn einen Moment lang an und blinzelte dann.

»Ich sagte *Tee*, möchtest du Tee?«

»Nein … nein, danke …«

»Rose.«

Sie hatte sich ihrem Zimmer zugewandt und zögerte kurz, bevor sie sich wieder zu ihm umdrehte.

»Was tust du dir an? Sieh dich nur mal an! Du bist mager wie ein Schakal. Isst du denn gar nichts, wenn du ausgehst?«

»Ich esse schon. Keine Sorge.«

»Keine Sorge? He, sieh mich an.« Er packte sie am Arm, als sie in ihr Zimmer gehen wollte. »Nimmst du etwa diese Schlankheitspillen?«

Sie entriss ihm ihren Arm und funkelte ihn an. »Lass mich in Ruhe!«, zischte sie.

Ihre Heftigkeit überraschte ihn. »Du sorgst nicht gut für dich selbst«, fügte er lahm hinzu.

»Halt mir keine Predigten, kleiner Bruder. Ich werde nicht dafür bezahlt, dass ich mit runzligen alten Frauen ins Bett gehe.«

Er hatte immer alle seine Geheimnisse mit Rose geteilt, und er vertraute ihr, weil sie ihn nie dafür verurteilte, geschweige denn, sie ihn in einem Streit an den Kopf knallte.

Sie stürmte in ihr Schlafzimmer, bevor ihm eine Erwiderung einfiel.

Ihre Tür knallte zu.

Akello starrte auf die Tür. Diese Person mit den verquollenen Augen und dem boshaften Knurren in der Stimme war nicht die Schwester, die er kannte.

Kip liebte den frühen Morgen in der Laikipia, wenn die Sonne rosig angehaucht war und der Himmel leicht grünlich schimmerte – ein Farbton, den ein Aquarellmaler als Hintergrund für ein Seestück mit Korallen verwendet hätte. Und ein Morgen nach einer klaren Nacht – einer Nacht, in der nichts, keine Wolke, kein Staubkorn, zwischen die Laikipia und die Sterne trat, die das schwarze, unendliche Universum erfüllten – war der beste Zeitpunkt, um die Luft des Hochplateaus zu genießen. Sie war schwer von Tau, liebkoste die Haut und klärte den Kopf wie ein frischer Tropfen Zitronensaft auf der Zungenspitze.

Morgens fühlte Kip sich immer besonders gut, und am Morgen nach seinem Besuch bei Marie stand er früh auf und genoss reichlich von der duftenden Morgenluft. Er streckte und reckte sich und warf die Niedergeschlagenheit des vergangenen Tages ab.

Als er durch Rumuruti fuhr, lugte die Sonne schon über die Schulter des Mount Kenya und streckte goldene Finger nach der schattigen Savanne aus. Silbriger Nebel lag über dem Land und verbarg die meisten Dorfbewohner, die in ihren geflickten Wollpullovern oder abgelegten Armeejacken herumschlurften. Ein paar, die den Wagen erkannten, winkten Kip zu und ließen hinter dampfigen Atemwolken ein weißes Lächeln aufblitzen.

In Naivasha hielt er an, um bei Bell's zu frühstücken und Tee zu trinken und ein wenig nachzudenken. Maries Enthüllungen verlockten ihn noch mehr dazu, sich auf die Suche nach seiner wahren Identität zu begeben. Seinen Vater zu finden würde der erste Schritt sein. Er würde alles tun, was dazu nötig war, und Zakayo Nasonga war der Schlüssel.

Er wusste nicht, wo in Kisumu Zakayo wohnte, aber Harry konnte ihm zumindest beschreiben, wo das Haus seiner Tochter war. Das bedeutete, dass er erst in östlicher Richtung nach Nairobi und dann den ganzen Weg wieder zurück fahren musste, aber ein Telefongespräch reichte ihm nicht. Mit etwas Glück würde er bis zum Mittag schon auf dem Weg nach Kisumu sein.

Schwere Lastwagen rumpelten bereits auf dem gesprungenen Asphalt durch den Ort. Er aß rasch auf, denn er wollte ihnen an dem Steilstück am Rand des Großen Grabenbruchs zuvorkommen. Hinter einem Konvoi Lastwagen dahinzukriechen und dem Landrover genug Beschleunigung zu entlocken, bis der nächste wahnsinnige Raser ihm bergab entgegenkam, wäre eine Zerreißprobe für seine Nerven, die er jetzt nicht brauchen konnte.

Um zehn Uhr hatte Kip das atemberaubende Panorama des Afrikanischen Grabenbruchs hinter sich gelassen und rollte durch die Teeplantagen von Limuru abwärts in Richtung Nairobi. Hier fuhr es sich viel leichter, und so hatte er Muße, darüber nachzudenken, wie sich sein Leben verändern könnte, wenn er die ganze Geschichte des bemalten Holzstückchens kannte.

Für ihn war es während seiner gesamten Kindheit »das bemalte Holz« gewesen, und das würde es wohl auch bleiben, obwohl er jetzt wusste, dass es ein Spielzeugbumerang gewesen war, bevor Ernie Sullivan sein romantisches Versprechen damit besiegelt hatte.

Sein ganzes Leben lang war da eine Lücke gewesen, wo sein Vater hätte sein sollen. Jetzt wusste er, dass er der Sohn von

Ernie Sullivan war. Aber Ernie Sullivan, der Mensch, entzog sich ihm. Als Kind hatte er diesem Unsichtbaren alle möglichen Gesichter gegeben. Für gewöhnlich die von Filmstars. Johnny Weissmuller war lange Zeit prägend für das Bild gewesen, das der kleine Kip sich von seinem Vater gemacht hatte.

Weissmullers Filmfiguren Tarzan und Jungle Jim besaßen nicht nur die körperlichen und moralischen Eigenschaften, die Kip sich für seinen Vater wünschte, sondern weckten in ihm auch die Liebe zum afrikanischen Busch, die Kip bis in sein Erwachsenenleben begleitet hatte. Dann, als er älter und zu vernünftig wurde, um solchen Fantasien nachzuhängen, war die Leere zurückgekehrt. Jetzt hatte diese gesichtslose Person zumindest einen Namen.

Ihm wurde bewusst, dass er in Bezug auf seine Mutter, seine leibliche Mutter, nicht dasselbe leere Gefühl hatte wie bei seinem Vater. Vermutlich würde er nie erfahren, wer sie war, und er rechnete nicht damit, dass er sie je kennenlernen würde, aber das konnte er akzeptieren. Den Platz einer Mutter hatte Marie ausgefüllt, und das Wissen, dass Marie nicht seine leibliche Mutter war, hinterließ bei Kip kein Gefühl des Verlustes.

Was Marie anging – eine Frau, der ihr untreuer Ehemann Leid zugefügt hatte –, so hatte sie mit ihren Tränen um Kathleen, ihre verlorene Geliebte, mehr Menschlichkeit bewiesen, als sie ihm in ihrem ganzen Leben gezeigt hatte. Als sie geweint hatte, war sie nur ein ganz normaler, verletzlicher Mensch gewesen, den das Leben verwundet und der Tod beraubt hatte.

Aber Kip konnte kein Mitleid für sie empfinden. Die Empörung über ihr ungeheuerliches Verbrechen erstickte jedes

Mitgefühl im Keim. Sie hatte ihm seine Eltern gestohlen. Sie hatte ihm die Kindheit gestohlen.

Er konnte ihr das nie verzeihen.

Harry saß auf dem Beifahrersitz des dunklen Landrovers. Ein weiterer Lastwagen donnerte aus der Nacht auf sie zu. Die Scheinwerfer erfüllten den Wagen mit grellem weißem Licht, das ihm die angespannten Gesichtzüge seines Freundes enthüllte. Er hatte versucht, Kip zu überreden, ihn von Kisumu bis nach Hause fahren zu lassen, aber Kip war, wie meistens, stur geblieben.

Es hatte sich herausgestellt, dass Zakayo nur wenig mehr wusste als das, was Kip bereits von Marie erfahren hatte, bis auf eine wichtige Information: die Einheit seines Vaters.

»Wann willst du denn nach London fliegen, mein Bester?«

Kip riss den Blick von der Straße vor sich los. »London? Sobald ich kann.«

»Das ist Harrys Heimatstadt, weißt du? Wünschte, ich könnte mitkommen.«

»Ich auch, Harry, aber jemand muss den Laden am Laufen halten.«

Ein weiterer Lastwagen näherte sich mit Fernlicht. Kip blendete ab. Als der andere Fahrer nicht reagierte, gab Kip ihm eine volle Ladung, schaltete das Fernlicht wieder ein und dazu die starken Scheinwerfer auf dem Dach. Der Lastwagen raste unbeeindruckt weiter auf sie zu. Kip fluchte leise und hielt sich schützend die Hand vor die Augen, als der Laster an ihm vorbeidonnerte.

»Ist dir aufgefallen, wie verschlossen Zakayo auf einmal war, als ich mich nach Rose erkundigen wollte?«, fragte Harry.

»Nein. Vielleicht weiß er auch, dass du ein alter Wüstling bist.«

»Wüstling geht in Ordnung, aber was soll das heißen, *alt?*«

»Rose … wie alt ist sie … zwanzig Jahre jünger als du?«

»So ungefähr. Das ist mal eine Exfreundin, deren Bekanntschaft ich gern erneuern würde.« Er konnte sich nicht mehr erinnern, wann oder warum er und Rose sich eigentlich getrennt hatten.

»Ich glaube, die hat so ihre Probleme, diese Rose«, sagte Kip nachdenklich.

»Meinst du? Ist mir nie aufgefallen.«

Kip las immer viel zu viel in die Leute hinein. Was Harry anging, war Rose einfach eines von vielen Mädchen, zufrieden damit, von einem Mann zum nächsten zu flattern – als suche sie nach etwas Besonderem, ohne es je zu finden. In Harrys Welt stellte das kein Problem dar. Er beschloss, die Sache auf sich beruhen zu lassen.

»Wie wirst du denn das alles rausfinden, was du über deinen Vater wissen willst?«, fragte er.

»Das habe ich mich auch schon gefragt. Ich habe einen Namen und die Nummer seiner Staffel bei der Air Force. Ich nehme an, es muss irgendwo ein amtliches Archiv geben, wo so etwas festgehalten wird.«

»Das Verteidigungsministerium wäre ein guter Anfangspunkt. Aber was dann? Die können dir vielleicht seine Heimatanschrift geben, aber die ist von vor wie viel – beinahe fünfzig Jahren? Wie stehen die Chancen, dass er noch da wohnt?«

Kip biss die Zähne zusammen. »Danke für die Ermunterung, Harry.«

»Tut mir leid, mein Bester, aber du musst realistisch sein. Niemand wird sich nach so langer Zeit noch darum kümmern, wo die ganzen alten Knacker abgeblieben sind. Er könnte sonstwo in Australien sein. Da seine Frau ihn hat sitzen lassen, sogar irgendwo auf der Welt. Wo willst du da anfangen?«

Kip schüttelte den Kopf. »Du hast recht, Harry. Er *könnte* sonstwo sein. Aber ich habe nun mal keine andere Wahl. Ich muss es versuchen.«

# Kapitel 43

Kip war es ein Rätsel, was die Leute für ein Aufhebens machten. Wenn man ein paar der weißen Kenianer zu Hause über das Mutterland England reden hörte, musste man denken, es sei etwas ganz Besonderes. Vielleicht hatte er zu viel erwartet, aber er fand London trübselig, düster, vorwiegend grau und außerdem teuer – viel zu teuer, als dass irgendetwas hier so viel Geld wert sein könnte.

Er hatte den ersten Tag damit zugebracht, nach einem Hotel mit vernünftigen Zimmerpreisen zu suchen. Bis zum Nachmittag hatte er erkannt, dass es so etwas in London nicht gab, und sich für das Royal National Hotel entschieden. Das Haus war seinem Namen zum Trotz weder königlich noch national. Es war ein Gewirr von Fluren und kleinen Zimmern, und die ständig hereinströmenden neuen Gäste im Foyer kamen aus allen Ecken der Welt.

Am Vormittag des zweiten Tages rüstete er sich mit Straßenkarten, einer Liste diverser Behördenadressen, aus dem Telefonbuch gesammelt, und einer U-Bahn-Fahrkarte aus.

Im Nationalarchiv, dem Public Records Office in Kew, sagten sie ihm, sie könnten ihm nicht weiterhelfen, und das Archiv der Streitkräfte, wo man ihm vielleicht helfen könnte, sei in Innsworth, Gloucester. Womöglich würde er auch etwas Nützliches im Armeearchiv über den Zweiten Weltkrieg finden, in Hayes, Middlesex.

In Hayes fragte man ihn, warum er das Archiv durchsuchen wollte, und als er der Angestellten erklärte, dass er nach seinem Vater, Ernie Sullivan, suche, wollte sie seinen Ausweis sehen. Der Name in seinem Reisepass lautete Rupert Laikipia Balmain, doch er behauptete, Ernie Sullivan sei sein Stiefvater, und seine schwer kranke Mutter habe den sehnlichen Wunsch, zu erfahren, wo ihr geliebter Ehemann zur ewigen Ruhe gebettet war, bevor sie selbst aus dem Leben schied. Die Angestellte gab nach, doch dann stellte er fest, dass das Archiv in Hayes nur die Akten der British Army verwaltete und nicht die der Royal Air Force. Aber immerhin hatte er nun das Mitgefühl der Angestellten. Sie riet ihm, es in Innsworth zu versuchen, im Archiv der Luftwaffe, warnte ihn aber vor, dass die Royal Air Force sehr strikt war, was den Zugang betraf, und dass er sich am besten eine Kopie der Heiratsurkunde seiner Mutter schicken lassen sollte, um sein berechtigtes Interesse nachzuweisen.

Das konnte Kip nicht, also versuchte er es stattdessen im Museum der Royal Air Force in Hendon, das auch Offiziersakten aus privaten Sammlungen beherbergte. Ernie Sullivan war darin nicht zu finden. Frustriert erzählte er der Kuratorin von seiner Odyssee. Sie war kein besonders feinfühliger Mensch und schlug ihm nur brüsk vor, es doch mal bei der Commonwealth-Kriegsgräberfürsorge in Maidenhead zu versuchen.

Nicht wenige Sullivans waren im Einsatz gefallen, aber es gab keinen Hinweis darauf, dass Ernie einer davon gewesen war. Nach allem, was Kip bisher gesehen oder vielmehr nicht gesehen hatte, fragte er sich allmählich, ob Ernie überhaupt existierte. Innsworth würde die alles entscheidende Stelle sein.

Er kaufte sich ein weißes Hemd und eine Krawatte und ließ sich in einem Fotostudio in der Nähe seines Hotels ablichten. Mit dem Passfoto in der Hand suchte er eine Druckerei in Earls Court auf, bereit war, sein Foto auf eine Visitenkarte zu drucken.

»Welcher Name soll auf der Karte stehen, Sir?«, fragte der Drucker.

»Sullivan, äh, Kevin Sullivan.«

»Jawohl. Adresse und Telefonnummer?«

Kip dachte sich eine Adresse und Telefonnummer in Oxford aus.

»Da haben Sie aber einen weiten Weg zurückgelegt, um mich aufzusuchen?«, bemerkte der Drucker lächelnd.

»Ja, äh, nein … Ich bin geschäftlich in der Stadt.«

»Aha. Ihre Bezeichnung?«

»Bezeichnung?«

»Für die Karte. Welche Stellung haben Sie in Ihrem Unternehmen inne?«

»Oh, ich bin Geschäftsführer.«

»G-e-s-c-h-ä-f-t-s-f-ü-h-r-e-r.«

Kip ahnte schon, wie die nächste Frage lauten würde, und merkte, dass er sich darauf nicht vorbereitet hatte. Er hatte sich einen komplizierten Plan ausgedacht und den ungewöhnlichen Weg eingeschlagen, ein Foto auf einer Visitenkarte als Identitätsnachweis benutzen zu wollen. Er hoffte, durch die schiere Neuartigkeit dieser Idee, unterstützt von einer glaubhaften Geschichte, wie er seinen Pass zu Hause vergessen hatte, beim Archiv der Luftwaffe damit durchzukommen.

»Und der Firmenname für die Karte?«

Kip zögerte. Der Drucker wartete mit gezücktem Bleistift.

»Offsetdruck.«

»O-f-f-s-e-t-d – Dann sind Sie also selbst Drucker, Mr. Sullivan?«, fragte er überrascht.

»Hm«, brummte Kip ausweichend.

»Warum … warum machen Sie …« Das Lächeln des Druckers erstarb ebenso wie seine Stimme.

»Drucker? Ich?«, entgegnete Kip lachend. »Himmel, nein, ich bin … Ich will nur einem Freund einen kleinen Streich spielen.«

»Oho, ich verstehe.« Der Drucker lächelte nun wieder. »Ihr Leutchen aus Oxford denkt euch ganz schön komplizierte Streiche aus, was?«

»Na ja, wenn Sie diesen Freund kennen würden … aber das ist eine lange Geschichte.«

»Das glaube ich gern. Also … das war's eigentlich schon. Wann möchten Sie sie abholen?«

»So bald wie möglich. Ich muss zurück nach Oxford.«

Sie vereinbarten, dass Kip die Visitenkarten übermorgen abholen würde.

Kip verließ das Geschäft und atmete tief durch. Er fragte sich, ob er die nächste Phase seiner raffinierten Täuschung bei einer militärischen Einrichtung würde durchziehen können, wenn es ihm schon solche Schwierigkeiten bereitete, einen Drucker anzulügen.

Drei Tage später, im Personnel and Training Command Headquarters der Royal Air Force in Innsworth, saß Kip im Archiv, fuhr mit dem Zeigefinger über die Microfiche-Liste ehemaliger Offiziere der 149. Staffel und fand *Sullivan, Ernest Horace, Ft Lt.*

Sein Vater war ein Mensch aus Fleisch und Blut – mit einem Namen, einem Rang und einer Nummer –, aber es gab keinerlei Hinweis, wie Kip ihn finden könnte.

# Kapitel 44

Rose stand eine lange, harte Nacht in der Bar bevor. Sie entschied, dass sie ein wenig Hilfe brauchen würde, und wartete, während Jonesie den Cocktail aus Kokain und Heroin in ein Plastiktütchen füllte. Sie steckte es in ihre Handtasche, folgte ihm dann zur Tür und wartete, während er am Schloss herumfummelte.

»Weiß du, was, es geht mich ja nichts an, wie du das Zeug nimmst«, sagte er, »aber es wäre sparsamer ...« Er schüttelte den Kopf, als wolle er sich zur Ordnung rufen. »Fange ich schon wieder an, allen helfen zu wollen ... Aber es wäre vielleicht sparsamer, wenn du eine Pfeife benutzt, oder noch besser, eine Spritze.«

Sie sah ihn an und fragte sich, ob sie diesem Dealer auch nur ein Wort glauben durfte. »Warum?«

»Du bekommst mehr für dein Geld, sozusagen. Kannst auf die Dauer eine Menge sparen.«

»Wie?«

»Na ja, wenn du es durch die Nase ziehst, geht es in deine Lunge, wunderbar, aber beim nächsten Atemzug ist die Hälfte wieder draußen.«

Sie musterte ihn argwöhnisch. Jede Möglichkeit, Geld zu sparen, war wichtig. Ihre Briefchen, die sie alle zwei, drei Tage bei ihm holte, kosteten etwa so viel, wie sie an einem Tag in der Bar verdiente – wenn sie Glück mit dem Trinkgeld hatte.

»Hör mal, du brauchst mir nicht blind zu glauben, probier es doch einfach selber aus.« Er ging zu seinem Tisch zurück und holte eine eingeschweißte Spritze aus der Schublade. »Hier, bitte. Geht aufs Haus. Und hinten gibt es ein Zimmer, das ich manchmal guten Kunden überlasse.«

Der zerbrechliche Kolben mit der silbernen Nadel lag auf ihrer Handfläche. Sie sah so hygienisch aus in ihrer durchsichtigen Plastikhülle.

»Ich weiß nicht, wie das geht.«

»Da ist nichts dabei. Komm, ich zeige es dir, wenn du möchtest.« Er kam wieder um den Schreibtisch herum, mit einer Tüte, die einen Gummischlauch und einen Löffel enthielt. »Setz dich. Geht ganz schnell.«

»Ich mag aber keine Spritzen.«

»Ist doch eigentlich keine Spritze. Nur ein kleiner Piks.«

Sie zögerte immer noch.

»He, mir kann's egal sein. Wie gesagt, es ist deine Sache, ob du dein Geld verschwenden willst oder nicht.«

»Wofür ist das?«, fragte sie und deutete auf den Gummischlauch.

»Hilft dir, eine Vene zu finden, das ist alles.«

Sie blickte von dem Gummischlauch auf das Tütchen in ihrer Hand.

»Herrgott, Süße, ich hab nicht den ganzen Tag Zeit. Soll ich dir jetzt helfen oder nicht?«

Vielleicht hatte Kip ein wenig Heimweh, denn während er durch die Stadt lief, wurde sein Blick zu jedem schwarzen Gesicht hingezogen, an dem er vorbeikam. Eine Art automatische Reaktion ließ ihn glauben, ein schwarzes Gesicht könnte jemand sein, den er von zu Hause kannte. Schließlich gewöhnte er sich daran, dass es in London viele schwarze Gesichter gab, und noch viel mehr in allen möglichen braunen Schattierungen.

Daher war er sehr überrascht, als er eine Person entdeckte, die er tatsächlich kannte.

Er hatte sich die Zeit damit vertrieben, die Sehenswürdigkeiten zu bewundern und einen Schaufensterbummel zu machen, und machte schließlich Pause in einer kleinen Bar in der Nähe von Paddington. Eine Unterhaltung an einem der Tische hinter ihm wurde immer lauter und erregte seine Aufmerksamkeit. Im Profil sah die junge Farbige Rose Nasonga erstaunlich ähnlich. Wer auch immer sie war, sie stritt sich gerade mit ihrem männlichen Begleiter. In der Bar waren noch ein paar andere Leute, vermutlich Stammgäste, aber sie ignorierten das Paar.

Kip verwarf das Mädchen als eine weitere Verwechslung, doch der Streit wurde immer hitziger, und der Mann – ein Weißer mit teigigem Gesicht – sprang plötzlich auf und schüttelte drohend die Faust. Die anderen Leute in der Bar, auch die Angestellten, ignorierten die beiden immer noch. Der Mann packte das Mädchen bei den Haaren und drehte ihr Gesicht herum, so dass Kip sie besser erkennen konnte.

Kip stellte sein Bier ab, warf einen Blick auf die anderen Gäste und ging hinüber zu dem Tisch. »Was ist denn hier los, Leute?«

Der Mann blickte von dem Mädchen zu Kip auf. »Wer zum Teufel bist du?«, fuhr er auf.

Kip hielt den Blick auf das Mädchen gerichtet. Er war ziemlich sicher, dass das Rose war, aber sie hielt sich eine Hand vors Gesicht und versteckte sich dahinter. »Die Frage ist eher, wer ist die junge Dame?«

Da blickte sie zu ihm auf, und obwohl sie sich seit ihrer letzten Begegnung sehr verändert hatte, sah er an ihrem Gesichtsausdruck, dass sie ihn wiedererkannte.

Der Mann hielt Rose weiterhin fest und sagte: »Wer bist du, einer von ihren Freiern oder was?«

Kip packte das Handgelenk der Hand, die sich in Rose' Haar verkrallt hatte, und drückte zu.

Die rosigen Lippen des Mannes lächelten verächtlich, doch unter Kips Blick verflog das Lächeln rasch. Der Mann ließ Rose los, reckte sich dann aber zu seiner vollen Größe von etwa einem Meter fünfundsechzig, warf sich trotzig in Pose und sagte: »Willst du also bezahlen, was sie mir schuldig ist?«

Kip verzog keine Miene. »Ich denke, Sie sollten jetzt gehen.«

Die rosigen Lippen formten sich zu heftigem Protest, der jedoch nicht ausgesprochen wurde. Der Mann ging, wobei er leise vor sich hin fluchte.

Kip schob sich auf die Bank ihr gegenüber und betrachtete ihr Gesicht. Sie hatte schon immer zarte Gesichtszüge und eine sehr schlanke Figur gehabt, aber jetzt sah sie müde und ausgezehrt aus. »Rose. Dachte ich mir doch, dass du es bist! Was zum Teufel machst du denn in London?«, fragte er.

Sie hielt den Blick auf ihre Hände gesenkt. Einen Moment lang dachte er, sie würde versuchen, ihn so schnell wie möglich loszuwerden, vielleicht, weil ihr der Zwischenfall peinlich war. »Hallo, Kip«, sagte sie dann, hob den Kopf und sah ihn zum ersten Mal richtig an. In ihren Augen lag abgrundtiefe Resignation. »Dasselbe könnte ich dich fragen.«

»Wer war dieser Kerl? Und worum ging es überhaupt?«

»Der Vermieter. Ein Missverständnis«, sagte sie und lächelte gezwungen. »Also, was tust du in London?«

Er beschloss, die Sache auf sich beruhen zu lassen. »Ich bin hier, weil …« Er wollte sich gerade eine Lüge ausdenken, um den wahren Grund für seinen Besuch zu verschleiern, doch dann fand er aus irgendeinem Grund, es sei an der Zeit, diese Angewohnheit aus seiner Kindheit abzulegen. »Ich suche nach meinem Vater.«

»Hier? In London?«

»Na ja, das ist der einzige Anhaltspunkt, den ich habe. Ich habe herausgefunden, dass er in der Royal Air Force gedient hat, und ich hatte gehofft, in deren Archiven eine Adresse zu finden. Aber bisher hatte ich kein Glück.«

»Hast du denn keine Familie, die dir das alles erzählen könnte?«

Wieder zögerte er. Er erinnerte sich an damals im Nachtclub, als Rose anscheinend sofort verstanden hatte, wie tief ihn der Verlust von Hugh und Diana getroffen hatte. Sein Leben lang hatte er nie die Chance gehabt, mit einem anderen Menschen über seine Kindheit zu sprechen, geschweige denn, jemandem die wahre Geschichte seiner Entführung nach Kenia zu erzählen. Es musste am Heimweh liegen, denn er war versucht, Rose, einer Person, die er kaum kannte, alles zu erzählen.

»Bis vor kurzem wusste ich nicht einmal, wie mein Vater hieß«, begann er. Als er jetzt erst einmal angefangen hatte, hörte er eine halbe Stunde lang nicht mehr auf zu reden. Er erzählte Rose von seiner Kindheit und dass seine Mutter nie mit ihm zufrieden gewesen war, ganz gleich, was er tat, um ihre Anerkennung zu gewinnen. Dass sie ihm nie das kleinste bisschen Liebe gezeigt hatte. Er erzählte ihr von der Affäre seines Vaters mit einer verheirateten Frau und von der Ehefrau seines Vaters, die ihn mit nichts als Rache im Herzen aus einem Waisenhaus geholt hatte. Als er ihr erklärte, wie Marie und Kathleen sich zusammengetan hatten, um seinem Vater das Kind zu stehlen, schlug Rose sich entsetzt die Hand vor den Mund, und ihre dunkelbraunen Augen füllten sich mit Tränen.

»Entschuldige«, sagte er, als ihm plötzlich klar wurde, dass die Geschichte, mit der er ein Leben lang vertraut war, vielleicht zu viel war für jemanden, der darauf nicht vorbereitet war. »Das … ich wollte dich damit nicht belasten. Ich habe mich einfach hinreißen lassen –«

»Wie kann ein Mensch so grausam sein?«, fragte sie und betupfte sich die Augen mit einer Papierserviette.

»Jahrelange Übung«, sagte er und grinste schief.

»Wie kannst du noch Witze darüber machen?«, ermahnte sie ihn.

»Was sollte ich denn sonst tun? Ich habe es mit Beten versucht. Tränen. Ich habe sogar um Vergebung gefleht, als ich noch nicht einmal wusste, dass ich gar nichts falsch gemacht hatte.«

»Hast du ihn gefunden?«

»Nein.«

Sie legte eine Hand auf seine. »Das tut mir leid, Kip.«

Ihre Geste machte ihn plötzlich verlegen. »He, genug von mir. Was tust du hier drüben? Seit wann bist du hier? Wo wohnst du? Ist es nicht unglaublich, wie viel man hier für ein Zimmer bezahlen muss?«

Sie zog ihre Hand zurück. »Ich habe ein bisschen gemodelt«, sagte sie und lächelte bescheiden.

»Wow, gratuliere. Du musst ziemlich gut sein, hm? Ich meine, wenn du es sogar in London schaffst.«

»Ich würde nicht sagen, dass ich es geschafft habe … noch nicht. Aber es entwickelt sich gut.«

»Das ist großartig, Rose. Ich wette, dein Vater freut sich sehr für dich.« Er wunderte sich, dass Zakayo nichts davon gesagt hatte.

»Ja. Er ist stolz auf mich.«

»Das möchte ich wetten.« Kip nickte und lächelte. Aus irgendeinem Grund war die Unterhaltung plötzlich wie gegen die Wand gefahren.

»Wie wäre es, wenn wir, du weißt schon, mal zusammen essen gehen oder so?«, schlug er vor. »Ich bin noch bis Sonntag hier. Früher habe ich keinen Flug bekommen.«

Sie zögerte, als wolle sie ablehnen, und er überlegte sich schon, wie er sie beide aus dieser unangenehmen Situation, die er geschaffen hatte, erlösen könnte, doch sie stimmte zu.

»Großartig«, sagte er. »Das ist großartig.«

Sie verabredeten, sich am folgenden Abend vor seinem Hotel zu treffen.

Kip hatte all die üblichen Dinge versucht, damit die Zeit schneller verging. Er hatte die Anzahl der Buslinien gezählt, die vor dem Royal National Hotel vorbeifuhren. Er hatte die Anzahl der Taxis überschlagen, die stündlich vor dem Hotel vorfuhren, und die Anzahl der Gäste pro Stunde, die hineingingen oder herauskamen. Währenddessen hatte er immer wieder im Pub des Royal National nachgesehen, nur für den Fall, dass Rose ihn falsch verstanden hatte und dachte, sie würden sich dort treffen. Und er war bis zum Russell Square hinuntergelaufen in der Hoffnung, sie würde plötzlich wie durch Osmose erscheinen, oder wie auch immer man den Prozess nannte, der Dinge aus dem Nichts erscheinen ließ.

Sie war zu spät dran. Viel zu spät.

Um neun hatte er schon anderthalb Stunden lang gewartet,

also ging er in den Pub des Royal National und bestellte ein Bier. Allmählich kannte er sich mit dem Bier in London aus – ein sicheres Zeichen dafür, dass er schon zu lange hier war. Der Sonntag konnte gar nicht schnell genug kommen. Er musste nach Hause, nach Afrika.

Nachdem er vier Bier getrunken und dabei stets den Eingangsbereich des Hotels im Auge behalten hatte, nur für alle Fälle, ging er ins Bett.

»Kip?« Die Stimme am anderen Ende der Leitung klang kleinlaut.

»Rose? Bist du das?«

»Ja.«

Schweigen.

»Bist du noch dran? Rose?«

»Ich habe es gestern Abend nicht geschafft.«

»Ich weiß.«

»Es tut mir leid … ich … Mir ist etwas dazwischengekommen.«

*Fällt dir nichts Besseres ein,* dachte er. »Schon gut. Das verstehe ich.«

Wieder Schweigen.

Diesmal beschloss Kip, es auszusitzen. Er ärgerte sich, weil sie ihm den Abend verdorben hatte. Ach, wem wollte er etwas vormachen? Er wäre sowieso nur in seinem Zimmer geblieben und hätte sich alte Filme angeschaut. Er ärgerte sich, weil er versetzt worden war. Von dieser halben Portion. Das Schweigen zog sich in die Länge. Er gab nach. »Also …«

»Es tut mir wirklich sehr leid … Es war … so etwas wie ein Notfall.«

»Notfall? Stimmt etwas nicht? Geht es dir gut?«

»Ja, mir geht es gut.«

»Was ist denn passiert?«

»Ach, es ist nichts. Ich erzähle es dir später, okay?«

*Erst ist es ein Notfall, dann ist es nichts.* »Möchtest du noch einen Anlauf zum Abendessen nehmen? Oder lieber nicht.«

»Heute Abend.«

»Heute Abend? Okay, das passt mir gut.«

»Treffen wir uns in deinem Hotel?«

»Wie wäre es, wenn wir uns bei dir in der Nähe treffen? Sonst verläufst du dich am Ende noch.« Er hoffte, dass man ihm den Sarkasmus nicht allzu deutlich anhörte.

»Bei mir … Also gut … Treffen wir uns vor der Paddington Station?«

»Okay. Wo genau?«

Sie beschrieb es ihm.

»Abgemacht. Sagen wir, um acht?«

»Ginge es auch um neun?«

Neun war spät, aber das könnte hier durchaus üblich sein, weil die Dämmerung im Sommer so lange anhielt. »Also dann, um neun.«

Als er auflegte, freute er sich, dass sie angerufen hatte.

Akello nahm die Treppe zum U-Bahnhof Oxford Station, indem er zwei Stufen auf einmal hinabhüpfte. Er ging schnurstracks an einem riesigen Plan des U-Bahnnetzes vorbei zum Verbindungsgang zur Victoria Line.

Er war ziemlich stolz auf sich, weil er sich schon so gut in London zurechtfand. Er kannte mindestens ein halbes Dutzend Vororte – wo Häuser oder Treffpunkte von Cynthia und ihren Freundinnen lagen –, und wenn er Zeit für sich hatte, lernte er noch mehr von London auf seinen Shopping-Touren kennen.

Er war auch stolz auf seine neuen Kleider. Der Anfang waren die bescheidenen Stücke gewesen, die er sich von Cynthias erstem Geschenk gekauft hatte, und von da an hatte er seine Garderobe durch geschicktes Einkaufen ständig vergrößert. Die Märkte mochte er am liebsten. Die Kleidung dort war in dem Stil, den er in Kisumu im Kino gesehen hatte, und dann auch in Nairobi. Und die Farben – er liebte diese Farben.

Nach der U-Bahn-Fahrt spazierte er pfeifend die Belgrave Road entlang zu Carolines Haus in einer der von Bäumen gesäumten Nebenstraßen. Besonders stolz war er auf die Jacke, die er heute wieder trug. Er hatte sie schon einmal zu einem Treffen mit Caroline angehabt, und sie schien ihr zu gefallen, deshalb hatte er sie wieder angezogen, ihr zuliebe.

Die gewaltigen Ulmen, deren Äste sich über der Straße trafen, verdunkelten die Straßenbeleuchtung, aber er kannte den Weg. Caroline war ebenfalls eine geschiedene Freundin von Cynthia, und heute würde ein ganz besonderer Abend sein, denn Cynthia hatte gesagt, sie würde auch kommen. Sie hatte ihm etwas richtig Aufregendes versprochen. Beim Gedanken daran spürte er eine Regung in seinen Lenden.

Vor dem Haus brannte kein Licht, wie üblich für seine Besuche bei Caroline. Sie hatte ihn gebeten, immer die Hintertür zu benutzen. »Damit die Nachbarn nicht neugierig werden«, hatte sie gesagt.

Er hörte Stimmen von drinnen und trat leise unter das rückwärtige Fenster. Cynthia und Caroline waren in der Küche und tranken ein Glas Wein. Er beschloss, sie zu überraschen und sich heimlich hineinzuschleichen.

Vorsichtig öffnete er die Hintertür und betrat den Flur, von dem aus man in die Küche gelangte, wo die Frauen saßen.

»Wenn er nicht so prächtig bestückt wäre, Liebes, warum sollten wir uns für ihn interessieren?« Das war Cynthias Stimme.

»Ist er nicht erstaunlich?« Caroline kicherte. »Kaum ist er gekommen, steht er schon wieder und kann's kaum erwarten.«

»Aber sein bestes Stück ist nicht nur groß, er benutzt es auch noch so geschickt.«

»Manchmal könnte er etwas einfallsreicher sein, aber ich gebe dir recht, die Grundlagen beherrscht er perfekt.«

»Glaubst du, das liegt daran, dass er aus Afrika kommt, oder sind alle schwarzen Männer so gebaut?«

»Ich würde sagen – ich habe keine Ahnung. Akello ist mein erster und einziger schwarzer Mann.«

»Vielleicht sollte ich nächstes Mal doch versuchen, etwas Kultivierteres aufzutreiben.«

»Kultiviert? Wer braucht denn kultiviert. Gib mir einen großen Schwanz, und ich bin glücklich.«

»Na ja, schon, aber nächstes Mal suche ich vielleicht doch lieber einen, mit dem man sich über etwas mehr als Fußballergebnisse und die aktuellste, wie nennt er das, *Reggae*-Musik unterhalten kann.«

»Ich weiß, was du meinst. Es ist schön, so ein dressiertes Äffchen zu haben, aber es sollte schon gut dressiert sein. Und bitte, jemanden, der sich etwas geschmackvoller kleidet. Also ehrlich, letzte Woche dachte ich, ich sterbe, als er mit diesem grässlichen blauen Ding hereinkam, das er so gern trägt.«

»Du meinst die Jacke? Ist die nicht zum Schreien? Und er glaubt auch noch, er sähe scharf darin aus.«

Akello zog die Hintertür zu und achtete darauf, ja kein Geräusch zu machen, als er sich in die Nacht zurückzog.

# Kapitel 45

Kip kam aus der Paddington Station und fand das Postamt hinter dem Hilton, das Rose ihm beschrieben hatte. Die Straßenlaterne an der Ecke der Praed Street war aus. Kip hob die Uhr vors Gesicht, um ein wenig Licht zu suchen. Es war kurz nach neun.

Als er sich gegen den Laternenmast lehnte und eine lockere Pose einnahm, fiel ihm eine Gestalt auf, die im Halbdunkel der Seitenstraße neben dem Postamt auf ihn zukam. Er freute sich mehr, als er zugeben wollte, denn er erkannte Rose. Er winkte.

Rose hob die Hand, um zurückzuwinken, doch ein Mann erschien aus dem Schatten, packte sie ohne Vorwarnung, riss sie herum und schmetterte ihr die Faust ins Gesicht. Sie taumelte rückwärts.

Kip sprintete los. Der Mann war ein feister Schlägertyp, etwa so groß wie Kip, doch Kip nutzte das Überraschungsmoment, sprang ihm in den Rücken und warf den Mann damit auf den Asphalt. Während der Schläger aufzustehen versuchte, versetzte er ihm schnell noch zwei Tritte in die Rippen. Sobald der Mann auf die Füße gekommen war, rannte er davon.

Kip konnte sein Glück kaum fassen. Er war kein großer Kämpfer, und als er Rose zu Hilfe geeilt war, hatte er fest damit gerechnet, saftige Prügel einzustecken.

Rose lehnte zusammengesunken an der Häuserecke und

verbarg das Gesicht in den Händen. Kip trat zu ihr und legte ihr einen Arm um die Schultern. Sie zitterte.

»Komm, ich bringe dich nach Hause«, sagte er.

Sie lehnte sich an ihn und schluchzte.

Rose zuckte zusammen, als Kip die kalte Kompresse gegen ihr Gesicht drückte.

»Tut mir leid«, sagte er und zog die Kompresse für einen Moment zurück, um sich ihr Auge anzusehen. »Ich glaube, er hat dich direkt über der Augenbraue erwischt.« Sanft drückte er das zusammengefaltete Handtuch wieder auf. »Ich hoffe, der Scheißkerl hat sich den Fingerknöchel dabei gebrochen.«

Jonesies Geldeintreiber hatte ihr mit seinem rechten Cross keine Platzwunde zugefügt, aber Kip erklärte ihr, dass sie wohl etwa eine Woche lang mit einem blauen Auge herumlaufen würde. Das war nicht das, was sie hören wollte. Das würde bedeuten, dass sie so lange nicht in der Laddies and Lassies Bar würde arbeiten können, doch das war ihre einzige Chance, endlich das Geld zu verdienen, das sie Jonesie schuldete. Davon erzählte sie Kip natürlich nichts, auch nicht, dass sein Geldeintreiber nicht die erste Warnung gewesen war, die ihr sagen sollte, dass er allmählich die Geduld mit ihr verlor. Soweit Kip wusste, war das ein einfacher Raubüberfall gewesen.

Diese Attacke war nur das jüngste Unglück in einer wahren Pechsträhne. Vor einer Woche hatte Shiver ihr gesagt, er könne ihr keine weiteren Aufträge mehr versprechen, weil sie zu unzuverlässig sei. Er beschimpfte sie und wurde laut, als er sie daran erinnerte, dass sie als Soloauftritt in einem Club in Chatham gebucht gewesen war und ihn und den Club hatte hängen lassen, indem sie nicht erschienen war.

Sie versuchte, ihn milde zu stimmen, aber dann erklärte er,

er würde es sich vielleicht noch einmal überlegen, wenn sie ihm etwas »besondere Aufmerksamkeit« entgegenbrächte. Darauf hatte er nicht zum ersten Mal angespielt, und sie war froh, wenn sie ihn nicht mehr sehen musste. Ein paar Tage später hatte Jonesie dasselbe versucht, aber weniger subtil. Er hatte gesagt, sie müsse ihn entweder bezahlen oder ihm einen blasen. Sie hatte versprochen, das Geld in ein, zwei Tagen zu beschaffen.

Sie ertrug Jonesies schmierige Art, weil er der einzige Dealer war, den sie kannte, der bereit war, ihr Kredit zu geben. Wenn sie nur endlich einen guten Modelauftrag bekäme, müsste sie nicht mehr bis spät in die Nacht arbeiten. Diese langen Nächte und die Art von Leuten, mit denen sie es bei ihrem Job als Kellnerin in der Strip-Bar zu tun bekam, bedeuteten, dass sie etwas brauchte, was ihr durch die Nacht half. Das Kokain war gut, aber erst der Anteil Heroin gab ihr den Kick, den sie inzwischen brauchte. Heroin war teuer, und sie verdiente kaum genug, um mit den Ausgaben Schritt zu halten. Wenn Akello nicht gewesen wäre, säße sie inzwischen auf der Straße.

Ihre Pechsträhne hatte sich fortgesetzt, als sie sich gestern Abend auf den Weg gemacht hatte, um Kip zum Abendessen zu treffen – das einzige freundliche Gesicht, das sie seit Wochen gesehen hatte, und sie hatte sich auf ihn gefreut. Aber sie hatte kaum die erste Ecke erreicht, als ein Mann mit einer Strickmütze, die er tief über die Augen gezogen hatte, sie von hinten packte. Er hatte ihr ihre letzten paar Pfund abgenommen und gesagt, wenn Jonesie sein Geld nicht bis zum nächsten Mittag bekam, würde er wiederkommen. Sie hatte versucht, den Schläger auszutricksen, indem sie sich erst spät mit Kip traf, aber er hatte auf sie gewartet.

»He, tut mir leid.« Kip hob ihr Kinn an und wischte die Tränen weg, die aus ihrem unverletzten Auge rannen. »Du hättest mir sagen müssen, dass es zu sehr wehtut.«

Sie schniefte und sagte: »Du weißt doch, wie es heißt – afrikanische Mädchen weinen nicht.«

»Ach ja?« Er zog den Eisbeutel weg und sah sich ihr Auge aus nächster Nähe an. Er trug dasselbe Aftershave wie in der Nacht, als er sie in Nairobi vor dem Mob gerettet hatte.

»Die Schwellung ist schon ein bisschen zurückgegangen. Vielleicht habe ich mich geirrt. Vielleicht dauert es doch keine Woche.«

Er reichte ihr ein Glas Cognac und nippte an seinem eigenen.

»So ist es besser – ein Lächeln. In dem Laden an der Ecke habe ich dir ja gesagt, dass ein Schluck Cognac dir guttun würde.«

»Ich lächle nicht über den Cognac. Oder Dr. Kips Prognose für mein blaues Auge. Ich lächle, weil du mein Held bist und es nicht einmal weißt. Du hast mir eben schon wieder geholfen, als ich in Schwierigkeiten gesteckt habe. Das war das dritte Mal.«

»So macht das der große weiße Jäger doch in allen Filmen, oder? Also, das ist nicht der Rede wert, und – Moment mal …« Er kratzte sich am Kopf. »Was soll das heißen, das *dritte* Mal? Ich komme nur auf zwei. Heute Abend macht eins –«

»In Nairobi während der Unruhen macht zwei«, fügte sie hinzu.

»Richtig. Wann war dann das dritte Mal?«

Sie beschloss, dass dies der richtige Abend war, um alte Barrieren einzureißen. Sie spürte, dass es ihr helfen würde, Kip ihr Geheimnis zu erzählen. »Das erste Mal war in Kisumu, vor vielen Jahren.«

»Kisumu? Vor Jahren? Du meinst vor ein paar Jahren, als wir uns im Lodge am Massai Mara Escarpment begegnet sind?«

»Nein.«

»Nein, das kann ja auch nicht sein. Da bin ich nicht mit nach Kisumu gefahren. Harry hat dich hingebracht.«

Sie freute sich, dass er mitspielte. Sie ließ ihn rätseln, wurde allmählich unsicher, ob sie ihr Geheimnis nicht doch lieber hüten sollte, und fragte sich, ob sie die schrecklichen Erinnerungen, die alten Ängste wirklich wieder heraufbeschwören wollte. Sie fühlte sich immer noch irgendwie schuldig, obwohl sie das Opfer gewesen war. Ihre Gefühle schwankten zwischen Angst, Wut und Selbstmitleid.

»Ich brauche einen Tipp«, sagte er nach einer Weile.

»Es war viel früher.« Obwohl sie damit angefangen hatte, fühlte sie sich jetzt in ihrer eigenen Falle gefangen. Doch sie konnte nicht mehr zurück. Ihr Herz begann zu rasen. »Vor zehn Jahren. Ich war damals dreizehn.«

»Kisumu ... neunzehnhundertdreiundsiebzig. Mal sehen ... Damals habe ich die Gebäude für die Küche und den Empfang in unserem Camp in der Mara gebaut.« Er hob den Blick und sah sie an, als suche er in ihren Augen nach einem Hinweis. »Kisumu. Ich hatte verdammte Schwierigkeiten damit, mein Bauholz aus Uganda rauszukriegen. Jetzt fällt es mir wieder ein ...« Er verschränkte die Arme, tippte mit dem Zeigefinger an seine Unterlippe und starrte die Wand an. »Ich habe viel Zeit bei dem Schiffsagenten zugebracht ...«

»Ich war mit meiner Familie unterwegs. Wir waren zu viert.«

»Jetzt weiß ich es!« Er drehte sich zu ihr herum, und das Wiedererkennen strahlte auf seinem Gesicht. Sie lächelte, um die Tränen zu verbergen, die ihr in die Augen stiegen.

»Das junge Mädchen am Hafen!«, sagte er und zeigte mit dem Finger auf sie. »Mit seiner Familie. Ihr wart drei Kinder, mit eurem Vater. Eurem Vater! War das Zakayo vor all den Jahren? Du meine Güte! Aber wie hätte ich das wissen können?« Er neigte den Kopf zur Seite und starrte wieder auf die Wand, während er sich die Szene vergegenwärtigte. »Drei Kinder mit Zakayo … er sagte, ihr wärt gerade von Uganda aus über den See gekommen … Genau! Ihr wart gerade von Uganda aus über den See gekommen und wolltet zu deiner Schwester. Das muss Grace gewesen sein! Ich habe sie erst vor ein paar Wochen kennengelernt.« Er lächelte und schüttelte den Kopf. »Wie klein doch die Welt ist.« Er starrte weiterhin die Vision an, die er offenbar an der Wand ihrer kleinen Wohnung sah. »Vor zehn Jahren. Wie schnell die Zeit vergeht.«

Er wurde schweigsam und schien seinen eigenen Erinnerungen nachzuhängen. Das gab ihr Gelegenheit, sich unauffällig mit einem Taschentuch die Augen abzutupfen. Es sah aus, als könne sie ihre Beichte auf ein andermal verschieben, doch er kam wieder auf die Szene in Kisumu zurück.

»Jetzt fällt es mir wieder ein … sie hatten deinen Vater zusammengeschlagen. Ihr wart ganz aufgelöst. Wie konnte ich das vergessen? Ich habe euren Vater und euch ins Krankenhaus gebracht. Ich habe nie erfahren, was in jener Nacht eigentlich passiert ist.« Er wandte sich ihr zu. »Was ist damals passiert, Rose?« Er bemerkte ihre Tränen. »Was ist denn? Was habe ich falsch gemacht?«

»Nichts. Du hast immer alles genau richtig gemacht. Du

warst immer da, wenn ich jemanden gebraucht habe. Ob du es weißt oder nicht, du hast mich immer dann gerettet, wenn ich Hilfe am dringendsten gebraucht habe. Deshalb warst du für mich immer schon mein Held.«

»Das verstehe ich nicht. Unter den Umständen hätte jeder andere genau dasselbe getan.«

»Niemand hat es getan. Niemand anderes hat je so etwas für mich getan. Immer nur du. Du ahnst ja nicht, wie viel es mir bedeutet hat, dass du uns in jener Nacht in Kisumu geholfen hast.«

»Ich kann mich kaum daran erinnern. Dein Vater hatte eine Platzwunde am Kopf – das weiß ich noch. Was hätte ich denn sonst tun sollen?«

»Aber es war nicht Papa, dem du in jener Nacht am meisten geholfen hast, sondern ich.«

»Du? Mit dir war alles in Ordnung, soweit ich mich erinnern kann.«

»Mit mir war nicht alles in Ordnung. Ich war dreizehn und gerade vergewaltigt worden. Mit dreizehn hatte ich keine Ahnung von irgendetwas, und die Grenzpolizisten haben mich vergewaltigt, keine hundert Meter vom Büro deines Schiffsagenten entfernt.«

Obwohl sie sich Mühe gab und sich vorgenommen hatte, dass sie stark bleiben würde, schluchzte sie auf einmal in ihre Hände.

Sie spürte seine starken Hände auf ihren Schultern. »Oh nein … Ach, Rose, das tut mir so leid. Ich …«

Sie rang um Fassung, schniefte und putzte sich dann lautstark die Nase mit dem Taschentuch. Kip reichte ihr wieder das kalte Handtuch, und sie breitete es über ihr Gesicht und ihre brennenden Augenlider. Sie atmete tief die kühle, feuchte Luft unter dem Handtuch ein und fühlte sich besser. Sie hatte ihren Dämon ausgetrieben, und jetzt wollte sie Kisumu für immer hinter sich lassen.

Er hielt immer noch ihre Schultern fest. Seine Hände waren kräftig und warm. Es fühlte sich gut an, seinem starken Körper so nahe zu sein. Sie zog das nasse Handtuch weg und blickte zu ihm auf.

Er umfasste ihr Gesicht mit beiden Händen. »Du solltest versuchen, ein bisschen zu schlafen«, sagte er, und seine traurigen blau-grünen Augen blickten in ihre.

Und sie weinte schon wieder, diesmal vor Erleichterung, weil sein Blick nur Besorgnis ausgedrückt hatte, keinen Abscheu.

Am Morgen begutachtete sie ihr Gesicht im Badezimmerspiegel. Ihre dunkle Hautfarbe verbarg die schlimmsten Verfärbungen, aber ihre Augen waren geschwollen, weil sie zu lang geschlafen und gestern zu viel geweint hatte.

Nachdem sie geduscht hatte, zog sie ihren Morgenmantel an und fand Kip in der Küche. Es war ein komisches Gefühl, ihn hier in T-Shirt und Hose zu sehen, mit einer fast leeren Tasse Tee vor sich; offenbar fühlte er sich in dem Stuhl, auf dem ihr Bruder normalerweise saß, ganz wohl.

Sie wünschte ihm guten Morgen und fragte, ob er gut geschlafen habe.

»Wie ein Toter.« Er lächelte. »Aber ich habe etwas zum Wachwerden gebraucht. Ich hoffe, du hast nichts dagegen – ich habe mir eine Tasse Tee gemacht, während ich auf dich gewartet habe.«

»Ganz und gar nicht. Nicht zu fassen, dass ich so lange geschlafen habe.«

»Dann hast du es wohl gebraucht.« Er leerte seinen Becher und stand vom Tisch auf. »Der beste Tee, den ich getrunken habe, seit ich in London bin«, sagte er und schwenkte den leeren Becher durch die Luft. »Trinkst du einen mit?«

»Ja, gern.«

Er holte einen weiteren Becher aus dem Schrank. »Wie fühlst du dich heute Morgen?«, fragte er, als er kochendes Wasser in die Becher goss.

»Viel besser.« Das stimmte, sie fühlte sich wie neugeboren. Um diese Zeit am Vormittag stand die Sonne gerade so zwischen den benachbarten Gebäuden, dass sie einen Strahl goldener Wärme in die kleine Wohnung warf. War es das Licht oder Kip mit seinen nackten Armen, was dem Raum eine vertraute, intime Atmosphäre verlieh? Sie spürte den beinahe unwiderstehlichen Drang, seinen Arm zu streicheln, als er an der Arbeitsplatte stand und die Teebeutel in die Becher tunkte. »Tut mir leid, dass ich dich gestern mit all dem Zeug belastet habe«, fügte sie hinzu.

Er zuckte mit den Schultern und lächelte. »Jemand hat mir mal gesagt, das würde helfen.«

»Tut es auch. Glaubst du nicht?«

»Ich habe es nie versucht.«

»Solltest du aber.«

Sein Lächeln wirkte, als würde es jeden Moment erlöschen. »Irgendwann mal. Wenn es nötig ist.«

»Ich dachte, du wärst vielleicht schon zurück ins Hotel gegangen.«

»Ich wollte mich erst vergewissern, dass es dir gut geht.«

»Es geht mir gut. Und ich danke dir.«

»Mir? Was hab ich denn groß getan, außer einer Freundin ein bisschen von meiner Zeit zu schenken?«

Eine verlegene Pause entstand. Kip warf die Teebeutel in die Spüle und stellte ihren Becher auf die Arbeitsplatte. »Hier, bitte.«

Sie griff nach ihrem Becher, als er gerade an seinem nippte.

»Autsch!«

»Heiß?«, fragte sie.

»Allerdings.« Er hob die Hand zum Mund, doch Rose fing sie ab, stellte ihren Becher auf die Küchenplatte und berührte vorsichtig seine Lippen mit den Fingerspitzen.

»Vorsicht«, sagte sie, ließ die Finger von seinem Mund sinken und über seinen muskulösen Arm streichen.

Kip wirkte zunächst verwirrt, doch dann fing er ihre Finger wieder ein und küsste sie, um dann damit über sein stoppeliges Kinn zu streichen.

Er hatte die Augen geschlossen, und als er sie wieder öffnete, zog Rose ihn zu sich heran und küsste ihn.

Die Berührung seiner kühlen Lippen auf ihren sandte einen köstlichen Schauer durch ihren Körper. Er musste es gespürt haben, denn als sie ihn erneut an sich ziehen wollte, drückte er sie an sich und liebkoste ihre Lippen mit der Zungenspitze.

Sie öffnete die Augen und sah, dass sein Gesichtsausdruck sich verändert hatte. Er sah sie an, musterte sie, als hätte er etwas gefunden, das er noch nie zuvor gesehen hatte.

Ihre Arme schlangen sich um seinen Nacken, seine Lippen drückten sich auf ihre, und dann presste er ihren ganzen Körper an sich.

Rose zog ihm das T-Shirt über den Kopf und glitt mit beiden Händen über seine Brust. Ihre Zunge berührte seine feste kleine Brustwarze, und er unterdrückte ein Stöhnen.

Er führte sie zum Sofa, aber sie flüsterte ihm zu, dass sie

ihn in ihrem Bett haben wollte, und als sie da waren, erlaubte sie ihm nicht, sie zu berühren, ehe sie ihn ganz ausgezogen hatte.

Seine Hände zitterten, als er ihren Morgenmantel öffnete und sie nackt vor ihm stand. Er zog sie zu sich herunter auf das schmale Bett.

Als er sanft in sie eindrang, dankte sie all ihren kleinen Göttern dafür, dass Kip, ihr Held, sie wieder einmal gerettet hatte.

# Kapitel 46

Ernsthafte Beziehungen waren Kip bisher immer entgangen, vielleicht hatte er sie auch selbst gemieden. Er war nicht sicher, aber Tatsache war, dass er noch nie eine solche Beziehung gehabt hatte. Manchmal machte er sich Sorgen, seine Kindheit könnte so schwere emotionale Narben hinterlassen haben, dass seine Seele die Fähigkeit, so zu lieben, verloren hatte.

Deshalb war es für ihn ein Schock, als er merkte, dass seine Gefühle für Rose etwas ganz Besonderes waren.

Eigentlich hätte das gar nicht gut gehen dürfen. Zunächst einmal war sie viel zu jung für ihn – sechzehn Jahre jünger. Als er sie kennengelernt hatte, war sie mit Harry zusammen gewesen, der sogar noch älter war als er. Kip hatte sich aufs hohe Ross geschwungen und Harry wissen lassen, wie lächerlich er das fand. Harry hatte tief aus dem Bauch heraus gelacht und Kip daran erinnert, dass der Altersunterschied bei seiner Affäre mit Diana ähnlich groß gewesen war. Kip, völlig perplex, hatte gemurmelt, das sei etwas anderes, wenn die Frau die Ältere war. Harry hatte wieder gelacht und ihm seine Doppelmoral vorgeworfen.

Ihre unterschiedliche Herkunft war ein weiterer Grund, weshalb Kip fürchtete, er und Rose könnten nicht zusammenpassen. Er hätte auch »ethnische Abstammung« oder »Hautfarbe« sagen können, aber das traf es nicht ganz – das waren nur äußerliche Unterschiede. Die eigentliche Frage war, ob er und Rose genug gemeinsam hatten, um eine liebevolle Beziehung darauf aufzubauen. Es war, als wolle man auf unfruchtbarem Boden etwas anbauen. Wenn Menschen gegensätzlich waren, ihre grundlegenden Werte und Überzeugungen zu weit auseinanderklafften, konnte nichts wachsen. Kip war ziemlich sicher, dass Rose und er kompatible Seelen waren.

Sie verbrachten viel Zeit zusammen. Rose räumte sogar ein paar ihrer Sachen in sein Zimmer im Royal National. Kip verschob seinen Heimflug.

Während der nächsten Tage sausten sie durch London wie zwei Kinder bei einem Schulausflug. Am frühen Abend kehrten sie ins Hotel zurück und liebten sich in seinem schmalen Bett. Dann schliefen sie ein wenig und standen wieder auf, um zusammen ein spätes Abendessen einzunehmen.

Drei Tage lang war es der Himmel auf Erden. Am vierten Tag wirkte Rose ein wenig genervt. Sie schoben sich mit der Warteschlange vor dem Tower of London voran, und die vielen Menschen störten sie offenbar. Beim Mittagessen verschüttete sie eine Tasse Kaffee und brach in Tränen aus. Als sie am späten Nachmittag in Kips Zimmer zurückkehrten, wollte sie sich nicht schlafen legen.

»Ich muss mal zu Hause nach dem Rechten sehen«, sagte sie.

»Okay«, sagte Kip. »Soll ich dich begleiten?«

»Nein. Ich meine … ruh dich nur aus. Ich bin bald wieder da, okay?«

»Sicher. Geht es dir wirklich gut? Du warst heute ziemlich angespannt.«

»Ach ja?«

»Ein bisschen.«

»Tut mir leid. Das liegt wohl, du weißt schon, an meiner Periode.«

»Kommst du nachher wieder?«

»Warum?«

Ihre scharfe Gegenfrage überraschte ihn. »Nur so … Ich wollte nur wissen, ob wir nachher zusammen essen oder –«

»Ich weiß es nicht. Nein, geh du lieber essen. Ich esse dann zu Hause.«

»Ist gut.«

Nach einem kurzen Kuss rauschte sie ohne ein weiteres Wort zur Tür hinaus.

Er schaltete den Fernseher an und starrte zehn Minuten darauf, bevor er ihn wieder ausschaltete. Der Zwischenfall mit Rose war eigentlich nichtig, aber er verstörte ihn. Ihre gemeinsame Zeit war idyllisch gewesen. Da schreckte es ihn umso mehr auf, dass die Kleinigkeiten des Alltags, oder weibliches Unwohlsein, sich so hineindrängen konnten.

Er beschloss, früh zu Abend zu essen, und nahm seine Armbanduhr von der Kommode. Eine Ecke einer Pfundnote ragte aus seiner Brieftasche. Er ging sehr sorgfältig mit Geld um – das hatte er sich als Jugendlicher angewöhnt, als er darum gekämpft hatte, allein in Nairobi zu überleben – und hielt es stets gut verborgen. Er klappte die Brieftasche auf und stellte fest, dass ihm hundert Pfund fehlten – beinahe sein gesamtes Bargeld. Er ging im Geist den vergangenen Tag durch und überlegte, wo er zu viel ausgegeben haben könnte, ohne es zu merken, aber er wusste, dass ihm kein Fehler unterlaufen war. Am Ende ihres Ausflugs nach Greenwich hatte er nachgesehen, wie viel Geld er noch hatte – und das war die letzte Station heute gewesen. Er ließ sich aufs Bett sinken und zermarterte sich das Hirn auf der Suche nach einer Erklärung.

Rose' Kopf dröhnte vor Schmerzen, als sie vor der Tür mit der abblätternden Farbe wartete. Der Riegel glitt zurück, und Jonesies Schweinsäuglein erschienen im Türspalt.

»Du hast vielleicht Nerven«, knurrte er, doch sie hörte die Kette klappern, und er ließ sie ein.

Nachdem er die Tür hinter ihr wieder verriegelt hatte, sagte sie rasch: »Ich habe das Geld. Ich bringe dir, was ich dir schuldig bin.«

Sein Gesichtsausdruck änderte sich schlagartig. »Ach, tatsächlich, meine Schöne?«, erwiderte er mit reserviertem Lächeln. »Willkommen in meinem Büro.« Er wies mit der Hand auf den nächsten Stuhl und ließ sich hinter dem kleinen Schreibtisch nieder. »Zeig mir das Geld.«

Sie griff in ihre Handtasche und legte vier Zwanziger vor sich auf den Tisch.

»Na, da brat mir doch ... Mein Liebling, endlich hast du einen reichen Freund gefunden. Und wenn ich das sagen darf –«

»Ich will noch ein Briefchen, und dein Hinterzimmer.«

Er nickte, und sein Lächeln wurde breiter. »Aber natürlich, meine Schöne, aber natürlich. Dafür ist der gute Jonesie schließlich da, nicht wahr?«

Sein Tonfall klang, als spräche er mit einem kleinen Kind. Ihr wurde übel davon, aber sie hielt sich zurück und schob ihm ihr restliches Geld hin. »Hier sind zwanzig für das neue Briefchen. Das Übliche.«

»Moment mal, Schätzchen, das ist nicht genug für dein übliches Briefchen. Bittest du schon wieder um Kredit? Noch mehr Kredit, und ohne den geringsten Dank für meine Mühe?«

Sie musterte ihn schweigend.

»Na ja, sieht so aus, als hätte sich deine Kreditwürdigkeit verbessert. Ich denke, ich kann so freundlich sein. Wieder mal.« Er zog seine Schublade auf.

Kip überlegte lange hin und her, ob er nach Rose sehen sollte oder nicht. Schließlich hielt er es nicht aus, noch länger zu warten. Es war schon nach elf, und wenn sie immer noch vorhatte, zu ihm ins Hotel zurückzukommen, wäre es ihm nicht recht, dass sie so spät ganz allein in Paddington herumlief. Er ging zum Russell Square und stieg in die U-Bahn.

Am Piccadilly Circus ließ er suchend den Blick über die Passanten schweifen und fragte sich, wie groß die Chancen waren, dass sie sich hier beim Umsteigen begegneten.

Im Zug der Bakerloo Line versuchte er erneut eine Erklärung für das fehlende Geld zu finden. Wieder stand er vor einem Rätsel.

Er konnte nur vermuten, dass Rose irgendwie in Schwierigkeiten steckte – und dass sie ihm nichts davon sagen wollte. Auch das bekümmerte ihn; er hatte gehofft, dass zwischen ihnen eine Vertrautheit entstanden war, die so etwas nicht zuließ. Er fühlte sich abgewiesen und verletzt.

Er eilte die Stufen hinauf und verließ die menschenleere U-Bahnstation.

Eine Querstraße von ihrem Haus entfernt sah er sie. Sie war auf dem Heimweg, Arm in Arm mit einem großen schwarzen Mann.

Rose lag vollständig bekleidet auf ihrem Bett, und die Nachmittagssonne schien ihr ins Gesicht. Sie konnte sich nicht mehr erinnern, wie sie nach Hause gekommen war. Sie sah auf den Wecker und verzog das Gesicht. *Kip*, dachte sie, doch ihr Körper fühlte sich an wie aus Blei. Sie drehte sich vom Licht weg, legte einen Arm über die Augen und stöhnte.

Während sie dalag und ihren Körper anflehte, endlich munter zu werden, versuchte sie sich zu erinnern, was am vergangenen Abend passiert war.

Da war Jonesie und seine Nadel … dann der Rausch. Sie war über die Murchison Falls hinweggetrieben, und das Wasser hatte unter ihr getost, während sie in die Gischtwolken hinein und wieder hinaus geflogen war. Ihre Mutter, ihre Geschwister und ihr Vater waren auch dort und riefen ihr Ermunterungen zu. Und Akello, ihr geliebter Bruder, kam zu ihr geflogen, und sie lachten zusammen wie früher, als sie noch Kinder gewesen waren. Sie waren alle zusammen, und sie lachten und lachten. Es tat so gut, wieder mit ihrer Familie zusammen zu sein.

Zeit war vergangen – es fühlte sich an wie Stunden –, und vor Erschöpfung war ihr Körper so schwer, dass sie nicht aufstehen konnte. Ihr Traum vermischte sich mit der Wirklichkeit. Ein Telefon klingelte, und Jonesie sagte: »Wer? Akello? Wer zum Teufel sind Sie?« Dann war sie eingeschlafen, und Akello kam in ihren Traum und trug sie in die Dunkelheit davon.

Die Dunkelheit blieb, bis sie den Kopf bewegte. Sie war überrascht, dass es nicht ganz so wehtat, wie sie erwartet hatte.

Sie hörte ein Geräusch aus dem Wohnzimmer und tapste hinüber, um nachzusehen.

»Akello? Was tust du da?«

»Ich reise ab, Schwester.« Er packte zusammengefaltete Kleidungsstücke in einen neuen Koffer. Sein alter war bereits voll bepackt und stand neben ihm auf dem Boden. »Und du auch. Komm schon, du musst packen.«

»Abreisen? Wohin denn?«

»Wir gehen nach Hause.«

Sie tastete hinter sich nach dem Sofa und ließ sich hineinfallen. »Nach Hause? Warum? Wann hast du das entschieden? Warum hast du mir nichts davon gesagt?«

»Ich habe darauf gewartet, dass du endlich mal nach Hause kommst, damit ich es dir sagen kann. Seit vier Tagen.«

»Ich habe auch nach dir gesucht, aber du warst nie da, wenn ich vorbeigeschaut habe.«

»Tja, ein Glück, dass ich diese Telefonnummer gefunden habe, als ich gestern Nacht nach Hause gekommen bin, sonst wäre ich ohne dich nach Heathrow gefahren. Aber jetzt kommst du mit. Beeil dich, pack deine Sachen.«

»Packen? Ich kann London nicht verlassen! Nicht jetzt.«

»Da irrst du dich, Schwester. Nachdem ich dich gestern Nacht in dem Haus von diesem kleinen Widerling gesehen habe … da habe ich mir gesagt, das reicht! Du kommst jetzt sofort mit mir nach Hause.«

»Du verstehst das nicht. Gestern Nacht war … das war das letzte Mal, es ist vorbei.«

»Nach allem, was ich gesehen habe, ist es mit dir bald vorbei. Jetzt steh auf und geh packen.«

»Nein, so ist das nicht.« Rose konnte nicht klar denken, während ihr Bruder ständig vom Schrank zum Koffer lief und mit Kleidung um sich warf. »Setz dich hin, Akello, lass es mich erklären.«

Er warf ihr einen misstrauischen Blick zu und ließ sich dann widerstrebend neben ihr auf dem Sofa nieder.

Sie nahm seine Hand und tätschelte sie. »Ich habe etwas von dem Zeug genommen, damit ich die Nächte durchhalten konnte, aber ich werde damit aufhören.« Sie sah seinen zweifelnden Gesichtsausdruck. »Es ist mir ernst damit. Ich habe jemanden getroffen, einen Freund, den ich schon sehr lange kenne. Ich glaube, wir sind füreinander geschaffen, und … ich will jetzt noch nicht weg … nicht, bevor es ein wenig Gestalt angenommen hat. Verstehst du, was ich meine?«

»Hm … vielleicht.«

»Ich werde mit ihm zusammen nach Hause kommen, in einer Woche oder so. Okay?«

»Versprichst du es mir?«

»Habe ich dich je belogen?«

»Nein. Und du wirst mir alles über diesen alten Freund erzählen?«

»Das werde ich.«

Er blickte ihr lange in die Augen und sagte dann: »*Sowa, haraka!* Da sitze ich herum und quatsche. Ich komme zu spät!«

Er kehrte zu seinem Koffer zurück.

»Aber du hast mir noch nicht gesagt, warum du abreist.«

Er seufzte, klappte den Koffer zu und setzte sich mit verschränkten Armen darauf. »Ich habe London satt. Hier gibt es nichts für mich. Es ist kalt und dunkel. Das ist kein Platz für einen Mann aus Afrika.«

»Mir gefällt es auch nicht, also bleib doch noch, bis ich auch abreise«, bettelte sie. »Nur noch ein paar Tage.«

Sie sah ihm an, dass sie ihn beinahe überredet hatte, doch er schüttelte den Kopf. »Es ist hier«, sagte er und schlug sich sacht mit der Faust gegen die Brust. »Mein Herz tut weh.«

»Dein Herz tut weh?«

»Weißt du nicht mehr? Mama hat immer die Faust hierhin gedrückt und gesagt: ›*Aiya*, heute schmerzt mir das Herz so sehr.‹ Weißt du noch? Ihre Herzschmerzen waren immer viel schlimmer, wenn Papa besonders lange weg war.«

Sie lächelte. »Ja, ich erinnere mich. Also ... willst du damit sagen, dass auch dir das Herz wehtut? Warum?«

»Ach, diese Frauen ...« Er stand auf und verschloss den Koffer. »*Sasa, kwaheri.*«

Sie stand auf und umarmte ihn. »Ich würde dich ja zum Flughafen begleiten, aber ich bin mit meinem Freund verabredet.«

»Schon gut.« Er drückte sie noch einmal an sich. »*Kwaheri,* Schwester.«

»*Kwaheri.*« Sie ging mit ihm zur Tür. »Akello?«

»Ja?«

»Hat heute Vormittag jemand angerufen?«

»Nein, warum?«

»Ach, nur so.«

Rose klopfte an die Tür zu Kips Zimmer. Er öffnete nicht.

An der Rezeption sagte sie: »Könnte ich bitte den Schlüssel zu Zimmer zweiundzwanzig-zweiunddreißig haben? Mein Freund ist ausgegangen, und ich habe meinen Schlüssel im Zimmer vergessen.«

»Natürlich, Madam. Ihr Name, bitte?«

»Das Zimmer läuft unter dem Namen meines Freundes. Balmain.«

»Balmain?« Der Mann am Empfang sah auf seinen Bildschirm und blickte sie dann über den Rand seiner Brille hinweg an. »Sagten Sie Balmain, Madam?«

»Ja. Kip Balmain, aber vielleicht hat er sich auch unter Rupert eingetragen, Kip ist ... Sie wissen schon ... ein Spitzname.«

»Ja, Madam. Aber bedauerlicherweise hat Mr. Balmain am frühen Nachmittag ausgecheckt.«

# Kapitel 47

Rose lag seit fast einer Stunde auf dem Bett und versuchte, die Einsamkeit zu ignorieren – die Einsamkeit einer unfreundlichen Stadt – und das Selbstmitleid im Zaum zu halten, das sie zu überwältigen drohte.

Sie hatte jeden Zentimeter der Tapete inspiziert, und ihr Blick wurde immer wieder zu einem Punkt in der Ecke hingezogen, direkt unter der Decke, wo sie einen Fleck gefunden hatte. Sie konnte nicht genau erkennen, ob es Schmutz, ein Loch im Putz oder eine kleine Spinne war. Sie vermutete eine Spinne, und sie hasste Spinnen, deshalb beobachtete sie den Fleck und wartete ab, ob er sich bewegen würde. Doch das tat er nicht.

Jeder Gedanke an Kip löste eine Woge der Demütigung aus. Er hatte ihren Diebstahl bemerkt und war davon so angewidert, dass er London verlassen hatte, ohne sie deswegen auch nur zu beschimpfen.

Aber die Gedanken an ihn brachten auch tiefe Reue. Sie war mit ihm so glücklich gewesen, wie sie es nie für möglich gehalten hätte. Während ihrer kurzen Zeit der Vertrautheit hatte sie gespürt, wie sich ein Band zwischen ihnen entwickelte. Jeder Tag, jede Stunde hatte diese Bindung gestärkt. Zum ersten Mal in ihrem Leben glaubte sie, die Liebe zu begreifen – mit all ihrer Ekstase und ihrem Glück. Und nun, die Liebe mit all dem Schmerz der Zurückweisung.

Sie zwang sich, nicht mehr an Kip zu denken. Sie hatte drängendere Probleme – kein Geld.

Sie würde in die Bar gehen und etwas verdienen müssen, damit sie leben konnte. Aber der Gedanke an die vergiftete Luft, an die Hände der betrunkenen Gäste, die sie begrapschten, an die Anstrengung, die es sie kostete, das vom Wirt geforderte Lächeln aufzusetzen, und an die vielen Stunden, die sie auf den Beinen sein würde, all das war zu deprimierend.

Um das zu ertragen, würde sie wieder zu Jonesie gehen müssen. Um zu Jonesie zu gehen, brauchte sie Geld. Von dieser Zwickmühle drehte sich ihr der Kopf.

Sie würde tun, was sie tun musste, um das weiße Pulver zu bekommen.

Bei Tageslicht wirkte die dunkelrote Tür des so genannten Nachtclubs am Ende der Chatham Lane in Soho noch schäbiger als in der bunten nächtlichen Beleuchtung. Nachts war der Laden mit dem Namen Flashdance Disco and Niteclub eines von vielen ähnlichen Etablissements am unteren Ende der Skala des Londoner Nachtlebens. Aber unter den jungen Mädchen, die im Dunstkreis des Modelgeschäfts ihren Lebensunterhalt verdienen wollten, war das Flashdance dafür bekannt, dass dort tagsüber ein kleines Nebengeschäft lief, und das machten sich manche Mädchen zunutze, wenn sie dringend Geld brauchten.

Rose schob die schwere purpurrote Tür auf und spähte in die Dunkelheit. Es roch nach abgestandenem Rauch und schalem Bier. Sie konnte nichts erkennen, aber eine Stimme sagte: »Kommen Sie rein, oder machen Sie die Tür zu.«

Sie zögerte noch einen Moment und trat dann ein. Als die

Tür schwer hinter ihr ins Schloss fiel, gewöhnten ihre Augen sich an das Dämmerlicht, und sie sah eine Bar, knapp zehn Meter lang, und eine hinterleuchtete Wand aus weißem Glas oder Plastik, vor der bunte Flaschen auf Wandbord aufgereiht waren. Ein Mann in einem weißen Hemd stand hinter der Bar, eine Zeitung vor sich ausgebreitet.

Er achtete nicht auf sie, bis sie vor ihm stehenblieb. »Was kann ich für dich tun, Schätzchen?«, fragte er und spähte mit zusammengekniffenen Augen durch den Rauch einer Zigarette, die zwischen seinen dünnen Lippen hing.

»Ich möchte mit Eddy sprechen«, sagte sie leise.

Der Barkeeper musterte sie von oben bis unten. »Ach ja? Und was soll ich ihm sagen, wer ihn sprechen will?«

»Rose«, sagte sie und fügte hinzu, »aber er kennt mich nicht. Sagen Sie ihm einfach, Gloria schickt mich.« Sie hätte sich am liebsten auf die Zunge gebissen – sie hörte sich an wie eine Figur in einem billigen Film.

Der Barkeeper betrachtete sie noch einmal abschätzend und verschwand dann durch eine Schwingtür am Ende der Bar. Als er zurückkam, wandte er sich wortlos wieder seiner Zeitung zu.

Rose glaubte schon, er habe sie falsch verstanden, als die Schwingtür wieder aufging und ein großer Mann in einem schlecht sitzenden Anzug auf sie zukam. Er beäugte sie zunächst misstrauisch, ruckte dann kurz mit dem Kopf und bedeutete ihr, ihm zu einem der kleinen runden Tische am Ende der Bar zu folgen.

»Du kennst also die Abmachung?«, fragte er. »Wie heißt du gleich wieder?«

»Rose.«

»Rose … Also, weißt du, wie der Deal läuft, Rose?«

»Nicht so genau … Gloria hat gesagt –«

»Eine Hälfte für dich, die andere für mich.« Er musterte sie zum ersten Mal ausgiebig, sein Blick glitt von ihren Knöcheln über ihre Beine – die sie unter dem kleinen Tisch gekreuzt hatte – zu ihren Brüsten. »Für je zwei Drinks, die er bezahlt, kriegst du einen umsonst.«

»Ich … ich verstehe …«

»Was machst du?«

»Eigentlich bin ich Model«, sagte sie, verwundert über sein Interesse.

»Sind sie das nicht alle?«, erwiderte er mit humorlosem Lächeln. »Ich meine vaginal, anal, Fetisch, oral, Handmassage … Was machst du?«

»Ich möchte nicht … ich meine … die beiden letzten … wären okay.«

»Gut, du solltest von jedem Freier mindestens zwanzig Pfund kriegen. Wenn du mehr raushandeln kannst, gehört der Rest dir. Einverstanden?«

Rose nickte.

»Gut. Wir probieren es mal mit dir.« Er stand auf, um zu gehen.

»Wann kann ich anfangen?«

Der Manager zog die Brauen in die Höhe. »Knapp bei Kasse, was?«

»Nein … ich will nur –«

Er nickte. »Schon gut. Ich will deine Lebensgeschichte nicht hören.« Er blickte sich in der Bar um. »Siehst du den Typen da drüben rechts in der Ecke?«

Rose spähte in die schummrige Ecke. Sie hatte beim Hereinkommen niemanden bemerkt, doch da saßen zwei Männer an den Tischen, die am weitesten von der Bar weg waren, als hätte man sie in die Ecke gestellt. Sie nippten beiläufig an ihren Drinks.

»Hinten raus sind ein paar Zimmer. Du kannst das mit der orangeroten Tür benutzen. Mach nachher sauber, und gib das Geld Barry an der Bar.« Er nickte, als hake er jeden Punkt auf einer Liste ab. »Hätte gleich sehen müssen, dass du ein Junkie bist. Sind die gut aussehenden meistens.« Er verschwand in seinem Hinterzimmer.

Rose blieb noch ein paar Minuten sitzen, um ihren Mut zusammenzunehmen. Die Gier nach dem Pulver wollte nicht nachlassen. Ihr Kopf und ihr Rücken schmerzten. Ihre Haut prickelte und brannte, als hätten sich Insekten darunter gegraben. Sie wusste, dass es nur schlimmer werden würde.

# Kapitel 48

*1986*

Der Indische Ozean glitzerte, wie ein Meer nur unter der Sonne des Äquators glitzern kann. Jenseits des Riffs erhob es sich aus seinen blauen Tiefen und brach sich an den Korallen. Nur kleine Abgesandte dieser Gewalten schlüpften ans Ufer, wo sie ruhig am aufsteigenden gelblich-weißen Sand erstarben. Im flachen Wasser versuchte ein einsamer Tourist sich als Windsurfer, unter der Anleitung eines lokalen Experten – eines pechschwarzen jungen Suaheli in flatternden roten Shorts. Der gepflegte tropische Garten des Hotels endete abrupt an der Strandmauer aus weißen Korallen. Auf dem Strand davor lagen vor Kokosnussöl schimmernde weibliche Sonnenanbeterinnen, die meisten oben ohne, neben ihren gebräunten Partnern auf Strandlaken.

Kip lag auf dem Liegestuhl, einen nackten Fuß auf der Korallenmauer, den anderen auf dem kühlen Rasen des Hotelgartens. Selbst im Schatten der Kokospalme schmerzte das Licht, das vom weißen Sand reflektiert wurde, in den Augen. Er schloss sie und ließ sich vom monotonen Flüstern der Wellen in einen köstlichen Tagtraum lullen.

Er hatte die vergangenen Tage in frustrierenden Besprechungen mit den hiesigen Behörden verbracht, die es ihm wirklich schwer machten, die Genehmigung für sein jüngstes Projekt zu bekommen – eine Ferienanlage, die in den Bäumen über dem dichten Dschungel hinter dem Strand gebaut werden sollte. Es war Kips Traum gewesen, den Regenwald für Touristen zugänglich zu machen, denn er glaubte, wenn die Öffentlichkeit sich der Schönheit dieses Waldes bewusst wäre, würden die Leute eher bereit sein, um dessen Erhalt zu kämpfen.

Er war an den Strand gegangen, um zu entspannen, aber die frustrierenden letzten Tage ließen ihn nicht zur Ruhe kommen. Er wusste, dass es ein gutes Projekt war. Die Jungle Lodge, wie er die Anlage nennen würde, wäre ein Segen für die Stämme am Rand des Shimba-Dschungels. Sie pflanzten Kokos- und Cashewnüsse zum Verkauf an, konnten aber nicht mit den einheimischen und ausländischen Großkonzernen mithalten. Die Lodge würde Arbeitsplätze bieten und Absatzmöglichkeiten für ihre landwirtschaftlichen und kunsthandwerklichen Produkte schaffen.

Kip versuchte, es gelassen zu sehen. Er konnte seine vierte Anlage auch anderswo bauen, oder gar nicht. Schließlich war es nicht so, als bräuchte er dringend die Einnahmen. Dass er sich so leicht mit diesem Rückschlag abfand, beunruhigte ihn ein wenig. Als er darüber nachdachte, erkannte er, dass die vergangenen vier Jahre aus einer Kapitulation nach der nächsten bestanden hatten. Seit er aus London zurückgekehrt war, hatte er einen Großteil seiner Begeisterung für sein Leben in Kenia verloren.

London hätte der Anfang zu einer Entdeckungsreise sein sollen, auf der er in Erfahrung bringen wollte, wer Kip Balmain wirklich war. Er hatte stets mit der Erwartung im Hinterkopf gelebt, dass sich eines Tages irgendwie irgendwo eine Tür öffnen und ihm sein Leben enthüllen würde. Er hatte einen Zugang zu seiner Vergangenheit erfahren, einige wenige, verlockende Hinweise auf seinen Vater entdeckt, doch als diese Tür nirgendwo hinführte, hatte er sich wurzelloser denn je zuvor gefühlt.

Während er vergeblich nach seinem Vater gesucht hatte, war sein einziger Trost der Gedanke gewesen, dass er in Rose einen ähnlich wichtigen Menschen gefunden hatte. Sie bot ihm Hoffnung, dass sein Bedürfnis, zu lieben und geliebt zu werden, das beinahe mit Diana gestorben war, doch noch erfüllt werden könnte. Aber es stellte sich heraus, dass diese Beziehung nur ihm so wichtig gewesen war. Rose' Verrat hatte ihm bewiesen, dass sie nicht so für ihn empfand.

London hatte ihn gleich zweifach abgewiesen. Seitdem hatte er wie in der Warteschleife gelebt, und nun zog er seine Kreise langsam immer tiefer. Er hasste das Gefühl, dass seinem Leben der Treibstoff ausging, fühlte sich aber machtlos, etwas dagegen zu unternehmen. Zwanzig Jahre lang war das Geschäft ein Ersatz für ein richtiges Leben gewesen, aber jetzt gab ihm nicht einmal das mehr genügend Kraft.

»Ich hab dich da draußen ohne Glas in der Hand gesehen und gedacht, *Na, hallo – Kip braucht ein Tusker.*«

Harrys weiße, behaarte Beine waren unverkennbar. »Hallo, Harry«, sagte Kip und nahm das kühle Glas entgegen.

»Was läuft, mein Alter? Planst du unseren nächsten Ansturm auf die Bastion bestechlicher Beamter?« Harry setzte sich auf die Mauer und nahm einen großen Schluck aus seinem Glas.

»Nein. Ich habe mir erst mal etwas Leichtes vorgenommen, wollte die Geheimnisse des Universums entschlüsseln, aber dann ist es mir langweilig geworden, und ich habe abgeschaltet.«

»Gute Idee.« Ein Kellner schlenderte an ihnen vorbei. »He, mein Bester«, sagte Harry. »Noch ein Bier für meinen Freund,

und wenn Sie gerade dabei sind, ich hätte auch gern noch eines.« Der Kellner nickte und ging zur Bar.

»Was kommt als Nächstes?« Harry zog sich einen Liegestuhl heran und setzte sich neben Kip, mit Blick auf den Strand.

»Du meinst, was die Genehmigung angeht?« Er seufzte. »Ich weiß nicht. Das klingt alles ein bisschen zu schwierig.«

»Blödsinn. Wir können diese Bauerntölpel umgehen. Wir haben schon seit Jahren nichts Neues auf die Beine gestellt. Und die Nachfrage ist gewaltig! Ich kann jedes Bett vermieten, das du mir gibst. Europa, Amerika – sie wollen von überall hierherkommen.«

»Ich weiß, Harry, aber –«

»Warum sprichst du nicht mal mit Maina?«

»Maina?«

»Ja, du weißt schon, Maina Githinji. Mein alter Kumpel.«

»Ich hätte nicht gedacht, dass Maina Githinji überhaupt Kumpel hat.«

»Du weißt schon, was ich meine. Ich könnte ja mal mit ihm sprechen und, du weißt schon …«

»Ihm ein bisschen was anbieten?« Harry wurde selten von Skrupeln geplagt. Kip beneidete ihn darum.

»Nein. Natürlich nicht«, erwiderte Harry in gespielter Empörung. »Aber das könnte ich, wenn …« Er sah Kips Gesichtsausdruck. »Also gut, ich meine, wir könnten, du weißt schon, ihn überreden.«

»Er hat jetzt einen neuen Posten, nicht?«

»Ja, er ist für den Tourismus zuständig. Er ist unser Mann.«

Kip dachte an seine letzte Begegnung mit Githinji, der damals als Staatssekretär für die innere Sicherheit zuständig gewesen war, während des Staatsstreichs 1982. »Habe ich dir je erzählt, dass ich mal einen Jungen namens Maina Githinji kannte?«

»Nein. Aber das ist bei den Kikuyu ein ziemlich gebräuchlicher Name, oder?«

»Kann sein … aber irgendwas an ihm –«

»Wo wir gerade davon sprechen – habe ich dir schon erzählt, dass Rose Nasonga wieder da ist?« Harry nahm seine Sonnenbrille ab und putzte sie an seinen grell gemusterten Shorts. »Kip? Ich habe gesagt, Rose Nasonga ist wieder in Nairobi.«

»Rose Nasonga, so?«, entgegnete er betont beiläufig. Kip hatte niemandem, nicht einmal Harry, von der Affäre mit Rose und ihrem Ausgang erzählt. »Wann hast du das gehört?«

»Schon vor Wochen. Ich wollte es dir längst sagen. Erinnerst du dich an sie? Sie war eine Zeit lang mit Maina zusammen.«

»Ja, ich erinnere mich. Ist sie wieder mit Githinji zusammen?«

»Glaube ich nicht. Das war vorbei, bevor sie nach England abgereist ist.«

»Wie geht es ihr? Ich meine, was macht sie jetzt so?«

»Soweit ich gehört habe, arbeitet sie wieder als Model. Fängt noch mal ganz von vorn an. Ich nehme an, in London ist es für sie nicht gut gelaufen.«

»Verstehe. Hast du mit ihr gesprochen?«

»Noch nicht, aber Harry hat sich noch nie lange aufhalten lassen, wenn ein Model im Spiel war.«

Kip wartete darauf, dass er fortfuhr, doch Harry setzte seine Sonnenbrille wieder auf und musterte die Schönheiten am Strand.

Kip ließ das Thema Rose Nasonga ruhen.

Zwischen Rose' Wohnung in Mathaiga und Mathare Estate lagen etwa zehn Kilometer. Doch die gemähten Rasenflächen, gepflegten Vorgärten und stuckverzierten Villen des Viertels Mathaiga, durch das sie nun fuhr, trennte eine ganze Welt von den stetig wachsenden Slums und Sozialwohnungsbauten von Mathare.

Mathaiga war schon immer die Heimat der Reichen gewesen. Hier wohnten Diplomaten und die Geschäftsführer und Direktoren der größten Unternehmen Kenias. Die neu erbaute Anlage, in der Rose wohnte, bestand zwar nicht direkt aus Villen, aber ihr gemütliches Apartment bot alles, was sie brauchte, denn die Wohnsiedlung war eigens für erfolgreiche Geschäftsleute entworfen worden. Der Supermarkt war ordentlich, sauber und stets gut bestückt. Auch die meisten anderen Bedürfnisse konnte sie im Einkaufszentrum der Wohnanlage erfüllen, bis hin zu einer Auswahl an verschiedenen Restaurants, wenn sie einmal mit einer Freundin oder einem Geschäftspartner essen gehen wollte.

Die Fahrt von Mathaiga nach Mathare führte einmal quer durch Kenias sozio-ökonomisches Spektrum – von Reichtum bis hin zu Armut; von materiellem Erfolg bis hin zu bitterer Verzweiflung. Diese Fahrt dauerte etwa zwanzig Minuten, umfasste aber zwanzig Jahre Fehlschläge bei dem Versuch, die krassen Gegensätze zwischen Kenias Ober- und Unterschicht zu mildern.

Als Rose in die Koma Rock Road einbog, ließ sie per Knopfdruck die Zentralverriegelung ihres Peugeot zuschnappen. Sie gab sich keinen Illusionen hin, wenn es darum ging, mit einem respektablen Auto durch eine Armensiedlung zu fahren. Unter den Tausenden ehrlicher Menschen, die ihrer täglichen Arbeit nachgingen und versuchten, irgendwie über die

Runden zu kommen, gab es eine kleine, aber verzweifelte Minderheit von Leuten, die einen Menschen halbtot schlagen würden, um des Geldes willen, das sie für ein paar ausgebaute Ersatzteile aus ihrem Auto bekämen.

Es waren nicht nur die Weißen und wohlhabenden Schwarzen, die unter der neuen Welle der Kriminalität in der Stadt zu leiden hatten; alle waren zur Zielscheibe geworden, sogar die Armen in Mathare. Die kleinen Leute aus den Slums trauten der Polizei nicht – die Beamten waren allzu oft unfähig oder korrupt, oder beides – und zeigten deshalb niemanden an. Wer das Pech hatte, bei einem Verbrechen ertappt zu werden, vor allem Diebstahl, dem stand ein Schnellverfahren der Selbstjustiz bevor, das friedliche Nachbarn in einen Lynchmob verwandelte; der Dieb wurde gejagt, gestellt und gesteinigt oder totgeprügelt. Es war dieses Leben in Verzweiflung im Osten Nairobis, das Rose ursprünglich zur Arbeit mit Straßenkindern geführt hatte.

Wie in jeder Großstadt, so gab es auch in Nairobi Obdachlose. Viele Tausende von ihnen waren obdachlose Kinder, darunter solche, deren Eltern an der neuen Epidemie namens AIDS gestorben waren, und andere, die auf die Straße gesetzt worden und nun auf sich selbst angewiesen waren. In Nairobi war das Schnüffeln von Benzin *die* billige und leicht erreichbare Droge für die Kinder, die auf der Straße lebten.

Rose konnte sie verstehen. In London hatte sie in einer Abwärtsspirale aus Depression und Drogenabhängigkeit gesteckt, bis ihr Schutzengel sie aufgelesen hatte, buchstäblich aus der Gosse.

Rose war, von irgendeinem Drogencocktail zugedröhnt, in eine Seitenstraße abgedriftet, wo jemand versuchte, ihr die Handtasche zu entreißen. Sie konnte sich an den Angriff nicht genau erinnern, aber sie wusste noch, dass sie sich an die Tasche geklammert hatte, als ginge es um ihr Leben. So war es ja auch beinahe. Sie erlitt mehrere Knochenbrüche, einen Schädelbruch und eine schwere Gehirnerschütterung. Der Mann, der sie fand, Moh Lakhani, trug sie zum Krankenhaus und half ihr während der wochenlangen Genesung, ihre Selbstachtung wiederzufinden. Seine nächste Herausforderung war, Rose zu überreden, dass sie sich seiner Selbsthilfegruppe für Drogenabhängige anschloss.

Rose stand Moh und seiner großzügigen Geisteshaltung anfangs misstrauisch gegenüber. Sie war in London zu vielen Menschen begegnet, die scheinbare Freundlichkeit dazu benutzten, sie einzulullen. In Moh hatte sie jedoch einen wahren Heiligen gefunden. Seine Hingabe an seine »Familie«, wie er sie nannte, war bedingungslos und absolut selbstlos.

Es gab Tage, an denen sie glaubte, den Entzug nicht länger durchstehen zu können, und dann waren Moh und die Familie da, um ihr Mut zu machen. Ohne diese Leute hätte sie nie die Kraft gehabt, das durchzuhalten. So fest entschlossen sie vorher auch gewesen war, die Sucht loszuwerden, allein war sie immer wieder abgeglitten.

Vor etwas über einem Jahr war Rose nach Hause gekommen – in mehr als einer Hinsicht. Sie war aus London hierher zurückgekommen, und sie war ins menschliche Leben zurückgekehrt.

Akello nahm sie auf, bis sie als Model wieder etwas Geld verdiente. Während dieser Zeit dachte sie zum ersten Mal darüber nach, wie sie den Straßenkindern helfen könnte. Ihr Bruder erklärte sie für verrückt, weil sie sich in einer so hoffnungslosen Sache engagieren wollte. Rose erwiderte, sie wisse genau, was Hoffnungslosigkeit sei – hoffnungslos war auch ihre Situation in London gewesen, bis Moh und die Familie ihr das Leben gerettet hatten.

»Aber Rose«, sagte Akello, »wo willst du denn da anfangen? Und wie willst du dich selbst schützen? Einige von diesen Straßenkindern sind echte Kriminelle.«

Doch ihre Erfahrung in London hatte sie gelehrt, dass Menschen manchmal eine hilfsbereite Hand brauchten, um mit einem Problem fertig zu werden. Ihre Aufmerksamkeit galt immer mehr den Straßenkindern von Nairobi. Sie beschloss, etwas für sie zu tun, doch Akello hatte recht – sie wusste nicht, wo sie anfangen sollte.

Als sie das Good-Shepherd-Waisenhaus fand, und Faith, wurde alles sonnenklar.

# Kapitel 49

Rose reichte das Kleinkind zurück an Faith Mburu – eine Frau mit den gütigen Augen einer Mutter und sehr afrikanischen Hüften und Pobacken. »Dank dir wird die kleine Charity jedes Mal schwerer, wenn ich sie besuche«, sagte Rose.

»Der Dank dafür gilt eher dir und dem Essen, das du schickst. Ich tue ja nichts weiter, als es zu kochen und auf den Tisch zu stellen. Der Hunger erledigt dann den Rest.«

»Na, warum auch immer, es funktioniert jedenfalls.«

Rose blickte sich im Good Shepherd Home um. In dem einen Jahr, seit sie Faith gefunden hatte – oder Faith sie gefunden hatte, sie konnte sich nicht mehr genau erinnern –, hatte sie miterlebt, wie die Wellblech-Schlafsäle wuchsen und inzwischen über fünfzig Straßenkinder beherbergten. Die Kinder, vom rotznasigen Baby Charity bis hin zu älteren Teenagern, bekamen hier eine Unterkunft, Schulunterricht und mindestens eine warme Mahlzeit pro Tag von Faith und ihrem Mann, die das Waisenhaus als private Initiative gegründet hatten.

»Ich habe von der Stadtverwaltung immer noch nichts wegen dem Trinkwasser-Standrohr gehört«, sagte Faith. »Ich weiß nicht, was ich noch tun soll.«

In Mathare gab es weder Abwasserleitungen noch eine Trinkwasserversorgung. Faith holte das Trinkwasser von einem Standrohr in anderthalb Kilometern Entfernung, und der Nairobi River lieferte das Wasser zum Waschen und Putzen.

»Was ist mit Mr. Kalonzo, dem Chef der öffentlichen Versorgungsbetriebe? Ich habe letzte Woche mit ihm gesprochen. Er hat mir versprochen, dich aufzusuchen.«

»Versprechen, pah. Wer in der Stadtverwaltung hält schon Versprechungen ein? Aber ich werde diesem Mr. Kalonzo einen Besuch abstatten.«

»Nein, lass es mich noch einmal versuchen, Faith. Du hast schon genug zu tun.«

»Oho! Das musst du gerade sagen. Du hetzt doch von einem Auftrag zum nächsten. Nein, Rose, das ist mein Problem. Du tust ohnehin schon so viel für uns. Ich gehe dorthin, oder mein Henry.«

»Na ja, falls ich Kalonzo vorher sehen sollte, werde ich ihm mal die Meinung sagen. Er hat mir versprochen, das Standrohr würde innerhalb einer Woche da sein!«

»Guten Morgen, Rose.« Der große junge Mann blieb stehen, als er an den beiden Frauen vorbeikam.

»Hallo, Moses. Wie geht es dir heute?«

»Es geht mir sehr gut, danke.« Er senkte den Blick auf die Bretter, die von alten Packkisten stammten und eine Art Steg durch den Matsch um das Waschhaus bildeten. Seine Schüchternheit war beinahe greifbar.

»Wie geht das Geschäft?« Wie viele Straßenkinder, so verkaufte auch Moses zur Hauptverkehrszeit Kleinigkeiten und gebrauchte Zeitschriften an den Ampeln der Hauptstraßen. Ohne Faith wäre der nächste Schritt für Kinder wie Moses der Drogenhandel.

»Auch sehr gut.«

»Schön. Das freut mich.«

»Ja. Vielen Dank, Rose.« Er wagte es, sie einen Moment lang anzusehen, bevor er den Blick hastig wieder auf seine nackten, schmutzigen Füße senkte.

»Also dann … viel Glück.«

»Danke, Rose. Auf Wiedersehen, Rose«, sagte er und eilte zu dem Schuppen, der als Schlafsaal diente.

»Wiedersehen, Moses.«

Als er weg war, sagte Faith: »Der Junge ist zu alt für die Ampeln. Die Angestellten auf dem Heimweg haben Mitleid mit den Kleinen. Aber große Jungen wie Moses haben da keine Chance mehr.«

»Er gibt sich Mühe. Und auf diese Weise ist er beschäftigt.«

»Und was sollte er auch sonst tun, hm?« Faith schüttelte den Kopf. »Ich muss mein Benzin unter Verschluss halten. Klebstoff und Benzin haben ihm das Gehirn weggeätzt, der Arme.«

»Ich weiß. Und er ist so schüchtern. Aber vielleicht findet er ja irgendwo Arbeit.«

»Das hoffe ich. Sieh ihn dir nur mal an. Sechzehn, und so groß wie ein ausgewachsener Mann. Ich kann ihn nicht ewig mit durchfüttern. Er isst so viel *ugali* wie fünf von den Kleinen.«

Rose trat durch die offene Tür in einen der Wellblechschuppen. Die Matratzen und Schlafdecken der letzten Nacht waren säuberlich an einer Wand aufgestapelt, und stattdessen standen nun kleine Tische und Stühle im Raum. Die jüngeren Kinder beugten die Köpfe über ihre Schulbücher. Zwei von Faiths ehrenamtlichen Lehrerinnen gingen durch die Reihen und blieben hier und da stehen, um zu helfen.

Das nächste Zimmer, ein wenig kleiner, diente als Schulzimmer für die älteren Kinder. Dahinter lag der Schlafsaal für die älteren Jungen, wo sich Stockbetten jeweils zu dritt übereinander in den länglichen, schmalen Raum drängten – die obersten Betten lagen nur ein paar Handbreit unter dem Wellblechdach.

»Wie viel mehr kannst du noch unterbringen, Faith?«, fragte Rose, als sie zu Faith zurückkehrte, die gerade einem Kind im Vorschulalter das Haar bürstete.

»Kein einziges. Ich mache mir Sorgen wegen der Krankheiten, wenn es noch enger wird, weißt du, Tuberkulose, Hepatitis, und Gott weiß was wir uns aus dem Nairobi River einfangen könnten. Außerdem ist jedes Bett besetzt. Ich muss Kinder abweisen, die um einen Platz zum Schlafen bitten. Ich gebe ihnen zu essen, aber dann müssen sie zurück auf die Straße.« Faith blickte zu Rose auf. »Was kann ich tun, hm?«

Rose legte ihr eine Hand auf die Schulter. »Nicht mehr als das, was du bereits tust, Faith. Jedenfalls nicht ohne größere Unterstützung.«

Maina Githinji, Staatssekretär im Tourismus-Ministerium, hörte seiner Sekretärin zu, die ihm die Angelegenheiten des Tages vortrug. Zunächst einmal waren da die üblichen Bitten der Marketing-Abteilung um mehr Geld für ihre Werbekampagne. Diesmal sollte ein Spot im Stil eines Dokumentarfilms für den europäischen Markt gedreht werden. Nummer zwei war ein Brief von der Nationalpark-Verwaltung, die darauf hinwies, dass die fortgesetzte Wilderei in den Parks und Wildreservaten das touristische Kapital des Landes schädige, und wissen wollte, was sein Ministerium dagegen zu unternehmen gedenke. Am Ende der langen Liste erinnerte sie ihn daran, dass sein Vorgesetzter, Minister Bonaparte Nabutola, immer noch einen Bericht über Mainas Pläne für die Parteispendensammlung erwartete. Maina dankte seiner Sekretärin und antwortete ihr kühl, er werde sich darum kümmern.

Das Problem war, dass Maina keine Pläne *hatte,* wie er Spenden für die Partei sammeln sollte.

Üblicherweise organisierten die Anhänger eines hochstehenden Parteimitglieds ein *harambee,* eine Art kommunaler Benefizveranstaltung, um Beiträge für die Parteikasse zu sammeln. Aber Maina hatte keine solche Gruppe von Anhängern – abgesehen von einem Haufen alternder Soldaten, die nach ihren Jahren im Dschungel nun im ganzen Land verstreut lebten.

Seine Zeit bei den Mau-Mau hatte ihn von allen Bindungen zu Verwandten oder seinem Stamm abgetrennt, an die er sich sonst hätte wenden können.

In seinem Wahlkreis in der Mara war er praktisch unbekannt. Die aufsässigen Massai interessierten sich mehr für ihr Vieh als für sonst irgendetwas, ihren Regierungsvertreter eingeschlossen.

Maina glaubte, dass Kenyatta ihm diesen Wahlkreis zugewiesen hatte, um seinen jungen Staatssekretär auf die Probe zu stellen. Warum der neue Präsident es immer noch dabei beließ, war ihm nicht so klar. Vielleicht hoffte er, dass Maina sich an den Massai die Zähne ausbiss.

Seit Odhiambo Kenia nach dem Putschversuch von 1982 zu einem Einparteienstaat erklärt hatte, war es für Politiker wie Maina sehr einfach geworden, wiedergewählt zu werden. Die einzige Schwierigkeit lag darin, sich die Unterstützung der Lokalpolitiker für seine nächste Kandidatur zu sichern. Ohne eine erfolgreiche *harambee*-Spendenaktion würde das ungeheuer schwierig werden. Er brauchte unbedingt jemanden, der Einfluss auf die Massai hatte.

In seinem Stapel von Post fand er einen Brief von Harry Forsythe von Kipana Tours, der um einen Termin bat. Kip Balmain hatte sehr gute Verbindungen zu den Massai. Maina fasste einen Plan.

Maina Githinjis Versetzung von der Inneren Sicherheit zum Tourismus war ein zweideutiges Signal, was seine Zukunftsaussichten in der neuen Regierung anging. Manche sagten, die Versetzung sei eine Degradierung; andere hielten es für ein Zeichen des Vertrauens von Präsident Odhiambo, dass Maina nun für den neu geschaffenen, wichtigen Tourismus-Bereich zuständig war.

Mainas Amtssitz lag an der Kenyatta Avenue mitten in Nairobi, und hier warteten nun Kip und Harry, während die Empfangsdame ihren Chef informierte.

»Mr. Githinji wird Sie jetzt empfangen«, sagte die Sekretärin, nachdem sie aufgelegt hatte.

»Danke sehr«, sagte Harry mit süßlichem Lächeln.

Das Büro des Staatssekretärs war sogar noch größer als die Lobby. Maina saß hinter einem gewaltigen Schreibtisch. Hinter ihm blickte das vorgeschriebene Porträt des Präsidenten von Kenia streng von einer Wand herab, an der nichts anderes davon ablenken konnte.

Die jüngste offizielle Anweisung, es sei nicht mehr angemessen, die Porträts des letzten Präsidenten in Amtszimmern aufzuhängen, hatte Tausende Porträts von Kenyatta in die Mülltonne gebracht.

Ein Notizblock, eine edle und umfangreiche Schreibtischgarnitur und eine Akte, auf der Seite aufgeschlagen, wo der

Staatssekretär gerade schwungvoll unterschrieb, schmückten die glänzende Tischplatte des Ebenholztisches.

»Ah, Harry, Mr. Balmain, nur herein«, sagte Maina und wies auf die Stühle vor dem Schreibtisch.

»Danke, Herr Staatssekretär«, sagte Harry und deutete auf dem Weg zu dem zugewiesenen Stuhl eine kleine Verbeugung an. »Sie erinnern sich gewiss an Mr. Kip Balmain, den Geschäftsführer von Kipana Tours?«

»Aber natürlich. Schön, Sie wiederzusehen.« Maina streckte die Hand über den Schreibtisch, und die beiden Besucher schüttelten sie.

Harry begann mit seiner Vorrede, machte Maina Komplimente zu seinem Aufstieg ins Tourismusministerium, bedankte sich im Namen von Kipana Tours und stellvertretend für die gesamte Tourismusbranche dafür, dass die Regierung Kenia als Urlaubsland attraktiver machen wolle, und erklärte, wie wichtig es sei, dass die Tourismusunternehmen immer neue Urlaubsgebiete erschlössen. Damit hatte er sich in Stellung gebracht und wollte zum Grund ihres Besuches kommen, als der Staatssekretär ihn unterbrach.

»Wir sehen Sie nicht oft in Nairobi, Mr. Balmain.«

»Nein«, stimmte Kip zu. »Ich bin meistens zu sehr mit den Safaris und unseren Anlagen beschäftigt. Die Werbung und so weiter überlasse ich Harry.«

Maina riss die Augen auf. »Werbung und so weiter? Sie sind der Geschäftsführer von Kipana Tours. Da kann man einen Antrittsbesuch beim neuen Staatssekretär doch gewiss nicht als bloße *Werbeaktion* abtun?«

»Was Kip damit sagen wollte, Sir –«

»Ich weiß, was er damit sagen wollte, Harry.« Mainas strenge Miene wurde weicher, und er lächelte. »Unter alten Freunden darf man sich doch hin und wieder einen kleinen Scherz erlauben, oder?«

Harrys gequälte Miene wich einem erleichterten Lächeln. »Oh! Ha, ha. Ja … Ein Scherz … natürlich.«

Kip wunderte sich über die Formulierung »alte Freunde«. Er war ziemlich sicher, dass der Staatssekretär sich nicht einmal an ihn erinnerte – es war schließlich schon vier Jahre her.

Harry wandte sich an Kip und bemerkte mit aufgesetzter Heiterkeit: »Ein Scherz unter alten Freunden, was, Kip?«

Kip lächelte, Harry zuliebe.

»Harry«, fuhr Maina fort, »wäre es möglich, dass mein alter Freund Kip und ich uns kurz unter vier Augen unterhalten?«

Harry blieb der Mund offen stehen. »Eine Unterhaltung?«, fragte er mit einem Gesichtsausdruck, als sähe er seinem Untergang entgegen. »Sie wollten sich unter vier Augen mit Kip … unterhalten? Allein?«

»Wenn es Ihnen nichts ausmacht.«

»Gewiss. Natürlich! Unter vier Augen … mit Kip.« Er warf Kip einen flehentlichen Blick zu, bevor er sich zur Tür zurückzog. »Unbedingt. Ich bin dann …« Er ging rückwärts hinaus und schloss die Tür, ohne seinen Satz zu beenden.

»Er hat ganz recht, wissen Sie, Mr. Balmain?«

»Bitte, nennen Sie mich Kip. Inwiefern?«

»Was den Bedarf nach neuen touristischen Attraktionen angeht. Ferienanlagen wie die, die Sie in den Shimba Hills planen.«

Kip zog die Brauen in die Höhe. Der Staatssekretär hatte seine Hausaufgaben gemacht.

»Ein einmaliges Erlebnis für unsere Gäste aus Übersee. Eine Gelegenheit, mehr Devisen ins Land zu holen.«

»Genau«, stimmte Kip zu. Das stand wortwörtlich so in Harrys Brief.

»Ich weiß über Ihre Probleme mit den Behörden vor Ort Bescheid, Mr. … ich meine, Kip. Und ich möchte Ihnen helfen.« Er lehnte sich in seinem Chefsessel zurück, stützte die Ellbogen auf die Armlehnen und trommelte nachdenklich mit den Fingerspitzen. »Vielleicht können wir uns gegenseitig helfen?«

Kip wappnete sich, denn nun würde wohl die Verhandlung um das Bestechungsgeld beginnen.

»Sie sind Geschäftsmann – ein erfolgreicher Geschäftsmann«, fuhr Maina fort, »und mein Geschäft ist die Politik, die in vielerlei Hinsicht ganz ähnlich funktioniert.«

»Und der Zwang, ein entsprechendes äußeres Erscheinungsbild zu wahren, ist sicher kostspielig«, sagte Kip und biss die Zähne zusammen.

Mainas Blick sank von einem Punkt irgendwo an der Decke auf Kip herab. Seine nachdenkliche Miene wich einem Ausdruck der Verwirrung. »Ich fürchte, ich verstehe nicht ganz«, sagte er stirnrunzelnd.

»Wir können uns das Vorgeplänkel sparen, Herr Staatssekretär. Ich bin in der Erwartung hierhergekommen, ein gewisses Teegeld berappen zu müssen.«

»Ich fürchte, Sie missverstehen mich, Mr. Balmain.«

»Ach ja? Aber so funktioniert das doch bei euch Politikern, oder nicht?« Er lächelte über Mainas Anstrengung, pikiert dreinzuschauen. »Reden wir nicht länger um den heißen Brei herum. Sagen Sie mir einfach, wie viel Sie wollen, verdammt noch mal, dann können wir weiterreden.«

»Das ist das ewige Gejammer der *wazungu*, schon seit der *uhuru*, nicht wahr? Schuldig bis zum Beweis des Gegenteils.

Das Urteil fällt immer gegen den ›gierigen, betrügerischen Schwarzen‹ aus. Sie wollen wissen, wie viel?« Die Adern an seinen Schläfen pulsierten. »Sie fragen mich, wie viel? Lassen Sie sich gesagt sein, wenn ich es ernst meinen würde, könnten Sie sich meine Hilfe gar nicht leisten. Verstanden? Ihr Geld würde Ihnen gar nichts nützen.«

»Wenn je irgendwer jammert, dann sind das inkompetente Schwarze wie Sie selbst, die versuchen, einer fairen Kritik auszuweichen, indem sie jeden, der nicht ihrer Meinung ist, als Rassisten brandmarken.«

»Sie wagen es, in mein Büro zu kommen, mich um Hilfe zu bitten und mir dann erst Betrug und jetzt auch noch Inkompetenz vorzuwerfen?« Githinjis Augen funkelten. »Sie undankbarer ... Ich könnte Ihren Laden zusperren lassen. Ich könnte Sie aus dem Land werfen lassen.«

Kip reckte entschlossen das Kinn. »Nur, weil Sie von einem korrupten Wahlsystem profitieren, haben Sie noch lange kein Recht, über mein Leben zu bestimmen oder mir zu drohen. Ich bin kenianischer Staatsbürger. Und Sie sind ein Diener des Volkes.«

Githinji kochte jetzt. »Dein Diener! Du, du ... Ich bin nicht dein Diener! Sieh dich nur mal an! Du hast dich kein bisschen verändert, seit du ein rotznasiger Bengel warst. Ich hätte dich damals töten können!«

»Was ...? Wovon zum Teufel sprechen Sie überhaupt?«

»Damals im Busch am Mount Kenya.«

Kip starrte ihn an.

»Du bist Kip Balmain vom Equatorial Hotel. Der kleine *mzungu*, der keine weißen Freunde hatte, mit denen er spielen konnte, und deswegen zu den Kikuyu auf Grearsons Farm kam.«

»Du! Du bist es also doch! Ich habe dich für tot gehalten. Euch alle. Nach dieser Nacht ...«

»Nach dieser Nacht, als die Bürgerwehr meine Familie bei lebendigem Leib verbrannte. Wolltest du das gerade sagen?«

Kip starrte ihn an. »Ja«, sagte er, wie vor den Kopf geschlagen. Die Ähnlichkeit war offensichtlich. Aber er konnte Maina nicht mit einem Kind assoziieren, das er schon längst für tot gehalten hatte.

»Tja, ich bin nicht dort gestorben. Ich – ich bin hier.«

»Wir haben nach dir gesucht, nach euch allen, aber ... wie ... wie hast du überlebt?«

»Überlebt? Niemand würde das überleben nennen. Im Dschungel war es die reinste Hölle. Die Mau-Mau haben für kleine Jungen keine Ausnahmen gemacht.«

»Du kannst damals nicht älter als dreizehn gewesen sein.«

»Zwölf.«

Kip erinnerte sich, dass er nach dem Verlust seines einzigen Gefährten – er konnte ihn nicht direkt als Freund bezeichnen – am Boden zerstört gewesen war. Als er gehört hatte, dass die Bürgerwehr dieses Verbrechen begangen hatte – Männer seiner eigenen Hautfarbe –, hatte Kip sich mitschuldig gefühlt. Die weißen Kenianer waren sein Stamm.

»Ich ... war entsetzt über das, was deiner Familie geschehen ist. Es tut mir sehr leid, dass wir nicht helfen konnten.«

Maina klappte die Akte auf seinem Schreibtisch zu. »Niemand konnte uns helfen. So hat man das damals gemacht. Die Zeiten waren eben so.«

Kip rieb sich das Kinn. »Hör mal, vielleicht war ich gerade eben etwas voreilig. Du wolltest mich um etwas bitten, und ich ... also, was wolltest du sagen?«

Mainas Augen blitzten immer noch, aber nun atmete er tief

durch. »Du hast Einfluss bei den Massai im Gebiet am Rand der Mara. Ich brauche deine Unterstützung.«

»Wie meinst du das?«

»Wie du vermutlich weißt, bin ich der gewählte Vertreter des Mara-Wahlkreises.«

Kip wollte kein Interesse an Lokalpolitik bekunden. Als er stumm blieb, fuhr Maina fort: »Du giltst bei diesen Leuten als wichtiger Mann.«

»Als Arbeitgeber, ja«, erwiderte Kip vorsichtig. »Und wir schicken unsere Busse in die Massai-Dörfer, damit unsere Gäste dort Souvenirs kaufen.«

»Und die Massai verdienen ganz gut daran. Deshalb hast du Einfluss auf sie, und auf ihre Oberhäupter.«

»Das mag sein.«

Maina nickte. »Dann will ich zur Sache kommen. Es geht um eine *harambee* für die Partei. Ich bitte dich darum, bei den Oberhäuptern der Massai ein gutes Wort für mich einzulegen, damit sie meine Wahl sponsern.«

Kip hatte sehr früh im Leben gelernt, mächtigen Leuten zu misstrauen. Es machte ihn skeptisch, dass Maina in einer so wichtigen Angelegenheit um seine Unterstützung bat. Das war ungewöhnlich. »Warum sollte ich das tun?«, fragte er zurückhaltend.

»Wie gesagt, wir sind doch beide Geschäftsleute, du und ich. Du hilfst mir, ich helfe dir.«

Kip erinnerte sich nur zu gut daran, wie geschickt der junge Kikuyu ihn früher manipuliert hatte, und er glaubte nicht, dass die Jahre im Urwald mit den Mau-Mau diese Fähigkeit geschmälert hatten. Aber er fand, seine Unterstützung bei der Organisation einer *harambee* bei den Massai war ein fairer Tausch für Mainas Unterstützung bei der Genehmigung seiner neuen Jungle Lodge. Allerdings war ihm klar, dass Githinji verzweifelt sein musste, und das brachte ihn auf den Gedanken, dass er ihm ein weiteres Zugeständnis abringen könnte.

»Ich werde sehen, was ich tun kann. Ich kenne jedes Oberhaupt der Massai, von Narok bis zum Mara River, und zwar persönlich.«

»Gut. Das ist genau das, was ich brauche.«

»Du hast mich missverstanden.«

Maina runzelte die Brauen. »Was soll das heißen?«

»Ich wollte damit sagen, wie viele von ihnen kennst *du?*«

Der Staatssekretär griff nach seinem Stift und betrachtete ihn eingehend. »Das sind Massai. Würdest du erwarten, dass sie einen Kikuyu willkommen heißen?«

»Du könntest es versuchen. Du könntest sogar mal versuchen, ihnen zuzuhören. Sie brauchen wirklich Hilfe.«

»Was denn für Hilfe?«, fragte der Staatssekretär argwöhnisch.

»Grundlegende Dinge. Die Gesundheitsversorgung ist ein großes Problem. Die Kliniken verschwinden eine nach der anderen.«

Maina saß eine Weile schweigend da und spielte mit dem Stift in seiner Hand. Dann schien er zu einem Entschluss gekommen zu sein. Er beugte sich vor und bat: »Sag mir, mit wem ich sprechen sollte.«

# Kapitel 50

Langsam legte Rose den Hörer auf und starrte dann das Telefon an. Er war da: der Model-Auftrag, vor dem ihr gegraut – und von dem sie geträumt hatte.

Harry Forsythe hatte ganz wie der alte Harry geklungen. Er hatte so getan, als seien seit ihrer letzten Begegnung nicht vier Jahre vergangen, sondern hatte gleich seine Nummer abgezogen und sie ein wenig verspätet zu Hause in Nairobi willkommen geheißen. Ihr Agent hatte es ihr überlassen, direkt mit dem Kunden zu verhandeln, aber als sie Harry anrief, rechnete sie halb damit, dass der es sich bereits anders überlegt haben könnte – wie so oft. Aber Harry bestand darauf, dass sie genau die Richtige für diesen Job sei – einen Werbefilm für Kipana Tours. Kips Kipana Tours.

Ganz kurz hatte sie daran gedacht, den Auftrag abzulehnen. Das war ein Luxus, den sie sich erst in jüngster Zeit leisten konnte, da sie nach ihrer Rückkehr aus London kaum Geld gehabt hatte.

Es war schwierig gewesen, in London etwas zurückzulegen. Als sie sich endlich aus der Gosse befreit und wieder im Model-Geschäft etabliert hatte, stellte sie fest, dass ihr vernarbtes linkes Bein die Art von Aufträgen, für die sie in Frage kam, stark einschränkte. Die Modelagenten lobten zwar alle ihre umwerfenden Gesichtszüge und fanden die Geschichte von dem Krokodilangriff in ihrer Kindheit sehr interessant, ja sogar aufregend, aber für den Laufsteg brauchten sie makellose Beine. Rose verlegte sich auf die weniger glamourösen Seiten ihres Berufs, drehte Werbespots oder erschien bei Make-up-Präsentationen im Laden.

Nach der Rückkehr aus London hatte sie Wochen gebraucht, um ihren ersten Auftrag als Model zu bekommen; Monate, bis sie genug verdiente, um aus Akellos Wohnung auszuziehen. Mit sechsundzwanzig war sie auch schon aus dem besten Model-Alter heraus. Es waren die Achtzehnjährigen, nach denen sich alle rissen, wenn die neuesten Trends der Teenager-Mode über Ostafrika hinwegrollten. Rose nahm jeden Auftrag an, der ihr angeboten wurde. Sie hatte schon überall Aufnahmen gemacht, von Samburu im Norden bis nach Tansania im Süden; von der Küste bis zum großen See.

Sie hatte Kip seit ihrer Rückkehr aus London nicht gesehen, und zwar, weil sie es nicht wollte.

Harry erklärte, er habe sie für diese neue, große Werbekampagne ausgesucht, gab aber später zu, dass es eigentlich keine Werbung für Kipana Tours werden sollte, sondern ein Werbefilm des Tourismusministeriums, der nur in Kips Anlage in der Mara gedreht wurde. Das bestätigte ihren Verdacht, dass es nicht Kips Idee gewesen war, sie zu engagieren. Vermutlich wusste er nicht einmal, dass sie wieder in Kenia war.

Harry sagte, das sei eine großartige Chance für sie – sie würde das Gesicht der Kampagne werden. Zweifellos war es ein toller Auftrag, aber das war nicht der Grund, weshalb Rose schließlich zusagte. Ihr graute vor dem Augenblick, wenn sie Kip gegenüberstehen würde und ihm erklären musste, was sie in London getan hatte, aber sie sehnte sich danach, ihn wiederzusehen.

Als Harry sie in seinem Land Cruiser zu Hause abholte, hatte sie sich bereits zum dritten Mal umgezogen, und sie ließ ihn warten, während sie wieder etwas anderes anzog, diesmal ein Outfit, dem man den Reiseschmutz nicht so ansehen würde.

Es hatte wohl nichts genützt. Als sie vier Stunden später in der Mara Escarpment Lodge ankamen, fühlte sie sich, als hätte sie in einem Sandsturm gestanden.

Dann erhaschte sie einen Blick auf Kip. Er wirkte bemerkenswert ruhig und unterhielt sich gerade mit ein paar Arbeitern im Garten, am Rand des Teiches. Sie hingegen war ein nervöses Wrack, also stürzte sie in ihr Zelt und versuchte, zumindest äußerlich zu retten, was zu retten war.

Eine halbe Stunde später trat sie in einer weißen Stretchhose und dem rosaroten Top, das ihre Hautfarbe am besten zur Geltung brachte, wieder aus dem Zelt, doch Kip war verschwunden.

Kip saß im Staub in der prallen Sonne und verscheuchte Fliegen, während ein Massai-*moran* nach dem anderen die Diskussion weiterspann, ob sie für die Kameras der *mzungu* posieren sollten. Eine Debatte unter Massai war eine zwanglose Unterhaltung, die meist recht emotionslos geführt wurde, was ein Glück war, denn die Krieger gingen nirgendwohin ohne ihre Kriegskeulen, die langen Speere und die grausamen kurzen Klingen, *simi* genannt, für den Nahkampf.

Aus jahrelanger Erfahrung wusste Kip, dass die Verhandlungen mit den Massai um ihre Mitwirkung bei dem Werbefilm viel Zeit in Anspruch nehmen würden. Das lag nicht etwa daran, dass sie nicht mitmachen wollten – die jungen Krieger waren sogar ziemlich eitel und freuten sich auf die Chance, zu tanzen und ihre Fähigkeiten bei der Jagd zur Schau zu stellen. Der Grund war vielmehr, dass jeder Gelegenheit erhalten musste, sich an diesem kooperativen Prozess zu beteiligen. So funktionierte die Demokratie bei den Massai.

Normalerweise hätte Kip viel Geduld dafür gehabt, aber ihm war heiß, und die Fliegen waren heute schlimmer als gewöhnlich. Vor allem jedoch hatte Rose' Ankunft am frühen Nachmittag ihn durcheinandergebracht. Er hatte sie ja erwartet, war aber nicht darauf vorbereitet gewesen, welche Wirkung sie nach vier Jahren noch auf ihn haben würde.

Sie sah besser aus, als er sie aus dem kalten, grauen Licht Londons in Erinnerung hatte. Ihr Körper war nicht mehr ganz so mager wie jener, der sich mit einer Leidenschaft, an die er sich nur zu gut erinnerte, unter ihm gewunden hatte. Die paar zusätzlichen Pfunde hatten ihre Brüste noch üppiger gemacht und ihre Hüften noch schöner gerundet. Energisch schob er das Bild von sich, als sein eigener Körper darauf zu reagieren begann.

Er ärgerte sich, als er daran dachte, dass sie ihn bei ihrer Ankunft gesehen hatte, aber sofort in ihrem Zelt verschwunden war, statt zumindest so viel Anstand zu haben, ihn zu begrüßen.

Das Schweigen um ihn herum riss ihn aus seinen Gedanken.

»Wie bitte?«, stammelte Kip und spürte die Blicke des gesamten Kreises auf sich gerichtet. Sie warteten darauf, dass er auf irgendeine Frage antwortete. »Entschuldigung, was haben Sie gerade gefragt?«

Der Wortführer wiederholte seine Frage. »Wir sind übereingekommen, dass wir tanzen werden, und wir werden Ihre

Löwen aufspüren. Unser erster Preis lautet: drei Kühe und fünf Ziegen.«

Kip nickte nachdenklich. Den Preis gab sein Budget locker her, aber er würde eine weitere halbe Stunde damit zubringen müssen, über den Preis zu verhandeln. Sonst würde er ihren Respekt verlieren. Da die Regierung den Massai verbot, einen Löwen zu töten, was zum Initiationsritual der jungen Männer gehörte, war ihnen die begehrte Löwenjagd versagt. Seine Bitte, einen Löwen zu finden und so zu tun, als würden sie ihn töten, war eine willkommene Gelegenheit.

Wenn die Preisverhandlungen abgeschlossen waren, stand ihm eine weitere schwierige Aufgabe bevor: Er musste die Massai, die einen sehr engen Horizont hatten, dazu überreden, dass sie ihrem gewählten Vertreter aus Nairobi zuhörten, den er ihnen in ein paar Tagen vorstellen würde.

Kip seufzte und sagte: »Ach ... Ich bedauere, Bruder, aber das ist viel zu teuer.«

Der Wortführer nickte und wechselte ein paar Worte mit den anderen im Kreis. Bald darauf wandte er sich wieder an Kip. »Wir können über diesen Preis sprechen«, sagte er und nickte ermunternd, »aber meine Brüder wollen zuerst wissen, wie viele Löwen gebraucht werden.«

Auf der Rückfahrt zur Lodge rief sich Kip die Punkte ins Gedächtnis, die er bei der unvermeidlichen Begegnung mit Rose zur Sprache bringen wollte. Er hatte schon ein Dutzend Herangehensweisen konstruiert und wieder verworfen, von verletzter Empörung bis hin zu kühlem Desinteresse. Seine neueste Taktik beruhte darauf, die Probleme direkt anzusprechen; er würde fest und entschieden sein, aber nicht die Beherrschung verlieren.

Er würde methodisch vorgehen, die Ereignisse in London kurz zusammenfassen und damit erklären, warum er allen Grund gehabt hatte, so plötzlich abzureisen. Vor allem aber würde er seine Würde bewahren.

Er sah sie nicht, als er den Empfangsbereich durchquerte, und hastete zu seinem Zelt. Er wollte ihr nicht unbedingt aus dem Weg gehen, aber er wollte ihr lieber gegenübertreten, wenn er geduscht und sich umgezogen hatte. Aber Rose überraschte ihn.

»Hallo, Kip«, sagte sie und erschreckte ihn trotz ihrer leisen Stimmlage.

»Oh! Hallo, Rose.«

»Entschuldige, ich wollte mich nicht so heranschleichen. Habe ich dich erschreckt?«

»Erschreckt? Mich? Nein, überhaupt nicht ... Ich war nur gerade ... unterwegs.« Im Stillen verfluchte er sich. *Was für ein jämmerlicher Anfang,* dachte er. Er hatte seine sorgfältig zurechtgelegte Gesprächseröffnung völlig ruiniert – er hatte kühl, aber auf reservierte Art freundlich wirken wollen. »Wie geht es dir, Rose?«

»Mir geht es gut. Es ist schön, dich zu sehen, Kip. Du siehst gut aus.«

»Danke. Du auch.«

Um die Wahrheit zu sagen, sie sah sensationell aus.

»Hast du es gerade eilig?«, fragte sie.

»Äh ... nein. Ich wollte nur schnell duschen. Vor dem Abendessen.«

»Oh, kein Problem. Ich will dich nicht aufhalten.«

»Du hältst mich nicht auf.«

»Wirklich nicht? Hast du nicht gerade gesagt, du wolltest duschen?«

»Ja, schon, aber ich … Was gibt es denn?« Wieder zuckte er innerlich zusammen. Er hatte ihr die Initiative überlassen. Dieses Gespräch lief überhaupt nicht so, wie er es geplant hatte.

»Ich habe … Ich wollte nur … Hier.« Sie hielt ihm ein Bündel Geldscheine entgegen.

»Was soll das?«, fragte er und schob die Hände in die Taschen, ohne das Geld anzurühren.

»Das sind die hundert Pfund, die ich mir in London, äh, von dir geliehen habe.« Sie blickte auf die Hand voll Pfundnoten hinab, statt ihm in die Augen zu sehen. »Seitdem trage ich sie mit mir herum.«

»Ich will das Geld nicht. Glaubst du etwa, es wäre mir nur darum gegangen?«

»Ja. Nein«, stammelte sie. »Ich weiß nicht. Ich war damals so durcheinander. Und als ich wieder ins Hotel kam, um es dir zu erklären, warst du weg.«

»Es hat nicht so ausgesehen, als würdest du mich lange vermissen.«

»Wie meinst du das?«

»Ich meine, dass ich dich am selben Abend noch mit deinem Freund gesehen habe. Arm in Arm wie alte Vertraute.« Er versuchte, nicht boshaft zu klingen, aber der gemeine Unterton schlich sich trotzdem ein.

»Freund? Ich weiß nicht, wovon du sprichst.«

»Rose, ich habe keine Ahnung, warum du das Geld gestohlen hast –«

»Ich habe es nicht gestohlen. Ich … es war ein Notfall, und ich hatte keine Zeit, es dir zu erklären.« Ihre Augen schwammen in Tränen.

»… und es mag sein, dass du einen guten Grund dafür hattest, aber ich dachte damals, das mit uns wäre etwas Besonderes … etwas Bedeutendes.«

»Das war es. Ich habe es auch gefühlt, und wir –«

»Aber als ich dich mit diesem Kerl gesehen habe, war mir klar, dass du mich nur zum Narren gehalten hast. Du warst nur hinter meinem Geld her. Gott sei Dank bin ich noch halbwegs rechtzeitig dahintergekommen.«

Tränen liefen ihr übers Gesicht. »Wie kannst du so etwas sagen?«, fragte sie fassungslos. »Wie kannst du glauben, ich wäre so … so …« Sie wirbelte herum und rannte zu ihrem Zelt.

Faith Mburu ging die staubige Gasse in Mathare entlang nach Hause, so niedergeschlagen, dass sie nicht einmal mehr die Kraft aufbrachte, die Kinder vom Spielen in dem stinkenden Wasser abzuhalten, das sich in einem riesigen Schlagloch quer über die Straße gesammelt hatte. An einem guten Tag hätte sie ihnen erklärt, wie gefährlich es war, in den Pfützen und Tümpeln zu spielen, in denen sich das Abwasser von Dutzenden provisorischer Hütten an der Straße sammelte. Aber heute fehlte ihr selbst dazu die Energie. Sie hatte ihre ganze Kraft bei dem Versuch verbraucht, Mr. Kalonzo von der Stadtverwaltung davon zu überzeugen, dass er endlich ein Standrohr in ihrer Straße aufstellen ließ.

Es war eine nie endende Aufgabe, die Kinder von den fauligen Löchern zu vertreiben, weil es in Mathare hunderte, vielleicht Tausende solcher mit Wasser gefüllter Schlaglöcher gab.

Jedes einzelne enthielt eine möglicherweise tödliche Dosis an Cholerabakterien oder sonst einer fürchterlichen Krankheit. Stattdessen fand sie sich damit ab, die Durchfälle und infizierten Wunden zu behandeln, wenn die Mütter mit ihren kranken Kindern vor der Tür standen.

Als sie das Haus erreichte, wartete Moses am Gartentor auf sie.

»Wo ist sie?«

»Wo ist wer, Moses?«, fragte sie, obwohl sie die Antwort schon kannte.

»Rose? Wo ist Rose?«

»Sie ist heute nicht hier, Moses.« Seine Vernarrtheit wurde allmählich lästig. Er kam sehr früh, wenn er wusste, dass Rose an dem Tag hier sein würde, und er ging erst wieder, wenn auch Rose gegangen war. An den Tagen, an denen Rose nicht kam, lungerte er herum und störte die anderen Kinder beim Lernen, bis Faith ihn verscheuchte. »Hast du denn nichts Besseres zu tun, als wie ein Bettler hier am Tor zu stehen?«

»Aber sie hat gesagt, dass sie am Dienstag kommt. Jetzt ist schon Dienstag, und sie ist nicht da. Sie hat doch gesagt, dass sie kommt.«

Moses hatte vermutlich ihre Unterhaltung mit Rose belauscht, bei der sie das vereinbart hatten. Doch seitdem hatten sich Rose' Pläne geändert. »Sie ist für ein paar Tage auf Safari gegangen, Moses. Jetzt geh weg und stör die Kinder nicht beim Unterricht.«

»Auf Safari? Wohin? Sie hat doch gesagt, sie kommt hierher.«

»Es geht dich nichts an, wo sie ist, hier ist sie jedenfalls nicht.«

Moses wirkte panisch. Sie hatte Mitleid mit ihm und sagte: »Sie ist oben in der Massai Mara mit einem Mann, der Filme macht. Und jetzt geh.« Faith schüttelte den Kopf und ging den Pfad entlang, vorbei an einem Klassenzimmer, in dem ein Chor Kinderstimmen die Siebenerreihe aufsagten.

Moses rang die Hände und sah Faith nach, die zum Haus ging. Seine Gedanken überschlugen sich. Wie konnte Rose ihn vergessen und mit einem anderen Mann weggehen? Was würde sie in der Massai Mara mit ihm machen?

Er hatte keine Ahnung, was die Massai Mara sein könnte, aber er stellte sich einen wunderschönen Ort mit Blumengärten vor, und Wasserfällen, und Leuten, die neben einem Swimmingpool einen Drink serviert bekamen, wie die, die er in seinen Zeitschriften gesehen hatte.

Er ging auf dem Bretterweg vor dem Schulzimmer auf und ab. Die ehrenamtliche Lehrerin rief: »Moses? Wenn du nicht hereinkommen möchtest, geh bitte von der Tür weg.«

Er starrte sie einen Moment lang an und rannte dann zum Tor. Rote, rasende Wut überkam ihn. Das Good Shepherd Home hatte ihn schon wieder betrogen. Sie hätten ihm sagen müssen, dass sie verreisen würde. Sie hätte ihn vielleicht gern dabeigehabt; stattdessen war sie mit dem Mann mit der Kamera weggefahren. Er, Moses, war ihr Freund, ihr Beschützer. Wie konnte sie ohne ihn da hinfahren?

Er raste durch das Tor hinaus und die löchrige Straße entlang zur Brücke, wo er unter einem Mast im Dreck scharrte.

Rasch schraubte er die Plastikflasche mit der goldenen Flüssigkeit auf und schnüffelte kräftig daran. Sein Kopf drehte sich. Er atmete noch einmal tief ein.

Die Welt verschwamm.

Rose trat aus einem roten Nebel auf ihn zu.

# Kapitel 51

Maina folgte Kip durch das Tor in der Dornenhecke, die das *enkang* der Massai schützte. Er kam sich vor wie Daniel in der Löwengrube. Mürrische Frauenaugen spähten aus jeder Hütte nach ihm, während die *morani* in Gruppen beisammenstanden und mit vernichtend arroganten Blicken den Kikuyu maßen, der es wagte, ihr Revier zu betreten.

Er hatte eine Hose und ein schlichtes, am Kragen offenes Hemd angezogen. Dann hatte er befunden, dass er zu sehr nach Geschäftsmann aussah, und noch ein paar Perlenketten und anderen Kleinkram hinzugefügt. Das war ihm immer noch nicht passend erschienen, und im letzten Moment hatte er sich einen Kikuyu-Speer geschnappt, den er im Wald bei den Mau-Mau geschenkt bekommen hatte.

Als Kip ihn in dieser Montur gesehen hatte, hatte er nur gesagt: »Bist du wahnsinnig?«

»Wenn ich in ein Massai-Dorf reinspaziere, will ich nicht aussehen wie ein Großstadt-Kikuyu«, hatte er erwidert. »Außerdem bedeuten die Straußenfedern Frieden.«

Kip hatte zweifelnd dreingeblickt. »Ich hoffe, die *morani* kennen das Symbol auch.«

»Ganz sicher«, hatte er erwidert.

Als er jetzt in den Kreis wild dreinblickender junger Männer schaute, hoffte er, dass diese *morani* mit den Gebräuchen der Kikuyu ebenso vertraut waren wie ihre Väter.

Die Koppeln in der Mitte der *boma* waren leer, doch der durchdringende Gestank nach Viehdung und Urin zog gewaltige Schwärme von Fliegen an, die sich überall niederließen, wo sie Feuchtigkeit zu finden hofften.

Maina und Kip schlugen vergeblich nach ihnen, doch die Massai und ihre Kinder, deren Lippen und Augenwinkel praktisch von Fliegen bedeckt waren, ließen sich davon nicht stören. Maina spürte den beinahe unwiderstehlichen Drang, die Biester von den laufenden Nasen und tränenden Augen der Kinder zu verscheuchen; viele dieser Augen waren rot von Entzündungen.

Die Massai und die Kikuyu waren seit Generationen verfeindete Nachbarn – fast schon seit der Zeit, als die Massai vor Jahrhunderten den Afrikanischen Grabenbruch entlang hierhergezogen waren. Sie stahlen einander das Vieh und entführten einander die Frauen. Rachefeldzug folgte auf Rachefeldzug, bis die Briten kamen und die *Pax Britannica* erzwangen. Der Waffenstillstand hielt bis zur Unabhängigkeit, doch danach kam es wieder zu sporadischen blutigen Unruhen – der jüngste Zwischenfall hatte sich erst vor den letzten Wahlen ereignet.

Als die neue Regierung ihnen einen Kikuyu als »Volksvertreter« aufgezwungen hatte, hatten die Massai geschäumt vor Wut. Diesen Affront verziehen sie Kenyatta nie, und bis zum heutigen Tag hatten sie ihren Abgeordneten noch nie auf ihrem Land geduldet.

Maina war sich bewusst, welches Risiko Kip einging. Er hatte seine Glaubwürdigkeit aufs Spiel gesetzt, um die stolzen Stammesältesten zu dem Zugeständnis zu bewegen, dass er Maina in ihr *enkang* bringen durfte. Für sie beide bestand die Gefahr, dass Maina unabsichtlich etwas sagte oder tat, das die kaum verhüllte Feindseligkeit der Krieger ausbrechen ließ.

Sie blieben vor der Hütte in der Mitte stehen. Maina nahm an, dass der *laibon* und seine Hauptfrau hier wohnten.

»Wo ist er?«, flüsterte Maina.

»Sie lässt dich warten.«

»Sie? Ich dachte –«

»Nicht hier. Dies ist Naisuas *enkang*. Ich dachte, du bräuchtest eine Generalprobe bei Leuten, die dir gewogen sind, bevor wir in den feindseligeren Dörfern weitermachen.«

»Feindseliger?« Maina sah sich kurz um. Jeder Blick schien pures Gift auf ihn zu schießen. Selbst die älteren Kinder, die sich die stumme Feindseligkeit der Erwachsenen zum Vorbild nahmen, spielten mit ihren Hirtenstäben und funkelten ihn düster an.

»Da kommt sie«, machte Kip ihn flüsternd aufmerksam. »*Sopa,* Naisua.«

»*Hepa,* junger Kip. Willkommen.« Sie musterte Maina, bevor sie ihn in fließendem Kisuaheli ansprach. »Das ist also unser Mann in Nairobi.« Das war nicht als Frage gemeint, und er antwortete auch nicht, doch die alte Frau sah ihn weiter abschätzend an. »Mein Freund hat um einen großen Gefallen gebeten, deshalb ist es Ihnen heute gestattet, hier zu sein. Ich hoffe, Sie wissen das zu schätzen. Und da Sie diese Reise zum ersten Mal unternommen haben, hoffe ich, Sie haben uns etwas zu sagen.«

Maina war beeindruckt von der alten Frau. Bei den Massai war das Reden meist den Männern vorbehalten.

»Ich bin gekommen, um zu sprechen, aber auch, um zuzuhören«, sagte er.

»Zuhören zu können ist eine seltene Gabe. Haben Sie sie?«

Im ersten Moment erschien sie sehr gebrechlich. Die meisten Frauen, die ihr hohes Alter erreicht hatten, würden sich auf die Zeit vorbereiten, wenn der Stamm sie zum Sterben von der Siedlung wegführte. Doch während sie mit ihm sprach, bemerkte Maina eine innere Stärke, die aus den durchdringenden schwarzen Augen der Frau zu leuchten schien.

»Wenn Sie es mir erlauben, kann ich es Ihnen hoffentlich beweisen«, sagte er schließlich.

Naisua nickte und erlaubte sich ein kleines Lächeln, das ihre Falten kaum merklich vertiefte. Sie wandte sich an ihren Stamm und hob die Hände, die aussahen wie zarte Vogelknochen, mit altem Pergament bespannt. Die Menge, die während der Unterhaltung noch angewachsen war, wurde mucksmäuschenstill. Ihre dünne Stimme hob sich und erreichte sie alle. Nachdem sie mit ihrem Dorf gesprochen hatte, trat sie ohne ein weiteres Wort zurück und bedeutete ihm mit einem Nicken, dass er beginnen konnte.

Maina ließ den Blick über die versammelte Menge schweifen und unterdrückte das Bedürfnis, schwer zu schlucken. Die *morani* standen in kleinen Gruppen beieinander, die Speere locker an der Seite. Alte Weiber kauten auf ihren pflanzlichen »Kaugummis« und spuckten aus. Nirgends war ein freundliches Gesicht auszumachen. Er blickte sich kurz nach Kip um, der nervös wirkte, aber ermunternd nickte. Sein Ruf stand hier ebenso auf dem Spiel wie Mainas.

Maina trat einen Schritt vor und blieb aufrecht stehen. Er hob den Speer mit einer Hand über den Kopf und begann mit fester Stimme zu sprechen. »Ich bin ein Kikuyu.« Augenblicklich war ihm alle Aufmerksamkeit sicher.

»In der Vergangenheit waren wir Feinde, ihr und ich. Wir

haben gekämpft. Wir haben Frieden geschlossen. Wir haben den Frieden gebrochen und wieder gekämpft.

Ich bin ein Kikuyu. Das kann ich nicht ändern. Aber auch wenn ich es könnte, würde ich es nicht tun.« Er machte eine kurze Pause und versuchte, sein Publikum einzuschätzen. Es herrschte vollkommene Stille. »Ich würde es nicht ändern wollen, denn ich bin stolz darauf, ein Kikuyu zu sein. Ebenso wie ihr stolz darauf seid, Massai zu sein.

Wir« – er schwenkte den Speerarm in einem großen Kreis, der alle Anwesenden umfasste – »müssen uns unseren Stolz bewahren. Der Stolz und das Selbstvertrauen, das er mit sich bringt, helfen uns, Schwierigkeiten zu überwinden.

Ich bin in den vergangenen Tagen durch das Land der Massai gereist, und ich sehe, dass es euch genauso geht wie vielen Kenianern heute. Ihr durchlebt schwierige Zeiten. Das ist keine Schande. Viele von uns müssen Leid ertragen. Aber wir sind eine neue Nation, und wir haben nur einander, die gemeinsam etwas ändern können.

In den alten Tagen, bevor viele von euch geboren wurden«, wandte er sich nun an die jungen Krieger, »haben wir Kikuyu euch überfallen, unsere Nachbarn, um uns zu holen, was wir brauchten, wenn die Zeiten hart waren. Oder ihr Massai habt uns überfallen. Damit begann der Kreislauf des Blutvergießens. Am Ende hat dabei niemand gewonnen. Mütter haben ihre Söhne verloren. Männer haben ihre Väter und Freunde verloren. Im Krieg verliert jeder.

Nicht so heute. Heute sind wir nicht Kikuyu oder Massai, nicht Luo oder Turkana … wir sind Kenianer.« Er reckte das Kinn. »Wir sind Kenianer, und es ist so, wie der *Mzee* gesagt hat: *Uhuru. Harambee.* Wir sind frei; helfen wir einander!«

Er machte eine Atempause. Aus der Menge war kein Laut

zu hören. Er erwartete von Massai keine Zurschaustellung von Gefühlen, aber es war beunruhigend, so gar keinen Anhaltspunkt für ihre Stimmung zu bekommen. Es war möglich, dass er im Begriff war, ihren Zorn zu mörderischer Raserei aufzustacheln. Er spielte um einen hohen Einsatz.

»Ich bitte euch nicht, mich zu mögen. Sogar alte Feinde können stolz Seite an Seite stehen. Ich bitte euch nur um die Chance, euch, meinen ehemaligen Feinden, ein guter Nachbar sein zu dürfen.

Ich habe im Land der Massai viele traurige Dinge gesehen, und was ich heute hier sehe, macht mich ebenfalls traurig. Ich sehe kranke Kinder.« Er ließ den Blick über den Halbkreis der Frauen schweifen. »Ich sehe Kinder, die in der Schule sein sollten, es aber nicht sind. Ich sehe Alte, die schwach sind und Hilfe brauchen.

Ich bin nur ein einzelner Mann, und ich kann nicht versprechen, dass ich die Welt an einem Tag verändern werde, oder auch in einem Monat. Es wird vielleicht Jahre dauern, manche Dinge zu verändern, aber es wird gar nichts geschehen, wenn niemand einen Anfang macht. Wenn ihr es mir erlaubt, werde ich einen Anfang machen. Ich werde mir eure Schwierigkeiten anhören. Ich werde alles tun, was in meiner Macht steht.« Er hob den Kopf, um die gesamte Menge zu überblicken. »Das verspreche ich euch.

Ich habe genug gesagt. Nun möchte ich zuhören.« Er ließ seinen Speer sinken.

Niemand rührte sich. Niemand sprach. Maina blickte in die Menge, suchte nach jemandem, der vielleicht nur ein wenig Ermunterung brauchte, um etwas zu sagen. Doch der Ausdruck ihrer Augen hatte sich überhaupt nicht verändert.

Schließlich trat Naisua neben ihn. Sie begann in der Sprache der Massai zu reden, und ihre dünne Stimme war auf dem gesamten Platz zu hören. Als sie fertig war, sagte sie zu Maina: »Wir haben zugehört. Wir haben dich verstanden.« Sie wandte sich ab.

Maina war am Boden zerstört. *Ist das alles?*, dachte er.

Doch sie wandte sich an Kip und sagte: »Er hat nicht gelogen. Er ist ein guter Redner.« Mit einem schiefen Lächeln drehte sie sich wieder zu Maina um und fügte hinzu. »Und wir haben dich gehört. Wir werden nach Nairobi kommen, wenn wir bereit sind, dir unsere Anliegen vorzutragen. Dann werden wir sehen, ob du ebenso gut zuhören kannst, wie du sprichst. Bis dahin werden wir unser *harambee* abhalten, wir werden dir Vieh schicken und das Geld, damit du deinen Posten behalten kannst.«

Der Wunsch nach einer Tasse Tee führte Kip auf die Terrasse, die als Speiseraum diente. Harry und Patrick, der Regisseur, waren schon da und unterhielten sich gerade angeregt.

»Kip, sie ist ein Naturtalent!«, sagte Harry, als Kip sich zu ihnen setzte.

»Ach ja?« Kip nahm an, dass er von Rose sprach. Harry und Patrick hatten am Vormittag in der Mara gedreht.

»Un-be-dingt, bei Gott! Ich sage dir, sie kommt auf dem Bildschirm rüber, dass man ihr glatt aus der Hand fressen würde. Hab ich nicht recht, Patrick?«

»Durchaus.« Patrick nickte begeistert. Patrick O'Mara war der Regisseur dieses Projekts – er hatte an der Kunsthochschule von Nairobi studiert – und, soweit Kip das feststellen konnte, ein Mann ohne ein einziges Haar am Körper. Kopf, Augenbrauen, Beine und, so vermutete Kip, alles dazwischen, wurden täglich kahl rasiert.

»Im Ernst, Kip, Patrick hat ihre Rolle in dem Film noch ausgebaut, so dass sie jetzt im Mittelpunkt der gesamten Produktion steht. Er brauchte kaum eine Aufnahme zu wiederholten, so gut macht sie das. Und auf dem Bildschirm kommt sie noch umwerfender rüber als sonst.«

»Klingt, als wärst du verliebt?«

»Leider, leider will sie Harry heutzutage nicht mehr an sich ranlassen. Muss meinen Zauber verloren haben.«

»Ein Jammer. Was hat unser kleiner Star denn als Nächstes auf dem Programm stehen?«

»Morgen machen wir nur ein paar ergänzende Aufnahmen«, sagte Patrick. »Sie können natürlich gern mitkommen, aber Ihr großer Beitrag kommt ja erst bei den Massai-Szenen, und dem Löwen.«

»Übermorgen wäre gut. Ich brauche noch ein bisschen Zeit, um Mainas Tour de Massai zu Ende zu bringen.«

»Da wir gerade von Maina sprechen, hier ist er.«

Maina hatte sein Politikerlächeln aufgesetzt. »Guten Tag, alle miteinander«, sagte er und nickte zur Begrüßung.

»Wie war die Safari?«, fragte Kip.

»Das war keine Safari«, sagte Maina und setzte sich an den langen Tisch. »Ich war in Narok und habe die dortige Klinik inspiziert.«

»Tatsächlich?«, entgegnete Kip und wechselte einen Blick mit Harry. Kip hatte bemerkt, dass Mainas Einstellung sich seit dem Auftritt in Naisuas *enkang* verändert hatte. Er schien sich tatsächlich für das zu interessieren, was er in den verschiedenen Dörfern, die sie besuchten, von den Leuten hörte.

»Meine Herren«, sagte Patrick und beugte sich über den Tisch vor. »Wenn Rose kommt, gehe ich die letzten paar

Szenen noch mal durch. Ich kann Ihnen jetzt schon sagen, dass ich mit den Fortschritten bisher sehr zufrieden bin, aber es könnte ein Problem mit der großen Löwenszene geben.«

Dieser Teil des Films sollte etwas von der Kultur der Massai zeigen und mit einer gestellten Löwenjagd enden, die Rose zugleich einen dramatischen Hintergrund für ihre Sätze in die Kamera bieten würde.

»Was denn für ein Problem?«, fragte Maina.

Patrick machte eine dramatische Pause und sah sie reihum direkt an, bevor er sagte: »Sie weigert sich, es zu machen.«

»Was!«, rief Harry aus.

»Anscheinend mag sie keine Tiere.«

»Mag keine verdammten Tiere?«, fluchte Harry. »Aber sie ist Afrikanerin, zum Teufel!« Er warf Maina einen Blick zu. »Entschuldigen Sie, Maina.«

»Genau das hat sie gesagt«, fuhr Patrick fort. »Sie mag keine Tiere, aber unter einer Bedingung würde sie es machen.«

»Und die wäre?«, fragte Harry begierig.

»Sie hat gesagt, sie würde die Szene machen, wenn –«

»Da kommt sie«, sagte Kip.

»Okay, überlasst das mir, Leute. Harry kriegt sie in den Griff.«

»Viel Glück«, murmelte Kip, als er Rose' Gesichtsausdruck bemerkte. Ihre Miene sah aus wie ein drohendes Unwetter.

Rose warf Kip einen kurzen Blick zu, ließ sich dann auf einen Stuhl fallen, verschränkte die Arme und wartete darauf, dass jemand das Wort ergriff.

»Danke, dass du gekommen bist, Rose«, begann Harry. »Patrick möchte gerade die letzten Szenen durchgehen, auch den großen Höhepunkt mit den Massai, und –«

»Ich gehe nicht mal in die Nähe eines Löwen.«

»Aber, Schätzchen … warum denn nicht?«

»Ich mag keine Löwen. Ich mag überhaupt keine wilden Tiere. Ich traue ihnen nicht. Lasst mich da raus.«

Harrys Lächeln wirkte kränklich. »Aber natürlich kannst du Löwen trauen, Liebes. Wir sind doch dabei. Kip wird mit einem Gewehr da sein, und dazu ein Riesenhaufen Massai, mit Speeren und allem Drum und Dran.«

Rose schlug ein langes Bein über das andere, offenbar entschlossen, auf ihrem Nein zu beharren. Doch ebenso plötzlich nahm sie das Bein wieder herunter und beugte sich auf ihrem Stuhl vor. »Ich mache es. Unter einer Bedingung.«

Harry wechselte einen Blick mit Kip und Maina, bevor er sagte: »Okay. Welche?«

Sie wandte sich an Maina. »Du hilfst mir dabei, in Mathare ein Standrohr installieren zu lassen.«

# Kapitel 52

Rose, in einem prächtigen goldfarbenen Kleid mit schmaler Taille, das ein langes Bein enthüllte – das makellose rechte Bein – stand neben Patrick, während die Massai ihren Kreis um ein Gebüsch enger zogen, in dem sich angeblich ein Löwe versteckte.

Nicht einmal Kip, der mit Harry und Naisua hinter Rose und den Kameraleuten stand, bemerkte, dass da tatsächlich ein Löwe war. Maina hatte darauf bestanden, bei den Aufnahmen an diesem Nachmittag dabei zu sein, doch er hielt sich lieber in dem relativ bequemen Minibus auf, der neben dem Lastwagen der Filmcrew ein paar Meter weiter im Schatten der Bäume stand.

Kip trug sein Gewehr bei sich, als Vorsichtsmaßnahme gegen unerwartete Schwierigkeiten, doch sein Blick wurde immer wieder zu Rose hingezogen, statt dass er nach einem Löwen Ausschau gehalten hätte. Seit dem Streit in der Lodge vor zwei Tagen gingen sie höflich, wenn auch nicht herzlich miteinander um. Er fand diese angespannte Stimmung zwischen ihnen scheußlich, und es ärgerte ihn, dass er die Vertrautheit ihrer kurzen, himmlischen Zeit in London immer noch schmerzlich vermisste.

Harry beugte sich hinüber und flüsterte Kip ins Ohr: »Ich wette, diese Massai machen sich einen Spaß mit uns. In dem kleinen Busch da ist doch nie ein Löwe.«

Kip lächelte. »Hast du an dem Tag, als wir uns in Nairobi kennengelernt haben, nicht etwas Ähnliches gesagt – kurz, bevor der Löwe uns angegriffen hat?«

Harry kicherte leise. »Da hast du recht, mein Bester. Zwei Kinder im großen, wilden Wald, das waren wir.«

»Sprich bitte nur für dich selbst. Du …«

Ein knurrendes Fauchen unterbrach ihn. Die Massai hatten den Löwen aus seinem Versteck aufgescheucht und umzingelt und schüttelten nun drohend die Speere, um ihn aus der Deckung zu treiben. Es war ein prächtiges Männchen mit voller schwarzer Mähne, die in der Sonne schimmerte, als die mächtigen Schultermuskeln sich in Wut und Angst anspannten. Der Löwe duckte sich, fauchte und versuchte einen Scheinangriff, doch der geschlossene Kreis der Massai hielt.

Der Regisseur postierte Rose hastig vor der Kamera, so dass er die Szene mit dem Löwen und den Massai über ihre Schulter hinweg einfangen konnte. Die Kamera begann zu laufen, doch dann rief Patrick: »Schnitt! Sie da!« Er deutete auf den *moran*, der der Kamera am nächsten stand. »Aus dem Weg, verdammt!«

Der Massai drehte sich um. Der Regisseur wedelte mit den Armen. »Ich kann den verflixten Löwen nicht sehen! Weg da!«

So war das nicht geplant gewesen. Kip trat vor, doch der Löwe nutzte seine Chance. Er schoss auf die Lücke zu, wo der *moran* beiseitegetreten war, und sprang auf den Kameramann und Rose zu.

Kip riss sein Gewehr hoch, aber Rose stand in der Schusslinie. Er warf sich auf sie und riss sie zu Boden, und der Löwe, eher auf Flucht aus denn auf Rache, setzte über sie hinweg.

Kip war sofort wieder auf den Beinen, das Gewehr im Anschlag, aber der Löwe hielt auf die Bäume zu, die Deckung versprachen.

Maina trat in die Lücke zwischen dem Minibus und dem Lastwagen, um nachzusehen, was der Lärm zu bedeuten hatte. Er stand direkt im Fluchtweg des Löwen.

»Maina! Runter!«, brüllte Kip und zielte. Er durfte den Löwen nicht verfehlen, denn Maina stand mit dem flüchtenden Tier in einer Linie. Kip zögerte einen Sekundenbruchteil zu lange, bevor er schoss. Der Löwe sprang Maina an und riss ihn mit sich zu Boden.

Die beiden verschwanden in einer Staubwolke, doch als Kip einen Moment später dort ankam, war der Löwe tot, und Maina lag stöhnend neben ihm. Seine Kleidung war zerfetzt, und sein helles Tropenhemd tränkte sich mit Blut.

Der Nachthimmel war bewölkt, doch wenn der Mond durch eine Lücke schien, streckten sich die langen, scharf umrissenen Schatten der Eukalyptusbäume über den kahlen Boden der Savanne. Irgendwo im Busch hatte eine Hyäne das Blut gewittert und gab ihr ekelhaftes Kichern von sich.

Harry war mit dem Minibus zur Lodge gefahren und hatte versucht, den Flying Doctor Service zu alarmieren, aber da es hier draußen keine Möglichkeit gab, bei Nacht zu landen, machte sich Kip wenig Hoffnung, dass die medizinische Hilfe vor Tagesanbruch hier sein würde. In der provisorischen Unterkunft, die die *morani* aufgebaut hatten, kümmerte Naisua sich im Schatten einer Petroleumlampe um Maina. Sie hatte ihm ein Gebräu aus irgendwelchen Kräutern gegeben, das ihn in leichten Schlaf versetzt hatte. Ab und zu wachte er halb auf, stöhnte und murmelte vor sich hin.

Kip streckte die Hand nach dem Topf mit kochendem Wasser auf der Feuerstelle aus und warf ein paar Teebeutel hinein. »Möchtest du Tee, Rose?«, fragte er.

Sie hob den Blick von den tanzenden Flammen und sagte seufzend: »Ja, danke.«

Er goss zwei Becher Tee ein und reichte ihr einen.

»Weiß sie, was sie tut?«, fragte sie, und ihre Stimme war heiser von der überstandenen Aufregung.

»Wie bitte?«

»Die alte Frau – versteht sie etwas von Medizin?«

»Naisua? Rein gar nichts, jedenfalls nicht von Medizin in unserem Sinne, aber sie hat drei Generationen von Massai zusammengeflickt, und nach allem, was ich gehört habe, macht sie das sehr gut. Außerdem ist sie unsere einzige Hoffnung.«

»Ich finde immer noch, wir hätten ihn mit dem Lastwagen zur Lodge transportieren sollen.«

»Dann wäre er inzwischen am Blutverlust gestorben. Zumindest konnte Naisua die Blutung stoppen, und sie hat ihm etwas gegen die Schmerzen gegeben.«

Die Stimme der alten Frau erhob sich zu einem heiseren Singsang. Kip konnte sehen, wie sie mit den Händen über Mainas reglosem Körper durch die Luft strich. »Ich sehe mal nach, wie es ihm geht.«

»Ich auch«, sagte Rose, stand auf und streckte sich. Sie trug noch das goldfarbene Kleid, hatte sich aber Kips Decke um die Schultern gewickelt.

Sie mussten unter den Palmwedeln durchkriechen, die das Dach der Schutzhütte bildeten. Drinnen verbreitete duftender Rauch einen angenehmen Geruch und hinterließ einen scharfen Geschmack auf Kips Zunge. Die Augen der alten Frau leuchteten unheimlich und glitzerten im Licht der

Laterne. Sie saß im Schneidersitz neben Maina und starrte ins Leere, während sie in Trance vor sich hin sang. Sie wiegte den geschorenen Kopf von einer Seite zur anderen, während ihre zerbrechlichen Hände die silbrig grünen Blätter des *leleshwa*-Kampferbusches über seinen nackten Oberkörper und seine Glieder führten.

Kip bemerkte, dass Mainas Hautfarbe gar nicht gesund wirkte; sie war von einem leblosen Grau. Der Ernst der Lage war unverkennbar – Maina stand an der Schwelle des Todes.

Kip war klar, dass Naisua die Blutung und die Folgen des durch den starken Blutverlust entstandenen Schocks gestoppt hatte und nun vor der Herausforderung stand, die eigentlich unvermeidliche Infektion zu verhindern. Die Klauen eines Löwen hatten kleine Furchen, in denen oft Fleischreste früherer Opfer hingen. Kip hatte schon Männer binnen weniger Stunden an Blutvergiftung sterben sehen und fragte sich, wie wirksam die Medizin der alten Massai, ihre *dawa*, unter diesen Umständen sein konnte. Er hatte einige Geschichten über die Magie der Alten gehört, war aber skeptisch. Aberglaube oder die Wirkung des *chang'aa* – des selbst gebrannten Schnapses – waren vermutlich eher dafür verantwortlich, dass die Leute an diese Heilung glaubten.

Naisua beendete ihren Gesang. Ihre Augen schlossen sich, und als sie sie wieder öffnete, war das Feuer daraus verschwunden. An seine Stelle war schiere Erschöpfung getreten. Ihr ausgemergelter Kopf schien auf einmal zu schwer für ihren Körper zu sein, und sie brach vornüber zusammen – ein Bündel aus Ellbogen, Armen und spitzen Schulterblättern.

Maina gab ein Stöhnen von sich, er hob den Kopf und rieb sich die Augen.

Kip rückte ein Stück vor. »Maina? Bist du wieder unter

uns?« Die Haut des Afrikaners hatte wieder einen gesünderen Farbton.

Maina runzelte die Stirn, sah sich um, und sein Blick blieb an Kip hängen. Gleich darauf sagte er: »Ich hätte dich töten können, weißt du?«

Kip war nicht sicher, ob Maina noch von den Kräutern der Alten benebelt war. »Du redest Unsinn. Ruh dich aus.«

»Da waren keine Waldschweine. Ich habe dich dorthin geführt, um dich zu töten, weil ich einen Eid geschworen hatte. Aber ich war schwach. Ich konnte es nicht.«

Kip nickte und lächelte. »Mach dir keine Gedanken – sieht so aus, als würdest du es doch überleben. Vielleicht bekommst du ja noch eine Chance.«

Maina lächelte und schlief ein.

Es war schon fast Mitternacht, als sie Maina in ein Bett in der Lodge schafften. Falls Naisua sich durch die sterilen Verbände, die Rose ihm anlegte, beleidigt fühlte, gab sie das nicht zu erkennen. Sie ließ sich von einem ihrer jungen *morani* auf den Lastwagen helfen, der die Massai zu ihrem *enkang* zurückfahren sollte.

Rose ging langsam zum offenen Esszimmer und merkte, dass Kip ihr folgte. Sie war erschöpft, wusste aber, dass sie zu aufgedreht war, um zu schlafen. Die Nacht war immer noch vom eisigen Gefühl einer überstandenen Katastrophe geprägt. Das Geschehen hatte sie entsetzt.

Von weit unten am Fluss drang das gesellige Brummen einer Elefantenherde herauf, vermischt mit dem Brüllen eines Nilpferdbullen im Kampf mit einem Rivalen. Das erinnerte sie zusätzlich daran, ohne dass sie diese Mahnung gebraucht hätte, wie leicht Afrika zuschlagen und eine Unvorsichtigkeit mit dem Tod bestrafen konnte. Sie erschauerte und zog Kips Decke enger um sich.

»Kalt?«, fragte Kip.

»Nein, es ist nur … ich weiß auch nicht … Manchmal habe ich das Gefühl, dass da draußen irgendjemand oder irgendetwas ist, das nur darauf wartet, sich auf mich zu stürzen.«

»Es war ein harter Tag. Morgen fühlst du dich besser.«

»Ich glaube nicht, dass ich schlafen kann. Noch nicht.«

»Wie wäre es mit einem kleinen Schlaftrunk?«

Sie war erleichtert, dass er dieses Angebot vorbrachte. In ihrem gegenwärtigen Zustand hätte sie es nicht ertragen, allein zu sein. »Das wäre schön. Einen Cognac, bitte.«

»Gern.« Er schlenderte zur Bar. Sie liebte seine Art zu gehen; es war kein großspuriges Stolzieren, drückte aber eine Selbstsicherheit aus, als gebe es nichts, was er nicht schaffen könnte. Er wirkte im Busch immer wie zu Hause.

Er reichte ihr einen Cognacschwenker. »Cheers«, sagte er leise.

»Ja, Cheers«, entgegnete sie.

Nachdem sie einen Schluck getrunken hatte, fragte sie: »Hast du immer alles so unter Kontrolle, Kip?«

»Wie meinst du das, unter Kontrolle?«

»Ich meine, bist du dir immer sicher, dass du das Richtige tust, die richtige Entscheidung triffst?«

»Natürlich nicht. Na ja … ich tue mein Bestes und berücksichtige möglichst alle Fakten.«

»Was, wenn du nicht alle Fakten kennst?«

»Dann gründe ich meine Entscheidung auf die, die ich habe.« Er nippte an seinem Drink und warf ihr einen forschenden Blick zu. »Du sprichst nicht von heute, nicht wahr? Es geht nicht um den Löwenangriff oder um Maina.«

»Wie meinst du das?«

»Es geht um dich und mich in London, richtig?«

»Das könnte sein.«

»Das dachte ich mir.«

»Es könnte sein, dass du damals einen großen Fehler gemacht hast.«

»Das glaube ich nicht.«

»Du glaubst es nicht, weil du dir immer so sicher bist. Aber, wie du gerade zugegeben hast, du kennst manchmal auch nicht alle Fakten, und vielleicht ist die Entscheidung, die du dann triffst, falsch.«

»In London waren die Fakten eindeutig. Du hast mein Geld genommen und bist mit deinem Freund verschwunden. Ganz einfach.«

»Ich habe das Geld genommen, ja, aber der Mann war nicht mein Freund. Ich konnte mir nicht erklären, warum du mir das neulich vorgeworfen hast. Dann ist es mir wieder eingefallen. Der Mann, mit dem du mich gesehen hast, war mein Bruder. Er hat mir in jener Nacht geholfen, nach Hause zu kommen.«

»Dein Bruder?« Er schwieg einen Moment. »Ich wusste nicht … Ich habe deinen Bruder nie kennengelernt.« Er wirbelte die Flüssigkeit in seinem Glas herum und sah zu, wie sie das Licht einfing. »Warum hast du das Geld genommen, Rose?«

Als sie das Thema angesprochen hatte, war ihr klar gewesen, dass es hierauf hinauslaufen musste. Sie war überzeugt davon, dass sie die Sache bereinigen musste, ganz egal, wie die Konsequenzen aussehen mochten.

»Ich war drogensüchtig«, begann sie. »Und bin in der Gosse gelandet.« Sie ließ ihm einen Moment Zeit, das aufzunehmen, und erzählte ihm dann die ganze Geschichte, wie Müdigkeit, Frustration und schließlich Verzweiflung sie zu Kokain und Heroin geführt hatten.

»Ich habe dafür keine Entschuldigung, ich war selbst schuld daran.« Sie holte tief Luft. »Da waren Männer«, sagte sie und wagte einen raschen Blick, um seinen Gesichtsausdruck einschätzen zu können. Seine Miene drückte eher Mitgefühl als Abscheu aus. »Aber wenn man etwas dringend genug braucht, dann tut man alles … alles, um es zu bekommen.«

»Rose, das brauche ich nicht so genau zu wissen«, sagte er. »Viel wichtiger ist, ob du darüber hinweg bist?«

»Ich habe keine Drogen mehr angerührt, seit ich die Klinik damals verlassen habe. Nicht einmal eine Zigarette.«

»Ich wusste überhaupt nichts davon.«

»Natürlich nicht.«

Schweigen.

»Es tut mir leid, dass ich dich wegen diesem letzten Abend in London zu Unrecht verurteilt habe«, sagte er, »aber du hättest es mir sagen müssen. Ich hätte dir helfen können. Ich dachte, da wäre etwas zwischen uns, das stärker gewesen wäre als alle Probleme. Ich hätte etwas für dich tun können.«

»Ich hätte es dir sagen sollen – ja, da hast du recht. Aber du hättest nichts für mich tun können. Ich musste mich aus eigener Kraft davon befreien. Das ist die einzige Möglichkeit. Und ich habe es geschafft.«

»Da war etwas zwischen uns in London, oder nicht, Rose?«

»Ich … ich glaube schon.«

»Ist es für immer verloren?«

Sie konnte diese Frage nicht beantworten – weder für ihn noch für sich selbst. Alles hing davon ab, ob Kip sie so akzeptieren konnte, wie sie war – nun, da er alle ihre menschlichen Schwächen kannte – oder nicht.

# Kapitel 53

Rose! Rose? Bist du das?«

»Ja, hier spricht Rose. Wer ist da – Faith?«

»Ich bin es, Faith. Rose? Hallo?«

»Ja, Faith, was ist denn?«

»Kannst du mich hören, Rose? Hallo?«

»Ja, ich höre dich!«, rief Rose. »Was ist los?«

»Rose? *Aki ya mungu!*«, fluchte Faith.

»Faith … Hier ist Rose. Kannst du mich hören?«

»*Mzee!*« Faith hatte offenbar den Hörer vom Ohr genommen und schimpfte nun mit jemandem. »*Mzee!* Dieses Telefon ist kaputt. *Aki ya mungu,* ich kann die Person am anderen Ende nicht hören. Was? Und ich habe Ihnen schon zwanzig Shilling gegeben. Sie können was erleben, wenn ich jetzt nicht durchkomme. Das ist ein Notfall!«

Die Verbindung brach ab.

Ein Notfall. Rose wusste, dass es wirklich wichtig sein musste, weil Faith sehr ungern das Telefon benutzte – vor allem, weil sie in der Tankstelle an der Ecke dafür bezahlen musste.

Sie schnappte sich ihren Autoschlüssel und eilte hinaus.

Rose' Peugeot holperte und rumpelte über die Schlaglöcher, die durch den Regen in letzter Zeit noch schlimmer geworden waren. Sie fluchte leise. Es würde Monate dauern, bis die

Stadt einen Planiertrupp schickte, der zumindest die schlimmsten Löcher auffüllte.

Als Rose in die Straße abbog, an der das Waisenhaus lag, sah sie zu ihrem Erstaunen einen städtischen Lastwagen, der in der Nähe des Tors stand. Vier Männer sahen zu, wie zwei weitere neben dem hinteren Zaun des Waisenhauses ein tiefes Loch aushoben. Als sie vor dem Haus parkte, sah sie, dass das Loch unter dem Zaun hindurch verlief, und auf der anderen Seite stand Faith, die von einem Ohr zum anderen grinste.

»Rose! Da bist du ja. Ich habe gerade noch einmal versucht, dich anzurufen, aber dieses blöde Telefon ... Sieh doch nur!«, sagte sie und zeigte auf den Graben. »Unsere Wasserleitung ist da!«

»Bist du sicher, dass er kommt, Harry?«, fragte Rose, die am Tor des Good Shepherd Home stand und die Hände rang.

Harry ging auf der Straße vor dem Tor auf und ab. »Das will ich hoffen, sonst ist mein Name bei der Presse keinen Pfifferling mehr wert«, sagte er und warf einen nervösen Blick auf die kleine Gruppe von Reportern, die er dazu überredet hatte, dem Ereignis beizuwohnen. »Es ist mir ein Rätsel, dass du mich dazu überreden konntest, das zu arrangieren, Rose.«

»Das liegt daran, dass du ein guter Mensch bist, Harry, und du weißt, dass ich die Publicity für unser Bauprojekt brauche.«

»Tja, wenn er nicht auftaucht oder aus der Nummer hier nichts wird, kannst du jegliche Hilfe vom Tourismusministerium vergessen, von der Presse ganz zu schweigen.«

Seit er Maina, Rose und Kip zu dieser Tourismus-Promotion zusammengebracht hatte, war Harry zum inoffiziellen Publicity-Berater für alle drei geworden.

»Sind Sie sicher, dass er kommt, Harry?« Diesmal war es Faith Mburu.

»Ach, nicht Sie auch noch, Faith. Harry kriegt schon beim bloßen Gedanken daran Sodbrennen.«

»Ihr Sodbrennen ist mir egal, aber was ist mit meinen Kindern? Sie warten in ihren Klassenzimmern, frisch geschrubbt und in ihren besten Kleidern. Wir haben eine Woche lang unser Lied geübt.«

»Ich weiß, ich weiß, Faith. Ich kann nachts schon nicht mehr schlafen. Dieses verflixte Lied ist ein Ohrwurm. Wie war das noch? *Wir lieben Sie, Mister Maina. Wir lieben Sie von ganzem Herzen. Wir lieben Sie, Mister Maina. Der Gute Hirte segne Sie.*« Harry verdrehte die Augen gen Himmel. »Und das alles für eine lausige Wasserleitung und ein Standrohr!«

»Zwei«, verbesserte ihn Faith.

»Ja, gut, zwei.« Harry nickte. »Wie haben Sie es eigentlich geschafft, das zweite Standrohr draußen vor dem Zaun zu bekommen?«

»Das war Rose. Sie hat den Leuten gesagt, dass die ganze Nachbarschaft sonst bei uns das Wasser holen würde, und dass es eine sehr gute Tat wäre, draußen vor dem Zaun auch eines aufzustellen.«

»Der Kasten Bier hat sicher geholfen«, sagte Rose lächelnd.

Harry bemerkte, wie einer der Journalisten den Ärmel zurückschob, um auf die Uhr zu schauen. »Ich wünschte, ich hätte auch einen Kasten Bier für die Jungs von der Presse.«

Harry wollte sich gar nicht ausmalen, wie Maina sich aufführen würde, wenn er hier ankam und ihn niemand erwartete außer einem Haufen schmuddeliger Kinder.

Moses versuchte aufzustehen, fiel aber wieder hin und kullerte das steile Ufer unter der Brücke hinunter, wo die Koma Rock Road den Nairobi River überquerte. Kurz vor dem fauligen Gewässer, das als Abwasserkanal für halb Mathare diente, blieb er liegen. Er kam taumelnd auf die Füße und krabbelte mit glasigen Augen zur Straße hoch. Auf der Koma Rock Road hupten ihn erzürnte Autofahrer an, als er halb auf den Fahrstreifen taumelte.

Die letzte Nacht, und den heutigen Tag bis jetzt auch, hatte er in rauschhaften Träumen verbracht, nachdem er erfolgreich eine Tankstelle überfallen hatte. Mit einer rostigen *panga* und wild rollenden Augen hatte er den Tankwart dazu gebracht, ihm einen Kanister Benzin zu zapfen und ihm die Einnahmen des Tages in die Tasche zu stopfen. Als i-Tüpfelchen hatte Moses sich noch ein paar Tuben Klebstoff und scharfe Putzmittel geschnappt.

Wieder hatten sich seine Träume um Rose gedreht. Diesmal war sie ein Engel in einem langen, weißen Gewand mit einem Gürtel aus geflochtenen Goldfäden. Ihre großen, fein befederten Flügel hatten seinem schwitzenden Körper Luft zugefächelt, während er zwischen den leeren Plastikflaschen und Einkaufstüten unter der Brücke gelegen hatte.

Nun führte ihn sein Weg zum Good Shepherd Home. Es drängte ihn dorthin, obwohl das Good Shepherd nicht mehr sein Zuhause war und Faith ihm auch nichts mehr zu essen gab, wie sie es immer getan hatte, noch lange nachdem er das Haus hatte verlassen müssen. Nein, unterschwellig hoffte er nur, Rose zu sehen – seinen Engel.

Er merkte, dass es regnete. Eigentlich hatte es schon den ganzen Tag lang geregnet, und er war nach dem halbstündigen Fußmarsch bereits völlig durchnässt.

Ein kleiner Junge flitzte zwischen den Autos auf der Kreuzung herum und verkaufte den Vorbeifahrenden Zeitungen und Zeitschriften. Moses hatte es aufgegeben, diesen Spießrutenlauf im morgendlichen Stoßverkehr mit einem Stapel feuchter, eselsohriger Zeitschriften unter dem Arm. Niemand wollte etwas von ihm kaufen. Die kleineren Jungen machten das Geschäft und bekamen die Trinkgelder.

Es war das genaue Gegenteil, wenn er versuchte, in den Fabriken um Mathare Arbeit zu finden. Moses war zwar groß und stark, aber es waren die älteren Männer mit mehr Erfahrung, die eine Stellung bekamen. Manche verscheuchten ihn auch nur mit einem gebrummten »*zumbukuku*«. Aber er war nicht verrückt; er brauchte nur eine Chance, ihnen zu zeigen, was in ihm steckte.

Genauso war es bei Rose. Sie nahm ihn nicht ernst, obwohl sie doch wissen musste, wie sehr er sie liebte. Wenn er nur eine Chance bekam, würde sie ihn besser kennenlernen und ihn auch lieben.

Er trat an den Straßenrand, als ein großes schwarzes Auto von hinten kam. Es platschte durch die Schlaglöcher und spritzte schmutziges Wasser auf seine schlammverkrusteten Schienbeine.

Der Wagen blieb ein Stück weiter vor dem Tor des Good Shepherd Home stehen. Moses schlurfte weiter und versuchte, einen Blick auf die Insassen zu erhaschen. Der Fahrer trat zackig an die hintere Tür und hielt sie auf, damit ein wichtiger Mann in einem schwarzen Anzug aussteigen konnte.

Moses stand im Matsch und sah zu, wie Rose den Mann

begrüßte. An ihrer Seite war ein weißer Mann, der sehr freundlich zu Rose war. Zu allen.

Moses starrte ihn fassungslos an. Rose hatte einen anderen gewählt! Wie konnte sie das tun, obwohl sie doch wusste, dass er sie liebte?

Nach einer Weile gingen Rose, ihr weißer Freund und der schwarze Mann im Anzug vorsichtig zwischen den schlammigen Pfützen hindurch und verschwanden durch das Tor. Moses stand da wie angewurzelt, vor Erstaunen stand ihm der Mund offen. Was hatte das zu bedeuten? Liebte Rose einen anderen? Und ausgerechnet einen *mzungu?*

Er sank auf die Knie und schlug auf das dreckige Wasser ein, bis es braun zu schäumen begann.

Der Umschlag kam von einem Anwaltsbüro und war an »Rupert Laikipia Balmain« adressiert. Das sah nach schlechten Neuigkeiten aus. Als er den Poststempel sah, wusste er, was ihn erwartete.

Er nahm den Brief mit zum Sofa vor dem Fenster und las:

*Betreff: Nachlass von Marie Agnes Balmain*
*Sehr geehrter Mr. Balmain,*
*ich vertrete die Kanzlei Metcalfe, McGrath, Murdock und Neave, welche als Testamentsvollstrecker den Nachlass der verstorbenen Mrs. Marie Agnes Balmain verwaltet. Wie Sie zweifellos wissen, verstarb Mrs. Balmain am 3. September 1986.*
*Gemäß ihres Testaments, welches in unserem Büro am 14. August 1985 festgehalten und unterzeichnet wurde, haben wir einen beeidigten Gutachter beauftragt, eine Liste der vorhandenen Vermögenswerte aufzustellen.*

*Eine Kopie dieses Berichts liegt diesem Schreiben bei, und wie Sie daraus ersehen können, umfasst der Nachlass im Wesentlichen:*
*ein Gebäude, Holzbauweise, bestehend aus vier (4) Zimmern sowie einer öffentlichen Bar (»Equatorial Hotel«);*
*diverse Einrichtungsgegenstände, Geschirr, Besteck, diverse Küchenutensilien, Ziergegenstände etc.;*
*ein Sparkonto der Barclays Bank, derzeitiger Kontostand: 7500,- Kenianische Shillinge;*
*persönliche Gegenstände (Kleidung, Schmuck etc.);*
*Hoteleinrichtung und -ausstattung (wie Gläser, Stühle etc.);*

Kip blätterte rasch die angehängten Dokumente durch. Da war eine Kopie von Maries Totenschein, auf dem als Todesursache »Koronarthrombose« vermerkt war, und der Bericht des Gutachters. Darin stand, dass der Wert der Immobilie, des Inventars und Mobiliars folgendermaßen geschätzt worden war:

*… als praktisch wertlos bezeichnet werden. Daher kann der Nachlass nur auf den Wert des Grundstücks beziffert werden, welchen ich zum aktuellen Zeitpunkt mit etwa 30 000 Pfund Sterling ansetzen würde.*

Eine weitere Anlage bezog sich darauf, dass Marie den Namen Balmain geführt hatte. Darin wurde darauf hingewiesen, dass der Name nicht auf ihrer Heiratsurkunde erschien, die Polter als ihren Mädchennamen nannte. Der Name auf dem Totenschein lautete Sullivan, was, wie in dem Brief erklärt wurde, der Nachname ihres geschiedenen Mannes

Ernest sei. Der Anwalt habe sich jedoch davon überzeugt, dass alle drei Namen ein und dieselbe Person bezeichneten.

Kip kehrte zu dem Anschreiben zurück, das mit den Worten schloss:

*Da Sie der allein Begünstigte in Mrs. Balmains Testament sind, bitten wir Sie, sich baldmöglichst unter oben angegebener Adresse mit uns in Verbindung zu setzen und uns mitzuteilen, wann Sie uns behilflich sein könnten, die Angelegenheit abzuschließen.*
*Hochachtungsvoll*
*David Sparkes*
*Rechtsanwalt*

# Kapitel 54

Harry biss in seinen Toast und gratulierte sich erneut zum Bericht auf der Titelseite des *Standard* von heute Morgen. Neben einem Foto von Maina, dem gerade von einem der niedlichen Waisenkinder ein Becher Wasser gereicht wurde, stand genau die Art öffentlichkeitswirksamer Story, die er Maina versprochen hatte:

*Mr. Maina Githinji, Staatssekretär des Tourismusministeriums und Abgeordneter des Mara-Wahlkreises, besuchte gestern die Kinder des privaten Good Shepherd Home und verkostete das Wasser aus dem ersten Standrohr im östlichen Mathare, das an die öffentliche Trinkwasserversorgung angeschlossen wurde.*

*Mr. Githinji, der auf obigem Foto gerade Wasser vom vierjährigen Timothy Ondieki entgegennimmt, erklärte, er sei stolz darauf, sich an den Bemühungen zu beteiligen, den vielen wasserlosen Haushalten in Mathare Zugang zu sauberem Trinkwasser zu ermöglichen.*

*Er lobte die Angestellten der Stadtverwaltung für ihre gute Arbeit und die Gründerin des Waisenhauses, Mrs. Faith Mburu, für ihren großartigen Einsatz für benachteiligte Kinder.*

Die Tageszeitung *The Nation* brachte auf Seite drei einen ähnlichen Artikel mit einem Foto von Maina und Rose, die als eines der Topmodels von Nairobi vorgestellt wurde; außerdem sei sie die Initiatorin eines Fonds, mit dessen Mitteln ein Esssaal und Schlafräume für die Waisen gebaut werden sollten.

Harry trank einen Schluck Tee und nickte befriedigt. Das Ganze war besonders erfreulich, weil Maina nicht nur die Publicity bekommen hatte, die er brauchte – Harry hatte den Eindruck, dass es ihm gefallen hatte, sich das Dankeslied der Kinder anzuhören und zu sehen, welche überwältigende Freude eine so einfache Wohltat wie ein Wasserhahn bei ihnen ausgelöst hatte.

Ganz Nanyuki schien aus Schlamm zu bestehen. Der jüngste Regen hatte die Hauptstraße überschwemmt. Kip erinnerte sich daran, wie heftig die kurze Regenzeit Nanyuki treffen konnte. Die ständigen Überflutungen hatten Flecken wie Hochwassermarken an Türpfosten und auf Treppen der bunten Mischung von Läden hinterlassen. Die Abflussrinnen waren saubergespült.

Auf der Rückseite des Hauses zögerte er kurz vor dem Eingang, den er als Kind stets benutzt hatte, und holte den Schlüssel hervor, den er gestern von dem Anwalt in Nyeri bekommen hatte. Nach ein wenig Herumwackeln drehte er sich im Schloss, und Kip schob die Hintertür auf.

Er wappnete sich gegen die Gefühle, die das alte Haus in ihm wachrufen würde, war aber nicht auf den emotionalen Sturm gefasst, der ihn nun mit voller Wucht traf.

Eine Woge von Grauen schwappte über mehr als drei Jahrzehnte hinweg und schlug über ihm zusammen. Er kämpfte darum, seine Gefühle zu verstehen, denn hier gab es mit Sicherheit etwas Wichtiges zu entdecken – einen Hinweis auf sein verschüttetes Selbst. Bis zu dem Moment, da ihn die Panik traf wie ein Schlag in den Magen, hatte er vergessen – nein, er hatte nie geahnt –, dass er solches Grauen empfinden konnte. Irgendwie hatte er es stets unterdrückt, damit er wie ein normaler Junge leben konnte.

Doch jetzt war es da, und er wusste, dass es von diesen tief verschütteten Kindheitserinnerungen kam. Das Grauen war hier bei ihm, in diesem Haus. Das Gefühl war so stark, dass er nicht wusste, wie er es so erfolgreich hatte unterdrücken können – doch das hatte er, bis er sich im Alter von vierzehn Jahren davon losgerissen hatte und weit, weit fortgerannt war.

So plötzlich, wie es über ihn gekommen war, verschwand es wieder.

Er atmete tief durch.

Die Küche war genauso wie früher, als er noch ein Kind gewesen war. Der Esstisch aus kahlem Holz und vier schlichte Holzstühle beherrschten den Raum. Ein großer schwarzer Kochtopf hing über dem Holzofen, die Becher an ihren Haken in dem offenen Küchenregal.

Die Tür zum Schlafzimmer seiner Mutter öffnete sich mit einem lauten Quietschen. Das Parfüm seiner Mutter, oder der Duft ihres Körperpuders, schlug ihm entgegen. Über dem Doppelbett, das viel kleiner wirkte, als er es in Erinnerung hatte, hing das Bild der Jungfrau Maria; den Blick zum Himmel gerichtet, die Hände erhoben, flehte sie zum Allmächtigen. Ihr Gesicht, das der Künstler in himmlisches Licht getaucht hatte, trug einen verzweifelten Ausdruck.

Kip zog das Zebrafell von der großen Holztruhe am Fußende des Bettes. Die violette Pralinenschachtel steckte an der Seite.

Er nahm sie mit und setzte sich auf die Hintertreppe, wie so viele Jahre zuvor, und war froh, die beruhigende Wärme der dünnen Morgensonne zu spüren.

Der Brief in dem Umschlag war an Mrs. Marie Agnes Sullivan adressiert, trug den Stempel der britischen Armee und war spröde vor Alter. Vorsichtig faltete er ihn auseinander. Die Royal Air Force musste Mrs. Sullivan zu ihrem großen Bedauern mitteilen, dass ihr Ehemann, Ernest Horace Sullivan, verschollen war und vermutlich als tot gelten musste. Der Brief beschrieb kurz den heldenhaften Einsatz über Deutschland in der Nacht des 15. August 1944, von dem Flight Lieutenant Sullivan nicht zurückgekehrt war. Er enthielt nicht mehr Informationen über seinen Vater als jene, die Kip schon kannte.

Der zweite Brief war von einer Cousine aus einem Ort namens Mt. Gambier, die bedauerte, dass Marie nach Afrika ging, und sie bat, gut auf sich aufzupassen und recht oft zu schreiben.

Als Nächstes strich er einen vergilbten Zeitungsausschnitt glatt, der eine Anzahl ungleichmäßig geformter Löcher aufwies. Als er ihn damals mit acht Jahren gefunden hatte, hatte er gedacht, seine Mutter hätte ihn aufbewahrt, um sich über die angebliche Wirksamkeit von Dr. Thar's Ointment zu informieren, das gegen Muskelzerrungen, Rücken- und Nervenschmerzen helfen sollte.

Das Bild zeigte einen Mann, der sich den Rücken hielt, auf den gerade ein zickzackförmiger Blitz aus Schmerzen niederfuhr. Auf der Rückseite des Ausschnitts fand sich ein Teil der Kleinanzeigen, und zwar die Rubrik »Persönliches«, vom 7. April 1946. Ein Eintrag war mit einem Kreis markiert. Da stand:

*An Ernies Marie. Alles schrecklich leid. Müssen reden. Muss meinen Jungen finden. Er kann unser Sohn sein, wenn du mir verzeihst.*

Dazu war eine Adresse in Glebe angegeben, aber Silberfischchen hatten die Hausnummer und den ersten Teil des Straßennamens gefressen. Es blieb nur » …sfield Street, Glebe«. Er faltete das Blatt zusammen und legte es zurück in die Pralinenschachtel.

Das war nicht viel, aber eine halbe Adresse war besser als alles, was er bisher gefunden hatte.

Als Politiker erkannte Maina falsche Dankbarkeit, wenn er sie sah. Obwohl er nur widerstrebend bereit gewesen war, sich für den Bau des Standrohrs stark zu machen, hatte ihn die aufrichtige Dankbarkeit, die alle im Good Shepherd Home ihm für eine so einfache Wohltat gezeigt hatten, zutiefst gerührt. Die Kinder waren überglücklich über ihren neuen Wasserhahn, doch was ihn geradezu beschämte, war der überraschte Ausdruck in ihren Augen. Sie waren wohl überrascht, weil ein Schwarzer wie sie selbst, und von der Regierung obendrein, ihnen etwas Gutes getan hatte.

Maina fühlte sich auch gut damit. Sehr gut sogar. Er konnte sich nicht erinnern, wann er sich wegen einer so simplen Sache so gut gefühlt hatte. Das war eine ganz neue Erfahrung. Aber es war mehr als seine neu erwachte philanthropische Begeisterung, die ihn dazu bewog, Faiths Einladung anzunehmen und sich von ihr das gesamte Heim zeigen zu lassen.

Die positive Berichterstattung der Medien über seinen ersten Besuch hatte die Aufmerksamkeit des Präsidenten erregt, der vorschlug, Maina solle sein gutes Werk fortführen, solange die Presse sich so ungewöhnlich wohlwollend zeigte. Er erklärte auch, in diesen Zeiten, da die Geberländer ihm ständig über die Schulter spähten und die Weltbank höchst unwillkommenes Interesse zeigte, zahle es sich aus, auf diese Weise zu demonstrieren, dass die Regierung sich um ihre notleidende Bevölkerung kümmerte.

Seine Kollegen im Parlament und, was noch wichtiger war, die Mitglieder des Wahlkomitees der Partei folgten dem Beispiel des Präsidenten, und noch tagelang, nachdem die Berichte erschienen waren, klopften Leute Maina auf die Schulter und gratulierten ihm, die ihn zuvor keines Blickes gewürdigt hatten.

Der Präsident stimmte Mainas Vorschlag zu, dass die Regierung sich am Baufonds des privaten Waisenhauses beteiligen sollte. Er hatte dem Präsidenten erklärt, das Bauvorhaben biete eine weitere Chance für glänzende Publicity, doch er musste sich selbst eingestehen, dass er außerdem eine weitere Chance wollte, diese von Herzen kommende Dankbarkeit der Kinder zu genießen.

Als er, begleitet von Faith, das erste Schulzimmer betrat, standen die Kinder sofort auf und riefen: »Guten Morgen, Mr. Githinji« – ein Chor fröhlicher junger Stimmen. Maina war völlig verblüfft, und er stammelte und musste sich ein paar Mal räuspern, bevor er antworten konnte. Diese Begrüßung wiederholte sich im nächsten Schulzimmer, wo, wie Faith ihm erklärte, die Kinder für ihre staatliche Prüfung büffelten.

Nachdem sie die makellos sauberen Waschräume inspiziert hatten, wo kleine Seifenstückchen auf selbst geschnitzten Seifenhaltern lagen, führte Faith ihn über die Straße zu einem zusammengeschusterten Schuppen, in dem das Vieh untergebracht war.

Neben dem Schweinepferch bedeckte der Müll der gesamten Nachbarschaft den Abhang bis zum Fluss hinunter. Der Gestank war kaum auszuhalten. Eine unheimliche Schar Krähen kreiste auf glänzenden schwarzen Schwingen darüber; hin und wieder stieß eine herab in der Hoffnung, die Truppe hässlicher Marabus, die mit angezogenen Schultern und grauen Köpfen im Müll patrouillierte, könnte etwas übersehen haben.

Er erklärte, er habe genug gesehen, und es sei an der Zeit, in Ruhe über den Grund für seinen Besuch zu sprechen. Er setzte sich mit Rose und Faith zusammen und eröffnete ihnen, dass die Regierung die Spenden, die das Heim selbst sammelte, verdoppeln würde, Shilling um Shilling. Er beschrieb ihnen die Einzelheiten der Abrechung und nannte die Namen seiner Mitarbeiter, die ihnen behilflich sein würden.

Als die Besprechung vorbei war, begleitete Rose Maina zu seinem Wagen.

»Als wir zusammen waren, habe ich diese Seite von dir nie kennengelernt, Rose«, bemerkte er.

»Welche Seite meinst du?«, fragte sie.

»Deine Mutter-Teresa-Seite.«

»Dasselbe könnte ich über dich sagen.«

»Diese Arbeit, die du für das Waisenhaus leistest; was du alles unternimmst, um Spenden zu sammeln.« Er zog eine Augenbraue hoch und musterte sie bewundernd. »Damals warst du ein ziemlich wildes Ding.«

»Wir werden alle erwachsen.« Sie ging ein paar Schritte schweigend neben ihm her und fügte dann hinzu: »In dieser

Welt können Kinder allzu leicht verloren gehen. Es gibt zu vieles, was ein Leben zerstören kann.«

Maina nickte. »Weißt du, ich habe neulich etwas in einer dieser schicken amerikanischen Zeitschriften gelesen. Der Autor des Artikels behauptete, Afrika sei ein hoffnungsloser Fall. Du kennst die Sorte Leute, die ich meine, oder? Er glaubt, Afrika zu kennen, weil er vor vielen Jahren hier gelebt hat – in der guten alten Zeit. Jedenfalls behauptet er, die vielen Entwicklungshilfe-Gelder hätten uns verdorben. Wir wären gar nicht mehr daran interessiert, selbst etwas für uns zu tun.« Mit einer weit ausholenden Handbewegung wies er auf die Ansammlung von Gebäuden hinter dem Zaun. »Ich glaube, du und Faith straft ihn Lügen.«

»Das hoffe ich. Und ich glaube, ich habe diesen Artikel auch gelesen. Der Mann hat zur Kolonialzeit in Uganda gelebt. Er war viel zu lang nicht mehr in Afrika. Manche von uns kümmern sich sehr wohl um andere, und wir tun, was wir können.«

Sie hatten sein Auto erreicht.

»Übrigens, was machen deine Löwennarben?«

»Meine Löwennarben, was?« Er lächelte. »Da komme ich mir ja vor wie ein Massai. Aber meinen Löwennarben geht es gut.« Er sah sie eindringlich an. »Wie geht es dir?«

»Gut«, antwortete sie beiläufig.

»Rose, du vergisst, dass ich lange im Ministerium für Innere Sicherheit gearbeitet habe. Ich habe immer noch meine Quellen.«

Er lächelte sie weiter an, doch sie brachte kein Lächeln zustande. Schließlich senkte sie den Blick auf die schlammige Straße. »Ich weiß nicht, wovon du sprichst.«

»Ich weiß, dass etwas, oder jemand, dich ziemlich mitgenommen hat.« Er öffnete die Autotür und drehte sich noch einmal zu ihr um. »Sei nicht so traurig – er kommt schon zurück.«

»Ich weiß nicht, wovon du –«, begann sie, doch Maina unterbrach sie.

»Wer ist das?«, fragte er, als sein Blick auf einen zerlumpten jungen Mann fiel, den er schon bei seiner Ankunft bemerkt hatte. Er lungerte hinter dem Viehpferch des Waisenhauses auf der anderen Straßenseite herum.

Rose drehte sich um und erhaschte gerade noch einen Blick auf ihn, bevor er sich hinter dem Schuppen versteckte. »Ach, das ist nur Moses. Er ist einer unserer Ehemaligen. Er hat noch nicht richtig gelernt, ohne uns zurechtzukommen, und Faith meint, es sei an der Zeit, dass er auf eigenen Füßen steht.«

»Er sieht aus wie ein Verbrecher.«

»Das ist er nicht. Er ist eines dieser Kinder, von denen ich eben gesprochen habe. Er ist auf der Straße abhängig geworden, schnüffelt Benzin, und er ist, na ja … er ist nur ein bisschen unsicher. Er schafft das schon.«

»Okay, *sasa. Kwaheri,* meine Schwester.«

»*Kwaheri.*«

Er stieg ein und schlug die Tür zu. Als sein Wagen spritzend durch den Matsch vor dem Ziegenpferch rollte, sah er den jungen Mann wieder. Maina hatte einen sechsten Sinn, entwickelt und geschärft in seiner Zeit im Dschungel, wo er sich nur auf sich selbst hatte verlassen können. Dieser sechste Sinn hatte sich seit Jahren nicht mehr gemeldet, zweifellos eingelullt vom bequemen Leben in der Stadt, doch der verdrießlich dreinblickende junge Mann hatte etwas an sich, bei dem sich Maina die Nackenhaare sträubten. Der Kerl erinnerte ihn an ein Raubtier auf Beutezug.

# Kapitel 55

Harry ließ sich in den Sessel plumpsen. »Australien! Du lieber Himmel, mein Alter, wozu soll das denn gut sein?«

»Ich habe droben im alten Hotel in Nanyuki eine Adresse gefunden«, sagte Kip.

»Von deinem Vater? Bist du sicher?«

»Sie lag bei Mutters Sachen.« Aus irgendeinem Grund konnte er nicht damit aufhören, Marie als seine Mutter zu bezeichnen.

»Wann fliegst du? Und wie lange bleibst du?«

»Am Freitag. Du kannst dich ums Geschäft kümmern. Der Papierkram für die Jungle Lodge ist unterwegs. Behalte nur die Kunden im Auge. Mutua kommt in der Mara allein zurecht, aber Kipchoge in der Laikipia könnte Hilfe gebrauchen – er ist manchen Leuten ein bisschen zu forsch.«

»Wie lange denn?«

Kip hörte auf, in seiner Schreibtischschublade herumzukramen, und drehte sich mit einem unsicheren Lächeln zu Harry um. »Ich weiß es nicht. Ich weiß nur, dass das meine letzte Chance ist, ihn zu finden, und ich komme erst zurück, wenn ich jeder noch so kleinen Spur bis zum Ende nachgegangen bin.«

Harry seufzte. »Du bist schon so lange auf der Suche, mein Bester. Viel Glück. Harry wird sich um den Laden kümmern. Such du deinen Vater.«

»Ich habe über unser Gespräch oben in der Mara nachgedacht.« Kip klemmte sich das Telefon zwischen Kinn und Schulter, um sein Flugticket in die Brieftasche mit seinen Reisedokumenten zu stopfen.

»Ach ja? Welches Gespräch denn?« Rose am anderen Ende der Leitung klang misstrauisch.

»Na ja, ich finde, wir haben schon einige Missverständnisse aus dem Weg geräumt.«

»Ja … das haben wir.«

Ihr Tonfall war nicht gerade ermutigend, aber er fuhr trotzdem fort: »Also … vielleicht ist das eine dumme Idee«, sagte er.

»Nein, nur zu … sag schon.«

»Na ja … ich habe mir da etwas überlegt. Vielleicht sollten wir, du weißt schon, mal zusammen essen gehen oder so. Um die Sache endgültig zu bereinigen. Ich meine, natürlich nur, wenn du das auch für eine gute Idee hältst.«

Einen Moment lang herrschte Stille, dann sagte sie: »Ja, ich glaube, das ist eine gute Idee.«

»Tatsächlich?«

»Sicher. Warum nicht?«

Wieder konnte er keinerlei Begeisterung in ihrer Stimme hören. »Oh! Gut. Äh … wie wäre es mit Donnerstag?«

»Am Donnerstag bin ich in Mombasa. Ich komme erst gegen sieben, halb acht Uhr abends zurück. Warum nicht am Freitag?«

»Ich fliege am Freitag nach Australien.«

»Australien!«

»Ja.«

Diesmal dauerte das Schweigen am anderen Ende länger. Er fragte sich, was ihr durch den Kopf gehen mochte, und überlegte, ob er ihr den Grund für seine Reise erklären sollte, ließ es dann aber bleiben. Das konnte er ihr beim Essen erzählen.

»Ich kann dich am Flughafen abholen, wenn du möchtest«, bot er an.

»Nein. Wir treffen uns lieber im Restaurant.«

Jetzt war er sicher, dass ihre Stimme irgendwie komisch klang. »Rose, ist alles in Ordnung?«

»Aber natürlich. Was sollte denn sein?«

Er hasste schwierige Gespräche am Telefon. Vielleicht war sie nur ein wenig vorsichtig in Anbetracht all der Missverständnisse in der Vergangenheit. »Wie wäre es mit der Trattoria?«, schlug er vor und unterdrückte ein genervtes Seufzen.

»Okay. So gegen acht.«

»Bis dann.«

»Ja, bis dann.«

Der Donnerstag war ein hektischer Tag für Rose. Die Aufnahmen für das Werbevideo des Tourismusministeriums unterlagen einem straffen Zeitplan. Sie wurde durch die Altstadt zu einer Aufnahme vor Fort Jesus gefahren, dann hinüber nach Nyali, wo sie in die Kamera sprechen und die Vorzüge von Mombasas Stränden loben sollte. Die ganze Zeit über war sie innerlich in Aufruhr. Warum hatte er sie überhaupt angerufen, wenn er vorhatte, das Land zu verlassen?

Sie hatte von weißen Kenianern gehört, die in Afrika ein Vermögen verdient und dann plötzlich beschlossen hatten, »nach Hause« zu gehen, um ihren Reichtum zu genießen, obwohl sie ihr Leben lang keine andere Heimat gekannt hatten als Afrika.

Kip wollte sie nur ein letztes Mal treffen, damit er mit einem reinen Gewissen verschwinden konnte.

Je länger sie darüber nachdachte, desto wütender wurde sie. Als sie an ihrem letzten Drehort ankam, dem Tamarind Restaurant, legte sie sich schon einmal zurecht, was sie sagen würde, wenn sie ihm im Restaurant gegenüberstand. Sie würde ihm sagen, er solle sich zum Teufel scheren – oder so etwas Ähnliches.

Der Regisseur verbreitete Hektik und scheuchte seine Crew ebenso herum wie die Angestellten des Restaurants. Die Zeit wurde knapp. Die Sonne ging schon unter, und er wollte die schwimmende arabische Dau des Restaurants genau an der richtigen Stelle haben, um das restliche Licht einzufangen.

Rose saß trübsinnig an einem Tisch mit Blick aufs Wasser, wo das rote, trapezförmige Segel der Dau am Anlegesteg in der untergehenden Sonne leuchtete und sich auf der Wasseroberfläche des alten Hafens spiegelte. Im Hintergrund schienen sogar die glühenden Festungsmauern des alten Forts, solide und unerschütterlich, über dem Wasser zu schweben und im goldenen Licht des Sonnenuntergangs zu schimmern.

Eine kühle Brise vom Indischen Ozean ließ den Volant des Sonnenschirms über ihr flattern. Irgendwie schien einfach alles perfekt. Nur sie, Rose, war mit einem Makel behaftet – die Fehler aus der Vergangenheit verschworen sich, um den Mann zu vertreiben, den sie gewollt hatte, seit sie ein junges Mädchen gewesen war.

Kip kam früh. Er traute der Tischreservierung nicht und wollte sich unbedingt einen der Tische über der Wabera Street sichern. Der Abend sollte perfekt werden. An den drei kleinen Tischen auf dem Balkon konnte man nicht nur die Nachtluft genießen, es herrschte auch eine intime Atmosphäre, die im stets überfüllten Inneren des Restaurants fehlte.

Kip hatte sehr viel über Rose' tragische Geschichte nachgedacht und erkannt, wie voreilig er davon überzeugt gewesen war, sie hätte ihn an jenem letzten Abend in London betrogen. Wenn er den Mut gehabt hätte, sie damit zu konfrontieren, wäre das ganze Missverständnis gar nicht erst zustande gekommen. Aber er hatte sie allzu schnell verurteilt und war davongelaufen. Indirekt hatte er damit zu ihrem mitleiderregenden Absturz beigetragen.

Der Restaurantmanager trat mit einer rot-weiß-karierten Serviette über der Schulter und einer Speisekarte unter dem Arm auf den Balkon. »Ganz allein heute Abend, Mr. Kip?«

»Oh, hallo, Tony. Nein, ich warte auf eine Freundin. Sie kommt gegen sieben Uhr aus Mombasa. Ich bin ein bisschen zu früh dran.«

Kip bestellte ein Bier und sah auf die Uhr. Zwanzig nach sieben. Rose müsste ungefähr jetzt aus dem Flugzeug steigen. Wahrscheinlich trug sie einen der eng geschnittenen Röcke, die sie zu geschäftlichen Anlässen bevorzugte. Er konnte förmlich sehen, wie sie über den Asphalt des Flugplatzes glitt wie eine Leopardin, ihr Gang ein wenig durch den Rock behindert, was ihre langen Beine und perfekten Kurven aber umso besser zur Geltung brachte.

Er hielt nach den vielen Taxis Ausschau, die die Wabera Street heraufkamen. Um acht Uhr fuhr nur noch alle fünf bis zehn Minuten eines.

Er bat Tony, das Telefon benutzen zu dürfen, und rief den Flughafen an. *»Ja, Sir, die Maschine aus Mombasa ist pünktlich um neunzehn Uhr fünf gelandet.«*

Sein viertes Tusker kam. Tony goss es in ein eisgekühltes Glas. »Möchten Sie etwas Knoblauchbrot, während Sie warten, Mr. Kip?«

»Nein, danke, Tony.« Er dachte daran, einen Witz über seine verspätete Freundin zu machen, doch sein Sinn für Humor hatte ihn im Stich gelassen.

Er sah erneut auf die Uhr. Zwanzig vor neun.

Er nippte an seinem Bier, sah zu, wie es immer weniger wurde, und schwor sich, dass er gehen würde, wenn dieses Glas leer war.

Und dann zum Teufel mit ihr.

Irgendwo im erlöschenden Tageslicht weit draußen über dem Indischen Ozean gelang es Kip endlich, seinen rasenden Herzschlag zu beruhigen. Er schob die Karte mit den Sicherheitsvorkehrungen zurück in das Netz am Sitz vor ihm und versuchte, sich zu entspannen.

Seine Flugangst war ein gut gehütetes Geheimnis. Allerdings hatte er den Verdacht, dass Harry davon wusste und gnädigerweise seit Jahren darauf verzichtete, ihn damit aufzuziehen. Er hatte sie ganz zu Anfang Diana eingestehen müssen, weil sie nicht begreifen konnte, warum er sich weigerte, nach Übersee zu fliegen, um das Geschäft anzukurbeln. Damals hatte sie das Marketing im außerafrikanischen Ausland übernommen – eine Aufgabe, der Harry sich in jüngster Zeit mit großem Vergnügen widmete.

Er holte das Bordmagazin hervor und blätterte darin herum. Werbung für teures Parfüm und goldene Uhren beherrschte das Blatt. Er bedauerte es, dass er nicht mehr die Zeit gehabt hatte, sich am Flughafen ein Buch zu kaufen. Die letzten hektischen Minuten zu Hause hatte er mit dem Versuch zugebracht, Rose zu erreichen. Er hatte keine Ahnung, was er ihr sagen würde, aber die Vorstellung, bald über zehntausend Kilometer von ihr entfernt zu sein, hatte den dringenden Wunsch in ihm ausgelöst, noch zu erfahren, warum sie am Abend zuvor nicht ins Restaurant gekommen war.

Plötzlich wurde ihm ein wenig schwindlig bei dem Gedanken, dass er tatsächlich in sie verliebt sein könnte. Diese Erkenntnis löste Jubel in ihm aus, gleichzeitig aber die Angst, dass er durch seine Abreise alles aufs Spiel gesetzt haben könnte. Mit zweiundvierzig war er alt genug und, so hoffte er zumindest, weise genug, um zwischen Liebe und der euphorisierenden Wirkung eines zu niedrigen Kabinendrucks unterscheiden zu können.

Vielleicht regte auch der Optimismus, dass er nun endlich seinen Vater finden würde, seine Fantasie zu sehr an. Aber diesmal hatte er tatsächlich eine Chance, denn er hatte eine Stadt, ein Stadtviertel und eine halbe Adresse – seine beste Spur bisher. In Gedanken spielte er die wildesten Spekulationen durch, was geschehen könnte, wenn er ihn gefunden hatte. Vielleicht würde sein Vater mit ihm zurückkehren wollen, um die Adoptivheimat seines Sohnes kennenzulernen? Immerhin würde er gewiss noch ein aktiver Mann sein, wahrscheinlich nicht viel älter als sechzig Jahre. Vielleicht würde er sogar eine Weile in Afrika bleiben, oder in irgendeiner Form bei Kipana Tours mitarbeiten wollen.

Diesmal musste es aber der niedrige Kabinendruck sein – er fantasierte ja schon.

Kip blickte aus dem Fenster nach Westen, wo ein schwaches rotes Glühen rasch hinter dem gekrümmten Horizont verschwand. Er zog die Sonnenblende herunter. Er ließ Afrika, und Rose, mit etwa hundertsechzig Meilen pro Stunde hinter sich.

# Teil 6

# *Ernie*

# Kapitel 56

Zakayo stand auf einem Felsvorsprung. Unter ihm lag der Kavirondogolf, der sich westlich bis zu der Stelle erstreckte, wo die untergehende Sonne, eine gewaltige rote Scheibe, nur wenige Fingerbreit über der golden schimmernden Fläche des Sees schwebte.

Er hob einen Stein auf und warf ihn ins Wasser. Mit einem kläglichen, leisen Platschen ging er unter. Damit war Zakayo nicht zufrieden, also suchte er nach einem größeren Stein, der dem Victoriasee angemessen war. Er fand einen und wog ihn in der Hand. Sein Schatten streckte sich hundert Meter weit über das steinige Ufer und den Hang in Richtung Kisumu hinauf. Er hielt den Stein in die Höhe und sah zu, wie sein riesenhafter Schatten ihn nachahmte.

Er wandte sich wieder dem See zu und wog den Stein noch einmal in der Hand, bevor er weit ausholte und ihn über das Wasser hinausschleuderte. Er beschrieb einen perfekten Bogen und platschte mit einem dumpfen, befriedigenden *Plomp!* ins Wasser.

Die Wellen breiteten sich kreisförmig aus, und er beobachtete, wie sie gen Westen zogen, bis die goldene Spiegelung auf der Wasseroberfläche seine Augen tränen ließ. Das Ziel der kleinen Wellen war Uganda, am fernen westlichen Ufer des Victoriasees.

Er stellte sich vor, wie sie an die Hafenmauer am Rande von

Kampala schwappten, wo, wie die BBC heute berichtet hatte, Yoweri Museveni triumphierend Einzug gehalten hatte. Milton Obote war mit einem Großteil der Staatskasse nach Sambia geflohen.

Es war vier Jahre her, seit er Kampala gesehen hatte, und seine »Zweitfrau« Amelia. Wie mussten seine Kinder gewachsen sein: Der Junge, Itema, war jetzt vierzehn, seine Tochter Mona Lisa zwölf.

Konnte er darauf vertrauen, dass der Frieden in Uganda lange genug halten würde, um sie zu finden?

Eine grauhaarige Frau öffnete die Haustür und musterte Kip argwöhnisch. Sie war alt, wie die meisten Anwohner der Mansfield Street in Glebe.

»Ich will Ihnen nichts verkaufen«, sagte er hastig. Nachdem er an so viele Türen geklopft hatte, konnte er ihre Gedanken erraten. »Also knallen Sie bitte die Tür nicht gleich wieder zu.«

Sie zögerte, begann dann aber, die Tür zu schließen.

»Ernie Sullivan«, sagte er zu der fast geschlossenen Tür.

Sie öffnete sich einen Spalt breit. Die alte Frau spähte durch die schmale Öffnung.

Kip fuhr hastig fort: »Ich suche nach Ernie Sullivan. Er hat vor Jahren hier in Glebe gewohnt.«

Die Tür ging zu, und das klickende Schloss bekräftigte die Endgültigkeit dieser Zurückweisung.

Kip seufzte, starrte einen Moment lang auf die Mosaikfliesen der Veranda und trat dann den Rückzug zum schmiedeeisernen Gartentor an.

Er warf einen Blick zurück, die Mansfield Street entlang. Er hatte an alle Türen geklopft, bis auf zwei, aber niemanden gefunden, der seinen Vater kannte, geschweige denn wusste, wo er war.

Zuerst hatte er die St.-Patrick-Grundschule in Balmain aufgesucht und den Priester gefragt, wo er das Waisenhaus finden könne. Der Priester, ein alter, weißhäuptiger Mann mit blitzenden blauen Augen und einem starken irischen Akzent, hatte ihm erzählt, dass das Waisenhaus in den sechziger Jahren geschlossen worden war und das Gebäude nun die Weinhandlung Whiteman & Co. beherbergte. Aber er hatte Mitleid mit Kip und half ihm, die Straße herauszufinden, deren Name nur teilweise auf dem Zeitungsausschnitt stand. Er hatte ein zerfleddertes altes Adressbuch von Sydney hervorgekramt, und zusammen hatten sie die Glebe-Seite abgesucht. Die Mansfield Street war die einzige Straße in Glebe, die auf » ...sfield« endete.

Zum Glück war die Straße ziemlich kurz, und Kip hatte bis zum Mittag fast alle Häuser abgeklappert. Wenn Ernie Sullivan nicht in einem der übrigen Häuser wohnte, oder zumindest jemand, der ihn kannte, dann war Kip am Ende. Er wollte gar nicht darüber nachdenken, was er dann tun sollte.

»Junge?«

Die Stimme kam aus dem Haus hinter ihm. Die alte Dame stand in der offenen Tür und winkte ihn herbei. Kip machte das Gartentor wieder auf und ging bis zur Vordertreppe auf sie zu. »Ja?«, fragte er begierig.

Die wässrigen blauen Augen der Frau blickten immer noch ein wenig misstrauisch.

»Ja«, wiederholte er und nickte ermunternd.

Ihr fortgesetztes Schweigen veranlasste ihn, noch ein paar Worte zu wagen. »Ich suche nach meinem Vater, Ernie Sullivan.«

»Ihrem Vater?«

»Ja, meinem Vater. Ich glaube, er hat hier in der Gegend gewohnt, aber ich weiß nicht, wo er jetzt ist. Das war zur Zeit des Zweiten Weltkriegs.«

»Warum?«

»Warum?« Kip sank der Mut. Fragte die alte Frau etwa, warum es Krieg gegeben hatte? »Warum, äh, warum was?«

»Warum wissen Sie nicht, wo Ihr Vater ist? Ihr jungen Leute seid doch alle gleich. Meine Kinder lassen sich auch nie mehr bei mir blicken. Sind nach Maryborough oder Maroochydore oder so ähnlich gezogen.« Sie beäugte ihn argwöhnisch. »Sie sind nicht aus Queensland, oder?«

Kip hatte das Gefühl, auf rohen Eiern zu laufen. »Nein, ich komme von weit her. Kennen Sie Ernie?«

»Natürlich kenne ich Ernie.«

Kip trat vorsichtig auf die unterste Stufe, blieb aber dort stehen, damit sie ihm nicht gleich wieder die Tür vor der Nase zuschlug. »Sie … Sie kennen Ernie Sullivan?«

»Das hab ich doch gesagt, oder?« Sie wurde ärgerlich, vermutlich, weil er sie offenbar für senil hielt. »Also … woher kommen Sie, haben Sie gesagt?«

Er beschloss, dass die Wahrheit am sichersten sei. »Ich komme aus Afrika«, sagte er und hoffte, dass diese Enthüllung nicht zu allen möglichen, unwichtigen Fragen führen würde.

»Tja«, sagte sie nach kurzer Überlegung. »Das ist immerhin besser, als nicht mal aus Maroochydore zu Besuch zu kommen.« Sie trat von der Tür zurück. »Kommen Sie herein.«

Kip konnte sein Glück kaum fassen, musste aber erst einmal Mrs. Willoughbys Teezeremonie über sich ergehen lassen, Rosinenbrötchen mit Marmelade eingeschlossen, bevor er das Gespräch wieder auf seinen Vater lenken konnte.

»Sie sind also Ernies Sohn, ja?« Sie schenkte ihm eine weitere Tasse Tee ein, obwohl er gerade dankend abgelehnt hatte.

»Ja«, antwortete er und nickte.

»Bryan.«

»Wie bitte?«

»Ich sagte, dann müssen Sie Bryan sein. Ernie hat mir immer erzählt ...«

Die nächsten Worte hörte Kip nicht mehr. Nachdem er über vierzig Jahre lang Kip Balmain gewesen war, erfuhr er nun, dass er in Wahrheit Bryan Sullivan war.

»... aber das kam erst viel später. Am Anfang hat er nur guten Tag gesagt, wenn wir uns auf der Straße begegnet sind, aber sonst hat er nicht viel geredet. Dann, ganz plötzlich, hatte der alte Ernie eine Frau und wurde richtig gesellig. Wir haben oft am Zaun gestanden und geredet, über Kinder und was die alles für Probleme mit sich bringen.« Sie sah Kip an. »Geht es Ihnen nicht gut, mein Junge?«

»Doch ... es geht mir gut, Mrs. Willoughby. Sagten Sie gerade etwas von seiner Frau?«

Doch die Erinnerungen an die Gespräche am Gartenzaun waren stärker. »Ach, Ernie war schon ein ulkiger Kerl«, sagte sie lächelnd. »Immer zu Scherzen aufgelegt. Und immer so hilfsbereit.«

»Was ist mit seiner Frau?«, beharrte Kip.

»Tja, ich habe zwar gesagt ›seine Frau‹, aber ich weiß nicht, ob sie je getraut wurden. Sie verstehen, was ich sagen will? Jedenfalls war sie seine zweite Frau, soweit ich mich erinnern kann. Die erste hat sich irgendwohin abgesetzt, das hat er mir mal erzählt. Ja, Molly – so hieß die zweite – den Namen der ersten kenne ich nicht. Ernie hat ihn nie erwähnt. Also, Molly hatte ein Haus in der Nähe von Bondi oder Bronte oder so, aber meistens waren sie hier.

Der arme alte Ernie war immer ganz niedergeschlagen, wenn er von seinem Jungen gesprochen hat. Aber das hat nie lange gedauert, dann war er wieder obenauf, nicht unterzukriegen, es ging ihm prächtig. Bis er gestürzt ist.«

»Gestürzt? Hatte er einen Unfall?«

»Ja. Gar keinen schlimmen, aber es hat gereicht.«

»Gereicht wozu?«

»Na ja, er war danach, hm, nicht mehr der Alte.«

Er hatte keine Ahnung, was er mit dieser Beschreibung anfangen sollte, also beschloss er, es mit einer direkten Frage zu versuchen. »Mrs. Willoughby, wo ist mein Vater jetzt?«

»Ernie? Ach, das wissen Sie nicht? Er ist im Hospital.«

»In welchem Hospital denn?«

»Ja, im … na, Sie wissen schon, das Veteranendings, das … ach, *verdammt!*« Frustriert runzelte sie die Stirn, dann hellte sich ihre Miene auf. »Ha! Genau! Das Repatriation Hospital.«

# Kapitel 57

Die Schwester am Empfang des Repatriation Hospital war sehr höflich. Kip gewann den Eindruck, dass sie eigens dafür geschult worden war, Besucher schonend vorzubereiten, bevor sie erfuhren, was der Krieg und die Zeit aus ihren Angehörigen gemacht hatten.

»Flight Lieutenant Ernest Horace Sullivan … sehen wir mal nach«, sagte die Schwester und fuhr mit dem Finger über einen grün leuchtenden Bildschirm. »Da ist er ja.«

Kip war furchtbar aufgeregt. Nachdem er so viel Zeit mit frustrierenden Suchaktionen verbracht hatte, erwartete er jedes Mal wieder einen Fehlschlag. Und jetzt, ganz plötzlich, hieß es *Da ist er ja.*

Aus irgendeinem absurden Grund fürchtete er auf einmal, er könnte sich am Morgen nicht gründlich genug rasiert haben, und strich verlegen mit der Hand übers Gesicht. Es würde so gehen.

»Nein«, fügte die Schwester dann hinzu. »Wir haben Ernest in eine Spezialeinrichtung verlegt.«

Kip verließ der Mut. »Was soll das heißen, Spezialeinrichtung?«

Die Schwester bearbeitete die Computertastatur und brummte leise etwas von Fehlern im neuen System. »Da steht es.« Sie betrachtete den Bildschirm und schwieg dann eine scheinbare Ewigkeit lang.

Kip spürte den Drang, über den Empfangstisch zu springen und selbst zu lesen, was auf dem Bildschirm stand.

»Er wurde in eine externe Spezialpflegeanstalt verlegt – Croydon Park.«

»Was zum Teufel soll das sein?«

»Eine externe Spezialpflegeanstalt versorgt bestimmte Patienten mit besonderen Bedürfnissen«, antwortete sie steif.

Kip biss die Zähne zusammen und unterdrückte den Fluch, der ihm auf der Zunge lag. »Könnten Sie mir vielleicht etwas mehr erzählen, wäre das möglich?«

Die Schwester setzte ein schmallippiges, offiziell wirkendes Gesicht auf. »Mehr darf ich Ihnen nicht sagen«, herrschte sie ihn an, »aber wenn Sie möchten, schreibe ich Ihnen gern die Adresse auf.«

Kip zwang sich zu lächeln. »Danke. Das wäre sehr hilfreich.«

Die Croydon Park Spezialpflegeanstalt war ein zweistöckiges Backsteingebäude in der Mitte eines ausgetrockneten Rasens, unweit der Parramatta Road. Kip vermutete, dass es ursprünglich, als es irgendwann im 19. Jahrhundert gebaut worden war, als Herrenhaus in der Mitte der dazugehörigen Farm gelegen hatte. Kip stieg die Sandstein-Treppe hoch und tippte auf die Klingel am Empfang. Er wartete kurz und drückte noch einmal darauf.

Ein Paar Schuhe klapperte mit vernünftig klingenden Schritten dumpf die gewienerten Dielen des Flurs entlang, und eine Frau mittleren Alters in einem gestärkten blauen Kittel erschien. Sie hatte kurzes, graues Haar, und auf ihrer Nasenspitze saß eine Kunststoffbrille. Sie spähte über den Brillenrand hinweg. »Kann ich Ihnen behilflich sein?«, fragte sie.

»Ja, ich glaube, mein Vater ist ein, äh …« Beinahe hätte er *Insasse* gesagt. » … einer Ihrer Patienten.«

Sie trat hinter den Empfangstresen. »Name?«

»Er heißt Ernest, Ernest Sullivan.«

Sie machte sich nicht die Mühe, irgendwo nachzusehen.

»Und Sie sagen, Sie sind Ernies Sohn?«

»So ist es.«

Die Schwester musterte ihn kurz. »Ich wusste gar nicht, dass Ernie einen Sohn hat. Wir haben Sie hier noch nie gesehen, nicht wahr, Mr. Sullivan?« Sie lächelte, um den Vorwurf zu mildern, aber es war ihr deutlich anzumerken, was sie von Verwandten hielt, die sich so wenig kümmerten.

Kip ärgerte sich, blieb aber ruhig. »Nein … Ich war im Ausland. In Afrika.«

»In Afrika? Wie schön. Im Urlaub?«

Er verlor allmählich die Geduld. »Hören Sie, ist das so wichtig? Ich möchte nur meinen Vater sehen. Ist er hier?«

»Ist er. Schon seit fünf Jahren, falls es Sie interessiert.«

Diese Neuigkeit war ein Schock für ihn. »Ich verstehe«, sagte er. Irgendwie hatte er den Eindruck gehabt, sein Vater sei erst kürzlich nach Croydon Park verlegt worden, vielleicht wegen einer akuten Grippe oder etwas Ähnlichem. »Ich habe in Afrika gelebt. Viele Jahre lang.«

»Dann … nehme ich an, sind Sie sich über seinen Zustand nicht im Klaren?«

»Schwester, bitte. Ich will nur meinen Vater sehen.« Er fixierte sie entschlossen. »Jetzt. Wenn Sie nichts dagegen haben.«

»Aber gewiss«, sagte sie, klappte ihr Register zu und führte ihn vom Empfangstisch weg.

Während sie vor ihm in ihren klobigen Schuhen den langen Flur entlangklapperte, lugte Kip in die Einzelzimmer, an denen sie vorbeikamen. Alle Patienten waren männlich, die meisten alt. Viele schliefen vor dem Fernseher oder hingen an komplizierten medizinischen Apparaten.

Die Schwester warf einen Blick über die Schulter, bevor sie das letzte Zimmer des Flurs betrat. Die Jalousie war halb geöffnet, der Raum in sanftes Licht getaucht. In dem einzelnen Bett lag ein dünner alter Mann, der Kip direkt anzustarren schien, als sie eintraten. Doch als er näher heranging und dabei ein wenig zur Seite trat, merkte er, dass die Augen auf denselben Punkt fixiert blieben.

»Ernie! Aufwachen««, rief die Schwester. »Sie haben Besuch!«

Der Mann blinzelte, rührte sich aber nicht.

»Kommen Sie, Sie Faulpelz! Aufwachen! Ihr Sohn ist den weiten Weg von Afrika hierhergekommen, um Sie zu besuchen.«

Sie drückte auf einen Knopf an einer Schaltleiste, die über ein Kabel mit dem Bett verbunden war, das sich nun langsam so weit hob, dass sie den Mann halb aufrecht hinsetzen konnte.

»Sie … brauchen ihn nicht zu stören, falls er … schläft«, sagte Kip und starrte auf das reglose Gesicht.

»Ist schon gut, wir müssen ihn ab und zu bewegen. Ist gut für den Kreislauf. Nicht wahr, Ernie? Gut für den Kreislauf.«

Sie sprach, als würde Ernie sich jeden Moment in die Unterhaltung einschalten, doch dessen Blick blieb leer. Nur seine Brust, die sich hob und senkte, wies darauf hin, dass er lebte. Manchmal schmatzte er ein wenig, und ein Spuckebläschen glänzte in seinem Mundwinkel.

Kip forschte in dem Gesicht auf dem Kissen nach irgendeiner Ähnlichkeit mit jenem, das er sich seit seiner frühen Kindheit ausgemalt hatte. Sofort verwarf er diese Vorstellung als die romantische Einbildung, die sie immer gewesen war – er hatte noch nie die leiseste Ahnung gehabt, wie sein Vater aussah. Aber der kraftstrotzende, naturverbundene Mann, der seine kindliche Fantasie beherrscht hatte, stand in krassem Gegensatz zu der gebrechlichen Gestalt in diesem Bett.

Die Schwester seufzte. »Keiner seiner guten Tage, fürchte ich.«

»Ist er … hat er …«, stammelte Kip.

Die Schwester setzte sich Kip gegenüber auf die Bettkante und tupfte Ernies Wundwinkel mit einem Taschentuch ab. »Mr. Sullivan, ich hätte Ihnen das gern erspart oder Sie zumindest vorgewarnt. Wenn Sie Ihren Vater nicht mehr gesehen haben, seit er auf die Pflegestation verlegt wurde, muss das ein ziemlicher Schock für Sie sein.«

Sie nahm die schlaffe Hand seines Vaters in ihre. Kip war überrascht, was für dicke Finger sein Vater hatte. Sie wollten so gar nicht zu der zarten Hand mit dem Netz aus feinen Äderchen und Sehnen passen. Als er sah, wie liebevoll die Schwester mit ihrem Vater umging, bereute Kip seine Grobheit von vorhin.

»Das ist ein Schock, aber … um ehrlich zu sein, ist das … Ich habe ihn seit vielen Jahren nicht gesehen.« Er konnte sich nicht überwinden, einer Fremden die Wahrheit zu sagen, ganz gleich, wie gut sie es mit ihm meinen mochte.

»Dann haben Sie ihn seit dem intrakraniellen Hämatom nicht mehr gesehen?«

Kip warf einen Blick auf seinen Vater und sah dann wieder sie an. »Nein, ich … ich habe gar keine Einzelheiten erfahren.«

»Ernie ist wohl schwer gestürzt. Das Hämatom wurde chirurgisch entfernt, aber da war das Gehirn bereits geschädigt. Ich fürchte, seither geht es stetig bergab. Manche Leute behaupten, er hätte klare Momente, aber ich habe das bei ihm noch nie erlebt. Wobei ich sagen muss, dass er Tage hat, wo er einem zumindest mit den Augen folgt. Der freche Kerl. Aber so wie jetzt ist er seit ein paar Wochen. Nichts mehr da, fürchte ich.«

Die Schwester stand auf und tätschelte Ernie zum Abschied das Knie. »Ich lasse Sie jetzt eine Weile mit Ihrem Sohn allein, Ernie«, sagte sie und marschierte zur Tür hinaus.

Kip blieb reglos stehen und starrte stumm auf den Mann im Bett, während die Schritte der Schwester auf dem Flur verklangen. Er fühlte sich betrogen. Nach all seinen Bemühungen in England, und jetzt in Australien, hatte er endlich zu diesem nüchternen, sterilen Ort gefunden, wo sein Vater angeblich lebte.

Aber das war gar nicht sein Vater. Er hatte nur eine leere Hülle gefunden.

# Kapitel 58

Kip wusste nicht, wie lange er Ernie noch in seinem einsamen Zimmer in dem Pflegeheim besuchen konnte, aber er kam jeden Tag, vermutlich, weil er es schlicht nicht wahrhaben wollte, dass seine lange Suche umsonst gewesen sein sollte. Er ging jetzt seit fünf Tagen zu ihm. Es gab Momente, da er glaubte, einen Ausdruck von Bewusstheit in den Augen seines Vaters aufleuchten zu sehen, doch dann war er wieder verschwunden, Kips Hoffnung zerschlagen.

Jeden Morgen brachte er die Zeitung mit und las seinem Vater laut daraus vor, doch das war eine deprimierende Erfahrung. Ernie reagierte nicht, außer einmal, als er zu schnarchen begann, während Kip ihm einen Bericht über ein Fußballspiel vorlas.

Kip schmückte die Geschichten aus, um festzustellen, ob der Inhalt des Gesagten irgendeinen Unterschied machte. Er las laut eine Reportage aus dem Gesellschaftsteil vor und baute dann eine reißerische Geschichte über Sexorgien und bizarre Spielchen ein. Gelegentlich ließ er eine seiner lüsternen Figuren auf grausame Weise zu Tode kommen. Ernies Gesicht blieb ausdruckslos, er blinzelte und sabberte ein wenig.

Um sich die Zeit zu vertreiben, während sein Vater schlief, spazierte Kip durch die Station. Die meisten Patienten vegetierten mehr oder weniger dahin, wie sein Vater. Zur Mittagszeit fütterte er Ernie löffelweise mit Babybrei, wischte ihm den Mund ab, deckte ihn für sein Nachmittagsschläfchen zu und nutzte dann den einstündigen Fußmarsch zu seinem Hotel, um sich zu erholen.

Den übrigen Tag verbrachte er damit, fernzusehen, durch die Geschäfte zu bummeln oder angemessen unanständige Postkarten von Schönheiten mit üppigen Busen an diversen Stränden zu suchen, die er Harry schickte.

Abends machte er einen langen Spaziergang zu irgendeinem Restaurant, in der Hoffnung, beim Anblick der Speisen etwas Appetit zu entwickeln. Später, allein in seinem Zimmer, lag er meist lange wach und fragte sich, wie das Erinnerungsvermögen seines Vaters hatte verloren gehen können, durch einen relativ einfachen medizinischen Eingriff wie das Absaugen eines Blutergusses im Gehirn.

In seinem unruhigen Schlaf sah er fünfundsechzig Jahre eines Lebens vor sich, fünfundsechzig Jahre voller Erinnerungen, einen blutig roten Graben entlang einfach fortgespült.

Freitagmorgen. Ein Hauch frühsommerlichen Smogs hing über den weitläufigen westlichen Vororten, als Kip nach Croydon Park marschierte. Er war extra eine Stunde früher unterwegs als sonst, weil er den Arzt bei der Visite abpassen wollte.

Er war nun seit einer Woche in Sydney, gründlichst gelangweilt und von Heimweh geplagt. Sydney war eine schöne Stadt. Der Hafen war spektakulär, die Gebäude beeindruckend, und wenn die gewaltigen Kaufhäuser und Einkaufszentren, in denen er seine Zeit totschlug, ein Maßstab für eine aufregende Weltstadt waren, dann musste man Sydney zweifellos dazurechnen. Aber Kip fand die Stadt farblos.

Er vermisste Nairobi und die bunte, pralle Pracht des nackten Lebens dort. In Sydney spürte er nichts von der Energie, die in Nairobi kaum verhüllt unter der Oberfläche brodelte.

Kip wartete an Ernies Bett, bis der Arzt zu ihm trat. »Ich bin Dr. Carbery-Smythe«, sagte er und streckte ihm nicht die Hand entgegen, sondern blieb mit beiden Händen in den Taschen seines weißen Kittels stehen. Ohne weitere Vorreden beschrieb er Kip in für den Laien verständlichen Worten Ernies Zustand und Prognose. Er war ein großer Mann, etwa Mitte fünfzig, mit einem Schopf ergrauender Haare und ungepflegt stoppeligem Kinn. In kurzen, abgehackten Sätzen erklärte er, es sei unwahrscheinlich, dass Ernie je wieder vollständig zu klarem Bewusstsein kommen würde, und dass sein körperlicher Zustand sich jederzeit dramatisch verschlechtern könne.

Kip betrachtete seinen Vater, dessen Blick starr an die Decke geheftet war, seit er das Zimmer betreten hatte. »Kann er mich denn hören, wenn ich den ganzen Vormittag lang auf ihn einrede? Was sieht er, wenn er so vor sich hin starrt?«

Der Arzt nickte verständnisvoll. »Es ist sehr schwer für die Angehörigen, mit dieser Situation umzugehen. Ganz plötzlich wird ihnen die geistige Präsenz eines geliebten Menschen wie von einer unsichtbaren Macht entzogen – das muss ein merkwürdiges Gefühl sein.«

Kip sparte sich die Mühe, dem Mann zu erklären, dass er seinen Vater vor wenigen Tagen zum ersten Mal gesehen hatte.

»Das Hörvermögen wurde beim Absaugen des Hämatoms nicht geschädigt, rein medizinisch gesprochen kann er Sie also hören. Was er sieht? Nun ja, auch diese körperliche Funktion ist intakt, aber ich vermute, er nimmt nur Schatten wahr, die sich zwischen ihm und seinem Blickpunkt bewegen – oder das Licht im Fenster, die Zimmerbeleuchtung. Was er darüber denkt? Und ob das Gehirn zusammenhängende Handlungsabfolgen daraus ableitet … wer weiß?« Er klopfte Kip leicht auf die Schulter. »Tut mir leid, wenn das pessimistisch klingt. Aber ich fürchte, wir müssen alle auf das Unvermeidliche vorbereitet sein.«

Kip hatte keine solchen Vorbereitungen getroffen. Er wollte verdammt sein, wenn er einfach wieder abreiste, solange die geringste Chance bestand, dass sein Vater wieder zum Leben erwachte.

Er klammerte sich stur an die Hoffnung, dass Ernie seinen geistigen Dämmerschlaf abschütteln und Kip erlauben würde, ihn als menschliches Wesen kennenzulernen, bevor er irgendwann nach Afrika zurückkehren musste. Doch angesichts der medizinischen Fakten, die der Arzt ihm vorgelegt hatte, wollte sein Traum, die Person hinter der leeren Fassade zu finden, rasch verblassen.

»Na, das ist mal ein Zeichen der Zeit.« Kip schüttelte die Zeitung, um die Seite auszubreiten. »Der *Telegraph* versteckt einen Bericht über den französischen Kernwaffentest auf dem Mururoa-Atoll auf Seite fünf. Auf der Titelseite hingegen geht es nur darum, dass *Top Gun* an den Kinokassen mehr eingespielt hat als *Crocodile Dundee*.«

Es war Samstagvormittag, ein schwüler Tag. Kip hatte Ernie gerade den *Sydney Morning Herald* vorgelesen und nun nach der Boulevardzeitung gegriffen, um sich die Zeit zu vertreiben. Er las weiter vor.

»Offenbar hat Tom Cruise Australiens Helden Paul Hogan an der Kinokasse geschlagen, wo *Top Gun* an die zweihundert

Millionen Dollar eingespielt hat.« Er schüttelte ungläubig den Kopf. »Das ist verdammt viel Geld für eine Geschichte über einen Piloten.«

»Piloten«, sagte Ernie.

Kip ließ die Zeitung auf den Schoß sinken. »Ernie? Hast du gerade etwas gesagt?«

Ernie blinzelte.

»Ernie?« Kip hielt den Atem an, doch das Gesicht seines Vaters nahm bereits wieder den üblichen leeren Ausdruck an. »Ernie?« Kip zermarterte sich das Hirn auf der Suche nach etwas, womit er diesen Nebel durchdringen könnte, nach einem Haken, mit dem er seinen Vater zurückholen konnte, bevor dieser wieder versank. »Hast du *Pilot* gesagt?«

»Pilot«, wiederholte Ernie.

»Ja, ein Pilot hat zweihundert Millionen Dollar eingespielt.« Das Flackern von Bewusstsein erlosch. »Ein Pilot, Ernie. Ein Pilot.«

Doch Ernie war in seinen Dämmerzustand zurückgekehrt, wo Kip nur ein zusammenhangloser Schatten war, der durch Ernies Blickfeld glitt. Es gab keinen Funken Erkennen in diesem Blick.

An diesem Samstagabend ging Kip aus, obwohl er selbst nicht wusste, ob er Ernies kurzen Augenblick der Bewusstheit feiern oder dessen rasches Ende betrauern wollte.

Erst trank er an der Hotelbar, konnte aber die erstickende Gediegenheit und falsche Geselligkeit dort nicht ertragen. Also betrank er sich in einer Kneipe ein Stück die Straße hinunter, mit glasierten Kacheln an der Hausfront und billig lackierten Türrahmen und Fußleisten im Inneren. Es roch leicht nach Erbrochenem und stark nach Zigarettenrauch, doch er trank dort friedlich vor sich hin, bis er zur Sperrstunde höflich hinausgebeten wurde.

Spät am Sonntagmorgen weckte ihn das Zimmermädchen mit lautem Klopfen. Kip befahl ihr grob, ihn in Ruhe zu lassen, und stellte sich dann lange unter die Dusche, um seinen dröhnenden Kopf zu klären.

So kam er erst mitten am Nachmittag im Pflegeheim an und fand eine Frau an Ernies Bett vor, die seine Hand hielt. Sie wirkte ebenso überrascht wie Kip, als er eintrat. Sie starrten einander einige Augenblicke lang an, dann grüßte Kip sie stammelnd.

Die Frau nickte und sagte dann: »Äh, wer sind … entschuldigen Sie, aber … ich habe Sie hier noch nie gesehen. Sind Sie ein Freund von Ernie?«

»Ich bin Kip. Ich meine, ich bin Bryan Sullivan.«

Sie starrte ihn an. »Bryan? Ernies Bryan?«

Einen Moment lang fragte er sich, ob diese Frau mit dem freundlichen Gesicht, in einem schlichten Faltenrock und einer Biesenbluse, seine Mutter sein könnte. »Wer … wer sind Sie?«, platzte er heraus.

»Ich bin Molly Hennessey. Ernies, äh … Freundin.« Sie senkte den Blick auf ihre Hand, die immer noch Ernies umklammert hielt. »Wir sind seit fünfundzwanzig Jahren zusammen.« Sie hob den Kopf und sah Kip an. Ihr Lächeln ließ ihre Augen blitzen. »Ich nehme an, das macht mich zu mehr als einer Freundin.«

Kip streckte die Hand aus. Molly ergriff sie sanft und hielt sie eine Weile fest, während sie zu ihm aufblickte. »Sie … du bist also Bryan …«

Kip zog sich einen Stuhl an die andere Seite des Bettes. »Ja, ich bin Bryan. Woher wissen … weißt du von mir?«

»Ernie hat mir alles von dir erzählt.« Sie wandte sich Ernie zu und tätschelte seine Hand. »Nach langer Zeit. Nicht, dass es da viel zu erzählen gab. Nur das, was er aus den Briefen deiner Mutter über dich wusste. Und das war ja herzlich wenig.«

Kip hatte tausend Fragen, aber Molly geriet mit ihren Antworten immer mehr durcheinander, bis beide erkannten, dass sie die Geschichte besser auf ihre Weise erzählte. Also begann sie mit einer weitschweifigen Reise durch vergangene Geschehnisse und unzusammenhängende Erinnerungen.

Teilchen für Teilchen setzte sich die Lebensgeschichte seines Vaters für ihn zusammen.

# Kapitel 59

Gegenüber dem Ploughman's Arms stand die Ruine eines zweistöckigen Gebäudes, das eine deutsche Fliegerbombe zerstört hatte. Ein paar Kinder spielten hinter der provisorischen Absperrung im Schutt.

Ernies Reha-Aufenthalt bei den Russen hatte unerklärlicherweise einen Monat länger gedauert. Sobald er aus der medizinischen Beobachtung entlassen wurde, machte er sich auf den Weg zum Ploughman's, einem Pub, der in einem weitgehend zerbombten Stadtteil von London immer noch ein tapferes Gesicht aufsetzte. Er schob die schwere, bleiverglaste Tür auf. Ein paar Männer aus der kleinen Gruppe von Gästen warfen ihm einen Blick zu, der vor allem über seine saubere neue Uniform huschte, und wandten sich dann wieder ihren Drinks und ihren Gesprächen zu.

Als der Barkeeper Ernie sein Bier brachte, fragte er ihn: »Haben Sie im vergangenen Monat hier einen Schwarzen gesehen? Wahrscheinlich trug er eine Armee-Uniform.«

Der Barkeeper kratzte sich am Kopf. »Einen Schwarzen … Jetzt, wo Sie das sagen …«

»Hat er sich vielleicht nach mir erkundigt, nach Ernie Sullivan?«

»Ja … das stimmt … da war ein Schwarzer. Hat nicht viel gesagt. Auch nicht viel getrunken – nur ein Bier, dann ist er wieder gegangen –, aber jedes Mal, wenn er gegangen ist, hat er gesagt: ›Wenn jemand nach mir sucht, ich komme morgen wieder.‹«

»Das muss er sein!«, sagte Ernie aufgeregt. »Und, war er heute schon hier?«

»Nee, den Schwarzen hab ich seit Tagen nicht mehr gesehen … seit ungefähr einer Woche. Wenn ich so drüber nachdenke, meine ich, er hätte gesagt, dass sie ihn nach Hause schicken.«

Ernies Lächeln erlosch.

»Aber ganz sicher bin ich mir nicht. Hier kommen ständig Leute rein, die irgendwelche Nachrichten für ihre Freunde hinterlassen wollen. Aber er war schon ein bisschen anders, deswegen glaube ich, ich erinnere mich ganz gut, was er gesagt hat.«

Ernie trank noch ein Bier und kehrte zu seiner Einheit zurück. In der Unterkunft erwartete ihn ein ganzes Päckchen Post, darunter ein kleines Bündel Briefe von Marie. Er verschlang die Briefe, freute sich über kleine Einblicke in ihr Leben, die alltäglichen Geschichten über Familienmitglieder – all die Kleinigkeiten, die so eine Seite von zu Hause füllten. Sie fragte, warum er nicht geschrieben habe, und dann, im Februar 1945 – vor sechs Monaten – hörten die Briefe plötzlich auf.

Er überflog ein paar offizielle Schreiben und entdeckte dann einen weiteren Brief aus Australien. Die Handschrift kannte er nicht. Er war schlicht mit »Nancy« unterschrieben und trug das Datum des 6. Januar.

Ernie las rasch die höfliche Einleitung – sie hoffte, der Brief erreichte ihn bei guter Gesundheit, und sie sei ja so froh, dass die Leute sagten, der Krieg würde bald zu Ende sein. Der wichtige Teil begann auf Seite zwei.

*Ich habe den kleinen Bryan ins St.-Patricks-Waisenhaus gebracht. Die Dokumente habe ich beigelegt, damit Du Anspruch auf ihn erheben kannst, wenn Du möchtest.*
*Es war sehr traurig, aber ich fürchte, dass Jim bald nach Hause kommen könnte, und was sollte ich dann tun?*
*Wir waren dumm, Ernie, und ich habe den Preis dafür gezahlt. Ich mache nicht Dir allein Vorwürfe, sondern mir selbst auch, aber jetzt muss ich mein Leben in die Hand nehmen und alles vergessen.*
*Bitte versuche nicht, Kontakt zu mir aufzunehmen. Ich könnte es nicht ertragen, wenn Jim von dem Baby erführe.*
*Ich wünsche Dir viel Glück für Dein weiteres Leben.*
*Nancy*

Ernie stand am Heck des Schiffes und starrte aufs Wasser hinab, wo die cremeweiße Bugwelle kurz mit den tintenschwarzen Wogen spielte, bevor sie wie eine verblassende Erinnerung davontrieb.

Ernie und seine Kameraden waren seit zwei Wochen auf See – fünfhundert von ihnen kehrten nach Australien zurück, um die Überreste ihres früheren Lebens wieder aufzusammeln, das sie mit anderen geteilt hatten, ehe der Krieg sie auseinandergerissen hatte. Für Ernie war es eine Reise durch die Hölle. Es hatte mehrere Nächte wie diese gegeben, in denen er über den Frieden nachdachte, den die tiefen schwarzen Wasser versprachen. Aber Selbstmord war eine Sünde, und was auch immer der Teufel sich an Qualen für seine Zukunft ausgedacht haben mochte, er war fest entschlossen, seinen Sohn zu finden – das unschuldige Opfer – und ihn aus dem Waisenhaus zu retten.

Er liebte Marie noch immer und wollte ihr gemeinsames Leben neu aufbauen. Sie waren noch fast Kinder gewesen, als sie geheiratet hatten, doch so ein Krieg machte einen Mann um mehr als nur die paar Jahre älter.

Die Überreste seines katholisch geprägten Gewissens plagten ihn mit tiefen, erbarmungslosen Schuldgefühlen, doch er würde sie um Verzeihung bitten in der Hoffnung, dass sie sein Kind akzeptieren konnte.

Tief in seinem Herzen fragte er sich, ob überhaupt eine Frau so gütig sein konnte.

Molly tupfte sich eine Träne von der Wange, als sie ihre Geschichte beendete. »Das ist so ziemlich alles, was ich über die Zeit unmittelbar nach dem Krieg weiß. Er hat nicht gern davon gesprochen.«

Die Sonne war tiefer gesunken und sandte schräge Strahlen in Ernies Zimmer. Kip stand auf und verstellte die Jalousien. Ein diffuses, rosiges Licht verdrängte das grelle Gold.

»St. Patrick's war nicht schwer zu finden, aber du warst schon weg. Wie ein Kind aus einem Waisenhaus verschwinden konnte, ohne dass es ordentliche Unterlagen darüber gab, war ihm ein Rätsel, aber irgendwie hat er doch herausgefunden, dass Marie dich adoptiert hatte. Wir haben beide nie verstanden, warum sie dich von dort gestohlen hat.«

Kip kannte die Antwort darauf. Maries Boshaftigkeit und Rachsucht waren grenzenlos gewesen.

»Er hat immer weiter nach dir gesucht, Bryan. Sogar als ich ihn kennengelernt habe, viele Jahre später, hatte er die Hoffnung noch nicht aufgegeben. Dein Geburtstag war immer eine schlimme Zeit für Ernie. Er hat von seinen verpassten Chancen gesprochen, seinen Schwächen, seinem Versagen.

Aber sein Verlust war für alle anderen ein Gewinn. ›Onkel Ernie‹ war der liebste Babysitter für sämtliche Kinder seiner Freunde.«

»Habt ihr nie an eigene Kinder gedacht, du und Ernie?«

»Wir haben uns jahrelang mit dieser Frage herumgeschlagen. Ich bin katholisch, aber längst nicht so strenggläubig wie Ernie. Er konnte nicht wieder heiraten. Seine Religiosität war stärker als sein Recht, die Ehe mit Marie annullieren zu lassen, oder wie immer man das nennt.«

Mollys Augen glänzten feucht, als sie Kip erzählte, wie glücklich sie und Ernie gewesen waren, bevor seine Hilfsbereitschaft zu dem Unfall geführt hatte, dem er seinen jetzigen grausamen Zustand verdankte.

»Der Enkel eines Nachbarn hatte seinen Fußball auf Ernies Dach geschossen«, sagte sie. »Ernie scheute keine Mühe, wenn es um Kinder ging.«

Aber die Leiter stand nicht sicher und kippte, schlitterte mit metallischem Kreischen an der Regenrinne entlang und schleuderte Ernie auf den gepflasterten Gartenweg.

»Der Arzt sagte, es sei eine leichte Gehirnerschütterung, aber Ernie, stur wie er war, weigerte sich, zur Beobachtung im Krankenhaus zu bleiben.«

Ernies Gehirnblutung machte sich nicht akut bemerkbar. Nach ein paar Tagen ging er wieder zur Arbeit, küsste Molly zum Abschied und sagte ihr, sie solle sich keine Sorgen machen. Er erklärte, Pig-iron-Bob hätte sein Hirn vor dem Krieg überarbeiten lassen – einer seiner typischen Scherze, mit dem er auf den Premierminister anspielte, der noch kurz vor dem Krieg die Japaner mit Roheisen hatte beliefern wollen.

Ernie erzählte niemandem von seinen Kopfschmerzen. Die gerinnungshemmenden Medikamente, die er gegen seine

Arthritis einnahm, machten alles noch viel schlimmer. Er brach in der Fabrikhalle zusammen und blieb drei Wochen lang im künstlichen Koma. Als man ihn wieder aufweckte, gingen zwar die Lichter an, aber es war niemand zu Hause.

Molly wollte lange nicht akzeptieren, dass sein Zustand irreversibel war, dass er nicht eines Tages zu ihr zurückkommen würde. Sie sagte, sie sei sicher, dass Ernie sie hörte und verstand und dass er manchmal, wenn auch leider nur selten, ganz bei Bewusstsein war; dann teilten sie diese kostbaren Augenblicke, hielten sich an den Händen und sprachen über ihre gemeinsamen Zeiten, die guten und die schlechten.

Molly gab zu, dass sie die einzige Zeugin für diese wachen Momente war und dass das Pflegepersonal und die Ärzte ihren Berichten skeptisch gegenüberstanden.

»Es wird immer schwerer, ihn aus diesem Dämmerzustand zu reißen. Aber ich komme trotzdem jeden Sonntag, und manchmal auch samstags, wenn die Bäckerei mir freigibt. Die Fahrt hierher mit verschiedenen Buslinien dauert furchtbar lange, sonst könnte ich öfter hier sein.« Sie zuckte mit den Schultern. »Aber ich brauche das Geld, also muss ich die Arbeit annehmen, wenn sie mir geboten wird, nicht wahr?«

Sie wischte eine Träne fort. »Sieh ihn dir nur an«, sagte sie und blickte lächelnd auf Ernie hinab, der leise schmatzte und zur Decke hinaufblinzelte. »Er hört jedes Wort, das wir sagen. Er weiß, dass du hier bist, Bryan. Du wirst schon sehen, er wird jeden Moment aufwachen und dir einen seiner derben Witze erzählen.« Sie sah Kip über das Krankenbett hinweg an. »Du wirst schon sehen.«

Kip marschierte energisch in Richtung Pflegeheim und dachte wieder einmal über Mollys Geschichte nach, die er mit gemischten Gefühlen betrachtete. Der Gedanke, dass sein Vater sich bemüht hatte, ihn zu finden, hielt ihn aufrecht. Aber die Prognose des Arztes entmutigte ihn so sehr, dass er ernsthaft daran dachte, bald nach Kenia zurückzukehren. Er stieg die Treppe des Krankenhauses hinauf und versuchte, diese Überlegungen hinter sich zu lassen.

Am Bett seines Vaters angekommen, nahm er Ernies Hand und beugte sich vor, um ihn auf die Wange zu küssen, wie er es sich angewöhnt hatte. Erst jetzt merkte er, dass er vergessen hatte, am Kiosk in der Eingangshalle die Zeitung zu kaufen. Er hatte nur große Scheine dabei und suchte seine Taschen nach Kleingeld ab. Er konnte nichts finden und zog den Schlüsselbund aus der Tasche, um tiefer nach Münzen zu graben. Normalerweise ließ er seine Schlüssel im Hotel; nur aus Gewohnheit hatte er sie überhaupt mit ins Flugzeug genommen, statt sie zu Hause aufzubewahren. Schließlich konnte er sie hier in Sydney gar nicht brauchen.

Er legte den Schlüsselbund aufs Bett und ging hinaus, um die Zeitung zu kaufen. Als er zurückkam, hatte Ernie den Schlüsselbund in der Hand und betastete den zerbrochenen Spielzeug-Bumerang.

Kip trat leise ans Bett. Der Blick seines Vaters war auf den halben Bumerang gerichtet. »Bumerang«, flüsterte er mit schwacher, heiserer Stimme. »Bumerang.« Das Wort schien ihn sehr zu berühren.

Kip traute sich erst gar nicht, etwas zu sagen. Dann riskierte er es doch, ihn vielleicht abzulenken. »Das stimmt, Ernie. Bumerang.«

Ernie hob den Blick von dem Schlüsselring. Kip sah den klaren, wachen Ausdruck in seinen Augen. »Das ist meiner«, sagte sein Vater erstaunt.

»Ja, er gehört dir. Ich habe für dich darauf aufgepasst.«

Ernie nickte verständnisvoll. »Kenne ich Sie, junger Mann?«

Kip wusste nicht, wie er mit diesem Moment umgehen sollte, und bereute, dass er sich nicht darauf vorbereitet hatte. »Ich bin … Kip. Aber manche Leute nennen mich Bryan.«

»Bryan?« Ernie schien den Klang dieses Namens zu genießen. »Bryan … ich kenne Bryan.«

»Ja?«

»Oh, aber sicher. Bryan. Das ist mein kleiner Junge, wissen Sie?«

»Das ist schön. Erzähl mir von Bryan.«

Ernie öffnete den Mund, doch es drang kein Laut heraus. Er schluckte und versuchte es erneut.

Wieder traute sich Kip kaum zu sprechen, doch er wollte ihn ermuntern und fragte: »Was weißt du von Bryan?«

Ernie betrachtete den Schlüsselbund. »Bumerang«, sagte er.

»Was weißt du über Bryan, Ernie?«

Ernie riss seinen Blick von dem Bumerang los. Seine Augen wirkten verschleiert. Er lugte zu Kip hinauf, als sähe er ihn zum ersten Mal. »Nichts.« Seelische Qual lag in seiner Stimme. »Ich weiß nichts über Bryan. Er ist verloren.«

»Ich kann dir helfen, ihn zu finden. Wenn du möchtest.«

»Könnten Sie das?« Er musterte Kip weiterhin. »Kenne ich Sie?« Seine Stimme wurde kräftiger, doch seine Aussprache wirkte bedächtig, als müsse er nach jedem Wort suchen.

»Nicht direkt. Ich bin ein Freund von Molly.« Er hoffte, Mollys Name würde seinen Vater beruhigen.

So war es auch. Ernies Miene hellte sich auf. »Molly? Hübsche Kleine, was? Molly … wo ist sie?«

»Sie ist … ganz in der Nähe. Sie kommt dich bald besuchen.«

»Prima«, sagte Ernie und gab sich mit dieser Antwort zufrieden. »Und wie war noch gleich dein Name, Junge?«

Kip beschloss, anders vorzugehen. »Ich heiße Rupert Balmain.«

Ernie lächelte. »Ziemlich hochgestochener Name, was? Rupert.«

»Rupert Balmain. Aber meine Freunde nennen mich Kip.«

»Kip. Das ist besser. Mit 'nem Namen wie Rupert würden sie dich in der Schule grün und blau prügeln, was?«

Kip lächelte trotz seiner Anspannung. »Allerdings. Deshalb habe ich ihn geändert.«

Ernie wandte sich wieder dem Schlüsselbund zu, den er immer noch in der Hand hielt. Er runzelte erneut die Stirn. »Gehört dieser zerbrochene Bumerang dir, Kip?«

»Nein, Ernie das ist deiner.«

Ernie nickte, und ein entrückter Ausdruck trat in seine Augen. »Ich habe irgendwem die Hälfte gegeben … irgendwem die Hälfte gegeben … und Marie hatte die andere Hälfte.« Er blickte wieder darauf hinab und strich mit dem Zeigefinger über die gelben Wellenlinien. »Welche Hälfte ist das, Kip?«

Er zögerte und war versucht, sie als Zakayos Hälfte auszugeben, weil er diese Lüge für sicherer hielt als die Wahrheit. Doch dann beschloss er, die Wahrheit zu sagen. »Das ist Maries.«

»Marie. Sie ist weg, weißt du? Ich weiß nicht, wo Marie jetzt steckt. Hat meinen Kleinen mitgenommen, ja das hat sie.« Er sah Kip mitleidheischend an. »Meinen Sohn.«

»Ich weiß.«

»Aber die andere Hälfte habe ich …« Er kniff vor Konzentration das ganze runzlige Gesicht zusammen. »Oh, Mann … Er war schwarz … Ich sehe ihn vor mir.« Seine Augen weiteten sich. »Ich war im Krieg … Jetzt erinnere ich mich. Mein Freund, der Schwarze, der war in einer Art Lager … einem Gefängnis, glaube ich. Wie bin ich dahin gekommen? Himmel! Mein Flugzeug! Es hat gebrannt!« Er streckte die Hand nach Kip aus.

Kip nahm sie und tätschelte sie beruhigend. »Ist schon gut, Ernie, schon gut.«

»Ich habe ihnen gesagt, sie sollen aussteigen! Das hab ich!« Er sah Kip an, als suche er Verständnis, während sich in seinen Augen Grauen spiegelte, Grauen vor einer Erinnerung, die zu schrecklich war, als dass die Zeit sie hätte zähmen können. »Ich habe gesagt ›Raus hier! Alle Mann sofort raus!‹ Aber überall waren Flammen. Sie hatten keine Zeit mehr.«

Der schwere Schlüsselbund fiel ihm aus der Hand. Mit einem metallischen Knirschen schlug er auf den Boden.

Ernie schloss die Augen und bedeckte den Kopf schützend mit den Armen. »Oh Gott … Oh Gott … Oh nein …«

»Schon gut, Dad, es ist vorbei. Es ist alles gut! Bitte reg dich nicht auf. Dad, hör mir zu – ich bin hier, bei dir. Es ist vorbei.«

Ernie wimmerte: »Oh nein … oh nein«, und rutschte im Bett abwärts, bis er das Gesicht unter der Bettdecke verstecken konnte.

Kip blieb den ganzen restlichen Tag über bei ihm, aber Ernie hatte sich wieder in seine stumme Welt geflüchtet.

Als Kip spät am Abend selbst im Bett lag, starrte er an die Decke und ging im Geiste Schritt für Schritt die schmerzlichen Ereignisse des Tages noch einmal durch. Er glaubte, dass er ganz knapp davorgestanden hatte, Ernie in die Wirklichkeit zurückzuholen. Es waren die plötzlichen Erinnerungen an den Krieg gewesen, die ihn wieder fortgerissen hatten. Leider würde es niemals möglich sein, Ernie nur die angenehmen Erinnerungen ins Gedächtnis zu rufen, auch die schmerzlichen mussten wieder auftauchen, wenn sein Erinnerungsvermögen ganz zurückkehren sollte. Kip fragte sich, ob es noch eine Chance gab, dass Ernie ihn als seinen Sohn erkennen würde, bevor sein Verstand sich wieder einbunkerte. Er fürchtete, dass die Zeit nicht gerade auf seiner Seite stand.

Immer wieder spielte er die Ereignisse des Tages durch und versuchte, sich eine wirksamere Strategie auszudenken für den Fall, dass er eine zweite Chance bekam.

Erst jetzt fiel Kip auf, dass er sich schon verplappert hatte, aber Ernie schien nicht bemerkt zu haben, dass Kip ihn »Dad« genannt hatte.

Der alte Mann, der Zakayo auf diesem letzten Abschnitt seiner Reise mitgenommen hatte, hatte sich erboten, auf ihn zu warten. Der Himmel wurde schon dunkel, und heutzutage sollte niemand nachts allein draußen sein, so weit außerhalb des Dorfes, hatte er gesagt. Zakayo hatte ihm gedankt, aber erklärt, dass er Zeit brauchte. Was Zakayo nicht gesagt hatte, war, dass er vor allem allein sein wollte.

Der zerbeulte Kleinlaster, beladen mit Süßkartoffeln, rumpelte davon und ließ Zakayo in einer goldenen Staubwolke zurück. Er starrte auf den langen, grauen Hügel, der sich am Straßenrand fünfzig Meter in beide Richtungen erstreckte.

Er ließ die Arme locker an der Seite sinken und streckte sich, um die Anspannung zu lösen, die in seinen verkrampften Schultern steckte, seit er vor drei Stunden aus Luwero aufgebrochen war, zuerst zu Fuß, bis ihn der Lastwagen mitgenommen hatte.

Er befand sich nicht zum ersten Mal an einem Schauplatz des gewaltsamen Todes, aber es war etwas unerträglich Obszönes an den grauen Schädeln – Tausenden von Schädeln –, die hier am Straßenrand bis in Schulterhöhe aufgehäuft lagen. Es wäre besser gewesen, wenn man sie im Dschungel begraben hätte. Im Verborgenen. Aber nein, die Soldaten wollten alle wissen lassen, was jenen geschah, die mit dem Feind kollaborierten. Die Schädel waren ein Denkmal der Angst.

Die Trockenzeit würde bald enden, und drohender Regen hing schon schwer in der Luft. Ein Berg von Gewitterwolken grollte am Horizont. Ein Sonnenstrahl lugte zwischen ihnen hindurch, durchstach die Papayabäume hinter ihm und warf sein goldenes Licht auf die Schädel.

Was waren das für Menschen, diese Soldaten?, fragte er sich. Amins Kakwa waren über Zakayos Heimatdistrikt Gulu hergefallen und hatten Männer gefoltert, die es wagten, die Stimme gegen Amins unterdrückerische Herrschaft zu erheben – gute Männer wie den alten Thomas und viele andere. Die Kakwa waren der traditionelle Erzfeind, und alle wussten, dass sie dumm und gewissenlos waren. Aber die Truppen, die in Luwero gewütet hatten, das waren Acholi und Lango gewesen – seine Brüder und Cousins. Überlebten Ethik und Moral nur so lange, wie Rachsucht im Zaum gehalten werden konnte? Und warum konnten Afrikaner keine zivilisierten Kriege führen, wie die Europäer?

Dies war nicht der erste Schauplatz eines Massenmords, den er während seiner monatelangen Suche gesehen hatte. Sie waren über das ganze Luwero-Dreieck verteilt. Sie verursachten ihm Übelkeit. Aber dieser Berg von Schädeln hier, dreißig Kilometer außerhalb des Ortes und auf der gegenüberliegenden Straßenseite einer Papaya-Plantage, enthielt Amelias Vater zufolge die Überreste von Amelia und von Amelias und Zakayos zwei Kindern. George Bazonga wusste das ganz genau, weil er den Lastwagen heimlich gefolgt war und aus einem Versteck heraus die gespenstische Verstümmelung der Leichen mit angesehen hatte.

Zakayo verstand nicht, warum Amelias Vater eine solche Greueltat hatte beobachten wollen. Dann fiel ihm ein, wie verzweifelt er selbst gewesen war, weil er vielleicht nie Gewissheit über das Schicksal von Amelia und seinen beiden Kindern erlangen würde. Ein trauerndes Herz musste solche Dinge wissen, ganz gleich, was das für Folgen haben mochte.

Ein großer, warmer Regentropfen klatschte auf seine Schulter. Der Staub der Straße um ihn herum wurde von leisen Einschlägen aufgewirbelt, *pfutt, pfutt,* und die Oberfläche war von kleinen Kratern übersät. Jenseits der Papaya-Plantage war das anschwellende Rauschen von schwerem Regen auf dichtem Blattwerk zu hören. Die Tropfen prasselten auf Zakayo herab. Bald bedeckte Wasser die Schädel wie eine frische Schicht Lack.

Zakayo wurde tropfnass, brachte aber nicht die Kraft auf, sich von der Stelle zu rühren. Seine lange Reise hatte ihn erschöpft. Falls in Uganda jemals wahrer Frieden anbrechen sollte, würden noch viele Menschen nach ihm dieselbe Reise antreten, zu Stätten des Todes wie dieser.

Vielleicht würden sie, so wie Zakayo, auch auf der Suche nach Afrika sein – dem Afrika, das er als junger Mann geliebt hatte. Einem Afrika, das stolz auf seine Vergangenheit war und voller Hoffnung in die Zukunft blickte. Vielleicht würden sie solche Orte zutiefst niedergeschlagen verlassen, aber mit dem festen Entschluss, alles zu unternehmen, um ihre

Anführer davon zu überzeugen, dass sie die alten Stammesgeschichten vergessen und alte Sünden verzeihen mussten. Dass sie sich für ihr Volk stark machen mussten, statt nur für das, was sie ihm rauben konnten.

Vor vielen Jahren hatte Zakayo von den Killing Fields in Asien gehört. Es hatte die ganze Welt schockiert, wozu Menschen fähig waren, welche Greueltaten sie an anderen Menschen verüben konnten. Barbarisch hatte die Welt das genannt und die Anführer der Kambodschaner scharf verurteilt. Sogar in Afrika sprach man voller Entsetzen von den Killing Fields in Asien.

Die Massaker im Luwero-Dreieck hatten sich nur wenige Jahre nach Kambdoscha ereignet. Aber wer wusste von Afrikas »Feldern des Todes«?

Wen kümmerten sie?

# Kapitel 60

Kip las Ernie bei seinen Besuchen weiterhin die Zeitung vor, doch der traumatisierte Rückzug seines Vaters aus ihrer ersten echten Begegnung hatte ihn erschüttert, und er traute sich nicht, ihm den Bumerang erneut zu zeigen.

Er fragte Carbery-Smythe, welche Risiken bestünden, wenn er versuchte, seinen Vater aus seiner geistigen Höhle herauszuzerren.

»Ich fürchte, darauf kann ich Ihnen keine definitive Antwort geben«, sagte der Arzt zu Kip in dem winzigen Raum, der ihm als Büro diente. »Rein medizinisch betrachtet hätte der Patient dieses Hämatom gar nicht überleben können. Manche würden sagen, es sei schon erstaunlich, dass Ihr Vater überhaupt bis zu diesem Punkt gekommen ist.«

Seine näselnde Stimme und sein reserviertes Verhalten ärgerten Kip. Er erinnerte sich an ihre erste Begegnung, als Carbery-Smythe seine Hände in den Taschen verborgen hatte, statt ihn mit einem Handschlag zu begrüßen, wie es sich unter Männern gehörte. Diese Haltung des Arztes bestätigte sich jetzt, als er völlig emotionslos von »dem Patienten« hier und »dem Patienten« dort sprach. Das zeigte Kip, dass der Arzt es vorzog, Distanz zu seinen Schützlingen zu wahren, statt sich persönlich zu engagieren. Vielleicht war seine alltägliche Aufgabe, ihren unvermeidlichen Verfall zu überwachen, im Lauf der Jahre unerträglich für ihn geworden.

»Außerdem erliegen geistig so schwer geschädigte Patienten, wie es bei ihrem Vater der Fall ist, wahrscheinlich früher oder später einer schweren Infektion, meist sterben sie an einer Lungenentzündung«, fuhr Carbery-Smythe fort. »Laienhaft ausgedrückt könnte man sagen, dass der Patient nach fünf Jahren praktisch ohne geistigen Stimulus vielleicht einfach den Lebenswillen verloren hat.«

»Warum bekommt er dann keine Behandlung, die ihm hilft, aus diesem Zustand herauszukommen? Haben Sie denn keine Spezialisten für so etwas?«

»Sehen Sie sich mal um, Mr. Sullivan.« Carbery-Smythe wies mit ausholender Geste auf sein Büro.

Kips Blick folgte unwillkürlich dem ausgestreckten Arm zum Fenster. Der eintönig graue Himmel und der ungepflegte Garten, der die Ansammlung trübseliger Gebäude umgab, vermittelten eine gedrückte Stimmung.

»Der letzte große Krieg endete vor fünfzig Jahren«, sagte der Arzt. »Anstalten wie unserer wird das Budget immer weiter zusammengestrichen. Die Veteranen, unsere Patienten, bekommen einmal wöchentlich Physiotherapie, aber Ihr Vater bräuchte konstante Stimulation, fast rund um die Uhr. Wir schaffen es kaum, die grundlegendste Pflege dieser Männer zu gewährleisten, und selbst wenn wir mehr tun könnten – es ist eine Tatsache, dass seine Chance, sich vollständig zu erholen, praktisch gleich null ist.«

Kip weigerte sich, sich durch Carbery-Smythes Zynismus von seiner Sache abbringen zu lassen. »Aber Molly sagt, sie hätte erlebt, wie er immer wieder für kurze Zeit voll zu Bewusstsein kommt.«

Der Arzt nickte herablassend. »Angehörige neigen dazu, kognitive Anzeichen zu sehen, die nicht da sind.«

»Aber mit mir hat er auch gesprochen – erst vorgestern.«

Der Doktor zog die Brauen in die Höhe. »Tatsächlich?«

»Ja. Wir haben uns etwa zehn, fünfzehn Minuten lang unterhalten. Er war ganz normal, bis …«

»Ja?«

»Bis er sich an Dinge aus dem Krieg erinnert hat. Da hat er wieder abgeschaltet. Das hat mir Angst gemacht. Könnte das schädlich für ihn sein?«

»Hm.« Der Arzt rieb sich das Kinn und musterte Kip einen Moment lang. »Das ist in diesem Stadium äußerst ungewöhnlich.« Er kratzte weiterhin seine Bartstoppeln. »Aber ich will Ihnen glauben, Mr. Sullivan, und ich will ganz offen zu Ihnen sein. Wenn Sie die entsprechende Ausbildung hätten und jeden wachen Moment mit ihm verbringen könnten, wäre es möglich, dass der Patient einen Teil seiner geistigen Kräfte wiedererlangt.« Er hob mahnend den Zeigefinger. »Möglich. Aber dann könnten wir ihn wieder verlieren, und zwar endgültig. Der sicherste Weg für Sie – und das sage ich Ihnen in Ihrem eigenen Interesse – wäre, diese kurzen Momente der Klarheit zu genießen, sich aber nicht auf eine unwahrscheinliche Heilung zu versteifen und emotional allzu sehr an dieser Hoffnung zu hängen.«

»Das mag ein guter Rat sein, Doktor, aber ich hänge bereits emotional daran. Ernie ist mein Vater, Herrgott noch mal. Wollen Sie damit sagen, dass ich ihn einfach aufgeben soll?«

»Ich will Ihnen damit sagen, dass in der Medizin alles mit gewissen Risiken verbunden ist. Persönlich halte ich nichts von diesem Unsinn, Leben um jeden Preis erhalten zu wollen. Für mich ist es die Lebensqualität, auf die es wirklich ankommt, aber wir müssen auf das Schlimmste gefasst sein. Ihr Vater steht auf Messers Schneide. Ganz gleich, welchen

Weg wir einschlagen, die langfristige Prognose bleibt die gleiche.«

Kip verabscheute Worte wie »langfristig«. Seine wichtigste Frage spukte ihm im Kopf herum, aber der Mut, sie auszusprechen, versagte, als eine Woge von Erschöpfung über ihn hinwegrollte.

Carbery-Smythes Pessimismus zog ihn herunter. Er strich sich mit den Fingern müde über Augen und Gesicht. »Also dann, vielen Dank, dass Sie mir Ihre Zeit geopfert haben«, sagte er und stand auf.

»Sie haben offensichtlich etwas in Ihrem Vater berührt, Mr. Sullivan«, sagte der Arzt und folgte ihm zur Tür. »Wenn irgendjemand ihn aus sich herausholen könnte, dann Sie.«

Kip platzte mit seiner Frage heraus: »Wird er je wieder ganz gesund?« Sofort bereute er es, das ausgesprochen zu haben.

Carbery-Smythe schnalzte skeptisch und senkte den Blick – eine Geste, die der Arzt sicher viele Male geübt hatte. »Lassen Sie es mich so ausdrücken: Genießen Sie die Zeit, die Sie noch mit Ihrem Vater verbringen können, aber seien Sie auf … auf eventuelle Rückschläge gefasst.«

Kip nickte. »Scheiß auf dich, Doktor«, brummte er, als er den Flur entlang zum Zimmer seines Vaters ging.

Am Tag nach dem Gespräch mit dem Arzt saß Kip am Bett seines Vaters, hielt dessen Hand und drückte sie ab und zu, um zu prüfen, ob sich in Ernies üblichem, leerem Gesichtsausdruck irgendeine Reaktion zeigte. Ernie schien gar nicht zu bemerken, dass er da war.

Kip hielt eine Viertelstunde lang Ernies Hand und dachte daran, wie der Arzt Ernies Chancen einschätzte, auch nur kurzzeitig wieder zu vollem Bewusstsein zu kommen.

»Was für eine Lebensqualität ist das, Ernie?«, fragte er ihn. »Was würdest du an meiner Stelle tun?«

Ernie blinzelte und bewegte die Lippen.

Kip griff in die Tasche und hielt seinen Schlüsselbund vor Ernies Gesicht. Er wartete einen Moment und wackelte dann ein wenig damit herum.

Ernie griff nach dem zerbrochenen Bumerang und strich mit einem zitternden Finger über die glatte, schwarze Fläche.

»Komm schon, Ernie. Sprich mit mir. Erzähl mir was. Erzähl mir einen Witz.«

Ernies Blick glitt von dem Bumerang zu Kip. Einen Moment lang flackerte Erkennen in seinen Augen auf.

»So ist es gut, Ernie. Sprich mit mir.«

»B-b-bumerang«, sagte er.

Die Veränderung geschah langsam, aber Kip tastete sich in den folgenden Tagen den qualvollen Weg zu den Erinnerungen seines Vaters voran, und Ernies holprige Versuche, sich geistig anzustrengen, wurden immer erfolgreicher.

Am Ende dieser Woche konnte Kip sich richtig mit ihm unterhalten, obwohl das Gespräch manchmal von Phasen unterbrochen wurde, in denen Ernie in verwirrtes Schweigen verfiel.

Carbery-Smythe war erstaunt und stattete Ernie nun täglich einen kurzen Besuch ab, um die Fortschritte zu überwachen.

Eines Vormittags holte Kip wieder den Schlüsselbund hervor. »Wo ist die andere Hälfte von diesem Bumerang, Ernie?«, fragte er.

»Hm, lass mal sehen …« Ernie musterte das Stück Holz

mit zusammengekniffenen Augen und kratzte sich am Kopf. »Ich habe sie jemandem gegeben … Zako! Zako, so hieß er.« Er blickte zu Kip auf und lächelte. »Den hätt ich beinahe vergessen, oder?«

»Wer war Zako?«, bohrte Kip nach.

»Zako war 'n Kumpel von mir … im Lager. Ein Schwarzer. Mit Krisselhaaren und allem Drum und Dran.«

»Marie hatte die eine Hälfte, und er hatte die andere«, fügte Kip hinzu.

»So isses. Das weißt du noch, ja?« Ernie runzelte die Stirn. »Tut mir leid, Mann – hab schon wieder deinen Namen vergessen.«

»Ich heiße Bryan.«

»Richtig! Genau wie mein kleiner Junge.« Er strich mit der Fingerspitze über die Bruchkante des Bumerangs. »Ich habe die andere Hälfte Zako gegeben. Wir wollten uns im Pub treffen, aber er ist nicht aufgetaucht, der arme Kerl. Hat's wahrscheinlich nicht geschafft.«

»Doch, er hat es nach London geschafft, aber er konnte nicht lange warten. Er musste zurück nach Afrika.«

»Na, da brat mir einer einen Storch! Schön für ihn. Der alte Zako, was?« Ernie nickte und fragte dann: »Du kennst also Zako, ja?«

»Ja, ich kenne ihn gut. Ich kenne auch seine Familie.«

»Na, da soll mich doch … Klein ist die Welt, was, Bryan?«

Kip lächelte. Nachdem er London und Sydney nach seinem Vater abgesucht hatte, fand er die Welt größer, als ihm lieb gewesen wäre. »Ja«, sagte er. »Erzähl mir noch mehr von Zakayo … ich meine Zako.«

Ernies Augen blitzten, und ein Lächeln spielte um seine Mundwinkel. »Mann, was haben wir beide Spaß gehabt. Das kannst du aber glauben. Haben sogar ein bisschen Geld verdient. Aber einmal ist Zakayo beinahe von einer Granate in die Luft gesprengt worden.«

Bevor er seine Geschichte zu Ende erzählen konnte, schlief Ernie ein, doch das Lächeln blieb.

Kip wünschte, er könnte ihm seine eigene Geschichte erzählen und ihm sagen, wer er wirklich war, aber er fürchtete sich vor diesem Schritt. Während Ernie schlief, versuchte er, diese Furcht zu ergründen. Sein erster Gedanke war, dass er Ernie nicht mit etwas so emotional Überwältigendem konfrontieren wollte, weil das vielleicht zu einem Rückfall führen könnte. Aber als er länger darüber nachdachte, fragte er sich, ob er nicht in Wahrheit befürchtete, Ernie könnte nicht so überglücklich sein, seinen verlorenen Sohn wiederzusehen, wie Kip es war, weil er seinen Vater gefunden hatte.

Kip wartete noch zwei Tage, bis er Molly vom Hotel aus anrief, um ihr von Ernies Fortschritten zu erzählen. Molly sagte erst, sie würde sich am nächsten Morgen krankmelden, um ihn zu besuchen, war aber dann doch zu aufgeregt. »Ich kann nicht bis morgen warten«, sagte sie und bestand darauf, sofort hinzufahren.

Als das Taxi vor dem Tor hielt, fürchtete Kip, dass er Molly vielleicht zu viel Hoffnung gemacht hatte und sie doch wieder nur die beängstigende Leere in Ernies Blick vorfinden würden.

Croydon Park lag fast völlig im Dunkeln. Trüber Lichtschein in den Mansardenfenstern ließ sie wie riesige, traurige Augen wirken, die auf sie herabschauten. Kip nahm Mollys Hand, als sie die Treppe hinaufstiegen. Sie klingelten und mussten minutenlang warten, bis der Nachtwächter erschien.

Er wollte sie nicht hereinlassen, weil es schon nach neun Uhr war, aber Kip erklärte ihm die Situation. Der Mann ließ sie ein und sagte, sie dürften höchstens eine Stunde bleiben.

Als sie die Zimmertür erreichten, sahen sie Ernie halb aufrecht in den Kissen ruhen; er starrte im schwachen Licht der Nachttischlampe zur Decke hinauf. Kip sank der Mut, doch als sie eintraten, drehte Ernie sich zu ihnen um.

»Hallo, Liebes«, sagte er ohne die geringste Überraschung, Molly um diese Zeit hier zu sehen. »Was gibt's Neues?«

Molly weinte vor Freude. Sie zögerte kurz in der Tür, trat dann ans Bett, legte die Hände auf seine Wangen und küsste ihn auf den Mund.

»Herrgott!«, japste Ernie. »Womit hab ich denn das verdient, Liebes?« Er bemerkte Kip, der hinter ihr stand. »Tag, Junge. Lass dich von uns nicht stören. Komm rein, komm rein.«

Sobald Molly sich wieder gefasst hatte, bombardierte sie Ernie mit Fragen. Wie fühlte er sich? Woran konnte er sich erinnern? Wusste er, dass sie ihn jede Woche besuchte? Ernie kam mit dem Antworten kaum hinterher, denn Molly unterbrach ihn immer wieder, indem sie ihn küsste oder seine Hand drückte, und sobald er stotternd eine Frage beantwortet hatte, fing sie von etwas Neuem an oder erzählte ihm irgendetwas von ihren Freunden. Ernie war überwältigt, schien aber zurechtzukommen. Kip ließ Molly gewähren. Die beiden hatten viel nachzuholen.

Schließlich musste sie Luft holen, und Ernie nutzte die Chance, um zu fragen: »Und woher kennt ihr beiden euch?« Er blickte lächelnd zwischen ihnen hin und her, während sich das Schweigen in die Länge zog.

Molly warf Kip einen Blick zu und nickte ermunternd, doch

Kip war wie gelähmt. Schließlich sprach sie für ihn. »Ernie, das ist Bryan.«

»Ja, ich weiß, Liebes. Der junge Bryan hört sich mein Geschwafel schon seit … ich weiß nicht wie lange an. Hab ich nicht recht, Kumpel?«

Kip versuchte zu lächeln.

»Ja, Ernie, aber das ist *dein* Bryan.«

Ernies Lächeln verebbte, und seine Augen weiteten sich, als er begriff. Er wandte den Kopf von Molly zu Kip, dann wieder zurück, als versuche er, dieses Rätsel zu begreifen oder sich zu vergewissern, dass er sie nicht missverstanden hatte. »Mein Bryan?«

»Ja, Ernie. Dieser junge Mann ist dein Sohn.«

# Kapitel 61

Im Taxi stützte Kip das Kinn auf eine Hand und erinnerte sich an den Abend mit seinem Vater. Nachdem Molly das Geheimnis gelüftet hatte, hatten sie sich unterhalten, nein, Kip hatte zugehört, und zwar zwei Stunden lang, während Ernie Kip seine Lebensgeschichte erzählt hatte. Er erzählte Geschichten von seiner ersten Stelle als Scheuermann im Darling Harbour, wo jetzt ein gewaltiges Einkaufs- und Kulturzentrum stand, und von seinen Eskapaden während der Flugausbildung in Kanada. Er sprach von der Nacht, als er über Deutschland abgeschossen wurde, von den Männern, die gestorben waren, und von dem Afrikaner, der ihm der beste Freund wurde, den er je gehabt hatte. Mit keinem Wort erwähnte er Marie oder die kurze Affäre auf See mit einer Frau, die schwanger wurde und Kip zur Welt brachte. Vielleicht schwieg er aus Rücksicht auf Molly, vielleicht hob er sich das Thema für ein andermal auf. Kip bedrängte ihn nicht.

Dann bestand Ernie darauf, alles über Kips Leben in Afrika zu erfahren. Kip erzählte sehr wenig über sein Leben zu Hause in Nanyuki. Er sprach vor allem von seinen Freunden – Diana und Hugh Hartigan und Harry. Er wollte den beiden auch von Rose erzählen, aber er hatte heute Abend schon für genug aufregende Enthüllungen gesorgt. Er wollte die Geschichte seines Vaters hören, solange Ernie bereit und in der Lage war, sie ihm zu erzählen.

Sie stellten fest, dass sie beide am liebsten rotes Fleisch und scharfe Saucen aßen, das heiße, schwüle Wetter der warmen Monate lieber mochten als kaltes Wetter und dass keiner von ihnen sich sonderlich für Mannschaftssport begeisterte. Sie kamen überein, dass sie Biertrinker waren – an den beiden Sullivan-Männern waren weiß Gott keine Weinkenner verloren gegangen. Kip gestand Ernie, dass er sich nie ganz wohl fühlte, wenn er von zu Hause fort war – in seinem Fall den weiten Savannen Ostafrikas. Ernie sagte, er wäre für den Rest seines Lebens mit Sydney zufrieden.

Sie lachten, sie scherzten. Sie vergossen Tränen bei der Erinnerung an vergebliche Versuche, einander zu finden. Schließlich musste Ernie zugeben, dass er furchtbar müde war. Kip und Molly, ebenfalls müde und überglücklich, verließen ihn, damit er schlafen konnte. Kip hatte ihm noch versprochen, dass er am nächsten Morgen wieder da sein würde. Molly wollte etwas später kommen.

Kip versuchte nicht, ein Gespräch mit dem Taxifahrer anzufangen, was diesem offenbar ganz recht war. Schweigend fuhren sie durch das Rotlichtviertel von Kings Cross. Laute Musik dröhnte aus der Bar an der Kreuzung. Die Straßen waren festlich geschmückt. Kip erhaschte durch eine Lücke zwischen Gebäuden einen Blick auf die Harbour Bridge in voller Weihnachtsbeleuchtung. Er spürte eine Leere in sich.

Er sah auf die Uhr – elf. In Nairobi war es jetzt drei Uhr nachmittags. Kip fragte sich, was Rose wohl gerade tat. Er erinnerte sich an den leichten Stich, den er gespürt hatte, als Molly ihn vorhin gefragt hatte, ob er zu Hause eine Freundin habe.

Seine Gedanken wurden von einem Schrei unterbrochen. Er erschrak und sah plötzlich Rose vor sich, die um Hilfe rief, nach ihm schrie. Er blickte sich um und versuchte, wieder einen klaren Kopf zu bekommen. Eine Prostituierte schimpfte kreischend einem davonfahrenden Auto hinterher. Er atmete erleichtert auf.

Aber als Kip im Hotel ankam, konnte er den eisigen Schrecken von Rose' eingebildetem Hilfeschrei immer noch nicht abschütteln. Vielleicht lag es an Sydney, so sicher, sauber und ordentlich, dass Nairobi ihm plötzlich ein wenig gefährlich erschien. Er war nicht abergläubisch, aber irgendetwas in seiner Welt hatte sich vorhin verschoben; irgendeine Kraft war entfesselt worden und hatte ihm ein Signal gesandt.

Kip hatte während seiner Zeit im Busch oft die Magie der Eingeborenen erlebt. Manches war Täuschung – einfache Tricks, mit denen man leichtgläubige Menschen hereinlegen konnte. Aber er hatte auch Dinge gesehen, die er nicht erklären konnte. Sie hatten Fragen in ihm aufgeworfen, Fragen über die Macht des menschlichen Geistes.

Stunden später, als er im Bett lag und immer noch keinen Schlaf fand, konnte er das scheußliche Gefühl einer drohenden Katastrophe nicht abschütteln. Er versuchte sich einzureden, dass er immer so nervös wurde, wenn er länger von zu Hause weg war. Dann entschied er, dass er trotz der Probleme mit rauschenden Fernverbindungen und schwierigen Gesprächen am Telefon versuchen würde, sie zu erreichen. Nach diesem Entschluss fühlte er sich erleichtert und schlief endlich ein, aber es wurde eine unruhige Nacht, und er träumte von Hexerei, Magie und Gewalt.

Der Klingelton brach ab, und aus der Leitung ertönte ein knappes *Plip!*, bevor er ihre Stimme hörte.

»Rose? Hier ist Kip.«

»Kip! Wo bist du?«

»In Sydney.«

»Oh, natürlich.«

Das Echo ihrer Worte hallte zwischen Nairobi und Sydney hin und her. Kip stöhnte innerlich. Das würde schwierig werden – die Verbindung war sehr schlecht. Als Rose stumm blieb, sagte er: »Ja, in Sydney.«

»Ja, ich habe dich gehört. Wie ist es da?«

»Hör mal, Rose, ich weiß, das klingt komisch. Ich wollte dich nur anrufen und mich vergewissern, dass es dir gut geht.«

»Warum sollte es mir nicht gut gehen?«

»Ich weiß nicht … Na ja … Ich hatte so ein komisches Gefühl … Aber wenn bei dir alles in Ordnung ist, dann …«

»Warum rufst du überhaupt noch an, obwohl du dich längst entschieden hast?«

»Wozu entschieden?«

»In Australien zu leben.«

»Was? Ich lebe doch nicht hier! Ich bin hergekommen, um nach meinem Vater zu suchen.«

Schweigen.

»Rose?«

»Ja. Deinen Vater?«

»Ja, ich habe dir doch erzählt –«

»Ich wusste nicht, dass –«

Sie redeten beide auf einmal, und durch die verzögerte Übertragung wurde aus ihrem Gespräch ein unverständliches Durcheinander. Beide schwiegen erst einmal.

»Du zuerst«, sagte sie und blieb still, während das Echo ihrer Stimme von Sydney zu ihr zurückhallte.

»Okay, ich zuerst. Also, ich habe meinen Vater gefunden. Er ist in einem Pflegeheim, aber es sieht ganz gut für ihn aus.

Aber, Rose, warum bist du neulich Abend nicht ins Restaurant gekommen?«

»Bin ich doch!«

»Nein, bist du nicht, ich –«

»Ich habe bis –«

Wieder geriet das Gespräch hoffnungslos durcheinander.

Als sie endlich wieder zusammengefunden hatten, sagte er: »Du zuerst.«

»Nein, du.«

»Okay, ich war schon ziemlich früh im Restaurant. Ich wollte dir von dieser Reise nach Australien erzählen und, na ja, noch ein paar andere Sachen.« Er kam sich dumm vor bei diesem Versuch, ihr seine Gefühle an jenem Abend über eine unvorstellbare Entfernung zu vermitteln. »Ich habe bis kurz vor neun auf dich gewartet.«

Er wartete auf ihre Antwort. »Rose? Bist du noch da?«

»Ja, aber ich höre zu.«

»Ach so. Also, jedenfalls bist du nicht gekommen.«

»Aber ich war da. Du warst nicht da.«

Kip versetzte sich in jene Nacht zurück. Er zweifelte nicht daran: Wenn sie in der Trattoria erschienen wäre, hätte er sie sehen müssen. »In welchem Restaurant warst du denn?«

»Da, wo du gesagt hast – im Tin Tin.«

Kip schlug sich die Hand vors Gesicht. »Trattoria.«

»Was? Du warst in der Trattoria?«

»Ja, in der Trattoria.«

»Oh.«

»Ach, das hat alles keinen Zweck. Lass uns darüber reden, wenn ich nach Hause komme, okay?«

»Okay«, sagte sie, aber ihre Stimme klang auf einmal merkwürdig.

»Wie geht es dir, Rose? Ist alles in Ordnung?«

»Ja … mir geht's gut … Du fehlst mir.«

»Du fehlst mir auch. Hör mal, ich weiß nicht, wie lange ich noch hierbleiben werde.« Wieder Schweigen. »Rose?«

»Ja, ich höre.«

»Ich weiß nicht, wie lange ich noch hierbleibe. Rose? Hörst du mich?«

»Ja, ich vermisse dich auch.«

Er schüttelte frustriert den Kopf. »Okay, dann bis bald.«

»Wiedersehen.«

»Wiedersehen.«

»Wiedersehen.«

»Wiedersehen. Bis dann.«

Schweigen in der Leitung.

»Scheiße«, sagte er und legte den Hörer auf.

Moses betrachtete das Gebäude. Es kam ihm bekannt vor.

Er hatte keine Ahnung, wie er hierhergekommen war. Vorhin hatte er die süßen Benzindämpfe geschnüffelt, um seine Gedanken zu klären, um seinen Kopf zu beruhigen. Jetzt war nur noch eine vage Erregung übrig, die rasch verebbte, und wie immer fühlte er sich danach niedergeschlagen und wütend.

Moses waren Zorn und Traurigkeit sehr vertraut – sie begleiteten ihn schon seit seiner Kindheit. Das Schnüffeln half ihm, dem zu entkommen, aber in jüngster Zeit war der schlimmste Schmerz von allen – der Schmerz, im Stich gelassen und abgewiesen zu werden – wieder aufgeflammt.

Moses war von seinem Vater im Stich gelassen worden, den er nie gekannt hatte, von seiner ganzen Familie und schließlich auch von seiner Mutter, die dahingeschwunden und schließlich elend an der dünnen Krankheit gestorben war. Dann, ein paar Jahre später, als er sich endlich so etwas wie ein Leben vorstellen konnte, hatte das Good Shepherd Home ihn abgewiesen. Sein Onkel hatte ihn dorthin gebracht, als er sechs gewesen war, und erklärt, mehr als seine eigenen acht Kinder könne er nicht durchfüttern. Seitdem war Faith die einzige Mutter gewesen, die er gekannt hatte. Dann hatte sie ihm gesagt, er solle sich Arbeit suchen. Er musste im Good Shepherd Platz für andere Kinder machen, sein Zuhause verlassen und für sich selbst sorgen.

Die Nächte, ganz allein auf den Straßen von Nairobi, machten ihm Angst. Er gehörte keiner Bande an, und wenn die Gangs ihn in ihrem Revier erwischten, griffen sie ihn an, hackten mit *pangas* nach ihm und schlugen ihn mit ihren langen Stöcken blutig. Moses zog sich in die Vorstädte zurück, um ihnen zu entkommen. Aber in Westlands und Mathaiga ließen ihn die Polizisten nicht in Ruhe. Sie verprügelten ihn und jagten ihn davon.

Moses war ein Löwe ohne Rudel, eine Hyäne ohne Bau.

Und schließlich hatte ihn auch seine Freundin abgewiesen. Rose hatte sich einen anderen Mann ausgesucht und ihn verschmäht.

Moses konnte sich zwar nicht erinnern, wie er in jener Nacht vor die Sicherheitsmauer von Rose' Wohnanlage gekommen war, doch er betrachtete das als Zeichen. Hier würde sein Bau sein. Hier würde er sich seinen Feinden endlich stellen. Hier würde er stark sein.

Während er noch versuchte, die flüchtigen Fähnchen seiner Gedanken zu sammeln, erfasste ihn der Lichtkegel aus der Taschenlampe des Wachmanns. Das Licht brannte in den Augen.

»Du da!«, knurrte der Wachmann. »Was schleichst du hier herum? Pack dich, sonst kannst du was erleben!«

Moses »packte« sich nicht, wie ihm befohlen worden war. Er lief nicht davon. Er hatte es satt, davonzulaufen; es zu versuchen, immer wieder zu versuchen, und doch nichts zuwege zu bringen.

Er senkte den Kopf, um dem hypnotisierenden Blick der Taschenlampe zu entkommen, und bemerkte zum ersten Mal die schwere *panga,* die er umklammert hielt.

Er wog sie in der Hand. Sie fühlte sich stark an. So stark wie er.

# Kapitel 62

Kip fing den Pfleger im Korridor ab und trug das Tablett mit dem Mittagessen selbst zu Ernies Zimmer. Jedes Mal, wenn er eintrat, spürte er leise Furcht und wappnete sich gegen die Möglichkeit, dass Ernie ihm wieder entglitten sein könnte. Aber sein Vater saß auf dem Stuhl am Fenster, die Morgenzeitung aufgeschlagen im Schoß.

»Hallo, Dad«, sagte er fröhlich.

Ernie schien in Gedanken weit weg zu sein, doch langsam breitete sich ein Lächeln über sein zerfurchtes Gesicht. »Tag, Bryan«, entgegnete er und hielt ihm die Wange hin, um sich von seinem Sohn küssen zu lassen.

»Und, was hast du so gemacht?«, fragte Kip.

»Heute Morgen haben sie mich ein paar Mal um die Aschenbahn gejagt«, sagte er und drückte in gespielter Erschöpfung die Hand an die Brust.

»Und zweihundert Kilo musstest du wohl auch noch stemmen.«

»Nein, das kommt erst morgen.« Sein Vater lächelte. »Aber ich kann's nicht fassen, wie schwächlich ich geworden bin. Schlapp und fett. Zwei Mal den Flur rauf und runter, und ich bin fertig. Der Physiotherapeut sagt, es würde eine Weile dauern, bis ich mein Kampfgewicht wiederhabe.«

»Da wir gerade davon sprechen, hier ist dein Mittagessen.« Kip räumte den kleinen Tisch frei und stellte die Teller darauf. »Was gibt es sonst Neues?«, fragte er, als er seinen gewohnten Platz neben Ernie eingenommen hatte.

»Nicht viel. Hab über einiges nachgedacht … du weißt schon, worüber wir gestern gesprochen haben. Und die Sachen, über die wir nicht gesprochen haben.«

»Ich wollte dir auch noch etwas sagen«, gestand Kip leise. »Ich habe vor ein paar Wochen erfahren, dass Marie gestorben ist.«

Ernie nickte und führte dann mit zwei zitternden Händen die Teetasse zum Mund.

Kip erwähnte das Testament und die wenigen Besitztümer, die Marie ihm hinterlassen hatte. Das brachte ihn zu einer Schilderung des alten Pubs und seiner Kindheit dort. Tränen der Wut stiegen ihm in die Augen, als er Ernie einige seiner traumatischen Erlebnisse von damals erzählte. Dann musste er wieder lächeln, wenn er ihm von den Tricks berichtete, die er sich ausgedacht hatte, um ihrem Zorn zu entgehen oder sich um seine Arbeiten zu drücken. Er musste fast eine Stunde lang gesprochen haben, als er abrupt verstummte, völlig erschöpft, weil er sich endlich alles von der Seele geredet hatte.

»Sie war keine schlechte Frau, mein Sohn.«

Kip fühlte sich leer. Er konnte nichts erwidern.

»Jedenfalls nicht, als ich sie kannte. Und wenn sie später nicht mehr ganz sie selbst war, dann meinetwegen. Ich habe ihr das angetan.«

»Ich würde dir deswegen nie Vorwürfe machen, Dad. Marie war, wie sie war. Und wer weiß, was passiert wäre, wenn sie das mit dir und meiner … Mutter nie erfahren hätte.«

»Ich habe deine Mutter nach dem Krieg nur ein einziges Mal gesehen, und auch nur deshalb, weil ich etwas über dich erfahren wollte. Was ich auch versucht habe, um dich zu finden, es hat nichts genützt, ich musste sie fragen. Aber sie konnte mir nicht helfen. Ihr Mann war aus dem Krieg heimgekehrt, und sie hatte Angst davor, mit mir zu reden.«

»Hat sie … Wollte sie irgendetwas über mich wissen?«

Ernie rutschte auf dem Stuhl herum. »Ich … Um bei der Wahrheit zu bleiben, mein Sohn, ich weiß es nicht. Sie war furchtbar nervös, weil ich auf einmal vor der Tür stand, weißt du, und … aber ich bin sicher, sie hätte gern mehr erfahren.«

»Ich frage mich, ob sie mich jetzt gern sehen würde. Ich meine, vielleicht könnte ich ein Treffen mit ihr arrangieren, ohne dass ihr Mann etwas davon mitbekommt.«

»Es tut mir leid, mein Sohn … sie und ihr Mann sind weg.«

»Weg?«

»Vor etwa zehn Jahren sind beide bei einem schrecklichen Unfall auf dem Pacific Highway ums Leben gekommen. Stand groß in der Zeitung.«

Kip nickte. »Oh … Ich komme also zu spät.«

»Das konntest du doch nicht ahnen, mein Sohn. Herrgott … was für ein Durcheinander habe ich da nur angerichtet.«

»Reden wir jetzt nicht mehr davon. Das können wir uns auch für später aufheben.«

»Ja, wir haben wohl noch viel Zeit … jetzt.« Ernie fuhr sich mit der Hand über die Stirn und beschirmte seine Augen.

»Was ist denn, Dad?«

»Nichts, nichts. Ich habe nur Kopfschmerzen.«

»Ich hole den Arzt«, sagte er und wollte aufspringen.

»Ach was, es ist nichts, mein Sohn.« Ernie ließ die Hand

sinken und enthüllte Augen, die in Tränen schwammen. »Wollte nur nicht, dass du deinen alten Dad für eine Heulsuse hältst.«

»Dad«, sagte Kip. »Was ist denn? Was hast du?«

Ernie griff nach seiner Hand und setzte ein Lächeln auf. »Du hast deinem lieben alten Dad heute noch gar keinen Kuss gegeben.«

Kip war ziemlich sicher, dass er das getan hatte, aber er war erleichtert, dass es seinem Vater offenbar gut ging. »Da hast du recht«, sagte er. »Hab ich ganz vergessen.«

Als er sich vorbeugte, um seinen Vater auf die Wange zu küssen, zog Ernie seinen Sohn an sich und überraschte Kip mit der Kraft, die in dieser Umarmung steckte. Als er ihn wieder losließ, sah Kip, dass ihm Tränen über die Wangen liefen. »Ich hab mich noch gar nicht bei dir bedankt, mein Sohn«, sagte Ernie.

»Dich bedankt? Wofür denn?«

»Dafür, dass du mich gefunden und, du weißt schon, sozusagen von den Toten auferweckt hast.«

Kip setzte sich auf die ausgetretenen Sandsteinstufen, die von der Rabatte vertrockneter Ringelblumen zur großzügigen Terrasse des Croydon Park Care Center emporführten. Er ließ den Blick über den chaotisch wirkenden Garten und die verschiedenen Nebengebäude schweifen, den gelben Kiesweg zur Homebush Road entlang, wo der Verkehr beständig vorüberbrummte. Molly erschien dort und öffnete das schwarze Eisentor. Sie ließ es hinter sich zufallen und schlenderte dann auf ihn zu, die Handtasche über einen rundlichen Unterarm gehängt, den Hut keck und schief auf dem Kopf.

»Morgen, mein Lieber«, sagte sie.

Kip stand auf, und sie küsste ihn auf die Wange. »Morgen, Molly«, antwortete er und nahm ihren Arm, um ihr die Stufen hinaufzuhelfen.

»Nein, setzen wir uns doch für einen Moment«, sagte sie und zeigte auf die oberste Stufe, von der Kip gerade aufgestanden war. »Ich möchte erst einmal verschnaufen.«

Sie sank auf die Treppe und rieb sich durch den getupften Rock die Knie. »Ah, das ist besser«, seufzte sie.

Schweigend saßen sie zusammen. Kip stützte die Ellbogen auf die Oberschenkel und trommelte mit den Fingern.

»Wann geht dein Flugzeug?«, fragte sie nach einigen Augenblicken.

Kip wandte sich ihr mit verwunderter Miene zu.

Sie lächelte und tätschelte seine Hand. »Du trommelst ständig so mit den Fingern oder hüpfst herum, als hättest du Hummeln im Hintern, und das schon seit Tagen.«

Er richtete sich auf und faltete verlegen die Hände.

»Du brauchst deswegen kein schlechtes Gewissen zu haben. Du hast ein Zuhause, zu dem du zurückkehren solltest, und eine junge Frau, die dich da drüben in Afrika erwartet.«

»Es ist nur ...«

»Ernie wartet schon darauf, wann du es endlich erwähnst.«

Wieder sah man Kip die Überraschung wohl deutlich an.

»Das hat er mir neulich gesagt.«

»Aber ich kann ihn doch nicht verlassen, ohne zu wissen, ob er es schaffen wird, oder –«

»Du bist nicht der Einzige, der sich um ihn sorgt, weißt du, Bryan?«

Ihr trauriges Lächeln milderte diese harten Worte, aber

plötzlich erkannte er, dass er in seinem anmaßenden Drang, seinen Vater zu »heilen«, Molly ignoriert hatte, die sich seit fünf Jahren rührend um ihn kümmerte.

»Molly, es tut mir leid. Ich wollte damit nicht sagen, dass du ihm nicht helfen könntest, aber … na ja, ich habe mein Leben lang nach meinem Vater gesucht, und es würde mir sehr schwerfallen, ihn jetzt zu verlassen, obwohl wir gerade erst angefangen haben, einander kennenzulernen. Ich habe Angst davor, dass er jeden Moment einen Rückfall erleiden könnte, dass ich etwas verpassen könnte. Verstehst du, was ich meine?«

Sie nickte. »Ich verstehe dich.«

»Und es ist so weit von zu Hause …«

»Hör mal, mein Lieber, es ist großartig, dass es dir gelungen ist, Ernie überhaupt so weit zu bringen. Das weiß er. Und er weiß, dass du im Moment zwischen Regen und Traufe sitzt.«

Kip nickte, doch sein Dilemma brachte ihn ganz durcheinander.

»Da draußen«, sagte Molly und deutete auf die verkehrsreiche Homebush Road, »ein Stück die Straße entlang ist der Rockwood-Friedhof.«

Kip runzelte die Brauen. »Ja …?«

»Wir haben ein Sprichwort in Australien – vielleicht sagen das auch nur alte Leute wie ich, jedenfalls heißt es: Tot ist man lange.« Sie wartete darauf, dass er ihre Anspielung begriff.

Das tat er nicht.

»Ach, Herrgott noch mal … Was ich sagen will: Du hast gerade die Liebe deines Lebens gefunden, drüben in Afrika, und du vergehst fast vor Sehnsucht, Tausende Kilometer von ihr entfernt. Glaubst du denn, dein Vater und ich hätten dafür kein Verständnis? Wenn ich ihn nicht lieben würde, hätte ich dann jeden Sonntag damit zugebracht, den weiten Weg nach Strathfield rauszufahren und darauf zu hoffen, dass er auch nur einen Piep von sich gibt? Nein. Also sieh zu, dass du dahin kommst, wo du hingehörst, junger Mann. Die Bäckerei hat mir Extra-Urlaub wegen langer Betriebszugehörigkeit gegeben, ab sofort kann ich fast jeden Tag hier sein.« Sie hielt inne, sah seine traurige Miene und sprach mit weicherer Stimme: »Geh nach Hause, mein Lieber. Du bist nicht mehr du selbst. Ich kümmere mich um deinen Vater, bis du zurückkommst.«

Kip sah Molly in die Augen. »Ich hatte in letzter Zeit ein paar üble Nächte. Ich habe das Gefühl, dass ich zu Hause gebraucht werde.«

»Aber natürlich wirst du dort gebraucht.«

»Na ja, es könnte auch daran liegen, dass ich zum Reisen einfach nicht geschaffen bin.«

»Wie ein guter Wein.«

Er schüttelte verwirrt den Kopf. Molly steckte heute Morgen voller Rätsel.

»Also, wann geht dein Flugzeug?«, fragte sie.

»Ich habe noch keinen Flug gebucht.«

»Na, dann gehen wir jetzt gleich ins Reisebüro und erledigen das. Du rufst deine Freundin an und sagst ihr, dass du kommst, und dann erzählen wir es deinem Vater.«

»Meinst du nicht, dass er –«

»Er wird sich für dich freuen. Glaub mir. Vor allem, wenn du ihm sagen kannst, wann du mit deiner jungen Dame wieder zu Besuch kommen wirst.«

Rose ignorierte das ferne Klingeln und baute es in ihren Traum ein – sie träumte von zwei Affen. Es war ein Pärchen: sie war rotbraun, und das Männchen leuchtend weiß.

Der rote Affe stahl einen Apfel aus der Obstplantage eines Riesen und rannte auf ein gelbes Kanu zu, das auf den kleinen Wellen am Ufer eines großen Sees schaukelte. Der weiße Affe schrie seiner Gefährtin eine Warnung zu, doch sie ignorierte ihn, zu begeistert von ihrer Beute, um zu bemerken, dass der See eine Illusion war. In Wirklichkeit rannte sie auf eine tiefe Schlucht zu. Um ihre Aufmerksamkeit zu erregen, schlug der weiße Affe auf eine Glocke. *Ring, ring. Ring, ring.*

Rose wachte auf und griff nach dem Telefon auf dem Nachttisch.

Eine starke Hand packte aus der Dunkelheit heraus ihr Handgelenk.

Als sie merkte, dass ihr Albtraum Wirklichkeit war, presste sich eine zweite Hand auf ihren Mund, um ihren Schrei zu ersticken.

# Kapitel 63

Als das Telefon zum zweiten Mal klingelte, hatte Rose das überwältigende Gefühl, dass es Kip war, der anrief, und sie wünschte verzweifelt, sie könnte drangehen. Aber Moses, dessen Augen im Licht der Nachttischlampe wild leuchteten, hielt ihr eine blutbeschmierte *panga* an die Kehle, bis das Klingeln aufhörte.

Der Mensch, der sich lautlos in ihre Wohnung geschlichen hatte, war nicht der schüchterne junge Mann, den sie aus dem Waisenhaus kannte. Seit das Klingeln des Telefons sie vor etwa einer Stunde geweckt hatte, brabbelte er wirres Zeug – er warf ihr vor, was sie ihm alles angetan hatte. Sie hatte versucht, ihn zu beruhigen, aber er war im Drogenrausch und wurde wütend, als sie versuchte, vernünftig mit ihm zu reden. Während dieser ersten Stunde hörte sie von ihm nur eine deutliche Botschaft. Moses plapperte, schnüffelte Benzindämpfe aus einer Flasche in einer Papiertüte und machte ihr unmissverständlich klar, dass er die Absicht hatte, ihr den Kopf abzuschlagen, falls sie nicht tat, was er sagte.

Jetzt waren ihre Hände mit dem Gürtel ihres rosafarbenen Morgenmantels gefesselt. Rose versuchte, sich zu beruhigen. Das Klebeband vor ihrem Mund bedeckte zum Teil auch ihre Nasenlöcher, und die Panik, die aus den dunklen Tiefen ihrer Angst zu explodieren drohte, würde sie daran hindern, genug Luft zu bekommen, wenn sie ihr nachgab.

Sie blickte in diese wilden Augen und wusste, dass ihr Leben davon abhing, wie sie jetzt mit Moses umging, bis Hilfe kam.

»Harry? Gott sei Dank! Ja, hier ist Kip … Nein … Nein … Hör zu, Harry, ich kann … Nein, vergiss das jetzt, übers Geschäft können wir reden, wenn ich wieder da bin … Halt die Klappe, Harry, und hör mir zu. Ich mache mir Sorgen um Rose … Ich weiß auch nicht. Nenn es Intuition, wenn du willst. Sie ist gegen fünf Uhr heute Morgen nicht ans Telefon gegangen, und gerade habe ich in ihrem Büro angerufen, aber da ist sie auch nicht … Nein, soweit die Sekretärin weiß, hat sie keinen Auftrag irgendwo auswärts … Weil sie immer Bescheid sagt, wo sie hingeht … Nein … Harry, jetzt halt doch mal die Klappe, mein Flug wird schon aufgerufen. Hör einfach zu. Ich will, dass du zu ihrer Wohnung fährst und nachsiehst, ob alles in Ordnung ist … Ja … Genau. Ich fliege mit SAA und bin in fünf oder sechs Stunden da. Holst du mich am Flughafen ab? Und bring Rose mit, wenn du sie findest. Ich muss los … Und, Harry? Vielen Dank.«

Der Gestank von Benzin trieb jedes Mal zu Rose herüber, wenn Moses seine Plastikflasche aufschraubte und die Nase über die Öffnung hielt, um einen weiteren tiefen Zug zu nehmen. In der Enge ihrer Wohnung wurde ihr von den Dämpfen schwindelig. Bis zum Nachmittag musste sie zusehen, wie Moses in einen nur halb bewussten Dämmerzustand versank, und ihr war schlecht.

Jeder Muskel war steif, und durch die mangelnde Durchblutung fühlten sich ihre gefesselten Hände eiskalt an. Der Streifen Klebeband vor ihrem Mund ließ Übelkeit in ihrem

Magen aufsteigen, doch sie musste all das beiseiteschieben und aufpassen.

Moses, der bisher kaum ein Wort gesprochen hatte, wurde plötzlich wach und regte sich schrecklich auf. Er ging in der Wohnung auf und ab, rang die Hände und brabbelte vor sich hin. Das sah Rose nicht gern.

Sie wurde nervös, als er zu ihrem Kleiderschrank ging und begann, ihre Kleidung in einem unordentlichen Haufen aufs Bett zu werfen. Er packte ihren schwarzen Seidenschal, spannte ihn straff zwischen den Händen und kam damit auf sie zu. Rose unterdrückte panischen Protest, doch er schlang ihr den Schal um den Kopf und bedeckte ihr Haar und ihre untere Gesichtshälfte damit, um den Klebestreifen zu verstecken.

Er trat zurück und bewunderte sein Werk. »So ist es gut«, sagte er. »Wie eine muslimische Dame auf dem Weg zur Moschee.«

Wieder ging er auf und ab, biss sich auf die Fingerknöchel und schnappte sich die Benzinflasche, um kurz und heftig daran zu schnüffeln. Dann blickte er zu Rose auf und lächelte über irgendeine Offenbarung, die nur er sehen konnte. »Ja! Genau. So muss ich es machen. Jetzt gehen wir.«

Rose sah ihn flehentlich an, doch er runzelte die Stirn und wandte sich ab. »Nein! Du wirst mich nicht mit deinem Gerede durcheinanderbringen. Wir gehen, und ich will nichts mehr hören.«

Er packte schmerzhaft ihren Arm, zog die Wohnungstür hinter ihnen zu und schob sie langsam durch den Garten. Es war gegen zwei Uhr nachmittags, und zu dieser heißen Tageszeit war niemand draußen. Moses hielt sich dicht an der Hecke, die den Rasen begrenzte.

Sobald sie in ihrem Peugeot saßen, schnitt er den Gürtel durch, der ihre Handgelenke gefesselt hatte, und sagte: »Los!«

»Mmm?«, fragte sie durch den Knebel.

Er zögerte, unsicher, was sie meinen könnte, und wedelte dann wegwerfend mit der Hand. »Fahr einfach.«

Seine Augen waren riesig, die Pupillen enorm geweitet. Rose glaubte, er könnte bald zusammenbrechen. »Fahr einfach. Dahin.« Er zeigte mit dem Finger in Richtung Mathaiga Road.

Sie ließ den Motor an und fuhr langsam die Zufahrtsstraße ihrer Wohnanlage entlang. Sie war noch keine hundert Meter weit gekommen, als Harrys Auto in der Gegenrichtung an ihr vorbeifuhr. Aber er war schon vorüber, bevor sie ihn mit der Lichthupe anblitzen konnte. Im Rückspiegel sah sie, wie er in ihre Auffahrt abbog. Sie hätte vor Frustration und Verzweiflung weinen mögen.

Als sie den Kreisverkehr an der Thika Road erreichten, sagte Moses nichts, also fuhr sie in Richtung Innenstadt und betätigte immer wieder die Lichthupe, sooft sie es wagte. Aber offenbar wurde niemand auf sie aufmerksam.

In Pangani befahl er ihr, links abzubiegen, weg von ihrer Chance, in der belebten Innenstadt bemerkt zu werden, hin zu den riesigen, leer stehenden Fabrikgeländen und dem Slum qualmender Hütten von Mathare.

Harry hatte eigentlich nicht vorgehabt, bei Rose nach dem Rechten zu sehen. Kip machte sich immer so verrückt, wenn er nicht in seinem Element war, also irgendwo anders als im afrikanischen Busch. Aber Harry meinte, er sollte ihm lieber den Gefallen tun, denn sonst würde es Ärger geben.

Als Rose auf sein Klingeln nicht reagierte, schummelte er sich durch die Sicherheitstür am Hauseingang, indem er ihrer Nachbarin erzählte, er sei ein Freund von Miss Nasonga in Apartment 202 und wolle ihr nur einen Brief unter der Tür durchschieben.

Die Nachbarin, eine dicke, griesgrämige Frau mit knallrot gefärbtem Haar und einem schlechten Geschmack, was Hauskittel anging, erschien hinter ihm, während Harry an die Wohnungstür von 202 klopfte.

»Guten Morgen«, sagte er fröhlich. »Ich wollte nur nachsehen, ob sie nicht doch da ist, wenn ich schon mal hier bin. Sie haben sie nicht zufällig gesehen, oder?«

Die Nachbarin beäugte ihn misstrauisch und sagte mit starkem skandinavischem Akzent, sie hätte Rose nicht gesehen.

Harry bedankte sich bei ihr und entschied, dass er hier nichts mehr tun konnte. Er lächelte in sich hinein. Er würde Kip am Flughafen abholen, ein bisschen herumtelefonieren, und dann würden sie seine kostbare Rose bald gefunden haben.

Als er am leeren Parkplatz mit dem Schild 202 vorbeiging, fand er ein Stück von einem rosaroten Frotteegürtel. Das Stück hatte einen Knoten und war in Fetzen geschnitten worden.

Er beschloss, noch rasch einen Blick in den Garten hinter Rose' Haus zu werfen. Unter ihrem Fenster lagen Scherben von einer Milchglasscheibe. Er trat zurück und schob sich ins Gebüsch, um zu ihren Fenstern hinaufzuschauen.

Er sah die dicke Skandinavierin, die hinter einem Vorhang verborgen zu ihm herunterspähte. Und er bemerkte, dass einige der breiten Lamellen aus der Jalousie vor Rose' Badezimmer fehlten.

Er trat einen weiteren Schritt zurück in die kniehohen Büsche, die den Garten säumten, und stolperte über etwas, das darin versteckt war. »Scheiße!«, rief er, rappelte sich auf und klopfte sich den Schmutz von der Hose.

Wütend trat er gegen den Erdhaufen, über den er gefallen war. Ein menschlicher Kopf rollte auf den Rasen.

Der Schrei der Skandinavierin zerriss die heiße, nachmittägliche Stille.

# Kapitel 64

Harry trommelte mit den Fingern auf den Schreibtisch, während das Telefon klingelte. »Tourismusministerium«, meldete sich eine kühle Stimme am anderen Ende der Leitung.

»Könnte ich bitte mit Mr. Githinji sprechen?«

»Der Herr Staatssekretär hat eine Besprechung und nimmt zurzeit keine Anrufe entgegen.«

»Es ist ein Notfall.«

»Es tut mir leid, aber ich –«

»Sagen Sie ihm, Harry Forsythe will ihn sprechen, und es ist ein Notfall.«

»Sagten Sie Forsythe?«

»Ja, das bin ich. Harry Forsythe.«

»Bitte bleiben Sie in der Leitung, ich verbinde Sie, Mr. Forsythe.«

Einen Moment lang war es still, dann hörte er Mainas Stimme. »Harry?«

»Hallo, Maina.«

»Harry, Gott sei Dank. Ich suche dich schon den ganzen Vormittag. Weißt du, wo Rose ist?«

»Nein, ich habe auch nach ihr gesucht.«

»Verdammt, ich hoffe, sie ist nicht draußen in Mathare. Wo ist Kip?«

»Kommt heute Nachmittag am Flughafen an.«

»Gut.«

»Warum? Was ist denn los?«

»Es ist das Waisenhaus. Im Good Shepherd hat sich ein *zumbakuku* verschanzt.«

»*Zumbakuku?*«

»Ein Wahnsinniger, Harry. Aus irgendeinem Grund hat er die Kinder als Geiseln genommen.«

»Himmel!«

»Und dieser Idiot Opiyo ist für die Sache zuständig. Ich fahre gleich da raus und sehe zu, was ich tun kann.«

»Bin schon unterwegs.«

»Nein! Du und Kip, ihr haltet euch da raus. Es sind schon genug Verrückte in die Sache verwickelt.«

Die Verbindung brach ab.

Die kleine Charity wimmerte, denn sie spürte die beinahe greifbare Spannung in der Luft. Rose hielt das Kind fest, ohne Moses aus den Augen zu lassen, der ihr an dem grob gezimmerten Tisch im Speisesaal gegenübersaß, sich die Flasche unter die Nase hielt und vernehmlich schnüffelte.

An der Wand entlang, dem Alter nach aufgereiht – Kinder von sechs bis zehn –, stand die gesamte erste Schulklasse des Good Shepherd Home, sechzehn insgesamt, wenn man die kleine Charity nicht mitzählte, die das Pech gehabt hatte, in die Küche zu kommen, als Moses seine Geiseln dorthin gedrängt hatte.

Rose' linkes Auge schwoll zu, denn er hatte sie geschlagen, als sie es riskiert hatte, Faith eine Warnung zuzuschreien. Es hatte nichts genützt. Moses hatte die jüngsten Kinder zusammengetrieben und sich mit Rose und den Kleinen in der Küche eingesperrt.

Faith schickte nach der Polizei, die auch schließlich kam, doch seit etwa einer Stunde herrschte vor den Wellblechwänden der Küche eine unheimliche Stille.

Moses stieß gegen seine Flasche, und Benzin schwappte auf seine ramponierten Turnschuhe.

»Moses, bitte«, flehte Rose ihn an. »Schnüffel dein Benzin nicht hier drin.« Sie zeigte auf den Holzofen in der Ecke. »Der *jiko* ist an, das Feuer brennt.«

»Ja! Der *jiko*. Es ist Zeit für unser *chakula*. Ich habe Hunger.«

»Aber das Benzin … Ich mache dir etwas zu essen. Wir haben Brot –«

»*Ugali!*«, verlangte er. »Ein Mann isst kein Brot. Ich will *ugali.*« Plötzlich brach er in Lachen aus und erschreckte sie. »Siehst du? Jetzt bin ich der Chef hier. Und ihr« – er zeigte auf die Kinder – »ihr seid meine Familie, *si ndio?*« In seinen Augen glitzerten Tränen der Heiterkeit, und er lachte laut über einen Witz, den nur er verstand.

Rose stellte Charity auf den Boden und ging zu dem Schrank, wo die Lebensmittel aufbewahrt wurden, aber Moses war schnell. Er packte Rose' Haar und zerrte sie über den Tisch hinweg zu sich heran. Charity kreischte.

Das Lachen war aus seinem Gesicht verschwunden. An seine Stelle war ein Ausdruck purer Bosheit getreten. Er kräuselte die Oberlippe und zeigte die Zähne, eine Grimasse, die wohl ein Lächeln darstellen sollte. Dass seine Stimmung so plötzlich umschlagen konnte, machte ihr beinahe mehr Angst als das Eis in seinen Worten.

»Rose, du wirst mir nie wieder weglaufen. Ist das klar? Du und die Kinder, ihr werdet hierbleiben. Lauf nie wieder weg, Rose. Nie wieder …«

Während er weiter wirres Zeug redete, betete Rose, dass es ihr gelingen würde, die Kinder zu befreien, bevor Moses völlig den Verstand verlor oder die ganze Küche in die Luft flog.

Maina saß auf dem Rücksitz und ließ nervös die Knöchel knacken, während der schwarze Buick durch Eastleigh raste. Er hatte zufällig von der Situation im Waisenhaus gehört und durch ein paar Anrufe erfahren, dass Gabriel Opiyo den Einsatz leitete. Der GSU-Kommandant hatte der Polizei befohlen, sich zurückzuziehen, und war gerade dabei, eine Einheit der GSU zu mobilisieren, die die Sache in die Hand nehmen sollte.

Aus bitterer Erfahrung wusste Maina, was das bedeutete. Opiyo war seit seinem rücksichtslosen Vorgehen bei der »Rettung« von Kips Reisegruppe nach der Geiselnahme im nördlichen Grenzgebiet kein bisschen milder geworden. Er war ein gnadenloser Killer, erpicht darauf, seine Eignung für ein höheres Amt zu beweisen, indem er anstehende Probleme mit aller zur Verfügung stehenden Gewalt löste.

Opiyo schien neuerdings das Vertrauen von Präsident Odhiambo zu genießen und war inzwischen einer seiner gefragtesten Berater. Außerdem munkelte man, er sei der Vollstrecker des Präsidenten, der allzu ehrgeizige Parteimitglieder in Schach hielt, indem er dafür sorgte, dass diese um ihr Leben fürchten mussten. Maina jedenfalls hatte sich so gut wie möglich von Opiyo ferngehalten. Es tat der Karriere nicht gut, wenn man es sich mit dem Anführer der GSU verscherzte.

Maina wusste, dass Opiyo ihn verabscheute. Dass der Mann es so weit gebracht hatte, verursachte Maina Übelkeit, weil es für ihn die Frage aufwarf, ob er selbst bei besten Leistungen eine Zukunft in dieser Partei hatte, wenn der Präsident Leute wie Opiyo bevorzugte.

Sein Fahrer fluchte leise und riss Maina aus seinen Gedanken. Er versuchte gerade, sich durch den Stau an einem Kreisverkehr zu mogeln. Als der Buick die verstopfte Kreuzung hinter sich ließ und stadtauswärts weiterfuhr, sah Maina die Motorradeskorte von Oberst Gabriel Opiyo mit blinkendem Blaulicht und heulenden Sirenen, die ebenfalls auf der Zufahrt zum Kreisverkehr bremsen musste. Opiyo saß auf dem Beifahrersitz eines Jeeps, die Arme verschränkt und die Augen hinter einer dunklen Sonnenbrille verborgen. Hinter dem Jeep rumpelten zwei offene GSU-Lastwagen her, voll besetzt mit bewaffneten Soldaten.

Maina zweifelte einen Moment lang an seiner übereilten Entscheidung, eine Konfrontation mit Opiyo zu riskieren, doch er wusste, dass der Chef der GSU nur versuchen würde, die Situation mit tödlicher Gewalt zu beenden. Das lag in seiner Natur. Maina konnte nicht zulassen, dass die Kinder Opiyos Ego geopfert wurden.

Außerdem vermutete er ein weiteres Motiv hinter Opiyos Entschluss, die Sache persönlich in die Hand zu nehmen. Der Oberst wusste, dass Maina Verbindung zum Good Shepherd Home hatte, und freute sich über eine weitere Gelegenheit, Maina aus dem Rampenlicht zu verdrängen.

Mainas Zorn wuchs. Er hatte nicht all die Jahre lang bei den Mau-Mau als Soldat gedient, damit jetzt ein Verbrecher wie Opiyo über ihn hinwegtrampelte. Er würde nicht zulassen, dass der Kerl die bevorstehende Konfrontation gewann.

»Ha! Sie sind weggelaufen«, rief Moses triumphierend, nachdem er durch das Küchenfenster gespäht hatte. »Die Polizei hat Angst vor mir und ist weggelaufen!« Er brüllte vor Lachen.

Rose saß an dem Platz, den er ihr zugewiesen hatte – auf der Bank an dem langen Tisch. Charity saß auf ihrem Schoß und klammerte sich an Rose' Nachthemd. Das Licht, das durch das Fenster schien, verblasste immer mehr, und das galt auch für ihre Hoffnung auf Rettung, nun, da die Polizei sich offenbar zurückgezogen hatte.

»Dann kannst du uns ja jetzt gehen lassen«, sagte sie und versuchte, möglichst überzeugend zu klingen.

»Nein! Meine Arbeit ist noch nicht getan.« Er hob das Benzinfass hoch und prüfte dessen Gewicht.

»W-was tust du da, Moses?«

»Sei still, Rose! Sei still! Ich bin der Chef dieser Familie. Und du … du bist die Frau.« Er ließ den Blick über die Reihe der Kinder gleiten. Die jüngeren schnieften und trauten sich nicht, laut zu weinen.

Alle machten vor Angst große Augen. »Und du hast den Kindern keine Manieren beigebracht.« Er ging drohend auf die Kinder zu. »Ihr wart sehr böse Kinder. Ich muss euch bestrafen.«

Rose stand auf. »Moses, ich bringe ihnen bei, sich zu benehmen. Lass sie nur …«

»Nein! Sei still! Sei still, hab ich gesagt!« Er rieb sich mit der geballten Faust die Schläfe und kniff vor Schmerz die Augen zusammen. »Und setz dich hin. Du rührst dich nicht. Ich muss meine Arbeit tun, und du wirst mit den Kindern still hierbleiben, bis ich fertig bin.«

Er ging zur Tür, das Benzinfass in der Hand, und Rose schöpfte Hoffnung.

Moses sah die Kinder stirnrunzelnd an und drohte Rose

dann mit erhobener Faust. »Du bleibst hier. Du sorgst dafür, dass die Kinder still sind, bis ich zurückkomme.«

Er lugte durch den Türspalt, schlüpfte hinaus und schob von außen den Riegel vor.

Rose wartete einen Moment und rannte dann zum Fenster. Im Hof war niemand zu sehen außer Moses, der zum Schlafsaal hinüberlief. Sie rüttelte an der Tür in der Hoffnung, er habe sie vielleicht nicht richtig verriegelt. Aber sie war fest verschlossen. Zitternd vor Angst wagte sie einen weiteren Blick aus dem Fenster. Moses schüttete Benzin an das Wellblechgebäude gegenüber. Faiths Mann Henry ging vorsichtig von der Straße aus auf ihn zu. Moses legte seine *panga* weg, hob einen Spaten mit langem Griff auf und schwenkte ihn drohend wie eine Keule.

»Schnell, ihr Jungs«, sagte Rose und deutete auf die älteren Jungen am Ende der Reihe. »Sucht etwas, womit wir die Tür aufbrechen können.«

Sie sah hastig aus dem Fenster. Henry war zurückgewichen, versuchte aber immer noch, mit Moses zu verhandeln.

»*Upesi! Upesi*!«, zischte Rose. »Schnell, schnell!«

Mainas Fahrer drückte auf die Hupe und lenkte den Buick durch eine riesige Menge von Gaffern, die sich auf der Straße vor dem Good Shepherd Home drängten. Maina fragte sich gerade, wie die Neuigkeit sich so schnell herumgesprochen hatte, als er die dicke schwarze Rauchwolke bemerkte, die vor ihm aufstieg.

Als der Buick vor dem Tor hielt, konnte er die furchterregenden Flammen sehen, die aus dem Schlafsaal schlugen, wo die hölzernen Betten und Kapokmatratzen das Feuer zu einem rasenden, qualmenden Inferno entfacht hatten.

Mainas alte Angst vor dem Feuer traf ihn wie ein Schlag in den Magen. Ihm war übel, und sein Atem war ein halb ersticktes Keuchen. Sein Fahrer stand an der Wagentür und öffnete sie dem Inferno. Maina konnte die Hitze spüren; der beißende Qualm benebelte ihn.

Er hörte Opiyos Motorradeskorte heranheulen.

Maina hatte sich schon oft in seinem Leben dem panischen Grauen vor dem Feuer stellen müssen. Aber nie, nicht einmal als kleiner Junge bei den Mau-Mau, wo er vor allem, was größer war als ein Kochfeuer, eigentlich nur zitternd zurückweichen konnte, hatte er sich seine Angst anmerken lassen.

Das Feuer tanzte und fauchte vor ihm, und Maina wusste: Wenn er den Kindern des Good Shepherd helfen wollte, würde er sich seiner Angst stellen müssen wie noch nie zuvor in seinem Leben.

# Kapitel 65

Als die Fluggäste aufgefordert wurden, die Sicherheitsgurte zu schließen, wurden Kips Hände feucht. Er versuchte die bevorstehende Landung aus seinen Gedanken zu verdrängen, indem er die Stadt dort unten betrachtete. Er fand sich aus der Luft nicht zurecht, und eine dicke schwarze Rauchwolke irgendwo im Osten der Stadt lenkte ihn ab, bis das Flugzeug polternd und quietschend auf der Landebahn aufsetzte.

In der Nähe der Gepäckausgabe fand er ein Telefon. Rose' Sekretärin klang genervt. »Nein«, sagte sie verärgert. »Ich habe keine Ahnung, wo Miss Nasonga ist.«

»Scheiße«, sagte er laut, als er den Hörer auflegte und sich von dem öffentlichen Telefon abwandte. Die Nonne, die hinter ihm in der kleinen Schlange wartete, warf ihm einen finsteren Blick zu.

Der Zollbeamte arbeitete furchtbar gründlich, und Kip spielte gereizt mit seinem Schlüsselbund, bis der Mann fertig war. Als er Harry in der Menge der Wartenden entdeckte, allein und mit grimmiger Miene, machte sein Herz einen schmerzhaften Satz.

Harry raste durch das Sicherheitstor des Flughafens, und der Dieselmotor des Landrovers protestierte lautstark.

»Kann dieses Ding denn nicht schneller fahren, Harry?«

Kip bereute es, dass er sich nicht selbst ans Steuer gesetzt hatte, aber Harrys schlimme Neuigkeiten über die Kinder hatten ihm einen Schock versetzt.

»Wir tun unser Möglichstes, mein Bester.«

»Wer ist da draußen in Mathare für die Sache zuständig?«

»Maina hat gesagt, er wäre unterwegs, als ich losgefahren bin, um dich abzuholen.«

»Harry, Herrgott noch mal, beeil dich.«

Harry wusste nicht, ob Rose im Good Shepherd war, aber irgendetwas sagte Kip, dass es so war und sie ebenfalls in Gefahr schwebte.

»Ich fahr ja, so schnell ich kann, mein Bester. Zu viel Verkehr.«

Auf der Mombasa Road krochen die Autos nur noch dahin.

»Dann fahr lieber außen rum. In der Stadt ist sicher die Hölle los.«

»Machen wir.« Harry schoss auf die rechte Spur hinüber und fuhr in Richtung Outer Ring Road weiter.

»Wer leitet den Einsatz?«

»Der Kerl von der GSU.«

»Um Himmels willen, doch nicht Opiyo?« Kip stöhnte.

»Fürchte, ja.«

Kip hatte Maina lange die Schuld für die Katastrophe im nördlichen Grenzgebiet gegeben und erst viel später erfahren, dass Gabriel Opiyo für den direkten Angriff auf die *shifta* verantwortlich gewesen war und dem ausdrücklichen Befehl Mainas zuwidergehandelt hatte.

»Dann will ich hoffen, dass Maina noch rechtzeitig ankommt, bevor dieser Wahnsinnige zu schießen anfängt. Harry, Herrgott noch mal, gib Gas!«

»Beruhige dich, Kip. Ich tue wirklich mein Bestes!«

Kip wusste, dass Harry recht hatte. Er wurde allmählich paranoid, so besessen war er von seiner fixen Idee, dass Rose in Gefahr war. Er versuchte sich einzureden, das liege an ihrer leichten Entfremdung und daran, dass er sie nicht hatte erreichen können. Die Geiselnahme im Good Shepherd zur selben Zeit – das war sicher nur Zufall.

»Um Gottes willen! Das wird doch nicht das Waisenhaus sein?«, rief Kip, als sie die Koma Rock Road entlangrasten. »Du hast nichts von einem Brand gesagt, Harry.«

»Ich wusste auch nichts davon. Vielleicht brennt da was anderes.«

Aber als sie näher kamen, wurde klar, dass das Waisenhaus in Flammen stand. Eine neugierige Menschenmenge versperrte die Straße in beide Richtungen.

»Himmel! Auch das noch«, brummte Harry. »Schau dir nur dieses Gedränge an!«

Kip sprang heraus, während der Wagen noch rollte. Er rannte durch die Menge, stieß Leute beiseite und platschte durch widerliche Pfützen voll schwarzem, faulig riechendem Wasser. Er war nur noch hundert Meter vom Haus entfernt, doch seine Lunge brannte vor Anstrengung. Das Gedränge wurde immer dichter. Er stieß und schubste. Ein paar Männer fluchten und schlugen oder traten nach ihm. Er schüttelte sie ab und rannte weiter.

Als er keuchend vor dem Tor ankam, eilte Faith Mburu auf ihn zu. Ihre Augen waren rot gerändert, die Finger um einen Rosenkranz gekrallt.

»Oh Gott, Kip«, heulte sie. »Was sollen wir nur tun? Sehen Sie sich das an!« Sie wies in Richtung der Flammen. »Was wird aus meinem Heim?«

Sie begann zu schluchzen. Henry trat zu ihr und legte ihr einen Arm um die Schultern.

»Was ist passiert?«, fragte Kip.

Faith erzählte hektisch eine unzusammenhängende Geschichte von jemandem namens Moses. Die Ereignisse des Tages gerieten mit ihren Selbstvorwürfen durcheinander, denn sie glaubte, sie hätte den jungen Mann im Stich gelassen und all das damit heraufbeschworen.

Von Henry erfuhr Kip, dass der Junge, Moses, einen Groll gegen das Waisenhaus hegte und sich an dem Heim und den Kindern rächen wollte.

»Es ist entsetzlich«, sagte Faith. »Henry und ich haben versucht, ihn aufzuhalten, aber er ist so stark. Er hat sich und die anderen eingeschlossen, und es hat ewig gedauert, bis die Polizei gekommen ist, und als sie dann kamen, heute Vormittag, da waren es nur zwei Polizisten, und sie wollten Henry nicht helfen, als er ihn –«

»Faith ...« Kip legte ihr die Hände auf die Schultern. »Faith, *poli poli*. Langsam. Er ist in der Küche, *si ndio?*«

Sie nickte und biss sich auf die Lippe.

»Mit wie vielen Kindern?«

»Zwei von den Kleinen, und Charity. Rose hat es geschafft, die anderen ...«

»Was? Rose ist auch da drin?«

»Ja, und die kleine Charity, und noch zwei Kinder, glaube ich. Als Moses die Küche verlassen und den Schlafsaal angezündet hat, konnten die anderen Kinder entkommen.«

»Und jetzt ist er wieder da drin, mit Rose und den Kindern?«

»Ja, und Moses hat getobt vor Wut, als er zurückkam. *Aki ya mungu*, er war so wütend. Er hat meinen Henry verjagt, und dann hat er die arme Rose geschlagen und sie und die drei Kleinen zurück in die Küche gedrängt. Die anderen hat er nicht mehr erwischt. Sie sind zu uns gelaufen, und wir haben sie in Sicherheit gebracht.«

Kip sah Mainas große Gestalt auf sich zukommen; er hatte bei der GSU-Truppe gestanden, die sich in dichten Reihen formiert hatte. Oberst Opiyo stand vor seinen Männern, die Arme vor der Brust verschränkt und breitbeinig wie ein Mann, der sich jeder Herausforderung gewachsen fühlte. Maina hingegen schwitzte und sah kränklich aus.

»Maina«, sagte Kip, als er sie erreicht hatte. »Was macht die GSU denn hier?«

»Opiyo plant …«

Faith war näher getreten und beugte sich lauschend vor. Maina nahm sie sanft bei einem rundlichen Arm und führte sie zu Henry zurück. »Henry, bringen Sie Faith hier weg. Auf die andere Straßenseite. Schaffen Sie alle von dem Heim weg.«

Henry nickte, legte seiner Frau einen Arm um die Schultern und versuchte, sie mit sich zu ziehen.

»Maina«, sagte sie, bevor er sich wieder Kip zuwenden konnte.

»Ja?«

»Moses hat eine *pipa* Benzin verwendet, um das Feuer im Schlafsaal zu legen.« Das war das Kisuaheli-Wort für ein Vier-Gallonen-Fass – also knapp zwanzig Liter. »Aber er hat inzwischen noch eine gefunden.«

Kip wandte sich zu dem Schuppen um, in dem Rose und die Kinder gefangen gehalten wurden. Der Wind drehte und trug Benzingeruch zu ihm hinüber.

»Und er hat es mit in die Küche genommen.«

»Nein, ich werde mit ihm sprechen«, beharrte Maina und hielt Kip eisern am Arm fest. Er und Kip stritten gerade darüber, wer von ihnen versuchen sollte, Opiyos Ego im Zaum zu halten und die drohende Katastrophe abzuwenden. »Du bist zu hitzköpfig.«

»Na, dann mach schnell«, entgegnete Kip. »Ich komme mir so nutzlos vor, wie ich hier nur herumstehe, während Rose und die Kinder da drin gefangen sind.«

Maina ließ Kip am Tor stehen und ging wieder zum Kommandanten der GSU hinüber. Ihre vorherige Unterhaltung hatte mit gegenseitigen Beschimpfungen geendet. Er beschloss, diesmal diplomatischer vorzugehen.

»Ihre Männer sehen gut aus, fit und einsatzbereit, Oberst«, sagte er und wies mit einem Nicken auf die GSU-Mannschaft.

Gabriel Opiyo musterte ihn argwöhnisch. »Was wollen Sie jetzt wieder?«

Maina kochte innerlich. »Sie vergessen sich, Opiyo. Ich bin Staatssekretär dieser Regierung. Ich habe ein Recht darauf, über die Vorgänge informiert zu werden.«

Der Oberst nickte und lächelte. »Aber ich habe das Kommando bei diesem Einsatz. Und Sie sind nicht mehr mein Vorgesetzter.«

Beißender Qualm zog über die beiden Männer hinweg. Maina warf einen Blick auf das Feuer. Es schien allmählich auszubrennen und war nicht mehr das Inferno, das er bei seiner Ankunft gesehen hatte.

»Also schön, vergessen wir das … Was haben Sie vor?«

»Ich habe ihm zehn Minuten Zeit gegeben, die Kinder und das Mädchen freizulassen.«

»Und dann?«

»Dann werden meine Männer reingehen.«

»Sind Sie wahnsinnig?«

»Die GSU wird sich von einem zurückgebliebenen Jungen und seiner Freundin nicht zum Narren halten lassen.«

»Das Mädchen ist eine Geisel. Und es sind Kinder da drin.«

»Die werden wir schon rausholen. Und jetzt lassen Sie mich in Ruhe.« Opiyo sah auf die Uhr. »Es ist Zeit.«

Maina drehte sich zum Gelände des Good Shepherd um. Der Wind hatte gedreht, so dass man nun die Küchentür sehen konnte. Sie war fest verriegelt. Die GSU konnte das Haus unmöglich stürmen, ohne den Jungen mit dem Benzinfass darin in Panik zu versetzen.

Maina ballte die Fäuste vor Wut. »Er hat Benzin da drin. Warten Sie zumindest, bis das Feuer erloschen ist.«

Opiyo lächelte wie ein Mann, der seinen Augenblick des Triumphes genießt. »Nein«, sagte er.

Maina holte aus und versetzte dem GSU-Kommandanten einen saftigen rechten Haken, der diesen genau am Kinn traf. Schmerz schoss Mainas Arm hinauf, aber Opiyo kippte um wie ein betäubter Ochse.

Der Anblick eines Staatssekretärs, der ihren Kommandanten niederschlug, rüttelte die Männer der GSU auf. Einer trat einen Schritt vor, ein weiterer folgte.

Maina bückte sich und hob Opiyos Pistole auf. »Zurück!«, befahl er den Männern und schwenkte drohend die Waffe in ihre Richtung. Die Männer erstarrten.

»Ich erschieße den ersten Mann, der es wagt, dieses Gelände zu betreten.«

Maina wich zum Tor zurück, wo Kip auf ihn wartete.

»Heilige Scheiße, Maina. Aber ich bin hitzköpfig, ja? Jetzt müssen wir auch noch mit der GSU fertig werden.«

»Ich konnte nicht zulassen, dass sie da reingehen.«

»Dann gehen eben wir«, sagte Kip und öffnete das Tor. »Wir schnappen uns diesen Moses und holen Rose und die Kinder da raus.«

Maina starrte auf die schwarze Rauchsäule. Da der Wind gedreht hatte, konnte er nun die rot-gelben Flammen sehen, die unter dem Dach des Schlafsaals hervorzüngelten. In der Küche erwarteten ihn ein Fass Benzin und ein durchgeknallter Mörder.

Wieder drehte der Wind. Rauch trieb ihm in die Augen, die zu tränen begannen.

Maina schluckte den Kloß in seiner Kehle herunter und zögerte nur einen Augenblick, bevor er Kip durch das Tor folgte.

Harry gab es auf, sich einen Weg durch die Menge der Neugierigen bahnen zu wollen, und ließ das Auto mitten auf der Straße stehen.

Vor dem Good Shepherd konnte er die GSU-Männer sehen, die sich unruhig zum Tor vorschoben. Eine große Gestalt, Maina Githinji, hielt sie zurück und verschwand dann mit Kip durch das Tor.

Hundert Meter vor dem Waisenhaus wurde das Gedränge noch dichter. Harry quetschte sich durch, angetrieben von den schlimmsten Befürchtungen, was Kip und Maina im Feuer erwarten könnte.

»Geht aus dem Weg!«, schrie er und versuchte zu rennen. Er stieß Leute beiseite und musste sich jeden Meter freikämpfen. Die Menge wurde zornig. Die Leute versperrten ihm sogar absichtlich den Weg – ein unhöflicher *mzungu*, der sich wichtig machen wollte.

Keuchend erreichte er schließlich das Tor und stützte sich mit einer Hand am Torpfosten ab, um zu Atem zu kommen. Sein Herz hämmerte, und das Hemd klebte ihm an der Brust, während ihm der Schweiß über Nacken und Rücken rann. Er schob einen Finger in den Hemdkragen und riss den obersten Knopf ab.

Ein lautes *Wusch!* riss ihn fast von den Füßen, als ein Feuerball in die von Qualm erfüllte Luft aufstieg. Harry taumelte ein paar Schritte rückwärts und starrte fassungslos durch den Zaun auf das, was von der Küche des Good Shepherd übrig geblieben war.

Eine Flammensäule taumelte aus dem Gebäude – ein Mann, die Arme um den Kopf geschlungen.

Harry blieb vor Entsetzen der Mund offen stehen.

Die Gestalt kämpfte darum, sich auf den Beinen zu halten, stolperte dann wie unter dem Gewicht der Flammen und brach auf dem schlammigen Hof zusammen.

»Kip …«, flüsterte Harry angstvoll und beschwörend. Es schnürte ihm die Kehle zu, und er rang nach Luft. Dann schrie er: »KIP!«

# Kapitel 66

Ein Wirbel aus Bougainvilleen-Blättern – ein violetter Strudel, gefangen im Windschatten eines gewaltigen Feigenbaums – erhob sich in die Luft, bis der launische Morgenwind erlahmte und der Wirbel zusammenbrach. Die Bougainvilleen drängten sich um den Feigenbaum in der Mitte des Verkehrskreisels an der Ngong Road, zwischen dem Nairobi Hospital und dem städtischen Leichenschauhaus. Selbst in glücklicheren Tagen hatte Kip stets den Eindruck gehabt, dass diese Nähe von Krankenhaus und Leichenhalle das fatalistische Element der afrikanischen Seele widerspiegelte: Wenn sich eine Tür schließt, öffnet sich eine andere.

Er fuhr durch den Kreisel und in die Zufahrt zum Krankenhaus, wo er die Betonschwellen ignorierte und den Landrover mit zwei Rädern auf dem Gehweg und zwei auf dem schraffierten Bereich mit der Aufschrift »Nur für Personal« parkte.

Als er aus dem Wagen stieg, sah er Faith Mburu aus der Notaufnahme auf sich zukommen. Sie war die ganze Nacht über bei den verletzten Kindern geblieben. Ihr bedrucktes Baumwollkleid war mit Schlamm und Ruß verschmiert, und ihre Tränen hatten kleine Rinnen in den Schmutz in ihrem Gesicht gewaschen.

Sie hatten diese endlose Nacht zusammen verbracht, er und Faith, und einander gestützt, bis Kip am frühen Morgen die tröstliche Hülle ihrer geteilten Trauer verlassen und seine grässliche Pflicht im Leichenschauhaus erfüllen musste. Während Faith gebetet hatte, hatte Kip versucht, diesen sinnlosen Todesfällen doch irgendeinen Sinn abzugewinnen: zwei Leben, verloren in einem Augenblick des Wahnsinns. Wo sollte da der Sinn sein?

Wo war die Gerechtigkeit in diesem Schicksal, das Faith und Henry Mburu ereilt hatte? Jahre harter Arbeit und selbstloser Hingabe an Kinder in Not waren binnen weniger Augenblicke zerstört worden.

Faith trat zu ihm und schloss ihn in ihre üppigen Arme. »Bist du fertig?« Sie meinte seinen Besuch im Leichenschauhaus.

»Ja«, sagte er und versuchte, das Bild aus seinem Kopf zu vertreiben, den Anblick, den Gestank – der Geruch von verbranntem menschlichem Fleisch hatte etwas Obszönes.

»Ich gehe jetzt nach Hause, aber ich komme später wieder. Henry ist ganz allein, und ich muss zusehen, was ich für die Kinder tun kann.«

»Ja.«

»Und du? Du hast nicht geschlafen.«

»Nein.« Er tätschelte Faith die Hand. »Ich bleibe. Sie steht noch unter Schock.«

»Ja. Gottes Segen.«

Kip nickte und sah ihr nach, als sie zur Bushaltestelle an der Valley Road ging.

Sie schlief noch in dem Krankenbett, in dem er sie vor einer Stunde zurückgelassen hatte. Der Arzt hatte gesagt, das Beruhigungsmittel würde ihr helfen, den Schock zu überwinden. Sie trug einen Verband an der Stirn, wo der herabstürzende Balken sie getroffen hatte, und ihre linke Hand und der rechte Arm waren ebenfalls bandagiert, damit sich ihre Brandwunden nicht entzündeten.

Sie bewegte sich, als er auf sie herabblickte. Ihre Lider flatterten, und sie schlug die Augen auf. »Es war kein Albtraum.«

Er nahm ihre gesunde Hand. »Ich fürchte, nein.«

»Die Kinder?«

»Es geht ihnen gut, Liebste. Sie können nachher wieder nach Hause gehen, sie stehen nur unter Beobachtung. Und wenn du brav bist, darfst du auch bald nach Hause.«

»Maina?« In ihrer Stimme schwangen Angst und resignierte Traurigkeit mit.

Kip nickte grimmig. »Tot.«

»Er war so mutig. Ihr beide wart sehr mutig.«

»Er war als Erster bei Moses und hatte ihn schon fast, aber …«

»Ich kann es nicht fassen, dass er nicht mehr ist …« Sie hob die verbundene Hand und tupfte sich die Tränen fort.

»Er hatte eine Pistole. Ich weiß auch nicht, warum er sie nicht benutzt hat.«

Sie schüttelte den Kopf. »Ich glaube, er hat gar nicht realisiert, dass er sie noch in der Hand hatte. Moses hat sich auf ihn gestürzt, und …«

Er tätschelte ihre Hand. »Psst, ganz ruhig, Liebling. Versuch, nicht mehr daran zu denken. Was macht dein Bein?«

Sie blickte auf ihr verbundenes linkes Bein hinab. »Es tut weh. Habe ich Verbrennungen?«

Er nickte. »Verbrennungen zweiten Grades«, erklärte er. »Der Arzt hat gesagt, du hättest großes Glück gehabt.«

»Wenn du mich und die Kinder nicht gepackt und hinter

den Tisch gezerrt hättest – ich weiß nicht, was dann mit uns geschehen wäre.«

»Er hat gesagt, du würdest möglicherweise ein paar Narben davontragen.«

Rose lächelte. »Dieses Bein hat das Krokodil schon vor Jahren ruiniert. Wegen ein paar Narben mehr mache ich mir keine Gedanken.«

Er liebte ihr Lächeln. Er versuchte, es zu erwidern.

»Du hast mir gefehlt«, sagte sie.

»Du hast mir auch gefehlt.«

»Du hast deinen Vater gefunden?«

»Ja.« Er wollte ihr unbedingt alles erzählen, aber es war wohl besser, noch ein wenig zu warten. »Er lässt dich schön grüßen.«

»Du hast mich schon wieder gerettet«, sagte sie, schniefte leise und lächelte schief. »Kip Balmain – mein Held.«

Er küsste sie zärtlich. »Also … eigentlich heiße ich nicht Kip – sondern Bryan.«

»Wie meinst du das?« Ihr Lächeln wirkte zurückhaltend, als vermutete sie einen Scherz.

»Ach, das ist eine lange Geschichte.«

Er nahm ihre Hand und machte es sich auf ihrer Bettkante gemütlich.

# Historische Anmerkung

Von allen ehemaligen britischen Kolonien in Afrika, die in den sechziger Jahren die Unabhängigkeit erlangten, war Uganda eines jener Länder mit den besten Aussichten für die Zukunft.

Das Land besaß ein so großes landwirtschaftliches Potenzial, dass die britische Regierung am Ende des neunzehnten Jahrhunderts viel Geld in eine Bahnstrecke investierte, die achthundert Kilometer lang von der kenianischen Grenze bis zum Hafen von Mombasa am Indischen Ozean reichte.

Die Ugander traten den Weg in die Unabhängigkeit beinahe widerstrebend an und bildeten erst dann politische Parteien, als die Unabhängigkeit bereits gesichert war.

Keine fünf Jahre später benutzte Apollo Milton Obote die Armee dazu, sich an der Macht zu halten. Uganda verlor seine Demokratie und stürzte bald darauf in einen bitteren, manchmal grausamen und vernichtenden Bürgerkrieg.

Idi Amin vertrieb Präsident Obote 1971. Amins Terrorregime dauerte acht Jahre. Während dieser Zeit verloren über 300 000 Ugander ihr Leben – 100 000 von ihnen wurden vermutlich ermordet, obwohl man viele dieser Leichen nie gefunden hat.

1981 erhielt Milton Obote eine sehr seltene Gelegenheit – eine zweite Chance, sein Land zu regieren. Doch die zweite Obote-Regierung brachte es auf einen der weltweit vordersten Plätze, was die Verletzung von Menschenrechten anging, und wieder wurden die Ugander Opfer eines politischen Machtkampfs.

Eine von Obotes Strategien bestand darin, 750 000 Menschen aus dem Distrikt Luwero zwangsweise umzusiedeln – weil die Bevölkerung dieser Region angeblich mit seinem Rivalen sympathisierte. Diese willkürlich vertriebenen Menschen wurden in Internierungslager gesperrt, die der Kontrolle des Militärs unterlagen. Tausende Menschen verloren ihr Leben in diesen Lagern, die als Killing Fields des Luwero-Dreiecks bekannt wurden. Insgesamt starben über 500 000 Zivilisten als Folge dieser und anderer Greueltaten.

Im Juli 1985 entkam Obote erneut ins Exil, diesmal mit einem großen Gefolge und einem erheblichen Teil der Staatskasse.

Die Statistik weist für Afrika so viele Tote durch Bürgerkriege aus, dass Menschen, die nicht auf diesem Kontinent leben, immer wieder fassungslos sind über die Höhe dieser Zahlen, und zunehmend auch über die traurige Vorhersehbarkeit. Die immer gleichen Geschichten lassen die internationale Hilfsbereitschaft erlahmen, und eine neue Bitte um Hilfe ruft bei westlichen Ländern leider oft nur noch ein kollektives Gähnen hervor.

Uganda ringt weiterhin darum, Frieden und Wohlstand wiederherzustellen, die sein Geburtsrecht waren.

# Danksagung

Erst seitdem ich *Damals in Afrika* – meinen dritten Roman – geschrieben habe, bringe ich es fertig, in das Kästchen mit der Bezeichnung »Beruf« das Wort »Schriftsteller« einzutragen. Diesen Titel früher für mich zu beanspruchen hätte mir das Gefühl gegeben, das Schicksal herauszufordern; zumindest wäre es mir ein wenig anmaßend erschienen. Da diese Identitätsfrage nun geklärt ist (jedenfalls für mich), wird es Zeit, mich bei einigen Leuten zu bedanken, die ich in früheren Danksagungen ausgelassen habe.

Zuallererst möchte ich meiner Agentin Selwa Anthony danken, die mir dabei geholfen hat, recht spät im Leben vom Ingenieur zum Autor umzusatteln. Jeder aufstrebende neue Schriftsteller weiß, wie schwierig der Weg bis zur Veröffentlichung des ersten eigenen Buches ist. Selwa ist zu einer Legende in der Literaturbranche geworden, und dafür gibt es gute Gründe: ihre Energie, die Leidenschaft, mit der sie australische Unterhaltungsliteratur fördert, und die Arbeit, die sie für australische Schriftsteller im Allgemeinen leistet. Diese Kombination hat ihr viele dankbare Bewunderer eingebracht, und für ihre Anleitung und Beratung bei meiner metaphorischen Verwandlung zum Autor möchte ich ihr hier meinen Dank aussprechen.

Die Reise vom Manuskript zum veröffentlichten Buch erfordert viele Mitstreiter. Mein Dank gilt den Mitarbeitern von HarperCollins für ihre Unterstützung, doch zwei (ehemalige) Lektoren verdienen eine besondere Erwähnung. Nicola O'Shea und Rod Morrison haben mich inspiriert und angeleitet, vor allem beim Lektorat meines ersten Romans *Die Tränen der Massai*. Möge eure neue Karriere ebenso erfolgreich sein.

Die Verwandlung vom Ingenieur und Projektmanager zum Autor hätte nicht kontrastreicher sein können. Der Projektmanager ist ein Straßenköter, der sich eher mit dem Heute als mit dem Morgen beschäftigt. Der Schriftsteller hingegen hat sehr viel Zeit, in der er daran zweifeln kann, ob seine Geschichte lebensfähig ist und ob es ihm gelingen wird, sie einzufangen. Ich danke dir, Rosalind, für deine Geduld und deine maßvolle Kritik – stets fundiert, aber nur selten eine Gefahr für das verletzliche Ego des Schreibenden. Und ich danke dir für die Begleitung bei diesem Abenteuer.

Mein besonderer Dank gilt zwei Menschen, die mich zu *Damals in Afrika* inspiriert haben. Der erste ist Bryce Gunn, der sich im Alter von fünfzig Jahren auf die Suche nach seinem Vater machte, nachdem er feststellen musste, dass die Frau, die er für seine Mutter hielt, ihn getäuscht hatte. Leider ist es Bryce nicht gelungen, seinen Vater zu finden, doch dieser Misserfolg lässt seinen Mut und seine Bemühungen nicht geringer erscheinen. Danke, Bryce, dass du mir deine Geschichte geliehen hast.

Zweitens danke ich Florah Wasonga Svensson für die Geschichte der Flucht ihrer Familie aus Uganda. Florahs Vater hat alles aufs Spiel gesetzt, um dem Bürgerkrieg zu entkommen und seine elf Kinder nach Kenia in Sicherheit zu bringen. Die Geschichte der Onyangos ist erstaunlich, aber leider typisch für die Not von Millionen Menschen in Afrika, die unter den Repressionen ihrer Regierung leiden. Die Geschichte meiner Romanfigur Rose ist jedoch nicht Florahs Geschichte, und auch keine andere Romanfigur basiert unmittelbar auf ihren Eltern oder Geschwistern. Ich bin Florah einfach dankbar dafür, dass sie ihre Geschichte mit mir geteilt hat – sie hat mich dazu inspiriert, etwas von diesem Mut in der Figur der Rose und ihrer Angehörigen einzufangen. Die einzige Ausnahme ist, dass ich Rose' liebenswertesten Charakterzug, ihre Großzügigkeit, nach Florah Svensson gezeichnet habe, die viel Zeit dafür aufwendet, Spenden für das Good-Samaritan-Waisenhaus in Mathare zu sammeln. Ihre großzügige Haltung straft all jene Lügen, die behaupten, Afrikaner wären nicht bereit, einander zu helfen. Florah und ihr Mann Lars sind Freunde, die mir ihre Herzen und ihre Tür in Kenia geöffnet haben. Ich werde ihnen immer dankbar sein, für ihre Gastfreundschaft, und natürlich für den geliehenen Landrover.